Disney

365 Histórias
Para Dormir

Luxo

DCL

Disney

365 Histórias

Para Dormir

Luxo

© 2017 da edição brasileira:
Editora DCL – Difusão Cultural do Livro
CNPJ: 60.444.098/0001-06
Av. Marquês de São Vicente, 1.619, 26º- andar – Conj. 2612
Barra Funda – São Paulo – SP – 01139-003
sac@editoradcl.com.br
Todos os direitos reservados. Nenhuma parte desta publicação
pode ser reproduzida, armazenada ou transmitida total ou parcialmente,
por nenhuma forma e nenhum meio, seja mecânico, eletrônico,
ou qualquer outro, sem autorização prévia escrita dos autores e editor.

Dados Internacionais de Catalogação na Publicação (CIP)
(Câmara Brasileira do Livro, SP, Brasil)

365 histórias para dormir / Disney ; [tradução Cinthya Costa e Érika
    Nogueira Vieira]. -- 1. ed. -- São Paulo : DCL, 2017.

Título original: 365 stories pour le soir
ISBN: 978-85-368-2310-2

1. Contos - Literatura infantojuvenil I. Disney

17-05380   CDD-028.5

Índices para catálogo sistemático:
1. Contos : Literatura infantil 028.5
2. Contos : Literatura infantojuvenil 028.5

101 Dálmatas é baseado no livro The Hundred and One Dalmatians escrito por Dodie Smith.
Vida de inseto © 1998 Disney Enterprises, S.A./ Pixar Estúdios de Animação.
Os Aristogatas foi baseado no livro escrito por Thomas Rowe.
Bambi foi baseado no livro escrito por Félix Salten
Procurando Nemo © 2003 Disney Enterprises, S.A./ Pixar Estúdios de Animação.
Mogli – o menino lobo foi baseado nas Mowgli Stories (O livro da Selva – as histórias de Mogli) que constam em The Jungle Book (O livro da Selva)
e The Second Jungle Book escritos por Rudyard Kipling.
Monstros, S.A. © 2001 Disney Enterprises, S.A./ Pixar Estúdios de Animação.
Ratatouille © 2007 Disney Enterprises, S.A./ Pixar Estúdios de Animação.
Wall•E © 2008 Disney Enterprises, S.A./ Pixar Estúdios de Animação.
Winnie the Pooh os personagens são baseados nas histórias escritas por A. A. Milne e E. H. Sherpard, "Winnie the Pooh".
A princesa e o sapo foi baseado no livro escrito E. D. Baker.
Toy Story © 1999 Disney Enterprises, S.A.
Toy Story 2 e *3* © 2010 Disney Enterprises, S.A./ Pixar Estúdios de Animação. Sr. e Sra. Cabeça de Batata® são marcas da Hasbro, Inc. Usadas com
permissão. © Hasbro, Inc. All rights reserved.
Slinky® Dog é uma marca registrada de Poof-Slinky, Inc. © Poof-Slinky, Inc.
Carros © 2006, 2010, Disney/Pixar
Disney/Pixar elements ©Disney/Pixar, not including underlying vehicles owned by third parties ; and, if applicable : Maserati®; Monte Carlo®;
Hudson Hornet™; Dodge®; Ferrari®; ©Volkswagen AG ; Peterbilt®; Kenworth®; Model T™; Fiat™; Mack®; Fairlane™; Mazda Miata®;
Pontiac®;
Chevrolet®; Porsche®; Jeep® Sarge's rank insignia design used with the approval of the U.S. Army ; Mercury™; Plymouth Superbird™, Petty®;
Cadillac®; Hummer®.
A casa do Mickey Mouse é baseado na série de TV.
Winnie the Pooh os personagens são baseados nas histórias escritas por A. A. Milne e E. H. Sherpard, "Winnie the Pooh".

Impresso na China

Editora: Rebeca Michelotti
Tradução: Cinthya Costa e Érika Nogueira Vieira
Revisão: Matheus Perez, Sergio Nascimento, estúdio Abaeterno
Diagramação: Douglas Kenji Watanabe

OS INCRÍVEIS

UMA COISA INCRÍVEL

Toda noite, Beto Pêra estacionava o carro na rua e, da calçada, sentado em um triciclo, seu pequeno vizinho Tommy comemorava. Vê-lo sair do carro era como ver um gênio saindo da lâmpada ou, nesse caso, de uma caixa de fósforos. O carro tão pequeno, e o sr. Pêra era tão alto e forte, que ele sofria para sair!

Um dia, o sr. Pêra chegou mais nervoso do que de costume. Primeiro, ao descer do carro, pisou no *skate* do filho e teve de se segurar no teto do veículo para não cair de cara no chão. Em seguida, se deu conta de que tinha afundado a mão sobre o teto de metal, que amassou como se fosse feito de manteiga! Muito aborrecido, bateu a porta, que voltou a se abrir rangendo. Então, realmente zangado, bateu de novo a porta com tal violência que o vidro explodiu!

Foi aí que Tommy assistiu a uma coisa fabulosa. Completamente furioso, o sr. Pêra levantou o carro acima de sua cabeça, como se fosse de brinquedo! Mas, ao se dar conta de que Tommy o observava com os olhos arregalados, o sr. Pêra colocou com cuidado o veículo de volta no chão e, sorrindo com um ar constrangido, entrou em casa.

Na noite seguinte, Tommy foi pedalando até a casa da família Pêra.

— O que você está esperando aí? — perguntou o sr. Pêra depois de estacionar o carro.

— Não sei... — respondeu Tommy. — Alguma coisa... incrível!

Alguns dias depois, o sr. Pêra parou um carro novinho em frente a sua casa, muito mais bonito do que o antigo. E nada de especial aconteceu nas semanas seguintes. Mesmo assim, Tommy ia para a calçada toda noite, cheio de esperança. Por fim, uma noite, aconteceu o espetáculo: assim que chegou, o menino viu um homem ser puxado por uma luz, lá de cima do telhado da casa, em direção a uma nave espacial. Ele estava com o bebê Pêra nos braços!

Em seguida, o sr. Pêra lançou a sra. Pêra no ar e, em forma de paraquedas, ela desceu do céu com seu filhinho no colo. Para completar, o sr. Pêra atirou seu carro novinho contra a nave, que se desintegrou na hora, explodindo como se fosse fogos de artifício!

— Legal! Isso foi mesmo uma coisa... incrível! — gritou Tommy.

Todo contente, ele cumprimentou a família Pêra e voltou para casa.

JANEIRO 2

Enrolados

Uma confissão e tanto

Flynn e Rapunzel conseguiram fugir pela passagem secreta da taverna. Não estavam passeando, longe disso: os soldados do rei os perseguiam! Afinal, Flynn tinha roubado a coroa de ouro real... Mas isso Rapunzel não sabia. Quando ela, por sua vez, surrupiou a coroa para obrigar Flynn a guiá-la pela floresta, nem de longe imaginou que acabaria em um túnel imundo fugindo do exército... Isso sem contar com os irmãos Stabbington, aqueles dois bandidos!

Flynn e Rapunzel correram pelo túnel mas, de repente, tiveram de parar, pois ele acabava na beira de um precipício. Flynn pegou impulso e pulou no vazio, por uma fenda estreita, depois, chamou:

– Venha, Rapunzel!

– Eu não consigo! – respondeu a jovem em pânico.

– Use seus cabelos, rápido! – sugeriu Flynn.

Ela jogou uma longa mecha loira na direção de Flynn. Ele agarrou a ponta da mecha para que Rapunzel a usasse como um cipó e pulasse do outro lado do precipício.

Enquanto isso, Maximus, o cavalo do capitão da guarda, bolou um plano. Com um só coice, destruiu uma barragem, e a água começou a invadir o túnel. Flynn e Rapunzel fugiram. Ela ia na frente e ele corria atrás, segurando seus cabelos para que pudessem ir mais rápido. Só que, ao bater em uma rocha, que desmoronou, Flynn acabou caindo alguns metros. Sem hesitar, Rapunzel se pendurou pelos cabelos e desceu até ele.

Os dois, então, seguraram os joelhos contra o peito, enquanto a torrente de água enchia a passagem secreta. Os soldados e os irmãos Stabbington, que perseguiam o casal, acabaram sendo levados pela enchente furiosa! Flynn e Rapunzel conseguiram se refugiar em uma pequena gruta, mas outra parede da caverna desmoronou e fechou a saída! A água agora subia cada vez mais na escuridão.

– É tudo culpa minha! – choramingou Rapunzel. – Sinto muito, Flynn!

– José. Meu verdadeiro nome é José Bezerra – revelou subitamente o ladrão. – Nós vamos nos afogar. É hora de fazermos, cada um, uma confissão...

– José Bezerra?! – exclamou Rapunzel. – Agora essa! E eu tenho cabelos mágicos que brilham quando eu canto. Mas admito, isso é bem menos esquisito do que o seu nome!

O ladrão olhou para ela, confuso. Rapunzel parecia estar sendo sincera! Ele, então, gaguejou:

– No fim das contas, nós dois nos enganamos, Loirinha. A confissão mais chocante que podemos compartilhar é a de que você diz coisas completamente loucas... E que nós dois acreditamos nelas!

Janeiro 3

Procurando Ne... quem?

O recife estava desmoronando, desmoronando. Nemo lutava com a anêmona, quando a pior música que ele já tinha ouvido o fez tremer de medo. Ele mergulhou até o fundo da anêmona, mas a música continuava.

– Minha querida polvinha...

Ela lhe parecia familiar... Escondido, Nemo colocou somente a cabeça para fora a fim de ver quem estava fazendo aquele barulho insuportável.

– Dory!

Bem que Nemo devia ter adivinhado. Como esquecer aquela voz? Ele nadou na direção da peixinha cirurgião-patela azul.

– Dory! Por onde você tem nadado?

Parecia fazer anos desde a última vez que tinha visto a peixinha que havia ajudado seu pai a salvá-lo do aquário do dentista. Ele queria dar um abraço bem apertado nela com as suas nadadeiras!

Quando Nemo se aproximou, Dory parou de cantar. Isso foi bom. Mas seu rosto ainda estava inexpressivo. Isso era ruim.

– Você falou comigo, pequenino? – perguntou ela.

– Dory, sou eu, Nemo – respondeu ele.

– Ne... quem? – quis saber Dory, um pouco espantada. – Sinto muito, pequenino, não conheço você. Eu estava nadando por ali, cantando. Ah! E, por que eu estava cantando? Sou famosa? Será que é por isso que você me conhece?

– Dory! Nós somos amigos, não lembra?

– Amigos? Eu acabei de simpatizar com um bernardo-eremita... eu acho.

Dory nadou em círculo, procurando o tal caranguejo, mas ela se distraiu e começou a perseguir a própria cauda.

– Por favor, Dory, tente lembrar. Você participou do meu salvamento. E me ajudou a reencontrar o meu pai. Um grande peixe-palhaço laranja! Com três listas brancas! Ele se parece comigo.

– Meu pai? Que se parece com você? Você não se parece em nada com o meu pai.

Dory olhou para Nemo como se ele estivesse louco e começou a ir embora.

– Pare para pensar um pouco – implorou ele.

Ela tinha de se lembrar.

– Eu me chamo Nemo!

Dory desacelerou e voltou examinando Nemo com cuidado, então, caiu numa gargalhada tão forte, que bolinhas saíram de seu nariz.

– Eu peguei você, hein? – disse ela abraçando o peixinho com as nadadeiras. – Foi só uma brincadeira. Você sabe que eu jamais esqueceria você!

Nemo caiu na risada e nadou em círculos ao redor da amiga.

– Essa foi boa, Dory! – Ele sorriu para ela.

Dory também sorriu para ele.

– Essa quem?

Nemo resmungou. Ah, essa Dory!

Janeiro 4

Vamos pescar!

– Bem, pequeno carrapato, hoje vou ensiná-lo a pescar como um urso! – disse Balu.

Mogli estava muito feliz. Ele adorava o seu novo amigo. A única preocupação de Balu era se divertir na floresta, e a de Mogli também.

– Veja, pequenino – mostrou Balu chegando à beira do rio. Você só precisa esperar um peixe passar nadando e, daí... *zum*!

Rápido como um raio, Balu agarrou um peixe, que começou a se debater.

– Agora é sua vez!

Mogli ficou imóvel, esperando um peixe passar nadando. E daí... *splash*! Mergulhou de cabeça na água.

– Hum – disse Balu depois de pescar Mogli e colocá-lo no chão, todo ensopado. Vou mostrar a você a minha segunda técnica.

Balu e Mogli foram para o outro canto do rio. Dessa vez, eles viram o peixe saltar para fora da água, nadando em direção a uma pequena cascata. Balu deu alguns passos dentro do rio, esperou o peixe saltar de novo e... *zum*! Lá estava ele chacoalhando outro peixe no ar.

– Sua vez, pequenino.

Mogli avançou mais dentro da água, como Balu. Esperou que um peixe saltasse e pulou em cima dele. *Splash*!

– Bom, plano C – disse Balu, depois de pescar Mogli de novo. – Vou levá-lo até a grande cascata. Lá os peixes caem, literalmente, nas nossas patas. Basta você levantar os braços e agarrar um!

Mogli seguiu Balu até a grande cascata. Era verdade, os peixes caíam direto da cascata. Seria bem fácil!

Num piscar de olhos, Balu apanhou um peixe, o que deixou Mogli muito admirado.

– Desta vez eu consigo. Olhe, Balu! – disse Mogli, animado.

Ele fez uma careta de concentração. Depois... *flash*! Mogli tinha mesmo um peixe nas mãos. Mas, um segundo depois, o peixe escapou, pulando de novo na água. Mogli olhou para as mãos vazias e suspirou profundamente.

– Sabe de uma coisa, pequeno? – disse Balu, dando tapinhas nos ombros magrinhos de Mogli com sua enorme pata. Acho que você está se esforçando demais. A vida na floresta não deve ser assim! Deve ser divertida, alegre e despreocupada. Vamos. Vamos sacudir uma bananeira!

E Mogli aceitou alegremente.

12

Enrolados

JANEIRO 5

História de deixar o cabelo em pé

Flynn e Rapunzel estavam presos em uma gruta que pouco a pouco se enchia de água. A água não parava de subir e já estava na altura do queixo deles. Em menos de um minuto, morreriam afogados. Flynn até mergulhou para tentar achar uma saída, mas estava tão escuro que ele não enxergou nada. Sem contar que ele havia acabado de machucar a mão, por isso era muito difícil tatear as paredes do túnel. Nessas circunstâncias, uma tocha ou uma lanterna com certeza ajudariam...

– Mas os meus cabelos mágicos brilham no escuro! – lembrou, de repente, Rapunzel.

Flynn virou-se para ela com olhos arregalados, achando que ela estava louca. Mas Rapunzel insistiu:

– Eu juro! Se eu cantar, eles vão brilhar!

Ela, então, começou a cantar uma bela canção de amor, e seus cabelos começaram a cintilar com tal intensidade que acabaram iluminando toda a caverna! Flynn nem teve tempo de ficar impressionado, enxergou uma fenda nas rochas e passou por ela nadando, guiando Rapunzel. Pouco depois, eles emergiram ao ar livre, na ribanceira do rio.

– Estamos salvos! – exclamou Rapunzel.

Flynn ainda não compreendia como os cabelos podiam brilhar... Mas o mais importante naquele momento era se secarem. Ele recolheu lenha seca para fazer uma fogueira. Depois, sem dizer uma só palavra, Rapunzel enrolou uma mecha de seus longos cabelos dourados ao redor da mão ferida de Flynn, mas sem muita segurança...

– Esses seus cabelos... São bem estranhos!

– Não se apavore! – interrompeu a jovem. Ela, então, começou a cantar. Em alguns instantes, a mão de Flynn estava completamente curada!

– Seus cabelos são lindos e mágicos de verdade – murmurou ele, admirado. – Essa história deixaria qualquer um de cabelo em pé! Desde quando eles são assim?

– Desde sempre. É por isso que a Mãe prefere que eu não saia da torre, pois podem querer roubá-los de mim. E você, desde quando mudou o seu nome?

Flynn ficou vermelho de vergonha. Estava arrependido de ter confessado a Rapunzel que se chamava José Bezerra!

– Flynn era o herói do meu livro favorito quando eu era pequeno, no orfanato. Mas essa história não é interessante. Vai ficar com sono e entediada!

Rapunzel caiu na risada:

– Meu querido José Bezerra, nós dois só temos histórias que deixariam qualquer um de cabelo em pé!

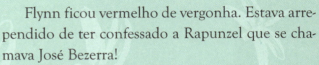

13

JANEIRO 6

UM SONHO GULOSO

O Ursinho Pooh voltou para casa e se sentou, suspirando. Ele havia feito um longo passeio pela floresta com Leitão e estava cansado. Além disso, estava com muita fome.

– Minha barriga está roncando – disse Pooh em voz alta. O ursinho se levantou e foi até a prateleira de mel. Só havia sobrado um pote.

Um pote de mel não é muito. Mas ele se sentou e começou a comer. E não deixou nem uma gotinha no pequeno pote. Mas a sua barriga ainda estava roncando um pouco.

– Acho que só me resta ir para a cama – disse ele tristemente.

Pooh colocou seu pijama e seu gorro de dormir e subiu na cama fofa. No minuto seguinte, os seus roncos já ressonavam por todo o ambiente. E é claro que ele começou a sonhar com potes de mel.

Pooh estava diante de uma grande árvore de mel, tão cheia, mas tão cheia, que o mel transbordava pelo tronco!

– Nham, nham – fez Pooh, começando a encher os seus potes com o líquido doce.

Daí, de repente, um elefante lilás apareceu atrás dele.

– Hummm – fez o elefante, lambendo os beiços. A criatura enfiou a longa tromba em um dos potes de mel e engoliu tudinho de uma só vez.

– Esses potes de mel são meus! – gritou Pooh. Ele tentou se fazer de corajoso, mesmo que estivesse com um pouco de medo. O elefante era muito grande e parecia estar com muita fome. Ele ia devorar tudo.

Pooh olhou os potes de mel. Alguns estavam cheios, mas a maioria já estava vazia. Ele olhou para a árvore de mel, que ainda transbordava.

– Tive uma ideia – disse Pooh. – Enchamos os potes de mel juntos e depois compartilhemos o banquete.

O elefante concordou com a cabeça. Pegou um pote de mel com a tromba e levou até a árvore. Pooh fez a mesma coisa, e o mel doce e cremoso escorreu para dentro dos potes.

Quando todos os potes estavam cheios, o ursinho e o elefante se sentaram. Eles comeram e comeram, até que os potes ficaram vazios e suas barrigas, cheias.

– Obrigado, Pooh – disse o elefante. – Foi divertido. Deveríamos repetir isso logo, logo.

O ursinho concordou com a cabeça e viu o elefante partir. Deu tapinhas na barriga e foi embora.

Quando Pooh acordou no dia seguinte, para sua grande surpresa, não estava mais com a barriga roncando. Daí, ele se lembrou do sonho estranho que tivera aquela noite. Será que tinha sido apenas um sonho?

101 DÁLMATAS

JANEIRO 7

UMA PATADA BEM-VINDA!

Bem aconchegados num grande celeiro quentinho e macio, noventa e nove cachorrinhos exaustos e famintos bebiam, um de cada vez, o leite cremoso de vaquinhas generosas.

– Quase perdemos as esperanças de vê-los aqui – disse Collie, o cão bonzinho, a Pongo e Perdita, que haviam acabado de chegar com os filhotes.

– Nós ficamos muito gratos por sua hospitalidade – murmurou Perdita, muito cansada.

– Olhem esses fofinhos – disse uma das vacas. – Nunca vi tantos cãezinhos num só lugar.

Pongo, Perdita e os filhotes haviam acabado de chegar de uma longa e exaustiva caminhada no frio. Era tarde da noite, e os que ainda não tinham bebido seu leite mal conseguiam manter os olhos abertos.

Roubados por Alípio e Leitão, os capangas horríveis de Cruela, e salvos por pouco por Pongo e Perdita, eles tinham escapado de virar casacos de pele. Pelo menos isso. Os cachorrinhos satisfeitos cercavam o cachorro da fazenda, latindo muitos "obrigados".

– De nada, crianças, de nada – respondeu o grande cachorro magro, sorrindo para eles.

– Vocês têm leite para o jantar toda noite aqui? – perguntou Bolinho.

– Não, mas comemos alimentos produzidos na fazenda. Tenho certeza de que são mais nutritivos do que as rações de vocês. Mas faz sentido! Nós, trabalhadores, precisamos de alimentos fortes.

– Mas toda noite é assim fria aqui no campo? – perguntou Alegria.

– Não, nem sempre! – respondeu o cachorro. – Imagino que a maioria de vocês venha da cidade. Há muitas diferenças entre a vida no campo e na cidade. A coleira, por exemplo. Aqui, os cachorros não usam coleira. Há espaço para correr e passear. Não há tantos cachorros aqui como lá de onde vocês vêm, mas temos muitos outros animais que vocês jamais veriam na rua. Aqui, eles vivem em liberdade. Vacas, carneiros, cavalos, gansos...

De repente, o cachorro parou. Ele tinha ouvido um ronco bem baixinho. Olhou para os cachorros ao seu redor e se deu conta de que todos, inclusive Pongo e Perdita, haviam adormecido profundamente.

– Pobrezinhos – murmurou ele –, a viagem foi muito cansativa. Que eles possam voltar logo para casa e para os seus fiéis amigos!

Janeiro 8

Um ladrão profissional

Mãe Gothel não conseguia se acalmar. Rapunzel tinha ousado sair da torre! Mesmo depois de ser alertada sobre os perigos do mundo lá fora... Ainda assim, Rapunzel tinha seguido o ladrão Flynn pela floresta!

– Ela se vira perfeitamente sem mim! – constatou Mãe Gothel com desdém.

Ela havia visto a Rapunzel fazer amigos mesmo numa taverna cheia de homens mal-encarados. Eles até a ajudaram a fugir com Flynn, quando os soldados vieram prender o ladrão da coroa real.

– Como convencer Rapunzel a voltar para a torre agora? – perguntou-se Mãe Gothel. – Ela nunca mais vai acreditar nas minhas histórias de monstro!

Mãe Gothel refletiu e logo elaborou um plano... Espionando os bandidos da taverna, ela havia descoberto que os irmãos Stabbington tinham sido cúmplices de Flynn no roubo da coroa. Mas Flynn passou a perna neles, pegando a coroa só para ele. Agora, os irmãos queriam se vingar... E, como Mãe Gothel encontrou a coroa escondida em sua torre, ela propôs um negócio aos irmãos bandidos.

– Eu sei onde Flynn está acampado. Prometo a vocês devolver logo a coroa. Em troca, vocês devem capturar Flynn e o entregam aos soldados. Assim, eu poderei facilmente levar Rapunzel de volta para casa...

Animados pela promessa de fazer fortuna, os Stabbington aceitaram sem hesitação as instruções de Mãe Gothel, que correu, pouco depois, ao acampamento dos fugitivos para colocar em prática o seu plano. Flynn tinha acabado de sair para buscar lenha quando Mãe Gothel se aproveitou para surpreender Rapunzel. A mulher surgiu de trás de uma árvore, com ar furioso.

– Mãe! Como conseguiu me encontrar?

– Segui a pista das mentiras e da traição – zombou Mãe Gothel. – Venha, vamos voltar para a torre!

– Mas eu não corro nenhum risco aqui! – protestou a menina. – Flynn gosta de mim e...

– Ele está se aproveitando de você, sua ingênua. Ele é um ladrão profissional! Assim que você devolver a coroa, ele esquecerá de você completamente! Aqui está a coroa. Devolva-a para ele e verá que ele abandonará você na mesma hora!

Mãe Gothel foi então embora, pouco antes que Flynn retornasse. Rapunzel suspirou. Com certeza sua mãe estava enganada! É verdade que Flynn era um ladrão profissional... Mas ela lhe havia dado o seu coração, ele não tinha precisado roubá-lo!

Disney Princesa

A PEQUENA SEREIA

JANEIRO 9

O GRANDE DIA DE SEBASTIÃO

Aquele era um grande dia para Sebastião, o maestro da corte do rei Tritão. Ele havia trabalhado duro para compor uma nova obra e, naquela noite, iria dirigir a orquestra real interpretando-a pela primeira vez. Estava convencido de que a sua genialidade seria, finalmente, reconhecida.

À tarde, havia verificado cada mínimo detalhe para ter certeza de que tudo estava perfeito. Havia corrigido a posição das cadeiras dos músicos, preparado as partituras de emergência, caso alguém esquecesse a sua, e até lavado e passado a sua gravata-borboleta.

Agora, a cortina iria se abrir. Os músicos já tinham ocupado os seus lugares no palco. Algumas notas ressoaram pela sala de concertos: o peixe-trombeta e a concha afinavam os seus instrumentos. Benny, o polvinho que toca tambor, chegou por último.

– Sebastião! – chamou ele. – Não posso tocar esta noite.

– Como assim? Você vai tocar! – ralhou Sebastião, profundamente irritado.

– Você não está entendendo! – replicou Benny. – Eu não consigo! Esta tarde, fui tirar uma soneca depois do almoço e acabei adormecendo sobre os meus tentáculos, e eles incharam! Assim não consigo segurar as minhas baquetas!

Sebastião ficou furioso. O que fazer? A sua obra exigia oito tambores! Benny tinha oito tentáculos, um para cada instrumento. Como substituí-lo?

Naquele instante, Ariel e suas seis irmãs chegaram para desejar boa sorte ao maestro.

– Como estou feliz de ver você, Ariel! – exclamou Sebastião. – Você poderia me ajudar, você e as suas irmãs? Basta tocarem os tambores no concerto.

– Claro! – responderam as sereiazinhas.

– Perfeito! Mas nós temos sete tambores. Ainda falta um músico!

A orquestra olhou fixamente para seu chefe.

– Eu? Mas eu sou o compositor e o maestro! Hoje minha genialidade será devidamente apreciada! Preciso ficar lá na frente, bem lá no meio!

É difícil de acreditar, mas, quando a cortina abriu, lá estava Sebastião tocando tambor! O brilho dos holofotes ficaria para outra vez.

– Sabe o que dizem? – murmurou ele para Ariel. Os dois estavam tocando um ao lado do outro.

– Que o concerto pode começar? – arriscou a Pequena Sereia.

– Não! Que os verdadeiros gênios nunca são reconhecidos enquanto ainda estão vivos! – respondeu Sebastião.

JANEIRO 10

Acorda, Soneca!

Vamos, meus amigos! – exclamou Mestre naquela manhã. – Vocês estão prontos para o trabalho? Vejamos... Feliz? Dunga? Atchim? Dengoso? Zangado? Soneca?

Mestre olhou ao redor dele.

– Soneca? – repetiu ele.

Nenhuma resposta. Soneca não tinha comparecido à chamada.

Mestre subiu, então, até o quarto, seguido pelos outros amiguinhos. Lá em cima, descobriram Soneca, ainda na cama, dormindo.

– Ah, não! – suspirou Mestre. – Ainda não acordou!

Ele se aproximou da caminha e tirou as cobertas.

– Vamos, Soneca, acorde!

Mas o anão só se virou para o outro lado e continuou a roncar.

– Que ridículo – resmungou Zangado. – Toda manhã é a mesma história, sempre precisamos arrancar o Soneca da cama! Para mim, basta!

– Para mim também! – disse Dunga.

– E também para mim – ajuntou Atchim. – Atchiiiim!

Os anõezinhos cercaram Soneca, observando-o dormir enquanto se perguntavam o que fazer para acordá-lo.

– Tive uma ideia – disse Mestre. – Precisaremos do dia todo para colocar o meu plano em prática, mas, no fim, o problema será resolvido de uma vez por todas!

Eles fizeram uma rodinha ao redor de seu líder, que explicou em detalhes o seu plano. Depois, os anões pegaram as suas ferramentas e se colocaram a trabalhar.

Logo uma barulheira invadiu o cômodo. Marteladas, rangidos da serra e, no meio de tudo isso, Soneca ainda dormia!

Ele dormiu a manhã inteira, depois a tarde toda e noite adentro. E ainda dormiu a noite inteirinha.

Na manhã seguinte, um despertador pendurado sobre a sua cama tocou. A campainha ecoava estridente, fazendo tremer o relógio. O despertador acabou caindo, esticando assim a corda à qual estava amarrado. Na outra ponta da corda, uma vassoura serviu de alavanca para levantar bruscamente a cabeceira da cama. O dorminhoco escorregou para fora das cobertas e foi deslizando por um escorregador de madeira que saía pela janela, até lá embaixo, no chão.

Splash! Ele caiu dentro de uma bacia de água gelada!

Agora acordado, Soneca se sentou dentro da bacia, piscando os olhos e se perguntando o que havia se passado. Os anões observaram tudo pela janela, rindo muito – exceto Zangado, claro!

– Bom dia, Soneca! – exclamou o Mestre. – O dia está lindo! Teve bons sonhos?

Enrolados

JANEIRO 11

Um charme de cavalo

Flynn e Rapunzel estavam acampados na floresta. O exército do rei estava no encalço do ladrão, mas ainda assim ele guiava a jovem até a cidade. De início, ele queria só recuperar a coroa que ela lhe havia confiscado. Mas, agora, ele queria sinceramente ajudá-la a realizar o seu sonho de ver o festival anual de lanternas flutuantes...

– Boa noite, Loirinha! – disse ele, deitando-se ao lado da fogueira.

– Boa noite, José Bezerra! – respondeu Rapunzel, que preferia o nome verdadeiro dele.

Eles adormeceram tranquilamente. Mas, ao amanhecer, Flynn foi acordado de sobressalto pelo que ele pensou ser chuva. *Plic*, uma gota caiu sobre sua testa. *Ploc*, outra caiu sobre a bochecha. O ladrão abriu os olhos... e deu de cara com Maximus, o cavalo do capitão da guarda! Maximus estava ensopado porque havia passado pelo túnel inundado em que perseguiu Flynn na noite anterior...

– Vejam só! O orgulhoso escudeiro do chefe dos soldados! – exclamou Flynn em tom de zombaria. – Espero que tenha vindo se desculpar por seu mau comportamento de ontem!

Evidentemente, Maximus tinha ido prendê-lo, e Flynn sabia muito bem disso! Os dois inimigos, então, se atracaram. O cavalo puxou o rapaz pelo pé. Rapunzel, que tinha acordado com o barulho, agarrou-o pelo braço. No meio dos dois, Flynn tinha a desagradável sensação de que seria rasgado em dois! De repente, *pop*! Por descuido, Maximus arrancou a bota do ladrão, ficando só com ela na boca. Ufa, Flynn estava livre.

Na mesma hora, ele se pôs a correr. Maximus ia sair a galope atrás dele, quando Rapunzel se colocou em seu caminho.

– Ah! Calma, meu lindão. Calminha, cavalo! Sentado!

Maximus ficou hipnotizado pela bela moça. E, sob o olhar estupefato de Flynn, o cavalo começou a obedecer como um cãozinho. Rapunzel continuou:

– Puxa! Você já está cheio de correr atrás desse ladrão mau, não é verdade? Você é um cavalo corajoso... Sabe, meu aniversário é hoje. Para me deixar feliz, você deixará o José Bezerra em paz só até amanhã. Tudo bem?

Maximus, então, estendeu a pata para fazer as pazes com o rapaz, que, por sua vez, aceitou, virando os olhos, apertar a pata de Maximus. Nunca tinham falado para Flynn que cavalos poderiam ser tão charmosos!

Janeiro 12

Lilo e Stitch

Era uma vez

Deitada em sua cama, Lilo começou a ler.
— Era uma vez...
— Espere! — interrompeu Stitch. — Vou procurar algo para comer!
— Cuidado para a Nani não escutar você! — avisou Lilo.

Stitch deslizou pelo corredor e abriu bem o ouvido.
— Não tem ninguém — sussurrou.

Ele desceu as escadas e entrou na cozinha.
— Vejamos... — fez ele, examinando o interior da geladeira. — Que tal um sanduíche de abacaxi, pepino e salada de repolho?
— Você não vai colocar tudo isso dentro de um sanduíche! — sussurrou Lilo, que o havia seguido sem que ele percebesse.
— Aaaaaah! — gritou Stitch.
— Desculpe! — murmurou Lilo. — Não queria assustá-lo!
— O que se passa aí? — perguntou Nani, aparecendo na cozinha.
— Stitch está com um pouco de fome — explicou Lilo.
— Mas não é hora de comer! — disse Nani. — Já para a cama!

Stitch aconchegou-se na cama e estendeu o livro de contos a Lilo.
— É hora de ler historinhas! — resmungou ele.

— Você lê para a gente, Nani? — implorou Lilo.
Nani suspirou...
— Está certo! Mas uma historinha curta!
— Oba! — exclamaram Lilo e Stitch.

Enquanto Nani se aconchegava na cama, entre os dois inseparáveis, Lilo abriu o livro e começou a leitura:
— Era uma vez um cãozinho muito triste que se chamava... Stitch! Ele estava triste porque estava perdido.
— Perdido — repetiu Stitch.

Lilo passou o livro a Nani, pedindo a ela que continuasse a leitura.
— Mas, um dia — leu Nani — ele encontrou uma menininha chamada...
— Lilo! — completou Lilo.
— Ele encontrou uma menininha chamada Lilo — retomou Nani.

E leu a historinha inteira, até o fim.
— E eles viveram juntos e felizes para sempre! — disse Nani, fechando o livro.
— Para sempre — murmurou Stitch, fechando os olhos.
— Para sempre — repetiu Lilo, fechando também os olhos.

Assim que os dois amigos foram dormir, Nani desceu até a cozinha para comer algo.
E por que não um sanduíche de abacaxi, pepino e salada de repolho?

JANEIRO 13

A CESTA AMBULANTE

– É o dia perfeito para um piquenique! – exclamou Minnie em uma linda manhã de sol.

Ela, então, preparou convites para seus amigos: "Encontro ao meio-dia, no campinho de futebol". Depois, Minnie pegou uma grande cesta e colocou dentro os convites, a lista de compras, uma toalha, guardanapos e pratos. De repente, ela teve a ideia de colher flores para enfeitar o piquenique. Foi ao jardim para colhê-las e, quando voltou com as flores, se deu conta de que tinha esquecido a cesta no jardim...

Margarida viu a cesta, abriu-a, descobriu os convites e, encantada, decidiu fazer uma salada de frutas. Levando a cesta com ela, foi até o pé de mirtilo, que ficava no início da trilha. Quando Minnie retornou ao jardim, a cesta, claro, já não estava mais lá!

– Ah, não – choramingou ela. – O meu piquenique está acabado antes mesmo de começar!

Enquanto isso, Margarida foi até a sua casa para buscar uma grande vasilha, mas esqueceu a cesta perto do pé de mirtilo.

Donald, caminhando pela trilha, encontrou a cesta. Abriu-a e se animou com o piquenique também. Levando a cesta, foi ao mercado, pois precisava de limões para fazer uma limonada. No mercado, Donald comprou os limões, mas esqueceu a cesta! Dessa vez, quem a encontrou, pouco depois, foi Pateta.

– Que legal! – exclamou Pateta ao ler os convites. – Eu adoro piqueniques!

Consultando a lista de compras, ele decidiu levar espigas de milho e foi buscá-las na horta ali perto. Pateta, tão distraído quanto os outros, ficou com o milho, mas esqueceu a cesta na horta! Passados alguns minutos, Mickey estacionou o carro perto da horta para que Pluto esticasse as patas e, lá, encontrou a famosa cesta. Ele decidiu, então, comprar salsichas e ketchup para o piquenique. Mas Mickey não esqueceu a cesta!

Quando chegou a hora do almoço, Minnie não estava nem com fome.

– Ao menos se eu não tivesse perdido a minha cesta e os meus convites – disse ela a si mesma, caminhando em direção ao campinho.

Que surpresa! Todos os seus amigos estavam lá, e também a cesta, cheia até a borda! Todos riram muito contando uns aos outros como encontraram a cesta e como, depois, se esqueceram dela.

– Este é o melhor piquenique da minha vida! – anunciou Minnie com um lindo sorriso.

JANEIRO 14

Do sonho à realidade

Quando chegou à cidade, Rapunzel ficou maravilhada. O castelo se erguia sobre o reino, como se vigiasse seus habitantes. E quanta gente!

– Os seus cabelos são lindos! – encantou-se um grupo de garotinhas de passagem. – Mas as pessoas estão tropeçando neles. Podemos ajudá-la a trançá-los!

Rapunzel aceitou, rindo, e logo pôde admirar seu novo penteado: uma magnífica trança decorada com flores naturais. Era realmente mais prático usar os cabelos assim... E ela nunca tinha pensado em trançar seus cabelos antes! Tomando cuidado para se esconder dos soldados, Flynn a acompanhou até a rua principal, onde um músico convidava as pessoas a dançar em homenagem à princesa desaparecida. Rapunzel divertiu-se muito, depois Flynn a convidou a conhecer a cidadezinha, como presente de aniversário. Ele a levou até a costureira, onde ela experimentou um lindo vestido. Depois, eles se esbaldaram comendo doces e, na biblioteca, Rapunzel se admirou com as dezenas de lindos livros. Quando voltaram para a rua, ela fez um bonito desenho com um giz na calçada. E, assim, o dia se passou alegremente. Ao cair da noite, Flynn conduziu Rapunzel a bordo de um barquinho. Ela se espantou:

– Aonde nós vamos?

– Mais para perto do castelo. De lá, veremos melhor as lanternas. É o momento de realizar o seu sonho: ver as lanternas voando!

De repente, a jovem pareceu apavorada. Se seu grande sonho se realizasse, com o que ela iria sonhar depois? Nesse instante, o rei e a rainha lançaram a primeira lanterna, lá da varanda do castelo. Assim que Rapunzel viu aquilo, esqueceu seus medos. Era tão lindo! Ainda mais lindo do que ela imaginava! Rapidamente, o céu se encheu de centenas de encantadoras lanternas iluminadas. Rapunzel olhou para Flynn sorrindo.

"Queria que este momento não acabasse nunca!", pensou ela. "Queria ficar aqui para sempre!"

Então, Flynn segurou uma lanterna e acenou para Rapunzel, a fim de que, juntos, eles a soltassem no céu. Depois de soltarem a lanterna, Rapunzel sussurrou:

– Olhe, aqui está a sua coroa. Eu deveria tê-la devolvido antes, mas tive medo de que você partisse. Agora, confio em você. Você me entende?

– Eu entendo perfeitamente – respondeu Flynn.

Flynn colocou a coroa no fundo do barco. Ele já não queria mais ficar rico. Seu único sonho, a partir daquele momento, era ficar com Rapunzel. E esse grande sonho parecia estar bem próximo de se realizar...

22

O REI LEÃO

JANEIRO 15

Os medrosos

– Nala! – chamou Simba baixinho. – Está dormindo?

– Não – sussurrou Nala. – O que você está fazendo aqui? Vai nos trazer problemas... ainda.

Um pouco mais cedo, Simba e Nala tinham ido ao cemitério de elefantes, onde caíram numa armadilha das hienas. O pai de Simba, Mufasa, os havia salvado.

– Venha – pediu Simba. – Siga-me.

Rapidamente, os dois leõezinhos chegaram à savana escura.

– O que você está querendo? – perguntou Nala.

– Quero apenas ter certeza de que você não terá mais medo – disse Simba.

Nala ficou brava.

– Medo? – irritou-se Nala. – Não fui eu que fiquei com medo!

– Como assim? – gritou Simba. – Você está querendo dizer que fui eu que fiquei com medo? Porque essas hienas bobas não me dão medo. Mesmo diante de dez hienas, eu não teria medo.

– Bom – disse Nala – mesmo se encontrássemos vinte hienas e um búfalo raivoso, eu não teria medo.

– Ah, é? – fez Simba. – E eu não teria medo de trinta hienas, um búfalo raivoso e um...

– CALAU FURIOSO? – gritou uma voz.

– Ahhhhh! – gritaram Simba e Nala, dando um pulo.

Nesse momento, um pássaro de cores vivas saiu das sombras. Era Zazu, o fiel conselheiro de Mufasa.

– Zazu! – gritou Simba. – Você nos assustou!

– Não tive medo – disse Nala, indignada.

– Nem eu – acrescentou Simba rapidamente.

Zazu olhou bem para eles.

– Não tiveram medo, é? Isso explica os gritos – disse ele secamente.

– Você só nos pegou de surpresa – resmungou Nala.

Zazu estufou as penas.

– Escutem, vocês dois – disse ele –, não há por que ter vergonha de ter medo. Mesmo o rei Mufasa não negaria ter sentido medo quando foi avisado de que vocês estavam lá. Se isso vale para ele, vale também para dois jovenzinhos como vocês.

– É verdade... – disse Simba, enquanto Nala só levantou os ombros.

– Todo mundo tem medo – continuou Zazu. – É a maneira que reagimos que importa. É aí que está a coragem. Entenderam?

– Entendemos – disseram Simba e Nala.

– Ótimo. Agora, vamos nos apressar para voltar para casa... Ou eu lhes darei motivos para terem medo de verdade!

23

JANEIRO 16

POCAHONTAS

Escute com o coração

Era um belo dia ensolarado. Acompanhada de seus amigos, o guaxinim Miko e o beija-flor Flit, Pocahontas decidiu escalar uma montanha.

De repente, chegaram a uma bifurcação.

— Que direção devemos pegar, Miko? — ela perguntou.

O guaxinim indicou o caminho mais plano, e Pocahontas deu risada.

— É melhor irmos por este aqui! — disse ela, escolhendo o caminho mais estreito e íngreme.

Eles subiram e subiram, e o caminho foi ficando cada vez mais estreito e inclinado. Miko estava nervoso, e mesmo Flit parecia ansioso. Pocahontas retomava o fôlego quando o vento começou a soprar mais forte. As nuvens fecharam o céu, e logo começou a chover.

— Vamos logo! — chamou Pocahontas, apressando o passo. — Não podemos ficar aqui, e a trilha está escorregadia para descer. Precisamos continuar!

Pocahontas não queria demonstrar, mas, quando viu a água deslizando em abundância pelo caminho, sentiu medo. Ela escorregava a cada passo, e estava ficando cada vez mais frio. Daí, ela se lembrou do que lhe dizia a sua avó Willow.

— Preciso escutar os espíritos que nos cercam. Eles com certeza nos ajudarão.

Ela se concentrou, mas era difícil escutar com o barulho da chuva e do vento. Miko deu gritinhos e pulou no colo de Pocahontas, todo nervoso.

— Preciso escutar com o meu coração! — disse ela.

Agora ela ouvia. Os espíritos falavam com ela. E lhe diziam que ela devia subir um pouco mais. Lá em cima, encontraria um abrigo.

— Um pouco mais de esforço, meus amigos! — ela os chamou por cima do barulho do vento e da chuva. — Encontraremos um abrigo um pouco mais acima! E eles logo descobriram uma abertura na rocha, que levava a uma pequena gruta. Como estava quente lá dentro! Os três aventureiros se protegeram ali, ouvindo a chuva e o vento.

A tempestade cessou, por fim, e o sol brilhou novamente.

— Vamos! — avisou Pocahontas aos amigos. — Vamos ver como é o topo dessa montanha!

Eles escalaram apressadamente os últimos lances da trilha e desembocaram num vasto platô. Ao longe, se estendia a floresta e, para além dela, o mar cintilava sob o céu azul.

— Olhem, meus amigos! — gritou Pocahontas. — Não é uma maravilha?

Enrolados

JANEIRO 17

O TESOURO MAIS PRECIOSO

Flynn tinha acabado de se dar conta de que estava apaixonado por Rapunzel. Agora, nada mais tinha importância para ele além da felicidade com ela. Por isso, havia decidido dar fim a sua vida de ladrão. Adeus, coroa real, riquezas e ouro! Ele finalmente tinha encontrado seu verdadeiro tesouro. A partir de agora, ele seria Flynn, um homem honesto! E protegeria a sua preciosa Rapunzel com todo o seu coração.

Ali no barco, admirando as lanternas luminosas, Flynn se apressou para, enfim, beijar a jovem... Mas percebeu que os irmãos Stabbington estavam na margem. Os bandidos queriam recuperar a coroa que Flynn tinha se recusado a compartilhar com eles, e o rapaz sabia que eles eram capazes de tudo para se vingar. Flynn precisava acalmá-los de imediato, devolvendo-lhes a coroa que roubaram juntos. Ele, então, afastou-se de Rapunzel bruscamente.

— O que está acontecendo? — ela se assustou, decepcionada por não ter ganhado o seu primeiro beijo de amor.

— Ah, nada de importante. Apenas algo que preciso resolver. Já volto!

Flynn remou até a margem e correu para longe, com a bolsa da coroa na mão. Pascal, o camaleão de estimação de Rapunzel, ficou preocupado. E se Flynn jamais voltasse, como Mãe Gothel tinha avisado?

— Ele voltará — afirmou Rapunzel.

Mas Flynn não sabia que os irmãos Stabbington obedeciam justamente às ordens de Mãe Gothel! Quando o rapaz lhes devolveu a coroa de ouro, explicando que eles podiam ficar com a sua parte, os bandidos a recusaram!

— Sabemos que você encontrou um tesouro mil vezes mais precioso. Essa Rapunzel tem cabelos mágicos que curam doenças. É ela que queremos!

Os bandidos capturaram Flynn e o prenderam num barco, soltando-o à deriva. Então, foram atrás de Rapunzel, para capturá-la também! Mas Mãe Gothel surgiu de repente e os impediu de fazer isso. Rapunzel se jogou nos braços de Mãe Gothel, chorando.

— Ah, Mãe! Você tinha razão! Flynn me abandonou e levou com ele a coroa!

— Minha queridinha — sussurrou a mulher malvada. — Eu, sim, amo você de verdade!

Rapunzel franziu a testa. Ela, agora, suspeitava que Mãe Gothel tinha interesse, sobretudo, no

poder mágico de seus longos cabelos dourados... Enquanto Flynn só se interessava pela coroa!

— No fim das contas, talvez ele tenha sido mais sincero comigo — suspirou a jovem. — E esse é o mais precioso dos tesouros!

JANEIRO 18

IRMÃO URSO

E lá vamos nós!

– O que você está fazendo, hein? – Kenai levantou os olhos e viu Rutt e Tuke perplexos. Os dois alces um pouco loucos tentavam adivinhar o que Koda estava fazendo.

– Koda está olhando as centopeias – respondeu Kenai.

Koda ergueu os olhos.

– Elas estão apostando corrida!

Tuke ficou surpreso.

– Eu não sabia que centopeias sabiam apostar corridas.

– Todo mundo sabe apostar corrida – disse Rutt a Tuke. – Até eu!

– Que ideia genial! Vocês deviam apostar corrida! – empolgou-se Koda.

– Seria divertido – disse Tuke, já alongando as pernas desengonçadas. – A corrida dos Alces do Grande Norte de… ãh… qual ano, Rutt?

– Como eu saberia?

– Ei, vocês dois! – gritou Koda. – Concentrem-se! Prontos?… Preparar… Apontar… E já!

Os dois alces olharam para ele, imóveis.

– Mas aonde a gente vai? – perguntou Tuke.

– Vocês devem só correr! – gritou Koda. – É uma corrida, vocês não lembram?

– Ah, é verdade! – Rutt deu um passo adiante. – Vamos, Tuke. Corra!

– Não! – gritou Koda de novo. – Não é você que vai falar para ele correr! A sua tarefa é correr mais rápido que ele. Como você quer ganhar a corrida?

Agora Rutt saiu galopando. Tuke nem se mexeu.

– E agora? – disse Kenai. – Você não vai correr atrás dele?

– Correr atrás dele? Por quê?

O alce estava com um ar perdido. Koda grunhiu, frustrado.

– Porque é uma corrida!

– Ah!

Tuke coçou a cabeça. Depois, andou atrás de Rutt. Os dois ursos se olharam.

– Até as centopeias ganhariam desses dois – murmurou Koda, e Kenai deu risada.

– Vamos segui-los.

Eles conseguiram alcançar Rutt, que havia parado para comer galhinhos. Depois, encontraram Tuke rolando na lama. Até que Rutt alcançou Tuke para fofocar sobre uns esquilos que eles conheciam. No fim das contas, os ursos desistiram.

– Alguns animais não devem ter sido feitos para as corridas – disse Koda tristemente.

Kenai percebeu que o ursinho estava decepcionado.

– Tenho uma ideia – disse ele.

– Qual? – perguntou Koda.

– Apostar corrida até o riacho!

E ele partiu correndo com Koda, que ria alegremente enquanto corria.

26

JANEIRO
19

A VISITA DE PETER PAN

João e Miguel Darling ouviam com atenção sua irmã mais velha, Wendy, que lhes contava uma história sobre o seu herói favorito, Peter Pan. Enquanto isso, a cachorrinha e babá deles, Naná, tirava uma soneca tranquila sob a janela aberta do quarto das crianças.

– Daí – dizia Wendy – com um movimento rápido de espada – Peter Pan cortou fora a mão do malvado Capitão Gancho!

Miguel e João assobiaram. Naná também, depois se levantou rapidamente. Mas não foi a história de Wendy que a preocupou. Ela tinha ouvido um barulho estranho vindo lá de fora. Naná ficou em frente à janela, esperando que o barulho recomeçasse.

Quando ouviu o ruído novamente, Naná discretamente subiu no batente e colocou a cabeça para fora. E lá, agachado no parapeito estreito, estava um garoto ruivo, inteirinho vestido de verde. Naná ficou petrificada, depois, rosnou suavemente.

– Quietinha, Naná – sussurrou o garoto. – Por favor, sem latidos!

Ouvindo seu nome, Naná rosnou um pouco de novo e inclinou a cabeça para o lado, como se tentasse compreender algo.

– Você deve estar se perguntando como sei o seu nome – sussurrou de novo o garoto. – Pois eu sei muita coisa sobre você, e sobre Wendy, João e Miguel! Sabe, já faz um tempo que eu venho aqui de vez em quando, para ouvir as histórias da Wendy... Histórias sobre mim!

Ele, então, ficou em pé e estufou o peito, cheio de orgulho.

– Eu sou Peter Pan, sabia?

Naná estava longe de ser uma cadela ruim. Mas ela estava protegendo as três crianças no berçário. Ela sabia que seu trabalho era vigiá-los e que não poderia tolerar qualquer pessoa estranha na janela, fosse o famoso Peter Pan ou uma mosquinha intrometida.

Então, rosnando baixinho, Naná avançou na janela e tentou morder Peter Pan. O menino teve apenas tempo suficiente para voar, mas a sua sombra não era tão rápida e ficou presa, lutando para ser liberada!

Surpreso, Peter Pan voou no escuro de volta para a Terra do Nunca! Mas, agora, ele estava sem a sua sombra! O que ele deveria fazer então? A única solução era voltar à casa dos Darling e tentar recuperá-la... e rápido!

Enrolados

Janeiro 20

Operação de Resgate

Os irmãos Stabbington capturaram Flynn e o amarraram, desacordado, ao timão de um pequeno barco. Colocaram a coroa roubada no colo dele e empurraram o barco na direção do castelo. O plano deles funcionou perfeitamente: vendo Flynn chegar ao cais com a coroa, os soldados o prenderam na hora e o jogaram em uma masmorra!

– Rapunzel! – gemeu Flynn, retomando a consciência. – Preciso salvar você!

Felizmente, o cavalo Maximus viu tudo. Ele sabia que Flynn tinha mudado e que não merecia ficar preso. Sabia também que Rapunzel tinha sido capturada novamente pela malvada Mãe Gothel... Então, Maximus galopou até a taverna e buscou reforços para organizar a fuga de Flynn!

Enquanto isso, Flynn descobriu que os irmãos Stabbington também tinham sido jogados em uma masmorra, lá na prisão. A Mãe Gothel os havia traído. Para que eles aceitassem capturar Flynn e abandoná-lo com a coroa, ela havia lhes prometido os cabelos mágicos de Rapunzel. Mas é claro que tinha mentido! Assim que os Stabbington vieram atrás de seu prêmio, ela os capturou e os entregou ao exército.

Flynn, finalmente entendeu tudo o que tinha se passado. Ele implorou para os carcereiros:

– Libertem-me! Rapunzel precisa de ajuda!

Naquele instante, um bando de mal-encarados invadiu a prisão. Eram os bandidos da taverna que estavam ali para libertar Flynn! Eles lutaram corajosamente com os soldados e conseguiram guiar Flynn pelo corredor principal. Ali, um deles dirigindo rapidamente uma carroça um pouco torta deu a Flynn as seguintes instruções:

– Abaixe a cabeça. Cruze os braços. Separe os joelhos.

E *bum*! Ele saltou do outro lado da carroça, catapultando Flynn! O rapaz voou por cima da muralha da prisão, gritando, e aterrissou, de repente, bem no lombo de Maximus, que esperava por ele na entrada da prisão.

– Que operação de resgate! – gaguejou Flynn, partindo a galope. – Eu podia ter me espatifado, Maximus!

O cavalo tremeu com a ideia. Flynn mal havia se recuperado.

– Minha nossa! Não sei quem é o mais destemido de nós dois!

Porque, pensando bem, Flynn tinha se arriscado demais ao seguir as ordens dos patifes da taverna sem questionar. Bastava que ele tivesse juntado os joelhos na aterrissagem para acabar com o plano!

28

JANEIRO 21

ESPAGUETE COM ALMÔNDEGAS

Vagabundo tinha acabado de escapar da carrocinha. Esperava ter dado uma lição naquele perseguidor de cãezinhos! Então farejou o cheiro de fumaça que vinha da chaminé. Logo seria a hora do jantar. Seu estômago estava roncando. Fugir do caçador sempre abria seu apetite!

"Onde poderia jantar essa noite?", perguntou-se Vagabundo. Às segundas-feiras, ele costumava parar no Schultz para comer salsichas. Às terças, era dia de carne moída com repolho no O'Brien... Mas, naquela noite, ele estava mesmo com vontade de espaguete com almôndegas! Assim, dirigiu-se ao restaurante do Nino. E começou a arranhar a porta dos fundos, como de hábito.

– Já vou, já vou! – gritou Nino.

Ele apareceu na porta, enxugando as mãos com um pano de prato, e fingiu que não estava vendo Vagabundo, como sempre.

– Ah! Não tem ninguém! – gritou o cozinheiro.
– É uma pegadinha?

Ele coçou a cabeça.

– Mas, não, nem é 1º de abril! Estamos em janeiro.

Vagabundo não podia se conter. Estava morrendo de fome.

– Ah, é você, meu amiguinho! – disse Nino.

Vagabundo não parava de pular.

– Vou buscar o seu jantar. Relaxe, fique quieto!

Vagabundo sentou-se e admirou o burburinho dos fundos do restaurante, sonhando que, para ele, aquele era seu verdadeiro destino.

Nino apareceu com um prato de espaguete. Ele havia servido para Vagabundo não duas, mas três almôndegas! Que noite especial!

Nino ficou batendo papo com Vagabundo enquanto o cão comia sua refeição. O homem contou sobre o seu dia, sobre o peixe que foi entregue com atraso, o cliente que havia reclamado do molho de tomate com alho demais, a viagem que ele queria fazer com sua mulher...

Por fim, Vagabundo lambeu o prato. A porcelana brilhava!

– Isso me dá uma ideia – disse Nino. – Você não sonha em encontrar uma companheira e se estabilizar?

Vagabundo olhou horrorizado para o amigo e começou a andar em marcha à ré.

Nino deu uma gargalhada tão forte, que sua barriga chacoalhou.

– Até mais, Vagabundo! – gritou ele. – Não se esqueça do que eu disse. Um dia desses, você encontrará a cachorrinha da sua vida e não vai conseguir resistir! Nesse dia, traga-a aqui no Nino, para um bom jantar romântico.

Vagabundo latiu, pensando:

– Eu, um marginal, livre como o ar e sem coleira, me estabilizar? Isso nunca vai acontecer!

Janeiro 22

Concurso de mergulhos

Com a permissão de Colette e Linguini, Remy decidiu fazer uma surpresa a toda a sua colônia. Ajudado por seus amigos humanos, ele empurrou as mesas do restaurante La Ratatouille para abrir espaço...

– Quantos bolos você quer que eu faça? – perguntou Linguini a Remy.

– Uma centena, seria possível?

– Considere feito – concordou Linguini.

– Perfeito – respondeu Remy, encantado. – Então, está resolvido o campo de golfe.

– E além do golfe? – perguntou Colette.

– Seria bom pescar com vara! – sugeriu Remy. – E também patinar no gelo, fazer corrida de carrinhos, concursos de elegância...

– Muito bem – disse Colette.

Durante todo o dia, os três amigos trabalharam. A noite chegou, mas o restaurante estava fechado para humanos. Quando os ratinhos chegaram para comer, como sempre faziam, ficaram boquiabertos: o restaurante tinha se transformado em um parque de diversão inteirinho feito de doces! Podiam jogar golfe sobre bolos, patinar sobre um enorme bolo de chocolate coberto com uma camada de gelo, pescar framboesas e morangos em grandes tortas de frutas, fazer chapéus divertidos com *macarons* e se fantasiar com fitas de *marshmallow*, podiam até mesmo brincar de corrida de carrinho em bolinhos com rodinhas!

Django adivinhou:

– Faz um ano que o restaurante foi aberto, certo?

Ele tinha razão! Para o primeiro aniversário do restaurante, Remy quis criar um sonho de rato!

– E, no final, tudo isso tem de desaparecer – acrescentou Remy.

– Oba! – gritaram os ratinhos em coro. – O melhor ficou para o final!

Mas, nesse momento, alguém chegou pela porta da cozinha. Não era um cliente, era um amigo! Era Anton Ego, claro!

– Ah, será que eu também posso brincar? – perguntou o grande crítico, assumindo o seu lado criança.

– Sim... claro! – respondeu Remy, que não ousaria recusar.

Todos trocaram olhares catastróficos. O parque de bolos não iria resistir, sobretudo porque o crítico tinha ganhado alguns quilinhos, de tanto que ele amava comer...

Mas Anton Ego caiu na risada:

– Dei um susto em vocês, hein! Para compensar – disse ele, abrindo uma sacola – eu ofereço a vocês champanhe para fazer uma piscina! E agora foi dada a largada para o concurso de mergulhos!

30

Enrolados

JANEIRO 23

A verdadeira prisioneira

Rapunzel, com o coração apertado, finalmente voltou à torre com Mãe Gothel. Sozinha no quarto, ela pensava tristemente em Flynn. Nem mesmo Pascal, seu camaleãozinho de estimação, conseguia levantar o astral da garota. Ela, então, pegou a pequena bandeirinha do reino, com o símbolo de flor em forma de sol e admirou-a, levantando-a no ar contra a parede de seu quarto. Mas, quando passou a bandeirinha em frente às pinturas que ela mesma tinha feito, Rapunzel deu um pulo. É isso! Sem saber, ela havia desenhado muitas e muitas vezes o símbolo do reino, em meio às lanternas voadoras no céu. Mas ela nunca antes tinha visto aquele símbolo, nem saído da torre...

– Como você explica isso, Pascal?

Rapunzel pensou. No fundo, ela achava que já conhecia aquele símbolo tão dourado quanto os seus cabelos... Talvez fosse por isso que ela queria tanto descobrir de onde vinham as lanternas que apareciam no céu justo no dia de seu aniversário! Flynn explicou para ela que o povo do reino soltava as lanternas voadoras em memória de sua princesa desaparecida. Rapunzel também tinha visto um belo mosaico na cidade, que representava o rei, a rainha e a filhinha deles, antes de a bebê ser raptada por uma mulher malvada. Entendeu?

"Eu tenho os olhos verdes, como a mãe e a filha", havia mesmo observado Rapunzel. De repente, a garota deu um grito:

– Minha nossa, Pascal! Sou eu a princesa desaparecida! Tudo faz sentido; a data de aniversário, o símbolo dourado...

Mais do que depressa, Rapunzel foi contar a Mãe Gothel que, agora, ela sabia de tudo.

– A senhora não é a minha mãe! A senhora me raptou para se aproveitar dos meus cabelos mágicos! E me ensinou a desconfiar daqueles que queriam tirar proveito desse meu poder, mas era da senhora que eu deveria ter desconfiado!

Rapunzel estava furiosa.

– Sendo assim, vou partir agora. Perdoo Flynn e peço a ele que me ajude!

– Inútil, Rapunzel – grunhiu Mãe Gothel. – Flynn já não pode fazer nada por você. Ele não a abandonou; eu é quem o entreguei para que fosse preso!

– É mesmo uma mania sua prender as pessoas, não é? Mas, aqui, já não sou eu a prisioneira. Vou sair desta torre, já que a sua juventude depende totalmente da magia dos meus cabelos... Eu me recuso, a partir de agora, a deixar você se aproveitar dela. Veja, então: a verdadeira prisioneira é a senhora!

31

JANEIRO 24

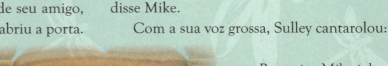

O pior pesadelo de Mike

—Aaaaaahhh... Aaaahhh! Sulley se sentou na cama. O grito aterrorizado tinha vindo do quarto de seu amigo, Mike. Sulley foi para o quarto dele e abriu a porta.

– Oi! – falou Mike, com a voz trêmula. – Acho que tive um pesadelo.

Ele engoliu com dificuldade, depois, se sentou na cama e sorriu com ar envergonhado para Sulley.

– Fazia tempo que eu não tinha pesadelos.

Sulley coçou a cabeça.

– Muito bem, bom, boa noite, Mike.

– Ãh, Sulley, posso contar para você? – perguntou Mike.

Sulley sentou-se na cama de seu amigo.

– Tudo bem – disse ele.

– Sonhei que havia uma criança humana no meu armário, lá embaixo! – Ele apontou para o outro lado do cômodo, com um riso nervoso.

– Calma, calma – disse Sulley com gentileza. – Talvez seja por causa do filme que você viu ontem à noite.

– Kidzilla? – riu Mike. – Não... Já vi esse filme mil vezes, e ele nunca me perturbou.

– Então, por que você não volta a dormir? – disse Sulley, escondendo um bocejo.

Mike falou com uma voz mais clara.

– Quando eu era pequeno – contou ele – a minha mãe me dava um pirulito de lama quando eu tinha pesadelos.

Pacientemente Sulley foi buscar um pirulito.

– Ela também cantava uma canção de ninar – disse Mike.

Com a sua voz grossa, Sulley cantarolou:

Boa noite, Mikezinho,
Com os seus caninos, cabelo verde e corpo de globinho!
De manhã, quando o dia nascer,
Seus olhos redondos vão se abrir e o sol acordará você!

– Um só olho redondo – corrigiu Mike, sob as cobertas.

– Ah, mas a minha mãe também via se tinha algo no armário.

Ainda calmo, Sulley abriu a porta do armário e entrou nele.

– Não, aqui não tem nada – ele anunciou.

De repente, um barulho! Algo caiu do armário. Era um pano de chão amarelo todo arrepiado. Aquilo parecia uma cabeça de cabelos loiros!

– Ahhhh!! – gritou Mike, entrando debaixo das cobertas. Um momento depois, acalmou-se.

– Ah, desculpe. Achei que o pano fosse uma criança humana! – Ele estremeceu e sorriu de novo, envergonhado.

– Não seja burro, Mike – disse Sulley. – Uma criança nunca ficaria à solta na Monstrópolis. Seria uma catástrofe!

– Não mesmo. É verdade – concordou Mike, adormecendo. – Boa noite, Sulley.

– Boa noite, Mike.

Só precisa acreditar

Mulan tinha se alistado no exército do imperador da China disfarçada de menino. Todos os dias, ela treinava com os outros soldados. Felizmente, ela tinha amigos como o dragão Mushu e o grilo Gri-li para lhe fazer companhia!

Uma noite, houve uma grande tempestade, e o cavalo Khan se assustou, então foi preciso colocá-lo num abrigo.

– Mushu, você pode cuspir fogo para iluminar o caminho? – perguntou Mulan.

Mas Mushu só conseguiu cuspir uma faísca de fumaça.

– Que vergonha – gemeu o dragão. – Virei um dragão inútil!

– Você está apenas cansado – consolou Mulan, tentando ajudar Khan no escuro.

Na manhã seguinte, a jovem teve de partir cedo, pois tinha de passar por uma prova de escalada com cordas com a tropa do exército! Chien-Po e Yao estavam nervosos. Até Ling estava morrendo de medo, mesmo sendo um verdadeiro campeão! De repente, soou o gongo. Os soldados deveriam se apresentar no pátio. Mulan fez o teste e foi aprovada com sucesso. Ufa! Chien-Po não conseguiu se erguer muito bem, mas passou também. Yao subiu rapidamente até o fim da corda. Que maravilha! Mas o pobre Ling... Diante do capitão Shang, ficou paralisado de medo.

– Tente a sorte de novo amanhã, com os iniciantes – sugeriu o oficial.

Decepcionada pelo que aconteceu com Ling, Mulan voltou a sua tenda e descobriu que Mushu também havia perdido a confiança em si mesmo. Ele não tentou nem acender uma fogueira no acampamento, pois teve medo de não conseguir. Incomodada, Mulan partiu, então, para observar Ling no grupo de iniciantes. Ele escalou a corda tão bem, que até ensinou um dos soldados mais desajeitados! Rapidamente, Mulan correu para procurar Shang, a fim de que ele visse do que Ling era capaz...

No momento do segundo teste, o capitão admitiu que já tinha espionado Ling no dia anterior.

– Eu o promovo ao posto superior, soldado Ling!

– Obrigado, capitão!

E Ling, louco de alegria, escalou a corda ainda mais rápido que Yao.

– Êeee! – comemorou Mulan. Voltando a sua tenda, Mulan encontrou Mushu assando bolinhos de arroz.

– Consegui acender o fogo para Gri-li – explicou o dragão. – Ele estava morrendo de fome!

Naquela noite, Mulan jantou com o coração feliz. Ling e Mushu provaram que a melhor maneira de conquistar algo é acreditar em si mesmo. E a melhor maneira de acreditar em si mesmo... é querer a todo custo ajudar um amigo!

JANEIRO 26

Enrolados

Família enfim reunida

Mãe Gothel estava furiosa. Rapunzel tinha descoberto toda a verdade sobre o seu rapto. E, agora, se recusava a usar seu poder mágico para ela!

– Eu não cantarei mais, os meus cabelos não deixarão a senhora mais jovem! – enfrentou a garota.

Apesar disso, Mãe Gothel conseguiu amarrar Rapunzel em uma cadeira, mas não havia o que fazer, ela preferia morrer a obedecer Mãe. Nesse momento, Flynn chegou à torre. Ele tinha fugido da prisão para ir salvar Rapunzel. Sem desconfiar do que estava acontecendo lá em cima, ele escalou os cabelos dourados para subir a torre. Porém, quando, enfim, entrou pela janela, foi Mãe Gothel que o recebeu... dando-lhe uma facada nas costas! Ela, então, ameaçou:

– Se quiser que eu deixe você cantar para curá-lo, Rapunzel, você tem de jurar que viverá comigo para sempre. Se não, pior para ele!

A moça fez a promessa, para salvar Flynn. O rapaz não queria que Rapunzel se sacrificasse por ele, mas ela não lhe deu ouvidos. Para evitar que a magia acontecesse, Flynn alcançou um pedaço do espelho que havia sido quebrado durante a briga e *tchac!*, cortou os longos cabelos de Rapunzel!

Na mesma hora, os cabelos perderam seu brilho encantado. Com um grito estridente, Mãe Gothel envelheceu, envelheceu... até desaparecer, em forma de poeira!

– Rapunzel, você era o meu novo sonho! – disse Flynn, agonizando.

Com um soluço, a bela jovem cantou assim mesmo, cheia de esperança. Mas seus cabelos haviam perdido mesmo o poder da magia. Rapunzel chorou tanto que suas lágrimas inundaram o rosto de Flynn. De repente, uma lágrima começou a brilhar... e o ferimento do jovem foi curado, milagrosamente! O poder mágico da Flor Dourada, a partir daquele momento, estava nas lágrimas de Rapunzel! Muito felizes, os dois apaixonados enfim trocaram o primeiro beijo.

Depois, Flynn apressou-se para acompanhar Rapunzel até o castelo, onde encontraram o rei e a rainha extremamente emocionados. Que alegria, a filha querida deles tinha voltado para casa, e a família, enfim, estava reunida novamente! Por todo o reino, o povo celebrou o retorno de sua princesa. O acontecimento foi, então, comemorado com milhares de lanternas iluminando o céu. Graças a essas lindas lanternas Rapunzel encontrou o caminho de casa na companhia de seu camaleão Pascal e de Flynn, o ladrão arrependido... E amor de sua vida!

Janeiro 27

O desafio de Madame Min

Uma manhã, Madame Min se apresentou no castelo do jovem rei Arthur.

– Vim ver Merlin! – anunciou ela ao guarda do castelo. – Vá buscá-lo imediatamente, ou transformo você em um besouro cor-de-rosa!

Aterrorizado, o homem foi chamar o mago, que estava assoando o nariz.

– Madame Min! Estou contente em revê-la! Seu rosto está bem melhor do que da última vez em que nos vimos...

– Justamente! Graças a você, a escarlatina me deixou de cama por quatro semanas! Vim aqui me vingar, Merlin! E, como desconfio de suas estratégias, é inútil você se transformar em uma doença. Há meses tenho pegado todas as doenças e, agora, estou imunizada! Tive sarampo, rubéola, caxumba, coqueluche, icterícia... Agora você não me pega mais!

Merlin levantou as sobrancelhas.

– Muito bem, Madame Min. Vamos procurar um lugar para duelarmos.

Silenciosamente, eles caminharam até a floresta. Uma grande clareira lhes pareceu o lugar ideal. Erguendo as mangas, Merlin anunciou o início da batalha, transformando Madame Min em um grande mosquito!

– Sabe, eu também tive malária! – gritou ela, picando Merlin.

Ela esperou, provavelmente, até que o seu velho inimigo tivesse um ataque.

Mas, longe disso, Merlin começou, isso sim, a espirrar violentamente.

– Perdoe-me, Madame Min... O castelo é cheio de correntes de ar, e eu peguei, infelizmente, um resfriado daqueles! – disse ele com um lenço na mão.

– Um resfriado? – gritou Madame Min com as asas finas grudentas de catarro.

Em um instante, ela voltou a ser humana e se enxugou com a sua echarpe. Um segundo depois, ela começou a espirrar também.

– Ah, Merlin, você ganhou! – fungou ela. – Eu pensei em todo tipo de doença, mas não em um simples resfriado! E agora já estou com febre, estou sentindo!

– Minha pobre amiga, vamos deixar o nosso duelo para outra vez – concluiu Merlin, com os olhos cheios de malícia. – O que você acha de tomarmos um bom chocolate quente?

Chacoalhando-se com os calafrios, Madame Min o acompanhou até o castelo. Diante da lareira do salão principal, eles contaram as suas melhores experiências mágicas enquanto bebiam das suas canecas quentinhas. Um mais resfriado que o outro, eles só se interrompiam para assoar o nariz!

35

JANEIRO 28

A Bela Adormecida

A COLHEITA

Era uma vez, em uma floresta distante, uma linda princesa que não sabia que era princesa, e três boas fadas que fingiam ser camponesas (claro, você sabe exatamente de quem estamos falando... Então, passaremos diretamente a Aurora e suas três "tias").

Naquela manhã, Flora tinha reunido a casa toda para propor uma colheita de amoras.

— Que ideia maravilhosa! — exclamou Aurora.

— Sim, é mesmo! — concordou Primavera. — Se colhermos muitas, poderemos fazer uma torta.

— E, se colhermos muitas mesmo — adicionou Fauna — poderemos preparar geleia para o ano todo!

— Bom, nós não conseguiremos colher o suficiente se não formos agora! — observou Flora.

As quatro seguiram, então, por um caminho na floresta até descobrirem um pé cheinho de amoras. Sem demora, Flora, Fauna, Primavera e Aurora se colocaram a trabalhar. Mas, como você verá, o trabalho não resultou necessariamente em frutos!

Primavera, por exemplo, não conseguia manter a cesta sob o seu braço. Toda vez que ela esticava a mão para colher uma amora, a cesta escorregava e caía de ponta cabeça, derrubando uma ou duas frutinhas.

Já Fauna tinha bastante dificuldade de colocar as amoras na cesta, em vez de levá-las à boca!

Quanto a Aurora, o seu coração e a sua alma estavam bem longe da colheita de amoras, ela se imaginava dançando com um lindo desconhecido.

— Minhas queridas — disse Flora quando o sol começou a baixar —, precisamos voltar para casa. Mostrem-me o que colheram.

— Ãh... — fez Primavera. — Acho que não colhi muitas.

Flora virou os olhos e se aproximou de Fauna:

— Deixe eu adivinhar — disse ela, vendo a cesta vazia e a boca de Fauna toda roxa graças ao suco da fruta.

— Ah, sim — respondeu Fauna, com a boca cheia. — Essas amoras são... deliciosas! Realmente deliciosas.

Flora suspirou.

— E você, Aurora? — perguntou ela, esperançosa. Mas Aurora estava com uma cara envergonhada.

— Sinto muito, tia Flora — disse ela. — Acho que estou um pouco distraída.

— Bom, então, não teremos torta de amoras esta semana — concluiu Flora.

Depois, ela acrescentou, sorrindo:

— Felizmente, nós podemos preparar um belo bolo de chocolate!

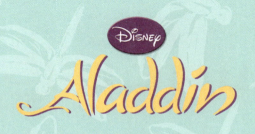

JANEIRO 29

A FUGA DOS PRÍNCIPES

– Querida, eu imploro a você – disse o Sultão de Agrabah, ardendo de impaciência. – A lei exige que você se case antes do seu décimo sexto aniversário, e esse dia está chegando. Por que você é tão difícil? Tantos príncipes querem se casar com você.

– Eles são todos tão... metidos – suspirou Jasmine. – Mas vou tentar, papai. Prometo.

No dia seguinte, um príncipe, trazido em sua liteira e anunciado por trombetas, seguido por uma tropa de camelos e um exército de súditos, chegou ao palácio. Ele se curvou diante de Jasmine.

– Sei que ficará feliz em saber que a escolhi para minha esposa – disse ele, com um tom que irritou a jovem. – Podemos organizar o casamento?

A jovem princesa, escondendo a antipatia que sentiu por ele, respondeu:

– Eu estava indo passear com Rajah pelo palácio. Ele precisa de exercício. Que tal conversar enquanto caminhamos?

O príncipe aceitou na hora. Com um sorriso falso, Jasmine suspirou. O seu tigre, Rajah, então, apareceu e, quando rugiu para dar as boas-vindas, o príncipe saiu correndo assustado.

– Esse aí não aguentou muito tempo – disse Jasmine alegremente, enquanto acariciava a cabeça do grande felino. – Bom trabalho, Rajah!

No dia seguinte, outro pretendente chegou com mais súditos ainda.

– Eis o príncipe Habibi – anunciou um valete.

Jasmine pôs a cabeça para fora da janela e acenou para o príncipe, que caminhou em frente a todos.

– Sinto muito mesmo, mas não posso descer, as escadas acabam de ser enceradas – gritou ela. – Será que o senhor não poderia levar a minha roupa para a lavanderia real, por favor?

O príncipe Habibi ficou ao pé da torre de Jasmine, com os braços estendidos para pegar a roupa. E *bum*! Uma grande trouxa tombou sobre ele. Muito bravo, ele foi embora sem mais perguntas.

No dia seguinte, outro pretendente apareceu, o príncipe Baklava.

– A princesa está às margens do laguinho real – anunciou o lacaio.

– Venha aqui, até mim! – gritou Jasmine do meio do lago, em pé sobre uma ilhota cercada de crocodilos.

O príncipe Baklava gritou, aterrorizado, e deu meia-volta também, com a capa e os seus criados voando atrás dele!

Jasmine caiu na risada. Em seguida, ela voltou para a margem, saltando levemente sobre as costas dos crocodilos.

– Obrigada, meus amigos! – disse ela. – Sua ajuda me foi muito útil!

37

Janeiro 30

O ROBÔ CABELEIREIRO

GO-4 dirigia a navezinha por Axiom. Ele estava levando EVA ao posto de pilotagem, e WALL•E o seguia escondido, decidido a não abandonar a amiga. Mas, de repente, fascinado pelo imenso bairro de comércio de cargas galácticas, WALL•E perdeu GO-4 de vista!

– Bip! – afobou-se o robozinho.

Ele se virou para a esquerda, para a direita, para a frente e para trás e, enfim, avistou a navezinha de GO-4 a bordo de um monotrilho que transportava humanos em suas aeropoltronas.

Juntando toda a sua coragem, WALL•E embarcou também no monotrilho, ainda seguindo GO-4. Ele estava passando por trás das aeropoltronas, quando... um robô cabeleireiro tropeçou nele!

– Zap-o-zap! – mandou ele, dando a WALL•E uma tesoura.

WALL•E ficou bem nervoso. Ele não entendeu a ordem! Mas, de repente, percebeu uma cliente do robô cabeleireiro sentada a sua frente. Ela olhava seu reflexo em sua tela individual, enquanto o robô lhe cortava os cabelos.

"Fácil!", pensou WALL•E, mais calmo.

E começou a cortar os cabelos da mulher. Ele cortava assim, assado, sem nem se importar como. Quando a cliente viu o resultado catastrófico no reflexo, soltou um grito de raiva!

WALL•E não compreendia o que queriam dele. Só tinha entrado ali para procurar EVA!

Rapidamente, o robô cabeleireiro se encarregou de consertar o estrago e empurrou WALL•E para a cliente seguinte. O robozinho não cortou bem os cabelos dela, mas, curiosamente, ela ficou encantada.

– Enfim um penteado original!

Não demorou para que todas as mulheres do monotrilho pedissem um corte igual! Mesmo a que não havia ficado contente mudou, de repente, de opinião!

E, num espaço de 10 segundos, o corte "WALL•E" tornou-se a nova moda a bordo do Axiom!

"E eu, que queria passar despercebido", suspirou o robozinho rodeado por suas fãs enlouquecidas. "Ser amado a bordo desta nave é pior do que ser um clandestino fugitivo!"

Pinóquio

JANEIRO 31

UM PRESENTE MARAVILHOSO

Pinóquio era o garotinho mais feliz do mundo e sabia bem disso. Ele já não era mais um boneco de madeira, mas sim um menino de verdade, bem vivo! E sabia, também, que devia isso a Gepeto, que queria tanto um filho como ele.

– Eu adoraria dar um presente a papai, como forma de agradecimento – disse ele um dia.

Como não tinha dinheiro, Pinóquio decidiu confeccionar um brinquedo.

– Vou pegar emprestado as ferramentas de papai para fazer uma escultura de madeira!

Uma tarde, como Gepeto havia saído, Pinóquio se instalou em sua mesa de trabalho. O problema é que ele não sabia nada da arte de esculpir em madeira.

– Isso tem cara de ser perigoso – pensou ele, examinando uma tesoura. – Papai não me deixaria mexer nisso sozinho!

Assim, ele decidiu pensar em outra ideia de presente.

– Vou preparar para ele um prato bem gostoso!

Mas não demorou para ele se dar conta de que também não sabia cozinhar.

– Além disso, papai sempre me fala para eu ficar longe do fogo – lembrou ele.

Vendo o acordeão de Gepeto sobre a mesa, Pinóquio teve uma ideia.

– Já sei! – gritou ele. – O papai adora música. – Vou compor e cantar uma música para ele! Que presente maravilhoso!

Pegando o instrumento, ele começou a tocar. Mas os sons que saíam eram completamente... desafinados!

– Hmm... Não sei tocar acordeão nem compor canções... – Colocando o instrumento no chão, Pinóquio ficou ali, em pé no meio da sala.

Quando Gepeto entrou em casa, ele percebeu que o menino estava com os olhos cheios d'água.

– O que você tem, meu pequeno? – perguntou ele, aproximando-se.

Em meio às lágrimas, Pinóquio explicou ao pai que queria ter feito um presente para ele, mas que não sabia fazer nada.

Ouvindo essas palavras, a preocupação do rosto de Gepeto transformou-se em um radiante sorriso, e seus olhos também se encheram de lágrimas.

– Meu filho – declarou ele. – Você não sabe, então, que você é o melhor presente que um pai poderia ganhar?

– Eu? – surpreendeu-se Pinóquio.

– Sim, você! – garantiu Gepeto.

Pinóquio estalou um beijão na bochecha do pai, que logo pegou o seu acordeão. Eles então cantaram e dançaram até anoitecer.

39

FEVEREIRO 1

Um supercão!

Apesar do focinho bonitinho e dos grandes olhos escuros, Bolt, o cachorrinho de Penny, era um animal extraordinário. O pai de Penny, um gênio, o tinha modificado geneticamente, dando a ele poderes fabulosos. Desde então, havia uma mancha preta no seu flanco e, todos os dias, ele vivia grandes aventuras na companhia de sua pequena tutora!

Dessa vez, a semana tinha começado mal: o pai de Penny fora raptado pela organização do Doutor Calico, um homem mau que queria se apossar de todas as invenções dele. Penny e Bolt passaram poucas e boas para escapar das armadilhas desse terrível criminoso e salvar o pai de Penny. Como sempre, Bolt tinha se comportado como um herói: primeiro, com um simples golpe de cabeça, ele fez voar pelos ares um carro da gangue. Logo depois, galopou a toda velocidade de suas patinhas para salvar sua tutora de perseguidores armados. Em seguida, enfrentou um exército de motociclistas, subiu num trem em movimento e destruiu um helicóptero graças ao raio laser de seus olhos. Por fim, ele usou a mais secreta de suas armas, um bocejo tão poderoso que levantou o chão, derrubando motociclistas, carros e obstáculos!

Quando tudo acabou, Penny, fazendo carinho em seu cãozinho, disse:

— Acabou, Bolt! Bom trabalho, amiguinho! Você nos salvou mais uma vez! Missão cumprida!

Bolt estava muito feliz de voltar para a pequena casa de metal que dividia com Penny. Como assim? Bem, não exatamente dividia. Digamos que Bolt gostaria que ela ficasse um pouco mais com ele à noite. Mas Penny, infelizmente, sempre ia embora, e ele ficava dormindo sozinho... Mas, mal haviam eles chegado em casa, o telefone da menina tocou. Com ar triste, ela atendeu, levantou-se e, depois de um beijo e um abraço, saiu fechando a porta com cuidado. Lá fora, sua mãe a esperava, junto com seu agente. Porque o que Bolt não sabia é que Penny era atriz!

— Um dia eu posso levar Bolt para casa? – perguntou ela.

— Você sabe bem que é impossível – respondeu o agente. – Bolt só conhece o universo dos estúdios, e é preciso que fique assim para que ele possa continuar desempenhando seu papel de supercão!

Fevereiro 2

Dia da Marmota

O ursinho Pooh bateu na porta de Leitão.

— Acorde! Acorde! Hoje é o Dia da Marmota!

Leitão vestiu-se rapidamente, e os dois amigos foram logo se reunir com seus outros amigos que vivam na Floresta dos Sonhos Azuis.

— É o Dia da Marmota! – gritaram eles em coro, acordando Tigrão, Coelho, Corujão, Ió, Can e Guru.

Depois, todo o bando se dirigiu à casa de Christopher Robin para também acordá-lo.

— Mas onde encontraremos uma marmota? – perguntou-se Leitão.

Eles logo chegaram ao Canto das Ideias e ali se sentaram para esperar.

— Ah, o que estamos esperando mesmo? – questionou Leitão depois de um momento.

— Marmotas, claro! – disse Pooh.

— Mas o que acontece no Dia da Marmota? – insistiu Leitão.

O ursinho não sabia exatamente como responder. Ele se virou para Christopher Robin.

— Uma velha lenda – começou o menino – conta que, no dia 2 de fevereiro, a marmota sai de sua toca, após um longo período de hibernação no inverno, para ver a sua sombra. Se ela a vê, conclui que ainda há seis semanas de inverno e volta para a toca para dormir. Se ela não a vê, conclui que a primavera não tardará a chegar e já fica aqui fora para esperar.

— Entendo – disse Pooh, que, na verdade, não tinha entendido muito bem.

Alguns instantes se passaram e Coelho perguntou.

— Pooh, será que a marmota vai demorar para aparecer?

— Ah, não tenho a mínima ideia, já que eu não conheço nenhuma marmota pessoalmente.

Essa novidade chocou a todos. Mas, de repente, a cabeça da marmota Gopher apareceu no chão, logo ali diante deles.

— Aha! – gritou o ursinho, triunfante.

— É só o Gopher – disse Coelho.

— Acho que o Gopher pode representar as marmotas – disse Christopher Robin. – Gopher, você está ou não está vendo a sua sombra?

Gopher piscou os olhos depois olhou para o chão.

— Acho que estou vendo a minha sombra.

— Ah, bom, isso é tudo por ora – disse o menino. – Ainda temos seis semanas de inverno. Muito obrigado, Gopher.

— De nada – respondeu Gopher, com um ar um pouco perdido. – Eu desejo uma alegre primavera a todos!

41

Fevereiro 3

O rapto de Penny

O que Bolt não sabia é que tudo o que ele vivia há anos, os vilões que enfrentava todos os dias, tudo isso não passava de uma ilusão! Não havia nenhum Doutor Calico, nenhuma organização criminosa, nenhum gênio inventor – todos esses personagens eram interpretados por atores que, assim como Penny, trabalhavam em Hollywood. E Bolt, o herói da série de televisão que levava o seu nome, também não tinha nenhum superpoder, mesmo que todos aqueles efeitos especiais muito benfeitos o fizessem crer que sim... Penny, por sua vez, voltava para casa todos os dias com sua mãe, deixando o cachorrinho na "casinha de metal", que não passava de um confortável *trailer* de ator.

Uma noite Bolt estava deitado encolhido sobre o tapete, dando um grande suspiro, quando, como sempre, o gato preto preferido do "Doutor Calico" passou a cabecinha pela abertura do teto.

– Talvez você tenha vencido hoje, Bolt, mas ainda vamos conseguir raptar Penny! – ameaçou o gato, em tom de zombaria.

– E eu destruirei vocês, você e seu diabólico dono! – respondeu Bolt, furioso.

Brincando, o bichano foi embora acompanhado de seu melhor amigo, um grande gato persa.

– Que louco! – exclamou o amigo. – Você tinha razão, o Bolt realmente acha que tudo isso aqui é real!

Sim, Bolt estava convencido de que tudo que ele vivia era real, e esse era o problema. Porque, para manter o interesse dos espectadores, a produção da série decidiu que, a partir do dia seguinte, iria mudar um pouco a história...

Quando Penny e Bolt chegaram ao estúdio, as câmeras começaram a rodar. Segundo o roteiro, os nossos dois heróis entrariam secretamente na base do Doutor Calico. Mas o que mudou na história é que, em vez de vencer no final do episódio, Bolt assistiria ao rapto de Penny, que seria colocada dentro de uma enorme caixa e levada por um helicóptero!

Depois que a cena foi filmada, tocou uma campainha.

Penny foi até os bastidores.

– Está tudo bem, Bolt, não se preocupe!

Mas, levado em uma gaiola, o cachorrinho já havia desaparecido. E, antes que Penny fosse ao *trailer* dele para garantir que tudo estava bem, o agente dela a impediu.

– Pare! O Bolt não deve saber que você está bem – explicou ele.

– Mas ele passará uma noite horrível... – protestou Penny, desesperada.

– Não se preocupe. Amanhã, ele ficará muito contente de rever e salvar você!

Fevereiro 4

A ilha misteriosa

Depois de semanas de treino, Beto Pêra colocou seu novo uniforme de sr. Incrível e subiu na aeronave ultrarrápida que o levaria ao terreno de suas novas explorações. Então a sofisticada navezinha decolou. Confortavelmente instalado em frente à janela panorâmica do posto de pilotagem, o super-herói provou os aperitivos de camarão e os coquetéis de frutas exóticas que lhe haviam sido servidos antes mesmo de ele apertar um botãozinho. Depois, a nave saiu por entre as nuvens, sobrevoando uma ilha, passou por cima de uma lagoa azul-turquesa e quase tocou nas ondas antes de mergulhar suavemente na água. Em alguns segundos, ele chegou a uma câmara gigantesca; enquanto as portas submarinas se fechavam atrás dele e a água escorria para fora, um tubo se fixou na fuselagem de sua nave. O sr. Incrível abriu o cinto de segurança e se levantou para ir encontrar a mulher elegante que esperava por ele, sentada em uma nave redonda como uma bolha.

– Estou contente em revê-la, Mirage! – disse ele cordialmente.

Com uma aceleração progressiva, a navezinha partiu rumo ao seu destino. Depois de um trajeto curto sob a terra, ela começou a voar ao ar livre, e o sr. Incrível, maravilhado, pôs-se a admirar a selva que recobria três quartos da ilha. Percorrendo o monotrilho, após uma curva, a nave se aproximou de uma cachoeira, que se abriu como uma cortina para eles passarem. Um instante depois, presa por dois enormes pistões, a pequena máquina ergueu-se dentro de um vulcão, onde ficava a sede do proprietário e a hospedagem de seus convidados. Por fim, as portas automáticas de um apartamento esplêndido se abriram diante de Mirage e seu hóspede.

– Reunião na sala de conferências às 14h em ponto! – disse a moça antes de ir embora, deixando o super-herói livre para explorar os seus novos domínios.

Espantado, ele jogou a mala sobre a cama, pegou uma pera suculenta na fruteira e seguiu até a varanda ensolarada, que, do outro lado da baía envidraçada, oferecia uma vista maravilhosa. Decididamente, o homem misterioso que havia construído esse lugar era um verdadeiro gênio, pensou ele todo feliz, com os olhos voltados para o oceano.

Fevereiro 5

Viagem rumo ao desconhecido

Penny havia sido raptada pelo Doutor Calico! Levado por um adestrador, Bolt não sabia que tudo não passava de um roteiro de uma série de TV, nem que, na realidade, a sua pequena tutora estava agora voltando para casa, sã e salva. Furioso, ele se mexia dentro de sua caixa, latindo. O adestrador o soltou em seu *trailer*, mas Bolt conseguiu fugir pela abertura no teto. Ele saltou de lá de cima e, correndo para o que acreditava ser o esconderijo de Calico, atravessou os cenários desertos. De repente, ele ouviu Penny gritando:

– Rápido, Bolt, me ajude!

– Estou indo! – latiu o cachorro, sem imaginar que estava respondendo, na verdade, a uma gravação do episódio do dia, que estava sendo editado naquele momento.

Ele percorreu os corredores, passou em frente a um cômodo cheio de caixas e avistou, de uma janela baixa, o estacionamento do estúdio. Uma caixa verde, idêntica àquela em que Penny fora colocada, estava ali! Convencido de que os seus superpoderes o deixariam pular da janela sem se machucar, Bolt pegou impulso, saltou e bateu com tudo contra o vidro blindado. Assustado, ele caiu no fundo de uma caixa cheia de bolinhas de isopor. Um minuto depois, um homem entrou no cômodo, fechou a caixa e a colocou em um caminhão.

Horas se passaram. De repente, uma batida forte acordou o pobre Bolt. Alguém tinha aberto a caixa! Sem pensar, o cachorrinho correu em direção à luz e conseguiu escapar para a rua. E, lá, ele ficou paralisado. Pela primeira vez em sua vida, uma cidade desconhecida, barulhenta, cheia de pessoas e de carros, se revelou diante dos seus olhos. Além de nunca antes ter saído do estúdio de gravações, que a caixa em que ele estava tinha sido, na verdade, mandada de avião para Nova York, a milhares de quilômetros de Hollywood e da sua tutora, Penny.

– Penny, cadê você? – ele latia, correndo como um louco sobre a calçada.

Um caminhão passou raspando, carregando uma caixa verde. Era a prisão de Penny!

– Encontrei! – exclamou Bolt.

Na mesma hora, ele saltou sobre o asfalto para parar o veículo. Assim que viu o cãozinho parado com a cabeça baixa no meio da rua, o motorista pisou no freio. O caminhão derrapou, e a carga foi parar no chão. Tristemente, Bolt descobriu que a caixa – na verdade, um banheiro químico – estava vazia...

Aristogatas

Fevereiro 6

Gatos de rua

– Ah, mamãe! – disse Marie, toda contente. – Paris é tão linda de manhãzinha. Podemos passear um pouco?

Os gatinhos e sua mãe haviam passado a noite anterior no apartamento de Matinhos. Eles estavam voltando, agora, para a casa de Madame Bonfamille, do outro lado de Paris.

– Está bem, meus queridos – respondeu Duquesa. – Mas só por alguns minutos. A madame vai sentir a nossa falta. Tenham cuidado e não se separem!

Na saída do prédio do sr. Matinhos, eles colocaram a cabeça na fresta de uma porta e descobriram uma sala animada, onde a festa da noite ainda não tinha acabado. Quanto suingue!

– *Oh yeah!* – exclamou Toulouse, dançando ao som da música.

– Venha, Toulouse! – disse Berlioz. – Estou com fome!

Alguns passos depois, na esquina da casa, um peixeiro arrumava sua mercadoria. Os três gatinhos colocaram as patinhas na vitrine, lambendo os bigodes. Eles não tiravam os olhos dos peixes sobre o balcão. O comerciante sorriu para eles do outro lado da vitrine, depois, saiu e jogou uma sardinha para cada um.

– Humm! – Os três gulosos miaram um muito obrigado e engoliram seus peixes de uma vez só!

– As ruas de Paris são as mais maravilhosas da Terra! – declarou Berlioz. – Não quero voltar para casa!

– Berlioz, não fale assim! – disse Marie. – Você sabe como a madame precisa da gente...

De repente, ela parou de falar. Seus olhos foram atraídos pela bela vitrine de uma loja de animais.

– Berlioz, Toulouse, olhem! – ela gritou, encantada.

Lá estavam expostas três coleiras de couro fino, decoradas com joias, compondo uma bonita combinação de cores. Marie as considerou magníficas.

– Você tem razão, Berlioz, Paris é maravilhosa!

Nesse momento, eles ouviram latidos fortes. Um segundo depois, um cachorro enorme surgiu na esquina. Os três gatinhos tremeram de medo, deram meia-volta e correram na direção de Matinhos e de sua mãe, com o cachorro os perseguindo.

– Paris é uma linda cidade – disse Berlioz, ofegante, correndo pelas alamedas.

Os gatinhos conseguiram, então, se esconder atrás de grandes latas de lixo e enganar o vira-lata.

– Sim, Paris é uma bela cidade! – repetiu Marie. – Mas não sei se posso dizer o mesmo sobre os parisienses... Principalmente sobre os cachorros!

45

Fevereiro 7

Confie na Vinnie!

Sem se dar conta de que acabara de escapar de um terrível acidente, Bolt correu a toda velocidade pelas ruas de Nova York, à procura de Penny. E, depois de mil esbarrões e tropeções, ele acabou prendendo a cabeça na grade de um parque, entrando em pânico!

– Por que eu não consigo afastar essas barras bobas? – irritou-se Bolt, tentando se libertar.

Seus superpoderes pareciam ter misteriosamente desaparecido. Agora, era impossível usar a sua força extraordinária, que lhe permitia derrotar seus inimigos apenas com um chute ou saltar sobre grandes obstáculos!

Desesperado, ele puxou, empurrou, puxou de novo e rosnou. Será que ficaria preso ali até o fim dos tempos?

– *Ciao*, pequenino! – cumprimentou-o um pombo com forte sotaque italiano, acompanhado de dois amigos. – Vire a cabeça e puxe para trás! Se você escutar o Vinnie, conseguirá sair!

Bolt obedeceu e libertou-se tentando retomar os seus pensamentos. Além da correia azul presa em sua coleira que alguém colocara nele havia pouco na rua, ele notou uma bolinha cor-de-rosa colada no seu pelo.

– Mas o que é isso? Ah, eu sei! É uma das armas secretas do Doutor Calico! É isso que está anulando os meus poderes?

– Isso? É só uma bolinha de isopor – explicou Vinnie.

Confuso, Bolt refletiu. Os pássaros pareciam saber de muita coisa.

– Digam-me, vocês conhecem um homem de olhos verdes? – perguntou Bolt.

Intrigados por essa estranha pergunta, os três consultaram um ao outro.

– Que curioso, tenho a impressão de já ter visto esse cachorro – murmurou Vinnie. – Sim, é verdade, a cara dele me lembra alguém, mas quem?

– Preciso agarrar um membro da organização – continuou Bolt, obcecado com a ideia de reencontrar Penny. – Um gato, por exemplo. Eu conseguiria fazê-lo falar!

– Um gato? – repetiu Vinnie, de repente interessado.

Gatos ele conhecia, com certeza. Uma gata, mais exatamente. Uma bichana chamada Mittens, que reinava no bairro há um bom tempo, forçando os pombos a levar comida para ela todos os dias.

– Acho que conhecemos a gata que você procura! – disse ele a Bolt, encurtando os olhinhos pelo prazer antecipado. – Siga-nos!

A Bela e a Fera

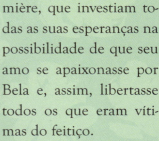

FEVEREIRO 8

Dia de neve

Num dia gelado de fevereiro, Bela, sentada à janela, olhava os flocos de neve caindo lá fora. Ela tinha aceitado viver nos domínios de Fera para libertar o seu pai, mas estava morrendo de saudade da sua casa e de seu amado pai!

Fera até que tentava ser amável, mas mesmo assim o seu humor não era dos melhores!

De repente, Bela deu um pulo de susto. Fera acabara de aparecer, pisando pesadamente sobre a neve logo ali, do outro lado da vidraça. Será que tinha olhado rapidinho para ela? Bela não tinha certeza.

– O que ele está fazendo lá fora? – perguntou-se ela em voz alta.

Fera pegou um tanto de neve e moldou uma bola com as patas. Mas a bola acabou se desfazendo.

– Ele quer construir um boneco de neve! – exclamou Bela.

Fera refez uma bola menor e conseguiu empurrá-la pelo jardim. A bola foi crescendo, crescendo, e Fera, mesmo com toda a sua força, não conseguiu empurrá-la mais. Bela ainda estava assistindo à cena. De repente, Fera tombou sobre a bola de neve, e suas enormes patas ficaram no ar, de um jeito bem engraçado. Bela caiu na risada.

Era a primeira vez que ela ria desde a sua chegada àquele palácio-prisão.

Alguns empregados ouviram a jovem e entraram no corredor de seu quarto.

Entre eles, estavam Madame Samovare e Lumière, que investiam todas as suas esperanças na possibilidade de que seu amo se apaixonasse por Bela e, assim, libertasse todos os que eram vítimas do feitiço.

– Você acha que ela está começando a se apaixonar? – perguntou a chaleira.

– Eu não sei – murmurou Lumière, o candelabro. – Mas espero que sim. Preciso organizar um belo jantar a dois para eles esta noite!

Lumière foi até a cozinha, concentrando-se na entrada, no prato principal e na sobremesa do evento.

Bela olhava Fera tentando ficar em pé novamente. Com uma cara brava, ele retomou sua tarefa, mas, infelizmente, escorregou e caiu de novo, de costas no chão.

Com uma nova risada, Bela pulou de sua cadeira, colocou seu capuz e correu lá para fora, para junto de Fera. Ela, então, ensinou-o a construir um boneco de neve! Os empregados reuniram-se na janela, observando os novos amigos brincando na neve. Ah, se ao menos o desejo deles pudesse se realizar!

FEVEREIRO 9

Um mau dia para Mittens

A última coisa que Mittens, a gata de rua magrinha e nada boazinha, imaginaria era que um dia ela se encontraria entre as patas de um cachorro branco completamente maluco!

– Onde está a Penny? – perguntava-lhe Bolt, que apareceu do nada, empurrando-a contra uma lata de lixo.

– Quem é essa? – gaguejava Mittens, atordoada.

Lá de cima de uma varanda, Vinnie e seus amigos, todos felizes, apreciavam o espetáculo.

– Eu sei como fazer você falar – ameaçou o cãozinho, convencido de que a sua prisioneira era um membro da organização do Doutor Calico.

Cinco minutos depois, a pobre gatinha viu-se em um viaduto, pendurada pela parte de trás do pescoço sobre uma rodovia cheia de carros passando a toda velocidade!

– Você trabalha para o homem de olhos verdes, admita! – rosnou Bolt, segurando-a no ar. – Diga onde está a Penny!

– Está bem, está bem – improvisou Mittens, completamente apavorada.

Naquele instante, ela viu a medalha dourada do cachorro, com o endereço dele escrito na parte de trás.

"Hollywood", ela leu.

Compreendendo imediatamente que Bolt estava perdido, uma ideia passou por sua cabeça.

– Se você me colocar de volta no chão, mostro para você onde ela está, eu juro!

– Muito bem!

Bolt prendeu-a na ponta da sua correia, e Mittens o guiou até uma ruela. Em seguida, ela mergulhou em uma lata de lixo e saiu de lá com um mapa dos Estados Unidos desenhado por crianças.

– Aqui está um plano ultrassecreto – disse ela, jogando o papel no chão. – Nós estamos aqui, perto desta mulher verde com uma tocha. E o meu chefe, o homem dos olhos azuis... ãhn... não, verdes... está lá!

Bolt viu que o caminho que ele teria de percorrer era muito longo. Mas também sabia que, finalmente, tinha uma pista e que, se a seguisse, encontraria Penny! Ainda puxando Mittens, ele viu um caminhão de mudança estacionado do outro lado da rua. Na lateral do veículo, estava escrito "Hollywood", a palavra que ele tinha visto no mapa. Um caminhão! Aí está um bom jeito de voltar para casa rapidamente! O único problema é que havia um cadeado na porta da carroceria.

– A-ha! Basta eu usar o meu olhar de raio *laser*! – declarou Bolt, tentando derreter o cadeado.

– Nossa, é mais grave do que eu imaginava... – murmurou Mittens, impressionada.

Uma história da Terra do Nunca

FEVEREIRO 10

Numa noite de inverno bem fria, João e Miguel não conseguiam dormir. Eles subiram na cama de sua irmã mais velha, Wendy.

– Ah! – disse Miguel. – Conte para a gente uma história do Peter Pan!

– Claro! – disse Wendy. – Já contei para vocês como o Peter Pan conseguiu enganar o diabólico Capitão Gancho?

– Sim! – disse Miguel. – E queremos ouvir de novo!

Wendy riu e começou a história.

– Certa noite, o Capitão Gancho ancorou o seu navio em um riacho perto da ilha da Terra do Nunca. Ele e os seus homens queriam descobrir o esconderijo secreto de Peter Pan e dos Garotos Perdidos. O Capitão Gancho odiava Peter Pan porque tinha sido ele quem cortara a sua mão em um duelo, entregando-a a um grande crocodilo, que queria devorar também o resto do capitão. Por sorte, o crocodilo havia engolido um despertador. Assim, o tique-taque sempre avisava o capitão quando o animal estava por perto.

– Felizmente para Peter – continuou ela –, sua amiga Tinker Bell ficou sabendo do plano do Capitão Gancho a tempo. Ela voou até Peter para avisá-lo.

– Ha, ha! – divertiu-se Peter. – Agora estaremos prontos para recebê-los!

Ele encontrou um relógio exatamente como aquele que foi engolido pelo crocodilo, levantou a cabeça para as árvores e assobiou. Um grupo de macacos, amigos seus, apareceu.

– Aqui está um novo brinquedo! – gritou Peter, jogando para eles o relógio. – Desapareçam imediatamente!

Depois, Peter e os Garotos Perdidos correram para seus esconderijos. Quando Gancho chegou à clareira, na mesma hora ele ouviu o tique-taque do relógio. E o som parecia estar vindo de todos os cantos! Os macacos se divertiam jogando o relógio um para o outro atrás do Capitão Gancho. Tomado pelo pavor, ele e seus homens correram para os barcos e remaram como loucos até o navio.

Nesse momento da história, os pais das crianças Darling interromperam, entrando no quarto.

– Wendy, não diga que você ainda está contando histórias mirabolantes sobre o Peter Pan aos seus irmãos – disse o pai.

– Mas o Peter Pan existe, papai! – gritaram as crianças. – Nós sabemos disso!

Enquanto os pais desejavam boa-noite para as crianças, eles não viram que um menino vestido de verde estava agachado no parapeito da janela. Ele tinha ouvido toda a história e voltaria logo, logo.

49

Fevereiro 11

O INÍCIO DE UMA LONGA VIAGEM

É claro que Bolt não podia derreter um cadeado apenas olhando para ele. Felizmente, dois homens saíram da casa em frente à qual o caminhão estava estacionado. Eles abriram a carroceria e colocaram um sofá lá dentro. Por fim, o que estava partindo se despediu do colega e entrou no veículo, sem perceber que estava transportando também um cachorrinho que pensava ter superpoderes e uma gata que achava que esse cachorro estava completamente louco! Lá de fora, Vinnie e seus companheiros assistiram à partida do caminhão.

– Eu tenho certeza de que já vi esse cachorro em algum lugar... – gorjeou o pombo. – Fico irritado de não lembrar!

– Ah... Uma hora você lembra! – consolaram os companheiros, antes de saírem voando e deixarem para trás a grande propaganda da série "Bolt", decorada com uma foto gigante do cãozinho.

Enquanto isso, no estúdio, Penny chorava nos braços de sua mãe, que tentava consolá-la.

– Não se preocupe, minha querida – dizia a mãe gentilmente. – O Bolt não pode ter ido muito longe. Você vai ver, vamos encontrá-lo!

Elas, com certeza, ficariam apavoradas se soubessem que Bolt estava, naquele momento, a caminho de Ohio com uma gatinha que tentava se livrar dele!

– E, então, quais são esses seus superpoderes? – perguntou Mittens a Bolt, para distrair sua atenção.

– Isso é confidencial! – disse o cachorrinho, sentando-se com orgulho no sofá.

– Está bem, então – zombou Mittens –, você não tem nenhum!

– Eu tenho um superlatido! – retrucou Bolt, irritado.

Mittens, enquanto conversava, inspecionava o caminhão e encontrou um taco de beisebol. A gatinha teve, então, a ideia de usá-lo para golpear o cachorro, mas, muito fraquinha para levantar o taco, ela só conseguiu derrubar uma caixa... cheia de isopor!

– Ah! Cambalhotas! – gritou Bolt abrindo a porta da carroceria antes de saltar, puxando Mittens com ele.

Um minuto depois, lá estavam os animais caindo num fosso.

– Aaaiii! – disse Bolt. – O que é esse líquido vermelho na minha pata?

– É sangue, herói! – rosnou a gata. – Você está machucado!

– E esse barulho? O que é isso? – gemeu Bolt, de repente assustado com um barulho saindo do seu estômago. – Você me envenenou? Vamos, me dê logo o antídoto!

– Você está com fome! – explicou Mittens, furiosa. – O único antídoto é comer!

Pocahontas

Fevereiro 12

Um guaxinim divertido

Miko era muito curioso, o que lhe trazia, às vezes, alguns problemas. Enquanto Pocahontas fingia que nem percebia, os outros membros da tribo eram bem menos compreensivos do que ela.

– Pocahontas, você deveria ensinar o seu bicho de estimação a se comportar! – exclamou o chefe Powhatan ao surpreender Miko brincando com o cachimbo da paz da tribo.

– Não se preocupe – disse Pocahontas ao amigo –, eles vão mudar de ideia sobre você. Afinal, amanhã é o seu aniversário!

Miko começou a se agitar, dando gritinhos. Ele adorava aniversários e, principalmente, abrir os presentes.

– Enquanto isso, sossegue! – aconselhou Pocahontas. – Eu volto logo!

O guaxinim sentou-se na frente da tenda onde Pocahontas morava com o pai. Qual presente a amiga teria escolhido para ele? Incapaz de resistir à tentação por mais tempo, ele entrou de mansinho na tenda e viu um pacote. Apressando-se para abri-lo, ele descobriu... um penacho decorado com plumas do seu tamanho!

Miko decidiu prová-lo na mesma hora. Mas, como temia ser descoberto, pegou o presente e foi em direção ao riacho. Lá, ele colocou o penacho na cabeça e foi olhar seu reflexo na água. Mas, infelizmente, o penacho caiu no riacho...

O guaxinim conseguiu pegá-lo de volta, mas o penacho ficou todo sujo de lama. O coração de Miko batia rápido em seu peito. Ele lavou as plumas o melhor que pôde e decidiu voltar para a tribo. No caminho, o penacho se enroscou em arbustos. Quando chegou à tribo, todas as plumas do penacho já haviam caído, menos uma.

Miko foi logo encontrar Pocahontas e mostrar-lhe o que restava do seu presente. Ela olhou para o guaxinim com uma cara brava, mas depois se acalmou.

– Miko, estou orgulhosa de você! Você teve a coragem de admitir o seu erro! – disse ela. Mas você precisa tentar melhorar seu comportamento. E nunca mais mexer no que não deve!

No dia do seu aniversário, Miko se comportou perfeitamente bem. A noite chegou, e Pocahontas deu a ele seu presente. Era um penacho, mas, dessa vez, ele só tinha duas grandes plumas:

– A cada dia que você não se meter nas coisas dos outros, daremos a você uma nova pluma! – explicou ela.

Comovido com a compreensão de Pocahontas, Miko decidiu deixá-la orgulhosa. Ele ganharia muitas plumas para o seu penacho, mas isso levaria pelo menos um ano!

FEVEREIRO 13

Um almoço de rei

Um aroma delicioso de fritura encheu o ar. Apontando um acampamento, Mittens mostrou a Bolt as pessoas de férias preparando seu almoço.

– Olha lá! É só você fazer uma carinha de cachorro para ganhar comida!

– Uma carinha de quê?

Mittens revirou os olhos para cima. Decididamente, Bolt não sabia nada da vida de cachorro.

– Escute e faça o que eu digo: incline a cabeça para o lado, abaixe as orelhas, faça a sua cara mais bonitinha e rosne baixinho!

Bolt treinou um pouco. Assim que o cãozinho fez seu papel, os humanos ficaram com dó e jogaram comida para ele. Muito surpreso, Bolt descobriu que, para conseguir o que quer, não era preciso necessariamente usar a força. Ele agradeceu Mittens e compartilhou com ela a comida que ganhou.

– Este lugar é uma verdadeira mina de ouro! – exclamou a gatinha, com a barriga cheia. – E você é um ator excelente. Fazia uma eternidade que eu não comia bem assim!

– Não se acostume – avisou Bolt. – Depois disso, vamos partir!

Dentro de um *trailer*, o *hamster* Rhino estava confortavelmente sentado dentro de sua bola transparente assistindo à televisão quando ouviu lá fora o rosnado meigo de Bolt. Intrigado, ele se aproximou da janela.

– Não pode ser verdade! Meu herói! – disse ele, pulando da janela.

Bolt e Mittens levantaram os focinhos na direção do pequenino engraçado, que empurrava a sua bola sobre a mesa do jardim.

– Você é Bolt, o supercão! Você é totalmente extraordinário! – exclamou ele, cheio de entusiasmo.

– Espere... Você conhece este cachorro? – perguntou Mittens, embasbacada.

– Sim! Nós temos diante de nós uma lenda viva! – explicou Rhino. – O Bolt consegue desviar de mísseis, derreter metais com o seu olhar de raio *laser* e explodir grandes estruturas, graças ao seu superlatido! Mas... Onde está Penny?

– Ela foi capturada pelo homem dos olhos verdes – resumiu Bolt, um pouco impressionado. – E este gato faz parte da organização, e ele vai me levar até ela!

– Sua monstra! – Rhino xingou Mittens. – Como você pode se colocar entre Bolt e a sua adorada Penny?

A gatinha revirou os olhos para cima novamente. Pelo jeito, o *hamster* também era completamente louco. Aquela história não iria acabar nunca?

52

Branca de Neve e os Sete Anões

FEVEREIRO 14

Um feliz Dia de São Valentim

— O que você está fazendo, Mestre? – perguntou Feliz ao amigo, que parecia ocupado ao bater em um pedaço de madeira para ver se era oco.

— Vou confeccionar um presente para Branca de Neve.

— Um presente para Branca de Neve! – exclamou Feliz. – Será que me esqueci do aniversário dela?

— Não. Hoje é Dia de São Valentim, também conhecido como Dia dos Namorados.

— Dos namorados? – perguntou Feliz, virando-se para Dunga. – Você já ouviu falar nesse dia?

Dunga balançou a cabeça.

Mestre limpou a garganta e declarou:

— Hum, hum! Trata-se de uma comemoração tradicional. O Dia dos Namorados é a ocasião perfeita para dizermos àqueles que amamos como eles são importantes para nós.

— Eu vou dar a ela lenços para assoar o nariz – disse Atchim, antes espirrar. – Bem, não este aqui!

— É uma boa ideia – disse Mestre. – Tenho certeza de que será útil para ela.

— Se sobrar algum para ela... – rosnou Zangado.

Depois, foi a vez de Dengoso mostrar timidamente uma flor de papel que ele recortou.

— Lindo! E você, Dunga?

Dunga acabara de fabricar um aviãozinho de papel.

— Você sabe o que vou fazer? – perguntou Feliz. – Vou cantar para a Branca de Neve!

— Ah, ela vai adorar! – aprovou Mestre.

Soneca decorou uma bela cartinha e a dobrou enquanto bocejava.

— E você, Zangado? – perguntou Mestre.

— Eu escrevi um poema – disse Zangado, franzindo as sobrancelhas.

— Um poema, jura? Podemos ouvi-lo?

— Nem pensem nisso! – recusou o poeta.

Mas, bem nesse momento, Branca de Neve chegou de volta da floresta.

— Feliz Dia dos Namorados! – falaram em coro os Sete Anões, estendendo seus presentes para ela.

— Que surpresa maravilhosa! – exclamou a jovem.

Ela, então, deu a cada um deles um guardanapo de renda bordado com coraçõezinhos cor-de-rosa e vermelhos e beijou a bochecha de todos. Que emoção! Até Zangado estava contente. Dengoso ficou corado como nunca ao ganhar o beijinho de Branca de Neve. Soneca bocejou ao entregar sua cartinha. Atchim espirrou e a fez dar um pulo para trás. Feliz caiu na gargalhada, e o Dunga só sorriu.

Mas se perguntarmos a eles como foi a festinha, eles nos contarão todos os sete, em coro:

— Esse Dia dos Namorados foi uma alegria só! Foi o melhor Dia dos Namorados de nossas vidas!

53

FEVEREIRO 15

E SE PEGARMOS O TREM?

– Eu vou com você, Bolt! – decidiu Rhino. – Juntos, vamos salvar Penny!

– Mas... O caminho será longo e pode ser perigoso também! – alertou o cachorro.

– Mas eu não tenho medo de perigos! Quanto ao caminho... Acho que tenho uma ideia. Siga-me!

Rhino rolou sua bola até uma ponte. O apito de um trem que se aproximava anunciava para Mittens qual era o plano do ratinho.

– Bolt! Você não vai saltar no trem, né?

– Não se preocupe – garantiu Rhino. Todas as vezes em que ele fez isso na caixa mágica, funcionou! Ah, como eu estou feliz! Este é o dia mais lindo da minha vida!

Mittens arregalou os olhos.

– "Caixa mágica"? Você está falando da caixa onde passam os filmes?

– Sim – disse Rhino. – E os filmes do Bolt são os melhores!

Dessa vez, Mittens entendeu tudo. A "caixa mágica" era a televisão, e Bolt era, portanto... um ator!

Desesperadamente, ela tentou impedi-lo de ir. Tarde demais; agarrado a uma bandeirola, ele pulou no abismo, com a bola do *hamster* entre as patas. Puxada pela correia que a ligava a Bolt, a gata saiu voando também!

– Aaaaaahhhh! – gritou ela, convencida de que havia chegado a sua hora derradeira.

Rhino saltou sobre o teto do trem, enquanto Mittens e Bolt aterrissaram na beirada do último vagão. Os três lutaram para não cair, mas, apesar dos esforços, acabaram sendo jogados em uma vala e arremessados desordenadamente para o quintal de uma fazenda ali perto.

– A vida é dura no mundo real, não é, não? – lamentou Mittens, pendurada em uma árvore, enquanto Bolt tentava se recuperar da queda, lá embaixo.

– Vou procurar uma escada... – decidiu Rhino, fulminando Mittens com o olhar.

– Escute aqui, Bolt – continuou Mittens. – Você não é um super-herói, você é um ator! Nada do que você viveu até hoje era verdade. Você faz parte do elenco de uma série de televisão. E a sua mancha é maquiagem!

– Quanta bobagem! – rosnou Bolt.

– Você sangra, sente fome e não tem poderes extraordinários!

– Basta! Desça daí ou uso o meu superlatido com você! – gritou Bolt.

– Pois então tente! – desafiou Mittens.

Bolt se concentrou, respirou fundo, enrugou o focinho e... "Auuuu!"

O latido que saiu de seus pulmões não tinha mesmo nada, nada, de super!

Um miniamiguinho!

Já fazia uma semana que a madrasta de Cinderela a havia expulsado de seu quarto e a relegado ao sótão do castelo.

Cinderela sofreu para se adaptar aos seus novos cômodos frios e sem mobília. A única alma que vivia naquele lugar e que podia lhe fazer companhia era um minúsculo ratinho, que Cinderela havia visto entrando em um buraco na parede.

Ela sempre tinha amado os animais, inclusive os camundongos. Mas como convencer o animalzinho de que ela não tinha medo dele?

– Bom, para começar – pensou ela – ele deve estar com frio... e com fome.

Então, uma noite, na hora do jantar, ela colocou discretamente um pedaço de queijo em seu bolso. Depois, quando já havia acabado as suas tarefas, Cinderela subiu até seu quarto e pegou sua caixa de costura. Ela usou os retalhos de tecido que havia recolhido para fazer uma roupinha para o ratinho: uma camisa, um chapéu vermelho, um casaco laranja e duas pantufas marrons.

– Uma roupinha para o meu amiguinho! – disse ela.

Cinderela colocou as roupinhas em frente ao buraco na parede e se ajoelhou. Pegou o queijo que estava em seu bolso e colocou-o na palma da mão. Depois, esperou ali, na entrada do buraquinho.

– Olá aí dentro! – disse ela.

O camundongo colocou com cuidado a cabeça para fora e cheirou o ar. Descobrindo o queijo, ele correu até a mão estendida de Cinderela. Parou, então, e virou-se para todos os lados, se perguntando o que estava acontecendo.

– Veja – disse a jovem com doçura –, tenho um presente para você!

Tremendo, o camundongo subiu na mão de Cinderela, pegou o queijo, correu, pegou as roupinhas e entrou de novo no buraco a toda velocidade.

Cinderela caiu na gargalhada e esperou mais um pouco ali, ajoelhada.

– Bom – disse ela depois de um momento. – Deixe-me ver como ficaram em você!

Timidamente, o ratinho saiu vestido dos pés à cabeça. Cinderela aplaudiu.

– Perfeito! – disse ela. – Gostou das roupinhas que fiz?

O camundongo assentiu com a cabeça. Depois, desapareceu rapidinho para dentro do buraco, como se tivesse tido uma ideia.

Cinderela levantou as sobrancelhas. Será que ela o havia assustado? Mas seus temores acabaram quando ela o viu trazendo outros ratinhos, todos andando atrás dele.

– Vocês são todos bem-vindos! – exclamou Cinderela.

Ela foi correndo pegar sua caixa de costura. O que melhor para aquecer aquele quarto frio e escuro do que o calor da amizade?

Fevereiro 17

A fuga de Bolt

Bolt até que tentou, mas seus latidos eram tudo, menos assustadores. O que tinha acontecido com seus superpoderes?

– Au! – ele repetiu, desesperado. – Au, au!

– Cale-se – disse Mittens, de repente, em pânico.

Mas o cachorrinho, furioso, continuou, sem perceber que um homem ameaçador se aproximava dele. Também não notou quando um laço foi colocado ao redor do seu pescoço! Impotente, Bolt foi erguido e jogado em uma caixa de metal. O mesmo foi feito com Mittens. Eles foram, então, colocados em um caminhão, que rapidamente partiu. Qual seria seu destino? O abrigo de animais mais próximo!

Felizmente, Rhino viu tudo o que tinha acontecido. Com toda a força de suas patinhas, ele rolou sua bola em busca dos amigos capturados. Depois de uma curva, a sorte sorriu para ele: o caminhão tinha parado num posto de gasolina para abastecer. Rapidamente, o *hamster* saiu de sua bola e escalou o veículo, sem ser visto. Em seguida, enquanto o motorista ligava o caminhão, Rhino se deixou escorregar pela lateral e abriu a caixa de Bolt no exato momento em que ele empurrava a portinha tentando escapar! O impacto lançou os dois para o chão.

– Reconquistei os meus superpoderes! – alegrou-se Bolt.

– Só um idiota acharia que pode capturar Bolt e Rhino! – comemorou Rhino todo feliz, fazendo uma dancinha.

– Rhino? O que você está fazendo aqui?

– Bem... Eu tive a ideia de subir nesse caminhão e de atacar essa fechadura – orgulhou-se o pequeno. – Agora venha, temos de salvar Mittens!

Vendo que devia sua liberdade ao amigo e não aos seus poderes, Bolt esfregou sua pata na mancha que havia na lateral do seu corpo. A pata, claro, saiu preta, suja com a maquiagem, e Bolt, então, percebeu que Mittens havia dito a verdade.

– Eu não posso ir... – suspirou o cãozinho, arrasado.

– O quê? Mas você é o Bolt! – protestou Rhino. – Quem acabou, até agora, com todos os planos do homem dos olhos verdes?

– Eu... – respondeu Bolt. – Mas eu...

– Então, você pode salvar Mittens! Porque, em todo lugar no planeta, há animais que pensam que são fracos, como, por exemplo... os pequenos *hamsters*! Todos precisam de um herói. E esse herói é você!

– Você tem razão – concordou Bolt. – Ao menos Mittens precisa de um herói. Então, preciso ser um herói!

– Isso mesmo! Vamos salvar essa gata – comemorou Rhino. – Vou buscar a minha bola!

Disney·PIXAR

MONSTROS, S.A.

FEVEREIRO 18

O NOVO CARRO DE MIKE

– E então? O que você me diz? – perguntou Mike, mostrando seu novo carro a Sulley.

– Por que você não gostava do antigo? – surpreendeu-se o amigo.

– Olhe para este aqui! Ele se resume a três palavras: seis rodas motorizadas. Vamos, entre aí!

Sulley enfiou seu grande corpo para dentro do veículo, e sua cabeça ficou pressionada contra o teto.

– Bancos reguláveis! – Mike garantiu, mostrando um botão.

Sulley apertou e o banco desceu, mas desceu tanto, que só os seus olhos ficaram acima do painel do carro. Depois de regular o banco umas vinte vezes, conseguiu se sentir confortável, e Mike ligou o carro.

– Coloque o cinto! – gritou ele, um pouco irritado.

Sulley tentou, mas seu cinto parecia estar preso no de Mike. De repente, a porta do motorista se abriu e Mike caiu lá fora, na calçada.

– Sulley! Aperte o botão! – rosnou Mike ao ver que a porta do carro havia se trancado automaticamente.

De qual botão será que ele estava falando? Sulley escolheu ao acaso. Na mesma hora, o capô do carro se abriu, com o motor funcionando lá dentro. Cada vez mais irritado, Mike subiu sobre o para-choque para fechá-lo de novo.

– Não se preocupe, pode deixar que eu faço! – disse Sulley, colocando um braço para fora da janela e batendo o capô sobre os dedos de Mike.

– AAAAAAAAIIIIII! – gritou o coitado.

Rapidamente, Sulley abriu o capô, lançando Mike pelos ares.

– Desculpe! – disse Sulley depois de fechar novamente o capô.

Mike havia desaparecido. Cinco segundos depois, o celular de Sulley tocou.

– Alô?

– Sulley? É o Mike. Estou preso dentro do motor. Você pode abrir de novo o capô?

Sulley obedeceu. Coberto de graxa, todo arranhado e soltando fumaça do traseiro, Mike saiu do motor, fechou o capô e entrou calmamente no carro, sentando-se no banco do motorista.

Mas, quando Sulley tentou ajudar ajustando o retrovisor, ele acabou quebrando-o, e Mike perdeu de vez a paciência.

– Saia já do meu carro! – gritou ele.

Sulley obedeceu e viu o amigo acelerando o carro com tudo. Um instante depois, houve um grande *"Bum!"*, e tudo o que restou do novo carro de Mike foram seis rodas que, uma após a outra, subiram a rua.

– Seis rodas motorizadas independentes? Impressionante! – murmurou Sulley antes de agarrar o amigo, que tinha saído voando pelos ares.

– Já estou com saudade do meu antigo carro! – gemeu o pobre Mike.

– Vamos dar uma voltinha a pé? – concluiu Sulley.

Fevereiro 19

A libertação de Mittens

— Boa noite, Esther! – disse um dos guardas do abrigo de animais onde Mittens estava presa.

— Boa noite, Lloyd! – respondeu a senhora que vigiava a entrada.

A porta de correr se fechou, mas, depois, se abriu misteriosamente. Desconfiada, Esther levantou-se de seu banquinho, sem notar o cãozinho branco e o *hamster* que haviam se escondido atrás do balcão. Assim que ela se afastou, os dois percorreram o corredor que levava até as celas. De repente, tiveram de parar. Mergulhado sob um jornal, um terceiro vigia bloqueava a passagem deles até a área dos gatos.

— Precisamos dar um jeito nele! – sussurrou Bolt.

— Quer que eu quebre o pescoço dele? – perguntou Rhino, preparando-se para pular, mostrando os dedinhos bem abertos.

— Não – sorriu Bolt, divertindo-se. – Apenas o distraia!

O *hamster* teve uma ótima ideia. A toda velocidade, correu até as celas dos cachorros.

— Bolinha? – gritaram todos os cães ao mesmo tempo, ao verem o ratinho na bola.

Um minuto depois, seus latidos animados obrigaram o guarda a se levantar. Bolt aproveitou e foi, de mansinho, até a prisão de Mittens.

— Bolt? Você veio até aqui... por mim? Mas você não tem superpoderes, você sabe disso?

— Eu sei – admitiu Bolt. – Está pronta?

O cãozinho ficou em pé sobre as patas, abriu a porta da cela, e os dois saíram correndo até Rhino. Os três, então, se apressaram na direção da saída, mas um outro guarda os viu!

— Feche a porta, Lloyd! – gritou ele ao colega, que acabava de voltar.

Nossos três heróis pararam de repente. E, aí, aconteceu um verdadeiro milagre: o guarda levou um escorregão, caiu e bateu com tudo na bola de Rhino, lançando-a contra o nariz de Lloyd e deixando-o tontinho! Melhor ainda: a bola de Rhino, então, quicou e bateu contra um cilindro de oxigênio, que começou a vazar violentamente. O ratinho foi parar lá fora, justo no caminhão de Esther! A explosão que se seguiu foi digna dos melhores episódios da série de TV protagonizada por Bolt. Atordoados, os guardas não puderam fazer outra coisa a não ser assistir ao desastre, enquanto Bolt, Mittens e Rhino desapareciam na noite. Alguns minutos depois, eles conseguiram saltar a bordo de um grande caminhão e, enfim, puderam respirar em paz!

— Formidável! Tudo isso foi demais! – exclamou Rhino, antes de se deitar, exausto.

FEVEREIRO 20

DELÍRIO DE MACACOS

— Ah! Me largue! – gritou Mogli. – Balu! Mas Balu não podia ajudá-lo. Um bando de macacos havia encurralado Mogli entre as árvores!

Os macacos riam e tagarelavam, balançando Mogli de uma árvore para outra. Um macaco o largou, e Mogli berrou. Mas outro o agarrou pelos calcanhares um pouco antes de ele cair. Depois, um terceiro o puxou pelo braço, balançando-o na direção de uma árvore com uma trepadeira, onde outros macacos o agarraram.

Mogli estava se sentindo sufocado e perdido.

— Ei! Me larguem! Quero voltar com o Balu!

Os macacos riam.

— Sinto muito, homenzinho! – gritou um deles. – Não podemos deixar você ir embora. Você precisa esquecer aquele urso!

— É isso aí! – gritou outro macaco, puxando Mogli pelo braço. – Agora você vai andar com a gente. Somos melhores do que aquele urso velho! Dê um salto para nós.

Ele balançou Mogli e o arremessou no ar. O menino sentiu seu corpo fazendo uma perigosa pirueta.

Um segundo depois, dois macacos o pegaram pelas pernas.

— Viu só, homenzinho? – disse um deles. – Os macacos sabem se divertir!

Mogli deu risada, mas estava com enjoo.

— Foi um pouco divertido! Vamos fazer de novo!

Os macacos gargalharam. Jogaram Mogli no ar outra vez, e mais outra. Mogli dava piruetas perigosas entre as árvores, até não aguentar mais. Depois disso, os macacos o ensinaram a pular de galho em galho, depois a chacoalhar as árvores para derrubar as bananas.

— É divertido ser macaco! – gritou Mogli.

Talvez tivesse sido bom ser encontrado pelos macacos, pensou Mogli. Ser macaco podia ser bem mais divertido do que ser um lobo ou um urso. E com certeza era mais divertido do que viver na vila dos homens.

Mogli olhou para seus novos amigos.

— O que vocês vão fazer agora?

Um macaco riu.

— Vamos ver o rei Lu.

— É isso aí! – confirmou outro macaco, alegremente. – Ele é o mais divertido de todos!

— O rei Lu? – disse Mogli, sem acreditar muito. Ele não gostava quando os macacos riam.

— Quem é ele?

— Você verá, homenzinho! – gritaram eles.

Mogli levantou os ombros. Esse tal rei Lu não devia ser assim tão terrível, pensou ele.

59

FEVEREIRO 21

Rumo a Hollywood

— Mittens... O que é que eu vou fazer, agora que sei que não nasci para combater vilões? – perguntou Bolt à amiga, escondidos no caminhão em que tinham "pegado carona" rumo ao oeste.

— Não se preocupe – consolou a gatinha, com carinho. – A vida de um cachorro comum é bem feliz, você vai ver. Vou lhe mostrar!

Agora que estavam bem unidos, os três companheiros concentravam-se no caminho que deviam

seguir para voltar a Hollywood. Quanto a Mittens, ela sabia como ocuparia os seus dias: ensinaria Bolt a jogar bola, a colocar a língua para fora contra o vento, a correr atrás de gravetos... enfim, a se divertir como todos os cãezinhos comuns!

Os dias se passaram e, depois de mil e uma voltas, Bolt e seus companheiros estavam chegando ao fim de sua jornada. Mas, uma manhã, Mittens decidiu parar em um terreno baldio, perto de Las Vegas, e se mudar para lá. Tinham encontrado uma caixa confortavelmente mobiliada e muita comida. O que mais ela poderia querer da vida?

— Eu não posso ficar – recusou gentilmente Bolt. – Segundo o seu mapa, ainda estamos muito longe da Penny...

— Mas a Penny não é de verdade – argumentou Mittens. – Ela não é a sua tutora de verdade, é uma atriz que interpreta um papel!

É preciso dizer que Mittens, abandonada um dia pelos seus donos, tinha motivos para não gostar dos humanos. Mas Bolt não concordava; Penny gostava dele de verdade, ele tinha certeza disso. Então, despedindo-se com pesar de Mittens, continuou seu caminho.

— Bolt foi embora – contou tristemente a gata para Rhino, quando o *hamster* acordou.

— Como assim, "embora"?

— Ele decidiu enfrentar o homem dos olhos verdes sozinho – mentiu Mittens, incapaz de explicar a verdade ao amigo.

— Eu já vi isso mil vezes nos filmes! – exclamou Rhino. – Nós estamos naquele momento em que o herói enfrenta sozinho os impiedosos defensores do mal. Mas, se Bolt me ensinou algo, foi que nós nunca abandonamos um amigo com problemas! Quando o seu parceiro precisa de apoio, você o ajuda, mesmo sabendo que seu pequeno corpinho pode acabar todo furado!

Vendo o ratinho empurrar sua bola orgulhosamente na direção da estrada, Mittens percebeu que ele tinha razão. Além do mais, sem Bolt, a vida seria um tédio!

— Espere por mim! – gritou Mittens, correndo atrás de Rhino.

Saudade

FEVEREIRO 22

Nemo não conseguia acreditar em tudo o que tinha acontecido com ele. Ser capturado por um mergulhador, fazer uma longa viagem dentro de uma geladeira e, depois, ser jogado em um aquário, no consultório de um dentista. Os outros peixes eram simpáticos, mas ele sentia falta do seu pai e da sua casa. Ele queria voltar para o oceano. Será que o plano de fuga funcionaria?

– Ei, pequenino!

Bolota, o baiacu, nadou na direção de Nemo.

– Você não parece bem.

– Eu ia dizer isso também – acrescentou Nigel, o pelicano.

Peach deu uma olhada.

– Ele está apenas um pouco mal-humorado. É normal – disse ela, sorrindo para Nemo.

– Não fique bravo, querido. Nós compreendemos.

– Mas vocês não foram arrancados do oceano, para longe do pai de vocês – respondeu o peixinho palhaço.

– Não – admitiu um peixe chamado Gurgle. – Mas também sentimos falta das nossas famílias.

– Verdade? – surpreendeu-se Nemo.

– Claro – confirmou Peach. – A mulher que me vendeu tinha também outras estrelas-do-mar. Fico me perguntando onde foram parar as minhas irmãs e os meus irmãos. Eu daria dois ou três dos meus bracinhos para vê-los de novo.

– Eu entendo você – compartilhou Bolota. – O meu ovo eclodiu em uma garagem. Eles me venderam, assim como todos os meus irmãos, irmãs e primos, a uma loja de animais. E, justo quando começamos a nos entender bem com os outros peixes, o dentista chegou e me comprou. Mas, enfim, até que podia ter sido pior – continuou Bolota. – Vocês são os meus melhores amigos.

Uma peixinha chamada Deb balançou a cabeça.

– Eu tenho sorte, porque me compraram junto com a minha irmã. Não é, Flo?

Ela sorriu para seu próprio reflexo no vidro do aquário. E, como o reflexo não respondeu, Deb deu de ombros.

– Acho que, por ora, Flo está chocada demais para falar. Mas posso dizer que, pelo sorriso dela, ela concorda. Não sei o que seria de uma sem a outra. Mas sentimos falta do restante da família.

– Ah! – exclamou Nemo, olhando para todos os seus companheiros de aquário. – Então acho que vocês entendem bem o que estou sentindo.

Mesmo que estivesse triste por saber que os outros peixes também haviam sido arrancados de suas famílias, Nemo se sentiu um pouco menos sozinho. Ao menos, eles compreendiam o quanto ele queria reencontrar seu pai. Naquele instante, sentindo-se mais corajoso e determinado do que nunca, Nemo estava pronto para fugir do aquário... custasse o que custasse.

61

Fevereiro 23

Desprezado...

Hollywood, enfim! Bolt saltou da carroceria da caminhonete na qual ele tinha pegado carona em Las Vegas e contemplou a cidade de Los Angeles, que se estendia diante de seus olhos, lá do alto da colina.

Mas como encontrar seu caminho numa cidade assim tão grande? De repente, duas pombas o reconheceram da TV e, animadas com a celebridade, foram pousar perto dele. Depois de uma rápida conversa, os pássaros decidiram guiá-lo até a entrada do estúdio.

– Não se esqueça da nossa ideia de colocar extraterrestres em sua série, hein, sr. Bolt? – disseram os pombos. – Seria genial! Fale com seus produtores! – insistiram eles antes de sair voando.

O cãozinho passou pelo portão e encontrou seu caminho por entre os galpões onde as filmagens eram feitas.

Cinco minutos depois, foi a vez de Mittens e Rhino descerem de um outro veículo, passarem pela portaria e explorarem o lugar.

– O antro do homem de olhos verdes! Atacar! – gritou o *hamster*, atacando um figurante com capacete preto. Mais cuidadosa, Mittens acabou descobrindo o caminho que Bolt tinha feito.

Após chegar ao seu *trailer* e reencontrar seu brinquedo favorito, Bolt avistou sua tutora e correu até ela. Mas, quando estava se preparando para pular nos braços de Penny, ele parou de repente. Bolt viu Penny fazendo carinho num cãozinho branco quase idêntico a ele, a garota falava para o cãozinho:

– Você é o meu cachorrinho, Bolt, e eu amo você!

Bolt ficou arrasado, a sua Penny querida, por quem ele vencera tantos obstáculos, já tinha esquecido dele e o substituído por outro? Mittens estava certa, então, não se pode confiar nos humanos! Com o coração partido, o pobre cachorrinho deu meia-volta e partiu de novo, sem ouvir uma voz gritando:

– Bom ensaio, Penny! A cena está excelente! Todos no estúdio, preparem-se para a gravação!

Na realidade, apesar de sua tristeza, Penny foi obrigada a retomar a gravação da série. Outro cachorrinho, quase idêntico ao Bolt, com a mesma mancha na lateral do corpo, assumiu seu papel diante das câmeras. Mas ninguém seria capaz de substituir o verdadeiro Bolt em seu coração...

– Estou com tanta saudade do Bolt! – disse ela tristemente para sua mãe.

– Eu sei, querida – respondeu a mãe, abraçando a filha.

Felizmente, escondida no cenário, Mittens ouviu Penny e compreendeu tudo!

FEVEREIRO 24

DICIONÁRIO

O livro de culinária de Gusteau era a leitura preferida de Remy, mas o ratinho também amava ler o dicionário.

Para que seu irmão, Emile, ficasse tão culto quanto ele, Remy lia para ele as suas definições preferidas.

Mas, um dia, Remy teve a ideia de procurar a palavra "rato"...

– Ah! – gritou ele, empalidecendo. – Que horror!

– O que foi? – suspirou Emile, que detestava essas sessões de leitura.

– "Rato" – leu Remy, mergulhando o nariz nas páginas. – "Do alemão *Ratte*, onomatopeia proveniente do barulho do roer do rato. O rato é um pequeno mamífero roedor com nariz pontudo e cauda muito longa, pelada e escamosa. Esse animal existe em todo o planeta, é voraz e prolífico".

– E? – perguntou Emile, que não entendeu nada do que o irmão tinha lido, como sempre.

– Como assim "e?"? – replicou Remy. – É essa a imagem que os humanos têm de nós? Vorazes! Segundo eles, somos vorazes, famintos!

– E não é verdade? – perguntou novamente Emile. – E que mal tem em ser voraz? Eu bem que gosto de devorar tudo...

Remy ficou, então, muito irritado.

– O mal é que, quando somos vorazes, devoramos tudo rápido demais, sem prestar atenção ao gosto, o que é ruim para a digestão e bom para engordar e ficar barrigudo! – exclamou ele.

Ouvindo essas palavras, Emile colocou a patinha sobre a barriga e se sentiu como um grande balão...

– Você acha que eu estou gordo? – preocupou-se ele.

– Não é isso... – disse Remy. – Não foi o que eu quis dizer...

– É, sim! Você acha que eu estou gordo! – choramingou Emile. – Você tem vergonha de mim!

Remy estava muito aborrecido. Ele não queria fazer seu irmão sofrer. Adorava o gordinho Emile!

– Você tem razão, no fim das contas – continuou Emile, enxugando as lágrimas. – Procure aí a palavra "dieta"! Ouvi dizer que é preciso fazer isso para emagrecer...

Folheando o dicionário, Remy encontrou a palavra. Ele passou por cima rapidamente da passagem que falava de dieta emagrecedora e chegou a outra definição:

– "Dieta" – leu ele –, "predominância, na nutrição, de determinado tipo de alimento". Pronto, podemos dizer que se você comer muita banana, por exemplo, estará fazendo a dieta da banana! – concluiu Remy, levantando o focinho. – Para fazer uma dieta, é preciso comer banana!

– Iupiii! – gritou Emile. – Vou começar agora mesmo! Viva a dieta!

63

Fevereiro 25

Penny em perigo

Então Bolt tinha razão; Penny o amava de verdade! Mittens se dera conta disso ao saltar do galho para escapar do galpão em que estava. Era preciso alcançá-lo rapidamente! Enquanto a gravação da cena do dia, que era bem complicada, começava, a gatinha correu atrás de seu amigo.

– Ei! Ô cachorro!

Já na calçada, Bolt levantou o focinho na direção do muro que cercava o estúdio. Mittens tinha acabado de se sentar ali, com ar contente.

– Mittens? O que você está fazendo aqui?

– Vim impedi-lo de fazer uma besteira! Eu vi tudo e escutei tudo! A Penny gosta mesmo de você!

Com a orelha para cima, Bolt interrompeu de repente a gatinha. Algo estava acontecendo no estúdio. Algo grave, diziam-lhe a sua audição afinada e o seu instinto de cachorro. Penny, a sua Penny, estava em perigo e, dessa vez, era um perigo de verdade!

O que aconteceu é que, durante a gravação, o jovem cãozinho que havia substituído Bolt, de repente, ficara com medo dos efeitos especiais feitos pelos técnicos. Fugindo, ele acabou derrubando uma tocha que estava acesa no cenário, que acabou pegando fogo!

Como mandava a cena, Penny havia acabado de ser amarrada a um guindaste. Suspensa no ar, ela se remexia para pedir socorro, mas, lá embaixo, o pânico era tão grande, que ninguém a ouvia e nem se lembrava de soltá-la.

Numa desordem indescritível, todos fugiram do local, correndo para longe das chamas.

– Minha filha! Onde está a minha filha? – gritava, agoniada, a mãe de Penny lá fora, assim que os bombeiros chegaram, anunciados pelo barulho das sirenes.

Naquela confusão, ninguém se deu conta do cãozinho branco que, acompanhado de uma gata preta e de um *hamster* minúsculo e superanimado, entrou agachadinho bem no meio do incêndio.

Graças a Rhino, cuja bolinha impediu por um momento a queda de uma viga em chamas, Bolt conseguiu mergulhar corajosamente naquela fornalha e começou a procurar Penny. Perdida em meio à fumaça, a garota, que, enfim, tinha conseguido se soltar do guindaste, procurava uma saída quando Bolt a ouviu tossir. Na mesma hora, ele latiu.

– Bolt, é você? – gritou Penny, cheia de esperança.

Com toda a velocidade, o cãozinho desviou das chamas e pulou nos braços de sua tutora.

– Eu sabia que você ia voltar! Eu amo você! – gritou Penny, emocionada.

Com o coração cheio de alegria e de amor, Bolt lambeu o rosto da garota, mostrando toda sua felicidade.

O REI LEÃO

O melhor pescador de todos

Simba e seus amigos Timão e Pumba estavam com fome. Eles vagavam pela floresta quando tropeçaram em uma velha árvore apodrecida. Timão chutou o tronco.

— Isso serve para quê? – perguntou Pumba.

— Para o nosso café da manhã! – respondeu Timão.

Ele bateu na casca e centenas de larvas saíram de lá de dentro.

— Não, muito obrigado – suspirou Simba. – Já comi larvas demais.

— Bom, as formigas são gostosas – disse Timão. – E ainda existem em dois sabores, vermelha e preta.

Simba balançou a cabeça.

— Vocês só comem insetos?

— Não, peixes também! – declarou Pumba.

— Eu adoro peixe! – exclamou Simba.

— Por que você não disse nada? – perguntou Timão. – Existe um pequeno lago no fim deste caminho.

Os três amigos, então, seguiram para lá.

— E agora? – perguntou Simba, chegando ao laguinho.

— Aí é que está o problema – disse Timão. – Não somos os melhores pescadores do mundo.

— Vou ensinar a vocês! – disse Simba.

O leãozinho escalou uma árvore e andou sobre um galho suspenso sobre a água. Depois, agarrou um peixe na água.

— Viram só? – disse Simba, pulando de volta ao chão com agilidade. – É fácil pescar.

— Mas não para mim! – gritou Timão.

Ele se pendurou no galho, mas seus braços eram curtos demais para alcançar os peixes. Simba zombou.

— Deixe Pumba tentar.

— Quero só ver! – gritou Timão. – Pumba nem sabe subir nessa árvore.

— Quer apostar? – perguntou Pumba.

— Fique aí onde você está – aconselhou Timão. – Não acho que esse galho seja forte o suficiente para nós dois.

Com um pulo, Pumba aterrissou no galho ao lado de Timão. Mas o galho começou a ceder...

— Cuidado! – gritou Timão, pulando para outra árvore.

E *crac*! O galho quebrou com Pumba em cima. Ele caiu no laguinho. O *tchibum* foi enorme!

Simba, sentado na margem, ficou ensopado. A água caiu sobre ele como chuva. Ele abriu os olhos e começou a rir. Timão fez o mesmo. Pumba estava sentado sobre uma poça de lama – era lá que antes havia um laguinho! Ele tinha espirrado tanta água, que dúzias de peixes estavam agora pulando no chão, prontinhos para virarem almoço.

— Uau! – gritou Timão. – Acho que Pumba é o melhor pescador de todos!

Fevereiro 27

Uma vida de cachorro

No estúdio, as chamas avançavam e o tempo voava. Rapidamente, Bolt levou Penny até a grelha de um duto de ventilação, permitindo que eles respirassem um pouco. Bolt conseguiria passar pelo duto, mas, infelizmente ele era muito estreito para Penny!

– Salve-se, Bolt! Pode ir! – pediu a menina, ofegante, antes de desmaiar.

O cachorrinho não queria abandonar Penny nunca mais. Se ao menos ele pudesse usar seu superlatido! Lá fora, todos o ouviriam! De repente, ele percebeu que, como se fosse um megafone, o duto amplificava seus gemidos, ecoando-os lá para fora! Na mesma hora, ele começou a latir com todas as suas forças! E funcionou! Do outro lado do duto, os bombeiros, escutaram os latidos e começaram logo a derrubar a parede de onde vinha o barulho.

Alguns minutos depois, os bombeiros chegaram até Bolt e Penny. Os enfermeiros, então, levaram a garota, sã e salva, Bolt, todo preto de fumaça, e a mãe de Penny, muito aliviada, para o hospital. Escondidinhos sob a maca de Penny, Rhino e Mittens alegravam-se por terem participado da bela aventura de seu amigo!

Um mês depois, Bolt e Rhino, acomodados num confortável sofá conversavam:

– Eu não sei você, mas eu não acreditei nisso aí nem por um segundo – disse Rhino depois de assistir à nova série *Bolt*, com a jovem atriz que substituíra Penny sendo raptada com seu cãozinho por um disco voador.

– Foi ridículo, concordo com você – confirmou o Bolt de verdade.

– Eu também concordo! – disse Mittens, antes de ronronar de alegria com o carinho da mãe de Penny.

– Você quer ir brincar lá fora, lindinho? – perguntou a garota.

Bolt rolou sobre o sofá e latiu alegremente.

– E lá vamos nós! – exclamou Penny, seguindo para o jardim.

Na varanda, alguns pombos, ao verem os dois passarem, distraidamente conversavam.

– Você já viu esse cachorro em algum lugar? – perguntou um deles.

– Não, nunca! Eu lembraria... – respondeu o outro.

Pois sim. Desde que Penny e Bolt deixaram Hollywood, o cachorrinho não era mais uma estrela. E o que os pombos não sabiam é que, agora, vivendo na bela casa afastada da cidade, rodeado por seus dois amigos e por Penny, a garota que ele tanto amava, Bolt era, sem dúvida, o cachorrinho mais feliz do mundo!

Fevereiro 28

Direto no alvo!

Robin Hood deu de presente ao filho da Viúva Coelha um arco e flechas.

– Obrigado, *sir* Robin! – disse Tapiti saltitando de alegria. – É o melhor presente de aniversário do mundo!

– Quer que eu mostre a você como atirar a flecha? – propôs Robin.

– Claro! – exclamou Tapiti.

– Observe: você encaixa a flecha aqui, depois puxa o arco e solta!

A flecha de Robin subiu e se fincou no meio de um tronco, do outro lado do jardim.

– Uau! – exclamou Tapiti.

– Ah, você ainda não viu nada! – acrescentou Robin. – Coloque aquela maçã ali, sobre a cabeça do espantalho.

– Agora mesmo! – disse Tapiti, correndo para cumprir a tarefa.

Assim que a maçã estava no lugar, Robin soltou a flecha. Ela cortou a maçã em duas metades perfeitas.

– Uau! – comemorou Tapiti de novo.

Robin pegou uma das metades da maçã e a mordeu.

– Ah, isso ainda é pouco...

– Posso tentar? – perguntou Tapiti.

– Claro – disse Robin, colocando outra maçã sobre a cabeça do espantalho.

Tapiti puxou o arco e atirou a flecha, que caiu a apenas alguns metros de distância dele.

– Sem problemas – disse Robin. – Isso acontece mesmo com os melhores arqueiros!

– Até com você? – perguntou Tapiti.

– Não, comigo não – corrigiu Robin, preparando-se para atirar. – Eu nunca erro o meu alvo!

Mas, exatamente naquele momento, a carroça de Marian passou diante deles. Robin virou a cabeça, sua mão escorregou e a flecha caiu no chão, a alguns metros de distância dele. Tapiti caiu na risada.

– O que tem de tão engraçado? – perguntou Robin.

– Nada – disse Tapiti, disfarçando o sorriso.

– Humm! – fez Robin. – Mesmo os arqueiros mais experientes erram o alvo às vezes. Vou lhe dar uma dica: para se concentrar, escolha uma ideia. No meu caso, por exemplo, ajuda se eu pensar na derrota do xerife!

– Certo! – disse Tapiti. – Pensarei naquele tempo feliz, quando a minha família podia comer e matar a fome todos os dias.

Tapiti puxou o arco com o máximo de força. A flecha cortou o ar e atingiu o alvo com um barulho, cortando a maçã em duas.

– Pequenino, com a sua habilidade com o arco, o príncipe João não terá nenhuma chance! Logo sua família não passará mais fome. E, quem sabe, talvez eu também consiga derrotar o xerife!

67

Fevereiro 29

IRMÃO URSO

Um bom cantinho

— Estou cansado. Onde vamos parar para passar a noite? – gemeu Koda.

– É você quem tem de saber aonde vamos – rosnou Kenai.

A viagem deles para a Corrida do Salmão estava demorando mais do que tinham previsto, e seu "guia" estava deixando Kenai louco. Kenai queria se livrar dele, nem que fosse por algumas horas.

– Aquela não é uma gruta, ali na frente? – perguntou ele.

Koda foi correndo ver.

– É, sim, uma gruta! – gritou ele, animado.

Ele entrou, depois saiu da gruta correndo e se agarrou às patas de Kenai, quase o fazendo cair.

– Está vazia. Podemos descansar lá? Podemos?

Kenai entrou na gruta pisando firme e se recostou na parede dos fundos, sem se dar ao trabalho de responder. Mas o ursinho nem percebeu isso. E continuou falando.

– É pequena, não é? Minha mãe e eu vivíamos numa gruta enorme. Também sempre dormíamos no fundo. É mais quente no fundo. Minha mãe chamava de "bom cantinho". Vamos dormir no bom cantinho, Kenai?

Koda escalou as costas de Kenai e se aconchegou.

– Eu vou – rosnou Kenai, empurrando Koda. – Você dorme lá.

Ele mostrou a entrada da gruta.

Koda enfim ficou silencioso. Dirigiu-se lentamente para a entrada da gruta, sem se virar, e deitou-se.

– Humpf – grunhiu Kenai.

Ele fechou os olhos e abriu um segundo depois. Ouviu algo batendo. Eram os dentes de Koda. O ursinho estava tremendo lá na entrada da gruta.

– Você dorme aqui e eu, aí – Kenai levantou-se e empurrou Koda até o fundo da gruta com a pata.

– Você está me dando o bom cantinho? Obrigado!

Koda sorriu e se aconchegou onde antes Kenai estava deitado. Kenai resmungou e deitou-se. Fechou os olhos e apoiou o nariz gelado sob as patas. Mas não conseguia dormir. O vento entrava em suas orelhas e o chão estava frio. Lá no fundo da gruta, Koda roncava tranquilamente.

Kenai começou a tremer. Koda parecia estar

tão bem, que o grande urso se rastejou até ele. Sem acordá-lo, Kenai deitou-se, bem confortável, ao lado do ursinho.

– Acho que às vezes você tem razão, ursinho – sussurrou Kenai a Koda. – Este é o bom cantinho.

Cartões do mês

MARÇO 1

– O que você está fazendo, Dot? – perguntou Flik. A princesinha estava sentada no chão. Ao redor dela, havia frutinhas, folhas, flores secas, pedrinhas, caules e potinhos de suco feito de grãos...

– Ah, não! Não me diga que hoje é o aniversário da princesa Atta e eu esqueci! – lamentou Flik.

– Nada disso! – respondeu Dot. – Estou confeccionando cartões do mês para todo mundo!

– Que boa ideia! – exclamou Flik. – Cartões do mês! Mas o que é um cartão do mês, Dot?

– Você nunca fez?

– Não que eu saiba...

– Ah, não tem problema! Nós estamos com sorte; hoje é o primeiro dia do mês, e é justamente nesse dia que mandamos os cartões! – explicou Dot.

– Ah, é?

– É! Então, pegue os instrumentos de trabalho e mãos à obra! – disse Dot, estendendo ao amigo um punhado de folhas, tinta de amoras e um pedaço de lápis.

– E o que devo fazer? – perguntou Flik, preocupado.

– Decore uma folha e escreva algo bonito!

– Para quem você os envia? – perguntou Flik.

– Para todo mundo! – exclamou Dot.

– Que ideia excelente! – disse Flik. – Vou fazer um para a rainha, um para Atta e um para você, claro...

Flik e Dot se puseram a trabalhar. Depois de algumas horas, já havia pilhas de cartões ao redor deles.

– Está tarde – disse a princesa Dot. – Devemos começar a entrega!

Naquele instante, duas formigas operárias chegaram e bateram com tudo uma contra a outra. Deram uma cambalhota, formando uma confusão de patinhas e anteninhas embaraçadas.

– Você devia olhar por onde anda! – resmungaram uma para a outra.

– Vamos dar um cartão para elas! – sugeriu Dot.

Os dois amigos foram até onde estavam as formigas, ajudaram-nas a ficar em pé e deram-lhes cartões do mês.

– Feliz mês de março! – gritaram Dot e Flik.

As formigas sorriram e se abraçaram. Deram um abraço também em Dot e em Flik, e seguiram seu caminho.

– Viu só? Funciona! – exclamou Dot.

Flik e Dot continuaram a entregar cartões. Todo mundo ganhou um cartão do mês, espalhando alegria por toda a Ilha das Formigas.

69

MARÇO 2

O caubói de Andy

Andy era um garotinho cheio de imaginação. Ele adorava se divertir com todos os seus brinquedos. Mas seu brinquedo favorito era o xerife Woody, um caubói de pano com corpo acolchoado e rosto pintado, cuja expressão, ao mesmo tempo alegre e corajosa, lhe encantava. Andy passava horas inteiras com ele. Juntos, eles enfrentavam malvados de todo tipo, salvavam carroças e trens e viviam centenas de aventuras extraordinárias.

– Vamos, Woody! – dizia Andy quando descia do quarto para a sala de estar, depois galopava pela casa toda.

Eram os dois melhores amigos do mundo!

Um dia, a mãe de Andy chamou o filho lá embaixo, no andar térreo da casa. Para o aniversário do menino, ela havia preparado uma grande festa.

– Os seus amigos logo chegarão, Andy! Está pronto?

– Já estou indo! – respondeu o garoto, todo feliz, pegando no colo a irmãzinha, Molly. – Até logo, Woody!

Andy, então, colocou Woody, seu brinquedo favorito, no lugar de sempre, sobre a cama, antes de descer as escadas. Depois que ele se foi, o cômodo ficou tranquilo por alguns segundos. De repente, Woody se mexeu, se sentou na cama, sacudiu a cabeça e disse:

– Pronto, amigos! O caminho está livre!

Um a um, os brinquedos saíram de suas caixas, desceram das prateleiras ou colocaram os focinhos e narizes de plástico para fora dos armários. Alguns apareceram até de debaixo da cama, onde Andy os havia esquecido depois de brincar!

Juntos, eles se reagruparam sobre o tapete do quarto. Estavam lá o Sr. Cabeça de Batata; o Porquinho cofrinho; o cachorro de mola Slinky; Rex, o tiranossauro e muitos outros, e todos papeavam tranquilamente com seus vizinhos, como faziam toda vez que os humanos não estavam lá.

Mas Woody não tinha tempo a perder com papos furados. Aquele era um dia especial, e ele tinha notícias importantes para anunciar. Ele subiu sobre uma caixa, pegou Nel Som, seu amplificador, e pediu por silêncio. Um pouco preocupados, os brinquedos se calaram.

OS INCRÍVEIS

Teste de velocidade

"Se estiver em perigo, corra o mais rápido que conseguir!", a sra. Incrível tinha recomendado ao filho.

Flecha não acreditou no que tinha ouvido! Logo ele, que era proibido pelos pais até de praticar esportes na escola... Mas quando ele e Violeta desembarcaram na ilha em que seu pai era mantido prisioneiro e foram ajudados por um pássaro-robô, o perigo apareceu na forma de soldados impiedosos dirigindo pequenos discos voadores incrivelmente rápidos. Era a hora, portanto, de passar da teoria à prática – correndo o mais rápido que podia, o pequeno super-herói aumentava progressivamente sua velocidade.

Sair correndo pela floresta não era fácil. Era preciso ziguezaguear por entre as árvores, sem escorregar nem tropeçar nas raízes. No início, apesar de ter alcançado alguns picos de alta velocidade, o garoto não conseguiu dar o seu melhor. Ele também enfrentou alguns inconvenientes, como aquele bem conhecido pelos para-brisas de automóveis: todos os insetos com os quais ele cruzava cismavam em se espatifar contra seu rosto! Assim, ele decidiu correr com os olhos bem apertadinhos e, sobretudo, de boca fechada, já que mosquitos e moscas estavam longe de ser seus pratos preferidos. De repente, depois de muitas voltas, ele se viu diante da imensidão azul de uma lagoa, mas estava correndo tão rápido que não conseguiu diminuir a velocidade... Para sua grande surpresa... Ele conseguiu correr sobre a água!

– Demais! – pensou Flecha, desviando das rochas que se erguiam acima da água.

Ele acelerava cada vez mais!

Visto de cima, o garoto parecia uma lancha. Furiosos, os pilotos dos discos voadores começaram a metralhá-lo. Flecha desviou para uma gruta e entrou num túnel. Uma das navezinhas o seguiu; outro piloto, que conhecia bem a região, passou por cima dos rochedos para pegá-lo na saída. Quando se deu conta disso, Flecha desviou novamente, mas o primeiro piloto, aproximando-se dele, impediu sua fuga. Mas Flecha teve uma ideia simples: parar de correr. Ele parou de repente e deixou seus dois inimigos baterem um contra o outro. Não basta ser rápido. É preciso também ser esperto!

MARÇO 4

Um dia de angústia

Atentos, os brinquedos se agruparam sobre o tapete do quarto para escutar o que Woody tinha a dizer.

– Vocês sabem que Andy e sua família irão se mudar daqui a uma semana. – começou ele. – Então, temos de nos organizar em duplas, para todos termos um companheiro de viagem. Mas temos um problema, a mãe de Andy decidiu fazer uma festa de aniversário para ele hoje, e não no sábado que vem.

Ao ouvirem essas palavras, os brinquedos começaram a correr em todas as direções, dando gri-

tinhos de afobamento! Porque, ao contrário dos humanos, os dias de aniversário, assim como os de Natal, eram os piores da existência de um brinquedo. Um aniversário ou o Natal significavam a chegada de novos presentes, e "presentes" podiam significar brinquedos novos. Os brinquedos de Andy temiam acabar sendo substituídos. Woody tentou tranquilizá-los:

– Ninguém será substituído!

Vindos do jardim, gritos de alegria interromperam aquela conversa preocupada; Woody e seus amigos, então, se reuniram na janela.

– Olhem lá! – disse o Porquinho.

Eles viram os amiguinhos de Andy, cheios de pacotes nos braços, atravessarem o jardim e entrarem na casa.

– Vocês viram? Eles estão com muitos pacotes! – falou o Porquinho de novo, com voz triste.

A angústia aumentou no ambiente. Cada presente parecia mais interessante que o outro! O que será que tinha dentro dos pacotes?

Era hora de tomar providências. Woody se endireitou e virou-se para um cesto que estava no chão.

– Sargento! – ele chamou. – Código Vermelho!

Imediatamente, a tampa do cesto se ergueu; e um pequeno soldadinho verde de plástico apareceu.

– Sargento a postos, comandante! – disse ele, seguido de alguns soldados do imenso Exército Verde do Andy.

– É o aniversário de Andy – explicou Woody. – É preciso estabelecer um posto de observação ao pé da escada!

O exército de plástico se posicionou. Alguns dos pequenos soldados trouxeram com eles um dos *walkie-talkies* de Andy, enquanto outros seguravam uma corda de pular. Com mil precauções, os guerreiros passaram para o corredor, enquanto os brinquedos ficaram quietos lá no quarto, esperando com impaciência pelo primeiro relatório do Sargento.

Disney Princesa
A Bela e a Fera

MARÇO 5

Um senhor inventor

Não havia momento para tédio no castelo do príncipe e de Bela. Os amigos vinham visitá-los, Madame Samovare e os outros empregados mantinham um burburinho constante e Maurice, o pai de Bela, estava sempre trabalhando em uma nova invenção.

Certa manhã, Maurice colocou uma máquina na cozinha e a apresentou à governanta.

– Uma coisinha para facilitar a sua vida – disse ele.

– Obrigada, meu caro Maurice, mas... O que é? – perguntou Madame Samovare.

– Eu a batizei de arrumadora de pratos – respondeu o inventor.

Ele pegou uma pilha de pratos limpos e a colocou no braço mecânico da máquina. Apertou um botão e esperou. Com um barulho de panela de pressão, a máquina se pôs a funcionar. A arrumadora de pratos começou a lançar os pratos para todos os lados, contra as paredes e no chão. Crac! Cric! Craaac!

– Cuidado! – gritou Maurice, quando um prato voador quase bateu em sua cabeça.

O pai de Bela se jogou no chão, engatinhou até a máquina e a desligou.

– Precisa de uma revisão – disse ele, com vergonha.

No dia seguinte, Maurice voltou com outra surpresa.

– É um limpador de tapete – explicou ele, mostrando uma grande caixa de onde saía um canudo.

– Essa não tem jeito de perigosa – observou Madame Samovare. – E então, como funciona?

– Assim!

Ele apertou um botão. Na mesma hora, cortinas, travesseiros e luminárias foram aspirados, e Maurice quase foi junto!

Felizmente, Madame Samovare o socorreu.

– Talvez eu a tenha programado com força demais... – admitiu Maurice.

No dia seguinte, Maurice apareceu com uma terceira ideia. Dessa vez, era uma máquina de lavar que inundou todo o primeiro andar do castelo.

– Maurice – disse Madame Samovare com delicadeza –, é muita gentileza de sua parte querer me ajudar com o serviço doméstico. Mas eu adoro o meu trabalho. Cuidando deste castelo, eu cuido das pessoas que amo.

Ela ficou com ar sonhador por um instante, depois acrescentou:

– A única coisa que preciso admitir é que adoraria que alguém me trouxesse uma boa xícara de chá no fim do dia.

– Eu sei do que você precisa – disse Maurice.

– É mesmo? – perguntou Madame Samovare.

– Sim – respondeu o inventor, fazendo uma mesura para a governanta. – Eu me apresento; Maurice, a seu serviço!

MARÇO 6

Um brinquedo misterioso

Com ajuda da corda, os homenzinhos do Exército Verde desceram até o térreo. Depois, sem que ninguém os visse, conseguiram esconder um dos *walkie-talkies* de Andy atrás de uma planta e o ligaram. Os gritos alegres das crianças convidadas pelo garotinho ressoaram imediatamente lá em cima, no quarto. Era o auge da festa de aniversário.

A cada vez que Andy abria um de seus presentes, o Sargento e seus homens, de binóculos em punho, descreviam o que estavam vendo. No começo, tudo ia bem, os presentes não pareciam ameaçadores para os brinquedos antigos. Mas, quando chegou a vez de abrir o último, a atmosfera se transformou bruscamente! Primeiro, todas as crianças ficaram caladinhas, depois, soltaram um suspiro de admiração (o que era um mau sinal). Em seguida, todos começaram a dar gritinhos estridentes de empolgação (o que era um péssimo sinal). E, depois...

Não houve "depois"! Woody e seus amigos não souberam mais nada, porque, bruscamente, Rex derrubou o outro *walkie-talkie* do criado-mudo, e as pilhas caíram do aparelho! Todos ficaram paralisados. Quem poderia ser esse brinquedo tão misterioso, que tinha causado uma impressão tão forte?

Eles não precisaram esperar tanto para descobrir. Todos ficaram quietinhos, porque os amigos de Andy, felizes e contentes, subiram as escadas atrás dele e entraram no quarto, todos de uma vez!

Depois, saíram rapidinho de novo, deixando o presente sobre a cama. Empurrado sem cuidado por Andy, Woody ficou ali, caído no chão. Quando se endireitou para subir na cama, pôde ver a origem de tanta comoção humana. Diante dele, um brinquedo de plástico levantou-se orgulhosamente, vestido com um uniforme intergaláctico branco e verde, todo liso e brilhante.

– Ah... Oi! Eu sou o Woody! – apresentou-se o xerife, enquanto os outros brinquedos contemplavam timidamente o recém-chegado.

Ele virou a cabeça, piscou os olhos, bateu os punhos nos quadris, estufou o peito e anunciou em voz alta:

– Eu sou Buzz Lightyear, um Patrulheiro do Espaço! Pertenço à patrulha Gama, do setor 4!

E explicou que, após muitas missões em diversas galáxias, ele tinha ido parar ali. Impressionados, os brinquedos se aproximaram para recebê-lo.

É a lei!

MARÇO
7

Como uma rainha podia gritar assim tão alto? Alice deu uns passos para trás e parou. Ela estava animada de encontrar a Rainha de Copas, mas Sua Majestade não parava de berrar:

– Cortem-lhe a cabeça!
– Imagino que, como ela é a rainha, pode fazer o que quiser – disse Alice ao flamingo cor-de-rosa que estava segurando firmemente pelas patas e que servia de taco no jogo de croqué.

O flamingo assentiu.
– Talvez ela fique mais gentil quando começarmos a partida – suspirou Alice.
– Desde que ela ganhe! – replicou o flamingo.

Alice não estava preocupada em saber se a rainha ganharia. Ela achava que o jogo tinha regras estranhas. O porco-espinho que fazia as vezes de bola nem sempre se esforçava para passar sob os arcos feitos de cartas de baralho. Mantendo-se no lugar, Alice esperou que a rainha jogasse.

Sua Alteza se inclinou ligeiramente sobre a sua bola porco-espinho, elevou o taco de flamingo bem alto e bateu violentamente contra o porco-espinho. A criaturinha coberta de espinhos rolou sobre o gramado, passando sob os arcos em cambalhotas. Ele estava quase no fim do percurso, quando um dos arcos não teve tempo de se colocar no lugar. O porco-espinho passou ao seu lado.

– Cortem-lhe a cabeça! – rugiu a rainha, apontando o flamingo que tremia de medo na direção da carta de baralho.

– Mas é injusto! – declarou Alice. – Não foi culpa dele que o porco-espinho não prestou atenção!

– É a lei – suspirou o seu taco, com ar apavorado.

Infelizmente, a rainha ouviu Alice. E se virou na direção dela, seu rosto estava mais vermelho que um tomate. Alice sabia o que iria acontecer.

– Cortem-lhe...
– Minha querida... – começou o pequeno rei. – Os arcos não estavam alinhados.

E mostrou para ela com o dedo as cartas de baralho espalhadas na área do jogo.

– Venham! – berrou a Rainha. – Ou lhes corto as cabeças!

Ela se dirigiu na direção das cartas.
– Ela quer que todos percam a cabeça – sussurrou Alice, aliviada. – Mas, na verdade, quem perdeu a cabeça foi ela!

Ouvindo essas palavras, o flamingo de Alice começou a rir tão alto que ela quase o derrubou. Alice sorriu. A rainha podia semear o terror, mas, no fim das contas, Alice tinha encontrado um amigo nessa corrida de loucos, mesmo que esse amigo fosse um taco de croqué!

75

MARÇO 8

"Ao infinito... e além!"

Buzz Lightyear começou a conversar com seus novos amigos, e Woody ficou ali, só ouvindo. Buzz disse ter vindo de uma galáxia longínqua, onde havia sido confeccionado para combater um certo Imperador Zurg. Ele sabia voar, podia cortar qualquer coisa perfeitamente ao meio com o seu raio *laser* e tinha vários acessórios ultramodernos! Todos os brinquedos do quarto de Andy pareciam muito impressionados, e Woody olhou para cima, irritado. Será que Buzz realmente acreditava em tudo o que dizia? Ele não tinha consciência de que era só um brinquedo? Um brinquedo um pouco especial, é verdade, mas ainda assim um brinquedo?

– Ele tem um sistema sonoro *hi-fi*! Cheio de *chips* eletrônicos! – impressionou-se Porquinho.

– Woody também fala, mas só quando se puxa a corda que ele tem nas costas! – disse o cãozinho Slinky, balançando a cauda.

– De onde você vem? Singapura? Hong Kong? – questionou Porquinho.

– Ah! Um laser?! – admirou-se o Sr. Cabeça de Batata.

– Eles nunca viram um brinquedo novo com tantos acessórios ultramodernos! – sorriu Beth.

Com um pouco de ciúme, Woody se aproximou do grupo.

– Vamos, garotos! Parem com isso! Esse daí não passa de um brinquedo, como todos nós.

– Ah, não! – protestou Buzz. – Eu não sou um brinquedo, mas sim um Patrulheiro do Espaço. E posso mesmo voar.

– Ah, é? – ironizou Woody. – Mostre para a gente!

– Muito bem – respondeu Buzz com calma.

Ele apertou um botão e, imediatamente, duas asinhas saíram das laterais do seu corpo, o que causou comoção geral entre seus novos amigos. Ele subiu até a cabeceira da cama. Por fim, gritou: "Ao infinito... e além!". E se jogou!

O esperado seria ele se esborrachar no chão. Mas, para a grande surpresa de Woody, ele caiu direitinho sobre uma bola, pegou impulso e foi parar no lustre, lá no teto. Por um momento, ele ficou rodopiando no ar, cada vez mais rápido, até que conseguiu se libertar do fio que o segurava e caiu de novo em pé sobre a cama, sem nenhum arranhãozinho!

– Viram? – disse ele com orgulho.

Todos o felicitaram calorosamente.

Apenas Woody fez uma careta:

– Eu não chamaria isso de "voar". Eu chamaria de "cair com orgulho"! – observou ele.

Mas ninguém o ouviu. Num piscar de olhos, Buzz, que Woody continuava achando metido e ridículo, havia conquistado os corações de todos os brinquedos! Sentindo-se mal, Woody tremeu. E se Andy sentisse exatamente a mesma coisa?

76

MARÇO 9

OLIVER TOCA PIANO

– Preciso me livrar desse gato – resmungou Georgette, a *poodle*. Desde que Georgette era apenas um filhotinho, estava acostumada a ser o único animal da casa de Jenny. Mas, agora, também havia um gatinho perdido chamado Oliver.

Todos os dias, Jenny dava leite para ele na tigelinha elegante de Georgette, escovava o pelo dele com a escova de Georgette e... tocava piano para Oliver!

– Piano! Agora já sei como me livrar dessa bola de pelos.

Georgette esperou que todo mundo fosse dormir. Depois, foi discretamente até Oliver, pegou o gatinho adormecido, jogou-o dentro do piano e fechou a tampa. *Bang!*

Dentro do piano, Oliver acordou e olhou ao redor. Ele ficou surpreso de estar dentro de uma caixa escura de madeira. Procurou uma saída, mas, a cada movimento, suas patas tocavam nas cordas do piano. *Plic! Ploc!*

Ele tentou se mexer mais rápido.

– Que divertido! – exclamou Oliver. – *Ploc! Bing! Plic!* Estou tocando piano como a Jenny!

Plic! Ploc! Plic! Pliquiti Ploc!

O barulho logo acordou a casa inteira!

– O que é esse barulho horrível? – gritou Winston.

Ele entrou na sala. Georgette fez de tudo para parecer inocente.

– É o gato – chiou Winston. – Essa criatura barulhenta tem de ir embora!

"Ganhei!", pensou Georgette. Até que Jenny chegou, de camisola, e rapidamente abriu a tampa do piano. Quando abriu, viu Oliver e exclamou:

– Como ele é fofinho!

O mordomo coçou a cabeça.

– Oliver estava tentando tocar piano – disse Jenny. – Que gatinho maravilhoso!

Jenny beijou Oliver, que ronronou. Quando o mordomo viu Jenny e Oliver, seu coração se derreteu.

– Bem, acho que um pouco de barulho não é o fim do mundo. Hora de ir para a cama, Jenny.

– Boa noite, disse Jenny.

Depois, deu um beijinho na cabeça do Oliver.

– Agora você também tem de ir dormir. Deixe eu levar você.

Antes de partir, Jenny fez um carinho na cabeça da cachorra.

– Ah, Georgette – disse ela. – Que sorte ter um novo amiguinho como o Oliver na casa!

"Diabos", pensou Georgette. "É essa bola de pelos que tem sorte, isso sim!"

MARÇO 10

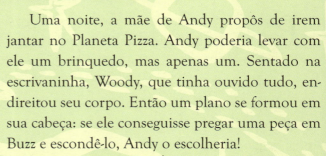

Woody contra Buzz

Os brinquedos do quarto estavam completamente fascinados e não desgrudavam mais de Buzz. Mas o pior veio quando Andy, nos dias que se seguiram, substituiu com entusiasmo os pôsteres de Woody que estavam nas paredes de seu quarto por outros de Buzz em plena ação. O garotinho também tirou o chapéu de caubói que sempre usava e passou a correr por toda a casa fantasiado de astronauta. O momento mais duro para o pobre xerife vinha mesmo quando Andy se deitava na cama à noite, pois, desde o seu aniversário, era Buzz que ele abraçava na hora de dormir! Buzz havia tomado o lugar de Woody! Pela primeira vez, Woody se sentia abandonado, esquecido, desprezado! Tristemente, o caubói juntou-se aos outros brinquedos na caixa, onde sofria dia e noite, sentindo um terrível ciúme.

Uma noite, a mãe de Andy propôs de irem jantar no Planeta Pizza. Andy poderia levar com ele um brinquedo, mas apenas um. Sentado na escrivaninha, Woody, que tinha ouvido tudo, endireitou seu corpo. Então um plano se formou em sua cabeça: se ele conseguisse pregar uma peça em Buzz e escondê-lo, Andy o escolheria!

– Buzz, você está aí! É uma catástrofe! – gritou Woody correndo na direção do patrulheiro, que estava em pé perto da janela.

– Uma catástrofe? – perguntou Buzz, preocupado. – O que está acontecendo?

– Um brinquedo indefeso caiu atrás da escrivaninha! É preciso salvá-lo! – gemeu Woody, tentando ser um ótimo ator.

– Não há um minuto a perder! – exclamou Buzz.

Buzz se dirigiu, então, à beirada do móvel. Era isso o que Woody queria; rapidamente, ele pilotou o CR, o carrinho de controle remoto, na direção do patrulheiro, para derrubá-lo atrás da escrivaninha. Mas o carro, em vez de derrubar Buzz, bateu contra a parede. Com a batida, um quadro caiu sobre o globo terrestre de Andy, que saiu rolando na direção de Buzz. O patrulheiro escapou, subindo no parapeito da janela, mas ele não conseguiu dizer uma só palavra, porque o globo, batendo na luminária, acabou lançando a cúpula de metal diretamente sobre ele, derrubando-o lá embaixo, no jardim!

Assustado, Woody correu até a janela, gritando.

MARÇO 11

Arquimedes arruma a casa

Desde que Merlin se mudara para o castelo de Uther Pendragon, o verdadeiro pai de Arthur, Arquimedes vivia incomodado.

– Finalmente temos a sorte de ter dois grandes cômodos bem aquecidos à nossa disposição, mas nunca antes eu tinha visto tanta bagunça!

Quando chegara, Merlin havia se contentado em apenas tirar as coisas de sua bolsa. Quando retomaram seus tamanhos normais, os objetos se es-

palharam por todo lado. E, desde então, era uma bagunça só!

Arquimedes voava sobre pilhas de livros, que mal se equilibravam em torres tortas. O equipamento de alquimista de Merlin havia se espalhado pelos quatro cantos da sala. Havia tubos de ensaio sobre as cadeiras, filtros e frascos sobre baús e debaixo das mesas. Não havia lugar para sentar. Além dos objetos estranhos trazidos de suas muitas viagens, Merlin largava suas roupas sobre as poltronas.

Arquimedes até encontrou uma pantufa ao lado da chaleira do mago!

– Não aguento mais! – resmungou o pássaro. – Vou arrumar isso aqui!

Ele começou pelos livros. Duas grandes estantes vazias erguiam-se dos dois lados da lareira. Um por um, Arquimedes organizou com cuidado os volumes e os levou até as prateleiras, depois, ainda os separou por seção e os colocou em ordem alfabética.

– Ali, as ciências naturais e lá, a geografia... A magia vai ficar do outro lado!

Arquimedes passou a manhã inteira fazendo isso. Depois, passou aos equipamentos de alquimia. Uma longa mesa, que se estendia até perto da janela, logo ficou toda ocupada por objetos.

– Não há mais nada no chão, já é alguma coisa! – suspirou orgulhosamente.

Agora, só faltava empilhar as roupas nos baús, e ele conseguiu fazer isso também. Estava colocando as pantufas de Merlin perto da cama quando o mago chegou.

– Magnífico! – exclamou Merlin, contemplando os cômodos impecáveis. – Muito obrigado, meu amigo! Sinto muito por ter deixado em suas mãos essa tarefa, mas eu tinha tanto trabalho com o Arthur que me esqueci de todo o resto... Vamos tomar um chá?

Contente, Arquimedes riscou o fósforo para acender a lareira. Naquele instante, Merlin, que havia decidido trocar de roupa, gritou lá do quarto:

– Arquimedes, onde você colocou as minhas pantufas?

A coruja suspirou, virando os olhos. Esse era o problema de Merlin. Ele estava tão acostumado com a bagunça que, quando tudo estava arrumadinho, não encontrava mais nada!

79

MARÇO 12

Buzz contra-ataca!

Depois de cair da janela de Andy, Buzz desapareceu entre os arbustos. Muito preocupado, Woody se inclinou para ver.

– Buzz! – chamou ele, cheio de remorso.

– A culpa foi sua! – falaram, de repente, as vozes atrás dele. – Você não é mais o brinquedo preferido de Andy e queria se vingar!

Chocado, Woody voltou-se e ficou cara a cara com seus amigos, furiosos!

– Juro que não fiz de propósito! – gritou ele.

– Você é um traidor! – acusou o Sr. Cabeça de Batata, fora de si.

– Você deveria ter vergonha! – acrescentou o Sargento antes de lançar o Exército Verde contra seu antigo comandante.

Um barulho de passos rápidos na escada forçou os brinquedos a deixar o caubói e retomar seus lugares. Como um foguete, Andy entrou no quarto e procurou por Buzz. Como não o viu, pegou Woody.

– Andy? Apresse-se, querido! Estamos indo!

– Estou indo, mamãe! Diga, você sabe onde está Buzz? Não estou vendo ele!

– Você deve tê-lo deixado em algum lugar! Venha logo!

Levando Woody, o garoto desceu a escada, bateu a porta e entrou no carro. Um instante depois, o veículo saiu.

Bruscamente, Buzz, saindo da moita, agarrou-se ao para-choque traseiro do carro. Woody o havia traído e pagaria por isso! No quarto de Andy, os outros brinquedos não viram nada; acreditando que Buzz tinha se quebrado lá embaixo e estava em apuros, eles se organizaram para encontrar um meio de trazê-lo de volta.

Enquanto isso, chacoalhando com os solavancos do carro, Woody, muito abatido, refletia. Ele esperava, sinceramente, que Buzz não tivesse se machucado na queda. Perguntava-se, também, como iria provar aos seus amigos que a queda do Patrulheiro do Espaço tinha sido um acidente...

De repente, a mãe de Andy parou para abastecer o carro. As crianças também saíram, deixando Woody no banco de trás. Endireitando-se, o caubói viu uma pequena sombra aparecendo no teto solar do carro. Ele a reconheceu imediatamente.

– Buzz! Você está vivo! – gritou ele, aliviado.

– Mesmo que você tenha tentado me exterminar, a vingança não é autorizada em meu planeta! – lamentou-se Buzz, a testa franzida. – Mas nós não estamos em meu planeta, estamos?

Com um movimento rápido, o patrulheiro jogou-se sobre Woody e começou a socar seu nariz!

80

Vamos dançar?

O príncipe Eric puxou as rédeas. Ariel, que estava sentada atrás dele, sofria para não cair da sela. Como fazia pouco tempo que tinha se tornado humana, ainda não estava acostumada a ter pernas.

– Está com fome? – perguntou-lhe o príncipe, apontando uma taverna.

Ariel fez que sim. Ela não podia falar e, em matéria de comida, era melhor ser prudente. Os humanos comiam peixe e, toda vez, ela se lembrava de seu melhor amigo, o peixinho Linguado. Mas ela queria agradar ao príncipe. O restaurante estava quase vazio. Eric e Ariel sentaram-se a uma mesa.

– O que você gostaria de pedir, senhorita? – perguntou a proprietária.

– Talvez... Uma sopa? – disse Eric, esperando a confirmação no olhar de Ariel. – Eu quero a especialidade da casa.

Ariel estava feliz de ver que Eric não se incomodava de falar por ela. Mas ela adoraria poder falar ela mesma, e lhe dizer que estava muito feliz de estar com ele!

Quando a senhora voltou para a cozinha, o silêncio encheu a sala. Ariel tentou se comunicar com gestos, mas Eric não parecia compreendê-la e, depois de alguns minutos, a pobrezinha começou a se sentir ridícula.

Por sorte, a proprietária do restaurante voltou para servi-los. Eric parecia aliviado também. Após colocar os pratos sobre a mesa, a senhora de cabelos brancos se dirigiu até um grande móvel de madeira encostado contra a parede. Ela se sentou em frente a ele e pousou as mãos sobre as teclas brancas e pretas.

Ariel nunca tinha visto um piano. E nem tinha ouvido alguém tocá-lo. A música a animou, fazendo-a derrubar sua colher dentro do prato de sopa. A melodia era muito bonita, ao mesmo tempo alegre e triste. Como ela queria poder cantar! Mas, claro, era impossível... A música a lembrava do som das ondas do mar. Ficando em pé, ela tentou um passo de dança, mas as suas novas pernas ainda estavam tão desajeitadas, que ela tropeçou.

De repente, Ariel se viu nos braços fortes de Eric, que a segurou pela cintura.

– Você sabe dançar? – perguntou o príncipe.

Ariel balançou a cabeça, meio envergonhada.

– Vou lhe ensinar! – disse o rapaz sorrindo para ela.

E ele a ensinou uma valsa. A Pequena Sereia ficou radiante, pois o príncipe e ela haviam encontrado um meio de se comunicar sem precisar de palavras!

MARÇO 14

SOZINHOS PELAS RUAS

Ainda brigando, Buzz e Woody passaram pela porta do carro, que estava aberta, e rolaram pelo chão. Furiosos um com o outro, não viram a mãe de Andy voltar com os filhos e entrar no

carro. Quando ouviram o veículo partindo, já era tarde demais, haviam sido abandonados no chão de concreto do posto de gasolina!

Eles se levantaram depressa, evitando por pouco serem atropelados por um enorme caminhão.

– Não entre em pânico, xerife – disse Buzz com a voz calma.

– Não entrar em pânico?! Por sua causa, estamos perdidos, e Andy vai se mudar de casa daqui a dois dias! Como vamos voltar?

– Se você não tivesse me derrubado da janela, não estaríamos aqui, e o universo não estaria em perigo! – replicou Buzz. – O Imperador Zurg já posicionou uma arma capaz de aniquilar o planeta inteiro! Só eu sei como impedi-lo! Mas, por culpa sua, perderei o meu encontro com o Comando Estelar na Seção 9 da Galáxia!

Woody olhou para Buzz com assombro.

– Buzz! – gritou ele com toda a força. – Você não passa de um brinquedo de plástico! Você não é o Buzz Lightyear de verdade, entende?

– E você me dá pena, isso sim! – suspirou Buzz, erguendo uma sobrancelha. – Muito bem, eu parto sozinho em busca da nave. Boa sorte para você.

Naquele instante, Woody viu uma caminhonete do Planeta Pizza estacionada não muito longe. Aquela era a maneira de reencontrar Andy! Notando um foguete de plástico que decorava o teto do veículo, ele teve uma ideia. Exclamou:

– Buzz! Encontrei uma nave espacial!

O patrulheiro deu meia-volta. Alguns minutos depois, a caminhonete deu partida com dois minúsculos passageiros clandestinos a bordo. Após um rápido trajeto, ela parou, em frente à entrada da pizzaria.

Buzz viu que Woody não havia mentido: o acesso ao restaurante era vigiado por robôs e, sobre o telhado, havia um enorme foguete – na verdade, apenas uma propaganda do lugar – preparado para decolar. Mas como entrar? Ele teve uma ideia. Rapidamente, os dois, um escondido em uma caixa de hambúrguer e o outro sob um copo de papelão, conseguiram chegar ao interior da pizzaria. Lá dentro, enquanto Buzz, boquiaberto com a decoração e os jogos de computador, acreditava estar mesmo em uma estação espacial, Woody finalmente avistou Andy!

Uma canção de ninar para Dumbo

A sra. Jumbo estava muito triste. Mais do que qualquer outra coisa no mundo, ela queria ter um pequenino só seu. Muitos outros animais do circo haviam tido bebês. E, quando ela os via, ficava mais triste ainda. Um dia, a cegonha trouxe um bebezinho para ela. O pequeno elefante era a criatura mais adorável que a sra. Jumbo já tinha visto. E ela se tornou a mamãe mais feliz de todo o circo.

Mas eis o que lhe aconteceu: o bebê virou-se e suas orelhas, antes enroladas, abriram-se. As orelhas eram enormes! As outras elefantas não pensaram duas vezes e começaram a zombar cruelmente dessa deficiência.

– Em vez de batizá-lo Jumbo Júnior, por que não chamá-lo de Dumbo? – disse uma das elefantas.

As outras caíram na risada.

A sra. Jumbo ignorou as zombarias e embalou seu bebê com a tromba.

O amor dela por seu pequenino crescia a cada dia. Ela brincava de esconde-esconde com ele, fingindo que não o via quando ele se escondia entre as suas patas. Cantava canções de ninar para ele dormir e dançava quando ele acordava.

Certa noite, a sra. Jumbo encontrou o elefantinho à beira do desespero. Ela adivinhou que as suas colegas ainda o estavam perturbando.

Ela o colocou carinhosamente na cama, enrolando-o entre as suas grandes orelhas para que ele não sentisse frio.

– Não se preocupe com o que os outros dizem – ela lhe disse com doçura. – Você crescerá e se tornará o mais lindo dos elefantes. Quer que eu cante, meu amor?

Dumbo balançou a cabeça, e a sra. Jumbo ouviu as outras elefantas falando baixinho nos boxes vizinhos.

– Honestamente – dizia uma delas –, até parece que ele é o único elefante da Terra. Vejam como ela o paparica. Ela o mima demais!

Mas a sra. Jumbo nem se importou e começou a cantar:

Pequeno bebê, não chore, não
Mamãe cantará uma canção
Enxugarei seus olhos
Se alguém rir de você
E, se não houver consolo,
Saiba que as suas orelhas
Não são motivo para sofrer.

Depois, ela continuou a ninar o seu filhinho, até que ele adormecesse.

Que silêncio, de repente! Por todo o circo ressoava o ronco dos elefantes. A canção de ninar da sra. Jumbo também os havia feito dormir. Que alívio... e boa noite!

MARÇO 16

As garras de Sid, o cruel

Uma vez dentro da pizzaria, acreditando que Buzz estava logo atrás dele, Woody preparou-se para saltar para dentro da bolsinha de Molly. Infelizmente, quando ia pular, ele se virou e viu que o patrulheiro, que ainda estava procurando transporte para a "Seção 9 da Galáxia", deslizava agora para dentro de um jogo, daqueles em que você tem de agarrar um bichinho com uma garra, em forma de foguete espacial!

– Minha nossa! – exclamou Woody, correndo até ele.

Dentro do brinquedo, Buzz se deu conta, para sua surpresa, de que não estava sozinho. Empilhados uns sobre os outros, alienígenas verdes o observavam com um monte de olhos.

– Ah! Um visitante! – disseram eles todos juntos.

– Olá a todos! Venho em missão de paz! – sorriu Buzz para eles. – Quem é o seu comandante?

– A Garra! – responderam em coro os homenzinhos, no exato momento em que Woody chegava. – Ela é o nosso mestre! Ela é quem escolhe quem fica e quem vai!

Um pouco surpreso, Buzz levantou a cabeça para a máquina.

– É realmente... impressionante! – murmurou Woody, desesperado.

Um brinquedo que não sabia que era brinquedo em meio a uns bonequinhos que veneravam a garra que os pegava quando uma criança jogava. A situação realmente não poderia piorar!

"Mas acho que pode piorar, sim", pensou Woody ao ver Sid se aproximando do jogo.

Sid era o vizinho de Andy. Ele também era o pesadelo de todos os brinquedos! Quando ele decidia se divertir com você, pode ter certeza de que você acabaria sem um braço ou uma perna, no mínimo. No máximo, aconteceria o mesmo que com o soldado Alfa-Bravo: você acabaria sua carreira de brinquedo como um quebra-cabeça espalhado pelos quatro cantos do jardim!

– Todos aos abrigos! – gritou Woody, que havia entrado na máquina também, empurrando Buzz no chão.

Infelizmente, vendo o capacete do patrulheiro, Sid começou a jogar para conseguir capturar Buzz com a garra. Woody tentou segurá-lo, mas não conseguiu impedir que o companheiro fosse agarrado e jogado na gaveta, onde seria recolhido como prêmio.

– O Garra o escolheu! – murmuraram os alienígenas, cheios de respeito.

Woody só pôde fazer uma coisa: agarrou-se às botas de Buzz e foi capturado junto com ele!

– Legal! – exclamou Sid pegando os dois com um sorriso assustador. – Dois brinquedos pelo preço de um! Sinto que vamos nos divertir muito!

MARÇO 17

NINO E VAGABUNDO

Vagabundo lambeu a última gota de molho de tomate dos seus bigodes.

– No que você está pensando, bela minha? – perguntou ele a Dama.

– Foi o mais maravilhoso dos jantares da minha vida – agradeceu a cadelinha.

– Eu não tinha dito? – gabou-se Vagabundo. – Ninguém cozinha tão bem quanto Nino!

– Preciso concordar com você – disse Dama. – Posso fazer uma pergunta?

– Claro! – concordou Vagabundo. – O que você quer saber?

– Apenas estava me perguntando como você e Nino se conheceram.

– Como conheci Nino? – riu Vagabundo. – É uma longa história!

– Conte – pediu Dama.

– Era uma noite fria. Estava até nevando. Eu tinha andado quilômetros e mais quilômetros nas montanhas. Meu nariz estava congelado!

– Espere aí – interrompeu Dama. – Montanhas na cidade?

– Exato! – disse Vagabundo. – Você nunca viu iguais.

– Claro que não! – retrucou Dama. – Sabe por quê?

Vagabundo balançou a cabeça.

– Porque isso não existe. Aqui não tem nem uma colinazinha.

– Não existe? – admirou-se Vagabundo.

– Qual é, afinal, a verdade? – perguntou Dama.

– A verdade é que nem sempre fui este Vagabundo belo e charmoso que está diante de você.

– Jura? – disse Dama, achando engraçado.

– E, naquela tarde, eu havia sido cercado por um bando de cachorros, que partiram para cima de mim. Assim, dei no pé e, enquanto os covardes me perseguiam, o homem da carrocinha chegou!

– Ah, não! – exclamou Dama.

– Pois é – continuou Vagabundo. – Os vira-latas sumiram no meio do mato. Mas o homem se aproximou de mim! Eu estava condenado!

– E daí, o que aconteceu? – perguntou Dama.

– Nino saiu do seu restaurante com uma grande tigela de massa quentinha – explicou Vagabundo. – "O cachorro é meu", disse ele ao homem, que não acreditou muito nele. Então, Nino colocou a tigela na minha frente. E o homem não teve escolha. Parecia que eu ia morrer e entrar no paraíso ao mesmo tempo!

– Isso eu duvido – divertiu-se Dama.

– O resto – emendou Vagabundo – como se diz, é outra história.

– Eu adorei – concluiu Dama, toda charmosa. – Eu sei agora que Nino é um amigo de verdade!

85

MARÇO 18

O quarto de Sid

— Vamos! Precisamos escapar daqui! – gemeu Woody com a voz trêmula, enquanto Sid, depois de colocar sua mochila no quarto, saiu batendo a porta.

O caubói pulou no chão para tentar encontrar uma saída. Buzz, por sua vez, começou a observar ao redor. Sid não era um garoto muito organizado, isso com certeza. Mas, apesar de alguns pôsteres horrorosos e de vários objetos bizarros, seu quarto até que não era tão infernal. Havia também ferramentas e uma morsa sobre a escrivaninha, mas até aí tudo bem, não é mesmo? Toda criança adora ferramentas...

Os pensamentos de Buzz foram de repente interrompidos por burburinhos estranhos que vinham de todos os lados. Saindo dos cantos escuros do cômodo, vários brinquedos – ou objetos que haviam sido brinquedos um dia – apareceram diante de seus olhos assustados.

— Sid transformou os seus brinquedos em mutantes! – balbuciou Woody.

O garoto havia feito experimentos com todos eles! A cabeça de um boneco sorridente se movia sobre as pernas de uma aranha de metal e a do Ken, sobre as rodas de velhos patins. Uma grua tinha herdado as pernas de uma Barbie, e havia ainda muitos outros monstros, uns mais feios que os outros, reunindo-se sobre o tapete! Aterrorizados, Woody e Buzz voltaram para dentro da mochila.

— Perigo! Chamando Comando Estelar! – dizia Buzz, apertando freneticamente um dos botões de sua luva. – Vocês estão ouvindo? Não tema nada – falou para Woody, vendo que ele estava tremendo. – O meu *laser* vai exterminá-los!

— Sim, claro! – resmungou Woody. – Se eles atacarem, usaremos a luzinha para exterminá-los!

Na manhã seguinte, coisas mais sérias começaram a acontecer. Woody quase foi queimado, e Buzz virou alvo de flechas de borracha. Felizmente, a mãe de Sid o chamou, e o garoto saiu do quarto, esquecendo-se de guardar os brinquedos.

— Vamos tentar fugir, rápido! – gritou Woody.

A toda velocidade, correram para a escada. Mas a alegria não durou muito. Com um movimento em falso de Woody, Brutus, o cachorro de Sid, abriu um de seus malvados olhos e começou a subir as escadas!

— Vamos nos separar! – ordenou Buzz, empurrando Woody para dentro de um cômodo antes de correr para outro.

De repente, Buzz ouviu chamar: "Comando Estelar chamando Buzz Lightyear!".

Finalmente, a base de comando tinha feito contato!

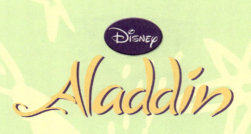

Uma nova visão do mundo

– Que lindo! – maravilhou-se Jasmine sobre o tapete voador de Aladdin, que estava disfarçado de príncipe Ali. – Nunca fiz algo tão emocionante!

– Que bom que está gostando, princesa – disse Aladdin.

– Eu nunca saio do palácio – explicou a jovem, tristemente. – E, quando saio, é em cima de um elefante, e com uma procissão ao meu redor. Não é exatamente a mesma coisa...

– Vou mostrar o mundo para você!

O tapete passou sobre o deserto, iluminado pela lua e pelas estrelas. Subiu rente a uma grande montanha e flutuou bem perto de uma cachoeira prateada.

Depois, o casal deixou as montanhas para trás e chegou ao mar. Deslizaram sobre as ondas, apostando corrida com os golfinhos. Atravessaram uma campina repleta de flores douradas. Uma brisa soprou, e Jasmine sentiu o delicioso perfume invadindo as suas narinas. Aladdin sobrevoou as flores de pertinho. Então, ele se inclinou e colheu um buquê para Jasmine.

Eles subiram de novo ao céu, acompanhados por uma nuvem de pombos. O tapete mágico dançou ao redor deles tão perto que Jasmine sentiu o ar vibrando quando eles batiam as asas. Que delícia!

A princesa observava o príncipe de mentira. Ele lhe parecia tão familiar que ela juraria já tê-lo conhecido antes. Ela, então, se lembrou do jovem que... Mas não, não era possível, não podia ser a mesma pessoa!

Aladdin também olhava para ela. Por quanto tempo ela acreditaria que ele era um príncipe, e não um pé-rapado disfarçado? Por quanto tempo aquele embuste funcionaria? Ele poderia agradecer ao gênio que o tinha ajudado a se aproximar da jovem. Mas se ela se lembrasse do encontro deles no mercado, se reconhecesse o garoto das ruas com o qual ela falara naquele dia, o plano iria por água abaixo!

O sol já estava nascendo quando Aladdin e seu tapete se despediram de Jasmine no palácio.

Em seu quarto, Jasmine deitou-se na cama, sonhando acordada. Rajah, seu tigre de estimação, foi cumprimentá-la, e ela fez carinho em sua cabeça sedosa, com o olhar distante.

– Ah, Rajah! – disse ela. – Ali me fez descobrir o mundo esta noite, e foi maravilhoso! Acho que encontrei alguém muito interessante... Tudo é magnífico e confuso agora na minha cabeça! Acho que estou me apaixonando... – murmurou ela.

MARÇO 20

Buzz descobre que é um brinquedo

Escondido atrás da porta do cômodo escuro, Buzz ergueu os olhos para o móvel onde estava a televisão.

"Comando Estelar chamando Buzz Lightyear!", repetiu a voz do narrador. "O mais super dos heróis do espaço agora em brinquedo! Venha comprar o seu em nossa loja!", continuou ele. Chocado, Buzz assistiu a toda a propaganda. Por fim, entendeu que Woody tinha razão, ele não passava de um brinquedo de plástico, que nem sabia voar! Essa revelação acabou com ele; tropeçando um pouco, ele saiu do cômodo e entrou no corredor. Mas como assim? Ele não sabia voar? Mas, no quarto de Andy, ele tinha conseguido! Por que não tentar de novo? A janela aberta do outro lado da escada o atraiu como um ímã. Sem refletir, ele escalou o parapeito, abriu as asas, gritou: "Ao infinito... e além!", para obter um efeito melhor, e se jogou. Dois segundos mais tarde, ele se espatifou lá embaixo com um terrível estrondo, perdendo o braço esquerdo e todas as suas esperanças. Naquele momento, a irmãzinha de Sid, impressionada ao ver o boneco ali, recolheu-o junto com o braço perdido, levando-o de volta para o quarto. Ele não reagiu, nada mais tinha importância agora que ele sabia que não podia voar...

Após um momento, Woody, que não sabia dessa última experiência de Buzz, abriu a porta do armário onde havia se escondido. Não havia mais ninguém no andar.

– Buzz, cadê você? – sussurrou ele.

O patrulheiro não respondeu, mas a voz de uma garotinha ecoou pelo corredor.

– Você aceita outra xícara de chá, não é, sra. Marquesa?

Intrigado, Woody se aproximou furtivamente da porta aberta, deu uma olhada no quarto... e ficou paralisado! Sentado a uma mesa de bonecas sem cabeça, estava Buzz, com um chapéu ridículo sobre o seu capacete espacial, tomando chá pelas mãos de Hannah, a irmã de Sid! Como tirá-lo daquela enrascada?

O caubói recuou, escondeu-se e imitou a voz da mãe de Hannah.

– Hannah? Venha ver uma coisa – disse ele em voz alta.

– Mamãe?

A garotinha levantou-se e desceu as escadas.

– Buzz! – chamou Woody. – Vamos logo!

O Patrulheiro do Espaço permaneceu sentado sem se mexer. Temendo o pior, Woody correu até ele e percebeu que seu braço quebrado estava sobre a mesa, perto das xicrinhas de chá.

88

A Bela Adormecida

MARÇO 21

Um pouco de doçura

— Calma, Sansão – disse Filipe, preocupado, puxando as rédeas do cavalo. – Não precisa ter pressa. Chegaremos cedo o suficiente, e eu preciso de tempo para pensar.

O príncipe tinha mesmo sobre o que pensar. Seu pai, o rei Humberto, o havia enviado para um encontro com o rei Estevão. Filipe logo se casaria com a filha dele, a princesa Aurora.

A primeira vez em que ele ouvira falar dela foi assim que ela nasceu, fazia dezesseis anos. Os seus pais os haviam prometido um para o outro.

Mas Aurora fora vítima do feitiço de uma fada malvada e teve de viver escondida até o seu décimo sexto aniversário, quando, finalmente, tinha ficado livre da maldição.

Portanto, Filipe nunca havia falado com sua noiva, e nem mesmo a visto. Ele sempre se perguntava como ela deveria ser.

— Espero que eu goste dela – murmurou ele enquanto cavalgava. – E que ela goste de mim. Para isso, preciso causar uma boa impressão. Mas como? Ah, já sei! – exclamou ele. – Farei uma entrada teatral. Galoparemos e derraparemos bem na frente dela. Com certeza ela ficará impressionada!

O príncipe assobiou e deu um tapinha no cavalo.

— Vamos, Sansão, vamos treinar!

O cavalo deu saltinhos e lançou um olhar de descontentamento ao seu cavaleiro. Plantou os cascos no chão, ficando imóvel.

— Vamos, Sansão, avance! – disse o príncipe de novo, apertando os flancos do cavalo.

Mas Sansão havia empacado.

— Até parece que não quer me ajudar – resmungou Filipe. – Espere um minuto! – continuou ele. – Por que me ajudaria se eu fico gritando com você?

O príncipe deu um tapinha nos ombros do cavalo:

— Desculpe, bonitão!

Então, tirou uma cenoura do bolso e papariçou o cavalo ainda mais.

Sansão comeu a cenoura na hora. E, de repente, partiu galopando a toda velocidade. Filipe se segurou bem, surpreso. O cavalo parou depois de derrapar – uma fumaça saía de suas narinas e cascos.

— Uau! – exclamou o príncipe, caindo na risada. – Obrigado, Sansão. Foi perfeito. Acho que eu só precisava pedir com gentileza. Agora, se pudermos repetir mais uma vez para a princesa...

Subitamente, o príncipe parou de falar, pois ouviu uma voz melodiosa vinda de longe. Quem cantaria assim na floresta?

— Venha, Sansão, vamos ver... Mas só se você estiver de acordo, claro!

89

MARÇO 22

BUZZ EM DEPRESSÃO

– Buzz! Você está bem? – perguntou Woody.
– Acabado, tudo está acabado! Defendemos toda a galáxia, e eis que, numa bela manhã, cá estamos tomando chazinho com Maria Antonieta e sua irmãzinha! – gritou Buzz com uma voz estranha, apontando para as bonecas sem cabeça de Hannah.

Sentadinhas ao redor da mesa, elas cumprimentaram o caubói, que estava boquiaberto.

– Acho que você já bebeu chá suficiente por hoje! – ironizou Woody. – Vamos sair para tomar um pouco de ar! Rapidamente, ele puxou o amigo na direção do corredor.

– Mas você não está entendendo! Viu o meu chapéu? – protestou o patrulheiro. Eu sou a Rainha da Inglaterra!

– Volte para a Terra, Buzz! – irritou-se Woody, sacudindo o companheiro depois de tirar o chapéu da cabeça dele.

– Desculpe-me! – disse o herói, endireitando-se. – Estou um pouco deprimido, só isso! Mas logo vou me recuperar...

Ele pegou o braço, correu para o corredor, depois, brutalmente, o desespero o invadiu. Ele caiu de joelhos, chorando:

– Eu não passo de um impostor, Woody! Quando penso que nem posso voar da janela... Depois de anos de treinamento!

Janela? Woody virou para a janela do quarto de Sid. A janela dele dava para a janela de Andy! Como ele não havia pensado nisso antes? Rapidamente, ele juntou o fio de luzinhas de Natal que estava largado no chão, puxou até eles e escalou a escrivaninha. Do outro lado do jardim, ele viu a escrivaninha de Andy. Sobre ela, estavam o Sr. Cabeça de Batata e Porquinho jogando batalha naval e, como sempre, Porquinho estava ganhando. Woody abriu a janela.

– Passa aí a grana, perdedor! – comemorou o cofrinho. – Não a sua orelha, a sua grana! Bom, pode me dar o seu nariz, então.

– Não gosto de perder o meu rosto – resmungou o Sr. Cabeça de Batata, tirando o nariz.

– Ei, amigos! Estou aqui! – gritou Woody, todo esperançoso.

Os dois brinquedos viraram-se, assustados.

– Pelos cãezinhos de molas! O Woody está no quarto de Sid, o cruel! – exclamou Porquinho. – Venham ver, amigos, é o Woody!

Todos os brinquedos de Andy correram até a janela. Woody sentiu seu coração explodir de alegria.

Boa noite e bons sonhos

Como todas as noites, Cinderela colocou Jaq e Tatá em suas caminhas. Depois, beijou a pontinha de seus focinhos e desejou a eles lindos sonhos.

– Boa noite e bons sonhos! – disse ela antes de se aconchegar sob as cobertas.

– Durma bem, Cinderela! – respondeu Jaq.

– Sim, boa noite, Cinderela! – acrescentou Tatá. – Bons sonhos para você também... Embora a gente não consiga controlar os sonhos!

A moça caiu na risada. Tatá estava preocupado. Como ele conseguiria sonhar com o que queria?

– Simples – Cinderela explicou ao camundongo. – Basta fechar os olhos e se concentrar numa coisa bem agradável. Logo chega o soninho. E, como você adormeceu pensando em algo feliz, o seu sonho será muito bom!

– Ah, está certo, o Tatá entendeu! Obrigado, Cinderela!

Ela soprou, então, a chama da vela. Depois, na tranquilidade da noite, cada um se encolheu debaixo de suas cobertas, fechando os olhinhos... É tão gostoso sonhar em segredo o nosso sonho preferido! Cinderela se imaginou no baile real, em um magnífico vestido de tafetá azul-celeste. Ela valsava sob o luar, nos braços do príncipe, que se inclinava para beijá-la... Rapidamente, Cinderela adormeceu com um sorriso nos lábios. Que sonho maravilhoso! Jaq, por sua vez, também tinha um sonho secreto. Mas ele não se parecia em nada com o de Cinderela. Jaq, o pequeno camundongo, imaginava-se com dois metros de altura, aterrorizando o gato Lúcifer! Ah! Seria bem legal se, ao menos uma vez, o camundongo vencesse o grande gato... Logo Jaq adormeceu sorrindo. Que sonho divertido! Quanto a Tatá, seu sonho particular não era muito surpreendente. Ele imaginava que tinha o direito de comer queijo... *Nham, nham!* Toneladas, montanhas de queijo... Rapidamente, Tatá adormeceu também sorrindo. Que sonho delicioso!

Na manhã seguinte, Cinderela se espreguiçou na cama. O sol brilhava, e seu sonho a tinha deixado de ótimo humor!

– Bom dia, Jaq! Bom dia, Tatá!

Jaq levantou-se, todo contente. Mas Tatá nem se mexeu... O que havia com ele?

– Tenha piedade, Cinderela – resmungou Tatá, escondendo-se debaixo do travesseiro. – Deixe eu dormir mais um pouco... Ainda não acabei de comer!

Jaq e Cinderela caíram na gargalhada. Ao menos, com Tatá não havia surpresas. Todos conheciam bem o seu sonho secreto!

MARÇO 24

Disputa entre brinquedos

— O que você está fazendo na casa de Sid? – perguntou Slinky, muito preocupado.
— Conto para você mais tarde! – respondeu Woody, pendurado na janela. – Pegue isso!

Com um grande gesto, ele lançou o fio de luzinhas de Natal entre as duas casas. Slinky deu um salto para pegá-lo.

— Ele pegou, Woody! – gritou Rex. – Vamos prendê-lo.

— Um minuto! – interveio o Sr. Cabeça de Batata, agarrando o queixo do cachorrinho de mola. – Você já se esqueceu o que Woody fez a Buzz?

— Mas Buzz está bem! – protestou Woody. – Ele está aqui comigo!

— Tenho certeza de que você está mentindo!

— Buzz! – chamou Woody. – Venha logo dizer aos nossos amigos que você não está morto!

Não houve resposta. Sentado sobre o tapete do quarto de Sid, Buzz, que estava com a cabeça em outro mundo, levantou um dispositivo de sua luva e murmurou coisas incompreensíveis.

— Um segundo, eu já volto! – apavorou-se o caubói.

E virou-se:
— Buzz! Você poderia me dar uma ajudinha!

Jogado com força pelo patrulheiro, seu braço esquerdo aterrissou sob os pés de Woody. Decididamente, Buzz não estava bem... Mas paciência! Decidido a convencer o Sr. Cabeça de Batata e os outros, o caubói pegou o braço, mostrou-o pela janela e, tentando fingir que Buzz estava ao seu lado, imitou a voz do patrulheiro.

— Você está tentando nos enrolar? – gritou o Sr. Cabeça de Batata, nada convencido.

— Não! – disse Woody. – Buzz está mesmo aqui! Ajudem-nos!

Nesse instante, o Sr. Cabeça de Batata descobriu que o braço de Buzz estava lá... mas que Buzz não estava na outra ponta!

— Assassino! Torturador! – exclamaram os brinquedos, horrorizados.

E, apesar das súplicas de Woody, eles soltaram o fio de luzinhas e baixaram a persiana! Desesperado, Woody suspirou profundamente. De repente, um barulho atrás dele o fez saltar de susto – saindo de seus esconderijos, lá estavam os brinquedos mutantes de Sid, cercando o Patrulheiro do Espaço!

— Saiam daqui, bando de canibais! Deixem-no em paz! – gritou Woody.

Ele foi na direção deles, mas, em vez de recuarem, os estranhos brinquedos pegaram o braço de Buzz. Em seguida, durante alguns segundos, mexeram-se com toda a velocidade ao redor do patrulheiro.

Quando acabaram, Buzz estava novo em folha! Assustado, Buzz mexeu seu braço e os dedos. Estavam funcionando!

— Incrível!
— Eles consertaram você! – comemorou também Woody.

Disney·PIXAR
MONSTROS, S.A.

MARÇO 25

Os cabelos de Celia

"O mais lindo para ir dançar", cantava e dançava Mike, com ar apaixonado, enquanto se preparava no banheiro. Ele estava ansioso para ver a namorada, Celia.

Depois de parar o carro no estacionamento do restaurante, Mike entrou.

– Lá está a minha lindinha – murmurou ele.

Quando Mike viu a namorada de cabelos de serpente, seu coração parou de bater. A bela ciclope estava sentada, sozinha, a uma mesa para dois. Suas escamas verdes cintilavam sob a luz suave dos castiçais. Ela estava monstruosamente linda.

Quando Celia virou-se para Mike, ele notou que, em vez de se ondularem alegremente, seus cabelos-serpentes se retorciam furiosamente!

– Como vai, minha linda? – Mike decidiu ignorar as serpentes, um pouco nervoso.

Ele se inclinou para beijá-la, mas a serpente mais próxima dele deu um saltinho.

– Ai – exclamou Mike, afastando-se. – Seus cabelos estão de mau humor?

– Ah, Redondinho – suspirou Celia, passando os dedos entre as cobrinhas trançadas –, que horror! Não tinha mais creme, o chuveiro estava frio, e os meus cabelos estavam embaraçados. Eles estão horríveis!

Escolhendo uma cadeira afastada o suficiente para não ser mordido, Mike olhou mais de perto. As serpentes de Celia o encaravam com fúria. Mike tentou não tremer quando elas sibilaram para ele. Mas tinha de admitir que elas estavam mesmo um pouco embaraçadas, sem o volume e o brilho costumeiro.

– Elas não estão tão mal – mentiu Mike. Ele soprou um beijo para Celia, mas aquela não estava sendo a noite romântica que ele esperava.

Na mesa ao lado, um casal de monstros com vários braços estava de mãos dadas. Eles esfregavam com carinho seus narizes cheios de verrugas e sussurravam palavras doces ao pé do ouvido. Mike suspirou. Eles pareciam felizes. Daí, ele teve uma ideia.

– Com licença, querida.

Mike levantou-se, abordou o casal e, depois, retornou segurando um grande chapéu roxo.

– Amélia, Ofélia, Cordélia, Bobélia e Madge – disse Mike se dirigindo às serpentes de Celia. – O que vocês acham de descansarem aí embaixo enquanto esperam para serem desembaraçadas?

As serpentes de Celia deram gritinhos de alegria.

– Ah, Redondinho! – exclamou Celia. Ela enrolou os cabelos-serpentes e os colocou dentro do chapéu.

– Você sabe até o que fazer quando os meus cabelos estão de mau humor!

Celia deu um abraço apertado em Mike e, assim, ele ganhou o beijo tão merecido.

MARÇO 26

Buzz em maus lençóis!

Enquanto Woody se desculpava com os brinquedos de Sid por ter se comportado mal com eles, um barulho na escada chamou a atenção de todos. Com um grande pacote nos braços, Sid subiu até seu quarto.

– Buzz, vamos nos esconder! – Woody se apavorou.

Mas, embora o corpo do astronauta tivesse sido reparado, sua depressão não estava nada curada. Insensível aos avisos do amigo, Buzz ficou ali paralisado, e o caubói precisou abandoná-lo sobre o tapete para ir se esconder dentro de uma caixa. Foi por pouco; gritando de entusiasmo, Sid entrou no cômodo e começou a desembrulhar o pacote!

– Finalmente! – exclamou ele, tirando de dentro do pacote um foguete daqueles de fazer fogos de artifício. – Vamos ver... Quem eu vou explodir? Cadê aquele caubói breguinha?

Por alguns segundos, Sid procurou Woody, mas não o encontrou. Depois, avistou Buzz no chão.

– Você vai servir bem para esta missão, astronauta de araque!

O menino apanhou Buzz e começou a prendê-lo ao foguete com uma fita adesiva! Em seu esconderijo, Woody arregalou os olhos, horrorizado.

Felizmente, lá fora, uma grande tempestade adiou o projeto do menino para o dia seguinte. Depois que Sid foi dormir, Woody tentou sair da caixa. Não dava para se mexer muito lá dentro, porque o garoto havia colocado ali o estojo de ferramentas! Woody chamou Buzz, que estava ali perto:

– Buzz! Buzz! Venha me ajudar, por favor! Precisamos fugir daqui! A mudança do Andy será amanhã de manhã!

– Eu não posso ajudar você. Não posso ajudar ninguém... E depois, de toda forma, qual é a diferença de estar lá no Andy ou aqui no Sid? Nós não passamos de brinquedos ridículos...

– Buzz! Ali do outro lado da rua, há um menino que pensa que você é o melhor! Não porque você é um astronauta, mas porque você é o brinquedo DELE! Além disso, você é um Buzz Lightyear! Todos os brinquedos dariam qualquer coisa para ser você! Você tem asas, brilha no escuro e até fala! Você é um superbrinquedo!

Buzz virou lentamente a cabeça e olhou para Woody.

– Na verdade... Você é bom até demais! – continuou o caubói, tristemente. – O que resta a um brinquedo como eu quando comparado com um Buzz Lightyear? Eu só sei falar "Tem uma cobra na minha bota!" com uma voz boba! Como, estando perto de você, eu ainda teria um lugarzinho no coração de Andy?

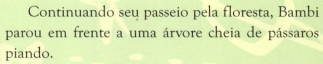

A primavera chegou!

A primavera havia finalmente chegado à floresta. *Snif, snif...* O ar estava agora perfumado. Os dias ficavam cada vez mais longos. E as noites, cada vez mais curtas. O gelo e a neve haviam se derretido. Narcisos e açafrões começavam a aparecer.

A floresta já não tinha aquele aspecto solitário dos longos meses de inverno. Nos últimos dias, Bambi tinha percebido uma variedade de animais se arriscando para fora de seus esconderijos.

Naquele dia de primavera, Bambi ia dar um passeio na floresta. Ele encontrou a sra. Gambá e seus filhotes, pendurados pelas caudas, de cabeça para baixo, no tronco de uma árvore. Fazia tempo que ele não os via. Mas a sra. Gambá o reconheceu imediatamente.

– Bom dia, Bambi! – cumprimentou ela.

– Bom dia, sra. Gambá! – respondeu Bambi. – Não vejo vocês desde o outono. Onde passaram o inverno?

– Nós gostamos de passar a maior parte da estação fria no abrigo! Mas agora chegou a primavera, e nós adoramos sair para respirar o ar fresco do campo!

A sra. Gambá e seus filhotes fecharam os olhos e adormeceram rapidamente. Na verdade, eles gostavam mesmo era de passar horas dormindo.

Continuando seu passeio pela floresta, Bambi parou em frente a uma árvore cheia de pássaros piando.

– Bom dia, Bambi! – disse um deles.

– Bom dia! – respondeu Bambi. – Onde vocês passaram o inverno?

– Voamos para o sul, para lá encontrar calor e alimentos! Mas estamos muito felizes com a volta da primavera! É muito bom retornar à floresta!

E o passarinho voltou a cantar alegremente com seus companheiros. Após meses de silêncio, os seus piados soavam como uma música doce para os ouvidos de Bambi.

Ao longo de seu passeio, Bambi reencontrou todos os seus velhos amigos. Viu os camundongos deixando seus abrigos de inverno para explorar o novo território e os esquilos quebrando calmamente suas nozes, em vez de armazená-las para a estação fria. Ele ouviu um pica-pau bicando um tronco de árvore e admirou os patos se banhando na poça.

Bambi sabia que o inverno havia sido longo, frio e penoso. Mas a chegada da primavera era o aviso de um tempo melhor. A vida jorrava de todos os lados, trazendo a esperança de belos dias.

95

MARÇO 28

Um plano de ataque

A noite havia passado rapidamente, e o dia já estava raiando. Sobre a escrivaninha de Sid, ainda preso na caixa, Woody continuava a falar.

– Como você queria que o Andy brincasse comigo, tendo um brinquedo como você? Eu é quem devia estar amarrado nesse foguete! É melhor você me abandonar! Andy está a sua espera!

Buzz se virou e olhou diretamente para o amigo. O que Woody acabara de dizer o fez sair de seu estado catatônico. Ele olhou para a sola de seu sapato, onde Andy havia escrito seu nome. Sim, ele era um

brinquedo, um brinquedo muito bom! E Andy o amava, ele sabia! E, agora, Woody dependia dele! Rapidamente, ele saltou sobre a caixa e começou a mexer no estojo de ferramentas. Era hora de agir: um grande caminhão de mudança tinha acabado de estacionar em frente à casa de Andy!

Cinco minutos depois, as duas caixas se espatifaram no chão, fazendo um barulhão. Profundamente adormecido, Sid não mexeu um só cílio. Mas, quando seu despertador soou, dois segundos depois, ele pulou da cama como uma pipoca.

– Irado! Chegou o dia da decolagem! – comemorou ele.

Com um gesto rápido, ele pegou Buzz, ainda amarrado ao foguete, e saiu correndo escada abaixo. Woody pulou do estojo de ferramentas e fechou a porta do quarto a tempo de impedir que Brutus entrasse.

– O que fazer? Pensar! É preciso pensar rápido!

Enquanto ele andava agitado para todo lado, os brinquedos mutantes apareceram timidamente.

– Ei! Vocês querem me ajudar? Há um brinquedo inocente em perigo, precisamos salvá-lo! Ele é meu amigo, o único que me resta...

Lentamente, Bebê Chorão, o boneco com patas de caranguejo, Pernas, a grua com pernas de Barbie, Pato, Bob e outros se aproximaram.

– Acho que tenho uma ideia – disse Woody para todos. – Mas precisaremos agir fora da lei... Vocês topam?

Todos concordaram. Woody começou a explicar o seu plano. O que precisavam fazer primeiro? Livrarem-se de Brutus para conseguir sair!

Enquanto isso, Sid já estava no jardim com Buzz.

– Houston? Rampa de lançamento em construção! – gritava ele andando de um lado para outro todo animado.

Ele nem imaginava que viveria, nos minutos seguintes, a experiência mais assustadora de sua vida!

96

MARÇO 29

O MELHOR DOS GATOS-BABÁS!

Duquesa e Matinhos tinha combinado de jantar em um dos melhores restaurantes de Paris. Só havia um probleminha: eles não acharam ninguém para tomar conta dos gatinhos.

Matinhos suspirou:

– Bom, só nos resta desmarcar o nosso passeio de namorados. Que pena!

– Ah, querido, não fique assim triste – disse Duquesa.

– Será que eu ouvi bem mesmo? – perguntou uma voz lá na entrada. – Desculpem, mas é que a porta estava aberta! – exclamou Rei Gato, que estava passando por ali.

– Pode entrar – disse Matinhos ao velho amigo.

– Vocês não encontraram uma babá? Pois não há com que se preocupar! Aqui está a babá!

Resolvido o problema, Duquesa e Matinhos recomendaram a Marie, Toulouse e Berlioz que se comportassem e foram jantar. Depois da saída do casal, Rei Gato disse aos três gatinhos.

– Escutem-me. Eu não sou um gato-babá como os outros. E esta não será uma noite como as outras!

– Oba! – gritaram os gatinhos.

Rei Gato tinha levado com ele três instrumentos: um contrabaixo, uma trombeta e um pianinho.

– Sentem-se aqui pertinho de mim, pequeninos! – chamou o gato.

Ele mostrou a Toulouse como posicionar os dedos no contrabaixo, deu a trombeta a Marie e colocou Berlioz em frente ao pianinho. Eles tocaram todos juntos por mais de uma hora.

– Muito bem! Lá vamos nós! – anunciou Rei Gato.

– Aonde?

– Nós temos uma audição, não podemos nos atrasar. Esta é uma grande noite!

Rei Gato levou os três gatinhos a uma casa de *shows*, onde ele os havia inscrito para a noite livre da semana.

– Nós não podemos tocar! – disse Berlioz. – Não somos bons o suficiente.

– Basta vocês tocarem com o coração – ensinou Rei Gato. – Vocês têm estilo, e isso não se aprende. Se errarem uma nota, continuem.

Os gatinhos sorriram.

– Está certo, Rei Gato! Com estilo!

Quando estavam subindo no palco, os rostos familiares de Duquesa e Matinhos apareceram no meio da multidão.

Eles estavam se preparando para ir embora quando viram Rei Gato acompanhando o trio.

– Um, dois... e um, dois, três!

O gato-babá marcava o tempo. Cabeças e patas acompanhavam a batida. O público ficou hipnotizado com a música.

– Esse é o melhor grupo de *jazz* que eu já ouvi – murmurou Matinhos a Duquesa enquanto voltavam para casa.

A música só pararia de manhãzinha. Mas o trio já estava se programando para participar de um festival de *jazz* no mês seguinte!

MARÇO 30

A revolta dos brinquedos de Sid

No primeiro andar da casa de Sid, os brinquedos arremessaram Pernas e Pato pelos tubos de ventilação. Chegando lá embaixo, na entrada da casa, eles desparafusaram o soquete da lâmpada que iluminava a varanda, depois, Pato, pendurado no gancho da grua de Pernas, passou pelo buraco, atirou-se e conseguiu tocar a campainha. Enquanto Hannah correu para abrir a porta, os outros brinquedos abriram a porta do quarto de Sid, deixando Sapo, o carro de corrida mais rápido da casa, sair. Na mesma hora, Brutus

começou a persegui-lo pelo jardim. Woody e seus companheiros, todos amontoados sobre o *skate*; de Bob, podiam agora escapar. Sem perder tempo, eles foram surfando escada abaixo até a cozinha, onde viram a portinha que servia de passagem para o gato. Tudo isso aconteceu - é preciso dizer! - quando estavam sobre o *skate*, por isso, em poucos minutos, conseguiram escapar para fora da casa!

A segunda parte do plano de Woody logo foi posta em prática. Sem que ninguém percebesse, os brinquedos mutantes cercaram Buzz e Sid.

- Buzz! - sussurrou Woody, colocando-se no caminho de Sid, que tinha ido buscar uma caixa de fósforos. - Não se preocupe, logo você estará livre!

Em seguida, ele se deitou no chão e ficou imóvel. Quando Sid voltou, tropeçou nele.

- Ahn? Que você está fazendo aqui? Ah, nem ligo! Vou botar fogo em você depois da decolagem do seu amigo!

O menino pegou Woody, colocou um fósforo no coldre do revólver do boneco e jogou-o na churrasqueira antes de ir até Buzz.

- Houston? - disse ele. - Decolar em seis segundos!

- Mãos ao alto! - uma voz atrás dele mandou. - Esta cidade é pequena demais para nós dois!

Intrigado, Sid se virou e pegou Woody.

- É comigo que você está falando?

- Sim, é com você, Sid! - disse o brinquedo. - Nós não gostamos de ser pulverizados, Sid! Nem triturados, nem esquartejados!

- Como assim "nós"? - perguntou Sid, de repente pálido e tremendo.

- Nós, os seus brinquedos, Sid! Mas, a partir de agora, você não vai mais nos maltratar! Senão...

Naquele mesmo minuto, dezenas dos brinquedos mutantes de Sid saíram de seus esconderijos e avançaram, ameaçadores, na direção dele! Apavorado, o menino começou a gritar, antes de fugir rapidinho para dentro de casa. Os brinquedos haviam vencido

Primeiras impressões

MARÇO 31

Bambi estava descobrindo as maravilhas da floresta. Sua mãe o havia levado até uma pequena clareira lá no fundo da mata, banhada de sol e forrada de grama fofa. Bambi ficou impressionado. Ele saltitava com as pernas ainda inseguras, bambeando um pouco, sentindo o calor do sol nas costas e a grama fofinha sob as patas.

Quando descobriu um canteiro de trevos bem verdinhos, ele se abaixou para comê-los, mas não era nada fácil alcançar o chão com aquelas pernas longas e aquele pescoço curtinho!

Seu focinho estava a alguns centímetros do canteiro quando, de repente, ele sentiu algo atrás de si. Uma folha havia pousado a alguns passos dele. "Uma folha saltitante?", perguntou-se Bambi. Ele a seguiu e, conforme se aproximava, a folha se afastava mais um pouquinho! Bambi olhou ao redor; sua mãe comia grama tranquilamente. Ela não parecia preocupada com nenhum perigo. Assim, ele continuou seguindo a folha até a saída da clareira, onde um grande riacho borbulhava por entre as rochas escarpadas.

Aproximando-se do riacho, Bambi sentiu que seu fascínio pela estranha folhinha diminuía. A água caía suavemente em cascata sobre as rochas, borbulhando e formando poças cobertas de espuma. Ele se aproximou ainda mais e colocou uma pata sobre uma pedra, à beira da água. Mas, de repente, a pedra começou a se mexer! Ela foi devagarzinho chegando ainda mais perto da água e... *ploft*! Pulou na água! Bambi estava maravilhado! Ele viu a pedra afundar na água e desaparecer. O filhote de cervo ficou observando por um momento o lugar onde estivera a pedra e, depois, se inclinou para beber água. De repente, sentiu algo atrás dele. Na água, olhando fixamente para ele, havia outro filhotinho de cervo! Não, ele não estava sonhando, era um animalzinho igualzinho a ele!

– Mamãe, mamãe! – chamou Bambi, correndo em direção à mãe. Você nunca vai adivinhar o que me aconteceu!

A cerva levantou a cabeça e olhou-o com seus grandes olhos claros.

– Primeiro, vi uma folha saltitante! – ele contou. – Depois, uma pedra com patinhas que andou até a água e depois mergulhou. E, no fim – ele continuou, todo encantado –, vi um filhote de cervo na água! Ele estava lá, mamãe!

A cerva esfregou seu focinho no do filhote e sorriu carinhosamente.

– Meu querido – ela começou – esse deve ter sido o primeiro gafanhoto que você viu! E a primeira tartaruga! E o filhote de cervo era você... A água é como um espelho, meu amor!

99

ABRIL 1

Lilo e Stitch

PRIMEIRO DE ABRIL!

— Lilo, seu cachorro é realmente impossível! Fui despedida por causa dele! – queixou-se Nani, a irmã mais velha de Lilo.

De fato, Stitch destruía tudo em que tocava. No dia primeiro de abril, Lilo decidiu pregar uma peça nele e ter, assim, sua revanche. Ela começou já pela manhã.

Em primeiro lugar, ela colocou uma almofada que fazia barulho de pum na cesta de Stitch. Quando ele se sentou na almofada para comer, um barulho obsceno soou pela cozinha!

— Primeiro de abril! – gritou Lilo, rindo.

Stitch olhou para ela boquiaberto. Ele tinha o hábito de fazer esse tipo de barulho, então, só mais uma vez, não tinha importância nenhuma!

Depois do almoço, Lilo ofereceu um biscoito de creme para ele. Mas ela tivera o cuidado de substituir o creme por pasta de dente.

— Primeiro de abril! – lançou Lilo, assim que Stitch mordeu o doce.

Mas Stitch deu outra dentada, e então mais uma, até devorar todo o biscoito. Então, ele lambeu os beiços. "Esse idiota come qualquer coisa!", pensou Lilo.

À tarde, ela pegou a maquiagem de sua irmã emprestada e contornou de preto as lentes de seu binóculo.

— Stitch! Tem uma onda gigantesca! – gritou ela estendendo o binóculo para Stitch.

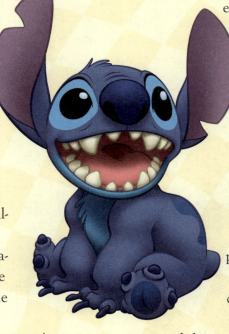

Quando ele tirou o binóculo do rosto, tinha dois círculos pretos ao redor dos olhos.

— Primeiro de abril!

Stitch não sabia que estava com a aparência ridícula e, mesmo se soubesse, isso não o teria incomodado.

No jantar, ele não parecia dar importância ao sangue de mentira que escorria da boca de Lilo, nem para as bolas de pingue-pongue que ele levou na cabeça ao abrir a porta do quarto. E o chapéu atravessado por uma flecha que Lilo usava não o abalou nem um pouco.

— Não tem graça pregar peças em você! – a menina disse.

Então, ela levantou os cobertores de sua cama e se deitou. Mas não conseguiu de jeito nenhum esticar as pernas!

— Nani! – chamou ela. – Minha cama encolheu! Nani!

Sua irmã colocou a cabeça na abertura da porta.

— Muito engraçado! – lançou Lilo.

— O que é engraçado? – perguntou Nani.

Ela não parecia saber do que Lilo estava falando.

— Não importa! – Lilo disse para si mesma.

Sentado no carpete, com o ar distante, Stitch balançava a cauda. Será que tinha sido ele que tinha prendido as cobertas de Lilo sob o colchão da cama?

Ela nunca saberia.

100

ABRIL 2

No rastro de Andy!

Depois de ter agradecido a todos os seus amigos, Woody e Buzz se lançaram em direção à rua e conseguiram alcançar o caminhão de mudança que seguia o carro da família de Andy. Mas não contaram com Brutus! Após persegui-los, o cachorro apanhou Buzz entre os dentes e o lançou sobre um carro estacionado ao lado da guia. De pé sobre o para-choque traseiro do caminhão, Woody ativou, então, a abertura da porta, entrou na caçamba, avistou a caixa de brinquedos de Andy e, apesar das exclamações em choque de seus amigos, pasmos, tirou da caixa CR e seu controle remoto. Em seguida, ele lançou o carrinho na rua e o pilotou em direção a Buzz. Assim que o alcançou, o patrulheiro saltou para o volante.

Como um ás, Woody acabou conseguindo fazer CR voltar para perto do caminhão, mas os outros brinquedos, ainda convencidos de que ele os havia traído, o empurraram de cima do caminhão! Assim que se deram conta de seu ato desprezível, era tarde demais: Buzz tinha conseguido apanhar Woody no ar, mas, infelizmente, com a pilha fraca, CR tinha parado no meio da rua!

– Woody, o foguete! – gritou de repente Buzz.

Usando o fósforo que Sid havia colocado no coldre de Woody, eles acenderam o pavio do foguete amarrado em Buzz. Em seguida, os três se lançaram sobre o asfalto de novo, alcançando o caminhão em uma velocidade tão alta que o único que conseguiu entrar foi CR, solto, no último momento, pois Woody e Buzz subiam cada vez mais alto!

– Não me diga que vamos explodir – gritou Woody enquanto iam em direção às nuvens.

– É claro que não! – disse Buzz.

O patrulheiro apertou um botão e, no mesmo instante, suas asas se abriram, o que permitiu que se soltassem do foguete! Logo, estavam caindo na direção do solo, mas Buzz, segurando Woody firmemente, conseguiu se estabilizar e planou em direção ao caminhão!

– Buzz! Você está voando! – gritou Woody, encantado.

– Não chamaria isso de voar, mas de cair com estilo! – brincou o patrulheiro.

E ele foi parar no teto solar do carro do pai de Andy, conseguindo aterrissar com Woody direto na caixa aberta ao lado do garoto!

– Uhu! – exclamou o menino, todo alegre. – Buzz! Woody! Mamãe, encontramos eles!

– Ótimo, querido! Onde eles estavam?

– Devem ter deslizado de cima do porta-malas!

– Viu só? Bem que eu falei! Eles estavam no lugar onde você os deixou!

Discretamente, Buzz e Woody trocaram um sorriso e uma piscadela de cumplicidade. Finalmente tudo tinha dado certo!

Abril 3

Uma corrida arriscada

Concentrado, com o motor roncando, Relâmpago McQueen avançava lentamente rumo à linha de largada. Máquinas fotográficas registravam sua carroceria vermelha estampada com o número 95. Ao redor da pista, os espectadores vibravam animados, pois aquela corrida, a última do ano, determinaria enfim quem iria levar a Copa Pistão! Entre os quarenta e dois carros que

estavam na disputa, apenas três seriam capazes de conseguir o prêmio.

Relâmpago observou seus dois rivais. Primeiro, Strip Weathers, conhecido como O Rei, um piloto incrível que iria completar suas últimas curvas antes de uma bem-merecida aposentadoria. Depois, Chick Hicks, que esperava há muito tempo poder ganhar sua primeira copa. Mas Relâmpago, a revelação da temporada, era tão veloz que era chamado de "O Raio".

Dada a largada, os carros partiram. Depois de algumas voltas, Chick empurrou Relâmpago para o canteiro central, mas o jovem queridinho do público conseguiu retornar à pista. E quando, por fim, alcançou seus adversários, ele tomou uma decisão muito importante: iria parar para reabastecer, mas ganharia tempo pois não trocaria os pneus.

Chick e O Rei também tiveram de parar nos boxes, assim Relâmpago acabou liderando a corrida. Mas, infelizmente, dois de seus pneus, que ficaram superaquecidos, estouraram bruscamente!

Com a velocidade muito reduzida, ele viu Chick e O Rei o alcançarem a toda velocidade. Sem medir esforços, ele arrancou na última curva e se deixou levar até a linha de chegada, que cruzou, com a língua de fora, no mesmo segundo em que os outros dois pilotos!

– Final incrível! – exclamaram os comentaristas.

Quem teria ganhado? Apesar de a análise da fotografia da chegada não estar pronta, Relâmpago, convencido de sua vitória, já dava entrevista como campeão aos jornalistas. Por outro lado, certo de seu sucesso, Chick Hicks também comemorava. Apenas O Rei permanecia calmo, como sempre.

De repente, os alto-falantes anunciaram que os juízes não tinham conseguido eleger o vencedor, e que uma nova corrida seria organizada... dessa vez na cidade de Los Angeles, na Califórnia!

– Ei, Relâmpago! – lançou então Chick. – O primeiro a chegar na Califórnia será o campeão!

– Vou chegar antes de você perceber! – murmurou Relâmpago, decepcionado. – Lembre-se: o raio chega sempre antes do trovão!

Disney Princesa
Pocahontas

ABRIL 4

O passeio radical de Miko

– Hoje é o dia ideal para um passeio de canoa – disse Pocahontas para Miko, seu fiel guaxinim que descansava na proa da embarcação, enquanto ela remava para descer o curso do rio. Flit, o beija-flor, voava ao redor deles.

Era começo de primavera e o sol estava quente. Os grandes blocos de gelo que cobriam o rio tinham derretido, e as únicas poucas placas congeladas estavam espalhadas nas margens. O derretimento da neve tinha aumentado o nível do rio. A corrente estava forte, mas Pocahontas guiava a canoa com segurança.

Logo eles chegaram a uma bifurcação. À esquerda, a correnteza parecia rápida, mas regular. Mas, no outro braço do rio, Pocahontas avistou espuma.

– Legal, correntezas! – exclamou ela.

Logo voltou a canoa para a direita. Ela mostraria o que sabia fazer!

Miko logo se ergueu. Ele sabia que a travessia seria perigosa. Precipitando-se em direção a sua amiga, se escondeu atrás dela e se agarrou, enquanto a canoa empinava e mergulhava nas correntezas.

– Miko, não tenha medo! – disse Pocahontas sorrindo. – São correntezas pequenas!

Uma leve onda molhou um pouco a cabeça do guaxinim. Ele se pôs a urrar, saltou no ombro de Pocahontas e afundou o rosto em seu pescoço.

A canoa se agitou na água. Pocahontas gargalhava. O infeliz Miko não dividia seu entusiasmo: ele subiu na cabeça de sua amiga para ver o mais adiante possível.

Ao avistar uma pequena queda d'água, ele fechou os olhos e se agarrou à cabeça de Pocahontas.

– Ei! Não consigo ver mais nada – disse Pocahontas rindo.

Mesmo assim, ela guiou habilmente a canoa, que desceu a queda sem dificuldade antes de encontrar águas mais calmas.

Ainda agarrado à cabeça de Pocahontas, Miko mantinha os olhos fechados enquanto ela direcionava a canoa para a margem.

– Vamos, bravo Miko – provocou ela –, estamos a salvo agora.

O guaxinim abriu os olhos. Estavam quase em terra firme! Ele deu um salto, deixou seu refúgio e se pôs a correr pelo casco da canoa. Mas, na ansiedade, ele perdeu o equilíbrio, deslizou e aterrissou na água funda com um grande *pluf*.

– Você é muito impaciente! – brincou Pocahontas.

De cara feia, Miko disse a si mesmo que não entraria noutro barco por muito tempo!

103

ABRIL 5

NA ESTRADA RUMO À CALIFÓRNIA

Depois de uma visita a seu patrocinador Rust-eze (e de uma enxurrada de brincadeiras dos dois irmãos, Dusty e Rusty, proprietários da marca), Relâmpago juntou-se a Mack, seu amigo e transportador.

– Califórnia, aqui vamos nós! – bradou o valente caminhão.

– Copa Pistão, nos aguarde! – respondeu Relâmpago ao embarcar, com o olhar fixo nos muitos troféus que decoravam seu caminhão de transporte.

E, assim, eles partiram. A paisagem desfilava ao redor da rodovia, as horas se passavam. De repente, Mack diminuiu a velocidade.

– Estou exausto, Relâmpago – explicou ele pelo rádio de bordo. – A noite está caindo, eu preciso fazer uma pausa...

– Escute, Mack, eu prefiro que você continue. Vamos parar só quando já estivermos na Califórnia. Vamos lá, força!

– Dirigir a noite toda, Relâmpago?!

– Tenho que chegar lá antes de Chick Hicks e começar a treinar assim que possível. Mas não se preocupe, vou ficar acordado para lhe fazer companhia, prometo!

– Bom... – suspirou Mack.

Logo, a paisagem desapareceu na escuridão. Ao contrário de Relâmpago que, apesar de sua promessa, caiu em um sono profundo, o pobre caminhão lutava desesperadamente para ficar acordado.

Atrás dele, quatro carros de humor turbulento viajavam ouvindo um *rap* pesado. Na liderança, o chefe, DJ, riu com sarcasmo ao ver Mack começar a ziguezaguear.

– Ei! Wingo! Você viu? Esse cara está caindo no sono! Vamos nos divertir um pouco!

DJ empurrou um pouco o caminhão em direção à mureta de segurança. No caminhão, um dos troféus de Relâmpago escorregou e caiu sobre o painel de controle, abrindo a porta traseira da caçamba. Lentamente, Relâmpago, ainda dormindo, escorregou para a estrada!

De repente, Snot Rod, o quarto carro da gangue, espirrou violentamente.

– Saúde! – exclamou automaticamente Mack, acordando sobressaltado.

Rapidamente, ele virou o volante e se reestabeleceu. Mas Mack não tinha visto que Relâmpago tinha escorregado da caçamba e tinha ficado ali parado bem no meio da rodovia, ainda dormindo!

Uma buzinada agressiva acordou o campeão.

– Sim! – gritou ele, desviando na última hora do caminho de outro carro. – O que estou fazendo aqui? Mack? Cadê você?

Depois de finalmente acordado com o susto, Relâmpago mergulhou na noite à procura de seu caminhão de transporte. E, quando ele viu, enfim, a caçamba vermelha de Mack, suspirou de alívio. "A salvo!", pensou ele, acelerando.

A Bela e a Fera

Faxina de primavera!

Em uma bela e quente manhã de abril, Bela e Zip admiravam o céu azul, os botões e as flores por uma janela do castelo.

– Zip – disse Bela –, já podemos dizer que a primavera chegou, enfim. E você sabe o que isso significa, não é?

Zip saltou de seu lugar, todo animado.

– Vamos brincar lá fora? – gritou ele.

– Hum... isso também! – riu a jovem. – Mas, antes disso, vamos fazer uma faxina de primavera!

Bela reuniu alguns utensílios.

– Primeiro, a sala de jantar – disse ela.

Ela tirou a prataria e começou a polir um garfo.

– Ooh! – exclamou o garfo encantado. – Atenção! Ai! Não sou de ferro!

– Pobrezinho, me desculpe – disse Bela esfregando suavemente o restante dos talheres.

Depois, ela passou para a louça. Mas, assim que mergulhou os pratos na água, um deles gritou:

– Ahh! Está frio demais! Muito, muito frio!

Bela se apressou em adicionar um pouco de água quente. Assim que terminou com a louça, ela passou para o quarto e tirou o pó do armário com o espanador.

No momento em que o espanador tocou o armário, os dois objetos encantados se puseram a rir.

– Hi-hi! Ha-ha! – riu o armário. – Faz cócegas!

– É mesmo, faz cócegas! – acrescentou o espanador.

Bela fez uma pequena pausa na biblioteca e Zip se juntou a ela saltitando.

– Oh, Zip! – suspirou Bela, cansada. – A faxina de primavera está exigindo muito de mim. Não tenho o hábito de limpar objetos encantados!

– Ah! Mas a gente também não! – riu Zip. – A gente sempre se lavou sozinho...

– Se lavaram sozinhos? – exclamou Bela.

Isso lhe deu uma ideia. Se eles sabiam se lavar sozinhos, podiam lavar uns aos outros. Lá estava a solução!

Logo, um pequeno exército de objetos encantados seguiu Bela através de todo o castelo, limpando tudo por onde passava. Em algumas horinhas, todo o lar cheirava a limpeza, e Bela e Zip foram descansar na biblioteca.

– Pois bem – disse Bela desabando em uma poltrona. – Um pequeno feitiço nunca fez mal a ninguém! Sobretudo um feitiço primaveril!

ABRIL 7

PERSEGUIÇÕES ENDIABRADAS

Convencido de que o caminhão vermelho que tinha avistado era Mack, Relâmpago mergulhou na rodovia, pegou uma saída e entrou em uma estrada menor e mal iluminada. Enfim, o caminhão parou em um cruzamento e Relâmpago conseguiu alcançá-lo.

– Ei! – exclamou ele, espantado. – Você não é o Mack!

– Ah, não, sinto muito, meu nome é Peter – respondeu o grande caminhão. – Você deveria acender os faróis, você enxergaria melhor!

E partiu, deixando Relâmpago na mais completa escuridão. Escuridão? Não! O campeão, então, distinguiu luzes no horizonte. Rapidamente, ele deu a partida, passou por uma primeira placa indicando que estava numa grande rodovia chamada Rota 66, depois, passou por uma segunda placa que anunciava que ele logo chegaria a uma cidade chamada Radiator Springs. Mas Relâmpago, que não tinha faróis de verdade, mas adesivos, ia a toda velocidade sem perceber as indicações. De repente, ouviu uma sirene urrando atrás dele. A polícia! Ele diminuiu a velocidade no mesmo instante.

– Talvez eles possam me ajudar – disse Relâmpago esperançoso. De repente, ele ouviu um estouro e pensou: "O que? Estão atirando em mim? Melhor fugir o mais rápido possível!".

Na realidade, o Xerife que o perseguia não era mais tão jovem, e o que Relâmpago pensara ser um tiro de revólver era apenas o ruído de seu motor supergasto!

– Meu velho! Vou perder aqui a junta do meu cabeçote por causa desse arruaceiro! – resmungou o policial.

A alguns quilômetros dali, na rua principal de Radiator Springs, tudo estava calmo. O único semáforo que regulava o trânsito piscava tranquilamente; por todo o asfalto, lojas empoeiradas se alinhavam; no estacionamento deserto de um café, um micro-ônibus conversava com um antigo jipe do exército.

– Eu juro, velho – disse o micro-ônibus chamado Fillmore. – A terceira luz pisca mais lentamente do que as outras duas!

– Fillmore! Sua vista já não é mais a mesma – zombou Sargento, seu amigo.

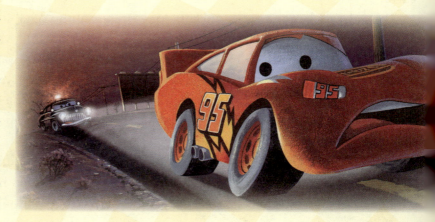

Exatamente naquele momento, com uma vibração terrível, Relâmpago precipitou-se na rua principal!

– Diga-me que está vendo o mesmo que eu! – lançou Fillmore, embasbacado.

– Todos escondidos! – berrou Sargento antes de recuar de repente.

Porque, ao trocar de marcha, Relâmpago, depois de devastar todos os cones que delimitavam uma área de obras, saltou sobre uma cerca e, derrapando assustadoramente, chocou-se contra o café.

106

Buzz Lightyear contra Buzz Lightyear!

ABRIL 8

Sequestrado por Al, um colecionador de brinquedos, Woody tinha desaparecido! No quarto de Andy, os amigos do caubói decidiram então partir a sua procura.

– À loja do Al e avante! – lançou Buzz, o mais determinado de todos.

Depois de terem atravessado discretamente as ruas da cidade, os brinquedos chegaram enfim à loja. Só faltava entrar sem serem percebidos e revistar tudo para encontrar Woody. Como fazer? Alinhados com estantes tão altas quanto prédios, os corredores pareciam avenidas. Os brinquedos decidiram então se separar.

Em alguns minutos, Buzz entrou na seção do Comando Estelar e parou um instante para contemplar os centenas de Buzz Lightyears que aguardavam em suas caixas transparentes. Era muito impressionante! Imagine só descobrir um corredor inteiro de personagens embalados idênticos a você: cara de um, focinho do outro!

Sem pensar duas vezes, Buzz decidiu escalar uma das prateleiras para ter uma vista panorâmica do lugar. De repente, brotando do nada, um Buzz Lightyear do modelo novo o atacou!

– Os oficiais do Comando Estelar devem permanecer em estado de hibernação! – berrou ele agarrando os braços de Buzz. – Somente pessoal autorizado tem o direito de acordá-los.

A batalha começou, mas nosso Buzz, menos potente que seu gêmeo, se viu vencido e terminou amarrado em uma caixa.

– Deixe-me sair daqui! – gritou ele.

À toa. Sem responder, o Ultra Buzz se afastou e, avistando os outros brinquedos de Andy que, para ir mais rápido, tinham acabado de surrupiar um carrinho de controle remoto, saltou para se unir a eles. Depois, o carrinho entrou no escritório de Al sem que nenhum dos brinquedos adivinhasse que o Buzz que estava sentado ali ao lado não era o amigo deles! Um minuto depois, todos se esconderam em um saco, e Al, que saía da loja, os levou com ele...

Ao ver aquilo, Buzz não se desesperou. Com um pontapé seco, ele fez a caixa cair no chão e se libertou. Agora, só faltava se juntar a seus amigos. Depois de mil peripécias, ele conseguiu alcançar os amigos. Quando todos se encontraram, no apartamento de Al, inclusive Woody, só restou a Buzz provar que ele era o verdadeiro Buzz mostrando o nome de Andy escrito na sola de sua bota!

107

Abril 9

A cidade mais legal do pedaço!

Com arame farpado enroscado sob seu chassi, Relâmpago atravessou o café da Flo roçando em Sargento e Fillmore, derrubando uma pilha de recipientes para combustível, chocando-se contra a coluna de pneus de uma loja chamada Casa Della Tires e derrapando sobre os belos canteiros do quartel vizinho. Assim que conseguiu retomar a estrada, Relâmpago percebeu o monumento dedicado a Stanley, o fundador de Radiator Springs. Ele tentou desviar, mas a cerca que arrastava atrás de si se enrolou em torno da obra de arte e a arrancou de sua base, fazendo-a voar para longe!

– Voe, Stanley! Você está livre! – disse Fillmore ao ver o carro de bronze decolar, logo antes de cair no chão e arrebentar irremediavelmente o asfalto da estrada. Então, o arame farpado se enroscou no fio do telefone, e Stanley levantou voo pela segunda vez. Esticando-se como elásticos, os fios lançaram Relâmpago para trás e, quando a estátua, por um milagre incompreensível, aterrissou mais uma vez sobre seu pedestal, o carro de corrida se viu, por sua vez, lamentavelmente suspenso em um poste.

– Sabe de uma coisa, garoto? Você está com problemas até o pescoço! – exclamou então Xerife, que acabara de chegar com o motor soltando fumaça.

Relâmpago, inconsciente, não tinha ouvido nada.

– Onde estou? – balbuciou ele na manhã seguinte ao abrir os olhos.

– Em Radiator Springs, a cidade mais legal do pedaço! – respondeu uma voz alegre. – Eu me chamo Tom, Tom Mate, mas pode me chamar de Mate. E você?

Relâmpago olhou a sua volta e compreendeu que tinha passado a noite em um pátio de veículos guinchados, com uma trava na roda esquerda dianteira.

– Você não me reconhece? – perguntou ele a seu interlocutor, um mecânico enferrujado com um ar meio bizarro.

– Não, por quê? Você também se chama Mate?

– Mate! O que eu disse a você? – interrompeu Xerife.

– Hum... Para não falar com esse delinquente?

– Isso mesmo! Então, pare, enganche-o em seu guincho e vamos logo. O tribunal está esperando!

Pouco depois, Relâmpago estava imobilizado entre duas fileiras de carros extremamente contrariados.

– Todos de pé diante do Honorável Doc Hudson, Presidente deste Tribunal! – anunciou o oficial de justiça.

– Quero saber quem deixou nossa cidade nesse estado! Quero que me tragam a tampa de seu radiador em uma bandeja! – fulminou o juiz ao entrar.

Relâmpago engoliu em seco. As coisas não estavam indo muito bem para ele.

O lado bom da chuva

Abril 10

– De pé, crianças, está na hora! – latiu Pongo, dando uma leve focinhada em cada um de seus quinze filhotes.

Os pequenos bocejavam e se espreguiçavam. Bolinho abriu um olho, virou para o lado e voltou a dormir.

– Vamos, acorde, Bolinho – murmurou Pongo em seu ouvido. – Está na hora. Você não está com vontade de colocar o focinho para fora?

Ao ouvir essas palavras, Bolinho saltou na mesma hora e ficou de pé. Ele não foi o único. A pequena matilha que dormia começou a se sacudir alegremente.

Os quinze filhotes correram juntos em direção à cozinha e se empurraram diante da porta dos fundos.

– Já vai! – disse Nanny tentando abrir uma passagem entre eles. E escancarou a porta para que os filhotes saíssem.

Mas eles não se moveram nem um centímetro. Chovia!

– Vamos, filhos! – encorajou-os Perdita, a mamãe. – Não passa de água!

Mas os pequenos não queriam saber.

No dia seguinte, Alegria acordou com um pulo. Dando latidinhas, ajudou Pongo, seu pai, a acordar seus irmãos e suas irmãs. Em alguns segundos, os filhotes já estavam à porta. Nanny se adiantou para abri-la.

Mas, outra vez, que decepção! Chovia novamente.

– Bah – disse Pongo suspirando. – As águas de abril regarão as flores de maio!

No dia seguinte, os pequenos não tiveram nenhuma pressa ao acordar. Afinal, devia estar chovendo também naquele dia. Mais um dia inteiro dentro de casa era o que esperavam!

Então, quando Nanny abriu a porta para um jardim ensolarado, os filhotes ficaram tão admirados que não sabiam como reagir. E decidiram todos, ao mesmo tempo, se dispersar em todas as direções, prontos para zanzar, cavar, rolar e explorar o jardim todo.

Mas, de repente, os filhotes pararam e se entreolharam surpresos. O que era aquela coisa estranha que sujava sua bela pelagem manchada? Era marrom, grudava e... Era lama! Eles, então, caíram na gargalhada!

Da porta, Pongo e Perdita observavam os filhos e riam a plenos pulmões.

– Sabe o que isso significa? – perguntou Pongo para Perdita.

– Quinze banhos! – respondeu Perdita.

Pongo sorriu vendo os filhotes rolarem na lama e acrescentou, espertamente:

– Não vamos dizer nada por enquanto, não é, querida? Acabaria com a diversão deles.

ABRIL 11

O julgamento de Relâmpago

– Você tem um advogado? – perguntou Xerife a Relâmpago.

– Hum... Ele deve estar no Taiti... Escute, eu preciso ir para a Califórnia. Estão me esperando para o final da Copa Pistão...

Ao ouvir isso, o juiz Doc Hudson arqueou uma sobrancelha.

Xerife continuou:

– Todo acusado tem direito a um advogado. Quem quer defender este garoto?

Mate se ofereceu com um riso dissimulado. Mas, naquele instante, Doc anunciou sua decisão:

– Coloquem esse rapaz para fora! Não quero mais vê-lo neste tribunal, nem nesta cidade!

"Minha nossa!", devaneou Mate, satisfeito, "eu nem disse nada e ele já foi absolvido! Sou realmente um bom advogado!"

– Desculpe o atraso, Vossa Excelência! – interveio então um encantador carro esportivo azul.

– Uau! Que beleza! – admirou Relâmpago. – Você deve ser do escritório do meu advogado... Está tudo bem, não se preocupe. Acabaram de me absolver. Vamos almoçar juntos?

– De absolvê-lo? Eu tenho que falar com o juiz! – respondeu friamente o belo carro, nem um pouco impressionado com o jovem campeão.

Cumprimentando Mate com um sorriso, ela se aproximou então de Doc Hudson.

– Mate, você a conhece? – espantou-se Relâmpago.

– Mas é claro! É Sally, a procuradora da cidade. E é também minha noiva!

– O quê? – engasgou Relâmpago embasbacado.

– Estou brincando, ora essa! A única coisa de que ela gosta em mim é o meu chassi! – disse Mate rindo.

– Doc, não estou entendendo! – argumentou Sally, com as sobrancelhas franzidas. – Esse garoto deve ao menos consertar os estragos que provocou. Senão, ninguém mais poderá dirigir por essas ruas!

Todo mundo compreendeu, de repente, que, sem as ruas em boas condições, a cidade acabaria completamente abandonada. Doc Huston foi obrigado a mudar de ideia. Depois de lançar um olhar irritado em direção a Sally, ele declarou a nova sentença: Relâmpago McQueen só poderia partir quando consertasse a pavimentação.

– Ah, bravo! E obrigado! – reclamou o piloto. – Fora de questão almoçarmos juntos, Sally!

– Não tem problema, exibido. Você pode ficar com a Bessie!

– Bessie? Quem é Bessie?

Quinze minutos depois, Relâmpago teve sua resposta.

– Meu jovem corredor, apresento a você Bessie! – disse Doc Hudson, apontando para uma enorme (e venerável!) máquina. É a melhor asfaltadora do pedaço! Vamos prendê-la na sua traseira e você a guiará, o mais gentilmente possível!

110

ABRIL
12

A CAÇA À MANGA

Aqui está a história do encontro entre Baguera e Balu, bem antes que Mogli estivesse na selva.

Baguera era mais nova, mas não menos séria. Quando ela caçava, movia-se discretamente, com elegância e velocidade. Não perdia nunca o equilíbrio. Quando dormia, ficava sempre com um olho aberto. Quando falava, escolhia bem as palavras. E ela nunca, nunca, ria.

Um dia, Baguera caminhava em cima do galho de uma mangueira suspenso sobre um rio. Havia uma manga bem madura no fim do galho, e ela adorava mangas. Mas, quando a pantera se aproximou da ponta do galho, ele se curvou de maneira preocupante. O orgulho de Baguera nunca permitiria que ela fosse parar no rio sem ter planejado.

Agachada no galho, Baguera tinha acabado de ter uma ideia brilhante quando ouviu alguém limpando a garganta.

– Parece que uma mãozinha seria bem-vinda – disse um grande urso cinzento.

– Não, obrigada – respondeu Baguera educadamente. – Prefiro trabalhar sozinha.

Mas o urso escalara a árvore mesmo assim.

– Escute só – sussurrou ele. – Vou me sentar aqui e agarrar sua cauda. Você pode ir buscar a manga, e eu vou estar segurando você, caso o galho quebre. Depois, a gente pode dividir a manga!

– Não, não acho que seja uma boa ideia – disse Baguera impaciente. – Duvido que este galho aguente nós dois...

Crac! O urso havia ignorado Baguera e subido no galho. E o galho, é claro, se quebrou com o peso deles. Assim, uma pantera encharcada e furiosa estava sentada ao lado de um urso encharcado e que se divertia.

– Oh, ha-ha-ha! – riu Balu. – Oh! Quem diria! Que aventura! Oh! Vamos lá – disse ao ver a irritação de Baguera. – Não é o fim do mundo, sabe?

Então Balu ergueu o galho quebrado, com a manga perfeitamente presa na ponta dele.

– Vou lhe propor uma coisa – acrescentou o urso. – Que tal irmos para o alto do rochedo nos secar sob o sol comendo esta manga? Eu me chamo Balu. E você, qual é o seu nome?

– Baguera – disse a pantera enquanto escalavam o rochedo quente e plano.

Então, quase contra sua vontade, ela sorriu. E Balu se pôs a rir com ela.

111

ABRIL 13

Uma valsa com Bessie?

— Mas vocês estão completamente malucos! – protestou Relâmpago olhando para Bessie.

Obrigar um carro de corrida como ele a puxar uma máquina a vapor tão pouco atraente configurava, a seus olhos, tortura pura e simples!

Doc Hudson o contemplou com frieza, e Relâmpago compreendeu, enfim, que não tinha escolha.

— Quanto tempo vou levar para fazer isso? – perguntou ele desanimado.

— Cerca de cinco dias – respondeu Doc Hudson.

— Mas eu tenho que estar na Califórnia antes do fim de semana!

— Então, é melhor começar imediatamente!

Desapontado, Relâmpago lançou um olhar para Sally, que respondeu com um sorriso zombeteiro. Depois, Mate o seguiu em direção a Bessie...

Algumas horas mais tarde, o policial se juntou a Fillmore e ao Sargento, que bebericavam uma lata de óleo gelada no terraço do café da Flo. Não muito longe, Ruivo, o bombeiro do quartel, cuidava de suas flores esmagadas na noite anterior, enquanto Luigi e Guido lutavam para reerguer a coluna de pneus de sua loja.

— Ruivo, você pode chegar um pouco para lá? – perguntou, então, a velha Lizzie diante de sua loja de antiguidades. – Eu queria poder admirar o capô *sexy* daquele rapaz charmoso!

Relâmpago, o "rapaz charmoso" em questão, puxava a pesada Bessie, que espalhava lentamente o asfalto sobre o cascalho aparente.

Por sua vez, Mate papeava bem-humorado.

— Antigamente, eu não assoviava tão mal, sabia? Mas tive um problema de escape. Doc prometeu que ia consertá-lo. Ele sabe mesmo fazer de tudo!

Relâmpago não o escutava de verdade. Irritado porque uma pasta de asfalto tinha caído em sua carroceria, ele gritou para Ruivo, com esperança de conseguir ajuda.

— Ei, você! Poderia limpar isso aqui com um jato d'água?

O bombeiro se virou de costas para ele e entrou em sua garagem sem responder.

— Ele é tímido – explicou Mate. – E ele o detesta porque passou por cima de seus canteiros...

— Eu não deveria tolerar esse tratamento – resmungou Relâmpago. – Eu sou um instrumento de precisão aerodinâmica concebido para as mais altas velocidades...

— Aero... o quê? – perguntou Mate.

— Aerodinâmico! Sou um célebre carro de corrida, veja! – soltou Relâmpago.

— É verdade? – admirou-se, então, Luigi, que ouvia a conversa.

Relâmpago sorriu para ele com orgulho. Talvez seu pesadelo chegasse ao fim!

112

Pai e filho

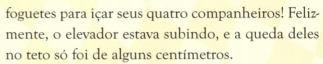

Woody era um prisioneiro na casa de Al, e Al morava no vigésimo terceiro andar de um arranha-céu. O Sr. Cabeça de Batata, Slinky, Rex e Porquinho precisavam encontrar um meio de entrar no prédio. Ultra Buzz, que pensava que a equipe ia atacar seu velho inimigo, o Imperador Zurg, encarregou-se de tudo: ele avistou uma placa de ventilação e começou a se arrastar pela saída de ar. Os outros o seguiram. Depois de alguns metros na escuridão, todos saíram no poço do elevador.

Há muitas maneiras de se pegar um elevador. Ou entramos nele, como acabara de fazer Al para chegar a seu apartamento; ou escalamos o vão do elevador, o que o Outro Buzz estava tentando fazer; ou nos escondemos na parte inferior dele, como fez o verdadeiro Buzz Lightyear, tentando alcançar seus amigos. A primeira maneira é a mais confortável; já a segunda e a terceira, bem menos! Tanto que, o Outro Buzz, convencido – como nosso Buzz já estivera antigamente – de que seus superpoderes funcionariam também no mundo dos humanos, decidiu, de repente, decolar com a ajuda de seus foguetes para içar seus quatro companheiros! Felizmente, o elevador estava subindo, e a queda deles no teto só foi de alguns centímetros.

Na hora de voltar, o problema continuou, mas no sentido inverso. Al acabara de guardar Woody em uma maleta e se preparava para chispar para o aeroporto. Mas, quando Buzz e o Outro Buzz, reconciliados, voltavam pelos tubos de ventilação em direção ao poço do elevador, o Imperador Zurg, que também tinha fugido da loja de brinquedos de Al, surgiu diante deles!

– Peguei você, Buzz Lightyear – disse ele bombardeando todos com bolinhas de plástico.

O Outro Buzz cerrou os punhos: enfim ele enfrentaria seu arqui-inimigo! Atirando-se sobre Zurg, ele o jogou no teto do elevador e partiu para a briga, enquanto o verdadeiro Buzz e seus companheiros, aproveitando-se dessa distração, tentavam abrir a trava de segurança da cabine.

– Você vai morrer! – declarou Zurg ao Outro Buzz.

– Você nunca vai me pegar! – respondeu o herói se defendendo.

– Eu sou seu pai! – revelou Zurg no fim das ameaças.

– O quê? Meu pai? Impossível!

O Outro Buzz ficou petrificado, como Luke Skywalker diante de Darth Vader! Decididamente, tomar um elevador pode, às vezes, trazer tremendas surpresas!

Abril 15

Bem-vindos a Radiator Springs!

— Eu sou um piloto de corrida! – afirmou Relâmpago.

Luigi arregalou os olhos; lentamente, ele se aproximou do carro de corrida, que, atrelado a Bessie, tinha parado para tomar um pouco de fôlego.

— E você conhece as Ferraris?

— Ah, não. Elas correm no circuito europeu – respondeu o piloto.

O pequeno italiano fez uma careta de decepção. Naquele instante, dois veículos, um pouco hesitantes, apareceram na entrada da cidade.

— Visitantes! Todos a postos! – ordenou Sally. – Vocês sabem o que fazer!

Rapidamente, os habitantes de Radiator Springs se alinharam diante de suas lojas, com um ar hospitaleiro em seus capôs, mas os turistas não prestaram nenhuma atenção a eles:

— Não estou vendo a placa que indica a rodovia – disse Vanda a seu marido, Vanderlei. – Você se perdeu como de costume!

— Bom dia! Bem-vindos a Radiator Springs! Posso ajudá-los? – perguntou Sally, toda sorrisos.

— Não precisamos de nada, obrigado! – respondeu Vanderlei.

— Não gostariam de provar meu supercarburante natural? – perguntou Fillmore.

— Passem depois para visitar meu estoque! Tenho *kits* de primeiros socorros! – acrescentou Sargento.

— Adesivos em formato de asas? – propôs Lizzie.

— Um copo de óleo gelado? – ofereceu Flo.

— Chamas douradas ficariam adoráveis no seu capô, senhora! – opinou Ramone.

— Pneus novos? A estrada vai parecer mais confortável! – propôs Luigi.

Incomodados o casal acelerou.

— Procuramos apenas a entrada para a rodovia! – explicou Vanda.

— Venham ao meu hotel! Tenho um mapa da região e oferecerei um belo café da manhã, se quiserem... – tentou Sally.

— Inútil, temos um GPS... – recusou Vanderlei.

— Psiu! Por aqui! – acenou então Relâmpago.

— Você sabe onde fica a rodovia? – Vanda diminuiu a velocidade cheia de esperança, mas um pouco nauseada pelo aspecto pouco reluzente do carro de corrida, que já estava coberto por uma constelação de manchas de asfalto.

— Não, mas eu imploro, me ajudem! Sou Relâmpago McQueen, o célebre piloto! Estão me fazendo prisioneiro aqui! É preciso avisar minha equipe...

— Ahn, temos que ir... Sinto muito! – murmuraram os turistas, certos de que tinham ido parar em uma cidade de loucos de pedra.

— Eu juro que é verdade! – gritou Relâmpago desesperado.

Mas o casal, aterrorizado, deu a partida a toda velocidade rumo à saída da cidade. Radiator Springs não iria revê-los tão cedo!

O SONHO DO PRÍNCIPE

O grão-duque, conselheiro do príncipe, estava inquieto. Na noite anterior, no baile, o jovem finalmente havia encontrado a garota de seus sonhos. Mas, no badalar da meia-noite, a bela desconhecida havia fugido. E, agora, era impossível consolar o príncipe.

– Você tem que encontrá-la! – ordenou o jovem.

– É claro, Vossa Alteza! – respondeu o grão-duque. – Enviei a guarda real atrás dos rastros da carruagem da jovem, como já lhe disse, ao menos quatro vezes – balbuciou ele, entredentes.

Mas os soldados voltaram de mãos vazias. O capitão saudou o príncipe.

– Sinto muito, Vossa Majestade – disse ele. – Não entendo, a carruagem estava bem diante de nós. E que carruagem! Ela brilhava com uma luz tão estranha!

O príncipe se lembrou do vestido e da coroa reluzindo. Seu conselheiro suspirou ao ver os olhos do jovem divagarem no vazio.

"O príncipe não vai descansar", ele disse para si mesmo, "enquanto não encontrar essa misteriosa jovem".

– O que houve em seguida? – perguntou o grão-duque.

– Viramos a esquina e a carruagem tinha simplesmente desaparecido.

– Não sei nem o seu nome – lamentou-se o príncipe, desapontado. – Que cabeça de vento!

– Hum, você deveria pensar nas outras convidadas – disse o grão-duque. – O salão de baile estava cheio de jovens que sonham em ser sua esposa.

O príncipe balançou a cabeça.

– Não existe nenhuma outra garota além daquela. Se ela tivesse pelo menos deixado uma pista! – exclamou o príncipe desesperado.

O grão-duque arregalou os olhos.

– Vossa Alteza deveria olhar seu bolso direito, nesse caso.

O príncipe estendeu a mão em direção ao bolso direito do casaco e retirou de lá um sapatinho de cristal. Tão distraído estava pela paixão pela misteriosa desconhecida que tinha se esquecido do sapatinho que ela tinha perdido nos degraus da escadaria.

Ele olhou para o sapato, depois para o duque, sem palavras.

– Eu... Eu... – gaguejou o príncipe.

– Sugiro que me confie as buscas – disse o grão-duque com cerimônia.

O príncipe concordou e, depois, se voltou para a janela. Em algum lugar, lá fora, sua princesa o esperava.

– Os sonhos podem se realizar – murmurou ele. – Esta noite, tive certeza.

Ele não duvidava nem um pouco que, do outro lado do reino, Cinderela, em sua janela, segurando o outro sapato, pensava a mesma coisa.

Abril 17

Feito com pressa, mal feito!

"Interrompemos nossa programação para um boletim especial direto da Califórnia... Com vocês, Kori Turbowitz!"

Diante de sua loja, a velha Lizzie aumentou o som do rádio. Ainda enroscado em Bessie, Relâmpago desacelerou e prestou atenção. Será que finalmente teriam notado seu sumiço?

"Não temos nenhuma novidade sobre Relâmpago McQueen, mas Chick Hicks acaba de chegar ao circuito. Ele é o primeiro a começar os treinos. Vamos escutá-lo...

"É ótimo estar aqui antes dos outros! Isso me oferece uma vantagem competitiva!

Relâmpago imaginou seu rival cercado de fãs e sendo fotografado enquanto assinava um contrato em Hollywood diante do estande azul do patrocinador Dinoco. De repente, sua própria situação se tornou intolerável!

– Ei, Mate! – lançou ele para o reboque. – Você me disse que eu poderia ir embora assim que terminasse, certo?

– Isso mesmo! Foi o prometido!

– Muito bem. Afaste-se, tenho uma estrada para asfaltar!

Ele acelerou, então, e, logo, correu pela estrada em toda a velocidade, enquanto atrás dele, a pobre Bessie, sacudida para todos os lados, soprava seu vapor e cuspia o asfalto gemendo.

Uma hora depois, Mate seguiu apressado para Doc Hudson:

– Ele terminou a estrada!

Ao mesmo tempo surpreso e desconfiado, Doc foi conferir.

– Terminei – disse Relâmpago, exausto. – Agradeça e me deixe partir, imediatamente!

– Mas está horroroso! – exclamou Sally olhando com pavor para as placas de asfalto espalhadas de qualquer jeito sobre a via.

– Como o resto desta cidade! – revidou Relâmpago, furioso.

Extremamente chateados, os habitantes desviaram o olhar.

– Quem você acha que é, hein? – irritou-se Sally.

– Trato é trato! – resmungou Relâmpago, um pouco incomodado.

– Você devia ter consertado nossa estrada, não ter deixado pior do que antes! – rugiu Doc.

– Sou um piloto de corrida, não um trator de esteira!

– Ah, é? Muito bem – respondeu calmamente o juiz. – Vamos, então, disputar uma corrida, você e eu. Se você ganhar, deixamos você partir. Mas se eu ganhar, você volta ao trabalho, e com todo o cuidado desta vez!

Relâmpago congelou, incrédulo. Com seus chassis de outra era, Doc achava que podia vencê-lo?

– Muito boa ideia – comemorou ele. – Toque aqui, aceito o desafio!

116

O REI LEÃO

ABRIL 18

METADE HAKUNA, METADE MATATA

– Por que você está triste? – perguntou Pumba a Nala.

– Não estou triste – disse Nala. – Estou só um pouco mais séria do que você.

– Acho que você deveria praticar um pouco de hakuna matata – disse Pumba.

– Um auana mauata? – perguntou Nala.

– Tem certeza de que ela consegue? – murmurou Timão para Pumba.

– É claro que sim! – disse Nala erguendo a voz. – Só preciso saber o que é isso.

– Ah, hakuna matata – devaneou Pumba – é o jeito de se livrar de todos os problemas da vida.

– Significa "nada de preocupação" – explicou Timão.

– Ah, entendi – afirmou Nala. – Em vez de resolver os problemas, vocês fingem que eles não existem.

– Hakuna matata ajuda a relaxar – disse Pumba.

– Parece que o seu hakuna matata é só outro jeito de dizer "falta de inspiração e preguiça" – continuou Nala.

– Acho que ela acabou de nos insultar – sussurrou Timão para Pumba.

– Aí estão vocês! O que estão fazendo? – perguntou Simba.

– Eu estava só tentando aprender o significado do conceito estranho de hakuna matata – explicou Nala.

– Não é genial? – disse Simba sorrindo.

– Sim, com certeza – respondeu Nala. – Se você quiser que nada seja feito nunca.

Simba franziu a testa.

– Não é isso. Hakuna matata ajuda a seguir em frente.

– É claro – continuou Nala. – Hakuna matata... Não devo me preocupar. Não devo tentar.

– Acho que você pode ver as coisas dessa maneira – disse Simba. – Mas, para mim, significa: "Não esquente a cabeça. Está tudo bem". Isso me dá força para superar os obstáculos.

– Está beeem, eu não tinha pensado dessa maneira – disse Nala.

– Então, está pronta para se juntar a nós? – perguntou Timão.

– Prontíssima! – sorriu Nala.

– Tragam os besouros crocantes! – gritou Pumba.

– Vamos provocar os elefantes! – gritou Timão.

– Todos no pântano para uma guerra de lama! – gritou Simba.

E os três partiram para a estrada.

– Não pode ser – murmurou Nala. – Não era isso o que eu estava pensando.

Mas ela sorriu e correu atrás de seus amigos.

– O último que chegar ao pântano é mulher do padre! – gritou ela.

117

Abril 19

A lebre e a tartaruga...

— Senhores, vocês darão apenas uma volta – explicou Xerife. – Devem correr até o Para-choque do Willy dar a volta nele e retornar até aqui. Anotaram?

Diante de todos os habitantes de Radiator Springs, os dois adversários concordaram e avançaram até a linha de largada. Seria uma corrida estranha! O motor de Relâmpago roncou com potência, enquanto o de Doc ronronava, soluçando um pouco.

— Nossa estrada nunca será consertada, acho... – suspirou Sally com pessimismo.

Assim que Luigi deu a bandeirada, Relâmpago decolou como um foguete. Quando a nuvem de poeira que tinha se levantado sob seus pneus se dissipou, todo mundo ficou petrificado: Doc não tinha saído do lugar!

— Ãh... Doc? O que está fazendo? – admirou-se Ramone, meio inquieto.

— É uma largada lamentável, temo – respondeu Doc, impassível. – Mas antes tarde do que nunca. Mate, ainda está com seu cabo de reboque?

— É claro, Doc. Por quê?

— Oh, nunca se sabe, pode ser útil. Siga-me.

E os dois veículos partiram tranquilamente, um atrás do outro, enquanto Relâmpago, rápido como uma bala de canhão, já estava chegando ao Para-choque.

— Nada poderá me deter agora! – gabou-se ele. – Mais um esforçozinho e partirei para a Califórnia!

Quando chegou na curva, Relâmpago, que não imaginava a dificuldade que teria, continuou acelerando! Surpreso com o formato da curva, ele freou bruscamente, mas começou a derrapar sobre a estrada de chão de terra, deslizou ao longo de uma encosta e aterrissou gritando em uma vala repleta de cactos!

— Ai, deve ter doído! – murmurou Fillmore, que viu o acidente de longe.

Furioso, Relâmpago tentava se soltar da armadilha. Seu motor reclamava, suas rodas patinavam, mas nada acontecia. De repente, o para-choque de Doc apareceu na beirada da pista, logo acima dele:

— Você corre exatamente como trabalha. É horrível! – lançou ele com desprezo para o campeão chateado. – Vamos, Mate. Agora é com você. Boa pescaria!

E partiu tranquilamente para a linha de chegada!

— Acho que Doc já sabia que isso ia acontecer com você! – gargalhou Mate desenrolando seu cabo.

Com cuidado, ele içou Relâmpago do buraco.

— Obrigado por me tirar daqui... – disse o carro de corrida, que entendeu por fim que sair de Radiator Springs seria bem mais complicado do que ele pensava!

118

As hesitações de Woody

Abril 20

Assim que Buzz e os outros brinquedos se juntaram a Woody na casa de Al, o colecionador de brinquedos, eles se alegraram com a ideia de que iam levá-lo são e salvo para a casa de Andy. No entanto, Woody não pareciam tão alegre quanto seus amigos! Diante de tantas caras de decepção, ele se explicou: tinha acabado de descobrir que era um brinquedo de coleção e que, junto com os outros quatro personagens da Turma de Woody, um antigo programa de televisão para crianças que tinha ficado famoso, ele tinha um valor inacreditável! Em seguida, ele apresentou para os amigos a famosa "Turma". Havia, primeiro, Jessie, a vaqueira audaciosa, depois, Bala no Alvo, o valente cavalo. Enfim, vinha o Mineiro, que buscava ouro e era bem esquentado. Al os tinha reunido depois de meses de esforço e esperava vendê-los para um museu japonês. "Japonês? Mas o Japão é muito longe", pensou Buzz. "E ficar numa vitrine pegando poeira em vez de brincar com uma criança, que horror! Como Woody podia preferir esse destino terrível em vez do quarto de Andy?"

Woody tentou fazê-lo entender que, quando crescesse, Andy perderia pouco a pouco o interesse por seus brinquedos. Não era melhor tentar a sorte longe em vez de ser guardado no sótão?

– Mas nosso destino é estar lá quando Andy precisar de nós! – protestou Buzz, desesperado.

Woody não queria nem ouvir. Então, Buzz, Rex e os outros se esgueiraram de volta pelo tubo de ventilação que tinha permitido a eles encontrar Woody e partiram tristes.

– Esperem por mim! Mudei de ideia, eu vou com vocês! – gritou de repente o caubói.

Com o coração despedaçado, ele acabara de perceber que o amor de Andy valia mais do que todos os museus. Buzz, Rex e Slinky deram meia-volta. Mas era tarde demais. Com sua picareta, Mineiro acabara de bloquear a passagem! O velho

ávido por ouro queria mesmo partir para o Japão e, para isso, a coleção deveria estar completa.

Al entrou nesse momento, recolheu os quatro brinquedos e colocou-os em uma maleta. Depois, partiu para o aeroporto. Buzz olhou para Rex e os outros. Eles abandonariam Woody à sua sorte? Não! Aquilo estava fora de questão! Indo atrás do patrulheiro, todos começaram a correr pelo tubo de ventilação para chegar ao lado de fora...

119

ABRIL 21

BOAS RESOLUÇÕES

"Perdi para aquele... vovozinho! Não consigo acreditar!", ruminou Relâmpago pensando na corrida que tinha disputado com Doc Hudson. Mais uma vez preso a Bessie, ele retomou a pa-

vimentação da estrada. A noite caía delicadamente. Um por um, os moradores vieram vê-lo.

– Você não quer um pouco de combustível orgânico? – perguntou Fillmore.

– Estou a sua disposição para uma demão de tinta, se quiser – acrescentou Ramone.

– Dá sede ver você trabalhar! É a minha vez de oferecer algo para beber! – disse alegremente Flo.

– Eu não quero, obrigado – recusou Mate com um sorriso – Comecei um regime. Também quero virar um instrumento de precisão aeropneumática!

Coberto de manchas de asfalto, Relâmpago continuou a resmungar no seu canto.

– Ah, eu dirijo e conserto como o meu nariz! Muito bem, Doc! Eu vou mostrar para você!

E, durante toda a noite, metro após metro, ele puxou seu fardo pela estrada esburacada.

Quando amanheceu, os chamados animados de Mate fizeram Sally sair de seu hotel. Assim que ela avistou o reboque, percebeu que ele dava voltas em um asfalto liso como um espelho!

– Oh, excelente! – exclamou ela, enquanto os moradores, um por um, descobriram, por sua vez, o resultado maravilhoso do trabalho noturno de Relâmpago.

– Nunca vi uma estrada tão perfeita! – exclamou Ramone testando devagar a nova pavimentação.

– *Bellissima!* – comemorou Luigi, antes de perceber que sua loja agora estava destoando, com a fachada suja e os vidros empoeirados.

Doc apareceu nesse meio-tempo.

– Doc, você deveria ter jogado Relâmpago antes nos cactos! – brincou Sally. – Olhe só para isso!

– É um bom trabalho, mas ele ainda não terminou. Aliás, onde está ele?

De repente, ele ouviu ao longe o roncar de um motor. Será que Relâmpago tinha fugido?

– Onde está o Xerife? – perguntou ele.

– Lá, perto do Para-choque do Willy – respondeu Mate.

Rápido, Doc lançou-se pelo deserto e avistou o policial.

– Xerife? Será que aquele espertinho conseguiu fugir?

– Não – respondeu o policial com uma risadinha. Só está fazendo uma pausa, e veio me pedir autorização para treinar sua famosa curva!

– Ah, é? – espantou-se Doc erguendo uma sobrancelha. – Muito bem! Vá então tomar alguma coisa no café da Flo, Xerife! Eu vigio o rapaz!

120

Os Incríveis

Um desfile com Edna

Quando Helena Pêra, ou sra. Incrível, aceitou o convite de Edna Moda, descobriu que a estilista trabalhava há uma semana na criação de novos uniformes de super-heróis para ela e toda a sua família!

– Será minha obra-prima! – gabou-se Edna apoiando os cotovelos para que o *laser* fizesse o reconhecimento de sua mão esquerda, depois de seus olhos e, por fim, de sua voz, antes que as portas do laboratório ultrassecreto pudessem (enfim!) se abrir.

Meio impressionada, a sra. Incrível seguiu a pequena estilista até duas poltronas confortáveis, dispostas diante de uma galeria protegida por um vidro blindado.

– Sente-se! – propôs Edna. – Quer seu chá com açúcar?

– Helena se acomodou e pegou sua xícara.

– Comecei pelo bebê, querida... – anunciou Edna, enquanto as poltronas se voltavam automaticamente para a janela de vidro.

Um manequim parecido com Zezé, vestido com uma combinação vermelha e dourada, apareceu à esquerda da galeria e deslizou lentamente sobre os trilhos aos quais estava suspenso. Edna continuou:

– Eu deixei as pernas mais folgadas para ele ter mais liberdade de movimento e, por causa de sua pele sensível, usei um tecido adaptado.

Bruscamente, uma cortina de chamas gigantescas surgiu em torno do manequim.

– Capaz de resistir a uma temperatura de mil graus! – continuou Edna, enquanto Helena, estupefata, assistia ao bebê sair intacto do fogaréu. – A roupa também é à prova de balas.

Duas metralhadoras enormes desceram de repente do teto da galeria para atirar no manequim. Mais uma vez, ele e seu uniforme não sofreram sequer um arranhão.

– E pode ir à máquina de lavar roupas, querida, o que é uma novidade – concluiu orgulhosamente a estilista. – Como ainda não conhecemos os poderes de Zezé, fiz o mínimo possível, desculpe-me.

– Mas Zezé não tem superpoderes – protestou Helena, irritada.

– Ah, não? Hum, pelo menos ele estará bem-vestido! – respondeu Edna.

E ela continuou sua demonstração dos outros uniformes da família. O de Flecha suportava grandes velocidades, o de Violeta ficava invisível, e o de Helena se esticava infinitamente.

Helena tinha que admitir: Edna tinha concebido uniformes indestrutíveis, e realmente... ãh... como dizer? Tudo bem... incríveis!

Abril 23

Operação Limpeza!

Do alto da colina, Doc Hudson seguiu com os olhos as derrapagens de Relâmpago ao redor do Para-choque do Willy. Depois, ele decidiu se aproximar:

– Isso é areia, filho, não asfalto. Não tem nada a ver, você precisa...

– Se estou entendendo bem – cortou Relâmpago –, você é, ao mesmo tempo, doutor, juiz e perito em corridas!

– É simples – explicou Doc sem responder. – É preciso abrir rápido para a direita que você vai acabar virando para a esquerda...

– É isso! Para ir para a esquerda, preciso virar à direita, então! Muito bem pensado, obrigado! – disse sarcasticamente Relâmpago.

Apesar de tudo, o conselho de Doc ficou em sua cabeça. Ele deu novamente a partida e, no momento de fazer a volta, virou violentamente em direção à direita. Tão violentamente que no instante seguinte lá estava ele de novo no meio dos cactos!

– Bem como eu pensava! Quando se vira para a direita, se vai para a direita! – fulminou ele uma hora mais tarde puxando Bessie depois de ter sido socorrido por Mate, que se divertia.

– Se continuar falando sozinho, as pessoas vão achar que você é biruta! – murmurou Lizzie ao passar por perto.

– Hmm... Obrigado pelo conselho!

– Eu falava comigo mesma, não com você, rapaz! – respondeu Lizzie, estupefata.

Relâmpago resmungou desculpas e seguiu com seu trabalho, sem prestar atenção na agitação que, de repente, tomou conta de Radiator Springs. De fato, os moradores estavam tão felizes que a estrada agora estava novinha em folha, que haviam começado a limpar e organizar as casas e lojas. Mate reformou o letreiro de seu depósito, Ramone e Guido pintaram os portões e paredes da oficina, Luigi limpava as vitrines e Ruivo regava com a mangueira à pressão a pilha de pneus no pátio da "Casa Della Pneus".

– *Che bellissimo*! – exclamou Sally para seus amigos.

Depois de algumas horas, a cidadezinha estava bonita e agradável. O único elemento que ainda destoava era Relâmpago McQueen, que continuava a praguejar puxando Bessie. De repente, ele recebeu uma esguichada gigantesca de água gelada! Entusiasmado, Ruivo tentou limpá-lo também...

– Ainda tem uma manchinha aqui! – disse Sally para o bombeiro, que direcionou sua mangueira para o local indicado.

– Não! – exclamou Relâmpago, paralisado.

Não adiantou. Ele levou outra esguichada, e Sally caiu na gargalhada!

Segredo mal guardado

Como todas as manhãs, Jasmine deu uma volta no mercado de Agrabah. Ela adorava perambular pelas barracas dos comerciantes. As especiarias perfumadas, os tecidos coloridos – havia de tudo, para todos. Até Rajah, o tigre da princesa, estava feliz da vida!

– Sei que estamos nos divertindo bastante, Rajah – disse de repente Jasmine. – Mas está chegando a hora do almoço, temos que voltar para o palácio.

Eles entraram na carruagem e atravessaram a ruela cheia de gente. Impossibilitado de seguir no meio da multidão, o cocheiro decidiu por fim pegar um atalho, mas logo foi obrigado a parar. Uma tenda imensa bloqueava a passagem!

– Ah, uma tenda de circo! – exclamou Jasmine descendo da carruagem. – É isso que está atraindo tanta gente; chegou um circo na cidade! Venha, Rajah, vamos dar uma olhada!

A princesa estava louca de alegria. Ela cumprimentou os artistas que ensaiavam para a próxima apresentação. O tigre, por sua vez, cumprimentou os animais que preparavam seus números. Depois, Jasmine partiu correndo para a carruagem e voltou para o palácio. Mas Rajah estava estranho, de repente. Ele suspirava sem parar com um ar triste e se recusava a tocar em sua refeição. Jasmine ficou preocupada. Será que ele estava doente? No entanto, na tarde seguinte, quando Jasmine e Aladdin decidiram ir ao circo, Rajah insistiu em acompanhá-los. E, assim que chegaram à tenda, o tigre voltou a sorrir.

– Tenho a impressão de que Rajah só tinha vontade de uma coisa desde ontem; voltar aqui! – observou Aladdin.

Então, eles compraram ingressos para o espetáculo e aplaudiram rindo os palhaços, os malabaristas e os acrobatas. Por fim, o proprietário do circo anunciou sua estrela: a tigresa Mallika. Rajah e ela se olharam com brilho nos olhos arregalados. O tigre nunca parecera tão feliz!

– Rajah não está doente – adivinhou Aladdin. – Ele só tem um segredo: está apaixonado! Ele conheceu Mallika enquanto passeava com você no mercado...

– Seu safadinho! – brincou Jasmine acariciando o focinho do tigre. – Mas você tem muito bom gosto. Mallika é uma beleza!

O animal corou como uma beterraba. A princesa morreu de rir:

– Meu pobre Rajah! Você deveria ter sido um pouco mais discreto. Agora, todo mundo sabe que você tem uma namorada... e que você é o campeão dos segredos mal guardados!

Abril 25

Uma tarde com Mate

Limpo como novo, depois da esguichada de Ruivo, Relâmpago contemplou Sally boquiaberto.

— Perfeito! Obrigada, disse ela ao bombeiro que se afastava, com um sorriso no para-choque. — Relâmpago, me desculpe, mas se quiser dormir esta noite no Hotel Cozy Cone, tem que estar limpo...

O campeão não acreditava no que ouvia.

— Você... está me convidando para ficar no seu hotel?

— Você prefere continuar dormindo a céu aberto atrás das cercas do depósito de Mate?

— Não, não! Obrigado, eu irei!

— Muito bem! Vou deixar o quarto número 1 reservado!

Enquanto ela se afastava, Mate se aproximou:

— Esta noite, vou mostrar para você a minha brincadeira preferida!

— Obrigado, Mate, mas tenho que terminar este trabalho...

— Ah, percebi! O Senhor "eu-erro-minhas-curvas" está com medo de me acompanhar!

— Mate! Eu não tenho medo de nada! Vou com você!

Algumas horas mais tarde, quando chegou a noite, os dois companheiros foram escondidos para um campo aberto.

— Mate! Não posso fazer isso - cochichou Relâmpago contemplando uma série de tratores dormindo.

— É engraçado pra raio, você vai ver! Venha comigo, vou mostrar!

Mate avançou pela colina, e Relâmpago se resignou a segui-lo.

— Basta acordá-los de repente, e eles fazem o resto. Só não podemos acordar Frank!

— Frank? Quem é Frank?

Mate não respondeu. Eles se aproximaram silenciosamente do primeiro alvo, Mate deu uma buzinada bem alta. Na hora, o trator abriu os olhos, empinou nas duas enormes rodas de trás e permaneceu congelado naquela posição ridícula! Diante dele, Mate gargalhava.

— É fácil, viu? Sua vez!

Relâmpago se esgueirou para junto de outro trator que dormia e roncou, de repente, seu motor. Imediatamente, a vítima se ergueu e ficou ali, congelada! Entrando no clima da brincadeira, Relâmpago também riu e continuou.

De repente, um barulho sinistro ressoou na noite. Uma enorme ceifadeira-debulhadora, com todas as lâminas de fora, começou a avançar direto para cima dos dois amigos!

— Aí está o Frank! - empalideceu Mate. – Vamos dar o fora, rápido!

Enquanto a horrível máquina avançava, os dois amigos aceleraram e conseguiram sair do cercado para ganhar a estrada. Foi por pouco; um segundo mais tarde, Frank teria feito picadinho deles!

Na estrada para o aeroporto!

ABRIL 26

Como chegar rapidamente a um aeroporto quando se é minúsculo, de plástico (ou de borracha) e se está a pé?

A resposta é simples: roubando um furgão de entrega de *pizza* de dois humanos!

Sim, mas, você me perguntará, como dirigir um veículo tão grande quando se é minúsculo, de plástico (ou de borracha)?

Nesse caso, a resposta é mais complicada, mas compreende apenas uma palavra: or-ga-ni-za-ção. Primeiro, é preciso empilhar diversas caixas de *pizza*, depois pedir que Buzz assuma o volante. Rex deve ficar no painel de controle para que veja a estrada à frente. Porquinho deve cuidar do câmbio e o Sr. Cabeça de Batata deve ajudá-lo (não é lá tão fácil mudar a marcha, principalmente nas curvas). Enfim, graças a sua grande flexibilidade, Slinky cuidará perfeitamente dos pedais, passando com animação da embreagem ao freio ou ao acelerador.

Depois, é claro, as coisas ficam um pouco menos claras. O problema não é só dar a partida, também é preciso se deslocar no trânsito, evitar passar por cima dos pedestres, não andar na contramão ou sobre as calçadas, virar bem na hora e não bater em árvores, postes ou outros carros. Mas, uma vez que essas regras sejam seguidas à risca, é possível até se divertir bastante, se for um brinquedo inteligente! Enfim... Se divertir bastante é um pouco forte. Digamos, sobretudo, passar muito medo, no caso de Buzz e seus amigos. Os que se divertiram mais nessa história toda foram os três marcianos suspensos no retrovisor do furgão... até que uma lombada os fez descolar e os arremessou pelo vidro! Rapidamente, o Sr. Cabeça de Batata correu para segurá-los pelo fio e os puxou para o assento do passageiro. Os três bonequinhos correram até ele para agradecer.

– Devemos a você nossa vida! Não iremos mais deixá-lo! – exclamaram eles em coro.

– Ãhn... Imagina, deixem disso! – respondeu o Sr. Cabeça de Batata, um pouco incomodado.

Enfim, Buzz parou bem em frente à entrada do aeroporto.

– É proibido estacionar aqui! – protestou Rex, ainda sensível às leis dos humanos.

Pouco importava. Al estava despachando a maleta onde Woody estava preso! Buzz avistou uma caixa para transportar animais e todos correram para dentro. Próxima parada? A esteira de bagagens!

ABRIL 27

O NASCIMENTO DE UMA AMIZADE

– Diga aí, você não está um pouco apaixonado por Sally? – perguntou Mate a Relâmpago indo tranquilamente em direção a Radiator Springs.

– Não, de jeito nenhum! – respondeu prontamente Relâmpago.

Mate ergueu os olhos em direção ao céu e sorriu:

– Sim, você está apaixonado! – lançou ele alegre.

E, de repente, ele se virou e começou a ziguezaguear em marcha a ré!

– Pare! Ou você vai acabar batendo em alguma coisa! – irritou-se Relâmpago.

– Está brincando? Eu sou o melhor motorista em marcha a ré da região. Veja!

A toda velocidade, o reboque começou a avançar na frente de Relâmpago. Sem prestar atenção aos avisos do campeão, ele passou entre duas árvores, desviou de todos os obstáculos e parou bem no meio da estrada.

– Tudo bem! – exclamou Relâmpago, impressionado. – Como você fez isso?

– É por causa dos meus retrovisores. Posso arrumar um par para você e ensinar, se você quiser!

– Pode ser útil para a minha corrida...

– O que ela tem de tão importante, a sua corrida? – perguntou Mate.

– É a Copa Pistão! A corrida mais famosa de todas! Se eu ganhar, vou ser o primeiro corredor da minha idade a conseguir. E terei o melhor patrocinador da Terra: a empresa Dinoco! Viajarei de helicóptero particular, esquecerei enfim todos aqueles velhos carros enferrujados que temos que consertar com a cera Rust-eze...

– Tem algo contra carros enferrujados? – encolheu-se Mate.

– Não estava falando de você – desculpou-se Relâmpago, sem jeito, parando diante do hotel de Sally. – Eu gosto de você.

– Ah, é?... Bom... Deve ser uma maravilha voar num helicóptero! Acha que eu posso ir também?

– É claro! – concordou Relâmpago, aliviado ao ver seu companheiro novamente de bom humor.

– Iupi! Eu bem sabia que tinha razão de escolher você como melhor amigo! Boa noite! – exclamou Mate, radiante. – Relâmpago e Sally estão apaixonados! Relâmpago e Sally estão apaixonados! – saiu Mate cantarolando a toda velocidade.

Sally saía de dentro do Cozy Cone, com o ar divertido.

"Ah, meu velho!", falou Relâmpago consigo mesmo. "Tomara que ela não tenha ouvido!"

– Eu ouvi sobre o passeio de helicóptero – disse ela avançando. – É verdade o que prometeu para ele?

– Promessa é dívida! – respondeu Relâmpago, percebendo que deveria manter a palavra com seu novo amigo.

ABRIL
28

O CIRCO REAL

O Circo da Pérsia havia se instalado por um mês em Agrabah. Jasmine e Aladdin foram aplaudir o espetáculo com Rajah e Abu, o macaquinho. Mas, no fim da apresentação, o tigre estava todo triste.

– Ah, meu pobre Rajah! – adivinhou Jasmine. – Você está sofrendo por deixar Mallika? Venha, tenho uma ideia!

A princesa, então, levou seu amigo para os bastidores. Eles se dirigiram para o cercado onde viviam os animais do circo. Lá, não demoraram para encontrar Mallika, a magnífica tigresa pela qual Rajah tinha se apaixonado. Aparentemente, Mallika também não estava indiferente ao charme do tigre de Bengala!

– Adoraria adotar Mallika – propôs então Jasmine ao proprietário do circo. Ela seria feliz no palácio, ao lado de Rajah. – É claro, eu pagarei!

– É impossível, Vossa Alteza – lamentou o proprietário. – Mallika é a estrela do circo. Sem ela, não terei mais nenhum espectador e serei obrigado a fechar as portas...

Jasmine, Aladdin, Abu e Rajah não tiveram opção a não ser voltar sozinhos para o palácio. Mas Rajah estava completamente deprimido. Não comia mais, não brincava mais. Jasmine tentou distraí-lo. Ela trouxe até os tigres do príncipe Baba para fazer companhia a ele. Não adiantou; Rajah estava inconsolável. Ele sentia terrivelmente a falta de Mallika e o pior é que o Circo da Pérsia deixaria Agrabah em três dias!

– Eu entendo você, Rajah – murmurou Jasmine. – Quando eu estava separada de Aladdin, antes de nosso casamento, eu estava exatamente como você!

Ela procurava uma solução, quando o proprietário chegou justamente com Mallika!

– Perdoe-me incomodá-la, Vossa Alteza, mas Mallika não come mais, não dorme mais. Ela ama seu Rajah e, como eu só quero a felicidade dela, pouco importa o circo; eu aceito que você a adote.

Ao ouvir essas palavras, Rajah e Mallika saltaram de alegria. Mas o proprietário do circo soltou um longo suspiro!

– Anime-se, tenho um plano! – confiou-lhe Jasmine. – Você vai montar sua tenda no antigo Palmário Real. Assim, não vai mais precisar viajar e Mallika continuará trabalhando com você e morará no palácio!

Negócio fechado! Abu e Aladdin estavam radiantes. Que barganha poder ir ao circo todas as noites, agora... que ele tinha passado a se chamar Circo Real!

127

Abril 29

Uma descoberta impressionante

No dia seguinte ao de sua primeira noite em um quarto confortável no Cozy Cone, Relâmpago foi se encontrar com Xerife para pedir sua dose de combustível do dia. Apesar do horário, ele não encontrou ninguém no posto; então, após alguns minutos de espera, ele rumou para a casa de Doc Hudson, e entrou sem bater na porta de sua oficina.

– Olá, Doc! Você viu o Xerife?... Ah, desculpe! – exclamou ele avistando o policial, no alto de um elevador hidráulico.

– Uma bela vista, não é? – brincou Xerife, enquanto Doc, que inspecionava seu chassi para consertar um vazamento, virou-se de mau humor.

– O que você quer?

– Eu?... minha dose de combustível! – explicou Relâmpago, sem jeito.

– Espere a gente no café da Flo. Vamos, para fora!

Irritado, Relâmpago obedeceu, mas, no pátio, ele esbarrou em uma lata de conserva que foi parar no fundo da garagem do juiz. Esperando não ter quebrado nada, ele avançou na penumbra, intrigado com a tralha que entulhava o lugar.

– Doc está precisando de uma faxina! – murmurou ele.

Na hora de sair, um objeto sobre a mesa chamou sua atenção. Apesar da poeira e das teias de aranha, ele reconheceu o formato de um troféu da... Copa Pistão!

– O quê? Doc ganhou uma Copa Pistão? Impossível – empalideceu Relâmpago ao ler a placa da base: Hudson Hornet, 1951.

Recuando de surpresa, ele descobriu, então, dois outros troféus, um de 1952 e outro de 1953. Então, ele notou, em um quadro, a página amarelada de um jornal que proclamava Doc "Campeão de todos os tempos"!

– O que está fazendo aqui? – resmungou de repente Doc, cuja enorme silhueta acabara de parar na entrada.

– Está bisbilhotando minhas coisas?

– Doc! Agora estou reconhecendo você! Você é o Fabuloso Hudson Hornet! E ainda detém o recorde de vitórias da Copa Pistão! Ah, a gente precisa conversar, você tem que me ensinar umas coisas!

– Já tentei algumas vezes! Vamos, dê o fora!

– Mas você ganhou três vezes, veja esses troféus...

– Eu só enxergo um monte de taças vazias! – Ao dizer essas palavras, Doc bateu a porta com violência.

Boquiaberto com sua descoberta, Relâmpago decidiu, então, ir ao café da Flo.

– Amigos! – exclamou ele ao chegar. – Sabiam que Doc Hudson era um piloto de corrida famoso?

Doc, um campeão de corrida? Depois de um segundo de silêncio, todos gargalharam!

Lilo e Stitch

ABRIL 30

A caça aos ovos de Páscoa

A Páscoa se aproximava. E, com ela, a caça aos ovos de Páscoa! Lilo estava impaciente para decorar os ovos. Ela pediu a sua irmã que os cozinhasse e, depois, foi atrás de Stitch, Jumba e Pleakley, e todos se puseram a trabalhar.

– Vou pintar este aqui de cor-de-rosa e vou fazer pontinhos roxos – anunciou Lilo.

– No meu, vou desenhar mosquitinhos – declarou Pleakley.

– Eu quero azul! – gritou Stitch mergulhando seu ovo na lata de tinta azul, que transbordou.

Quando toda aquela bagunça foi limpa, Nani partiu para esconder os ovos na praia e, depois, chamou a turminha de amigos.

– Há vinte e cinco ovos escondidos! Quem encontrar mais ovos, leva o prêmio! A suas marcas... Preparar... Partir!

Lilo, Stitch, Jumba e Pleakley se lançaram à praia. Eles descobriram um ovo enterrado sob um castelo de areia, outro sob uma toalha de praia, e ainda outro sob o barrigão de um homem que tirava uma soneca!

Quando o sol começou a se pôr no horizonte, todo mundo se reuniu para contar os ovos. Jumba e Pleakley tinham encontrado seis ovos cada. E Stitch também.

– Quatro, cinco e seis! – espantou-se Lilo.

O que somava vinte e quatro ovos no total!

Ainda restava um, escondido em algum lugar da praia.

A turminha se dispersou imediatamente para procurar o último ovo. Alguns instantes depois, Lilo reparou em alguma coisa.

– Venham ver! Encontrei o último ovo! – gritou ela.

Os companheiros se juntaram a ela correndo.

– Vejam! É o maior ovo de chocolate que já vi!

– Bravo! – disse Nani. – Esse ovo é a recompensa, Lilo. E como cada um de vocês encontrou o mesmo número de ovos, todos vão dividir esse ovão!

– Onde foi parar Stitch? – perguntou Lilo.

Naquele momento, o ovo gigante começou a se mexer, a fazer barulho, a se balançar. E de repente...

O ovo abriu e Stitch apareceu, enquanto pedaços do chocolate se espalhavam por todos os lados.

– Excelente! – gritou Lilo. – Nani, foi você que teve essa ideia?

– Claro que não! – respondeu a irmã. – Eu me pergunto como Stitch conseguiu se enfiar lá dentro.

– É meu segredo! – disse orgulhosamente Stitch, engolindo um pedaço de chocolate.

Nani e Lilo deram de ombros, e todos passaram à mesa para saborear o grande ovo de chocolate.

MAIO 1

Nada de trabalho para Tinker Bell

Que efervescência no continente! As fadas desceram do Refúgio das Fadas para passarem o verão. O que não é pouca coisa! Porque, no verão, acontecem mais coisas na natureza do que durante a primavera, o outono e o inverno juntos. Além disso, trata-se de um verdadeiro exército de fadas trabalhadoras que operam em segredo. E cada batalhão se encarrega de um setor bem preciso. É a única maneira de não se esquecerem de nada. A Senhora Ministra do Verão mostrou-se muito firme nesse ponto, e nenhuma das trabalhadoras ousaria desobedecê-la. Nenhuma, a não ser, talvez, Tinker Bell, a mais teimosa, a mais curiosa, a mais exigente e a mais corajosa das Fadas Artesãs! Ela chegou ao continente justamente acompanhada de Terence, seu amigo guardião do Pozinho Mágico, o pó que as fadas usam. Eles se acomodaram em uma bela clareira... um pouco tranquila demais para Tinker Bell, que sempre sonhava com aventuras incríveis.

– É esse o acampamento das fadas? – suspirou ela, decepcionada.

– Mas é claro que não! – debochou Terence. – Temos que nos esconder dos humanos!

Ele conduziu Tinker Bell até um grande carvalho, levantou a folhagem espessa e a pequena artesã deu um grito de admiração. O acampamento das fadas era ainda mais extraordinário do que ela imaginava; havia um mundo maluco e acelerado, cada um trabalhava em seu canto!

– O verão é a estação mais demorada a se estabelecer – explicou Terence. – Um dia não é suficiente; eis porque montamos acampamento no continente... mesmo sob o risco de sermos descobertos pelos homens! Então, tome bastante cuidado!

Tinker Bell concordou com a cabeça. É claro, ela seria prudente, não gostaria de estragar seu primeiro verão no continente! E logo ela já estava correndo de um lado para o outro, ansiosa para participar do nascimento da nova estação.

– Precisa de uma mãozinha? – perguntou ela a cada fada que encontrou. – Posso consertar alguma coisa por aqui, ou outra por lá?

Mas, a cada vez, a resposta era a mesma:

– Não, obrigada. Sua invenção funciona muito bem!

E foi assim que, finalmente, Tinker Bell não encontrou nada para fazer! Ela suspirou desencorajada:

– A única solução para arranjar alguma coisa por aqui seria desarranjar uma das minhas invenções perfeitas demais... para rearranjá-la em seguida! É o cúmulo, não?!

130

Maio 2

Passeio na Pousada da Roda

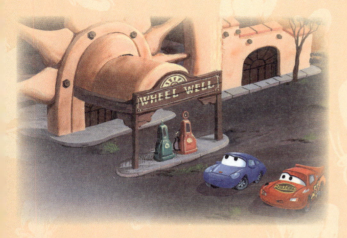

— Mas eu garanto que Doc é uma lenda! – repetiu Relâmpago aos habitantes de Radiator Springs. – Ele é o "Fabuloso Hudson Hornet Doc".

— "Fabuloso"? Nunca o vi dirigir a mais de quarenta quilômetros por hora! Você já assistiu a uma de suas corridas? – perguntou Flo.

— É uma pena que não, mas gostaria muito! Ele ganhou três vezes a Copa Pistão!

— Você está tendo alucinações, meu garoto! – debochou Fillmore.

— O calor bateu forte demais no sistema desse menino! – acrescentou Xerife, que acabara de chegar.

— Estou achando ele muito vermelho! – brincou Lizzie.

Sally aproximou-se e, toda sorridente, encheu o tanque de Relâmpago.

— Alô, Sally! Tanque cheio? É perigoso! – protestou Xerife.

— Eu confio nele! – respondeu ela. – Venha, Relâmpago! Vamos passear!

— Onde?

— Você verá! Siga-me!

A bela máquina acelerou. Atrás de Sally, Relâmpago admirava sua velocidade, sua elegância, a desenvoltura com que passava pelas encostas e fazia as curvas. De repente, cheia de malícia, ela se virou para respingar água no amigo, passando por uma grande poça! Encharcado, Relâmpago conseguiu evitar um segundo banho desviando para o lado da lama e das folhas mortas. Divertindo-se, ele conseguiu, em seguida, ultrapassá-la, mas ela o alcançou com muita rapidez, levando-o a um túnel. Após alguns quilômetros na penumbra, eles se depararam com uma paisagem de uma beleza de tirar o fôlego! Na luz dourada, Relâmpago ficou maravilhado ao ver Sally passar em frente à água espelhada de uma cachoeira. Por fim, ele se juntou a ela no topo da passagem entre as montanhas, bem perto da majestosa entrada de um antigo hotel abandonado.

— É magnífico! – gritou o campeão.

— É a Pousada da Roda – suspirou Sally. – Costumava ser a parada mais quente dessa boa e velha Rota 66.

— Sally, me explique: como você foi morar em Radiator Springs? – perguntou então Relâmpago.

— Eu era advogada em Los Angeles e vivia a cem por hora! Um dia, me cansei. Peguei a estrada meio sem rumo, e tive uma pane na cidade. Doc me consertou, Flo me acolheu, e eu nunca mais parti.

— E depois? O que prendeu você por lá?

— Eu me apaixonei...

Ao ouvir isso, Relâmpago sentiu seus pneus murcharem tanto quanto seu moral.

— Apaixonei-me por aquele lugar! – acrescentou alegremente Sally.

Maio 3

O plano de Alegria

– Uau! – disse Alegria. – Olhem todos esses outros filhotes!

Seus irmãos e irmãs ainda tremiam de pavor. Eles tinham sido sequestrados e, depois de uma longa viagem de carro cheia de solavancos, tinham chegado àquela grande casa arruinada. Alegria já pensava em um plano para escapar. Ele olhou o vasto cômodo caindo aos pedaços em que estavam presos.

– Ei! – perguntou ao filhote mais próximo. – Onde estamos?

O cachorrinho sorriu:

– Ah, você deve ser novo aqui. De qual *pet shop* você veio?

– Não viemos de uma loja, fomos roubados da casa de nossos pais.

Os filhotes curiosos se aproximaram.

– Roubados, de verdade?

– Bom, comprados ou roubados, estamos todos presos aqui agora – disse o primeiro.

– VOCÊS talvez estejam presos – disse Alegria, insolente. – Mas nossos pais e seus fiéis companheiros vão nos salvar.

– Eu espero – disse Pimentinha, a irmã de Alegria. – Me pergunto por que alguém iria querer nos roubar?

Alegria se perguntava o mesmo. Ele tinha certeza de que seus pais sabiam a resposta.

Ao mesmo tempo, ele se certificou de que seus irmãos e irmãs, e ele mesmo, ficassem separados dos filhotes do canil. Senão, haveria confusão.

– Não sabemos para que tantos cãezinhos dálmatas aqui juntos – disse o filhote a Pimentinha.

– Acho que Cruela gosta muito de filhotes.

Alegria suspirou:

– Cruela? Você quer dizer Cruela De Vil?

Os pequenos Pongo e Perdita tremeram. Seus pais contavam histórias terríveis sobre aquela mulher malvada. Seria verdade?

– É que foi ela que nos comprou – lançou um filhotinho. Os outros concordaram com a cabeça.

– Isso muda tudo! – declarou Alegria. – Precisamos sair daqui!

– Nós sabemos – suspirou Bolinho. – Papai e mamãe chegarão logo. Só espero que dê tempo de chegarem para o almoço...

– Você não entende – disse Alegria. – Cruela é perigosa, é o que papai sempre disse. Precisamos sair daqui agora! Nesse momento! Todos!

Ele fez um sinal para todos os filhotes. Não importava de onde tinham vindo; estavam todos na mesma confusão.

– Vamos trabalhar em equipe – disse ele.

– Concordo! – lançou seu novo amigo. – Quando tivermos acabado com Cruela, ela nunca mais vai se esquecer da gente!

Borboletamor do verão

Tinker Bell tinha chegado ao Refúgio das Fadas na última primavera. Ela descobrira seu talento como Fada Artesã. E, agora, estava em missão no continente, o mundo dos humanos, para onde as fadas partem no verão. Tinker Bell estava maravilhada! Só estava chateada por não ter nada para fazer. Suas invenções funcionavam tão bem que nenhuma delas precisava de conserto! Por isso, é claro, a fadinha estava entediada...

– Tem certeza de que o seu Vaporizaflor está bem regulado, Roseta?

– Funciona perfeitamente, Tinker Bell – afirmou a Fada dos Jardins.

De repente, a pequena artesã ouviu Fawn, a Fada dos Animais, soltar uma risada. Rapidamente, ela foi para a árvore das borboletas, onde Fawn trabalhava sem descanso.

– O que está fazendo de tão engraçado? – perguntou ela, louca de curiosidade.

– Nada de especial, só estou colorindo as asas das borboletas. Mas, como as cerdas do pincel fazem cócegas, elas se contorcem de rir... e eu também!

Tinker Bell via o porquê – as borboletas estavam fazendo umas caras engraçadas. Mas o trabalho de Fawn era magnífico!

– É muito bonito o que você desenha nas asas delas!

– Obrigada, Tinker Bell! Levou muito tempo para eu decidir o tema deste verão. Eu pinto todas as borboletas da mesma maneira, exceto por um pontinho no canto.

Tinker Bell examinou, então, as borboletas com atenção. Elas realmente tinham uma pequena diferença!

Ela parabenizava sua amiga por aquela excelente ideia quando, de repente, um barulho horrível ressoou na floresta. Era um carro que passava em uma estrada próxima. As fadas não estavam acostumadas com aquilo e Fawn deu um pulo de medo.

– Ah, não! Errei a pincelada! Estraguei o desenho da asa desta pobre borboleta. Ficou com uma mancha horrorosa bem no meio!

Tinker Bell franziu o nariz. Era verdade, a borboleta estava com duas asas que não se pareciam

em nada. Mas não era tão feio. Em todo caso, era original!

– Não se preocupe, Fawn. Pelo menos, está variando!

– Você é muito gentil, Tinker Bell.

– Não, de verdade! Você acabou de criar uma superborboleta, porque ela nos lembrará de um medo imenso. Inclusive, acabei de pensar em um nome para ela: Borboletamor de verão!

E Fawn soltou outra gargalhada vendo sua obra-prima inusitada sair voando alegremente!

Maio 5

Um esportivo discreto...

Do topo da montanha onde ficava a entrada da Pousada da Roda, Relâmpago e Sally contemplavam a paisagem magnífica que se estendia sob seus olhos. Ao longe, a rodovia, cheia de veículos apressados, cortava o deserto como uma lâmina.

— Eles não sabem o que estão perdendo... — murmurou Relâmpago.

— Sim — concordou Sally. — Há quarenta anos essa rodovia não existia. Naquela época, se viajava de outra maneira, seguia-se os contornos das colinas, e se guiava com a alegria de descobrir a região... Mas, desde que fizeram essa rodovia, Radiator Springs não existe mais nos mapas... Tudo isso para ganhar alguns minutos no trajeto!

No espírito de um corredor como Relâmpago McQueen, a ideia de ir de um lugar ao outro sem pressa era completamente nova. Mais uma vez ele admirou a fachada da Pousada da Roda.

— Deve ter sido um lugar formidável...

— Se você soubesse quantas vezes sonhei em recuperá-lo! Talvez um dia eu consiga...

— Obrigado, Sally, por esse passeio encantador. Faz bem desacelerar de vez em quando...

— Foi um prazer!

Ao voltarem para a cidade, Mate foi ao encontro de Relâmpago:

— Ahn... Se alguém perguntar, eu estava com você, certo?

Relâmpago não teve tempo de responder porque uma onda de tratores despontou na rua principal!

Logo, o piloto adivinhou que Mate devia ter feito uma grande besteira. Com hostilidade, Ruivo se precipitou para conter a multidão com uma sirene bem alta, com exceção de alguns teimosos, os veículos deram meia-volta.

— Mate! — gritou Xerife, furioso. — De onde saíram essas máquinas?

Deixando o amigo se perder em explicações esfarrapadas, Relâmpago partiu atrás de um trator desgarrado que ia em direção ao deserto. De repente, deu-se conta de um espetáculo estranho. Ao longe, equipado de pneus esportivos e com o motor roncando, Doc Hudson se preparava para fazer a volta do Para-choque do Willy!

Relâmpago o viu dar a partida em uma nuvem de poeira, depois, entrar na pista e lidar com a famosa curva dos cactos com uma desenvoltura incrível. Sem pensar, ele se aproximou, impressionado.

— Doc, você é genial!

Furioso por ter sido surpreendido, Doc deu-lhe as costas e se afastou sem responder. Mas, dessa vez, Relâmpago não se intimidou, decidido a saber mais, lançou-se atrás do velho campeão!

134

O destino de Mineiro

MAIO 6

Quando Buzz e seus amigos escaparam da caixa de transportar animais, o espetáculo que se oferecia aos seus olhos era incrível: eles estavam na área de despacho do aeroporto, onde centenas de bolsas e malas, trazidas por esteiras rolantes, eram enviadas para seus destinos! Como encontrariam a maleta verde onde Woody e sua turma estavam presos? Buzz viu uma à esquerda, e Porquinho viu uma segunda à direita.

– Vou ver a da esquerda! – avisou o patrulheiro antes de se jogar.

– Vamos atrás da outra! – decidiram os amigos.

Slinky inclinou-se para seguir Buzz, mas sua traseira, de repente, enroscou na alça de uma mala, e ele se esticava cada vez mais!

– Socorro! Minha traseira está indo para a cidade de Baton Rouge! – exclamou ele, enquanto se agarrava com a pata dianteira nas bagagens destinadas ao Japão.

Buzz, que não queria perder um segundo, deixou que Slinky se virasse para sair daquela confusão... que, não se preocupe, ele conseguiu se livrar!

Por sua vez, Porquinho, o Sr. Cabeça de Batata e Rex abriram a mala que tinham recuperado. Que pena, eram apenas *flashes* de câmeras fotográficas! A maleta certa, então, era a que Buzz tinha avistado!

Pois bem, Buzz, finalmente, conseguiu alcançar a maleta, já estava abrindo-a quando se inclinou e *Paf!*, Mineiro acertou-lhe um soco no nariz!

– Ninguém me impedirá de ir para o Japão! – exclamou o garimpeiro saltando para a esteira, com a picareta levantada!

CLICK! CLICK! CLICK! Dezenas de *flashes* brilharam de repente e Mineiro foi obrigado a recuar! Eram Porquinho, Rex e o Sr. Cabeça de Batata, que o haviam cegado momentaneamente com os apetrechos fotográficos que haviam encontrado anteriormente. Depois o imobilizaram e o enfiaram em um compartimento de uma bolsa cor-de-rosa. Levado até o terminal de desembarque, o velho ranheta enfim descobriria o que é ser amado por uma criança. Porque ele acabou nas mãos de uma menina traquinas que adorava... pintar o rosto de suas bonecas com motivos coloridos!

– Você verá, ela é uma artista! – confirmou uma Barbie rabiscada, que estava no mesmo compartimento.

Mineiro suspirou desesperado. Já imaginou um garimpeiro com uma flor pintada no nariz? Hum. Na verdade, não ia demorar muito para isso acontecer.

Maio 7

Tinker Bell não desiste nunca

Quando era época de levar o verão para o continente, as Fadas montavam acampamento sob um grande carvalho, ao abrigo das vistas dos humanos. Mas um dia, um automóvel passou estalando na estrada próxima, e Tinker Bell correu atrás dele, louca de curiosidade!

– Não, pare! – segurou-a Vidia, a Fada dos Ventos. – Você sabe que é proibido!

– Aparecer para os humanos é proibido, não estudar suas formidáveis invenções! – protestou Tinker Bell.

– Mas é muito perigoso! – insistiu Vidia.

Tinker Bell deu de ombros e voou rapidamente.

– Não se preocupe, Vidia, serei prudente! – prometeu Tinker partindo atrás do carro.

Tinker Bell prestou bastante atenção para não se esquecer do caminho enquanto seguia o automóvel. Ela não queria se perder na volta! Uma colina à direita, a samambaia à esquerda... O carro ia tão depressa, era extraordinário!

– Se eu compreender o mecanismo, poderei fabricar um para a Rainha Clarion – decidiu a pequena artesã.

Mas, na verdade, ela estava mais interessada nos humanos... Ela sonhava em ver um de perto! Ela já tinha avistado uma garota na primavera. Ela trazia sua caixinha de música e Tinker Bell tinha ouvido sua mãe chamá-la de Wendy. Depois daquela tarde, Tinker Bell só tinha uma ideia na cabeça: observar os humanos e aprender tudo com eles.

É claro, ela ficaria bem escondida, porque diziam que os humanos se divertiam caçando borboletas com grandes redes, e a pequena artesã não tinha a mínima intenção de se deixar capturar daquela maneira! Enfim, o carro estacionou diante de uma velha casa de campo. Rapidamente, Tinker Bell embrenhou-se discretamente entre os galhos de uma árvore. Ela se segurava para que suas asas não tilintassem de alegria, os humanos haviam finalmente saído do carro! Eram um homem com malas e uma menininha com longos cabelos ruivos.

"Iupi", pensou Tinker Bell. "Vou segui-los até a casa deles."

Porém, no último segundo, ela mudou de ideia. É que havia um grande gato devorador de fadas na casa dos humanos... Tinker Bell estava chateada; ela se recusava a voltar ao acampamento de mãos abanando. Então, ela mergulhou no motor ainda quente do carro para examiná-lo.

– Qualquer que seja o perigo a enfrentar – riu ela –, não desisto nunca, vou até o fim!

MAIO 8

O segredo de Doc Hudson

—Sem brincadeira, Doc, você ainda dirige como ninguém! – exclamou Relâmpago ao entrar na garagem do médico. – Apesar de nossa diferença de idade, somos parecidos, você e eu! Campeões de corrida!

– Nós? Parecidos? Nunca na vida! – explodiu Doc. – Saia já daqui!

– Como você pôde abandonar a competição no auge de sua glória? – prosseguiu Relâmpago teimoso de entusiasmo.

– Você acha que eu abandonei? – espantou-se o velho campeão.

Rapidamente, ele acendeu uma luminária que destacou um artigo de jornal emoldurado e pendurado na parede "ACIDENTE! Hudson Hornet acabado!", leu Relâmpago antes de se demorar diante de uma foto mostrando Doc completamente amassado.

– É verdade, me lembro agora... – murmurou o jovem corredor.

– Eu não abandonei a corrida. Me abandonaram. Uma vez consertado, quando quis retomar as corridas, sabe o que me disseram? "Você já é passado, Doc!". Mas eu tinha ainda muita potência... ainda podia realizar muitas coisas! Mas não me deram nem uma chance. Então, parti sem olhar para trás. Eu queria esquecer esse mundo, essas pessoas... E eis que um deles surge novamente aqui!

– Não sou "um deles"! – protestou Relâmpago.

– Ah, é? E quando foi a última vez que se interessou por outra coisa que não você mesmo?

Relâmpago refletiu por um momento. Ele realmente tinha de admitir seus erros...

– Viu? – triunfou Doc. – Escute, gosto muito dos moradores daqui, não quero que fiquem à mercê de alguém em quem não possamos confiar.

– Confiança? E você merece a confiança deles? – desafiou Relâmpago. – Você diz que são seus amigos, mas eles não sabem nada do seu passado!

– Basta! Termine o seu trabalho, repare logo aquela estrada e dê o fora! – lançou friamente Doc antes de sair, deixando Relâmpago sozinho com seus pensamentos.

Triste, o campeão atrelou-se novamente a Bessie e, durante toda a noite, puxou-a em silêncio, com o espírito cheio de melancolia.

No dia seguinte, quando o sol já iluminava o contorno das montanhas, Mate juntou-se a Doc e seus amigos por toda faixa de asfalto. A estrada concluída estava magnífica, escura e lisa como seda.

– Vocês acreditam que ele foi embora outra vez? – perguntou Flo tristemente. – Nem pudemos agradecê-lo!

137

MAIO 9

a BELA e a Fera

UM PENTEADO FERINO!

Naquela noite, Fera tinha sido o primeiro a chegar à sala de jantar. Mas Lumière o impedira de entrar.

– Você não pode se sentar à mesa nesse estado! – ele disse ao mestre.

– Por que não? – perguntou Fera. – Estou com meu traje mais belo!

– Não tem nada a ver com as roupas – tilintou Horloge.

– Você sempre me diz que a aparência não conta – grunhiu Fera.

– Há uma diferença entre aparência e estilo – respondeu Lumière.

– E se você não tem como controlar sua aparência – acrescentou Horloge –, pode muito bem melhorar seu estilo!

– E o que tem de errado com o meu estilo? – perguntou Fera, ligeiramente chateado.

– Bom – começou Horloge –, falemos de seus cabelos.

– E daí? Meus cabelos! – gritou Fera ofendido de verdade.

– As mulheres adoram cabelos longos, mas... desembaraçados – explicou Horloge. – Quando foi a última vez que se penteou?

– Eu... – refletiu Fera.

– Você cometeu um erro – interrompeu Lumière, balançando um par de tesouras. – As mulheres gostam de homens com os cabelos curtos, com a testa bem à mostra.

– Quero continuar com os meus cabelos! – gritou Fera.

– Poderíamos experimentar uns cachos – propôs Horloge.

– Ou tranças – sugeriu Lumière.

Ao ouvir isso, Fera se empoleirou em uma estante da biblioteca.

– O que você diria de um coque à francesa? – disse Horloge.

Fera resmungou baixinho.

De repente, Bela entrou e interrompeu a sessão de penteados. Diante dela, Lumière e Horloge agitavam pentes e escovas, tentando domar a cabeleira selvagem de Fera, encolhido na estante. Bela soltou uma gargalhada diante daquele espetáculo.

– O que está acontecendo? – perguntou ela.

– Estamos tentando ajeitar esse penteado – disse Lumière –, mas não dá certo!

– Mas ele está muito bem assim – disse Bela. – Fera, você vai ficar aí em cima a noite toda?

Fera saltou e juntou-se a ela a passos largos.

– Você gosta de verdade dos meus cabelos?

– Eles são perfeitos – garantiu Bela. – E, agora, você me acompanha à mesa?

– É uma honra – respondeu Fera.

Horloge e Lumière, desconcertados, assistiam aos dois jantarem juntos.

– Ah, esses jovens! – suspirou Horloge,

E Lumière, pela primeira vez, não tinha nada a acrescentar!

138

Uma chuva de catástrofes

MAIO 10

Tinker Bell era uma Fada Artesã muito curiosa. Ela queria sempre estudar de tudo, entender de tudo e fabricar de tudo. E nada a interessava mais do que o continente. Os humanos tinham invenções tão originais! Por isso, quando, um dia, percebeu um carro velho passando rapidamente na estrada, a pequena artesã não pôde deixar de segui-lo para estudá-lo mais perto... O carro parou diante de uma casa, então o motorista desceu e entrou na casa com sua filha. Tinker Bell aproveitou e, sem pensar duas vezes, entrou no automóvel.

– Oh! – ela ficou maravilhada diante do motor. Que mecanismo engenhoso!

Havia todo tipo de controle, de canos e de saídas de registros. A fada compreendeu rapidamente que se tratava de um sistema complexo de correntes e de eixos que permitiam que as rodas se movimentassem, e o carro avançasse. Ela examinava justamente as velas da bateria quando Vidia, a Fada dos Ventos, chegou afobada.

– Tinker Bell! Precisamos sair daqui! É arriscado ficar perto dos humanos. Eles podem nos ver!

– Mas eu tomo bastante cuidado! – garantiu Tinker Bell.

– Ah, sei! – debochou Vidia. – Com a sua maldita mania de fuçar em tudo, você provoca sempre um monte de catástrofes! Estamos acostumadas no Refúgio das Fadas!

Tinker Bell franziu o cenho. Vidia era irritante com seus comentários desagradáveis!

– Tudo vai dar certo, estou dizendo! – teimou a artesã empurrando e repuxando um estranho controle metálico.

Ela não percebeu, mas Vidia, que estava do lado de fora do carro, levou de repente um grande jato de água fria! Sem saber, Tinker Bell tinha acionado

o sistema de resfriamento do motor... Pobre Vidia!, uma fada com asas molhadas não pode voar!

– Socorro! – gritou ela. – Se os humanos aparecerem, não poderei fugir!

Tinker Bell correu para acudi-la e levou um susto ao ver a amiga naquele estado. Ela exclamou:

– Você me acusa de criar um monte de problemas para todo mundo... mas você, Vidia, toma banho no mundo dos humanos. Isso não é muito esperto!

– Nem me fale – resmungou Vidia, vermelha de raiva.

139

Maio 11

Uma corridinha nas lojas... e uma grande corrida!

Enquanto os moradores de Radiator Springs admiravam a nova estrada, lamentando a partida de Relâmpago, ele apareceu, de repente, ao lado de Mate.

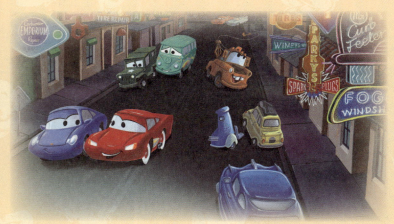

– O que está acontecendo? – perguntou ele apontando para Ruivo, que, com lágrimas nos olhos, voltava apressado para sua garagem.

– Oh, ele está triste porque você foi embora para a sua corrida, seu patrocinador e seu helicóptero, e não conseguiu se despedir... – explicou distraidamente Mate.

– Relâmpago! Você ainda está aqui! – exclamaram então todos os moradores, surpresos e contentes.

– É claro que estou aqui! – respondeu Relâmpago, emocionado. – Não teria partido sem me despedir de vocês... E, além disso, preciso trocar os pneus antes de ir! A loja do Luigi está aberta?

– Parada nos boxes? – perguntou Guido com um sorriso radiante.

– Magnífico! – animou-se Luigi, com a bateria no limite da sobrecarga. – Nosso primeiro cliente em quatro anos! É o dia mais bonito da minha vida!

Rapidamente equipado com quatro pneus de faixa branca novinhos, Relâmpago decidiu visitar todas as lojas da cidade. Ele encheu o tanque de gasolina orgânica com Fillmore, comprou alguns adesivos bonitos de Lizzie, um par de faróis potentes de Sargento e em seguida retocou sua pintura com Ramone, que desenhou dois novos relâmpagos incríveis nas laterais.

A noite caía quando Sally se juntou a ele, surpresa com sua transformação!

– Você está incrível! – elogiou ela. – Obrigada por ter nos ajudado! Veja, todo mundo consertou os neons da cidade!

– E se fôssemos dar um passeio? – propôs Relâmpago orgulhoso.

O casal começou a rodar entre os moradores felizes. De repente, Flo congelou:

– Você está vendo o que eu estou vendo? Clientes! – murmurou ela apontando para o horizonte iluminado por centenas de faróis!

Um roncar se fez ouvir por toda a cidade e um enorme helicóptero apareceu. Bruscamente, ele lançou a luz de seu projetor sobre Relâmpago!

"Nós o encontramos!" lançou uma voz que saía do alto-falante. "Encontramos Relâmpago McQueen!"

Alguns minutos depois, a cidadezinha tinha sido invadida por uma multidão de câmeras, fotógrafos e jornalistas. Causando um verdadeiro caos, o mundo das corridas tinha descoberto Radiator Springs!

É preciso salvar Jessie!

Maio 12

Assim que Buzz e seus amigos conseguiram se livrar do enfurecido Mineiro, Woody e Bala no Alvo saltaram da maleta onde Al os tinha prendido. Jessie quis segui-los, mas não teve tempo; uma mão fechou de repente a maleta! Quando chegaram à plataforma exterior, todas as bagagens foram transferidas para um comboio de carrinhos.

– Corra como o vento, Bala no Alvo! – disse Woody segurando firme, enquanto Buzz se agarrava na crina do valente cavalo.

O cavalo galopou com todas as suas forças pela pista e conseguiu alcançar o último carrinho, permitindo que Woody pudesse se aproximar da maleta quando o comboio parou sob o avião. Mas infelizmente, os funcionários já estavam transferindo as bagagens para o avião.

De repente, Woody notou uma bolsa de golfe e se escondeu no interior dela. A bordo do avião, ele escorregou para fora, escalou algumas malas e finalmente conseguiu libertar Jessie!

Mas eles ainda precisavam voltar à terra firme. Infelizmente, a porta do bagageiro acabara de se fechar, e o avião começou a seguir para a pista de decolagem. Restava apenas uma única solução para nossos heróis: passar pela abertura do eixo da roda...

Com mil cuidados, eles se deixaram deslizar ao longo do eixo, mas o vento e a velocidade os preocupavam. Como saltar no chão sem ser esmagado?

– Estou aqui, Woody! – gritou Buzz, que galopava Bala no Alvo, muito próximo às rodas enormes.

– Fique atrás dos pneus, estamos chegando! – decidiu Woody.

Com muita habilidade, ele lançou um laço que se prendeu em um grande parafuso. Jessie olhou para ele com pavor. O que eles iriam tentar era ainda mais arriscado do que todas as aventuras de Woody reunidas! E, no entanto, tudo deu certo – agarrados um no outro, erguidos e levados pelo vento, Woody e Jessie acabaram sentados... sobre Bala no Alvo! Buzz desacelerou o galope do cavalo e voltou-se para eles com um grande sorriso.

– A salvo! – comemoraram os quatro amigos.

Naquele instante, um enorme avião aterrissou, passando sobre a cabeça deles, com um barulho de arrepiar!

– Ahn... E se voltássemos para casa agora? – propôs Woody, fazendo uma careta.

– Ótima ideia! – exclamaram Buzz e Jessie, também pálidos!

141

Maio 13

A existência das fadas

Tinker Bell e seus amigos do Refúgio das Fadas estavam em missão no continente, para instalarem o verão. Mas como a artesã já tinha terminado sua parte do trabalho, aproveitava para observar um pouco os humanos... escondida, é claro!

– Você é louca! – alertou Vidia. – Escondida ou não, é muito perigoso!

Mas Tinker Bell não a escutava. Estava muito interessada nos dois humanos que moravam na velha casa, ao lado da estrada. Tratava-se do doutor Griffith, um cientista especializado em insetos, e de sua filha, Lizzie. Eles tinham acabado de chegar de viagem e de tirar a bagagem do porta-malas do automóvel.

– Como eu adoraria fabricar algo assim! – suspirou Tinker Bell, mergulhando no motor do carro para examinar o mecanismo de perto.

De repente, Lizzie percebeu uma borboleta que voava pelo jardim. Suas asas cintilavam sob o sol; era magnífica! A menina, admirada, fez com que a borboleta pousasse no seu dedo e reparou que suas asas eram completamente diferentes uma da outra! Lizzie mostrou esse espécime fascinante a seu pai exclamando:

– É estranho, mas é bonito. As fadas devem ter pintado as asas para o verão!

– As fadas não existem, Lizzie! – protestou o pai.

Disfarçada sob o carro, Tinker Bell tremia de raiva.

– Vou ensiná-los com quantos paus se faz uma canoa por uma fada que não existe!

E ela se lançou na direção do doutor. Rapidamente, Vidia a segurou.

– Não, fique aqui! Se ele vir você, vai capturá-la!

– Mas Lizzie tem razão – murmurou Tinker Bell –, foi Fawn que pintou uma das asas da borboleta diferente da outra. Ela deu um pulo quando ouviu o carro passar e errou a pincelada.

– E daí? – suspirou Vidia. – O homem não precisa saber. Olhe, ele já colocou a borboleta em um vidro, para estudá-la!

Tinker Bell ficou paralisada. Realmente, seria melhor mesmo que os humanos ignorassem a existência das fadas... já que eles aprisionam aquilo que os impressiona!

– Está bem – admitiu ela. – Eu prefiro viver em segredo, mas livre! Há tantas aventuras que ainda me esperam, seria pena perder isso!

E, sob o olhar catastrófico de Vidia, a incorrigível fadinha seguiu como uma flecha para explorar o jardim dos humanos!

Uma largada precipitada

MAIO 14

– Relâmpago! – exclamou alegremente Mack. – Você está bem?

Todo contente por reencontrar seu caminhão de transporte, Relâmpago partiu a seu encontro, deixando para trás o bando de jornalistas que lhe enchiam de perguntas desordenadas:

– Você estava com depressão? Por que você trocou os pneus? Você vai correr a Copa Pistão?

De repente, Relâmpago pensou em Sally e seus amigos. "Impossível partir sem me despedir deles!"

– Sally? – chamou ele.

O belo carro deslizou entre a multidão e Mack.

– Vá rápido, eles esperam por você! – ela disse, com os olhos marejados. – Obrigada por tudo que fez por nós!

– Não fiz nada de especial... – murmurou Relâmpago.

– Ah, sim! Espero que realize seu sonho. Adeus...

Um instante depois, Mack embarcou o campeão e deu a partida antes de deixar a cidade em comboio com a multidão de repórteres na sua cola.

– Doc? Obrigado por nos avisar! – lançou um deles de passagem antes de acelerar.

O barulho dos motores se distanciava e o silêncio reinou. Incrédula, Sally voltou-se para seu velho amigo.

– Doc? Foi você que os chamou?

– Era o melhor para todo mundo... – resmungou o velho campeão.

– Para todo mundo... ou para você? – respondeu Sally, furiosa.

– E dizer que eu nem pude me despedir dele! – lamentava amargamente Mate.

– Vamos voltar! – disse tristemente Flo a Ramone.

Um por um, os moradores voltaram para casa e, pouco a pouco, todos os neons se apagaram, deixando Doc sozinho na rua principal com seus pensamentos.

Radiator Springs voltaria a ser uma cidade tranquila. Muito tranquila.

"Tranquila demais", pensou de repente Doc se lembrando da cidade vazia e poeirenta de antes da chegada de Relâmpago. Depois, ele pensou nos moradores e em tudo o que tinha acontecido durante a última semana. O que eles iriam fazer agora? Esperar, novamente, por eventuais visitantes?

Doc suspirou. Afinal, talvez a estadia de Relâmpago não tenha sido uma coisa tão ruim. Sem projetos e sem energia, uma cidade como Radiator Springs estaria sempre destinada a ser varrida dos mapas. Lentamente, Doc voltou para casa. E, na hora de empurrar o portão de sua garagem, uma ideia passou por sua cabeça...

Maio 15

A história de Tinker Bell

– Chega para lá!
– Não, chega você para lá!

Peter Pan sabia que as brigas dos Gêmeos nunca acabavam até que um deles tivesse empurrado o outro da rede.

– Ei! – gritou Filhote.

Eles tinham caído em cima do menino fantasiado de urso.

Peter suspirou. Todas as noites acabavam assim desde que Wendy tinha partido. Então, Peter teve uma ideia. Ele iria procurar Tinker Bell.

– Diga-me, Tinker Bell. O que você acha de ser nossa nova mamãe?

Tinker Bell olhou para Peter como se ele fosse maluco.

– Vamos lá! – disse Peter. – Os meninos não param de brigar desde que Wendy partiu. Eles precisam de alguém para mimá-los à noite e contar uma história.

Tinker Bell ficou em silêncio um momento.

– Mas acho que Wendy pode voltar... – disse cuidadosamente Peter.

A estratégia tinha funcionado. A última coisa que Tinker Bell desejava era a volta de Wendy!

A fadinha voou até o esconderijo dos Garotos Perdidos e balançou o dedo para eles.

– Tinker Bell vai nos contar uma história – disse Peter aos meninos, que se acalmaram. – Pode começar, Tinker.

Peter sorriu. Seu plano funcionava às mil maravilhas!

Tinker Bell sentou-se, cruzou os braços e começou a tilintar.

– Era uma vez – traduziu Peter –, uma jovem fada que vivia com meninos sujos, mal-educados e idiotas. E o mais sujo, o mais mal-educado e o mais idiota era o Peter Pa... ãn! Não gostei dessa história!

Tinker Bell tilintou.

– Tudo bem – suspirou Peter –, a história é sua. Pode continuar.

Tinker Bell continuou, Peter traduzia.

– Um dia, Peter Pan, o mais malcheiroso e desagradável, pediu a ela que contasse uma história. Tinker Bell não conhecia nenhuma, então ela foi buscar o Capitão Gancho para que ele contasse uma história para os pestinhas.

Nisso, Tinker Bell saiu voando pela janela.

– Tinker Bell! Volte! – gritou Peter.

Tinker Bell deu meia-volta e rodeou a janela tilintando de rir.

– Isso foi golpe baixo! – resmungou Peter. – E, além disso, você nem sabe contar histórias de verdade. Você tem que fazer como Wendy. Desse jeito...

Foi a vez de Tinker Bell sorrir. Enquanto Peter contava uma história e os Garotos Perdidos se acalmavam, Tinker Bell partiu para sua cama e fechou os olhos. Seu plano tinha funcionado!

Para além de seu umbigo

Era o início do verão. Tinker Bell havia terminado seu trabalho no continente e aproveitava para explorar o jardim de Lizzie, uma garotinha humana gentil que acreditava em fadas. Mas Tinker Bell sabia que não podia aparecer. Assim, ela avançava bem escondida pela folhagem... Vidia a acompanhava, mesmo que ela desconfiasse dos humanos e preferisse voltar ao acampamento das fadas, sob a grande árvore.

"Nunca se sabe", pensava ela, "Tinker Bell pode mais uma vez partir para uma aventura terrível e precisar da minha ajuda!"

De repente, Tinker Bell ficou imóvel.

– Oh, veja, Vidia! – Lizzie fez um caminho com botões no chão! Poderíamos levar alguns para consertar o carrinho de entrega das artesãs...

– Não conte comigo para mexer nos objetos dos humanos! – recusou-se de pronto Vidia, fazendo uma careta.

Tinker Bell tilintava de rir. Vidia sempre tinha que exagerar! As duas fadas seguiam o caminho de botões quando, subitamente, perceberam uma bela casinha de papelão, galhos e folhas de trepadeira diante delas.

– Lizzie é muito habilidosa – constatou Tinker Bell. – Esse trabalho é digno de uma Fada Artesã!

– Só que Lizzie é uma garotinha – lembrou Vidia em tom de advertência.

Tinker Bell deu de ombros e aproximou-se sem medo da bela casinha. Vidia franziu o cenho. Ela se calou, porque nunca admitiria que a casinha a agradava...

– Há uma placa que diz "Bem-vindas, Fadas!" – exclamou Tinker Bell. – Viu só, Vidia? Não é nada arriscado!

– A menos que seja uma armadilha – protestou Vidia.

Mas, sem pensar duas vezes, Tinker Bell empurrou a porta da casinha e entrou. Que maravilha! Havia pequenos móveis exatamente do seu tamanho, e tudo era muito bem decorado! Ela sabia que Lizzie nunca armaria uma armadilha para fadas!

– Pode vir, Vidia! Eu tinha razão, não há perigo algum.

– Verdade, Tinker Bell?

E *Vrum*! Vidia pediu ao vento que fechasse a porta!

– Mesmo sem ser culpa de Lizzie, você está presa na sua bela casinha, Tinker Bell! – debochou ela. – Da próxima vez, pense melhor... e olhe para além do seu umbigo!

145

Maio 17

Uma bela surpresa

Estamos no circuito de Los Angeles – anunciou Bob Cutlass, o célebre comentarista de corridas. – Mais de três mil espectadores compraram ingressos para acompanhar a final da Copa Pistão entre O Rei, Chick Hicks e Relâmpago McQueen!

Enquanto Chick encenava seu número diante dos jornalistas, Relâmpago tentava se concentrar no interior de seu caminhão de transporte. Mas as imagens de sua semana em Radiator Springs iam e voltavam em sua cabeça...

– Não consegui me despedir de Mate... – suspirou ele.

– Está pronto? – perguntou Mack pelo rádio de bordo.

– Sim, obrigado. Ainda bem que você está aqui...

Lentamente, Relâmpago desceu a rampa antes de atravessar entre as fileiras apertadas de torcedores e repórteres. Então, os três campeões se alinharam e a largada foi dada!

Relâmpago partiu por último. Rapidamente, ele alcançou os adversários, mas, insistentemente, as imagens de Sally e seus novos amigos voltavam para assombrá-lo. De repente, depois de uma manobra malfeita, ele foi parar, rodopiando, no canteiro central!

– Não vim até aqui para ver você abandonar tudo! – soou pelo rádio de bordo a voz de... Doc Hudson!

Incrédulo, Relâmpago lançou um olhar para seu boxe. Quase todos os seus amigos estavam lá, lado a lado: Ramone, Flo, Luigi, Guido, Fillmore, Sargento e Mate! Já Doc, com a pintura retocada nas cores de antigamente, as do "Fabuloso Hudson Hornet", reinava orgulhosamente como o chefe da equipe!

– Como estou feliz em vê-lo! – gritou Relâmpago.

– Mate queria se despedir... – explicou Doc. – E, além disso, você precisa da melhor equipe do mundo: nós!

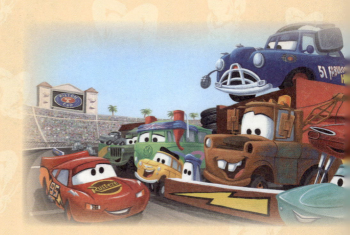

– Hudson, você é demais! – comemorou Relâmpago!

– Chega de blá-blá-blá! Ao trabalho! – respondeu Doc. – Já que você conserta estradas perfeitamente, pode muito bem ganhar esta corridinha, não?

Eletrizado, Relâmpago se concentrou para compensar suas duas voltas de desvantagem, e alcançou, pouco a pouco, Chick e O Rei.

– Guido! Quando Relâmpago parar no boxe, você tem que ser o mais rápido possível, tudo bem? – avisou Doc.

– *Pit stop*! – respondeu Guido, decidido.

Naquele instante, todos os telões da pista mostraram a imagem de Doc, e a multidão, que não havia se esquecido dele, o aclamou calorosamente! O antigo campeão fez como se nada demais estivesse acontecendo, mas, se ele não estivesse pintado de azul, certamente o veriam corar de alegria!

A Pequena Sereia

STACKBLACKBADMINTON

Depois do jantar, o príncipe Eric, Ariel e Grim, o mordomo do palácio, foram para a sala.

– Quer jogar uma partida, minha querida? – perguntou Grim a Ariel, apontando para uma mesa com um tabuleiro de jogo de damas com peças vermelhas e pretas.

Ariel não conseguia responder, pois ela tinha trocado a voz pelas pernas. Mas fez sinal que sim.

– Eu começo! – lançou Eric, deslizando um disco preto de um quadradinho para o outro.

Ariel imaginou que não era lá tão complicado. Aquele jogo parecia a "Concha", um jogo muito apreciado pelo povo marinho. E ela empurrou o mesmo disco preto até o quadradinho seguinte.

– Espere! – exclamou Eric, soltando uma gargalhada. – Eu sou o preto. Você é o vermelho! Então, você tem que andar com as peças vermelhas! Entendeu?

Ariel olhou para Eric e suspirou.

– Senhorita, gostaria que eu lhe mostrasse? – propôs Grim.

Ele se sentou no lugar de Ariel e os dois jogadores começaram a andar com os discos no tabuleiro de damas. Mas a Pequena Sereia ainda não entendia o que estavam fazendo.

De repente, ela ouviu batidas de asas na janela. Era Sabidão!

Apontando para os dois homens, Ariel perguntou baixinho:

– O que eles estão fazendo?

– Estão jogando Stackblackbadminton, um jogo muito popular entre os humanos – respondeu Sabidão. – Está vendo aqueles discos? São fichas. No fim da partida, os jogadores contam suas fichas. Em seguida, a pessoa que não jogou...

– Ou seja, eu... – murmurou Ariel.

– Sim. É você que deve recolher todas as fichas!

Ariel iria mostrar a Eric que sabia jogar! Ela foi instantaneamente em direção aos dois. Eles pareciam ter acabado a partida. Eles olhavam fixamente para o tabuleiro, onde só restavam algumas fichas. Inclinando-se, ela varreu-as para si.

Eric e Grim soltaram um grito.

Toda feliz, Ariel sorriu e começou a distribuir as fichas como se fossem as peças do jogo da "Concha". O Stackblackbadminton era interessante, mas ela estava morrendo de vontade de ensinar a Eric e Grim um jogo divertido de verdade. Segurando a primeira peça, ela mostrou ao príncipe como se deveria andar com ela. Ele sorriu e seu coração bateu mais forte. Finalmente, estava tudo certo.

MAIO 19

DE UMA PRISÃO A OUTRA

Todo mundo sabe no Refúgio das Fadas que Tinker Bell é tão curiosa que se esquece do perigo! Foi assim que ela entrou na casinha de papelão de Lizzie, uma garotinha do continente, e que ela se viu presa por causa de uma piada de Vidia!

– Desculpe, Tinker Bell! Não pensei que pedir ao vento que fechasse a porta fosse assustá-la e que não pudéssemos reabrir a porta depois!

Vidia estava desesperada. Era tão arriscado, dar sopa perto dos humanos! Ela pensava em uma maneira de libertar rapidamente Tinker Bell quando ouviu Lizzie se aproximar! Vidia se embrenhou na folhagem imediatamente e assistiu Lizzie se ajoelhar diante da casinha de papelão e olhar pela janela...

– Oh! Uma fada! – murmurou ela, incrédula, vendo Tinker Bell. – Então eu tinha razão, as fadas existem de verdade!

Pobre Tinker Bell! Então Lizzie pegou a casinha de papelão nos braços e a levou correndo para seu quarto, e a colocou com cuidado sobre a cama. Depois, ela deu mais uma olhada pela janelinha e...

– Fadinha? Onde está você?

Tinker Bell não podia ser vista. Ela se segurava contra o teto da casinha, quando, de repente, Lizzie o retirou para ver melhor o interior. Rapidamente, Tinker Bell voou pelo quarto esperando que a garota a tomasse por uma borboleta. Mas foi o grande gato da família quem a notou primeiro. E ele saltou para devorá-la! Felizmente, Lizzie estava lá para salvá-la... Lizzie não encontrou nada melhor do que uma gaiola de passarinhos para prender Tinker Bell e mantê-la segura...

Do lado de fora da janela, Vidia assistia à cena. Ela estava em pânico. Como tirar Tinker Bell daquela confusão?

– Não se preocupe! – gritou ela para a amiga. – Vou correndo buscar ajuda!

E ela se lançou em direção ao acampamento das fadas. Em sua "prisão", Tinker Bell estava desesperada. Tudo bem, o gato não podia mais agarrá-la detrás daquelas barras horríveis... mas ela não podia nem voar, nem fugir!

– Lizzie acha que está fazendo o certo me protegendo das garras do gato – suspirou a fada prisioneira. – Mas quem vai me tirar da prisão de Lizzie agora?

148

Batalha por uma taça

MAIO 20

O espetáculo da última corrida da Copa Pistão inflamava os espectadores. Na metade da corrida, o suspense estava no auge. O Rei ainda estava na ponta, mas Relâmpago já estava alcan-

çando Chick, que ficou muito surpreso ao ver que Relâmpago já havia recuperado as duas voltas de diferença. Relâmpago quase rodopiou tentando evitar as manobras de Chick para tirá-lo da pista, mas, finalmente, conseguiu ultrapassá-lo em marcha à ré, para grande alegria de Mate!

Infelizmente, pouco depois, Relâmpago teve que ceder a posição, pois precisou parar nos boxes. Lá, apesar das brincadeiras dos integrantes da equipe de Chick, Luigi e Guido fizeram um trabalho impressionante: em alguns segundos, os quatro pneus de Relâmpago foram trocados, e ele saiu de seu boxe logo depois dos dois adversários. Mas graças aos conselhos de Doc, ele conseguiu fazer a última volta na ponta!

Foi, então, que Chick, furioso ao sentir que o troféu escapava de suas mãos, decidiu se vingar descontando no Rei. Violentamente, ele girou o volante e empurrou O Rei para fora da pista! Depois de passar por muitos barris, O Rei foi parar na grama, com a carroceria arruinada.

Ao ver a cena em um dos telões gigantes do estádio, Relâmpago lembrou-se da foto de Doc. Cinquenta anos antes, seu amigo tinha passado exatamente pela mesma situação! Petrificado, Relâmpago parou na hora e deu meia-volta, não completando a corrida, enquanto Chick, incrédulo, cruzou a linha de chegada.

– O que está tramando? – perguntou O Rei com uma voz fraca quando Relâmpago se aproximou.

– Você é O Rei. Esta é sua última corrida, e você vai terminá-la! – respondeu Relâmpago posicionando-se atrás do amigo para empurrá-lo.

– Você perdeu a Copa Pistão! – protestou com fraqueza o campeão.

– Ah! Um amigo meu muito rabugento, mas que me adora, me disse recentemente: "é só um troféu vazio"!

Juntos, eles seguiram com calma os últimos metros e cruzaram a linha de chegada sob a aclamação do público, louco de alegria. E Chick, que ocupou o pódio do vencedor, só levou vaias! Só restava a ele sair de fininho cheio de vergonha...

Enquanto O Rei passava para as mãos dos mecânicos, Relâmpago era festejado como um herói bem ao lado da tenda do Rust-eze.

– Bravo, garoto! Bela perda! – disse Mack.

– Estamos muito orgulhosos de você! – comemoravam Rusty e Dusty.

– Você é demais, meu pequeno! – sorriu Doc, emocionado.

149

Maio 21

Em mil pedaços!

O inconveniente para o Sr. Cabeça de Batata, um dos brinquedos favoritos de Andy, era que, nas aventuras em que o menino dava vida a Woody, ele encarnava, na maioria das vezes, o papel do vilão Bart Caolho. Andy o fazia assaltar um banco ou um trem – em geral, era Porquinho quem fazia o papel combinado do cofre e do banqueiro. Depois Bart tentava fugir, e era então que as coisas se complicavam. Porque Woody aparecia sempre e gritava algo como: "Mãos ao alto, bandido!", ou: "Você está frito, seu crápula!" antes de capturá-lo e jogá-lo na prisão. Até a mudança da família de Andy, quando o garoto dividia o quarto com sua irmã mais nova, Molly, a "prisão" era nada mais nada menos que o berço da menina!

Era sempre a mesma rotina: a minúscula pestinha se precipitava sobre o Sr. Cabeça de Batata e levava-o à boca babada ou o batia nos suportes para, depois, desmontá-lo pouco a pouco. E *upa*! Seu chapéu rolava para o tapete. E *bing*! Seu nariz se perdia entre os cubos. E *puf*! Seu braço esquerdo acertava as costas de Rex! E *tum*! Seu olho direito ia parar embaixo da escrivaninha! Enfim, era ele inteiro – ou mais exatamente, o que restava dele! – que ia pelos ares antes de aterrissar em alguma parte do quarto.

É claro, depois desse tratamento, o Sr. Cabeça de Batata esperava que as crianças saíssem do quarto, para ir procurar, resmungando, as partes perdidas do seu corpo. Isso quando lhe restavam as pernas para caminhar, o que não era sempre o caso! Felizmente, seus amigos brinquedos sempre o ajudavam a recuperar tudo. Mas, às vezes, se passava mais de uma semana até encontrarem uma orelha, um olho, seu bigode ou seu nariz!

Como ele não era do tipo mal-humorado, acabava se acostumando a circular meio desmontado. Às vezes até se divertia colocando o nariz no lugar da boca, a orelha no lugar do olho e uma perna no lugar do braço! Daí, ele surgia diante de um dos brinquedos dizendo:

– Você viu? Sou um Picasso!

Todos morriam de rir, menos Rex, que, sem jamais ter visto uma pintura de Picasso, não entendia nunca a brincadeira!

150

Linguagem improvisada

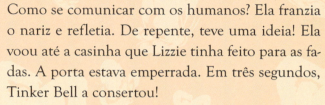

Pobre Tinker Bell! Eis aonde a curiosidade a levara: ao interior de uma gaiola de passarinhos... Era terrível! Mas Lizzie, a garotinha que tinha capturado a fada, abriu, de repente, a porta.

– Pode ficar tranquila, adoro as fadas! Veja os meus desenhos!

Tinker Bell estava impressionada. A garota tinha feito retratos incríveis!

– As fadas são mágicas – acrescentou Lizzie. – Elas podem fazer aparecer o que quiserem!

– Você está enganada! – protestou Tinker Bell. – Cada fada tem um talento particular, e nosso poder vem do Pozinho Mágico!

Mas Lizzie não entendia o que Tinker falava! Tudo o que ela ouvia quando a fadinha falava eram leves tilintares musicais, como as notas de um xilofone.

– Oh! Então, é essa a linguagem das fadas! – exclamou a garotinha, maravilhada.

– Não, corrigiu mais uma vez Tinker Bell, é só a minha voz que é muito mais fraca do que a sua!

Ela gesticulava para se fazer entender... em vão. Tinker Bell estava vermelha de tão contrariada. Como se comunicar com os humanos? Ela franzia o nariz e refletia. De repente, teve uma ideia! Ela voou até a casinha que Lizzie tinha feito para as fadas. A porta estava emperrada. Em três segundos, Tinker Bell a consertou!

– Bravo! Você é uma artesã de verdade!

Dessa vez, Tinker Bell estava satisfeita. Ela continuou com seus esforços tentando fazer a garotinha adivinhar seu nome. Ela tilintou, depois, agitou as asas e tilintou mais uma vez apontando para si mesma.

– Você quer me dizer seu nome! – concluiu Lizzie. – Eu sei, você se chama Campana!

A Fada Artesã mostrou irritada seu vestido de folhas. Lizzie entendeu na hora:

– Oh, desculpe! Você é uma jovem, e Campana é uma palavra antiga... Vamos ver. Será que o seu nome é Sino?

Tinker Bell afirmou com a cabeça, abrindo os braços. Lizzie concordou:

– Ah, seu nome é mais longo... Seria... Sininho? A fada saltitava de alegria.

– Sim, é Sininho! – confirmou Lizzie. – É muito bonito! E eu sou Lizzie.

– Muito bonito também – disse Tinker Bell, sorrindo.

É claro que a garotinha ainda não ouvia o que ela dizia. Mas, graças à nova linguagem improvisada, ela percebeu que estavam se entendendo... e se apressou para apertar a mão da fadinha dando-lhe boas-vindas!

Maio 23

Promessa cumprida!

Relâmpago não tinha ganhado a Copa Pistão, mas, em alguns minutos, se tornara o competidor mais admirado do país. Enquanto festejava aquele impressionante desfecho com seus amigos, Tex Dinoco, o dono da poderosa empresa com a qual Relâmpago sonhava fechar um patrocínio, aproximou-se dele.

– Ficaríamos felizes de assinar um contrato para patrociná-lo! – anunciou ele. – Certas coisas são mais importantes para nós do que uma vitória...

Com um sorriso caloroso, Relâmpago recusou a oferta.

– Obrigado! Estou muito lisonjeado, mas vou continuar com a Rust-eze. Eu devo isso a eles; me apoiaram desde o início...

– Eu entendo – aprovou Tex, admirado. – Mas, se eu puder fazer qualquer coisa por você, não hesite!

– Hãn... Na verdade, sim – admitiu Relâmpago. – Você poderia me ajudar a cumprir uma promessa... – respondeu Relâmpago olhando para Mate.

Dois dias depois, sobre a Pousada da Roda, o reboque, felicíssimo, voava a bordo de um dos helicópteros de Dinoco.

– Estou voando! Estou voando! – exclamava ele, animado ao avistar Sally toda contente lá embaixo.

Lá em baixo, Radiator Springs se estendia sobre o deserto. Desde a véspera, a cidadezinha parecia sonhar acordada. Naquela manhã, duas Ferrari haviam estacionado na porta de Guido e Luigi, que desmaiaram de alegria ao vê-las. Já os turistas, pareciam brotar de toda parte!

– Olá! – disse Relâmpago, parando perto de Sally.

– Está dando uma passadinha? – perguntou a bela Sally, feliz em revê-lo.

– Bom... Ouvi dizer que este lugar tinha ressurgido nos mapas... Parece que um corredor bastante famoso decidiu se instalar por aqui! – respondeu o campeão com um grande sorriso.

– Verdade? – exclamou Sally.

– Verdade. Senti muito a sua falta, sabia?

Carinhosamente, eles se aproximaram um do outro.

– O que você me diz de um copo de óleo gelado no café da Flo? O primeiro que chegar vai pagar a rodada! – propôs de repente Sally.

– Um passeio tranquilo também cairia bem... – respondeu Relâmpago.

– Ah, não desta vez!

E, com uma piscadela dos olhos brilhantes, Sally partiu correndo!

Relâmpago McQueen desatou a rir. Dali para a frente, acontecesse o que fosse, estaria sempre na cola de Sally...

– Já pego você! – exclamou ele partindo atrás dela, todo feliz!

152

O REI LEÃO

O SO-SOLU-SOLUÇO

— Que dia! – disse Pumba guiando Simba e Timão pela floresta.

— É mesmo, que dia! – concordou Timão.

— *Hic*! – fez Simba.

— O que foi isso? – gritou Timão.

— Não tenha medo. Só estou com... *hic*! Estou com soluço – explicou Simba.

— Ouça – disse Timão. – Esqueça o soluço! Assim ele vai embora... naturalmente.

— Esquecer? *Hic*! Mas eu não posso rugir – disse Simba.

E, para provar, abriu seu bocão. Mas, bem na hora de rugir, ele soluçou!

— Viu? – disse ele tristemente.

— Você já tentou lamber uma árvore? – perguntou Pumba.

— Lamber uma árvore? – espantou-se Simba.

— Funciona sempre para mim – explicou Pumba. – Isso, ou fechar os olhos, tampar o nariz e saltar num pé só dizendo seu nome cinco vezes seguidas, bem rápido... e de trás para a frente.

Timão olhava Simba pular num pé só, tapando o nariz de olhos fechados.

— Abmis, Abmis, Abmis... *hic*! Não funciona! – gritou Simba.

— Talvez você tenha engasgado com alguma coisa – propôs Timão.

— Não tem nada a ver com a garganta – disse Pumba.

— Como você sabe? – perguntou Timão.

— Eu sei esse tipo de coisa – respondeu Pumba.

De repente, Simba interrompeu a discussão com um soluço gigantesco.

E a maior mosca que eles já tinham visto na vida voou da boca de Simba. Ela voou direto contra uma árvore e caiu no chão. A mosca levantou-se fraca e se sacudiu.

— Já não era sem tempo, companheiro – disse a mosca para Simba.

Simba ia responder, mas foi interrompido por duas vozes, gritando em uníssono...

"JANTAR!"

A mosca deu um gritinho desesperado e saiu voando, enquanto Timão e Pumba saltavam sobre o lugar onde ela estava alguns segundos antes.

Maio 25

Uma tempestade que caiu bem

Agora que elas conseguiam se entender, Tinker Bell e Lizzie aproveitavam o tempo juntas no quarto da garotinha. De repente, um relâmpago reluziu e logo gotas de chuva começaram a cair sobre a velha casa, cujo teto estava cheio de goteiras. Rapidamente, o pai de Lizzie subiu para tapá-las. Ao escutar Lizzie conversar com alguém em seu quarto, ele entrou e perguntou:

– Lizzie, mas com quem está falando?

Felizmente, Tinker Bell teve tempo de correr para se esconder atrás de uma estátua antes que ele a visse!

– Não estou falando com ninguém, papai – murmurou Lizzie.

Ela odiava mentir para o pai, mas também não podia dizer-lhe a verdade. Seria perigoso demais para Tinker Bell! Ela continuou:

– Estava fingindo que estava com uma fada...

– Bom, quanto a isso, querida, acho que chegou a hora de esquecer esses devaneios e viver um pouco mais na realidade!

Lizzie franziu as sobrancelhas. Ela não tinha nenhuma vontade de esquecer o mundo das fadas... Sobretudo agora que tinha enfim conhecido uma de verdade! Seu pai estendeu-lhe um grosso caderno espesso, explicando:

– Gostaria que você aproveitasse este verão para fazer um diário de pesquisa! Você passeará pela natureza, fará observações sobre os animais, os insetos e os vegetais, e anotará no caderno todas essas descobertas apaixonantes!

Depois, ele saiu do quarto e foi consertar as goteiras do telhado. Lizzie fez uma careta.

– Ele é o cientista, não eu! Tudo o que desejo estudar são as fadas!

Ao ouvir isso, Tinker Bell saiu de seu esconderijo. Ela tinha que partir rapidamente antes que o pai de Lizzie voltasse! Ela tilintou diante da janela. A garotinha suspirou ao abrir os vidros. Mas, do lado de fora, chovia muito. Tinker Bell recuou chateada.

– São suas asas? – adivinhou Lizzie. – Você não pode voar se suas asas estiverem molhadas? Melhor, assim você ficará aqui até o fim da chuvarada para me revelar todos os segredos das fadas... Essa tempestade de verão caiu muito bem!

Tinker Bell torceu o nariz. O segredo das fadas? Pois sim! Se a Rainha Clarion ficasse sabendo disso, ordenaria a Silvermist que acabasse imediatamente com esse tipo de tempestade que cai muito bem, na verdade... para os humanos!

MAIO 26

QUE CARANGUEJO!

Nemo estava com um problema na escola, e seu nome era Ródi. Esse grande caranguejo era malvado com Nemo e as outras crianças sempre que tinha oportunidade. Mas ele era esperto e nunca fazia isso quando os professores estavam olhando.

Um dia ele empurrou Nemo em uma bacia de maré, o que o fez atrasar para a corrida de corais. Outra vez, ele debochou de Nemo:

– Meu pai é maior e mais forte do que o seu!

– Ignore-o – disse Marlin ao filho. – Seu pai pode ser maior e mais forte do que eu, mas certamente não é tão inteligente e bonito.

– Eu e meus amigos tentamos de tudo – reclamou Nemo junto aos seus amigos tubarões Bruce, Chum e Anchor. – Mas ele não nos deixa em paz.

– Deixe conosco! – respondeu Bruce,

No dia seguinte, três sombras enormes passaram sobre os alunos quando eles brincavam no pátio.

– Olá – disse Bruce, passando uma nadadeira ao redor do caranguejo. – Você deve ser o novo coleguinha do Nemo.

Ródi estremeceu, Bruce grunhiu:

– Gostaríamos apenas que soubesse que todos os amigos do Nemo são nossos amigos. Você é amigo do Nemo, não é?

Todo mundo olhou para Ródi.

– Ah! Sim! – enrolou ele. – É claro! Nemo e eu somos chegados.

– Que bom – acrescentou Anchor. – Porque você não ia querer saber o que acontece com quem não é legal com nosso amiguinho.

Chum removeu um pedaço de alga presa entre seus dentes afiados com um espinho de ouriço-do-mar.

– Você deveria almoçar conosco um dia desses – propôs ele a Ródi com uma piscadela.

Quando a sra. Lagosta chegou, os tubarões cumprimentaram e se foram.

Ródi deslizou até Nemo.

– Você é amigo daqueles três tubarões? – perguntou ele. – Que legal! Adoraria ter amigos assim. Na verdade, só amigos já seria bom.

– Como você quer ter amigos com o seu comportamento? – disse Nemo.

Ródi confessou que ele detestava ser o pequeno novato. Ele tinha decidido chatear todos antes que eles tivessem a oportunidade de fazer isso com ele.

– Se você prometer ser mais legal, prometo que serei seu amigo – Nemo disse a ele.

– Fechado! Além disso, é melhor ser seu amigo se não quiser que seus amigos tubarões me comam.

Nemo não disse nada. Bruce, Chum e Anchor eram vegetarianos, mas Ródi não precisava saber, pelo menos não naquele dia!

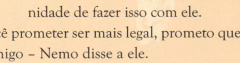

155

MAIO 27

Supercampeão de força

Sentada perto de uma fogueira no fundo de uma caverna, Violeta se divertia criando campos de força. Ela estava muito triste por não ter conseguido criar um capaz de salvar o avião que os levava – ela, sua mãe e seu irmão – até a misteriosa ilha onde seu pai havia desaparecido. Mas, com a proibição absoluta de usar seus superpoderes, o que era, até aquele momento, a palavra de ordem da família, como ela poderia ter conseguido de uma só vez fabricar uma proteção potente o suficiente para desviar mísseis? Sua mãe já tinha concordado com isso e bem antes de partir em busca de seu marido, ela mesma tinha se desculpado:

– Não foi sua culpa, Violeta – disse ela. – Foi errado da minha parte ter pedido tanto e com tanta rapidez. Mas você é mais poderosa do que imagina! Não se preocupe, no momento certo, você saberá o que fazer!

Pensando nessas últimas palavras, Violeta se irritava por só conseguir criar balões magnéticos do tamanho de bolas de futebol, que só duravam alguns segundos! Mesmo sob o olhar de dúvida do seu irmão, ela perseverou.

– Bom! Não é que eu esteja entediado, mas vou dar uma volta! – disse Flecha bocejando.

– Ei! Você se esqueceu do que a mamãe nos pediu! – disse Violeta. – Não é para sair daqui! Estamos cercados de vilões que ameaçam a vida de nossos pais e até mesmo o casamento deles!

– O casamento deles? – disse o menino desatando a rir. – Você quer dizer que há vilões que uniram suas forças só para que nossos pais se divorciem?

– Esquece, você é muito novo! – resmungou Violeta.

E ela continuou com o treino. De repente, Flecha voltou correndo para salvá-la de uma chama

gigantesca que vinha das profundezas da montanha! Ela só pôde agradecer. "Ainda bem que ele não pensou duas vezes antes de me salvar", pensou ela, em seguida, percebendo que a caverna era um condutor permanente dos gases de um foguete, lançado do vulcão da ilha. Mais uma vez, ela se irritou por ser tão frágil... Mas, no dia seguinte, quando Flecha quase foi metralhado por dois guardas, ela o protegeu lançando ao seu redor um campo de força muito potente. Violeta, então, compreendeu o que sua mãe quis dizer com "no momento certo, você saberá o que fazer!".

Questão de Talento

Tinker Bell não tinha sido prudente. Ela tinha se aproximado dos humanos e Lizzie, uma garotinha gentil, a tinha visto! Lizzie a levara para o seu quarto, depois, caiu uma tempestade e, agora, Tinker Bell era obrigada a esperar que a chuva passasse para sair voando pela janela e voltar para casa... Então, Tinker Bell e Lizzie aproveitaram para se conhecer melhor. A garotinha queria saber tudo sobre as fadas! Mas Tinker Bell tinha uma voz tão baixinha que Lizzie não a entendia. Ela só ouvia tilintares!

– Não faz mal, você só tem que fazer mímicas das respostas! – decidiu então a garota.

Tinker Bell agitou suas asas para dizer: "Tudo bem, é uma excelente ideia!". O problema é que Lizzie tinha dezenas de perguntas a fazer à artesã... O que se faz durante o dia quando se é uma fada? E à noite? E voar, como é? E você ama as flores? E é verdade que você tem poderes mágicos?

Pouco tempo depois, Tinker Bell já não aguentava mais. Ela não conseguia responder tudo aquilo de uma vez! Ela refletiu, examinou a escrivaninha de Lizzie por um momento e, de repente, encontrou a solução. A garotinha tinha um diário de pesquisa, um caderno que ela tinha que preencher com observações sobre seu dia. Tinker Bell abriu o caderno e começou a desenhar fadas nas páginas brancas.

– Demais! – aplaudiu Lizzie. – Vou chamar este capítulo de "Minhas pesquisas sobre as fadas".

O coração de Tinker Bell se encheu de alegria. Ela se divertia desenhando todas as suas amigas fadas! Seu talento não era exatamente desenhar, e isso estava claro pelos desenhos... Mesmo assim, Lizzie parecia encantada com o resultado. No fim, quando a tempestade se acalmou e Tinker Bell pôde ir, a garotinha correu toda orgulhosa para mostrar o trabalho para o pai. Mas o cientista não deu atenção para ela. Ele precisava terminar de arrumar as goteiras no telhado da casa antes da próxima chuvarada. Lizzie estava decepcionada; seu pai nunca tinha tempo para ela! Da janela, pronta para partir, Tinker Bell viu a menina chorar e ficou com tanta pena que voltou para consertar o telhado no lugar do pai da garota. Assim, ele poderia ter um pouco de tempo para Lizzie...

"E eu poderei enfim apresentar-lhe o meu verdadeiro talento!", comemorou Tinker Bell. Porque, afinal, ela era uma artesã muito melhor do que desenhista... e gostaria muito que Lizzie soubesse!

157

MAIO 29

UIVEMOS À LUA

Dama tinha passado um dia horrível. Tinha brigado com os dois siameses, e agora tia Sarah tinha forçado ela a usar focinheira! Mas felizmente Vagabundo tinha acertado tudo!

– É incrível como um dia pode começar de forma abominável e terminar maravilhosamente bem – disse Dama a seu amigo enquanto passeavam no parque. – Obrigada por ter me livrado daquela focinheira e obrigada por este delicioso jantar no Nino.

– Oh, querida, não falemos mais disso – disse Vagabundo, modesto. – Você quer se divertir de verdade?

– Eu não sei – respondeu Dama, desconfiada.

Ainda que se sentisse atraída por Vagabundo, ela sabia que ele era um cachorro de rua. Sua ideia de diversão poderia ser diferente da dela.

– Não se preocupe – provocou Vagabundo. – Garanto que você vai gostar!

– O que é? – quis saber Dama.

– Para começar, levante a cabeça!

Dama obedeceu. O céu estava salpicado de estrelas e a Lua cheia brilhava.

– O que devo olhar? – perguntou ela.

– A Lua, ora! – exclamou Vagabundo. – Você nunca uivou para a Lua?

Dama gargalhou com a ideia.

– O que é tão engraçado? – perguntou Vagabundo.

– Sou uma cadela de berço – explicou Dama. – Eu lato educadamente de acordo com a situação, mas por que eu uivaria para a Lua?

– E por que não? – respondeu Vagabundo.

– Mas isso serve para quê? – insistiu Dama.

– Veja, Dama – disse Vagabundo –, uma coisa não precisa ser útil para ser divertida. Você gosta de brincar com a bola, não é?

– De fato – disse Dama.

– Às vezes, faz bem correr atrás de uma bola – disse Vagabundo. – Da mesma maneira que faz bem uivar para a Lua, sem nenhuma razão.

– Tudo bem – anunciou Dama, depois de refletir. – O que devo fazer?

– Primeiro, sente-se confortavelmente – disse Vagabundo. – Olhe para a Lua inspirando bem forte e solte todas as suas chateações do dia em um uivo gigantesco.

– Au-au-auuuuuuuuuuuu!

E Dama uivou junto com Vagabundo com toda a sua força.

– Você tem razão! – exclamou ela. – Faz um bem danado.

– Fique comigo, minha bela – disse Vagabundo –, ser de muitas outras coisas.

Mas Dama já conhecia a melhor razão para estar ao lado de Vagabundo. Ele tinha, sem dúvida, se tornado o melhor amigo que ela já tivera.

158

Maio 30

Feliz Dia das Mães!

Um belo dia de maio, Guru passou na casa do Ursinho Pooh.

– Estou com um problema – disse ele. – Amanhã será Dia das Mães e não sei o que dar de presente para minha mamãe. Tem alguma ideia?

– Deixe-me pensar – disse Pooh. – Vejamos, vejamos, vejamos. Um presente para o Dia das Mães...

Por sorte, Pooh notou um grande pote de mel.

– É isso! As mães adoram mel!

– Ah, é? – perguntou Guru.

– Todo mundo adora mel, né? – perguntou Pooh.

Então, Pooh deu um potinho de mel para Guru, que, em seguida, foi pulando para a casa de Coelho.

Como sempre, Coelho mexia no jardim.

– Olá, Guru. O que tem no pote?

– Mel – explicou Guru. É para o Dia das Mães.

Coelho franziu as sobrancelhas.

– Não, não, não – disse ele. – As mães não gostam de mel. Se há uma coisa que elas querem de verdade para o Dia das Mães é um maço de cenouras bem frescas.

– Ah, é? – fez Guru.

– Sim! – disse Coelho. – Ele inclinou-se no buraco e tirou um maço de cenouras recém-colhidas.

– Obrigado, Coelho – disse Guru.

Então, ele passou na casa de Ió.

– O que você está levando aí? – perguntou Ió.

– Presentes para o Dia das Mães – disse Guru.

– Imagino que haja mães que gostem de cenouras – disse Ió. – E outras que gostem de mel. Mas, na minha opinião, com um buquê de cardos, você não tem como errar.

– Cardos? – perguntou Guru.

– Mas é claro – respondeu Ió. – Tome, leve estes aqui. Mamãe Guru vai passar um ótimo Dia das Mães. É isso o que ela quer.

– Bom, obrigado – disse Guru, colocando os cardos no bolso.

Guru passou a noite toda pensando nos presentes que tinha recolhido e, no dia seguinte, apareceu na sala.

– Feliz Dia das Mães, mamãe!

– Oh, obrigada, meu querido – disse Mamãe Guru.

– Eu não consegui parar de pensar no seu presente – explicou Guru. – Pooh dizia mel. Coelho dizia cenouras. E Ió dizia cardos. Mas eu decidi dar isso – disse ele dando um grande abraço na mãe.

Mamãe Guru sorriu.

– Obrigada, Guru. É o presente mais bonito do Dia das Mães!

Maio 31

A arca das fadas

As fadas estavam em missão no continente: elas tinham ido levar o verão! Mas Tinker Bell, mais curiosa do que nunca, se distraiu seguindo um carro na estrada. E eis que uma garotinha a viu! Rapidamente, ela levou a fadinha para seu quarto e, agora, Tinker Bell estava presa...

– Vou correr para buscar ajuda! – gritou Vidia, a Fada dos Ventos pela janela.

O que ela não sabia era que a garotinha estava tratando Tinker Bell muito bem. Se soubesse, Vidia não teria se preocupado tanto... e teria tido tempo de se abrigar da tempestade que acabara de desabar! Em vez disso, Vidia, que não podia voar na chuva, atravessou a mata correndo e chegou exausta, molhada até os ossos, ao acampamento das fadas. Ela reuniu os amigos e explicou:

– Uma garotinha sequestrou Tinker Bell na velha casa, do outro lado da estrada! Temos que ir lá libertá-la!

– Mas é impossível! – exclamou Fawn. A mata está completamente inundada, o caminho está cheio de poças d'água e podemos nos afogar!

– Vamos construir um barco! – propuseram em coro Clank e Bobble, os dois artesãos.

Cada um se pôs, então, corajosamente a trabalhar. Até mesmo os insetos da floresta participaram do projeto. Nada era muito difícil quando se tratava de socorrer a querida Tinker Bell. Clank e Bobble supervisionavam as operações com mão firme. Um pedaço de casca de árvore formou o casco do barco. Um galho firme, o mastro. Pétalas de flores substituíram as velas. Logo, a arca das fadas estava pronta, os salvadores só tinham que embarcar! O barco navegava em um canal, no meio da mata. Tratava-se de um rastro de pneu que a água da chuva tinha enchido. Tudo ia muito bem quando, de repente, o terreno se inclinou... e o canal virou uma cachoeira! A enxurrada tinha levado o barco para o vazio e ele cairia a qualquer momento! Vidia tentou criar um turbilhão, pedindo ao vento que soprasse em círculo. Mas a tempestade era mais forte, e o barco despencou no fim da queda d'água. Ufa, ninguém estava ferido... mas seria preciso continuar a pé dali para a frente.

– E pensar que deu tanto trabalho construir uma arca de fadas – suspirou Clank. – Seria melhor ter construído um guarda-chuva, hein!

160

MULAN

Um novo amigo

Imagine a surpresa de Mulan! Ela estava colhendo flores para sua avó em um prado quando notou um minúsculo gatinho cinza sobre os galhos de um velho cipreste.

– Oh, coitadinho! Está com medo de descer? – perguntou Mulan.

– Miau! – respondeu o gatinho.

Com a ajuda dos galhos mais baixos, Mulan subiu logo na árvore. Com grande esforço, conseguiu finalmente alcançar o gatinho e desceu segurando-o com um só braço.

– Pronto! – disse Mulan, respirando aliviada. – Agora você pode voltar para casa.

– Ela colocou delicadamente o gatinho no chão. Depois de um afago rápido atrás das orelhas, ela o empurrou para o caminho.

Mas o gatinho agradecido não se mexeu nem um centímetro. Pelo contrário, ele se sentou e olhou para ela ronronando.

– Vá! – disse Mulan sorrindo. – Seus donos vão preparar para você uma boa tigela de leite!

– Mas o gatinho não se mexeu.

– Muito bem! Vai ter que se virar – disse Mulan, recolhendo suas flores. – Já estou atrasada e tenho que voltar para casa. Tente evitar as árvores, bichano!

E ela deu meia-volta para ir para casa.

– Miau! Miau! Miau!

Que surpresa! Seu novo amigo marchava atrás dela!

– Perfeito! – exclamou ela rindo. – Os Fa vão ter um pequeno convidado em casa!

Mas nem todo mundo gostou da companhia! Entre eles, Irmãozinho, o cachorro de Mulan. Principalmente quando o gatinho andou sobre a almofada de seda e ousou se deitar nela!

– Au! Au! Au! – latiu ele.

– Já chega! – disse Mulan. – Nosso amigo já teve muitos problemas hoje. Receba-o como se deve e deixe que ele descanse!

Mas, então, o gatinho fez uma coisa difícil de perdoar. Ele foi direto para a tigela do cachorro e bebeu toda a água que havia ali!

– Grrrrr! Grrrrr! Grrrrr! – protestou Irmãozinho.

– Vamos lá! Ele deve estar morrendo de sede – disse Mulan, oferecendo um prato de leite ao gatinho.

Agora, imagine a surpresa de Irmãozinho quando o gatinho empurrou o prato em sua direção com seu focinho rosado.

– Miau! – miou o gatinho, empurrando o prato mais uma vez.

– Veja, Irmãozinho! – exclamou Mulan. – Ele quer ser seu amigo.

E foi assim que os dois viraram grandes companheiros.

Junho 2

Vamos pescar a Vidia

Que expedição! As fadas estavam enfrentando a tempestade para salvar Tinker Bell, que tinha sido capturada por uma garotinha. Como a chuva os impedia de voar, Clank e Bobble tinham tido a ideia de construir um barco para atravessar a mata inundada. Mas, por azar, o barco tinha caído em um buraco e se despedaçado. As fadas não tiveram outra opção a não ser continuar a pé... a pé sobre a grama ensopada!

– Estamos quase lá! – anunciou enfim Vidia, notando ao longe a velha casa.

Ela tomou a frente da caminhada. Era preciso cruzar a estrada de terra por onde passavam os carros dos humanos. Vidia seguia com passo determinado quando, de repente, afundou até a cintura na lama!

– Socorro! – esgoelou ela, em pânico. – Tem uma poça superfunda aqui! Não consigo me mexer! Venham rápido!

Ondine, Iridessa, Fawn e Rosetta correram para ajudar a amiga. Elas estavam prestando bastante atenção para não afundar também na lama. Então, elas seguraram Vidia pelos braços e tentaram erguê-la.

– Um, dois! Um, dois!

Era inútil. A poça se recusava a deixar a Fada do Vento sair! Se ao menos Clank e Bobble dessem uma mãozinha naquela hora, em vez de ficar matutando uma máquina complicada para ajudá-los!

– Não podemos esperar! – exclamou bruscamente Rosetta. – Tem um carro vindo, ele vai esmagar Vidia!

Iridessa bolou um plano. Ela desviou a luz dos faróis do carro e cegou temporariamente o motorista que, pensando que vinha um outro carro no sentido contrário, brecou de repente. Ufa! Ele parou a alguns centímetros de Vidia e suas amigas! Fawn teve, então, uma outra ideia. Quando o motorista desceu do carro para tentar entender o que tinha acontecido, Fawn segurou com todas as suas forças no cadarço do sapato. Os outros a imitaram, e bastou o homem dar um passo para retirar da lama o cordão de fadas agarradas ao cadarço. É claro que ele não percebeu nada, mas, graças a ele, Vidia estava salva!

– Iupi! Pescamos a Vidia! – brincou Ondine.

– Um anzol engraçado à beça... para um peixe mais engraçado ainda! – acrescentaram Clank e Bobble.

E, pela primeira vez, Vidia também foi tomada pelo acesso de riso deles.

Um passeio improvisado...

Andy tinha descido para assistir a um filme na televisão da sala. Para seus brinquedos, era uma boa ocasião para se divertir com uma bola de pingue-pongue!

Jessie deu um belo chute, mas Porquinho não conseguiu pegar a bola e *BING*! Ela saltou na direção da janela! Woody lançou-se sobre a escrivaninha e pegou-a no ar, mas acabou caindo sobre um pé de patins e, deslizando, passou pela janela e desapareceu!

– Woody! Você se machucou? – gritou Jessie correndo com os amigos.

– Tudo bem! – respondeu o vaqueiro do jardim, antes de soltar um grande grito!

– Woody está em perigo! – preocupou-se Buzz.

– Daqui não dá para ver nada! Vamos ajudá-lo – decidiu Jessie.

A primeira ideia tinha sido içar o Patrulheiro do Espaço até o jardim com a ajuda de um ioiô, mas, assim que Buzz tocou no solo, *ZUINN*! foi puxado de volta e caiu sobre a escrivaninha todo embaraçado! Finalmente, Slinky colocou Buzz e Jessie sobre a grama graças a sua mola.

De repente, ouviram um assobio: batendo as asas, uma bela coruja gulosa pegou Buzz com suas garras! Rapidamente, Jessie agarrou-se ao amigo. Depois de um voo rápido, a ave soltou suas presas sobre um galho grosso e tentou provar Buzz com umas bicadinhas!

– Ainda bem que eu sou de plástico! – resmungou o patrulheiro, meio irritado, antes de deslizar e cair de cabeça para baixo em um balde de areia.

Quando Jessie saltou para juntar-se a ele, o vento a levou e ela se viu até o pescoço dentro de uma bacia de água! Nadando, ela conseguiu sair e se juntar a Buzz. Naquele momento, Bichano, o gato do vizinho, se aproximou deles de mansinho!

– Estou sentindo que ainda vou ser mordido! – reclamou Buzz.

– Não se mexa! – ouviu-se a voz de Woody.

Como uma flecha, Buster saltou ao lado do patrulheiro, e o gato, com o rabo entre as pernas, voltou logo para a casa.

– Veja só! Saímos para salvá-lo, e é você que vem mais uma vez nos ajudar! – divertiu-se Jessie ao ver o vaqueiro chegar correndo. – Mas o que aconteceu, afinal?

– Quando aterrissei no jardim há pouco, Buster correu até mim e me derrubou sem querer! Mas está tudo bem agora. Vamos voltar para o quarto, o filme do Andy já vai terminar!

163

Junho 4

Jeito de falar

O dia estava bonito, Bambi e sua mamãe davam um passeio. Eles pararam perto do terreno de Tambor.

– Tudo bem, Tambor? – perguntou o cervo.

– Eu estaria melhor se a minha mamãe não tivesse me dado um banho! É idiota!

– Tambor! Olha o jeito de falar! – brigou sua mãe.

– Desculpe, mamãe! – disse Tambor.

– Está tudo bem! – disse ele à mãe de Bambi.

Como eles tinham permissão para brincar, Bambi e Tambor tomaram a direção da floresta.

– Você quer brincar do quê? – perguntou o jovem cervo ao amigo.

– E se a gente brincasse de esconde-esconde? – propôs Tambor.

– Eu me escondo primeiro!

Bambi deu as costas e fechou os olhos. Um... dois... três... quatro... cinco...

– Socorro! Socorro! – gritou de repente Tambor.

Bambi olhou em volta. Tambor, apavorado, saltava em sua direção. Alguns instantes depois, uma ursa enorme surgiu da caverna, seguida por três filhotes.

– É a criatura mais feia, mais malvada que eu já vi! – disse Tambor.

– Desculpe? – perguntou a mamãe urso. – Você entrou na minha toca e incomodou meus filhotes! E ainda acha que tem o direito de dizer que sou feia e malvada? Exijo desculpas!

– Vá em frente! Peça desculpas! – cochichou Bambi.

– Des-cul-pe se você é feia e malvada... – balbuciou Tambor.

– Tambor! Não é engraçado! – gritou Bambi.

– Não estou tentando ser engraçado! – respondeu Tambor, chateado.

– Recomece! – ordenou a ursa.

– Hum... madame... Sinto, han... muito por ter incomodado você e seus ursinhos... e, ahn... você se parece com todas as mamães urso... gordas... gentis! Ah, sim, você parece gentil.

– Sempre digo para os meus filhotes: as boas maneiras são importantes! – disse a ursa antes de deixar os dois amigos irem. – Hoje, menino, elas salvaram a sua vida!

Bambi e Tambor correram para casa.

– Chegaram bem na hora de comer um bom prato de legumes! – anunciou a mãe de Tambor ao vê-los chegar.

O coelhinho quase soltou que odiava legumes, mas mudou de ideia.

– Obrigado, mamãe! É uma excelente ideia!

– Como você está educado! – observou a mãe com um largo sorriso. – Vejo que acabou ouvindo meus conselhos!

Disney Tinker Bell

JUNHO 5

FUGA DA BORBOLETA

Lizzie era fascinada pelas fadas. Um dia, ela até capturou a imprudente Tinker Bell! Mas Lizzie era uma garotinha com um coração de ouro e libertou a Fada Artesã. Então, emocionada com a gentileza, Tinker Bell resolveu ficar um pouco mais perto dela. Lizzie precisava de companhia pois seu pai só queria saber de seus estudos sobre insetos... E, para piorar, havia goteiras no telhado da velha casa em que moravam! Mas Tinker Bell teve uma ideia:

– Se eu consertar as goteiras durante a noite, Lizzie e seu pai poderão passar mais tempo juntos!

E Tinker Bell saiu voando para examinar o teto do corredor, onde ainda pingavam algumas gotas de chuva. A artesã refletiu. O sótão ficava bem em cima do corredor. Então, se está chovendo dentro de casa, está chovendo primeiro no sótão...

– Está vindo lá de cima! – exclamou ela mergulhando no forro.

A penumbra reinava no sótão. Sem a luz da Lua, pela claraboia, não dava para ver absolutamente nada. Ainda bem que Tinker Bell sabia se virar. Ela voou de viga em viga, tocou a madeira, verificou o forro. O lugar estava cheio de caixas e de malas de todos os gêneros. Cheirava a mofo também. Mas a fada encontrou rápido a origem das goteiras. É que não havia só um buraco no telhado, mas dois!

– Como não tenho material para tampar esses buracos, vou desviar as goteiras!

Tinker Bell tirou alguns funis de uma caixa. Ela os fixou nos buracos que atravessavam o telhado, depois, ligou a eles um sistema complexo de mangueiras que levavam à claraboia aberta.

Assim, a água da chuva escorria pelos funis, passava pelas mangueiras e desaguava direto no jardim.

Tinker Bell estava satisfeita. Ela correu para verificar se não gotejava mais na casa e notou, de repente, uma bela borboleta azul aprisionada em um minúsculo pote de vidro. Era o espécime de asas estranhas que o pai de Lizzie queria estudar.

– Pobre borboleta, mal pode se mexer naquele pote! – protestou Tinker Bell.

E correu para libertá-la. A borboleta logo foi-se pela janela. Que legal, Tinker Bell tinha conseguido arrumar as goteiras e a fuga de uma borboleta!

165

JUNHO 6

a Bela e a Fera
Um chá encantado

Bela cantarolava passeando pelo castelo. Ela vivia lá há meses e começava a se sentir em casa. Os moradores do lugar, transformados em objetos encantados, eram muito bons com ela, e mesmo Fera parecia mais terno.

Cantando baixinho, Bela entrou na cozinha para fazer uma visita a Madame Samovare e ao Fogão. Bela adorava conversar com eles e aprender novas receitas.

– Oi, Bela – eles a acolheram gentilmente.

– Olá! – respondeu Bela.

O cheiro de carne assada com legumes a estava deixando com fome. O jantar seria delicioso, como sempre.

– Você chegou bem na hora para uma xícara de chá – declarou Madame Samovare.

Zip saltou no balcão e instalou-se diante da moça.

– Serei sua xícara – disse ele. – Sem gosto estranho, sem bolhas, prometo!

– Então, tudo bem – disse Bela.

A chaleira verteu chá quente na xícara e acrescentou um torrão de açúcar.

– Como foi a sua manhã na biblioteca? – perguntou ela.

– Foi maravilhosa – exclamou Bela. – Terminei meu livro sobre os cavaleiros de armadura e comecei um outro que fala de um príncipe transformado em sapo.

– Em sapo! – gritou Fogão.

De repente, uma fumaça negra subiu do forno e invadiu o cômodo. Quando ela enfim se dissipou, Bela viu que o assado estava esturricado, e os legumes, pretos como carvão.

– Oh, meu Deus! – desesperou-se Fogão.

– O que faremos para o jantar de Fera? – inquietou-se Madame Samovare.

Naquele momento, Lumière entrou na cozinha.

– O que é esse cheiro horrível? – disse ele antes de perceber o que tinha acontecido. – Não podemos servir essa carne queimada para Fera! O que vamos fazer?

– Um molho encantado! – respondeu Bela partindo para o trabalho.

Ela pegou alguns legumes, os descascou, cortou e jogou em um caldeirão. Depois de pronto, ela acrescentou o molho à carne assada.

– O sabor de queimado vai ficar muito sutil com isso tudo – explicou ela.

Fera entrou na cozinha no mesmo instante.

– De onde vem esse perfume delicioso?

– É o jantar – respondeu Bela dando uma piscadela a Madame Samovare e ao Fogão. – Carne com molho encantado que cozinhamos todos juntos!

166

Mentiras jamais

Ao se levantar naquela manhã, o doutor Griffith estava radiante, pois as goteiras do telhado haviam desaparecido como por milagre!

– Lizzy, minha querida – declarou ele a sua filha. – Não entendo como as goteiras sumiram durante a madrugada, mas graças a isso, tenho tempo para ficar com você antes de ir trabalhar!

Bem escondida no quarto da garotinha, a fada Tinker Bell tilintava de alegria. Seu plano tinha funcionado às maravilhas. Era ela quem tinha consertado as goteiras justamente para que o doutor Griffith pudesse ficar com Lizzie!

– Quer ver o meu diário sobre as fadas, papai? Trago agora mesmo!

O doutor Griffith se recusava a acreditar na existência de fadas. Então, Lizzie adoraria convencê-lo de seu erro... principalmente agora que ela tinha conhecido Tinker Bell, que havia lhe contado mil coisas sobre o seu povo! A garotinha correu alegremente até o escritório do pai, mas quando ela entrou no vasto cômodo cheio de livros científicos, encontrou o pai num mau humor danado. Ele balançou um vidro vazio no rosto da menina e bradou:

– A borboleta não está mais aqui. Era um espécime único, muito interessante. Eu ia apresentá-lo esta noite ao comitê do museu! Alguém a deixou escapar de propósito, Lizzie. E como não fui eu...

– Também não fui eu! – garantiu a menina. – Não toquei nela. Foi Tin...

– Lizzie calou-se. Ela não podia falar de Tinker Bell com o pai, seria muito arriscado; ela sabia que ele era muito curioso e desejaria imediatamente capturar a pobre fada para estudá-la!

– Quem, Lizzie? – insistiu o pai em um tom de suspeita.

– Se eu disser, você não vai acreditar, nunca...

Ao ouvir isso, o homem se irritou:

– Você me decepcionou, Lizzie! Só estamos você e eu nesta casa, você sabe muito bem! Aquela borboleta era muito importante para os meus estudos, e você ousa afirmar que não tocou no pote... Já para o quarto, mentirosinha!

Lizzie obedeceu sem reclamar. Ela ficaria de castigo injustamente, mas, ao menos, tinha protegido sua amiga Tinker Bell...

– Fique tranquila, Tinker Bell. Aqui, você estará segura por muito tempo! – suspirou a menina. – Porque se o papai não acredita em mim quando digo a mais pura verdade, não está nem perto de acreditar em fadas!

JUNHO 8

Branca de Neve e os Sete Anões

À MESA DOS SETE ANÕES

Branca de Neve se casaria em breve. Seus amigos, os Sete Anões, estavam felizes por ela. No entanto, a princesa iria fazer falta, sem falar nas receitas deliciosas e na arrumação da casa! Branca de Neve também estava preocupada em deixar os homenzinhos à própria sorte. Ela tinha decidido que já era tempo de ensiná-los a cozinhar e a se manterem limpos.

— Em primeiro lugar, me mostrem como vocês limpam a casa – pediu ela. – E lembrem-se de varrer a sujeira para a porta, e não para baixo do tapete!

Cada um dos amigos armou-se com uma vassoura.

— *Atchiiim!* – espirrou Atchim com uma nuvem de poeira.

— Sem se esquecer de abrir a porta antes de começar! – recomendou Branca de Neve. – Próxima lição: a louça! Primeiro, molhar o prato, depois esfregá-lo, enxaguá-lo e secá-lo – explicou ela, fazendo gestos enquanto falava.

Mestre pegou um prato sujo.

— Vejamos – murmurou ele. – Esfregar, molhar, secar e enxaguar! Ahn, não. Molhar, enxaguar, esfregar e secar! Sim, é... Oh!

A futura princesa riu gentilmente.

— Não tem problema! – disse ela. – Vamos tentar a roupa suja! Esquente uma grande bacia de água, mergulhe as roupas e esfregue-as com uma barra de sabão. Em seguida, basta enxaguar bem e estendê-las.

Dunga queria ser o primeiro. Ele pulou com roupa e tudo na bacia, pegou uma barra de sabão e se esfregou bem.

— Dunga, seria mais fácil se você trocasse de roupa primeiro!

Em seguida, todos reuniram-se para uma aula de culinária.

— Hoje, vamos preparar uma carne com molho – anunciou Branca de Neve. – Peguem os ingredientes que estiverem à mão. Coloquem em um caldeirão e deixem ferver um bom tempo.

Mestre tranquilizou a jovem:

— Não se preocupe, Branca de Neve, vai dar tuto cerdo, ahn... tudo certo!

No dia seguinte, os Sete Anões convidaram Branca de Neve e o Príncipe para o jantar. Assim que chegaram, Dunga destampou a panela. Uma bota velha, meias, flores e uma barra de sabão boiavam no interior.

— Pegamos tudo o que estava à mão, como você disse – bocejou Soneca.

— Talvez fosse melhor repassarmos a receita – disse gentilmente Branca de Neve.

Então, tirando de sua cesta quatro tortas de groselha, ela acrescentou:

— Normalmente não gosto de começar uma refeição pela sobremesa, mas hoje é uma exceção, porque vocês são mesmo extraordinários!

Caça às fadas

Vidia pensava que Tinker Bell era prisioneira de uma garotinha chamada Lizzie. Na verdade, Tinker Bell apenas fazia companhia à menina; ela podia ir embora quando bem entendesse. Ela só estava esperando que o tempo melhorasse, porque nenhuma fada gostava de circular debaixo de chuva! Mas seus amigos Vidia, Rosetta, Iridessa, Ondine, Fawn, Clank e Bobble haviam organizado uma grande expedição de resgate para libertá-la. Eles tinham enfrentado a tempestade e quase foram esmagados por um carro para conseguirem chegar à casa de Lizzie! Eles entraram discretamente pela cozinha...

– A barra está limpa – cochichou Iridessa. – Vidia, você que já veio aqui sabe quantos humanos podem nos ver?

Vidia franziu as sobrancelhas. O pior não era quantos humanos. Era a ferocidade deles!

– Tem a Lizzie, no seu quarto, que fica no primeiro andar. Ela prendeu Tinker Bell em uma gaiola! E tem o pai de Lizzie. Ele é realmente horrível; detesta tudo o que é bonito com asinhas delicadas. Ele prende até borboletas com um alfinete em quadros!

– Que monstro! – exclamou Fawn, impressionada. – Ele não pode nos ver! Há mais algum perigo com que se preocupar?

– Sim, e ele é terrível. É um enorme ga...

Vidia não teve tempo de terminar a frase. O gato da casa acabara de surpreendê-los, e saltara sobre eles para agarrá-los!

– Um gato enorme! – completaram as fadas, correndo em pânico pela cozinha.

E eis que o grande bichano se lançou numa caçada frenética! As fadinhas com asas agitadas pareciam ainda mais apetitosas do que os ratos do sótão... e mais hábeis também! Elas saltavam sobre e mesa e se defendiam muito bem!

– Temos que alcançar a escada para buscar Tinker Bell!

Vidia bolou um plano: salpicar de Pozinho Mágico os utensílios da cozinha. Assim, a louça começou a flutuar, e saltando entre xícaras e pratos,

Vidia conseguiu chegar à escada, evitando as garras do gato.

– Suba, Vidia! – gritou Rosetta. – Encontre Tinker Bell enquanto damos um jeito de colocar o gato para fora!

– Perfeito! – comemorou Vidia. – Quando a caça às fadas vira caça ao gato quer dizer que tudo está voltando ao normal!

Junho 10

A arrumação segundo WALL·E

Naquele dia, voltando ao caminhão, WALL·E percebeu que não havia mais espaço em suas prateleiras para colocar seus novos tesouros! E justo naquele dia, em que ele levava um belo garfo de prata, um grosso dicionário e, principalmente, uma caixa de madeira! A caixa era tão grande que ele teve que amarrá-la com uma corda e arrastá-la até lá.

– Bip! – assobiou WALL·E.

Fora de questão não guardar aquele objeto magnífico. O robozinho tinha decidido encontrar uma solução. Nada de comédia musical aquela noite para ele: WALL·E ia fazer uma triagem! Era um sacrifício necessário!

O robozinho começou pela prateleira de baixo. Havia uma caixa de papelão cheia de peças de reserva: impossível separá-las, é claro! Tinha também um despertador, uma coleção de isqueiros, uma tela, lâmpadas...

WALL·E piscou os olhos, perplexo. Ele gostava muito daqueles tesouros específicos. Não tinha como jogá-los fora para ter espaço!

O robozinho continuou na prateleira do meio. Era a que ele reservava para a louça! Ele tinha todos os tipos de louça: tigelas, pratos, copos e mesmo um conjunto de chá que não combinava lá tanto assim...

WALL·E assobiou indeciso. Todos aqueles objetos eram diferentes e todos igualmente preciosos. Não tinha como escolher qual deles jogar fora!

O robozinho terminou pela prateleira de cima. Empilhada, estava uma coleção de ferramentas meio enferrujadas, tampas (mas ele não sabia para que elas serviam!), rolos de filme, e uma pilha de tranqueiras mais impressionante do que indispensável. O que fazer?

WALL·E inclinou a cabeça, hesitando. O valor do conjunto era sentimental. Não tinha como jogar uma parte fora e separá-la do resto! Sem saber o que fazer, ele recostou-se na grande caixa que, com seu peso, balançou de repente na vertical!

A porta se abriu... e WALL·E começou a dançar de alegria!

De pé, contra a parede, a caixa seria um armário perfeito! Não só o robô conservaria seus antigos tesouros, como teria espaço para os próximos... e haveria outros!

No fundo, com um pouco de imaginação, tudo tem sua utilidade numa casa!

JUNHO
11

O MUNDO DE PONTA-CABEÇA

Tinker Bell estava emburrada. O doutor Griffith, pai de Lizzie, a garotinha que tinha levado a fada secretamente para sua casa, tinha colocado a menina de castigo.

Era preciso dizer que tinha sido Tinker Bell quem soltara a borboleta azul que o cientista tinha prendido em um pote de vidro para estudar. Ele tinha certeza de que a culpada era Lizzie!

– Se pelo menos o papai acreditasse em fadas, eu poderia contar sobre você – suspirou a garotinha, desabafando com Tinker Bell no seu quarto.

Mas a artesã agitou as asas. Como tinha visto o que o doutor fazia com as borboletas, ela preferia ficar bem longe das vistas dele! Lizzie acrescentou:

– Gostaria tanto de ser uma fada também! Eu poderia ajudar as flores a desabrochar, poderia falar com os animais. E, principalmente, poderia voar como você, Tinker Bell... isso deve ser demais!

E a garotinha ficou imaginando como era flutuar pelos céus! Então, Tinker Bell teve uma ideia. Já que Lizzie tinha sido tão legal com ela, merecia uma pequena recompensa.

"Ding-deling!", tilintou a Fada Artesã. Então, ela fez um sinal para Lizzie fechar os olhos e esticar os braços. Daí, ela salpicou Pozinho Mágico sobre a menina! Logo Lizzie saiu flutuando pelo quarto.

– Estou voando! É maravilhoso! Estou voando!

A garotinha atravessou todo o quarto rindo. Ela derrubou alguns objetos enquanto passava, porque não tinha o hábito de flutuar por aí. Mas como ela se divertia! Conseguia até andar no teto!

– Sou uma Fada de ponta-cabeça! – gabou-se ela.

Acontece que ela fez tanta bagunça que seu pai subiu para ver o que estava acontecendo. Rapidamente, Tinker Bell correu para seu esconderijo. Já Lizzie fez o possível para se agarrar ao encosto de uma cadeira e ficar com os dois pés no chão na frente do pai!

– Que bagunça! – gritou ele ao ver a confusão que estava no quarto. – Lizzie, pode me explicar como conseguiu deixar pegadas até no teto? Não faz sentido!

– Bom, é que... – murmurou a garotinha. – As coisas não fazem mais sentido nenhum! Uma fada me ensinou a voar e a andar de cabeça para baixo, então eu...

– Você andou no teto? – interrompeu o pai. – Você poderia ter inventado uma desculpa melhor, Lizzie. Porque, no dia em que eu acreditar numa história dessas, garanto que estarei num mundo de ponta-cabeça!

171

Junho 12

A Patrulha dos Elefantes

Um dia, Mogli foi fazer uma visita a seu velho amigo Balu.

– Por que você está triste? – perguntou Balu.

– É a estação da seca – disse Mogli –, e a água do rio baixou. Meus amigos da vila estão com medo de faltar água.

– Oh – suspirou Balu. – E a fonte, a da selva? Ela não seca nunca.

Mogli balançou a cabeça.

– Ela fica nos confins da selva. Ia demorar um dia inteiro para chegar até lá saindo da vila.

Naquele momento, Baguera chegou.

– Mogli, tenho uma ideia: a Patrulha dos Elefantes.

No dia seguinte, Baguera, Balu e Mogli conseguiram chegar perto da fonte. Rapidamente, o solo tremeu com a proximidade do Coronel Tóti e seus elefantes.

– E um, dois, três, quatro. Um, dois, três, quatro – cantava o coronel.

– Eis a Patrulha dos Elefantes – disse Baguera.

Baguera, Balu e Mogli se esconderam rapidamente entre os arbustos e esperaram os elefantes parar na fonte.

– Pronto? – murmurou Baguera a Mogli.

O menino balançou a cabeça, depois, os dois pularam dos arbustos gritando:

– Para o rio! Rápido! Todo mundo, rápido!

– O... que quer dizer... isso? – embaralhou-se o coronel.

– Jangal Khan está vindo! Corram para o rio! – gritou Mogli.

– Companhia... Corram! – gritou o coronel, e os elefantes partiram pela selva.

Baguera e Mogli viram a manada derrubar todas as árvores que ficavam entre a fonte e o rio. Quando Mogli chegou ao rio, ele se voltou e viu um caminho traçado que ia diretamente à fonte!

Era a vez de Balu.

– Ei! – gritou Balu. – Falso alerta!

– Quer dizer o quê? – perguntou o Coronel Tóti.

– Na verdade, Jangal Khan não está vindo – disse Balu. – Os caçadores humanos o estão perseguindo, então, ele foi para longe. Estamos seguros!

A Patrulha de Elefantes suspirou aliviada.

Então o coronel gritou:

– Avante, marchem!

Quando os elefantes se afastaram, Mogli sorriu.

– Meus amigos não ficarão nunca mais sem água.

Baguera balançou a cabeça dizendo.

– Bom trabalho.

– É verdade – concordou Balu rindo. – E sabem o que é melhor? Eles é que fizeram o trabalho para a gente!

Um casaco para viajar

JUNHO 13

O doutor Griffith era um cientista muito sério. Ele só acreditava no que via. E como ele nunca tinha visto fadas...

– É verdade, papai, elas existem de verdade! – insistia sua filha, Lizzie, que conhecia Tinker Bell.

– Não quero mais ouvir falar dessas bobagens! – irritou-se o estudioso.

No seu esconderijo, Tinker Bell estava louca de raiva. "Ah, é assim? As fadas são uma bobagem? Muito bem, ele vai ver para crer, esse humano ignorante!" E, batendo as asas, ela surgiu bem diante do doutor!

– Aah! O que é isso?!

– Uma fada, papai! – respondeu Lizzie. – Ela é maravilhosa, não?

– Extraordinário! – exclamou o estudioso, pegando um pote de vidro sobre uma prateleira. – Vai ser a descoberta do ano! – E tentou prender Tinker Bell no pote!

Vidia, que tinha ido justamente procurar Tinker Bell com uma tropa de fadas, empurrou a artesã para longe do pote. Mas infelizmente ela é que foi capturada!

– Tenho que mostrar essa criatura no museu! – declarou, então, o doutor Griffith partindo para o carro, sem ouvir os protestos de Lizzie.

Ele logo deu a partida, levando a pobre Vidia consigo... Tinker Bell e suas amigas fadas ficaram desesperadas. Como alcançá-los agora? Chovia tanto que elas não podiam segui-los voando! No entanto, era preciso impedir, de qualquer maneira, que o cientista revelasse a existência das fadas às pessoas do continente, se não todos iriam querer ter pelo menos uma em casa para ser só sua. E uma frágil fada não é um animal doméstico! Tinker Bell quebrava a cabeça tentando bolar um bom plano. De repente ela disse:

– Já sei! Não podemos voar sob a chuva, mas Lizzie pode nos transportar!

A garotinha arregalou os olhos. Tudo bem, ela era boa de corrida, mas, mesmo assim, não ia tão rápido quanto um carro!

Tinker Bell soltou uma gargalhada. Ela explicou:

– Graças ao Pozinho Mágico, você poderá voar até o museu. Nós ficaremos no seu casaco de chuva e a guiaremos! Coragem, Lizzie. Você vai conseguir!

Apesar do medo, a garotinha aceitou ajudar as fadas, que subiram alegremente na gola e nos bolsos do casaco. Quando, finalmente, Lizzie saiu voando pela janela, Tinker Bell gritou:

– Iupiii! Este casaco de viagem é uma das minhas invenções preferidas!

JUNHO 14

A MISSÃO DO SARGENTO

As coisas iam mudar na casa de Andy! Como o jovem partiria logo para a universidade, seus brinquedos se preparavam para serem levados ao sótão. No entanto, Sargento tinha outros planos para o Exército Verde!

Uma manhã, Woody e Buzz o viram escalar a moldura da janela com seus homens.

– Ei, Sargento, o que está fazendo? – perguntou Buzz, surpreso.

– A guerra acabou, amigos! – respondeu o valente guerreiro. – Então, estamos indo! – E ele explicou que, como o papel do Exército Verde no quarto de Andy tinha terminado, era preciso encontrar uma nova missão para seus homens.

Quando Andy era mais jovem, Sargento comandara muitos soldados, mas o grande exército tinha diminuído ao longo dos anos, e agora só contava com ele próprio e dois cadetes.

Sargento achava que seu dever era encontrar um novo lar para eles e, principalmente, uma nova criança que se divertisse com eles. Assim, todos os três cumprimentaram Buzz e Woody e saltaram pela janela abrindo os paraquedas. O vento logo os levou!

– Em busca de aventura, garotos! A "Operação Casa Nova" está lançada! – disse Sargento.

Eles flutuaram sobre as ruas da cidade e, depois de longos minutos, um dos homens gritou:

– Alvo à vista às seis horas, chefe!

Todos os três avistaram uma loja de brinquedos logo embaixo.

– Muito bom, cadete! – parabenizou Sargento. Quer lugar melhor do que aquele para encontrar uma criança?

Sem serem notados, eles desceram suavemente, passaram sobre uma rua lotada de gente e conseguiram aterrissar no estacionamento da loja. Depois, escondidos perto da entrada, esperaram pacientemente. Enfim, Sargento avistou uma mãe com seu filho se preparando para sair do estacionamento.

– Esse menino é um desafio militar perfeito! Garotos, fiquem preparados para o meu comando... – murmurou Sargento.

No momento em que o menino passou na frente deles, Sargento deu o sinal: "Vamos! Vamos! Vamos!".

Rapidamente, seus homens e ele pularam dentro do saco de papel do menino. A primeira parte da missão parecia ter sido um sucesso, mas Sargento percebeu, então, que, em vez de voltar para casa, a mãe e o menino estavam indo para a padaria! Ele fez um sinal para que os soldados ficassem parados. Será que a missão seria comprometida por causa de alguns bolos?

174

Basta acreditar

Contra todas as possibilidades, a fada Tinker Bell e Lizzie, uma garotinha do continente, se tornaram amigas. E elas tinham partido juntas para salvar Vidia, a fadinha que o pai de Lizzie, um grande cientista, tinha capturado. Ele a levara ao museu para provar ao mundo inteiro que as fadas existem! Como ele dirigia depressa, a única maneira de alcançá-lo era voar até ele. Infelizmente, a chuva impedia as fadas de voar. Então, Tinker Bell salpicou Lizzie com Pozinho Mágico, e Clank, Bobble, Fawn, Rosetta, Ondine e Iridessa subiram com ela nos bolsos da garotinha.

Assim, Lizzie finalmente chegou à cidade com seus amigos. Ela planava sobre os telhados. O espetáculo era magnífico, que emocionante!

– Lá está papai! – exclamou ela de repente ao perceber o carro na rua, logo embaixo.

Sem hesitar, Tinker Bell jogou-se no vazio e mergulhou diretamente no motor do veículo. Ela sabia que era muito perigoso se aventurar daquele jeito em meio às peças de metal fervendo e às engrenagens em ação. Mas era a única maneira de parar o carro!

Com precauções infinitas, Tinker Bell pegou um atalho e esgueirou-se sob a bateria. Depois, ela pensou por um momento e decidiu-se por um longo cabo cinza. Ela puxou com toda a sua força e... opa! O motor começou a falhar, o carro pulou e parou de repente bem no meio da via.

– Ah, não! – irritou-se o pai de Lizzie. – Uma pane! Vou ter que continuar a pé! – E ele partiu para o museu segurando com orgulho o pote de vidro onde mantinha Vidia prisioneira.

Lizzie tinha um plano: ela desceu do céu para bloquear o caminho do pai! O doutor não conseguia acreditar no que via.

– Lizzie? Você está voando? Mas é impossível! É mágica!

– Exatamente! – respondeu a menina sorrindo.

– Não, não existe mágica! – balbuciou ainda seu pai.

– Mas você está vendo que sim – insistiu Lizzie. – As fadas disseram que conseguiriam me fazer voar. E eu voei!

O cientista acabara de entender o que sua filha queria dizer. Ele murmurou:

– Então... Basta acreditar, é isso mesmo?

– E sobretudo querer acreditar, papai – confirmou a garotinha. – Porque o que é realmente mágico é que as coisas mais maravilhosas não precisam de explicação para existir!

JUNHO 16

A MISSÃO DE SARGENTO (PARTE DOIS)

Depois de conseguir pular na sacola de compras do menino, Sargento e os dois homens que restavam do Grande Exército Verde de Andy esperavam ir para uma casa nova! Infelizmente, uma parada em uma padaria tinha comprometido o bom andamento do plano...

– Devemos enfrentar um obstáculo de chocolate! – resumiu um cadete. – Isso vai nos atrasar!

Pior ainda, já que o menino, querendo alcançar um saco de biscoitos gigante, derrubou a sacola de compras do balcão! E é claro que nossos soldados foram parar no chão!

Desanimados, eles assistiam seu "alvo número 1" sair da loja sem eles!

De repente, o padeiro notou-os e inclinou-se para pegá-los.

– Ei! De onde vocês três vieram? Em todo caso, vieram em boa hora! Estava mesmo precisando de uns bonequinhos assim...

Depois de lavá-los bem, o padeiro os colocou cuidadosamente sobre um belo bolo de aniversário.

– Camaradas, a noite será longa... e muito fria! – suspirou o Sargento enquanto o padeiro levava o bolo a uma vitrine refrigerada.

Eles estavam presos! Era impossível se mexer ou fugir sem se fazer notar. Eles esperaram, então, até a manhã seguinte. Logo cedo, foram colocados, junto com o bolo, em uma grande caixa, e levados para longe. Quando, algumas horas mais tarde, a tampa foi finalmente removida, Sargento e seus homens se viram numa pizzaria, bem no meio de uma festa de aniversário!

– Soldados do Exército Verde! Genial! – exclamou o garoto a quem era destinado o bolo.

Cuidadosamente, ele retirou os três homens e os colocou sobre a mesa.

– Talvez esta seja uma boa oportunidade! Esse menino provavelmente vai nos levar para casa! – cochichou Sargento, todo feliz. Seus dois homens fizeram um sinal com a cabeça, cheios de esperança. A missão fora retomada!

Durante uma hora, eles observaram o menino que se divertia com o videogame do lugar. E, depois, de repente, ele desapareceu!

– Chefe! Perdemos o contato visual! – gritou um dos cadetes.

Sargento varreu a sala com os olhos.

– Alvo número 2 deixando o lugar! Rápido, rapazes, vamos dar o fora! Rápido, rápido!

A pequena tropa partiu rumo ao estacionamento.

Tarde demais, o menino já estava longe!

176

Mistério no jardim

JUNHO 17

Pela primeira vez desde muitos anos, o Sultão de Agrabah tinha um pouco de tempo. Jasmine e Aladdin o ajudavam a cuidar dos assuntos cotidianos e ele pôde enfim passar a tarde em sua horta. Ele plantava berinjela, grão-de-bico, salsa, pepino, tomate e alface.

– Legumes, eca! – gritou o papagaio Iago, empoleirado no mourão. – Dê-me um figo de verdade! Mas legumes, não, obrigado!

Um dia, o Sultão desceu ao seu jardim e foi uma confusão só! O grão-de-bico havia desaparecido, as alfaces tinham virado pó e os tomates, saído voando!

O Sultão, Jasmine, Aladdin e Rajah procuravam algum rastro daquele misterioso desaparecimento. E eles encontraram! Marcas de garras de... um papagaio! Iago! Eis o culpado!

– Não posso acreditar – gritou o Sultão. – Esse pássaro deve realmente odiar os legumes para arrancá-los dessa maneira!

Eles seguiam os rastros do papagaio pela cidade. E, cada vez mais, se afastaram do palácio. Aladdin começou, então, a reconhecer as ruelas de seu antigo bairro.

– Gostaria de saber onde Iago pode ter escondido esses legumes – disse ele. – Se ele pretende vendê-los, sem chance. Ninguém terá dinheiro por aqui.

Aladdin logo teve sua resposta. Virando a ruela, Rajah encontrou uma família pobre em pleno piquenique. Eles conversavam alegres, os pratos cheios passavam de mão em mão. No centro da pequena reunião, estava Iago!

– Iago! – gritou Jasmine. – A colheita do papai!

O pai da família se aproximou.

– Minhas desculpas, Alteza – disse ele. – Não sabíamos que esses legumes pertenciam a Sua Alteza. Este papagaio nos viu famintos e ofereceu-nos a comida. Devolveríamos agora mesmo se não tivéssemos feito esses pãezinhos com o grão-de-bico e esse purê com a berinjela! No entanto, há o suficiente para todos nós, querem se juntar a nós?

Jasmine nunca ouvira um convite mais agradável. Assim, todos se sentaram para compartilhar a refeição. Os pratos estavam deliciosos e iam muito bem com a salada.

– Estou feliz – disse o Sultão – que a minha horta tenha feito tanto sucesso. O melhor seria que ela fosse transferida para a cidade para que todos desfrutem. Por que não aqui mesmo, o que acham?

Os convivas aplaudiram a ideia maravilhosa. Todos menos Iago, é claro!

– Legumes, eca, que ideia maluca!

177

JUNHO 18

NADA MELHOR

É muito raro um cientista que acredite na fantasia e na mágica. O doutor Griffith não fugia à regra... até o dia em que Lizzie, sua filha, fez com que ele encontrasse as fadas. Que sábio poderia negar a existência de Tinker Bell e de seus amigos ao vê-los voando sob o próprio nariz?

– É extraordinário! – exclamou o cientista ao fechar Vidia em um pote de vidro. – Tenho que mostrar isso ao mundo todo!

Mas, felizmente, Lizzie conseguiu convencê-lo a mudar de ideia e a soltar a pobre fada. Tanta gente tentaria capturar as fadas para tentar tirar vantagem dos seus poderes!

– A mágica não precisa ser estudada, papai. Basta acreditar nela!

Antes disso, Tinker Bell tinha polvilhado Lizzie com Pozinho Mágico para fazê-la voar! E, agora, todas as fadinhas reuniam o pozinho dourado suficiente para que o pai de Lizzie voasse também. Que viagem fantástica!

Eles planaram sobre a cidade e atravessaram o campo entre as nuvens. O espetáculo era fabuloso, a sensação de leveza era maravilhosa!

– Queridas fadas, ninguém tem o direito de tirar isso de vocês – decidiu pouco depois o doutor Griffith aterrissando em sua casa com Lizzie. – Nunca falarei de vocês com meus colegas cientistas!

Tinker Bell agitou as asas tilintando de alegria. Em seguida, antes que as fadas voltassem para casa, Lizzie as convidou para um piquenique no campo que ficava ao lado da casa. A tempestade tinha acabado, era preciso aproveitar! Os raios do sol tinham secado a grama, só era preciso estender uma toalha no chão e aproveitar as deliciosas fatias de brioche molhadas no chá...

– Um piquenique com as fadas – disse Lizzie ao pai. – É formidável, não?

– Não posso pensar em nada melhor, minha querida – admitiu ele.

– Nada melhor? – repetiu a menina encantada. – Nem mesmo os seus trabalhos científicos, tem certeza?

– Certeza! Oh, a não ser...

Lizzie perdeu a alegria. Seria como sempre, o pai preferiria, no fim, uma outra coisa que não ficar com ela! Ela franziu a testa, contrariada, mas o doutor Griffith terminou sorrindo:

– A não ser voar sobre a cidade com você!

178

A MISSÃO DE SARGENTO (PARTE TRÊS)

Presos no estacionamento de uma pizzaria, Sargento e seus homens esperavam encontrar uma solução para continuar sua missão. Decididamente, tornar-se o brinquedo de outra criança é um objetivo muito difícil de atingir!

Os três soldados acabavam de se reunir quando uma camionete de entregas parou bem ao lado deles.

– Ei, Joe, estou pronto para as entregas! – gritou o motorista para um dos garçons.

– Já não era sem tempo! – respondeu Joe com uma pilha de caixas na mão. – Estas *pizzas* são para o piquenique dos Aventureiros Juvenis. E estas aqui para um grupo de crianças esfomeadas!

Sargento lançou um olhar aos seus homens e sorriu. O problema acabava de encontrar uma solução por si só! Discretamente, todos os três subiram no teto da camionete e se esconderam no foguete oco de plástico que a decorava. O veículo deu partida e andou por algum tempo, até que o paraquedas de um dos cadetes abrisse! Sem pensar duas vezes, o segundo soldado agarrou as pernas do camarada para impedi-lo de sair voando. Sargento agarrou-se a ele com uma mão e, com a outra, ao foguete, mas o vento que soprava no teto era muito forte para que eles aguentassem muito tempo...

– Continuem sem mim, chefe! – disse o paraquedista. – Ou estaremos todos perdidos!

Rapidamente, Sargento tomou uma decisão:

– Um bom comandante jamais abandona um de seus homens!

Ele fez um sinal para o outro soldado. Depois, cortou sua corda, se agarrou ao segundo soldado, e o paraquedas levou os três pelos ares. Depois de planar em direção ao solo, eles aterrissaram a salvo no meio-fio.

Antes que a noite caísse, Sargento ordenou aos homens que subissem nas sebes de um jardinzinho que ficava ao lado de um posto de gasolina. O dia tinha sido longo! Era preciso pensar no dia seguinte. Enquanto os dois cadetes montavam uma barraca com um pedaço de jornal velho, Sargento decidiu subir no telhado do posto. De lá, a vista era fantástica e ele podia admirar todos os prédios das redondezas. Com o coração cheio de esperança, ele olhou as janelas, uma após a outra.

– Você deve estar em algum lugar! – murmurou ele sozinho, pensando na criança que os esperava, talvez ali perto.

JUNHO 20

Um trabalho para Tinker Bell

Tinker Bell era tão curiosa que muitas vezes se metia em terríveis confusões. A pequena artesã não hesitava em enfrentar o perigo, mesmo se fosse preciso desobedecer às regras das fadas. Sua audácia, às vezes, trazia coisas positivas. Como no dia em que ela se aproximou tanto de uma garotinha chamada Lizzie e de seu pai que eles acabaram por notá-la! É claro, primeiro Tinker Bell quase foi presa pelos humanos – ela e Vidia, a Fada dos Ventos. Mas, pouco a pouco, os humanos e as fadas aprenderam a se conhecer e a se respeitar. A tal ponto que, naquele dia, Lizzie e o doutor Griffith, seu pai, estavam tomando chá com as fadas! Eles não desconfiavam mais uns dos outros e passavam uma tarde muito gostosa.

– Sabe, Vidia, com esses riscos que corremos juntas, percebi que você gosta muito de mim na verdade! – comemorou Tinker Bell.

– Não exagere – se defendeu a outra. – Só viramos algo como amigas...

Tinker Bell soltou uma gargalhada. Ela adorava o mau humor de Vidia!

– Em todo caso, nos entendemos muito melhor – acrescentou Tinker Bell. – E isso é tão legal!

O doutor Griffith e Lizzie se entendiam melhor também. Eis um efeito da mágica que Tinker Bell não esperava! O cientista, que se recusava até então a acreditar na fantasia, reprimindo severamente sua filha por se interessar por isso tudo, agora lia o Diário das Fadas de Lizzie junto com ela, dando até dicas para ela continuar com as observações!

A pequena artesã sorriu. E pensar que ela estivera tão entediada no dia anterior! Ele tinha terminado seu trabalho e não tinha mais nada para inventar, reparar ou consertar, enquanto as outras fadas ainda preparavam a chegada do verão no continente. E agora ela se divertia tomando chá em excelente companhia!

– Olá, Tinker Bell! – exclamou Terence, juntando-se a ela. – Terminei de entregar o Pozinho Mágico. E, então, você não está mais entediada?

A artesã balançou a cabeça rindo, e Terence notou que Vidia, pela primeira vez, não estava amuada em seu canto. Ele percebeu também que Lizzie e seu pai passavam o tempo juntos falando das fadas sem brigar...

– Bravo, Tinker Bell! – soltou então Terence abraçando-a. – Viu só? Finalmente encontrou algo para consertar!

JUNHO 21

Os menores costumam ser os mais fortes

Era o primeiro dia do verão. A princesa Dot e sua Tropa do Barulho se preparavam para viver uma grande aventura. Elas partiam para a Primeira Expedição Anual da Tropa do Barulho. A viagem as levaria até os galhinhos das gramas mais altas que ficavam perto do formigueiro. O lugar ficava só a alguns metros de distância, mas, para uma minúscula formiga, aquilo representava uma viagem terrivelmente longa.

As garotas já estavam começando a jornada quando alguns meninos resolveram mexer com elas.

– Como querem fazer uma expedição sem levar provisões?

– Para sua informação – disse a princesa Dot com um tom superior –, saiba que temos a intenção de sobreviver graças a nossa inteligência! Quaisquer que sejam nossas necessidades, as supriremos no local!

Assim que a tropa percorreu alguns metros, a princesa Dot consultou seu guia de sobrevivência.

– Perfeito – disse ela.
– Devemos começar construindo um abrigo para nos proteger do sol.

– Eu sei fazer! – propôs Daisy. – Vamos construir uma cabana. Só precisamos colar galhos lado a lado, com barro, para fazer as paredes. E colocar folhas em cima para formar o telhado.

A turma achou a ideia genial. Trabalho em equipe e determinação permitiram a elas construir um abrigo confortável.

– Agora – disse a princesa Dot consultando de novo o seu livro –, precisamos proteger o nosso acampamento.

As garotas se puseram a cavar uma trincheira estreita diante da cabana, de acordo com as instruções do guia.

Depois de recolher alguns grãos, elas entraram na cabana para almoçar. Logo, ouviram um grito. Red, Grube e Jordy estavam no fundo de uma das trincheiras!

– Meninas – declarou a princesa Dot apontando para os garotos –, eis os inimigos mais comuns, mas certamente não os mais elegantes!

Quando chegou a hora de levantar acampamento para voltar para o formigueiro, os meninos ainda estavam presos na trincheira.

– Pronunciem a fórmula mágica e eu tiro vocês daí! – disse Dot.

– A Tropa do Barulho é genial! – reconheceram os meninos.

A princesa Dot desceu na trincheira uma escada que ela tinha fabricado com galhos.

– É verdade! – exclamou ela. – Porque se resistirmos a vocês, podemos enfrentar qualquer provação!

Junho 22

O ESPÍRITO DA AVENTURA

Naquela tarde, Carl escreveu em um balão azul "Espírito da Aventura", o nome da nave do célebre explorador Charles Muntz, e decidiu fazer uma pequena viagem pelo vasto mundo. Não era complicado viver aventuras impressionantes. Só era preciso imaginar que a calçada era uma pista de voo, e UPA, se partiria para a América do Sul!

– Vrrrrrr! Niiiaaow! – fez Carl passando ao longo de uma sebe, com o balão voando sobre a cabeça.

– A aventura é extra! – gritou de repente uma voz aguda.

Carl parou no mesmo instante. A exclamação tinha vindo de uma casa abandonada. O jovem atravessou o jardim e se aproximou da porta entreaberta.

– Atenção, eis o Monte Rushmore! O Espírito da Aventura deve passar por cima dele! A estibordo! – continuou a voz desconhecida.

Cada vez mais intrigado, Carl embrenhou-se na casinha arregalando os olhos redondos. As paredes da entrada estavam forradas de fotos de Charles Muntz, seu herói favorito! Será que mais alguém dividia sua paixão? Na ponta dos pés, ele avançou e, rapidamente, diante de uma janela, viu uma menina que lhe dava as costas.

De capacete, como ele, ela manipulava a roda de uma velha bicicleta como se fosse o volante de um dirigível.

– Quem é você? O que está fazendo aqui? – perguntou ela ao notá-lo. – Somente os exploradores de verdade têm o direito de entrar no meu clube! Será que você é um deles?

– Ahn... – balbuciou Carl soltando seu balão.

– Tudo bem, você foi aceito! Eu me chamo Ellie! Agora vá pegar o seu balão.

Com um grande sorriso, ela levou Carl pela escada da casa.

– Ele está lá! Vá! – disse ela apontando o dedo para o balão azul que flutuava em um quarto arruinado, cujo chão tinha uma única tábua de madeira sobre quatro metros de espaço vazio.

Carl juntou toda a coragem que tinha e começou a avançar, mas, depois de alguns passos, ele ouviu um grande *Crac!*. A tábua tinha rachado, jogando-o no breu! Algumas horas depois, já de volta do hospital, Carl imaginava se era preciso que cada voluntário quebrasse um braço para entrar no Clube dos Exploradores. Além dele, Ellie não tinha encontrado muitos interessados! E, orgulhosamente, ele acariciou seu distintivo, uma tampa de suco de frutas que a sua nova amiga, para dar-lhe as boas-vindas, havia espetado em sua blusa.

A missão de Sargento (última parte)

JUNHO 23

Sargento e seus dois homens tinham passado a noite no jardim de um posto de gasolina. Enfim, o dia tinha raiado na cidade. Será que os três soldados do Exército Verde iriam conseguir um novo lar e concluir a missão?

Para Sargento e seus homens, o despertar foi brutal! Os lixeiros tinham acabado de recolher o jornal que servia de tenda. Os dois paraquedistas tinham conseguido ficar no chão, mas Sargento tinha ido parar em uma lixeira e tinha sido levado!

– Chefe! – chamou um dos soldados, desesperado.

Sargento conseguiu chegar até a borda da lixeira e fez um sinal para seus homens. Depois, ele foi despejado na traseira de um caminhão de lixo.

– Pronto! – gritou o lixeiro para o motorista, que ligou o caminhão e partiu.

Sargento lutava como um louco para conseguir chegar ao topo dos detritos. Enfim, ele chegou à superfície e levantou o nariz. Para sua grande surpresa, seus homens tinham conseguido pular no caminhão. Com habilidade, eles se inclinaram na borda da caçamba e conseguiram saltar para dentro do caminhão.

– Não se abandona jamais um homem, chefe! – sorriu o cadete que o Sargento tinha salvado no dia anterior.

Todos os três pularam do caminhão e aterrissaram em um canteiro florido. Do outro lado de um muro baixo, ouviram o eco de um riso. Por curiosidade, Sargento e seus dois soldados subiram no muro. Com balanços e trepa-trepas coloridos, um belo jardim se estendia sob seus olhos. Ao fundo, uma bola de praia acabava de cair em uma caixa de areia. Sargento olhou para os companheiros. Será que alcançariam seu objetivo?

Deram um salto de paraquedas e entraram no jardim. Em alguns minutos, se viram cercados por um grupo de alegres brinquedos!

– Bem-vindos à creche Sunnyside! – exclamaram gentilmente.

Ken e Barbie mostraram o lugar para eles. Tudo tinha sido repintado, e Sargento, depois de ter conversado com seus homens, decidiu ficar. No fim, o que seria melhor do que uma creche para divertir as crianças!

No dia seguinte, ele viu os cadetes passarem de mão em mão durante todo o dia. Então, com orgulho, disse a si mesmo que, embora aquela tivesse sido a mais difícil das missões, eles tinham conquistado um sucesso incrível!

183

JUNHO 24

Uma visita noturna

Não é nada fácil ler com um braço quebrado! Sozinho no seu quarto, Carl tentava virar uma página sem soltar sua lanterna quando, com um leve barulho, um balão azul entrou pelo vão entre as cortinas da janela!

– Ahn? – exclamou Carl batendo o braço engessado na mesinha de cabeceira.

Então um rostinho alegre, emoldurado por uma cabeleira ruiva, apareceu, na janela e Carl deu um segundo grito.

– Sou eu! Imaginei que você fosse precisar de um pouco de atenção! – cochichou Ellie, sua nova amiga, antes de saltar no carpete.

Rapidamente, ela deslizou para a tenda que Carl tinha armado com um cobertor.

– Veja! – disse ela, mostrando um caderninho. – Vou mostrar-lhe uma coisa que nunca mostrei para ninguém. Você tem que jurar que não vai falar disso nunca; jurar de pés juntos!

Carl jurou, e Ellie abriu o álbum. Uma foto do explorador Charles Muntz estava colada na primeira página.

– É meu livro de aventuras! Quando eu for grande, também serei uma exploradora. E vou para a América do Sul, para o Paraíso das Cachoeiras!

Carl admirou uma bela imagem das cachoeiras sobre a qual Ellie tinha desenhado a casinha onde eles se conheceram naquela mesma tarde.

– É claro que vai ser complicado transportar o clube para lá! – disse Ellie depois de notar o espanto de Carl.

O menino não respondeu nada, mas não pôde deixar de olhar para a prateleira onde estava sua coleção de dirigíveis em miniatura. Entre eles estava a reprodução do "Espírito da Aventura", de Muntz.

Ellie seguiu seu olhar e logo compreendeu.

– Mas é lógico! – gritou ela. – Você vai nos levar com o dirigível! Promete que sim? Promete?

Carl prometeu. Nada a faria desistir. Ellie era uma aventureira de verdade!

– A gente se vê amanhã? – disse ela ao se levantar. – Você fala que nem louco, sabia? – acrescentou ela rindo antes de atravessar pela janela e desaparecer na noite.

– Uau! – murmurou Carl, totalmente conquistado.

Depois de dez minutos com Ellie, ele já tinha vivido uma das maiores aventuras da sua vida! Naquela noite ele adormeceu com um sorriso nos lábios e sonhou com a América do Sul e com uma casinha colorida empoleirada bem no alto do Paraíso das Cachoeiras.

A Bela Adormecida

Uma ideia de gênio

JUNHO 25

– Estava impaciente para revê-la! – confessou o príncipe Filipe ao seu cavalo Sansão.

O jovem tinha acabado de encontrar a mulher dos seus sonhos na floresta. E ela o tinha convidado para uma visita.

De repente, o príncipe bateu as esporas. Sansão relinchou de raiva.

– Desculpe – disse o príncipe –, acabei de me lembrar de que devo levar um presente. Vamos correr até o vilarejo mais próximo!

Sansão balançou a crina e empacou. Ele não estava com a mínima vontade de fazer compras. Estava cansado e queria voltar para o castelo e ir direto comer um belo balde de aveia.

– Oh, por favor! – implorou o príncipe. – Posso dar umas maçãs para você!

Maçãs! Os olhos de Sansão brilharam. Seu cansaço sumiu de repente. Ele deu meia-volta e partiu em galope.

Na praça do vilarejo, o príncipe ficou perplexo. Não havia muitas lojas.

– O que você acha que devo levar para ela?

Como era um cavalo, Sansão não tinha muitas ideias, mas fez o que pôde para responder.

– Rosas vermelhas? – perguntou o príncipe, passando em frente à floricultura.

Sansão balançou vigorosamente a cabeça.

– Sim, tem razão! – percebeu o jovem. – Ela vive na floresta. Deve ver flores todos os dias.

Ele olhou pela janela de um costureiro:

– Um vestido, talvez?

Sansão arrepiou a crina.

– Sim? Não? Ãhn! As garotas preferem escolher elas mesmas os vestidos, não é?

Eles passaram em frente à padaria, à loja do chapeleiro e de um ferreiro.

Sansão suspirou. Se ele não ajudasse o príncipe, ficariam presos lá o dia todo.

De repente, o cavalo relinchou e desceu a ruela galopando. Ele parou diante do chalé de um joalheiro antes que Filipe conseguisse retomar as rédeas.

– Sansão, você é um gênio! – gritou o príncipe vendo a vitrine brilhante. – Esta safira cintila tão belamente quanto os olhos azuis dela!

O príncipe comprou o anel, colocou no bolso e subiu na sela.

– Para o castelo! – ordenou o rapaz. – Tenho que anunciar ao meu pai que encontrei a mulher dos meus sonhos.

Sansão relinchou e galopou. Ele não sabia o que o rei diria ao filho, mas sabia que ele, sim, merecia as suas maçãs!

185

JUNHO 26

A casa de Carl e Ellie

Depois que se conheceram, Carl e Ellie se tornaram inseparáveis. A cada dia, eles se encontravam no clube de Ellie para brincar e sonhar juntos.

Uma bela manhã, já estava combinado, eles partiriam para a América do Sul e morariam no Paraíso das Cachoeiras.

Os anos se passaram... Ellie virou uma moça alegre e muito falante, e Carl um jovem sólido e mais calado. A amizade dos dois tinha se transformado em amor, tanto que, quando fizeram dezenove anos, se casaram, compraram a casinha abandonada onde brincavam quando eram crianças e se mudaram para lá.

É claro, era preciso dar um jeito naquela velharia! Ellie tratou de tapar os buracos do telhado, e Carl instalou um novo Galo Vento. Eles pintaram também as paredes, arrumaram as janelas e trocaram o piso. Por fim, pintaram a casa toda por fora com cores vivas, exatamente como no desenho do caderno de aventuras de Ellie.

Certa manhã, restava apenas a caixa de correio para consertar. Ellie decidiu cuidar disso. Ela tinha acabado de dar uma demão de tinta na caixa quando, distraidamente, Carl se apoiou nela. A mão de Carl deixou uma grande mancha na caixa, e Ellie soltou uma gargalhada. Então, ela colocou sua mão na caixa também e, quando a retirou, as duas manchas pareciam se unir, como se estivessem de mãos dadas...

Para juntar dinheiro para ir à América do Sul, o casal conseguiu trabalho no zoológico da cidade. Ellie cuidava dos animais e Carl vendia balões para as crianças.

À noite, eles voltavam felizes para sua bela casa. Ellie tinha feito um ótimo quadro do Paraíso das Cachoeiras e pendurou-o sobre a lareira. Logo em frente, ela colocou uma cerâmica e um bibelô que representava um pássaro tropical. Carl acrescentou um par de binóculos e sua miniatura do "Espírito de Aventura". Depois, ele colocou sobre uma mesinha o pote de vidro no qual eles deveriam, todos os meses, colocar dinheiro para a viagem.

Infelizmente, tudo o que conseguiam juntar desaparecia de tempos em tempos! Era preciso comprar novos pneus para o carro, pagar as contas hospitalares, trocar as telhas da casa. Mas nem Carl nem Ellie se preocupavam, eles sabiam que, um dia, partiriam para a sua grande aventura.

E durante anos, eles continuaram sonhando, se divertindo juntos e, sempre que a noite chegava, dançando na sala.

Winnie the Pooh

JUNHO 27

OS ALTOS E BAIXOS DE SER BABÁ

– Guru, tenho que sair amanhã à noite – disse Mamãe Guru. – Quem você prefere como babá?

– Tigrão!

Mamãe Guru não ficou surpresa. Tigrão era o único animal que gostava mais de saltar do que um filhote de canguru.

– Tigrão – disse Mamãe Guru no dia seguinte –, eu sei que você adora saltar com Guru, mas uma boa babá deve saber quando é a hora de ir para a cama.

– Não se preocupe, Mamãe Guru! – disse Tigrão.

Tigrão e Guru passaram horas saltando por todo lado. Depois, Tigrão olhou para o relógio e disse:

– Upa! Para a cama!

Guru foi pulando para o quarto.

– Foi fácil – disse Tigrão. – Vou cobri-lo e... Ei! Eu disse para a cama! Não sobre a cama!

Mas como Guru não parava quieto, Tigrão se pôs a saltar atrás dele.

Logo, Tigrão se lembrou da Mamãe Guru.

– Espere um segundo! Eu sou a babá! Vou fazer você dormir!

– Não quero que me façam dormir! – disse Guru.

– E se eu ler uma história? – perguntou Tigrão.

– Não – disse Guru. – Eu nem estou com sono. Eu poderia ir pulando até a casa do Pooh!

– Mas não é mais hora de pular. Vou buscar o seu leite. Isso vai dar sono.

Mas, quando Tigrão voltou ao quarto, Guru não estava mais lá!

– Oh, oh! – disse Tigrão. Então, ele partiu para a casa de Pooh.

– Sinto muito, Tigrão – disse Pooh. – Guru não está aqui.

Tigrão foi, então, até a casa de Leitão, depois de Corujão e, enfim, do Coelho, mas Guru também não estava lá.

Finalmente, Tigrão voltou para a casa de Mamãe Guru. Onde Guru poderia estar? Foi, então, que Tigrão passou em frente ao quarto de Guru... e o viu na sua cama!

– Onde você estava? – perguntou Guru.

– Onde eu estava? – disse Tigrão. – Onde *você* estava?

Guru explicou para Tigrão que tinha decidido que queria ouvir uma história. Mas seu livro preferido estava embaixo da cama.

– Você estava embaixo da cama? – gritou Tigrão.

– Estou de volta! – chamou Mamãe Guru.

Tigrão deu um suspiro de alívio.

– Como foi? – perguntou ela.

– Mamãe Guru – disse Tigrão –, os tigres adoram saltar... a partir de agora só farei isso. Há muitos altos e baixos em ser babá!

Junho 28

Um velho resmungão

Desde que Carl havia conhecido Ellie, toda uma vida tinha passado. Agora que Ellie não estava mais lá, Carl vivia sozinho na casinha em que eles tinham sido felizes juntos. Toda manhã, quando o despertador tocava, ele pegava os óculos antes de se sentar na cama e se espreguiçar. Quando se é idoso, levantar-se não é tão fácil! Depois do café da manhã, quando já tinha tomado banho e limpado a casa, ele colocava seu chapéu e o broche que Ellie tinha dado de presente para ele. Então, saía de casa.

A vizinhança tinha mudado muito em todos aqueles anos. Na verdade, não havia mais vizinhança nenhuma! As casas do bairro tinham desaparecido umas após as outras. No lugar delas, equipes de operários tinham levantado uma série de prédios modernos.

– Que diabo de vista, hein, Ellie? – murmurava Carl a cada manhã ao ver o balé dos tratores.

Ele sabia que Ellie não estava lá para ouvir, mas gostava de continuar conversando com ela.

Naquela manhã, apoiado em sua bengala, ele foi lentamente até a caixa de correio. Ela estava coberta de poeira. Irritado, ele utilizou um varredor de folhas para limpá-la.

– Muito bom dia, senhor Fredricksen! – gritou um mestre de obras chamado Tom. – Precisa de uma mãozinha?

– Sim – resmungou Carl –, diga ao seu patrão que estão estragando minha casa com todas essas máquinas!

– Você sabe bem que meu patrão ainda quer comprar o seu casebre – respondeu Tom com um sorriso. – Ele está propondo o dobro do que ofereceu da última vez. Então, o que me diz?

Carl deu de ombros e direcionou o varredor para o rosto do homem. Quantas vezes ele teria que repetir àquelas pessoas que sua casa não estava à venda?

– Eu já respondi para o seu patrão!

Tom suspirou:

– Hum... Você colocou suco de ameixa no tanque do seu carro! Se essa é a resposta... você não é sério!

O velho deu meia-volta. A ideia de abandonar o lugar onde tinha sido feliz com Ellie era insuportável para ele.

– Diga ao seu patrão que ele poderá ficar com a minha casa... – resmungou ele subindo os degraus da varanda.

– Verdade? – surpreendeu-se Tom cheio de esperança.

– Sim. Quando eu estiver morto!

E sem olhar para o homem, Carl bateu a porta soltando finalmente o riso.

Lilo e Stitch

JUNHO 29

Uma festa original

Todos os anos, um dos colegas de classe de Lilo dava uma festa para comemorar o último dia de aula. Naquele ano, Lilo perguntou para sua irmã se podia organizar a festa na casa dela. Ela queria apresentar seus novos amigos Jumba e Peakley aos colegas e provar para eles que Stitch era um extraterrestre extraordinário!

Lilo mandou convites para a classe toda, até mesmo para Myrtle, porque sua irmã tinha insistido para que ela a convidasse. Myrtle não estava com vontade de ir à festa, mas aceitou mesmo assim.

Enfim, o grande dia chegou! Lilo levou os convidados até um palco instalado no jardim. Depois, ela puxou as cortinas e Stitch apareceu com uma fantasia de cantor de *rock*. Ele começou a cantar com um microfone acompanhado por uma guitarra. Exceto por Myrtle, todas as crianças acharam aquilo genial. Entoando uma canção de amor, ele tentou dar um beijo na bochecha de Myrtle.

– Eca! – exclamou ela, indignada. – Os cachorros são cheios de micróbios!

– Hora do trabalho manual! – gritou Peakley. – Cada um deve fabricar seu próprio aparelho de navegação intergaláctica! Vocês podem escolher com qual planeta querem entrar em contato!

– Júpiter! – lançou um menino.

– E eu, Marte! – anunciou outro.

– Esse negócio ridículo não funciona! – irritou-se Myrtle batendo o pé no chão.

Jumba voltou-se para Lilo e deu uma piscadela.

– Quem quer brincar de espetar um sorriso na Lua?

– Eu! Eu! – gritou Myrtle.

Jumba colocou a colega em uma nave espacial de papelão, sem janelas. Depois, ele entregou a ela um papel no qual havia desenhado um grande sorriso.

– Em algumas horas, quando passar ao lado da Lua – disse ele –, tente encaixar esse sorriso na posição correta. Não se esqueça de que você vai estar a muitos milhões de quilômetros por hora! Você terá que ser rápida!

E ele fechou a porta da nave.

– Jumba, é uma nave espacial falsa! – observou Lilo. – Ela não sai do lugar!

– No interior da nave, ela terá a impressão de que está voando em direção à Lua. Ela vai estar ocupada por um bom tempo e nós teremos paz. Bom, e se passássemos para o bolo?

Todos correram para a mesa, abandonando a nave espacial.

Ao passar ao lado, Lilo ouviu Myrtle resmungar na nave:

– Nunca brinquei de uma coisa tão entediante!

189

Junho 30

Um visitante inesperado

Agora, todos os dias de Carl eram parecidos. Depois de tomar o café da manhã, ele se sentava na sala, começava a ver televisão e caía no sono depois de alguns minutos. Mas, naquela tarde, batidas na porta o acordaram. Um menino de uniforme, com um lenço cheio de broches coloridos, estava na entrada.

— Bom dia! Eu me chamo Russell e sou um Explorador da Natureza da Tribo 54, cabana 12. Está precisando de alguma coisa hoje, senhor?

— Não — respondeu Carl.

— Posso ajudá-lo a atravessar a rua se quiser...

— Não.

— A atravessar o jardim?

— Não.

— O seu corredor, então?

— Não.

— Bom, você precisa atravessar alguma coisa, não?

— Humm... não! — disse Carl batendo a porta.

E ficou alguns instantes com a orelha colada à porta. Ele acabou abrindo-a mais uma vez. Na varanda, o "Explorador da Tribo 54" não tinha se mexido.

— Não preciso mesmo de ajuda! — resmungou Carl, meio surpreso com a insistência do menino.

— Está vendo todos estes broches? — perguntou Russell. — Quando eu tiver o último, o distintivo por ajudar um idoso, se eu ganhar um desses, vou virar um Grande Explorador...

— Você só precisa ajudar um idoso, é isso? — disse Carl olhando desconfiado para os arredores.

— Muito bem. Já viu uma narceja?

— Uma narceja?

— É uma ave muito esperta. Todas as noites ela se embrenha no meu jardim e come as minhas pobres azaleias. Se você conseguir capturá-la, você terá me ajudado! Acho que ela se esconde a duas quadras daqui...

— Vou encontrá-la! — prometeu Russell entusiasmado.

— O único modo de fazê-la aparecer é bater palmas chamando seu nome... — especificou Carl.

Um minuto depois, o menino saiu do jardim cantarolando "Narceja, narceja, narcejinha!".

Carl viu o menino se afastar e entrou em casa, orgulhoso de sua mentira. Porque espantar uma narceja é como tentar capturar uma esfinge, um unicórnio ou um boto! O velho estava tranquilo – o jovem Russell não voltaria tão cedo...

Encontros de terceiro grau

JULHO 1

Sobre a mesa de piquenique, Woody e Buzz viam Andy jogar beisebol com sua irmãzinha.

– Belo dia para tomar sol! – disse Woody.

– Não há tempo para isso. Estamos sendo atacados por um invasor! – exclamou Buzz vendo um inseto bizarro arrastar-se em sua direção.

– Não é um alienígena – assegurou Woody. – É uma lagarta!

– Ah, é? Bem pequena, não? Posso ficar com ela? Vou chamá-la de Sputnik!

Woody não respondeu, e sabe por quê? Ele tinha caído no sono!

"Buzzz!" chamaram de repente vozes ao longe. Intrigado, o Patrulheiro do Espaço desceu da mesa para descobrir quem o chamava. Pouco depois, Woody acordou sobressaltado – uma fila de formigas lhe fazia cócegas passando por cima de sua perna!

– Buzz? Cadê você? – preocupou-se o caubói, saindo à procura do amigo. Mas, de repente, uma libélula surrupiou seu chapéu. Depois, os percevejos o perseguiram e o derrubaram em um tronco oco cheio de cupins. Como Woody era, em sua maior parte, feito de madeira, os cupins iriam se deliciar!

– Socorro, Buzz! – chamou ele, desesperado.

Buzz, que tinha acabado de entender que os "Buzzzz!" que ele escutara eram apenas os "bzzzzzzz!" emitidos por uma colmeia de abelhas, ouviu os gritos do amigo.

– Venha, Sputnik! – disse ele à lagarta. – Woody está em perigo!

Do tronco onde ele estava, Buzz podia ver o amigo preso entre os cupins.

– Lance o seu laço para mim! – gritou ele.

Woody amarrou uma ponta de seu laço na cintura e jogou o resto da corda.

– Ao infinito e além! – gritou Buzz puxando com toda a sua força.

Upa! Em um piscar de olhos, Woody foi puxado das mandíbulas gulosas dos cupins. Ufa!

Dois segundos depois, a libélula devolveu seu chapéu.

– Rápido! Vamos seguir as formigas e voltar para a mesa de piquenique antes que Andy volte! – decidiu ele depois de agradecer Buzz.

O patrulheiro correu, impressionado ao ver que Sputnik tinha, de repente, virado um casulo.

– Ei! Veja! – disse Andy para a irmã voltando para buscar os brinquedos. – Buzz está com um casulo no ombro!

– Legal! Vamos levá-lo para casa?

– Mas que dia! – murmurou Woody a Buzz. – Em todo caso, não vejo a hora de Sputnik chamar você de mamãe quando ela tiver virado uma borboleta!

191

JULHO 2

A fuga de Carl

– Desculpe, senhor Fredricksen! Você não parece ser uma grande ameaça para a sociedade... – disse a delegada levando Carl até a casa dele naquela noite. Depois, ela estendeu-lhe um folheto de uma casa de repouso.

– Essas pessoas virão buscá-lo amanhã de manhã. Fique pronto, tudo bem?

Resmungando, Carl entrou em casa. Naquela mesma tarde, uma máquina do canteiro de obras tinha quebrado a caixa de correio que Ellie havia pintado.

Furioso, Carl tinha corrido para recuperá-la, mas, no seu afobamento, ele agrediu com golpes de bengala o infeliz operário que tentava ajudá-lo. Então a polícia o levou preso. O juiz do tribunal, julgando que o idoso não era mais capaz de viver sozinho, decidiu, então, enviá-lo para um asilo!

– O que vou fazer, minha Ellie? – gemeu Carl em voz alta.

Desesperado por ter de abandonar o que amava tanto, ele percorreu todas as partes da casa. Olhando em um armário, Carl notou o velho livro de aventuras da esposa e seu coração se partiu. Ele e Ellie nunca tinham feito a viagem, no fim das contas, a famosa fuga para a América do Sul com a qual tinham tanto sonhado. Ele havia prometido a ela, mas tinham esperado demais.

De repente, a miniatura do dirigível sobre a lareira deu-lhe uma ideia.

Rapidamente, ele foi inspecionar o antigo carrinho que utilizava no zoológico para vender seus balões. Restavam centenas e centenas de balões coloridos! E diversos tanques, todos cheios de gás hélio, prontos para enchê-los... Revigorado, Carl pôs-se ao trabalho.

No dia seguinte, o carro da casa de repouso estacionou diante da porta da frente. Dois enfermeiros desceram.

– Bom dia, senhores – disse Carl da varanda. – Estarei com vocês em um minuto!

Os dois homens esperaram perto do veículo. E, quando começaram a perder a paciência, centenas de balões brotando da chaminé se elevaram sobre o telhado como um enorme enxame colorido. Então, a velha casa tremeu, começou a se mexer e decolou pelos ares!

– Até logo! – lançou Carl por uma janela.

Impotentes, os enfermeiros arregalaram os olhos. Eles nunca tinham assistido a uma fuga tão bonita!

192

JULHO 3

VAGABUNDO CONTADOR DE HISTÓRIAS

Era uma tarde quente de verão. As estrelas começavam a brilhar no céu e os filhotes de Dama e Vagabundo deveriam estar dormindo há muito tempo.

– Mais uma história, papai! – implorou Banzé. Vagabundo virou os olhos.

– Bom – disse ele –, tudo bem, mas só uma!

Os filhotes, alegres, voltaram para a almofada. Vagabundo ficou ao lado.

– Eu já contei, crianças, sobre o dia em que roubei a minha primeira linguiça?

– Vagabundo! – ralhou Dama. – Essa não é uma história para crianças!

– Oh, conte, papai! – pressionou Banzé.

– Bom, "roubar" não é o termo exato – disse Vagabundo. – E, depois, há uma moral!

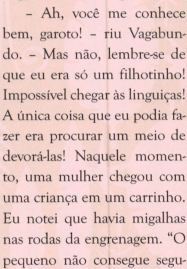

Então, ele começou a contar:

– Há muito tempo, quando eu era apenas um filhote errando sozinho nas ruas. Eu espero que vocês percebam a alegria que é viver em uma casa confortável com Jim Querido, Querida e Junior. Eu tinha um bando de amigos e me divertia à beça. Mas mentiria se dissesse que comia o quanto queria, todos os dias. Então, vamos lá. Um dia em que eu estava particularmente esfomeado, meu focinho farejou um cheiro delicioso. Se houvesse uma fatia de *bacon* sendo grelhada a um quilômetro de distância, eu poderia dizer quando ela estaria no ponto. Então, imaginem o interesse que me despertou aquele perfume apimentado que vinha direto da casa do açougueiro. Confiei no meu faro, que nunca tinha me traído, e descobri uma tira de linguiças cozidas no vapor!

– Então, você saltou e as engoliu? – interrompeu Banzé.

– Ah, você me conhece bem, garoto! – riu Vagabundo. – Mas não, lembre-se de que eu era só um filhotinho! Impossível chegar às linguiças! A única coisa que eu podia fazer era procurar um meio de devorá-las! Naquele momento, uma mulher chegou com uma criança em um carrinho. Eu notei que havia migalhas nas rodas da engrenagem. "O pequeno não consegue segurar as coisas ainda" pensei. Se a sua mãe lhe der um pedaço de linguiça, ele vai deixá-lo cair e... Vitória! Eu ganharia a linguiça deliciosa! E foi exatamente o que aconteceu!

– Viu, Dama? – acrescentou Vagabundo, sorrindo – Não houve roubo!

– E qual é então a moral da história? – perguntou Dama.

Vagabundo gargalhou:

– Bem, é que tudo chega na hora para quem sabe esperar! Se você não puder ir à linguiça, a linguiça virá até você!

193

JULHO 4

Um passageiro a mais

A casa saiu voando! Daquela vez, finalmente, Carl iria para a América do Sul. E, em homenagem a sua querida Ellie, ele se instalaria bem ao lado do Paraíso das Cachoeiras!

Com um sorriso, o velho ajustou a direção. Estendidas uma de cada lado da casa, as velas, feitas de lençóis e toalhas de mesa, costuradas com suportes de cortinas, batiam de tão leves.

Satisfeito, Carl contemplava o céu cortado de pássaros impressionados e decidiu descansar um pouco. Confortavelmente, ele se instalou em sua poltrona. Mas, quando fechou os olhos, alguém bateu à porta. À porta? Atordoado, Carl deu um pulo, abriu a porta e deu um grito de surpresa: agarrado a uma das colunas da varanda, Russell lutava para manter o equilíbrio!

— O que está fazendo aí?

— Achei que tinha visto a narceja — explicou o menino batendo os dentes. — Então, segui a ave até a sua casa!

Virando os olhos, Carl deixou o menino entrar em casa. Com curiosidade, Russell inspecionou o dispositivo que mantinha os balões na chaminé, antes de se interessar pelo diário de Ellie e, em seguida, pelo sistema de navegação, batendo no timão que o velho tinha fabricado com um antigo moedor de café.

— Não toque nisso! — irritou-se Carl depois de uma série de mudanças de direção.

Decididamente, ficar com aquele garoto era perigoso demais. Desanimado, o velho tinha decidido pôr fim àquela aventura. Com raiva, ele desligou o som de seu aparelho de audição, depois, se ajoelhou em frente à chaminé e começou a cortar, um a um, os cordões dos balões.

De repente, um raio violento o fez olhar para cima. Inquieto, ele ligou novamente o aparelho.

— Senhor Fredricksen! Estamos indo bem na direção de uma tempestade! — urrou Russell, afobado.

Quando Carl chegou ao timão, já era tarde, um verdadeiro tornado tinha tomado a casa voadora, fazendo-a tremer de todos os lados. E objetos voavam, móveis viravam, quadros se soltavam das paredes! Enquanto Carl se esforçava para salvar suas coisas, Russell tomou o comando e conseguiu tirar a casa da tempestade. Mas quando, triunfante, o garoto se virou para o velho, viu que ele tinha caído no sono em sua poltrona! Tirar uma soneca durante uma tempestade? Ora essa, que ideia maluca!

A Bela e a Fera

É MELHOR A DOIS!

Fera rondava o vestíbulo do castelo. Suas garras tilintavam contra o piso de mármore.

– Faz horas – reclamou ele. – O que ela está aprontando lá dentro, Lumière?

– Ela está lendo – respondeu o candelabro. – É uma biblioteca, senhor.

– Eu sei que é uma biblioteca! – rugiu Fera. – Conheço o meu castelo!

De repente, a porta se abriu de uma vez. Bela surgiu e os olhou, furiosa.

– O que está acontecendo? – perguntou ela. – Está uma bagunça danada por aqui.

– São os criados – reclamou Fera. – Eles fazem barulho demais.

– Não os acuse – disse Bela. – É VOCÊ que está batendo as unhas no chão há horas!

– Não, não sou eu! – disse Fera sem graça.

– Sim – insistiu Bela –, e isso está me enlouquecendo!

– Você está ouvindo coisas – disse Fera.

– E agora você voltou a rugir!

– Por que isso a incomoda? – rugiu Fera. – Estou na minha casa!

– Alguém quer um chá? – tentou acalmar Madame Samovare.

– Eu não – soltou Bela.

– Nem eu – respondeu Fera.

– Vamos lá! Só um pinguinho – insistiu Madame Samovare, enchendo por conta própria duas xícaras e colocando-as na biblioteca.

– Então, por que você estava bravo? – perguntou Bela, tomando pequenos goles.

– Eu estava entediado – disse Fera. – Acho que... estava sentindo a sua falta.

– Por que você simplesmente não me disse? – espantou-se a jovem.

– Eu estava triste porque você não sentia a minha falta.

– Eu estava lendo – explicou Bela. – Adoro mergulhar nas minhas leituras.

Isso Fera sabia bem.

– Tenho uma ideia – disse Bela depois de refletir. – Por que não lemos juntos?

Bela escolheu um livro. Uma história de dragões e princesas. Ela lia em voz alta para seu amigo. Depois, foi a vez de Fera ler.

– É divertido! – disse Fera.

– Sim – respondeu Bela. – Podemos recomeçar amanhã à noite.

– Amanhã à noite e todas as noites seguintes – declarou Fera.

No vestíbulo, Lumière suspirou.

– A dois é melhor – disse ele em voz alta. – E se a leitura acalma os gênios, talvez possamos enfim dormir em paz!

195

JULHO 6

UMA ATERRISSAGEM MOVIMENTADA

Empoleirados na janela, Carl e Russell tentavam descobrir onde estavam. Uma neblina espessa envolvia a casa voadora.

– De acordo com o GPS que o meu pai me deu, estamos sobre a América do Sul! – anunciou Russell.

– O seu o quê?

O menino não teve tempo de explicar, tropeçou e deixou o objeto cair, desaparecendo logo na bruma.

– Vamos descer – decidiu Carl. – Quando estivermos no solo, encontrarei uma parada de ônibus e pedirei ao motorista para acompanhar você até em casa.

– Eu ficaria surpreso de ver muitos ônibus por aqui... – murmurou Russell observando Carl cortar os fios de dezenas de balões.

Não adiantava. Carl estava convencido de que ainda estava na América do Norte. Além disso, aquelas formas embaçadas que apareciam lentamente entre as nuvens não eram prédios?

Intrigados, o velho senhor e o menino partiram para a varanda. De repente, a bruma se evaporou em um instante, revelando chapadas enormes!

BLAM! Fez a casa, chocando-se com tanta violência em uma rocha que Russell e Carl foram lançados para longe da varanda! Quando se levantaram, foi para constatar que a construção, bruscamente livre do peso dos dois, recomeçava a flutuar pelos ares!

– NÃO! – gritou Carl agarrando-se à ponta de uma mangueira.

Russell foi ajudá-lo, mas, mesmo unindo as forças, era impossível baixar a casa o suficiente para subir nela outra vez!

– O que faremos? – disse Carl em desespero.

Naquele momento, a neblina se dissipou definitivamente, revelando uma paisagem extraordinária. E o que Carl via parecia-se exatamente com o desenho de Ellie!

– O Paraíso das Cachoeiras! – exclamou ele, maravilhado. – Russell, conseguimos! Só precisamos flutuar até o outro lado das chapadas. Tente trepar na varanda. De lá, 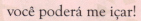 você poderá me içar!

Infelizmente, a escalada não era um dos pontos fortes de Russell! Depois de várias tentativas, ele se deu por vencido.

– Ah, bravo! – resmungou Carl, sem esperanças.

– E se fôssemos a pé, puxando a casa como um balão? – propôs então o menino.

– A pé?

Primeiramente espantado com a ideia, Carl acabou por aceitá-la. No fim, eles não tinham outra opção. E ninguém mais poderia dizer que um projeto absurdo não poderia dar certo!

Competição entre os reboques

Bem-vindos ao Circuito da Carroceria Enferrujada! Ele certamente não era tão bonito quanto o de Relâmpago McQueen, mas Mate, o proprietário, tinha muito orgulho dele. Regularmente, ele organizava, no local, concursos de "pega pneu", além de corridas de obstáculos ou de velocidade.

Naquela manhã, ele se preparava para enfrentar Relâmpago, quando Bubba, um reboque que todos detestavam, apareceu na pista com dois amigos.

– Acabei de aceitar seu desafio – anunciou ele a Mate. – Se eu ganhar duas ou três provas das que você me falou, este circuito será meu e eu farei dele o quartel-general desses caras, Tater e Tater Júnior!

– Mate nunca lançou nenhum desafio! – exclamou Relâmpago, ultrajado.

– Hum... também não me lembro desse desafio, mas se o Bubba está dizendo... – ponderou Mate, coçando a cabeça. – Muito bem, vamos começar a competição!

Os Tater foram escolhidos como ár-bitros, e os reboques se prepararam para a primeira prova. Ao sinal, Guido lançou uma grande pilha de pneus para os ares. Mate e Bubba conseguiram pegar quatro no ar, cada um, mas Bubba, furioso, bateu com sua corrente no gancho de Mate, que deixou cair seu último pneu!

Um pouco chocados com o movimento, os dois Tater concordaram, ainda assim, que o ponto iria para Bubba.

Felizmente, Mate levou a melhor na segunda prova, a da manobra em marcha a ré!

Faltava apenas a prova de velocidade... Nas arquibancadas, o coro de espectadores anunciou a largada. Todos queriam ver o terrível Bubba perder. Mas, vejam só! Ele, que liderava a corrida, deixou, de repente, sua corrente e seu gancho se arrastarem pelo chão para que Mate não pudesse ultrapassá-lo!

– Bubba! O que você está fazendo é perigoso! – avisou Relâmpago.

Bubba não ouviu! E, quando ele disparou para a última volta, aconteceu o que Relâmpago temia: o gancho de Bubba enroscou em uma rachadura, retendo-o com tanta força que ele caiu de lado!

Em vez de ultrapassar e ganhar a corrida, Mate parou na hora. Com a ajuda dos Tater, ele conseguiu colocar o enorme reboque de novo em pé, depois, cruzou a linha de chegada tranquilamente, enquanto Bubba, envergonhado e estropiado, deixava a pista sob vaias.

– Bravo! – exclamou Relâmpago. – Não só você ganhou como mostrou ao Bubba uma qualidade que ele não conhece: a elegância!

– E você tem dois novos amigos agora, Mate: nós! – exclamaram em coro os dois Tater, admirados.

Julho 8

Uma narceja chamada Kevin

– Encontrei a narceja! – exclamou Russell saltando os arbustos da floresta que os dois amigos percorriam para chegar ao Paraíso das Cachoeiras.

– Jura? – respondeu Carl sem olhar para ele.

– É bem grande como uma ave, não?

– É grande, sim – disse Carl sorrindo diante da ingenuidade do menino.

– E as penas são muito coloridas!

– Bastante, é verdade.

– E, em todo caso, ela adora chocolate!

Chocolate? Carl voltou-se desconfiado. Ao lado de Russell via-se um pássaro gigantesco com um longo bico alaranjado!

– O que é esse... esse troço? – gaguejou Carl espantado.

Pacientemente, Russell contou a ele como tinha seguido as pegadas da ave no chão, como a tinha ouvido entre os arbustos e como tinha conseguido atraí-la chamando-a devagarzinho pelo nome. Depois, bastou colocar dois pedacinhos de chocolate no chão para que ela desse as caras!

Energicamente, Carl tentou separar Russell de sua descoberta, mas a ave gigante tinha decidido adotar o jovem explorador – pescando-o com a ponta do bico, a ave o envolveu entre as asas como a um bebê, depois, o jogou para cima e o pegou por uma perna! De cabeça para baixo, Russell, que não era o menos impressionado, ria à beça. Enfim, o pássaro o colocou novamente no chão e se aproximou de Carl, que ergueu sua bengala para se defender...

– Não, Kevin! – interveio então Russell. – Carl é bonzinho, é meu amigo!

– Kevin? – admirou-se Carl.

– Sim, é o nome que lhe dei. Podemos ficar com ele, não é?

– De jeito nenhum! – resmungou Carl indo colocar o cinto peitoral que o permitia puxar sua casa voadora.

– Ora, por favor... Ei, veja!

Carl olhou para cima. Sobre o telhado da casa, Kevin acabava de tentar engolir um balão e tinha cuspido o resto com cara de nojo!

– Desça daí já! – exclamou Carl, furioso.

Com o rabo entre as pernas, a ave deslizou pelas telhas e foi se esconder atrás de Russell.

– Suma daqui! – ordenou Carl. – Vá decorar o chapéu de uma senhora!

Disney Pinóquio

JULHO 9

SIGA SUA ESTRELA!

O Grilo Falante era um errante. Ele adorava a independência, a variedade e a simplicidade do seu modo de viver. Há anos, ele andava pelos campos, parando para descansar nos vilarejos pelos quais passava, mas partia tão rápido quanto havia chegado.

Mas, um dia, ele descobriu que faltava alguma coisa na sua vida solitária: um objetivo. Uma tarde, ele se instalou à beira de uma estrada no campo para passar a noite...

– Pergunto-me qual deve ser a sensação de fazer um favor para alguém – disse ele com os olhos fixos na fogueira que tinha acendido.

Em seguida, deitou-se para admirar o céu daquela bela noite. Ele observava os minúsculos pontos luminosos, quando uma estrela se soltou do céu e passou a emitir um brilho todo particular.

– Será uma estrela cadente? – perguntou-se o Grilo.

Para se certificar, ele decidiu fazer um pedido:
– Eu adoraria encontrar um lugar onde pudesse ser útil! – murmurou ele.

O Grilo tinha acabado de pronunciar essas palavras, quando sentiu o estranho desejo de se levantar, de recolher suas coisas e de seguir aquela estrela... Era como se uma força desconhecida o incitasse a agir daquela forma.

Adivinhem o que o Grilo fez? Ele apagou a fogueira, recolheu suas coisas e botou o pé na estrada. Ele percorreu ruas e caminhos, atravessou campos e colinas. E só parou quando o sol nasceu e a estrela desapareceu. Então, ele se estendeu na grama e dormiu profundamente até a noite. E seguiu fazendo a mesma coisa, dormia durante o dia e seguia a estrela à noite...

Certa noite, o Grilo chegou à entrada de um vilarejo. A estrela cadente seguia logo acima de sua cabeça. Quando a madrugada caiu, ele se aventurou pelas ruas. As janelas estavam todas mergulhadas na escuridão, com exceção daquela de uma lojinha, no fim da rua. O Grilo Falante saltou na beirada da janela para dar uma olhada no interior. Era a oficina de um marceneiro, mal iluminada pela luz de uma lareira que acabava no átrio. O lugar parecia quente e agradável, por isso o Grilo decidiu passar a noite ali.

Ele logo descobriu que se tratava da casa de Gepeto, o velho marceneiro que tinha acabado de terminar uma marionete chamada Pinóquio. Ele também descobriu que acabara de encontrar o lugar onde seria muito útil.

Julho 10

Um cachorro muito falante!

Sempre seguidos por Kevin, Carl e Russell continuavam puxando a casa em direção ao Paraíso das Cachoeiras. Com paciência, eles caminharam pela floresta tropical até chegar a uma passagem entre rochas, encoberta pela neblina. De repente, uma voz os assustou:

– Olá! Quem está aí? Está tudo bem?

Assustado, Kevin desapareceu entre a folhagem, enquanto Carl, cheio de esperança, aguçou o olhar.

– Olá! – respondeu ele cantarolando. – Onde está você?

– Aqui! Eu os farejei! – respondeu o desconhecido.

– Você nos... farejou?

Intrigado, Carl se aproximou daquilo que lhe pareceu ser uma forma humana. Mas, depois de alguns passos, ele viu que se enganara; a forma em questão era a de uma simples rocha! Bem naquele momento, um cachorro abanando o rabo pulou em sua direção.

– Oi! – disse o cão. – Aqui estou eu! Meu nome é Dug, e acho vocês muito simpáticos!

Um cachorro falante? Carl e Russell estavam com a boca aberta de surpresa!

– Sim, posso falar graças à minha coleira – explicou-lhes Dug. – Foi meu dono que inventou! Ele é um homem extraordinário! Ele me enviou para reconhecer o território, sabem? Tenho que encontrar uma ave especial, e meu faro me trouxe para cá!

Assim que Dug terminou a frase, Kevin saltou detrás da folhagem e, eriçado de raiva, passou a bicar a cabeça do cachorro!

– Ei, é bem esse pássaro! – exclamou Dug, alegre.

– Posso aprisioná-lo para levá-lo ao meu acampamento?

Carl contemplou Kevin. A ave era cinco vezes maior do que o cão. A ideia de que Dug pudesse capturá-lo parecia absurda, mas ele pensava no desaparecimento daqueles dois problemas, o que simplificaria sua vida. Ele aceitou, então, sem imaginar que seus problemas iam justamente começar. Porque ele não demorou a perceber que o cachorro falante... não parava de falar!

– Por favor, seja meu prisioneiro, por favor! – implorava o cão sem parar, agarrado a uma das patas de Kevin.

Irritado, o pássaro chilreava de raiva e se agitava para se livrar do cachorro.

– Dug! Deixe o Kevin em paz! – repetiu Russell pela vigésima vez.

– Calem-se um pouco, todos vocês! – gritou de repente Carl, irritado!

Definitivamente, a presença daqueles companheiros cansativos fazia com que ele desejasse um lugar calmo, como a casa de repouso para a qual o juiz queria mandá-lo!

Cinderela

JULHO 11

O MISTÉRIO DA PANTUFA

– Ah, que bela manhã! – exclamou Cinderela, sentando-se sobre a cama.

O sol estava brilhando. Os passarinhos cantando. Um delicioso aroma de pãezinhos frescos de canela vinha da cozinha real.

– Mmmh, o café da manhã está pronto! – disse Cinderela.

No pé da cama, seus amigos ratinhos, também acordados, sorriam para ela. Cinderela levantou-se e colocou o robe que estava sobre a cama.

– Onde estão minhas pantufas?

– Aqui está uma! – disse Jaq, que aproximou a pantufa do pé da moça.

– Obrigada, querido Jaq – disse Cinderela calçando-a. – Mas onde está a outra?

– Não estou vendo – disse o ratinho.

Ele inclinou-se e olhou debaixo da cama. Nada.

– Bert, Mert! – gritou Jaq para os amigos. – Vocês viram a pantufa da Cinderela?

Bert e Mert negaram com a cabeça.

– Não me digam que a perdi outra vez – disse a jovem suspirando.

– Não se preocupe, Cinderela – disse-lhe uma ratinha chamada Suzy. – Nós a encontraremos.

Cinderela e seus amigos reviraram o quarto de cima a baixo. Eles olharam debaixo das mesas, atrás das estantes de livros, nos armários e sob as penteadeiras, ou seja, por toda parte em que uma pantufa perdida pudesse estar.

– Estou começando a achar que ela desapareceu! – disse Cinderela, triste.

– Humm – disse Jaq. – Essa pantufa estava aqui ontem à noite...

Ele parou bem no meio da frase.

– Mas é claro! – exclamou o roedor.

– O que quer dizer com "é claro"? – perguntou Cinderela.

– Siga-me – ele disse com um ar superior.

Ele parou diante de um buraco de ratos. Calçada com uma única pantufa, Cinderela o seguia.

– Olhe aqui! – disse Jaq.

Curiosa, Cinderela deu uma olhada na minúscula abertura. Sim, sua pantufa estava lá! Dentro dela, aninhado confortavelmente, Tatá, dormia profundamente.

– Oh – disse Cinderela –, que bonitinho!

– Acorde ele! – exclamou Jaq.

– Oh, não. Deixe ele dormir!

– Mas você precisa da sua pantufa, Cinderela!

A moça refletiu um momento.

– Na verdade, não! – disse ela jogando a segunda para o ar. – Acabei de mudar de ideia. Acho que o dia está perfeito para tomar o café da manhã na cama!

201

JULHO 12

Encontro com uma lenda

Um dia inteiro já tinha passado depois da aterrissagem da casa voadora na América do Sul. Pela manhã, Carl e Russell finalmente tinham conseguido deixar Kevin voltar para o seu ninho. O pássaro era, na verdade, uma fêmea que procurava comida para seus filhotes, e ela tinha gentilmente se despedido antes de desaparecer entre a folhagem.

Um pouco tristes, Dug e os dois amigos retomaram o caminho para o Paraíso das Cachoeiras. De repente, saídos do nada, três cães enormes os cercaram rosnando!

– Alpha! Beta! Gama! – exclamou Dug, que conhecia os recém-chegados.

– Onde está o pássaro? – rosnou Alpha, um *dobermann* que levava no pescoço uma coleira idêntica à de Dug. – Você o deixou escapar? Isso não me espanta! Enfim, pelo menos nos trouxe ao Pequeno Carteiro e Àquele-que-cheira-a-ameixas... Venham! Meu chefe tem perguntas a fazer!

Carl e Russell não tiveram outra escolha a não ser seguir o *dobermann*. O cão forçou-os a ir até a entrada de uma enorme caverna. Na escuridão, eles perceberam as luzes das coleiras de um verdadeiro exército de cães que, um após o outro, se afastava para deixar o dono passar.

– Vocês chegaram até aqui com aquela casa voadora? – exclamou o homem saindo lentamente da penumbra. – É a coisa mais louca que já vi!

Carl observava o desconhecido com curiosidade. Sim, era ele, o inventor genial daquelas coleiras que permitiam que os cachorros falassem... Grande e magro, ele usava uma jaqueta de aviador e seu rosto, que se reconhecia apesar dos anos, fez o velho saltar!

– Você é Charles Muntz, o famoso explorador! – gritou ele no cúmulo da empolgação. – Estou tão contente em saber que você ainda está vivo! Minha esposa e eu éramos seus maiores fãs, e seu misterioso desaparecimento tinha nos deixado tão tristes!

– Bom, venham então visitar a minha propriedade! – propôs Muntz, lisonjeado.

No minuto seguinte, Carl e Russell entraram na caverna. Cuidadosamente, eles amarraram a casa voadora bem ao lado de um dirigível incrível.

– É o Espírito da Aventura! – Carl explicou a Russell.

Depois, ele pensou em Ellie. Fora graças à paixão comum dos dois por aventuras e por Charles Muntz que eles tinham se conhecido. Como ela estaria contente em encontrá-lo também naquele momento mágico!

Encontrar a pérola rara!

Era uma vez dois irmãos chamados Rusty e Dusty, que possuíam uma pequena empresa chamada Rust-eze. Além da genial cera antiferrugem que eles fabricavam, os dois irmãos adoravam rir, provocar um ao outro e contar boas piadas. Eis aqui uma delas:

– Eu conheço um cara que, é fato, já foi guinchado várias vezes – começou Dusty. – Pois bem, a cada vez ele dava um jeito de escapar! E sabe por quê?

– Não – respondeu Rusty.

– Porque ele sempre teve sorte!

– Sorte? – Rusty não entendeu.

– Sim, sorte no escape! – e os dois morriam de rir.

Certa noite, o piloto campeão que eles patrocinavam há muito tempo decidiu se aposentar. Rusty voltou-se para o irmão e disse:

– Na sua opinião, que horas são?

– Não sei. Que horas são?

– Hora de encontrar um novo garoto propaganda para nossa marca! – respondeu Rusty.

E os dois caíram na gargalhada.

Nos dias seguintes, eles organizaram uma triagem. Os candidatos se apresentavam para a vaga, mas nenhum se encaixava no perfil que eles procuravam. Um tinha perdido o para-choque durante a inscrição, o outro tinha esquecido o texto, e um terceiro era alérgico à cera Rust-eze, e se encheu de pintinhas vermelhas em um piscar de olhos!

No fim do último dia, Dusty olhou para o irmão e disse:

– Toc! Toc!

– Quem é? – sorriu Rusty.

– Tato! – disse Dusty.

– Que Tato?

– Tá todo mundo com a impressão de que essa triagem foi um desastre!

E eles riram e riram e riram.

No dia seguinte, eles colocaram uma placa destinada a todos que transportavam seus produtos. Podia-se ler o seguinte: "Por favor, ajudem-nos a encontrar um novo garoto propaganda".

Um caminhão chamado Mack leu e refletiu. Durante suas viagens, ele adorava parar nos circuitos para ver as corridas regionais. E seu piloto favorito chamava-se Relâmpago McQueen. Ele ainda não era conhecido, mas Mack tinha certeza de que ele tinha potencial para ser um grande campeão. Se ele aceitasse ser patrocinado pela Rust-eze, seria incrível! Só era preciso perguntar a ele. O inconveniente era que Relâmpago já tinha um patrocinador... e que Mack era um caminhão muito tímido! Será que eles se encontrariam e, principalmente, se entenderiam?

Julho 14

Uma visita para lembrar

O célebre Charles Muntz, que o mundo inteiro dava por desaparecido há dezenas de anos, ainda estava vivo! Carl ainda não acreditava. A silhueta conhecida do Espírito da Aventura, cuja miniatura ele tinha comprado quando ainda era uma criança, fez seu coração saltar de alegria. Abrigado na imensa caverna, o dirigível, bem amarrado às rochas, apontava seu nariz metálico para os visitantes.

– Venham ver a minha coleção! – disse Muntz indo em direção à passarela que permitia chegar à vasta cabine.

Carl e Russel subiram a bordo e se maravilharam diante dos objetos que o explorador tinha acumulado. Pedras semipreciosas, plantas raras, esqueletos e desenhos preenchiam todos os cantos.

– Vamos passar para a mesa – propôs Muntz, com um sorriso orgulhoso nos lábios. – É um prazer receber visitantes de verdade! Tive mais contato com ladrões até agora!

– Olha só! – exclamou Russell percebendo o esqueleto de um pássaro enorme. – Parece o Kevin...

– Kevin? – espantou-se Muntz. – O que está vendo lá é a razão de minha estadia aqui durante todos esses anos. No passado, jurei só voltar à civilização com um espécime vivo dessa ave, eu o busco sem cessar desde então... quem é Kevin?

– Ahn... É o meu animal de estimação! – balbuciou Russell, que, finalmente entendeu que o pássaro que Charles Muntz sonhava capturar era o mesmo que ele tinha encontrado na floresta!

"Ainda bem que o Kevin está longe...", pensou ele aliviado.

Ele não viu Carl empalidecer. Sentado perto da janela, o velho, que vigiava sua casa com o rabo do olho, tinha acabado de avistar a narceja sobre o telhado!

– Ahn... muito obrigado por esta maravilhosa noite, senhor Muntz! – disse ele tocando Russell rapidamente para a passarela. – Adoraríamos ficar mais, mas precisamos mesmo ir embora!

– Verdade? – perguntou Muntz incrédulo.

Um grito estranho se fez ouvir de repente, e o explorador voltou-se instintivamente para a janela.

– A ave! – exclamou Muntz impressionado apontando para Kevin. – A ave está lá!

Vendo Carl e Russell fugir, Muntz partiu atrás deles, louco de raiva.

– Peguem eles! – gritou para seus cães.

Tarde demais! Com a casa já desamarrada, Carl, Russell e Dug galopavam em cima de Kevin para a saída da caverna!

204

Peter Pan

JULHO 15

Os Garotos Perdidos se perderam

Os Garotos Perdidos voltavam para casa depois de uma tarde de aventuras, quando Ligeiro, que liderava o grupo, parou na margem da Lagoa das Sereias. Os outros – Pulinho, os Gêmeos, Filhote e Filhote – pararam, de repente, atrás dele.

– Esperem um pouco – disse Ligeiro. – Já passamos pela Lagoa das Sereias. O que estamos fazendo aqui outra vez?

Escondida atrás de uma moita, Tinker Bell dava risada vendo a confusão dos meninos.

Tinker Bell não tinha resistido à ideia de pregar uma peça nos garotos, então, saiu à frente deles e usou sua magia para enfeitiçar algumas das paisagens que se encontravam no caminho. Tinha feito a Pedra Careca se parecer com a Pedra Pontuda e feito os meninos virarem à direita quando deveriam ter virado à esquerda.

Em seguida, convenceu os pardais a mudar de seu lugar habitual no Bosque dos Pardais para outro bosque, o que levou os meninos a tomarem outra vez à direita.

Enfim, enfeitiçou o Olmo Imponente para que se parecesse perfeitamente com o Salgueiro Chorão, o que fez os meninos virarem novamente no lugar errado.

– Acho que estamos andando em círculos! – proclamou Ligeiro. – Garotos Perdidos, acho que estamos... perdidos!

Tinker Bell tentou segurar o riso quando ouviu isso, mas não conseguiu. Logo caiu na gargalhada e...

– Ei! – disse Filhote. – Vocês ouviram isso?

Correu até uma moita e afastou um galho. Tinker Bell estava lá, flutuando nos ares sacudindo de tanto rir.

– Tinker Bell! – gritou Ligeiro.

Os meninos entenderam logo que Tinker Bell era a causa de seus problemas e que estava zombando deles.

Sem parar de rir, a fadinha voltou discretamente para casa, no Refúgio das Fadas, tomando seu caminho habitual: à esquerda no Salgueiro, à direita antes do Bosque dos Pardais, à direita novamente na Pedra Pontuda e em frente até o Rio Cintilante, que levava às Cataratas da Lua e à entrada do refúgio.

– Mas... Esperem!

Depois de virar à direita na Pedra Pontuda, Tinker Bell não viu nenhum sinal do Rio Cintilante. Onde estava? Ora... Tinha voltado ao ponto de partida! E sabem por quê? Porque ela também estava perdida!

205

JULHO 16

A CAPTURA DE KEVIN

Depois de ter fugido de Muntz e de seus cães, Carl e Russell tiveram de enfrentar um novo desafio: Kevin, o pássaro colorido, tinha sido ferido durante a fuga! Apesar de sua pressa para chegar ao Paraíso das Cachoeiras, Carl cedeu às súplicas do menino. A única solução para salvar Kevin era levá-lo até seu ninho, um verdadeiro labirinto que protegeria a ave.

A noite tinha caído, mas Russell ouviu, de repente, o chamado dos filhotes.

– Estamos aqui! – exclamou ele alegremente.

Enquanto Carl amarrava sua casa, Kevin saltou para o chão e correu para a entrada do labirinto, situado em uma colina próxima. Mas, antes que ele conseguisse chegar, um projetor se acendeu, iluminando o pássaro! Carl logo entendeu: a bordo do Espírito da Aventura, Muntz havia seguido os sinais emitidos pela coleira de Dug e tinha chegado até eles!

Kevin não conseguiu evitar a rede que o apanhou. Carl e Russell tentaram soltá-lo, mas o dirigível aterrissou, a passarela se estendeu e os cães os cercaram...

– Fique atrás de mim, Russell! – ordenou Carl continuando a cortar a rede com o canivete de Russell.

– Pare! – ordenou Muntz. – Não sei por que estão tentando salvar a ave, mas faço uma proposta: troco o pássaro pela casa!

Ao ver o explorador lançar um lampião aceso sobre sua casa querida, Carl não pôde deixar de pular gritando. Rapidamente, ele tirou a estrutura das chamas, mas, quando se virou, Kevin, seguido pelos cães, tinha desaparecido dentro do dirigível.

– Você o abandonou! – gritou Russell, desesperado.

O Espírito da Aventura saiu voando, e Carl soltou um suspiro.

– Não foi de propósito... – explicou ele com tristeza.

– Não se preocupe, dono! – disse Dug afetuosamente. – Não foi culpa sua...

– Não sou seu dono – explodiu Carl. – Ah, se você não os tivesse atraído com a sua maldita coleira! Cachorro malvado!

Tristemente, Dug baixou a cabeça.

– Agora, vou terminar o que comecei. Vou ao Paraíso das Cachoeiras, com ou sem vocês! – acrescentou Carl, ajustando sua cinta para puxar a casa.

Ele partiu resmungando. Ele não tinha prometido a sua querida Ellie colocar a casa na beirada de uma chapada? E uma promessa era uma promessa!

JULHO 17

Um salvamento audacioso

Dumbo se equilibrava na plataforma bem acima do picadeiro. Lá embaixo, os palhaços pareciam pequenos como amendoins. Ele escutou seus chamados.

– Vamos lá, meu rapaz – disse Timóteo, o ratinho que estava na borda do chapéu de Dumbo. – Está pronto?

Dumbo estava pronto. Ele sabia o que devia fazer, porque ele fazia o mesmo toda noite. Quando os palhaços bombeiros o chamassem, Dumbo devia pular da plataforma. Depois, no último momento, ele tinha de estender as orelhas e voar. O público aplaudia sempre bastante e o espetáculo acabava.

– Ei, pequeno! É com você! – continuou Timóteo na orelha do elefante.

Um passo adiante e Dumbo caiu. Ele descia cada vez mais rápido em direção ao chão. Os espectadores arregalaram os olhos. Mas, de repente, Dumbo viu uma menininha aos prantos sentada na primeira fila, com um algodão-doce na mão. Em um instante, o elefantinho esqueceu seu número. Estendendo as orelhas, ele planou sobre os palhaços abobados. Dumbo sondou as arquibancadas. Por que a menina estava sozinha? Onde estavam seus pais?

– Dumbo, o que está fazendo? Não é hora de comer – gritou Timóteo enquanto o elefantinho se dirigia para o vendedor de pipoca.

Mas Dumbo não ouviu seu amigo. A menina precisava de sua ajuda. Ele encontrou enfim o que procurava. Lá, bem ao lado da máquina de algodão-doce, estava um casal! Eles pareciam preocupados.

– Clara, onde está você? – gritou o pai.

Mas a voz se perdia entre o barulho da multidão. A menina nunca o escutaria! O que ele poderia fazer?

Dumbo deu a volta em uma pilastra mais uma vez e voltou para onde a menina estava sentada aos prantos. Como dizer a ela que seus pais a procuravam? Era preciso levá-la até eles. Dumbo esticou a tromba lentamente, agarrou a menina pela cintura e levantou-a pelos ares.

– Dumbo! O que está armando? – gritou Timóteo.

Dumbo desceu e depositou a menina bem em frente aos pais. Ela correu logo para seus braços e suas lágrimas secaram como num passe de mágica.

A multidão enlouqueceu quando Dumbo deu sua última volta pelo picadeiro. Mesmo os palhaços sorriam.

– Bom trabalho, pequeno! – disse Timóteo. – Belo número!

207

JULHO 18

A SEGUNDA DECOLAGEM

Carl tinha conseguido. Ao amanhecer, era possível ver a casa que ele dividira com Ellie já na chapada, bem ao lado do Paraíso das Cachoeiras. Já era tempo: os balões meio murchos quase não sustentavam mais a casa!

De volta à sala, Carl sentou-se em sua poltrona e abriu o caderno de sua esposa. "Viu só, Ellie, cumpri minha promessa!", pensou ele, tristonho.

De repente, ele se deparou com algumas páginas que nunca havia lido. A última delas mostrava os dois já velhinhos, sentados lado a lado, sorrindo. E, com sua letra elegante, Ellie tinha escrito embaixo: "Obrigada por esta bela aventura. Agora você precisa viver uma nova! Eu te amo. Ellie".

Carl percebeu que, ao viver com ele, Ellie tinha realizado seu maior desejo. Tocado, ele se virou para a poltrona vazia da esposa e viu o lenço de Russell. Russell? Onde estava ele, aliás?

Vindo do telhado, um barulho bizarro chamou a atenção do velho. Sem pensar, ele olhou para cima e soltou um grito.

Preso a cerca de cinquenta balões, Russell, que segurava um soprador de folhas secas, tinha acabado de decolar do telhado!

– Queira você ou não, vou salvar o Kevin! – gritou ele para o velho antes de partir para longe.

Impotente, Carl pegou uma das cadeiras da sacada e jogou-a contra as rochas. Então, ele viu a casa se elevar alguns centímetros, e seu rosto se iluminou. Rapidamente, ele começou a esvaziar to-

dos os cômodos. Poltronas, mesas, louças, roupas, quadros, geladeira, tudo foi embora. Os objetos se acumulavam do lado de fora e, pouco a pouco, livre daquele peso supérfluo, a casa, ainda presa a alguns balões, decolou!

Feliz, Carl estendeu as velas e correu para seus instrumentos de navegação. Era preciso calcular sua rota para alcançar Russell. Em seguida, eles abordariam o dirigível de Muntz e libertariam Kevin!

Naquele momento, alguém bateu à porta. À porta?

– Russell? – exclamou Carl correndo para abrir.

– Eu estava escondido sob a sua sacada – explicou timidamente Dug. – Posso ficar?

– É claro que pode ficar! – respondeu Carl rindo. – Você é meu cachorro, não é? Vamos, entre!

O início de uma grande amizade

JULHO
19

Certa noite, depois de uma corrida, Mack, o caminhão que estava ajudando a encontrar um garoto propaganda, aproximou-se da barraca que abrigava o patrocinador de Relâmpago McQueen, seu piloto favorito. O piloto tinha acabado de ganhar a corrida e, no entanto, seu patrocinador estava desistindo dele!

Mack se aproximou e escutou:

– Nós preferimos que nosso produto seja representado por Smoking Sammy – dizia o patrão.

– Mas ele é um seboso e dirige mal! – exclamou Relâmpago.

– Pois bem, justamente. Ele é perfeito para a nossa marca de sabão. Sinto muito, Relâmpago.

Abatido, o piloto saiu da barraca. Mack aproximou-se dele.

– Trabalho para dois irmãos que estão procurando um novo corredor para patrocinar. Interessa? Posso levá-lo até Boston para conhecê-los, se interessar.

Relâmpago aceitou com gratidão e no dia seguinte eles botaram o pé na estrada juntos.

Foi uma viagem muito agradável. Relâmpago e Mack batiam papo alegremente e pararam, no meio do caminho, no estacionamento preferido de Mack. O caminhão de transporte apresentou o futuro campeão a alguns de seus melhores amigos.

– Olá! – disse Relâmpago. – Sou uma máquina destinada a corridas de grande velocidade!

– Oi! – respondeu um deles. – Eu sou uma máquina destinada ao transporte muito lento!

Quando chegaram a Boston, Mack apresentou Relâmpago aos irmãos Rust-eze.

– Está contratado! – exclamaram juntos Rusty e Dusty, encantados.

– Excelente – respondeu Relâmpago. E... ahn... de qual produto farei propaganda? – perguntou ele, esperando algo de mais prestígio do que um sabão.

– Rust-eze, nossa cera antiferrugem – explicou Rusty.

Um antiferrugem? Relâmpago quase engasgou! Depois de uma olhadela para Mack, ele entendeu que era a única chance de continuar correndo.

– Tudo bem, mas sob a condição de que Mack seja meu caminhão de transporte! – declarou ele.

Os irmãos aceitaram, felizes. Quanto a Mack, seu sonho de conhecer o campeão que admirava tinha se realizado. Mais do que isso, ele seria seu caminhão de transporte oficial! Só restava ganhar as corridas agora.

– Você ganhará todas se não dirigir como o meu irmão! – disse Dusty.

– Não, principalmente se não dirigir como o meu! – acrescentou Rusty.

Relâmpago riu. Decididamente, o futuro acenava... ahn... sorria para ele!

209

Julho 20

A bordo!

Quando avistou, finalmente, o Espírito da Aventura, Carl deu um suspiro profundo de alívio. Infelizmente, sua alegria durou pouco, pois quando sua casa abordou o dirigível lentamente, ele notou que Russell estava pendurado com um fio de linguiças em uma passarela que dava no nada!

– Mas é claro! – resmungou Carl correndo para a varanda.

Russell tinha muitas qualidades, mas a discrição não era uma delas. E, com todos aqueles cachorros, Muntz não teria muita dificuldade em capturá-lo! O que fazer para salvá-lo agora? Carl correu para pegar a mangueira, que, desenrolada, poderia ser-

vir de laço. Depois ele girou-a nos ares e lançou-a decidido. Enroscando sua bengala na mangueira e fazendo uma espécie de tirolesa, Carl conseguiu recuperar Russell antes que ele caísse no vazio!

– Senhor Fredricksen! – exclamou o menino. – Precisamos salvar Kevin!

– Fique aqui, deixa que eu vou!

"Mas vou ter que enfrentar aqueles cães", pensou, então, Carl. "Preciso pensar em algum truque..." Naquele momento, seu olhar pousou em Dug, que mordia com satisfação a bola de tênis que decorava a parte baixa de sua bengala.

– Mas claro – disse Carl –, é isso! Boa ideia, Dug, obrigado!

Rapidamente, ele pegou uma bola e saltou em uma das passarelas do dirigível. Em alguns minutos, ele descobriu o compartimento onde Kevin estava preso. Então, silenciosamente, ele pulou no alto da gaiola onde estava o pássaro e, lá de cima, com a bola na mão, disse:

– Quem quer brincar? – perguntou às dezenas de cachorros sonolentos que vigiavam o prisioneiro. Todos os animais levantaram o focinho, mostraram a língua e empinaram as orelhas, com a cauda balançando.

– Eu! Eu! Eu! – lançaram eles alegremente, com os olhos vidrados no objeto.

Carl sorriu; em um minuto ele tinha transformado um exército feroz em um bando de filhotinhos!

– Vamos lá, peguem ela se puderem! – disse ele lançando a bola o mais longe possível.

Em um movimento confuso, todos os cachorros correram, e Carl desceu para fechar a porta do compartimento. Logo em seguida, Kevin, livre, acompanhou-o até a cabine do piloto. O velho já se deliciava com a alegria que logo invadiria Russell também...

Disney ARISTOGATAS

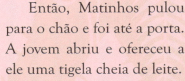

Café da manhã à moda de Matinhos

— Mamãe, terminei! – disse a pequena Marie.

— Nós também – balbuciaram seus irmãos.

— Eu sei, queridos – disse Duquesa.

No dia anterior, eles tinham caminhado horas para voltar a Paris. E, naquela manhã, o estômago de todos roncava de fome.

— Espero que cheguemos logo à casa de campo – disse Marie.

— Ah, então não gosta do meu quartinho, sob o telhado?

— Sim – respondeu Marie. – Mas, em casa, Edgar nos serve o café da manhã.

— Em uma bandeja dourada – disse Toulouse.

— Com um chá dos mais refinados – acrescentou Berlioz.

— Não posso oferecer as cinco estrelas, mas posso fazê-los tomar o café da manhã no melhor estilo dos gatos de rua! – disse Matinhos.

— Tudo bem – disse Marie –, se não tivermos que revirar o lixo.

Matinhos soltou uma gargalhada:

— Não se preocupe – disse ele. – Sigam-me!

Duquesa e seus três filhotes seguiram Matinhos pela manhã parisiense.

Eles foram até um pequeno café.

— Tenho um trato aqui – disse Matinhos a Duquesa.

Ele a conduziu com os filhotes para o pátio dos fundos do café e pulou para a borda de uma janela.

— Miau! – miou ele docemente.

Uma jovem com um avental branco foi até a janela e logo recuou:

— Bom dia, senhor!

Então, Matinhos pulou para o chão e foi até a porta. A jovem abriu e ofereceu a ele uma tigela cheia de leite.

— O seu café da manhã, senhor!

Matinhos chamou Duquesa e seus filhotes.

— Psiu! Venham!

— Você trouxe amigos? – disse a moça.

E ela trouxe duas tigelas grandes para os recém-chegados. Os filhotinhos mergulharam a cabeça em uma delas.

— Crianças, crianças! – gritou Duquesa. – Onde estão as boas maneiras?

Os gatinhos olharam para ela envergonhados, com o leite pingando dos bigodes.

— Obrigado senhor Matinhos – disseram os três esfomeados.

Então, Marie deu um beijo na bochecha dele.

— Ora, não é nada – disse Matinhos encabulado.

— Já vi que cometi um erro – disse a moça. – Não são amigos, é a sua família!

"Oh", pensou Matinhos, "a Duquesa não vai gostar nada disso!". Mas ele logo se alegrou. Ele gostava de Duquesa e dos filhotes e sabia que eles também gostavam dele. Já era o suficiente para dizer que eram uma família!

JULHO 22

Duelo entre velhos titãs

Enquanto Carl e Kevin percorriam as entranhas do Espírito da Aventura, a alta silhueta de Muntz bloqueou de repente o caminho dos dois!

– Alto! – gritou ele, com uma longa espada na mão.

Carl parou na hora. Um combate com o herói de sua infância? Que virada estranha! Depois, ele se lembrou de Russell, pendurado na passarela; de Kevin, preso na gaiola; e de sua casa, que o velho explorador, enlouquecido de raiva, tinha tentado incendiar. Então, ele levantou sua bengala, a única arma que tinha a sua disposição, e o combate começou.

Muntz tomou a dianteira com vigor, mas seus ataques, atrapalhados pela base da bengala, não eram precisos o suficiente, o que permitiu que seu adversário resistisse. Depois de um minuto, Carl, esgotado, acabou tropeçando.

– Se quiser falar suas últimas palavras, esse é o momento, senhor Fredricksen! – exclamou Muntz, triunfante.

Mas uma sacudida do dirigível o desequilibrou bruscamente, e Carl aproveitou para sair fora do seu alcance. Saltando por uma das janelas, Carl escalou a lateral do dirigível, seguido por Kevin e Dug. Quando chegou ao topo, ele fez um sinal para Russell. O menino, que tinha conseguido se livrar de uma matilha de cachorros voadores, deu um jeito de colocar a casa em cima do corpo preenchido de gás hélio do Espírito da Aventura.

Rapidamente, Dug e Kevin pularam para dentro da casa, mas, quando Carl partiu para se juntar a eles, Muntz apareceu, com uma espingarda na mão, e também saltou para a sacada da casa.

Carl soltou a mangueira que prendia a casa.

– Russell! Dug! Montem em Kevin e segurem-se bem! – gritou Carl para seus amigos.

No instante seguinte, ele tirou do bolso uma barra de chocolate.

– Ei, Kevin, chocolate? – perguntou.

Mal terminou a pergunta e o pássaro, com Russell e Dug nas costas, saiu pela janela da sala e juntou-se a Carl em uma manobra fantástica.

Preso na varanda, Muntz não podia fazer mais nada; a casa voadora se afastava rapidamente do Espírito da Aventura.

– Sinto muito pela casa, senhor Fredricksen! – disse gentilmente Russell.

Durante um momento, Carl não respondeu. Depois ele se deu conta de que Ellie não estava mais naquela casa, mas no seu coração, e de que ela não sairia jamais de lá.

– Bah, é apenas uma casa! – disse, então, sorrindo para os amigos.

A Bela Adormecida

JULHO 23

Um dragão é um dragão

Que bela manhã de outono! Aurora e Filipe aproveitaram para dar um passeio a cavalo na floresta.

– Vamos apostar corrida? – propôs Aurora. – O primeiro a chegar ao Morro Retorcido é o vencedor!

Aurora galopou pelo caminho. Filipe a seguia de perto. Ele estava quase alcançando quando, de repente, um dragão minúsculo atravessou o caminho deles! Rapidamente, Aurora desceu do cavalo e se aproximou do animalzinho que se aconchegava contra ela sorrindo.

– Oh, veja, Filipe! Temos que levá-lo para o castelo para que ele tenha um lar. Vou chamá-lo de Dracus!

– Tome cuidado, Aurora. Os dragões são criaturas ferozes!

Na mesma hora, o dragãozinho protestou com um resmungo fraco, e Filipe teve de admitir que ele não parecia lá tão perigoso.

No entanto, o cavalo de Aurora se recusava a deixar que a princesa o montasse com o animalzinho! Dracus torceu o focinho, chateado. Depois, ele deu uma lambida suave no focinho do cavalo, que se convenceu, por fim, que Dracus tinha o seu charme.

Ufa! Aurora preferia assim! Quando ela entrou no castelo com Filipe, correu para apresentar Dracus às três fadas madrinhas. Mas Flora, Fauna e Primavera estavam desconfiadas.

– Um dragão é um dragão... mesmo se for fofinho!

Dracus já estava cheio de assustar todo mundo sem razão. Ele pulou dos braços de Aurora e foi se colocar ao lado do gato querido de Primavera, em sua cesta. Ele tentava imitá-lo, para ser amado também. Mas, quando um dragão ronrona, tosse fumaça para todo lado, atchim! Dracus teve outra ideia – copiar o cachorro de Filipe. Mas um dragão, quando late, cospe fogo sem querer! E um dragão que canta como um pássaro machuca as orelhas. E um dragão que mergulha na fonte assusta os peixes!

– Vejamos, Dracus! – exclamou Aurora. – Você nunca será um gatinho, um cachorro, um pássaro ou um peixe. Você é um dragão, é isso!

Dracus fungou, decepcionado. Ele achava que ninguém jamais o amaria, que sempre teriam medo dele no castelo! Então, Aurora pegou o bichinho no colo rindo:

– Como você é bobo, Dracus! O que conta não é o que você é, mas como você é. Não há como não gostar de um dragão tão gentil como você!

Dracus ficou tão contente que saiu voando de alegria! Ele rodeou Aurora e terminou pousando em seu colo, onde finalmente dormiu confiante.

JULHO 24

Retorno ao berçário

O buquê de balões tinha desaparecido entre as nuvens. Era provável que jamais se ouvisse falar de Charles Muntz dali para a frente! Talvez ele fosse pousar em alguma região estranha, no fim das contas... Carl pensava em Ellie. Ele imaginava a alegria que ela teria sentido pilotando aquele dirigível depois de ter vivido todas aquelas aventuras. Ele podia ouvir o riso dela em sua memória.

Acompanhado de seus amigos, ele desceu mais uma vez à cabine do Espírito da Aventura e retomou os comandos. O dirigível seria decididamente mais fácil de pilotar do que a casa voadora! Pouco depois, graças aos instrumentos de bordo, Carl conseguiu encontrar o caminho do ninho de Kevin.

Uma hora depois, eles sobrevoavam o labirinto, e pousaram bem próximo, na colina atrás dele. Assim que aterrissaram, o pássaro pulou na passarela e soltou um grito alegre. Logo, os filhotes correram até ele.

– Você tem jeito com os pequenos! – disse Russell quando um dos passarinhos tombou do ninho sobre Carl e pôs-se a bicar sua cabeça.

Eles caíram na gargalhada, mas já era hora, que pena, de se despedir. O homem e o menino colocaram os passarinhos de volta no chão e os observaram se embrenhar no labirinto.

– Bem que eu queria ficar com um... suspirou Russell.

Um dos bebês esbarrou em Dug ao passar, mas o cão nem ligou. Ele tinha finalmente admitido que aquelas aves não queriam ser capturadas. E, depois, ele estava todo contente por ter encontrado Carl, o dono ideal! Além disso, agora que Alpha não era mais o chefe da matilha, ele não tinha mais que tolerar nem ordens nem zombarias, e poderia aproveitar uma vida inteira de lazer.

Depois de se despedirem dos pássaros coloridos, Carl, Russell e Dug voltaram para o dirigível.

– Pronto para voltar para casa? – perguntou o menino sentando-se na cabine.

– Pronto! Rumo ao norte! – respondeu Carl ao copiloto.

Lentamente, a magnífica máquina decolou e tomou altura. O tempo estava bom e os cães que estavam a bordo colocaram o focinho para fora das janelas, contentes com a brisa que os acariciava. Desde que Carl tinha se tornado seu novo dono, eles tinham esquecido toda a antiga maldade para se tornarem cães valentes.

E era muito mais divertido brincar de correr atrás de uma bola sob o sol do que viver em uma caverna escura e úmida!

Bart Caolho ataca um trem

Julho 25

O xerife Woody se ajoelhou em um rochedo para observar o trem que atravessava as montanhas a toda velocidade. De repente, "BUM!", uma explosão se fez ouvir, criando um enorme buraco no teto de um dos vagões!

– Mais um golpe de Bart Caolho! – resmungou Woody.

O bandido apareceu pela abertura esfumaçada no teto do trem, com os braços cheios de moedas de ouro. Agarrando-se a seu laço, Woody saiu voando do rochedo onde estava. Depois de um magnífico salto perigoso, ele aterrissou sobre o vagão frente a frente com o inimigo.

– O tribunal espera por você, Bart! – disse ele orgulhoso.

– IÁÁÁ! – ouviu-se um grito, era Betty, a mulher de Bart, saltando por sua vez da abertura no vagão.

Com uma bela bolsada, ela acertou Woody com tanta força que ele foi lançado do telhado do vagão! Será que ele ia parar nos trilhos? Não, porque Jessie seguia o trem galopando Bala no Alvo e Woody aterrissou bem na garupa do cavalo, que se pôs a galopar desenfreadamente.

– Não foi dessa vez, bandido! – gritou Jessie para Bart.

– Renda-se, Bart! – acrescentou Woody.

Em vez de obedecer, o bandido foi até um detonador e "BADABUM!", uma segunda explosão, ainda mais violenta do que a primeira, ressoou.

Logo, uma ponte que passava sobre um precipício desmoronou. E o trem estava indo direto para lá! Woody empalideceu. Entre os viajantes, estavam crianças residentes de um orfanato...

– As crianças ou eu! – exclamou Bart.

No instante seguinte, ele saltou ao lado de Betty em um carro pilotado pelos marcianos, e todos fugiram deixando uma nuvem de poeira...

Woody não tinha precisado refletir muito. Bart podia esperar, as crianças não!

– Corra como o vento! – disse ele a Bala no Alvo. – Vou subir na locomotiva.

Quando o cavalo já estava a uma boa altura, Woody saltou sobre o trem e se esgueirou pela casa de máquinas.

– Depressa, Woody! – inquietou-se Jessie no exterior.

O vaqueiro lançou-se para o freio, mas era tarde demais. Com um assovio terrível, o comboio todo tinha se precipitado no vazio!

– Desta vez, Woody perdeu! – gemeu Jessie, com horror.

– Hoje não! – exclamou Buzz, aparecendo do cânion erguendo o trem inteirinho! Jessie soltou um grito de alegria; em um piscar de olhos, o Patrulheiro do Espaço tinha acabado de salvar seu amigo e todos os passageiros do trem!

215

JULHO 26

Nova decoração

Agora sim, o dia das condecorações tinha chegado! Mal tinha colocado os pés na cidade, Carl deixou Russell onde aconteceria a cerimônia. Rapidamente, o menino entrou na sala imensa. Durante um momento, ele procurou seu pai entre os pais dos amigos e colegas. Depois, sem conseguir encontrá-lo, se conformou em subir ao palco calado. Ele não vira que Carl tinha entrado e que se aproximava devagar do estrado.

– Ao receber estes broches, os Pequenos passarão a ser Grandes Aventureiros! – anunciou o chefe do acampamento.

Todos os aventureiros com seus respectivos pais estavam lado a lado em frente à cortina e viam o chefe tirar as condecorações da caixinha.

– Por seu conhecimento da vida na montanha, parabéns, Jimmy! – disse o chefe estendendo um broche ao pai, que o colocou na faixa do filho antes de abraçá-lo.

– Por ter ajudado um idoso...

O chefe se interrompeu ao ver a pele bronzeada e o uniforme rasgado de Russell.

– Seu pai não está aqui? – perguntou ele?

– Ahn... – hesitou Russell.

– Mas eu estou aqui! – exclamou Carl destacando-se da multidão para subir no palco.

O chefe estendeu-lhe o broche.

– Parabéns, Russell! – disse ele antes de passar ao próximo explorador.

Carl ajoelhou-se e espetou o broche no lenço do menino.

– Por ter ajudado um idoso e ter feito isso corajosamente e além do seu dever, quero oferecer-lhe a maior honra que conheço – murmurou ele ao menino. – O broche de Ellie!

– Uau! – exclamou orgulhosamente Russell admirando o pequeno broche feito de tampa de suco.

O velho o cumprimentou antes de abraçá-lo. E, enquanto o público aplaudia o fim da cerimônia, os dois sorriram, com a certeza de que ainda viveriam juntos várias aventuras.

Mas, por hora, era preciso passar para o sorvete. E o melhor lugar para saboreá-lo não era em um teatro lotado, mas ao ar livre, na companhia de Dug.

– Azul! – disse Russell se divertindo contando os carros azuis que passavam na rua.

– Vermelho! – respondeu Carl, que, por sua vez, contava os vermelhos.

– Ah não, isso é um hidrante! – protestou Russell.

Carl balançou a cabeça.

– Você acha que preciso de novos óculos? – perguntou ele a Russell antes de cair na gargalhada.

216

JULHO 27

A ROTA DA AVENTURA

No dia seguinte à partida de Relâmpago McQueen para a Califórnia, os moradores de Radiator Springs se reuniram no café da Flo.

– Quando penso que ele está sozinho lá! – suspirou Sally.

– Escutem todos – disse então Doc Hudson. – Relâmpago precisa da nossa ajuda para conseguir ganhar a Copa Pistão. Eu vou para a Califórnia! Quem quer vir comigo?

Com entusiasmo, todos aceitaram acompanhá-lo. Guido e Luigi decidiram levar os melhores pneus que tinham, Sargento cuidou da gasolina e Fillmore dos radiadores. Quanto a Flo, ela encheu o porta-malas de dezenas de garrafas de seu óleo especial.

– Vamos? – perguntou enfim Mate, todo feliz com a ideia de rever seu melhor amigo.

Liderando a turminha, Doc decidiu não tomar a rodovia. Afinal, a velha Rota 66 que eles amavam tanto, também os levaria a Los Angeles!

Durante horas, eles avançaram em fila, admirando a paisagem e conversando alegremente. Mas o dia chegava ao fim, e todos já estavam ficando cansados. Ao ver caminhões dormindo em um posto rodoviário, Flo desacelerou.

– Um cochilo não faria mal – suspirou ela.

– Tudo bem – entendeu Doc Hudson. – Vamos procurar um lugar para passar a noite. Depois de alguns quilômetros, Fillmore notou um pequeno vilarejo que se estendia sob o pôr do sol. Mas, ao chegar lá, ele percebeu que estava abandonado há muito tempo...

– Uma cidade fantasma! Brr, não estou gostando nada disso – murmurou Xerife passeando os faróis pelo local.

– É melhor não darmos bandeira por muito tempo aqui. Vamos embora! – decidiu Doc.

Foi então que um barulho de motor os fez levantar a cabeça. Decorado com um enorme retrato de Relâmpago McQueen, um dirigível publicitário os sobrevoava tranquilamente com a dianteira apontada para o oeste.

– Ei! – exclamou Mate. – Você conhece o Relâmpago McQueen? É o meu melhor amigo!

– É verdade – confirmou Xerife alegremente. – Você poderia nos guiar até ele?

O dirigível chamado Al Oft estava justamente indo para a Copa Pistão. De bom grado, ele conduziu os viajantes por uma pequena colina, da qual eles, enfim, avistaram o circuito.

– Vejam! Chegamos! – comemorou Mate.

– Aguente firme, Relâmpago, estamos chegando! – sorriu Doc Hudson. – Adiante, amigos!

A continuação da história você conhece, não é?

217

Os modos de Alice

– Chegue um pouco para lá! – O Chapeleiro Maluco empurrou Alice e a fez derrubar seu chá. A infeliz ainda não tinha tomado nem um golinho.

Maneira estranha de convidar os amigos para um chá!

Alice foi se sentar um pouco mais longe e esperou, enquanto o Chapeleiro e a Lebre Maluca ofereciam outra vez o chá aos convidados. Alice tentou se lembrar de como aconteciam as recepções que sua mãe dava. Pelo que ela se lembrava, os convidados se sentavam à mesa e conversavam. Ela pensou que era isso que deveria fazer.

– Desculpe-me – disse Alice dirigindo-se à Lebre Maluca, porque o Chapeleiro parecia ocupado demais passando manteiga em seu pires. – O seu vizinho comprou um novo cachorro. É um...

– Um cachorro? Um cachorro? – gritou a Lebre. – Onde está ele? – A Lebre saltou na mesa.

– Oh, desculpe-me! – disse Alice. – Eu deveria ter imaginado que você não gosta de cachorros. Diná também os detesta, sabe.

A Lebre Maluca pôs-se a correr ao redor da mesa e Alice a perseguia para terminar a conversa.

– Quando Diná vê um cão, ela fica petrificada de medo!

– É absolutamente compreensível! – disse o Chapeleiro agitando sua faca de manteiga. – Mas quem é essa Diná, tão astuciosa?

– Me...

Alice não pôde continuar. Há poucos instantes ela tinha causado um problema ao falar de seu rato. Dom Ratinho tinha fugido correndo, com o Chapeleiro e a Lebre atrás dele. Alice não queria cometer outra gafe.

– É a minha gatinha – murmurou ela no ouvido do Chapeleiro.

– Ah, é uma gatinha, então! – gritou o Chapeleiro.

Ao ouvir a palavra "gato", Dom Ratinho disparou. A Lebre Maluca saltitava por todos os lados. O Chapeleiro partiu atrás de Dom Ratinho e colocou seu chapéu sobre a pequena criatura.

– Francamente, minha cara, que ideia nos amedrontar no dia do nosso aniversário! – gritou o Chapeleiro.

– Sinto muito – suspirou Alice. Voltando-se para o Chapeleiro, ela declarou: – Esta reunião não é muito divertida, e vocês não são muito gentis!

– Obrigada, cara senhorita! – exclamou o Chapeleiro sorrindo. – Quer chá?

– Muito obrigada! – respondeu Alice. – Ela, enfim, começou a perceber como deveria se comportar lá!

Ao encalço de Bart Caolho

JULHO 29

Depois de tirar o trem do cânion, Buzz o depositou delicadamente sobre os trilhos do outro lado da ponte.

– Bravo, Buzz! – exclamou Jessie.

– E, agora, temos que perseguir Bart e recuperar o dinheiro que foi roubado – acrescentou Woody depois de apertar a mão do amigo.

– Sem problemas! Para isso, irei ao infinito e além! – prometeu Buzz.

Ele decolou como um foguete e, em alguns segundos, encontrou o carro dos bandidos, que partiu em dois, na hora, com um jato de *laser*. Sem ter o que fazer, Bart, Betty e os marcianos se viram sentados na poeira!

– Acabou para você, Bart! – gritou Woody, que acabara de chegar com Jessie.

– Ainda não – respondeu o ladrão dando uma risadinha. – Trouxe Slinky, meu cão de guarda! Ele está munido de uma arma secreta que protegerá meus cúmplices e eu!

Às suas ordens, Slinky se desenrolou ao redor dos bandidos, depois, um impenetrável campo de força apareceu ao redor deles como uma bolha! Mas Woody tinha uma arma muito mais forte. Com um sorriso, ele fez um sinal para Jessie, que logo se pôs a cantar como no velho oeste. Um minuto depois, o solo se abriu bruscamente e um dinossauro gigante apareceu!

– Aí está Rex! – triunfou Woody. – Ele engole qualquer campo de força! Renda-se, Bart!

Nossos heróis não tiveram tempo de comemorar: dois segundos depois, uma nave espacial enorme apareceu

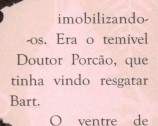

imobilizando-os. Era o temível Doutor Porcão, que tinha vindo resgatar Bart.

O ventre de metal da nave se abriu e os bandidos foram aspirados para o interior. Em seguida, o Doutor Porcão liberou seu exército de macaquinhos para capturar Woody e seus amigos! Colado ao solo antes de ser completamente imobilizado, Woody voltou-se para Buzz:

– Mire com o seu *laser* na minha estrela de xerife.

O raio refletiu na estrela e atingiu a nave. Essa estratégia tinha sido muito arriscada, porque, se Buzz tivesse desviado um milímetro, ele cortaria Woody em dois! Mas Woody tinha insistido e Buzz acabou obedecendo. E ele tinha mirado muito bem! Assim que o poderoso raio de fogo, refletido pelo metal, atingiu em cheio a nave, jogou-a contra as rochas! Só faltava capturar os bandidos. Vitória!

– Muito bem, amigos! – gritou Woody com os bandidos a seus pés. – Vocês são personagens fantásticos!

JULHO 30

A Bela Adormecida

Um farol na floresta

A princesa Aurora tinha adotado Dracus, um dragãozinho muito fofo. Ele não era nem um pouco perigoso, ainda bem! Mas, no início, todos tinham medo dele no castelo. Depois, Dracus empenhou-se em provar que era bonzinho e logo todos passaram a amá-lo. Era um dragãozinho muito adorável, de fato!

Mas, naquela noite, os pais de Aurora iam ao castelo. E como eles nunca tinham visto Dracus, a princesa se inquietou um pouco, vendo-os chegar da sacada da sala.

– A mamãe vai sem dúvida soltar gritos de terror – disse ela a Dracus. – Não se sinta mal, de jeito nenhum. Um dia, a feiticeira Malévola se transformou em dragão para atacar Filipe e eu. Desde então, minha mãe desconfia de todos os dragões!

Dracus torceu o focinho. Era injusto! Os dragões não eram nem um pouco cruéis! Aurora deu tapinhas nas costas dele rindo.

– Eu confio em você, Dracus. Você saberá mostrar-se tão charmoso que meus pais logo o adorarão!

De repente, o céu escureceu. Um trovão ribombou e eis que uma terrível tempestade despencou. Aurora e Dracus voltaram correndo para a sala. O príncipe Filipe exclamou:

– Que chuva! Não se vê mais que dois metros à frente! Temo que seus pais se percam no caminho, Aurora. Precisamos encontrar uma maneira de mostrar para eles onde está o castelo, para que tomem a direção correta...

Ao ouvir isso, Dracus saltou pela janela e, enfrentando a tempestade, saiu voando e se empoleirou no alto da torre. Lá, ele se pôs a soprar uma chama imensa em direção às nuvens. Uma chama tão alta que o cocheiro dos pais de Aurora a notou de longe.

– Pronto, Vossa Majestade! Vejo o castelo!

E, pouco depois, a carruagem real chegou sem maiores problemas ao lar de Aurora e Filipe.

Missão cumprida por Dracus, que voltou para a sala, onde foi acolhido como um herói!

– Que dragãozinho corajoso! – exclamou a mãe de Aurora. – Ele não hesitou em sair na tempestade e cuspir fogo sem parar para nos ajudar!

Vermelho de orgulho, Dracus foi, então, declarado convidado de honra na mesa do jantar. Para a sobremesa, Aurora ofereceu-lhe o maior pedaço de bolo, declarando:

– Obrigada, Dracus, por ter guiado meus pais até aqui. Você acabou de inventar o primeiro farol da floresta... e sinto que não será o último!

Pingo de sorte

JULHO 31

—Aonde vamos? – perguntou Patinha. – Por que devemos subir no carro? Vamos perder o Trovão! – gemeu Pimentinha.

Os filhotes detestavam perder o programa de seu herói favorito na televisão.

– Vai ser ainda mais divertido – disse Perdita calmamente empurrando-os para o carro. – Prometo.

Roger e Anita, sentados à frente do veículo, se distanciaram da cidade e logo chegaram a um caminho sinuoso no campo. Os filhotinhos imaginavam várias coisas agradáveis: as flores, o feno e mesmo os pêssegos doces.

– Chegamos – disse Anita abrindo a porta do carro.

– Onde estamos? – perguntou Patinha a Pingo.

– Parece um pomar! – lançou Pingo que adorava frutas.

Roger espreguiçou-se e anunciou:

– Vão brincar, nós os chamaremos na hora do piquenique.

– Não comam pêssegos demais – latiu Pongo, mas os filhotes já estavam longe.

Eles saltitaram e rolaram na grama a manhã toda.

– Venham comer! – chamou Pongo.

– Não estou com fome – disse Bolinho.

– Espero que não tenha beliscado demais – Perdita chamou sua atenção.

Os dois adultos reuniram os filhotes na colina que ficava atrás de onde Roger e Anita estavam instalados.

– Esperem um minuto – preocupou-se Perdita. – Onde está Pingo?

A matilha pintada parou. Pongo contou os filhotes. Pingo realmente não estava lá. Perdita começou a ganir.

– Não se preocupe, mamãe – disse gentilmente Pimentinha. – Tenho uma ideia. Todos vocês, vamos brincar de Trovão! É preciso encontrar o Pingo! – disse ela aos irmãos e irmãs.

Todos os filhotes pularam e bateram uns nos outros para partir para a busca. Logo, os pequenos farejavam todo o solo. Patinha vistoriou ao redor de uma árvore e atrás de um tufo de mato alto.

– Encontrei seu rastro! Lá está ele!

O resto da turminha correu para descobrir Pingo dormindo na relva. Suas orelhas escondiam os olhos, mas logo se reconhecia a mancha em forma de ferradura nas costas... e os caroços de pêssego empilhados diante do seu focinho!

– Pingo tem sorte de que o encontramos! – disse Perdita, aliviada.

– Sim – disse Pimentinha. – E vai ter mais sorte ainda se não estiver com dor de barriga quando acordar. Não é, mamãe?

221

Agosto 1

A equipe dos sonhos

Quando Doc Hudson e seus amigos de Radiator Springs chegaram ao circuito de Los Angeles, a largada da Copa Pistão estava prestes a ser dada. Era preciso preparar o boxe rápido! Sargento tomou conta de tudo:

— Flo, coloque as reservas de óleo e de combustível a mão. Guido, aqui é o seu lugar, pode descarregar os pneus e o equipamento de elevação.

— Parada no boxe! — exclamou alegremente Guido começando a trabalhar.

Enquanto Ramone pintava a plataforma, Mate e Doc partiram em busca de Relâmpago. No meio de uma onda de veículos animados, eles avistaram Mack, o caminhão de transporte.

— Lá está ele, estou vendo! — exclamou Mate.

Mas Relâmpago tinha desaparecido, engolido pela multidão.

— Relâmpago! — chamou Mate em vão.

O reboque se dirigiu para a barraca Rust-eze, meteu o nariz no interior e se viu cercado por um grupo alegre de velhos carros.

— Ei, você é Mate, amigo de Relâmpago! — exclamaram eles. — Ele nos falou muito de você!

— O que me diz de uma encerada gratuita de Rust-eze contra a sua ferrugem? — propôs alguém.

— Ferrugem, eu? — espantou-se Mate, de verdade. — Onde?

Ele não teve tempo de se preocupar, Flo, que acabara de entrar, o levou com ela:

— Precisamos decorar o boxe! Venha me ajudar!

Em alguns minutos, Mate estava encarregado das bandeirolas vermelhas e douradas.

— Vamos voltar para o boxe. Nosso amigo precisa de nós! — disse ele a Doc, que acabara de aparecer, um pouco desanimado por não ter encontrado Relâmpago.

— Você tem razão. E vou pedir para Ramone me pintar de uma maneira muito espetacular...

Uma hora depois, Relâmpago McQueen entrou na pista para sua volta de aquecimento. E, quando ele avistou, em seu boxe, todos os seus amigos prontos para ajudá-lo, e Doc, orgulhosamente exposto na plataforma brilhante com as cores da Rust-eze, seu coração saltou de alegria. "Fabuloso Hudson Hornet 51", podia-se ler na carroceria do antigo campeão.

— Vai, irmão! — exclamou ele. — E preste atenção em Chick Hicks, acho que ele vai aprontar para cima de você!

Relâmpago sorriu confiante e foi para a largada. Pouco importava Chick Hicks! Dali em diante, nada demais poderia acontecer com ele: a melhor equipe do mundo estava ao seu lado!

222

AGOSTO 2

Um telefonema curioso...

Durante anos, os brinquedos de Andy tinham vivido aventuras formidáveis. Às vezes dotados de qualidades extraordinárias, como as de possuir olhos com raios-X ou uma força sobre-humana, eles interpretavam tanto os vilões de suas histórias quanto os valentes heróis que salvavam o mundo com brio e generosidade. Com Andy, nada era impossível! Assim, a cada dia, eles encarnavam tudo o que sua imaginação inventava para eles, e eles adoravam a vida que levavam: ser amados por Andy e dividir com ele as brincadeiras era a melhor coisa que poderia acontecer com eles. Mas os anos se passaram e eles se deram conta de que as temporadas no baú de brinquedos eram cada vez maiores. Uma tarde, cansados de esperar, eles decidiram tomar uma atitude.

– Fiquem a postos, pessoal! – murmurou Woody antes de entreabrir o baú.

No interior, apertados como sardinhas, os brinquedos se agitaram.

– Esperem, perdi meu segundo olho – reclamou a Sra. Cabeça de Batata.

– De quem é esse pé que está no meu nariz? – perguntou o Porquinho nervoso.

– É meu! Devolva agora mesmo! – respondeu o Sr. Cabeça de Batata.

– Buzz, você se incomoda se eu me apertar ao seu lado? – perguntou Jessie se livrando da massa confusa e agitada de seus amigos.

– Ah, sim! Hum... quero dizer, não, não me incomoda nem um pouco! Venha! – disse o patrulheiro com um sorriso alegre e sem graça.

– Pronto, lá estão eles! – gritou Rex.

Todos se espremeram na abertura para assistir a Sargento e dois de seus homens atravessarem o quarto arrastando um objeto pequeno empacotado dentro de uma meia.

– Conseguiu? – perguntou Woody.

– Missão cumprida! – respondeu orgulhosamente Sargento.

Os soldadinhos ergueram a meia para passá-la para os brinquedos.

Buzz se pôs em seguida a desembalar com cuidado o que estava no interior.

Era um telefone celular.

– Todos prontos? – perguntou Woody com nervosismo.

– Vamos lá! – encorajou Jessie.

Olhando a numeração do telefone sem fio que eles haviam surrupiado um pouco antes, Woody discou um número. No segundo seguinte, o celular começou a tocar. Então, puderam ouvir um barulho de passos no corredor, e Andy entrou em seu quarto. Woody fez um sinal para seus amigos ficarem imóveis. A primeira parte de seu plano tinha dado certo!

223

Agosto 3

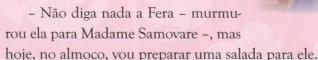

O desaparecimento dos legumes

O lugar preferido de Bela na casa de Fera era a horta. Ela tinha lido todos os livros de jardinagem da biblioteca e experimentado plantar novas espécies a cada estação. Naquele verão, ela tinha decidido cultivar legumes. E, então, havia chegado a hora de colhê-los.

– Não diga nada a Fera – murmurou ela para Madame Samovare –, mas hoje, no almoço, vou preparar uma salada para ele.

– Ah, verdade? – disse a chaleira rechonchuda.

– Sim, sim – confirmou Bela, orgulhosa. – Ontem, vi que muitos legumes estavam prontos para serem colhidos. Alfaces, cenouras, pepinos, ervilhas e até tomates! Você acredita? Fera vai se surpreender!

– É mesmo – sorriu Madame Samovare. – O almoço será surpreendente!

Bela saltitou até seus canteiros, com o chapéu na cabeça e uma grande cesta no braço.

– Vou primeiro colher algumas alfaces – disse ela em voz alta.

Mas, quando chegou ao canteiro, encontrou apenas terra revirada.

– Minhas alfaces! – gritou ela.

Coelhos, um cervo? Talvez... Bela, sem rumo, foi verificar seu canteiro de cenouras.

– Ah, não! Não tem mais nada aqui também! Todo o seu pomar tinha desaparecido.

– Não entendo – disse ela, exausta.

Mas fatos eram fatos. Os canteiros estavam vazios e não havia nada a fazer, a não ser voltar para o castelo e procurar na biblioteca um livro que ensinasse a construir cercas. Para o próximo verão pelo menos! Então, ela voltou para o castelo decepcionada e de mãos vazias, Bela passou diante de Madame Samovare.

– O que a preocupa? – perguntou a chaleira.

– Tudo – suspirou Bela. – Toda a minha colheita foi levada. Nem pensar em salada!

– Não fique triste, Bela – disse Zip, o filho da chaleira. – E venha, então, comer.

– Não estou com muita fome – respondeu Bela, com um sorriso triste nos lábios.

– Ah, mas que pena – disse a chaleira guiando-a para a sala de jantar –, bem que você poderia estar...

– Surpresa! – exclamou Fera.

Sobre a mesa, uma variedade de saladas cruas, legumes picados e gratinados de todos os tipos esperava a jovem. Bela não acreditava no que via.

– Você trabalhou tão duro no pomar – explicou Fera –, que pensei que seria gentil também dar-lhe um presente. Espero que você goste!

Bela ficou encantada, como você pode imaginar!

224

Robin hood

AGOSTO 4

A pequena ponte de madeira

Era verão na floresta de Sherwood. Os pássaros cantavam, as abelhas zumbiam e as flores selvagens desabrochavam nos campos. O dia estava tão bonito que Robin e João Pequeno tinham decidido colher framboesas. Marian os acompanhava.

– As mais bonitas estão do outro lado do riacho – declarou João Pequeno.

Um momento depois, os três companheiros chegaram à margem. Naquele trecho, o riacho era largo e fundo. Robin franziu as sobrancelhas e balançou a cabeça quando percebeu que a velha ponte balançava sobre a água.

– Esta ponte não me parece muito firme! – disse ele.

Mas os olhos de Marian se arregalaram ao ver um arbusto coberto de frutinhas.

– Tenho certeza de que posso alcançá-las – disse Marian.

João Pequeno colocou sua grande pata sobre o ombro da filha do rei Ricardo.

– Você ouviu direito, madame – declarou ele. – A ponte é perigosa. Sou maior e mais pesado do que vocês, vou atravessar primeiro.

João Pequeno avançou sobre a ponte. A madeira rangeu com seu peso. João Pequeno caminhou com calma, mas não adiantou nada. Na metade do caminho, uma tábua cedeu e ele desabou no riacho com um grande *splash*!

Ele nadou até a outra margem.

– Eu atravessei – ele gritou para seus amigos.

– Mas a ideia não era chegar encharcado! – resmungou Robin. – Felizmente, sou mais esperto do que você e vou atravessar e continuar seco!

– Ah, Robin, deixe-me tentar! – suplicou Marian. – Tenho certeza de que não vou cair na água!

Mas Robin balançou de novo a cabeça:

– É muito perigoso! – disse ele.

Com muito cuidado, Robin colocou uma pata na ponte. Ele testou cada tábua antes de apoiar o peso. Mas, antes de chegar ao fim da ponte, houve uma grande rachadura. Robin passou por entre as tábuas e mergulhou na água gelada. Ele nadou até a margem e chamou Marian tremendo:

– Não dá! Não atravesse! Pode se afogar!

Marian sorriu. Ela caminhou com passinhos prudentes sobre a ponte e, como ela era mais leve do que os outros, completou o trajeto tranquilamente sem nem um respingo.

– Como você fez isso? – perguntou Robin.

Marian abriu um largo sorriso.

– Força e tamanho nem sempre são suficientes, senhores... Estou aqui para lembrá-los disso!

225

AGOSTO 5

DUMBO

O GRANDE DESFILE

Quando o circo de Dumbo chegou à cidade, homens e animais participavam do grande desfile. O público adorava aquela parada impressionante.

Era sem dúvida uma grande alegria para os espectadores, mas absolutamente nenhuma para Dumbo. Suas patas doíam e ele estava com fome!

– Aqui, tem um amendoim no chão!

Dumbo o recolheu com sua tromba e o engoliu. Ele notou, um segundo depois, um terceiro e um quarto... Deixando o desfile, Dumbo seguiu a trilha de amendoins até uma praça.

– Vejam! – disse uma garotinha. – Funcionou! Temos nosso próprio elefante para brincar!

A garotinha e seus amigos rodearam Dumbo e acariciaram sua cabeça. Ele estava esplêndido com suas grandes orelhas e sua tromba minúscula.

– Vamos fingir que temos um circo de verdade! – disse um menino.

– Vou ser a domadora – gritou a garotinha.

Ela fingiu treinar Dumbo no meio da praça.

– Senhoras e senhores, apresento nossa estrela, o pequeno elefante!

Dumbo sabia exatamente o que devia fazer. Ele ficou de pé sobre as duas patas traseiras e fez malabarismos com três bolas usando a tromba. As crianças aplaudiram.

De repente, Timóteo, o ratinho, apareceu.

– Ah, aí está você – disse ele a Dumbo. – É preciso voltar agora, você deve se preparar para o espetáculo!

Dumbo balançou a cabeça e se despediu de seus novos amigos. As crianças ficaram muito decepcionadas.

– Eu esperava poder ir ao circo hoje à noite – disse um deles –, mas não tenho dinheiro suficiente para comprar minha entrada.

– Nem eu – disse outro.

Dumbo estava muito desapontado. Aquelas crianças legais não poderiam ir vê-lo. Naquela noite, ele não estava com ânimo para se maquiar e fazer seu aquecimento. Ele subiu na plataforma sem convicção.

– Senhoras e senhores! – anunciou o apresentador. – Aqui está Dumbo, o elefante voador!

Dumbo saltou no vazio e desfraldou as orelhas. A multidão delirava.

De repente, Dumbo avistou seus amigos! Ele voou em direção a eles e deu uma leve trombada na cabeça de cada um. A garotinha fez um sinal para ele:

– Seu amigo ratinho nos deixou entrar de graça!

Dumbo sorriu e estendeu a tromba até Timóteo, que estava em seu chapéu e também deu um tapinha em sua cabeça. Dumbo era o elefante mais sortudo do mundo, ele tinha tantos amigos maravilhosos!

226

TOY STORY 3
A BRINCADEIRA ACABOU!

AGOSTO 6

Alertado pelo toque do telefone, Andy procurou por toda parte seu celular antes de se aproximar do baú onde seus brinquedos, imóveis, esperavam. Por fim, ele abriu o baú e viu o objeto encaixado entre as patinhas de Rex. Ele apanhou o dinossauro, desencaixou o aparelho e atendeu.

– Alô? Quem é?

Nenhuma resposta. Irritado, ele desligou.

– Molly! – gritou ele. – Eu disse para não entrar no meu quarto!

– Mas eu não entrei lá! – exclamou sua irmã mais nova, indignada, do corredor.

Por um instante, Andy olhou fixamente para Rex, depois colocou-o de volta no baú antes de sair gritando:

– Quem mexeu nas minhas coisas?

Assim que ficaram sozinhos, os brinquedos saltaram no tapete.

– Pois bem! Funcionou que foi uma beleza! – resmungou o Sr. Cabeça de Batata.

– Ele me segurou! – exclamou Rex emocionado.

– Pouco importa! – retrucou o Sr. Cabeça de Batata. – Está tudo perdido. Andy já está com dezessete anos, meu velho!

– Temos que fazer uma reunião – decidiu Woody.

– Mais uma vez? – suspirou Porquinho.

– Vamos, amigos! Slinky, reúna todo mundo!

O cachorro de molas olhou ao seu redor.

– Mas todo mundo está aqui, Woody...

O caubói suspirou. Fora ele e Buzz, os brinquedos de Andy se resumiam ao Sr. e a Sra. Cabeça de Batata, Bala no Alvo, Jessie, Porquinho, Slinky, Rex e os três pequenos Marcianos.

– Ok. Admito que meu plano foi por água abaixo – disse ele simplesmente.

– Um belo tiro n'água, sim! – resmungou o Sr. Cabeça de Batata.

– Podemos encontrar outro, não? – tentou Rex, cheio de esperança.

– Não – respondeu Buzz. – É preciso encarar as coisas de frente agora. A brincadeira acabou. Andy logo vai para a universidade, o que quer dizer que nós vamos  todos parar no sótão. Então, mantenham seus acessórios por perto, inclusive as pilhas. Levem todo o necessário para que as coisas se desenrolem da melhor forma possível.

– Da melhor forma possível? – exclamou o Sr. Cabeça de Batata. – Você não entendeu! Nós estamos acabados, terminados, largados!

Woody tentou acalmar seus amigos:

– Escutem, todos os brinquedos passam por este momento. É sempre difícil ver sua criança ir embora...

Naquele momento, Buzz avistou os três últimos soldados do Exército Verde de Andy que, dispostos no parapeito da janela, olhavam para o grupo.

– A guerra acabou, rapazes! – disse o Sargento resoluto. – Nós vamos embora.

AGOSTO 7

A NOITE FOI FEITA PARA... EXPLORAR!

A Lua se erguia na floresta quando Bambi se aconchegou contra sua mamãe. O dia tinha sido bem cheio! Ele tinha explorado novos vales, aprendido novas palavras, conhecido novos amigos... Bambi bocejou e fechou os olhos.

– Bambi! Ei! Bambi!

O pequeno cervo abriu lentamente os olhos e murmurou:

– Tambor? Você não tá dormindo?

– Dormindo? Ah, não! A gente não vai dormir, enquanto tem tantas coisas para ver e fazer à noite!

– Mas todo mundo sabe que a noite foi feita para dormir! – declarou Bambi.

– Você tem muito que aprender, meu amigo! Siga-me e mostrarei a você que a noite é muito mais interessante do que o dia!

A ideia de viver uma nova aventura apagou todos os vestígios de cansaço de Bambi! Rapidamente, ele se levantou e seguiu seu companheiro.

Tambor tinha razão, à noite, havia muita atividade na floresta. Bambi conheceu um bando de animais: corujas, gambás, guaxinins e texugos. Ele achava que eles dormiam à noite, mas não! Eles caçavam na floresta!

– O que... O que é isso? – exclamou Bambi, vendo uma pequena bola de luz pousar bem no seu nariz.

– Não se preocupe, é só um vaga-lume – assegurou Tambor rindo bastante.

– Um vaga-lume – repetiu Bambi. – Veja, ele desapareceu!

– Ele está lá, na sua cauda! Agora na minha pata!

Os dois amigos ficaram um bom tempo observando o vaga-lume que voava de um para o outro.

– Acho que ele gostou muito da gente! – exclamou Tambor.

Um barulho estranho e inesperado interrompeu, de repente, a brincadeira. Milhares de asas começaram a bater sobre suas cabeças.

– Abaixe a cabeça, Bambi! – gritou Tambor. – Olha só, eles estão voando baixo esta noite!

– Eram vaga-lumes? – perguntou Bambi, quando tudo ficou calmo novamente.

– Não! – respondeu Tambor rindo. – Você viu bem que eles não acendiam! Eram morcegos!

– Morcegos... Eles pareciam muito ocupados à noite!

– É verdade! – concordou Tambor, bocejando.

E como bocejos são contagiosos, Bambi também deu um bocejo bem grande até o maxilar estalar.

– Nós nos divertimos bastante – disse Bambi para seu amigo. – E se voltássemos para casa, para dormir?

Tambor não respondeu. Ele já tinha caído no sono!

228

Agosto 8

Uma corrida de estilo

Depois de sua vitória na Copa Pistão, Relâmpago McQueen decidiu ficar em Radiator Springs. Logo, um novo circuito foi batizado com seu nome em Ornament Valley, e Doc e ele abriram a Academia Hudson Hornet. Toda manhã, Doc dava aulas teóricas para os alunos e, toda tarde, Relâmpago os levava para treinar na pista. O sucesso foi tão rápido que, em alguns meses, carros de corrida vindos do mundo inteiro enchiam as ruas de Radiator Springs!

Um dia, Otto, um carro de corrida alemão famoso, decidiu se inscrever no curso. Mal chegara e Xerife o parou por ter corrido demais nas ruas da cidadezinha. Otto ficou muito surpreso ao descobrir que aquilo não se tratava, como ele acreditava, de um "Otto-grafo" no qual ele deveria imprimir seus pneus, mas sim de uma multa! Mas aquele contratempo não o impediu de se tornar, em algumas semanas, um dos melhores alunos de Relâmpago.

Uma tarde, Relâmpago o levou para dar um passeio por Radiator Springs.

– É bom ser rápido – disse ele aproximando-se da loja de Lizzie. – Mas também é preciso ter estilo!

– Bem-vindo, caro senhor – saudou Lizzie a Otto.

Em menos de um minuto, o corredor estava coberto de adesivos. Ele podia ser veloz nas pistas, mas a velha Lizzie era ainda mais quando se tratava de vender sua mercadoria!

– Apresento: Otto-colante! – brincou Relâmpago rindo.

No dia seguinte, uma nova corrida foi organizada. Como sempre, Otto saiu logo atrás de Relâmpago e não ficou para trás. As voltas se seguiram diante do público que se perguntava qual dos dois carros ia ganhar! Enfim, os campeões apareceram na linha de chegada, e Otto acelerou para alcançar seu professor. O aluno passaria o professor? Não, porque, na hora de cruzar a linha, Relâmpago mostrou a língua e ganhou de Otto por pouco!

– Não se trata de ser veloz – exclamou ele, enquanto Otto e os outros alunos se reuniam para parabenizá-lo. – Eu encontrei meu estilo. Desde que provei o gosto da vitória, não consigo mais parar!

Todo mundo gargalhou. Decididamente, Relâmpago era mesmo o melhor e ainda seria por um bom tempo!

229

Agosto 9

Um momento de pânico

Os brinquedos ergueram os olhos para os três soldados do Exército Verde, instalados no parapeito da janela.

– Nós cumprimos nosso dever – explicou Sargento. – Andy é grande agora. Ele não precisa mais de nós.

– Além do mais, nós somos sempre os primeiros a ser jogados no lixo – acrescentou um dos dois soldados.

– No lixo? – repetiu Buzz empalidecendo.

– Foi uma honra servir ao lado de vocês – repetiu Sargento. – Boa sorte, amigos!

Após essas palavras, ele se agarrou a um dos homens e os dois outros soldados abriram os paraquedas. Na mesma hora, o vento os levou para longe.

Agora, o pânico era completo entre os brinquedos. Que história era aquela de lixo?

– Vamos ser abandonados? – perguntaram Rex e Jessie.

– Mas eu pensei que íamos para o sótão! – gemeu Slinky.

– Esperem! Calma, calma! – interviu Woody erguendo os braços. – Ninguém vai ser jogado fora! Afinal, ainda estamos todos aqui, não é? Bom, tudo bem, perdemos alguns amigos ao longo dos anos... o Wheezy e o Tela...

– E a Bete... – completou Rex com um fio de voz.

– Sim, também a Bete – suspirou Woody, com o coração pesado. – Mas todos encontraram novos donos. E, apesar das faxinas de primavera e das limpezas de sótãos, Andy sempre nos guardou com ele. Isso quer dizer que ele gosta de nós! Então, não se preocupem, ele irá nos guardar no sótão, onde ficaremos todos aquecidos e em segurança.

– E juntos! – acrescentou Buzz.

– E, além do mais, tem jogos lá em cima! E o circuito de corrida de Andy!

– E a velha televisão! – comemorou Slinky.

– E todo o pessoal que faz parte da decoração de Natal! Eles são legais, não é? – perguntou Woody.

Todos concordaram, um pouco aliviados.

– Vamos, juntem suas coisas e fiquem prontos! – concluiu Buzz. – Melhor partir com pouca coisa.

Os brinquedos se dispersaram em busca de seus acessórios.

– É melhor eu encontrar meu olho direito bem rápido! – disse a Sra. Cabeça de Batata para o marido.

Woody contemplou o quarto onde todos tinham sido tão felizes. Nas paredes, pôsteres de bandas de *rock* tinham tomado o lugar dos antigos heróis de Andy, mas, pregadas no mural, fotos antigas mostrando o menino brincando com todos eles quando tinha dez anos o fizeram suspirar de saudade.

230

A AUDIÇÃO DOS ABUTRES

AGOSTO 10

– Nunca acontece nada de animado por aqui – queixou-se Buzzie para seus abutres cantores.

– Não é verdade – disse Flaps. – Você esqueceu a briga que tivemos com Shere Khan na semana passada?

– É verdade, você tem razão – disse Ziggy. – Foi bem divertido.

– Mas o que a gente vai fazer agora? – perguntou Buzzie.

– A gente pode cantar – propôs Ziggy.

– Tem um problema – acrescentou Dizzy. – Precisamos de um tenor.

– Ah, é verdade – disse Ziggy. – O pequeno humano, Mogli, daria um belo tenor. É uma pena que tenha deixado a selva.

– Então, a gente faz o quê? – perguntou Buzzie.

– E se a gente organizasse uma audição? – propôs Ziggy.

Então, os abutres circularam a notícia pela selva e, uma semana depois, os animais faziam uma fila, prontos para participar de parte do ensaio com o grupo.

– Nome? – perguntou Buzzie ao primeiro candidato.

– Coco – respondeu o macaco.

– Muito bem, Coco, pode cantar – disse Flap.

Coco esgoelou por alguns minutos, depois, os quatro abutres deliberaram.

– Ele não é muito bom! – disse Buzzie.
– E é um macaco – acrescentou Flap.
– Próximo! – gritou Dizzie.

Os abutres avaliaram um lêmure, dois bichos-preguiça, um lobo, um hipopótamo, um sapo e um elefante. Ninguém servia. Finalmente, o último animal se aproximou.

– Nome? – perguntou Buzzie.

– Sortudo – disse o abutre. – Ei! Não são vocês os quatro caras que ajudaram o pequeno humano a botar aquele tigre, o Shere Khan, para correr?

– Sim – disse Buzzie –, somos nós.

– Então, imagino que devem achar que têm bastante sorte! – exclamou Sortudo.

E todos riram da piada.

– Vamos lá, cante – disse Ziggy rolando os olhos.

Sortudo cantou por alguns minutos e, no fim, os quatro abutres avaliaram.

– Ele não é ruim – disse Dizzy.
– E também é um abutre – acrescentou Ziggy.
– E o último candidato – disse Flap.
– Está contratado! – cantaram os abutres.
– Eu disse que era Sortudo! – exclamou o abutre.
– Pelo menos para as audições – disse Dizzy.
– Sim – concluiu Buzzie. – Quando encontrar o Shere Khan, vamos ver se você tem sorte de verdade!

231

AGOSTO 11

DIA DE TRIAGEM E DE ESTRESSE!

— Andy? Posso ficar com o seu som? – perguntou Molly.

– Ah, não! – exclamou o jovem. – Vou levá-lo comigo.

No quarto, todos os brinquedos voltaram para o baú apavorados.

– Muito bem – disse, então, a mãe de Andy entrando depois dos filhos. – Andy, é hora de fazer uma faxina. Tudo o que você não for levar para a faculdade irá para o sótão ou para o lixo.

E ela colocou duas grandes caixas de papelão sobre a cama. Em uma, ela escreveu com canetinha a palavra "Universidade" em letras grandes.

– Mamãe! Eu só vou na sexta-feira – protestou Andy.

– Sim, mas é hoje que vamos triar! É simples, veja: Skate? Universidade. Troféus de esporte? Sótão. Talo de maçã? Lixo.

– Vai guardar seus brinquedos? – perguntou Molly. – Porque, se não, vou ficar com eles!

Ela já tinha aberto o baú, mas a mãe interveio.

– Molly! Você já tem mais brinquedos do que precisa! A propósito, você também vai triar os seus. Alguns deles deixariam as crianças da creche muito felizes!

No baú, Woody e seus companheiros arregalaram os olhos.

– O que é uma "creche"? – murmurou Rex.

Discretamente, eles se ergueram para espiar. No quarto de Molly, do outro lado do corredor, a mãe de Andy escrevia a palavra "Sunnyside" na segunda caixa de papelão.

– Vamos, Molly. Separe aqueles que quer doar e coloque-os aqui dentro.

A garotinha obedeceu contra a vontade. Logo, uma Barbie antiga se juntou a um velho xilofone e a outros objetos no fundo da caixa.

– Pobre Barbie! – suspirou Jessie.

– Sua vez, Andy! – insistiu a mãe voltando. – O que vai fazer com os seus brinquedos? Vai doá-los? Vendê-los?

Ela se aproximou do baú.

– Quem iria querer essas velharias? – observou Andy.

Irritada, a mãe fechou a tampa e os brinquedos se entreolharam com pavor. "Velharias?"

– Bom, você tem até sexta-feira. Tudo o que você não levar vai ou para o sótão ou para o lixo.

– Como você quiser, mamãe... – respondeu distraidamente Andy, sentado diante do computador.

Depois que ela saiu, ele acabou se levantando e, abrindo o baú, contemplou por muito tempo seus velhos amigos. Mas apanhou um saco plástico enorme e começou a triá-los.

232

Cinderela

AGOSTO 12

Um aniversário surpresa

– Acorde Jaq, acorde! – gritou Tatá.
– Vá embora, Tatá! – murmurou Jaq.
– Não, não, Jaq, acorde – disse Tatá puxando o amigo pela cauda –, hoje é um dia especial! É o aniversário de Cinderela!

Jaq se sentou.
– Hoje? – perguntou ele com os olhos arregalados.

Tatá sorriu e balançou a cabeça.
– Então vamos! – exclamou Jaq. – Depressa, temos muita coisa para preparar!

Logo, pássaros e ratinhos se reuniram no parapeito da janela.
– Nós podemos fazer um bolo – declararam as voluntárias Suzy e Perla.
– Cuidado com L-lú-lúúcifer – avisou Tatá gaguejando. – Preparar um bolo significa que teremos de roubar farinha e ovos na cozinha!
– Nós cuidamos do gato – disseram Mert e Bert, orgulhosos.

Os pássaros queriam cuidar da decoração e piaram bem alto.
– Falta um presente! – disse Jaq.
– Uma coisa bem bonita – disse Tatá.

– Eu sei! – disse Jaq. – Vi um par de pantufas no lixo na noite passada quando eu procurava algo para comer. Tem um furo em cima, mas a sola está boa.
– Nós podemos consertá-las – disseram em coro os ratinhos.
– Guardei isso – disse Jaq, tirando um pedaço de fita cor-de-rosa de sua bolsinha. – Nós podemos utilizá-lo! Ao trabalho!

O dia todo, ratinhos e pássaros puseram mãos à obra. A noite chegou e, quando seus amigos ouviram Cinderela subir as escadas para o quarto, tudo estava pronto.
– Ela chegou! – murmurou Tatá.

Tatá sacou um fósforo e acendeu o pavio da pequena vela fincada no bolo não muito maior do que uma xícara de chá. Bem ao lado estava o embrulho com as pantufas reformadas. Uma fita cor-de-rosa ao redor de cada tornozelo.

A porta se abriu suavemente.
– Surpresa! – gritaram os ratinhos.

Os pássaros lançaram confetes.
– Ah, meu Deus! – exclamou Cinderela.
– Feliz aniversário! – disse Tatá timidamente.
– Tudo está lindo – disse Cinderela. – Mas receio que tenham se enganado. Não é meu aniversário.

O sorriso de Tatá desapareceu:
– Ah, é?

O resto da pequena turma fez silêncio.
– Mas é isso que fez da surpresa uma surpresa de verdade! – disse Cinderela, radiante, sentando-se para dividir o minúsculo bolo com seus amigos.

233

Agosto 13

Uma noite fora de casa

Oliver estava impaciente.

– Chegamos? – perguntou ele olhando pela janela da limusine.

– Não se preocupe, Oliver – disse Jenny. Estamos quase lá.

Enfim, a limusine de Jenny estacionou nas docas. Antes mesmo de o motorista abrir as portas, Oliver saltou pela janela e correu na direção da barca. Depois, lembrando-se de Jenny, ele parou e balançou a pata em sua direção.

– Adeus, Oliver! – gritou ela. Divirta-se bastante!

Era a primeira vez que Oliver voltava à barca desde que tinha ido viver na casa de Jenny. E mesmo que a adorasse, sentia falta de seus amigos!

– Tito! Einstein! Francis! Rita! – gritou Oliver correndo na direção dos amigos.

– E eu? – latiu uma voz do fundo da barca.

– Vivaldo! – exclamou Oliver. – Ele saltou sobre o cachorro e lhe deu uma lambida amigável.
– Como é bom ver você!

– Então, como está a vida? – perguntou Vivaldo.

– Não tenho do que me queixar – disse Oliver.

Ele contou aos amigos seu último cruzeiro no iate de Jenny.

– Todos aqueles peixes! – disse ele sonhador. – Vocês deveriam vir conosco um dia desses!

– Ei! – disse Vivaldo. – Veja o que o Einstein conseguiu para esta noite.

Ele apanhou uma mochila azul e balançou-a até cair um DVD.

– *Aristogatas*! – gritou Oliver. – Meu filme preferido!

Naquele momento, Fagin chegou com um grande prato.

– Oliver, meu amigo! Estou contente em rever você! Espero que esteja com fome!

Oliver arregalou os olhos à medida que descobriu nacos de cachorro-quente, pedaços de frango e de peixe.

Oliver e os cães se serviram e comeram... comeram... até que não aguentassem mais. Depois, foi a hora de brincar!

– Vamos ficar acordados a noite toda! – exclamou Oliver.

– Como quiser, amiguinho – disse Vivaldo. – A noite é sua.

Então, eles brincaram um pouco de esconde-esconde, depois de pega-pega. Mais tarde, Fagin contou algumas das histórias de terror favoritas de Oliver.

Quando ele terminou, Vivaldo se voltou para Oliver.

– O que você quer fazer agora, amiguinho? – perguntou ele.

Mas Oliver não respondeu... Ele tinha caído no sono!

Uma corrida brilhante

AGOSTO 14

— E se visitássemos a cidade? – propôs Relâmpago McQueen a Sally assim que chegaram a Santa Carburera.

— É melhor você treinar! Ainda não sabe contra quem você vai correr amanhã, só que se trata de um dos alunos de Chick Hicks... – respondeu Sally, prudente.

Relâmpago concordou. Mas, assim que os dois amigos chegaram ao circuito, Chick apareceu ao lado de um carro radiante com a carroceria brilhante!

— Esta é Candice, a nova estrela do mundo da corrida! – anunciou ele aos jornalistas.

Relâmpago permaneceu em silêncio.

— De boca aberta, campeão? – zombou Candice. – Melhor assim, não tenho tempo para papear, os fotógrafos estão me esperando!

— Que pretensiosa! – murmurou Sally.

A descoberta de seu adversário não impediu que Relâmpago fosse treinar suas curvas na areia das dunas. A noite chegou e, enquanto ele descansava, Sally, desconfiada, decidiu dar uma voltinha pelos lados da barraca de Candice. Lá, ela ouviu uma parte de uma conversa entre a campeã e seu treinador:

— Não se preocupe, Chick, conheço um ou dois truques que permitirão que eu derrote Relâmpago McQueen sem problemas!

Um ou dois truques? Rapidamente, Sally avisou Relâmpago. O campeão a tranquilizou:

— Quem trapaceia não confia em seus talentos como piloto. Eu confio nos meus!

No dia seguinte, a corrida começou. Logo, Relâmpago, recém-decorado com faróis novos em folha, tomou a frente, mas Candice o ultrapassou, arranjando uma maneira de cegar temporariamente McQueen com os reflexos das luzes provocados por sua carroceria cintilante! Furioso, Relâmpago se lançou atrás dela.

— Lembre-se de seu treino nas dunas! – gritou Sally.

Relâmpago sorriu. Quando chegou a hora da última curva, ele se deixou deslizar suavemente e conseguiu ultrapassar Candice. Infelizmente, ela respondeu jogando areia em seu para-brisas!

Precipitando-se para a chegada, a trapaceira já imaginava toda a fama que conquistaria. Até os fotógrafos já começavam a chamá-la antes mesmo de terminar a corrida! Sem conseguir resistir, ela voltou um instante os olhos para eles. Erro fatal: completamente cega pelos *flashes* das câmeras, ela desacelerou violentamente, permitindo que seu adversário ganhasse a corrida!

— Desta vez, dei mesmo sorte! – confiou Relâmpago a Sally depois da entrega dos troféus.

Obrigado por ter me encorajado! Mas se Candice não tivesse sido tão exibida...

— ...você não teria ganhado de maneira tão magnífica! – concluiu Sally gargalhando.

235

Agosto 15

No lixo?

Violentamente, todos os brinquedos, inclusive Porquinho – sem o dinheiro que se encontrava em seu interior –, se amontoaram no fundo de um saco. Na vez de Buzz e Woody, Andy hesitou. Ele guardaria o caubói sorridente ou o astronauta heroico de dentes brancos? Um segundo depois, Woody se viu na caixa de papelão que ia para a universidade, e Buzz, absolutamente desesperado, juntou-se aos seus companheiros. Então, o jovem levou o saco para o corredor, onde puxou a escada dobrável do sótão. Até então paralisado, Woody soltou um suspiro de alívio. Seus amigos estavam a salvo.

Infelizmente, naquele preciso momento, Molly, que saía de seu quarto com uma caixa cheia nos braços, precisou de uma mãozinha, e Andy deixou o saco ao pé da escada.

– Então, vai sentir minha falta? – disse ele enquanto ajudava a irmã a descer com os brinquedos.

– Se eu disser que não, ainda posso ficar com seu quarto?

– Não!

– Então, sim, vou sentir sua falta!

Eles desapareceram no *hall*. No interior do saco plástico, os brinquedos atordoados ainda não sabiam a sorte que os esperava.

– Não consigo mais respirar! – cochichou Jessie.

– Não acredito que ele vai nos jogar no lixo! – gemeu Rex.

– Fiquem todos quietos! O que é esse barulho? – murmurou Buzz, o único que mantinha o sangue-frio.

Era o rangido da escada do sótão que, lentamente, voltava para o alto, fechando a porta. Esbarrando no saco, a escada derrubou-o e os brinquedos rolaram uns sobre os outros gemendo.

De repente, a mãe de Andy chegou ao corredor, com dois sacos cheios de lixo nas mãos.

– Andy? – chamou ela, ao encontrar, no meio do corredor, o saco abandonado pelo filho.

A mãe de Andy pensou, então, que aquele saco ali no meio do corredor era de lixo. Rapidamente, ela o apanhou e foi para o andar térreo.

– Ah, não! – exclamou Woody.

Ele se precipitou para ver o que estava acontecendo. A mãe de Andy estava saindo de casa!

– Pense, Woody, pense! Rápido!... Sim, já sei! Buster!

Ele começou a assoviar. Respondendo ao seu chamado, Buster, agora velho, roliço e sem fôlego, entrou no quarto, e Woody saltou em suas costas. Mas, em vez de partir como uma flecha, o corajoso cão preferiu deitar, rolando sobre o brinquedo com um gemido satisfeito!

236

O REI LEÃO

AGOSTO 16

O encontro de Timão e Pumba

Era um dia muito quente na savana. Simba, Timão e Pumba estavam deitados à sombra. Pumba terminava sua história sobre a maior lesma que ele já tinha comido (a saber, ela era do tamanho de um avestruz) e o silêncio tomou conta dos três.

– Então – disse Simba –, Timão, por que não conta a história de como conheceu Pumba?

Timão olhou para Pumba.

– Você acha que ele está pronto para ouvir? – perguntou ele.

– Vá em frente, conte – disse Pumba.

– Tudo começou num pequeno vilarejo de suricatos, muito longe daqui – começou Timão.

– Não – interrompeu Pumba. – Você está contando tudo errado. Começou perto de um ponto de água para javalis, muito longe daqui.

– Se me lembro bem, Simba me pediu para contar a história – disse Timão. – E é a história contada do meu ponto de vista.

– Está bem – disse Pumba fechando a cara.

– E, naquele pequeno vilarejo – continuou Timão –, havia um suricato marginal. Todos os outros passavam o dia todo a cavar e cavar. Eu era aquele suricato isolado. Como eu odiava cavar! Eu sabia que devia ir embora, encontrar minha própria casa, um lugar onde eu me sentisse bem. Então, parti. No caminho, encontrei um velho babuíno que me revelou o que eu buscava – Hakuna Matata – e me mostrou a Pedra do Rei. Então, me dirigi para aquele rochedo. E, no caminho, conheci...

– Eu! – interrompeu Pumba.

Timão lançou-lhe um olhar maldoso e continuou.

– Ouvi um som bizarro vindo dos arbustos. Fiquei com medo. O que era? Uma hiena? Um leão?

E logo me encontrei diante de um javali bem fortinho.

– Ei! – disse Pumba, com o ar chateado.

– Logo percebemos que tínhamos muitos pontos em comum: nosso amor pelos insetos, a busca por um lar só nosso. Então, botamos o pé na estrada rumo à Pedra do Rei juntos. Muitas coisas horríveis aconteceram conosco. Mas, rapidamente, encontramos o lugar ideal. E logo conhecemos você, Simba!

– É uma bela história – disse Simba bocejando. – Agora acho que vou tirar uma soneca...

Pumba limpou a garganta.

– Tudo começou perto de um ponto de água para javalis – começou ele.

– Você sempre precisa dar a última palavra, não é? – disse Timão.

– Nem sempre – disse Pumba.

Depois, ele continuou com a sua versão da história.

237

AGOSTO 17

Branca de Neve e os Sete Anões

UMA VISITA AO CASTELO

Os sete anões estavam diante da entrada do castelo onde agora morava Branca de Neve. Havia tanto trabalho na mina que era a primeira vez que eles visitavam a jovem recém-casada.

– Acham que ela vai ficar feliz de nos ver? – perguntou Dengoso, corando.

– É claro! – rebateu Feliz.

– Bom! – disse Mestre. – Já estamos aqui. Agora precisamos pater na porta. Quero dizer, bater na porta!

Atchim ergueu o nariz diante da bela morada.

– Atchiim! Uau! Que esplendor!

– Não podemos perder tempo! – resmungou Zangado batendo na porta com um golpe seco.

Um momento depois, um guarda veio abrir.

– Ah, bom dia – disse ele –, são os novos criados. Deem a volta, por favor.

– Nós não somos os nodos criavos! – corrigiu Mestre. – Nós viemos ver a princesa.

– Sim, a princesa! – acrescentaram seus amigos.

Dunga balançou a cabeça, impaciente. O guarda olhou-os desconfiado:

– Ver a princesa? Vocês?

Ele olhou para os visitantes com atenção. Os anões estavam bem eretos, orgulhosos de terem se lembrado de fazer a toalete da manhã.

– Sinto muito – disse o guarda. – Não acho que a princesa tenha interesse em visitantes como vocês!

– Ah, pelo contrário! – bocejou Soneca. – Ela se interessa muito por nós.

– Sinto muito – continuou o guarda. – Vocês devem ir.

Zangado, então, bloqueou a porta:

– Escute bem. Se não nos anunciar, vai se arrepender!

– Quem está aí? – perguntou uma voz doce que vinha do interior do castelo. – Quem está batendo?

– Não é nada, princesa – respondeu o guarda. – Apenas alguns homenzinhos estranhos que dizem que a conhecem e chamam por você.

– Homenzinhos? – exclamou Branca de Neve. De repente, um sorriso iluminou seu rosto.

– Ah, Mestre, Zangado, Soneca, Dunga, Feliz, Atchim e até Dengoso!

– Ahn... sim, bom dia, princesa – disse Dengoso, vermelho como um pimentão.

O guarda pareceu surpreso.

– Você conhece essas pessoas? Pensei que se tratasse de um bando de mentirosos!

– Mentirosos! – exclamou Branca de Neve. – Ah, claro que não! Eles são diferentes, é verdade, mas são gente boa e meus melhores amigos!

O guarda pediu desculpas para os sete anões e eles entraram enfim no castelo para uma longa e deliciosa visita à jovem amiga.

238

Sem saída!

AGOSTO 18

Decidida, a mãe de Andy depositou os três sacos na entrada do jardim. No fim da rua, o caminhão de lixo acabava de aparecer, parando diante de cada casa para sua coleta diária.

Buzz tentou rasgar o saco plástico que os aprisionava.

– Eu sabia que tudo isso ia acontecer! – resmungou o Sr. Cabeça de Batata. – Buzz! Não vale a pena se cansar, é polietileno de espessura tripla!

– O caminhão está vindo, estou ouvindo! – gemeu Rex.

– Deve haver uma maneira de escapar! – exclamou o patrulheiro.

– Para ir aonde? Andy não quer mais saber de nós!

– Precisamos de algo pontudo... – refletiu Buzz sem escutá-lo.

De repente, seu olhar parou na cauda de Rex. Em um instante, ele agarrou o dinossauro e virou-o na direção do saco plástico.

– Ajude-me, pessoal! Vamos empurrar! – ordenou ele.

Woody, que tinha desistido de descer do quarto com Buster, saía pela janela, com um par de tesouras no coldre do revólver. Então, ele deslizou pela mangueira e aterrissou como pôde nos arbustos. O caminhão se aproxima. Rapidamente, o brinquedo foi na direção dos sacos de lixo. Em qual deles seus amigos poderiam estar? Ele furou um, mas apenas cascas de alimento saltaram dele. Mesmo azar com o segundo. O pobre caubói não conseguiu continuar: o caminhão já tinha parado, e ele só teve tempo de se esconder atrás da caixa de correio para não ser visto. Dois minutos depois, os sacos tinham sido engolidos pelo caminhão, e o compactador já funcionava!

– Buzz! Jessie! – gritou Woody, desesperado.

Um barulho bizarro o fez sobressaltar-se e ele se virou, cheio de esperança. Virada, com diversos pezinhos, uma caixa de reciclagem fugia em direção à garagem da casa. Então, o rosto de Woody relaxou, e ele soltou um longo suspiro. Os brinquedos estavam sãos e salvos!

De fato, a cauda de Rex tinha acabado por perfurar o saco. Mas todos estavam furiosos, decepcionados e feridos!

– Ele se livrou de nós! – exclamou Slinky.

– Como se fôssemos lixo! – disse Porquinho.

– Ele nos chamou de "velharias"! – acrescentou o Sr. Cabeça de Batata, irado.

Apenas Buzz tinha a impressão de que alguma coisa tinha dado errado, e que Andy não sabia. O que poderia ter acontecido?

239

Agosto 19

A TRISTEZA DE ABU

Abu não podia acreditar. Há um segundo, ele era um macaco e, de repente, tinha virado um elefante. Tudo culpa do gênio que Aladdin tinha encontrado na lâmpada! O pior era que ninguém parecia perceber que ele não estava contente com a sua nova forma.

Aladdin, que agora era conhecido como príncipe Ali, papeava com o gênio azul no tapete voador. Abu lançava-lhes um olhar furioso. Havia algumas horas, ele ainda era o único amigo de Aladdin, mas, agora, o jovem não parecia mais se dar conta de que ele estava ali.

Abu olhou para o gênio. Ele estendeu o braço e opa! Milhares de macacos brancos surgiram do nada. Depois, ele fez surgir uma tropa de encantadores de serpente. Abu já estava cansado e adoraria encontrar um canto tranquilo. Ele se sentou, sonhando com um suco de melão ou uma banana. Será que ainda poderia passear no mercado com Aladdin em busca de uma boquinha gratuita? Será que Aladdin ainda teria tempo para ele entre o gigante azul e a princesa Jasmine?

Abu se encolheu. Tudo culpa de Jasmine! Desde que Aladdin a tinha conhecido, era como se o macaquinho não existisse mais!

– Abu! Abu!

Abu percebeu, de repente, que o chamavam. Era Aladdin.

– Ah, aí está você! – exclamou o príncipe. – Estávamos procurando você por toda parte!

Abu olhou para ele, desconfiado. O que ele queria? Em que o gênio iria transformá-lo dessa vez? Em uma cobra malvada para os encantadores de serpente do príncipe, por que não?

– Venha! – continuou Aladdin, sem notar a cara amuada de Abu. – Está quase na hora!

Na hora de quê? Abu não tinha ideia do que seu amigo estava falando. Ele ficou amuado e continuou a se queixar.

– Não seja feio, Abu! – exclamou Aladdin. – Você é o personagem mais importante do desfile. Agora, eu peço, venha imediatamente!

– Pronto, macaquinho? – perguntou o gênio. – Hum, quero dizer, elefante de honra?

Ele agitou os braços e uma sela luxuosa apareceu nas costas de Abu. O gênio colocou Aladdin sobre ela.

Agora, Abu entendia tudo. Ele estava no melhor lugar do grande desfile! Aladdin não tinha esquecido dele, apesar de seus novos amigos! Erguendo a tromba orgulhoso, ele emitiu o som mais forte que conseguiu e abriu a marcha rumo ao palácio do Sultão.

240

AGOSTO 20

A NOVA BRIGADA DE RUIVO

Desde que Relâmpago McQueen tinha se mudado para Radiator Springs, a cidade fora invadida por turistas!

– Ruivo, com todos esses visitantes para proteger, você vai ficar sobrecarregado! Leve Sargento com você e reúna uma brigada corajosa e veloz! – aconselhou Xerife ao chefe dos bombeiros.

No dia seguinte, uma fila de voluntários se agrupava no local.

– Bom! – exclamou Sargento. – Vamos fazer vocês passarem por alguns testes!

Os resultados foram catastróficos! Primeiro, foi Fillmore, que não entendeu que era preciso correr para tocar o alarme quando surgisse um incêndio. Em seguida, Relâmpago, em sua animação, quebrou o sino. E, então, Guido percebeu que a grande escada era de fato pesada demais, o que Sargento confirmou depois de ela ter caído em cheio sobre seu capô. Enfim, Mate abriu o hidrante... mas se esqueceu de conectar a mangueira!

Nos dias que se seguiram, todos tentaram melhorar. Fillmore foi mais rápido, Relâmpago mais lento, Guido só ergueu o que podia erguer, e Mate conseguiu não dar mais nós na mangueira.

Numa manhã, Ruivo reuniu sua equipe.

– Nós fomos escolhidos para desfilar na Grande Parada de Radiator Springs! – anunciou ele.

Depois de uma visita a Ramone, todos estavam com a pintura nova em folha, penteados com uma luz giratória e enfeitados com o distintivo da brigada. Todos?

– Onde está Mate? – preocupou-se de repente Ruivo.

– Eu cruzei com ele há pouco, ele parecia um pouco febril – disse Relâmpago. – Vou procurá-lo!

Mas antes que o campeão desse a partida, um cheiro o alertou:

– Ei! Tem alguma coisa queimando!

O alarme soou, a brigada lançou-se em direção a uma nuvem negra. Rapidamente, Guido agarrou a ponta da mangueira, Luigi a desenrolou e Ramone conectou-a ao hidrante. Sobrou para Relâmpago abrir a válvula. Com força, a água chocou-se contra um objeto metálico e, rapidamente, a fumaça evaporou. A brigada descobriu então surpresa que a origem da nuvem era... Mate em pessoa!

– O que aconteceu? Você está bem? – perguntou-lhe Xerife.

– Um pouco molhado, mas tudo bem – respondeu Mate. – Eu estava tão animado com o desfile que meu motor começou a fumegar sem que eu conseguisse impedir! Sinto muito...

– Não sinta – alegrou-se Relâmpago. – Graças a você, conseguimos nosso batizado de fogo! Uhuu!

Uma hora depois, na dianteira do desfile, Ruivo olhou para sua brigada com orgulho: e não é que eles tinham se tornado bombeiros excelentes?!

241

Agosto 21

Um plano perfeito

Os brinquedos decepcionados se reuniram escondidos na garagem da casa de Andy.

– Eu sabia! – resmungou Jessie. – Com Emily foi a mesma coisa!

– Sargento tinha razão – observou Porquinho.

– E Woody estava errado! – reclamou o Sr. Cabeça de Batata.

– Fiquem calmos! Não é hora de ficarem histéricos! – interveio Buzz.

– Pelo contrário, é o momento perfeito! – respondeu Porquinho.

– Eu posso ficar histérico? – perguntou Rex, à beira da histeria.

– Agora não! – ordenou Buzz.

Naquele instante, Jessie soltou um "Irrá!" característico e alegre, e todos se voltaram. Agarrada na traseira do carro da mãe de Andy, cujo porta-malas estava aberto, ela apontou para as caixas de brinquedos de Molly, destinadas à creche Sunnyside.

– É disso que precisamos, pessoal! – exclamou ela.

E foi, então, que seus amigos, convencidos, decidiram escalar para as caixas. Buzz hesitou. Se separar de Andy e de Woody era muito doloroso...

– Jessie, espere! E Woody?

– Vai com Andy para a universidade, você viu!

– Buzz?

O Patrulheiro do Espaço se virou. Woody tinha acabado de entrar na garagem e olhava todos eles assustado.

– O que estão fazendo? Vocês não sabem que todos esses brinquedos vão ser doados?

– Tudo está sob controle – assegurou Buzz. – Nós temos um plano!

– Nós vamos para a creche! – explicou Rex.

– Mas vocês estão completamente birutas!

– Você não viu que a gente foi jogado no lixo? – alarmou-se o Sr. Cabeça de Batata.

Woody explicou que Andy queria guardá-los no sótão, mas que sua mãe tinha apanhado o saco pensando que era lixo.

– Eu imploro, acreditem em mim, é a verdade!

Os brinquedos se entreolharam por um instante. A decisão estava tomada. Afinal, Woody, que sempre tinha sido o preferido de Andy, não conseguia entender! Se Andy realmente gostasse deles, por que tinha chamado a todos de "velharia" antes de jogá-los num saco de lixo? Um por um, eles saltaram na caixa. Furioso, Woody se agarrou na traseira para tentar empurrar a caixa para fora do carro. De repente, a mãe de Andy fechou o porta-malas, sentou-se atrás do volante e deu partida no carro!

– Ah, bravo! – fulminou Woody. – Agora vamos levar uma eternidade para voltar!

Voe, balão, voe!

AGOSTO 22

Em um belo dia ensolarado, Mickey propôs aos seus amigos um passeio de balão.

– Para ir aonde? – resmungou Donald, sem muito entusiasmo.

– Além das nuvens! – anunciou Mickey.

– É a hora do almoço e não quero perder uma refeição – murmurou Donald.

– Veja, Donald, preparei uma cesta de piquenique! – disse Minnie.

Donald ficou um pouco aliviado. Felizmente, o balão não estava pronto para partir...

– Nós não temos nada para enchê-lo! – constatou Mickey.

– Mas que pena! – suspirou Donald, que mal conseguia esconder o sorriso.

– Toodles! – chamou Mickey.

Toodles apareceu. Na ponta de sua mão articulada, havia um fole!

Logo, o balão estava cheio de ar e a turminha se preparou. Pouco depois, ele pairava graciosamente no ar.

– Vamos embarcar! – ordenou Mickey.

Donald subiu a contragosto. O balão sobrevoou a casa de Mickey.

– Vejam! – maravilhou-se Minnie. – Nossa casa é tão pequena!

– O que é essa montanha diante de nós? – perguntou Pateta.

De repente, uma ventania lançou o balão contra o cume. Mickey e seus amigos acabaram presos no topo da montanha e não conseguiram descer sozinhos.

– Toodles! – chamou Mickey. – Venha rápido nos socorrer!

Toodles foi até eles e ofereceu maxiferramentas: um triângulo, um pedaço de tecido, uma escada e uma luneta.

Com Toodles, é sempre preciso adivinhar!

– O que vamos usar? – perguntou Minnie, perplexa.

Margarida tocou o triângulo para pedir ajuda, mas ninguém apareceu. E o pedaço de tecido era muito pequeno para remendar todos os furos do balão...

– Vamos usar a luneta – sugeriu Mickey.

Pateta ajustou o instrumento e constatou que o chão estava muito, muito longe.

– Pois bem, só nos resta uma solução, é a escada – concluiu Mickey.

– Eu primeiro, eu primeiro! – reclamou Donald.

– Não – retrucou Mickey. – Vamos tirar a sorte. Cada um pegue um papel!

Donald tirou o número dois. Por fim, ele ficou muito contente. Como Margarida iria na sua frente, ele veria se a escada era firme!

Logo, todo mundo chegou à terra firme e, para apaziguar as emoções, Donald pôde comer toda a torta do piquenique!

AGOSTO 23

CHEGADA A SUNNYSIDE

Durante o trajeto até a creche, os brinquedos de Andy conheceram a Barbie de Molly. A pobre boneca estava aos prantos.

– Vamos, vamos – disse o Sr. Cabeça de Batata batendo em seu ombro. – Tudo vai ficar bem!

– Ah, eu sei bem que Molly e eu não brincamos juntas há muito tempo, mas é só que... eu ainda não consegui me acostumar com a ideia de ter sido abandonada assim...

– Bem-vinda ao clube, pequena – suspirou o Sr. Cabeça de Batata.

De repente, a caixa se abriu e Buzz e Woody escorregaram para o meio de seus amigos.

– Vai ser preciso agir rápido para voltar para a casa de Andy – começou o caubói. Nós poderíamos nos esconder debaixo dos assentos do carro e esperar, o que acham?

– Woody, coloque isso de vez na sua cabeça de plástico: Andy não quer mais saber da gente! – resmungou o Sr. Cabeça de Batata.

– Mas ele ia guardar vocês no sótão!

– Ele nos abandonou! – interrompeu Jessie, furiosa.

Ao vê-los perto de discutir, Buzz colocou-se entre o caubói e a vaqueira.

– Ei, calma, vocês dois!

– Muito bem – disse Woody. – Esperem então para ver como é Sunnyside!

– Por quê? Como é? – inquietou-se Rex.

– Não há nada de mais triste e entediante... É de verdade o último recurso dos velhos brinquedos sem dono!

Ao ouvir essas palavras, Barbie começou a chorar. Porquinho fulminou Woody com o olhar.

– Ah, muito bem, caubói "galante"!

– Vocês vão ver; assim que chegarem lá, me suplicarão para voltar para nossa casa! – reclamou Woody, irritado.

Bem naquele instante, o carro parou; todos sabiam que tinham chegado. Estavam no estacionamento da Sunnyside, diante de um prédio de muros pintados de cores alegres. A mãe de Andy saiu do carro, abriu o porta-malas, apanhou a caixa e se dirigiu para a recepção, enquanto os brinquedos tentavam ver alguma coisa pela abertura.

– Tem um parquinho no jardim! – disse Jessie.

Dali eles conseguiam ouvir gritos alegres e as risadas de crianças.

– Acho que ganhamos na loteria, Bala no Alvo! – exclamou Jessie.

Todos os brinquedos comemoraram.

– "Triste e entediante", você disse? – debochou o Sr. Cabeça de Batata.

Woody começou a se questionar. E se ele tivesse se enganado no fim das contas?

244

Disney Princesa

A PEQUENA SEREIA

AGOSTO 24

Um novo penteado

Ariel olhou seus cabelos no espelho. Ela os achou abomináveis. E aquela cor vermelha, que horror! Normalmente, aquilo não a incomodava. Uma passada de zirgouflex e estava tudo certo! Mas, naquele dia, ela queria uma mudança.

Ela ainda se olhava no espelho quando suas irmãs entraram no quarto.

– O que está fazendo, Ariel? – perguntou Aquata, a irmã mais velha.

– Nada... Tentando um novo penteado...

– Você deveria parti-lo no meio – disse Aquata. – Quer que eu a ajude?

– Ah, sim!

Aquata começou a dividir os cabelos de Ariel quando sua irmã Andrina interveio:

– Isso não é o suficiente! Vamos precisar de cachos!

– Tudo bem! – disse a Pequena Sereia. – E ela permaneceu pacientemente sentada enquanto Andrina enrolava seus cabelos em bobes, que foram retirados meia hora mais tarde.

– Isso não é suficiente! – lançou Arista, outra de suas irmãs. – Imagine como ficará bonita se pintarmos seu cabelo de preto com tinta de polvo!

– É verdade, muda muito! – reconheceu Ariel ao ver a sua nova cabeleira escura como tinta.

– Sim, muda bastante – disse sua irmã Attina. – Mas, se quiser deixar ainda melhor, deveria prendê-lo. Fazer um rabo de cavalo, ou dois... Não, três!

E logo Ariel se viu não com um, mas com três rabos de cavalo cacheados na cabeça.

– Sabe o que falta? – perguntou sua irmã Adella, examinando o penteado. – Tranças! Sim, tranças! Venham me ajudar, garotas!

Em tempo recorde, os três rabos de cavalo de Ariel estavam divididos em dezenas de tranças comuns e embutidas.

Ariel se olhou no espelho... E logo desviou o olhar! Que horror!

– E se fizéssemos um bom corte? – propôs sua irmã Alana.

– Chega! – gritou Ariel. – Não vão cortar meu cabelo! Eu queria uma pequena mudança, não uma transformação total!

– Como quiser! – disseram suas irmãs, ajudando-a a desfazer todo o trabalho.

Para sua grande decepção, Ariel logo retomou sua aparência normal. Mas ela achou a experiência interessante. Mudar o penteado não tinha sido algo definitivo, mas e se ela mudasse outra coisa? Ela balançou a cabeça, suspirando. Ela era uma sereia ruiva e pronto!

245

Agosto 25

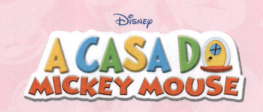

Um sapo esquisito

Mickey e Pateta jogavam xadrez quando um sapo entrou pela janela e foi parar bem no meio do tabuleiro!

– Peguei! – exclamou Pateta agarrando-o.

Mas ele tropeçou no tapete e caiu de cabeça numa bacia espalhando água para todo lado.

– Como vamos limpar essa bagunça? – suspirou Pateta.

– Toodles! – chamou Mickey.

Toodles trouxe um esfregão, e os dois amigos secaram o chão. Todas aquelas emoções deixaram Pateta com fome e ele preparou um grande sanduíche com salsicha. Bem quando ele ia dar uma dentada, Mickey gritou:

– Pare! Veja o seu sanduíche!

Atraído pelo bom cheiro, o sapo tinha se esgueirado entre as fatias de pão!

Pateta se apressou para levar o guloso ao jardim. Mas ele escorregou entre seus dedos e *splash*! – foi parar na paleta de pintura de Margarida.

– Meu quadro e minhas roupas estão arruinados! – gemeu a pobre Margarida. – É preciso pensar um pouco antes de saltar por todo canto, sapo!

Mas o sapo não ouviu ninguém. Ele tomou fôlego e saltou sobre a bicicleta de Mickey e começou a andar. Minha nossa! A estrada não era longa e terminava num desfiladeiro! Felizmente, os dois amigos alcançaram a bicicleta antes que ela caísse, junto com o sapo, no vazio.

– Definitivamente temos que ajudar nosso amigo a encontrar um pântano – decidiu Mickey. – Lá, ele não vai fazer besteira.

De repente, o sapo parou diante de uma pizzaria. Mickey e Pateta aproveitaram para se aproximar dele devagar.

No entanto, o desajeitado pulou sobre uma *pizza*! O cozinheiro ficou coberto de molho de tomate, mas o sapo já tinha ido embora. Quando viu o aquário que Minnie levava, ele saltou lá dentro. Lançado no ar, o peixe vermelho foi recuperado em pleno voo pela ratinha.

– Toodles! – chamou Mickey. – Venha nos ajudar...

Toodles deu a eles uma rede de caçar borboletas e, logo, o sapo foi enfim capturado. Os amigos lembraram-se, então, da fonte!

– Este lugar me parece ideal para nosso novo amigo – concluiu Mickey. – Ele poderá saltar e mergulhar o quanto quiser.

Mickey e Pateta puderam enfim voltar para sua partida de xadrez.

– Vamos, jogue! – disse Pateta, impaciente.

– Espere um pouco... Eu não sou um sapo – respondeu Mickey. – Eu penso antes de me movimentar!

246

A Bela Adormecida

Pequenas fadas, mas grandes ideias!

O casamento do príncipe Filipe com a princesa Aurora estava próximo. As fadas madrinhas, Flora, Fauna e Primavera, queriam o presente ideal para a ocasião.

Voando diante de uma enorme caixa de papelão, estavam em uma grande discussão: era preciso tomar uma decisão.

– O que acham de um belo vestido cor-de-rosa para sua lua de mel? – disse Flora, cheia de certeza.

– E por que não uma carruagem? – sugeriu Fauna.

– O rei Estêvão já encomendou uma para eles – protestou Flora. – Vamos dar um vestido, estou dizendo!

– Tenho uma ideia! – exclamou Fauna. – Uma revoada de pombas, bem na saída da igreja! Vai ser perfeito!

– Não, ela precisa de um diadema que combine com seu vestido de noiva – interveio Primavera. – Sortido com três joias; uma vermelha por Flora, uma verde por Fauna e uma azul por mim. Isso lembrará nossa "pequena" Aurora do amor eterno que temos por ela.

– Um vestido é mais prático do que uma revoada de pombos – disse Flora, com firmeza.

– Mas os pombos são muito mais românticos! – gemeu Fauna.

– Qual é o problema com meu diadema? – reclamou Primavera, com as mãos nos quadris.

Mas nem Flora, nem Fauna levaram em conta sua proposta.

– Vamos, está decidido, vamos dar um vestido – declarou Flora.

– Pombos! – insistiu Fauna.

Primavera gesticulou desesperadamente para chamar a atenção de suas companheiras:

– E se escolhêssemos o... – começou a dizer, mas, de repente, Primavera perdeu o equilíbrio e caiu na caixa. Ainda uma vez, nem Flora, nem Fauna perceberam.

– Vamos dar os dois – exclamou a fadinha vestida de vermelho.

Fauna e Flora apontaram as varinhas em direção à caixa e a encheram de estrelinhas mágicas.

Uma longa fita de cetim embrulhou a caixa, desenhou um laço e fechou o pacote com um nó elegante.

Elas estavam prontas para ir para o castelo. Mas onde estaria Primavera?

– Ela deve ter ido embora primeiro – disse Flora.

Quando chegaram ao palácio, as duas fadas depositaram o pacote diante da princesa. Quando Aurora puxou o laço, Primavera saltou da caixa.

Ela ofereceu para a jovem um esplêndido diadema, cintilando com três pedras, uma vermelha, uma verde e uma azul.

– Ah, obrigada, minhas caras amigas! – disse Aurora. – Esta joia é perfeita!

Primavera olhou Flora e Fauna e disse com um grande sorriso:

– É exatamente o que eu pensava!

AGOSTO 27

UMA RECEPÇÃO CALOROSA

Para dizer a verdade, Sunnyside parecia um lugar bem simpático. Primeiro a mãe de Andy foi acolhida por uma recepcionista charmosa, cuja filhinha, Bonnie, brincava atrás do balcão. Depois, os brinquedos foram transferidos para uma sala chamada de "Sala das Borboletas". Como as crianças estavam no recreio, os brinquedos não podiam conter sua crescente agitação, que acabou por fazer a caixa tombar. Com os olhos arregalados, eles caíram de qualquer jeito no chão.

Pintada em cores pastel e belamente decorada, a sala em que se encontravam lhes pareceu simplesmente maravilhosa. De repente, alguém exclamou "Ah, novatos!", e todos os brinquedos da creche correram para lhes desejar boas-vindas. Um boneco que pula da caixa saltou até Jessie, um polvo apertou ao mesmo tempo as mãos de Porquinho, de Barbie e a pata de Slinky, e Rex se viu rodeado por uma série de pequenos dinossauros adoráveis. Por fim, foi a vez de um grande urso de pelúcia cor-de-rosa se aproximar.

– Bom dia, todo mundo! Bem-vindos a Sunnyside. Eu sou Lotso! – declarou ele calorosamente.

– Muito prazer – respondeu Buzz Lightyear. – Nós viemos em paz!

– Está claro que vocês passaram momentos difíceis – prosseguiu Lotso. – Mas fiquem tranquilos, aqui, estão em segurança. E logo verão que terem sido doados foi a melhor coisa que já aconteceu com vocês!

Woody ergueu os olhos para o céu incrédulo, mas Rex se aproximou do urso.

– Senhor Lotso, as crianças daqui brincam com a gente todos os dias?

– O dia todo, cinco dias da semana!

– E o que acontece quando eles crescem? – perguntou Jessie.

– Outras crianças as substituem, o que quer dizer que você não será abandonado ou esquecido nunca.

Radiantes, os brinquedos olhavam para os novos companheiros.

– É isso que chamo de milagre! – exclamou a Sra. Cabeça de Batata.

– E você que queria que nós ficássemos na casa de Andy – disse o Sr. Cabeça de Batata para Woody.

– Nós ainda somos seus brinquedos – protestou o caubói.

Lotso avançou em direção a ele e colocou amigavelmente a pata em seu ombro.

– Então, foi esse Andy que doou vocês? Bem, esse é o problema, xerife. Agora ele nunca mais poderá fazer mal para vocês.

O sonho de Alice

AGOSTO 28

Em um belo dia de verão, Alice, sentada debaixo de uma árvore, ouvia distraidamente a lição de história que sua irmã mais velha estava lendo. Ela tinha escolhido uma narrativa sobre a Grécia antiga, e Alice estava ficando entediada. A hora do chá não ia chegar nunca? O cheiro dos pãezinhos que tinham saído do forno chegava a suas narinas, e seu estômago roncava.

"Como deve ser assim pequena?", ela se perguntou seguindo com os olhos uma pequena lagarta que subia numa folha. Em um instante, Alice ficou minúscula e o jardim começou a crescer, crescer, tanto que a folhagem acima de sua cabeça estava tão alta quanto árvores. A lagarta, que tinha agora o mesmo tamanho de Alice, balançou as antenas em sua direção e continuou crescendo.

– Oh! – exclamou Alice, apavorada. – Tenho que voltar agora mesmo para casa, senão vou me atrasar para o chá!

Ela se embrenhou por uma passagem na floresta de folhagem para chegar ao caminho. Mas aquele caminho que antes se erguia levemente, tinha agora ares de montanha!

E não dava nem para ver a casa.

– Nunca chegarei a tempo para... Upa!

Alice sentiu que a tinham erguido.

Quando olhou para baixo, soltou um grito: três formigas a levavam nas costas!

– Coloquem-me no chão imediatamente! – ordenou ela com uma voz irritada.

Mas as formigas fingiram que nada estava acontecendo. Virando-se bruscamente, Alice conseguiu alcançar o chão. Sem perceber que seu carregamento tinha desaparecido, as formigas continuaram seu caminho.

– Tudo bem! De toda forma, não estou longe de casa! – disse Alice avistando o telhado da casa.

Logo ela se encontrou à margem de um imenso pântano. Como ela iria atravessá-lo? De repente, uma grande folha se soltou de um galho e caiu na água, a seus pés. Rapidamente, Alice escalou a folha e se deixou levar pela brisa até a outra margem.

– Agora estou bem perto, de verdade! – exclamou ela, radiante.

Mas eis que um pássaro enorme caçava no pântano e agarrou Alice pela manga do vestido.

Ela sentiu que era erguida pelos ares.

– Ah, que barbaridade! – resmungou ela. – Nunca chegarei em casa para o chá.

– Acorde, Alice, Alice! Você já dormiu bastante!

E, com um suspiro de irritação, sua irmã se levantou dizendo:

– A lição de hoje acabou, pois é hora de voltar para o chá.

249

AGOSTO 29

O PLANO "T"

Um Aerofólio de Prata seria o prêmio da equipe ganhadora da corrida que colocaria frente a frente duas escolas: a de Doc Hudson, a "Fabulosa Academia Hudson Hornet", e a nova Academia de Chick Hicks. Elas eram bem diferentes. Enquanto Doc Hudson privilegiava o trabalho, Chick tinha colocado em prática uma tática que ele apelidou de "O plano TTT", ou seja, a primeira letra de uma única palavra repetida três vezes: "Trapacear, Trapacear, Trapacear!".

"Eles não têm nenhuma chance", pensou Chick observando seus adversários, Mate e Relâmpago. "Com TK, meu melhor aluno, nós vamos acabar com ele!"

Para aquela corrida especial, Relâmpago e Chick se modernizaram com novos turbos. A bandeira verde foi baixada e os quatro carros arrancaram de uma vez.

– Corra, ultrapasse Relâmpago e nos livre dele! – ordenou Chick a TK.

Na hora, o jovem corredor alcançou Relâmpago, ultrapassou-o e lançou um fio de óleo no asfalto! Depois de uma terrível derrapagem, o pobre Relâmpago se viu na rabeira da corrida. Chick aproveitou para se aproximar de seu companheiro de equipe.

– Rumo à linha de chegada! – declarou o aluno orgulhosamente.

Mas Chick não gostava de dividir. Achando que não precisava mais de TK, ele o empurrou violentamente para fora da pista! Estupefato, Relâmpago avisou Doc Hudson por rádio.

– É hora de colocar em prática o NOSSO Plano T! – decidiu Doc. – Mate, siga exatamente as minhas instruções!

No meio do percurso, graças ao seu talento como condutor, Relâmpago logo retomou a ponta, Mate estava logo atrás dele, e Chick, irritado, na retaguarda. Seu nervosismo aumentava: a cada vez que ele tentava ultrapassar o reboque, Mate começava a ziguezaguear, bloqueando completamente a sua passagem!

– Vai sair da frente, seu ferro velho? – urrou ele, louco de raiva.

– Nem adianta tentar me bater! – retrucou Mate com um sorriso.

Essa brincadeira durou até o fim da corrida e, quando, graças a Mate, Relâmpago passou como vencedor pela linha de chegada, Chick não conseguiu se dar por vencido.

– Parabéns – disse Doc a seus dois campeões. – Nosso plano funcionou muito bem!

– Isso sim – comemorou Mate. – A propósito, o "T" é de qual palavra?

– Ah, para a gente, não é o "T" de "Trapaça", mas o "T" de "Time", ou seja, "equipe"! – respondeu Doc. – Porque é trabalhando em equipe que a gente pode ganhar! Chick ainda não entendeu, e é por isso que ele ainda está...

– Plantado! – brincou, então, Mate com uma piscadela. – Obrigado, Doc!

250

Paixão em Sunnyside...

Agosto 30

Depois de ter acolhido os brinquedos de Andy e de tê-los tranquilizado, Lotso, que claramente parecia ser o chefe de todos os residentes da creche, retomou a palavra.

– Vamos começar apresentando o local, sim? Ken?... Onde está esse rapaz?

Ken apareceu detrás de uma das janelas de uma magnífica casa de bonecas. Um grande sorriso iluminou seu rosto quando ele viu os novatos.

– Olá, todo mundo! – exclamou ele quando saiu.

– Ken, poderia mostrar para nossos amigos onde eles vão viver de agora em diante? – perguntou Lotso.

– É claro! Queiram me seg...

Ele parou de falar na hora quando botou os olhos em Barbie. Durante alguns segundos de encanto absoluto, os dois se contemplaram boquiabertos.

– Oi, eu sou o Ken! – ele acabou balbuciando.

– Eu sou a Barbie – respondeu ela, sem fôlego. – Já não nos vimos em algum lugar? – acrescentou ela pestanejando.

– Eu me lembraria, tenho certeza...

Claramente, era uma paixão à primeira vista; todos os brinquedos olharam para eles carinhosamente. Depois Lotso interveio.

– É preciso ir, Ken. O recreio não vai durar para sempre...

– Tudo bem... sigam-me!

Galantemente, Ken ofereceu o braço para Barbie, que o tomou, rindo.

– Vocês têm muito que conhecer – disse Lotso. – Sobretudo os menorzinhos que adoram brinquedos!

Ainda cético, Woody seguiu seus amigos contra a vontade.

– Que urso adorável! – murmurou Buzz.

– Ah, sim! E ele tem cheiro de morango... – entusiasmou-se Rex.

Atrás deles, Woody suspirou exasperado. Exatamente como um guia, Ken explicava a respeito do lugar.

– Devo dizer que, aqui, todos os brinquedos veem seus desejos realizados – disse ele...

– E lá – acrescentou Lotso, apontando uma série de caixas de plástico –, temos uma quantidade enorme de pilhas novas, cola e peças extra!

Ele abriu um armário. Woody e seus amigos descobriram lá dentro um verdadeiro ateliê, no qual alguns brinquedos consertavam outros, colocando braços, pernas, remendando rasgos, trocando pneus, colando a pelúcia ou polindo o plástico.

– Estão vendo? Mesmo se envelhecerem, não tem problema! – declarou Lotso.

Impressionados, Porquinho, Rex e seus companheiros sorriram alegres. Estava claro, a creche era um paraíso!

251

Agosto 31

Especialidades

Adivinhem qual é a especialidade do restaurante de Remy... Ah, sim, *ratatouille*! Que fique claro, foi o próprio Ego que avaliou a qualidade de seu prato favorito (ele mesmo deu as notas!) e, de maneira geral, é preciso dizer que ele tinha uma quedinha pelos pratos elaborados pelos ratinhos...

Alguns de seus semelhantes humanos começaram mesmo a murmurar que os ratos eram seus queridinhos...

Remy estava de cara feia. Ele tinha decidido falar sobre o assunto com Anton Ego:

– Ego, meu caro Ego – começou Remy –, nossos amigos humanos têm a impressão de que você está nos dando preferência. Os ratos só tiram nota dez, enquanto os humanos só chegam na média... Eles estão com o moral abalado!

– Não é culpa minha se os ratos são melhores do que os humanos – protestou Ego. – É difícil não ver ratos tão bons na *ratatouille*!

– Mas não é só a *ratatouille* que conta! – observou Remy. – E os outros pratos?

Ego levantou um dedo pedante:

– A meus olhos, saber fazer uma boa *ratatouille* é a verdadeira marca do gênio culinário. De sua simplicidade e de sua veracidade; atenção, eu não disse "voracidade"!; os ratos sabem preparar uma *ratatouille* que não ficaria para trás da que minha mãe preparava.

Remy coçou a cabeça. De repente, teve uma ideia:

– Quais eram as outras especialidades de sua mãe? – perguntou ele.

Ao ouvir aquela pergunta, Anton Ego começou a revirar sua memória e um sorriso cândido apareceu em seu rosto. Ele sentiu de novo sob sua língua os sabores de pratos simples e deliciosos que sua mãe lhe servia. Mesmo quando ele caía, bastava sua mãe estender-lhe um prato fumegante e todos os seus problemas desapareciam.

– Frango ensopado! – exclamou ele. – Filé de carne! Bolinho de arroz! Torta de chocolate! Batata frita! Ah... as batatas fritas da mamãe! – suspirou Ego fechando os olhos deliciado. Quero as batatas fritas da mamãe!

– Você as terá! – assegurou Remy. – Batata frita e filé de carne! Frango ensopado e bolinho de arroz! E torta de chocolate!

Todo mundo se dedicou na cozinha, tanto os humanos como os ratos.

O ratinho sorriu. Dessa vez, ele tinha certeza de que Ego iria adorar todos os pratos, fossem eles feitos por humanos ou por ratos!

252

A sala Lagarta

— Este aqui é o Bebezão! – anunciou Lotso. – O pobrezinho foi abandonado ao mesmo tempo que eu, pela mesma menininha...

Depois de ter cumprimentado o imenso boneco que tinha acabado de abrir a porta para eles, os brinquedos de Andy seguiram Bebezão e Lotso pelos banheiros que separavam a sala Borboleta de outro cômodo.

— E aqui está o reino de vocês, a sala Lagarta! – disse Lotso.

Todos pararam, estupefatos com a beleza do lugar. Tudo era feito para o desenvolvimento e a diversão dos menorzinhos, desde cubos de madeira até quadros repletos de letras do alfabeto. E, por toda parte, pequenas cadeiras e pequenas mesas desarrumadas apontavam a atividade e o número de crianças. Buzz não pôde deixar de assobiar admirado.

— Ganhamos na loteria! – exclamou o Sr. Cabeça de Batata, radiante.

— É maravilhoso! – disse sua mulher, limpando uma lágrima de emoção.

Um pouco afastado, Woody também estava um pouco impressionado. De repente, um sinal discreto o fez levar um susto. Um velho telefone infantil acabava de esbarrar na sua bota, como que para chamar sua atenção.

— Olá, rapazinho... – disse Woody, um pouco surpreso com o brinquedo, que recuava e avançava em sua direção sem parar.

— Digam, na realidade – retomou Lotso –, faz quanto tempo que não brincam com vocês?

— Anos! – suspirou Slinky.

— Ah, então vocês vão ver, quando o sinal do fim do recreio tocar, vocês vão brincar como nunca brincaram antes! Mais uma vez, bem-vindos a Sunnyside!

— Muito obrigado, senhor Lotso! – exclamaram os brinquedos, impacientes.

Apenas Barbie suspirou com a ideia de se separar de Ken.

— Nós vamos revê-los? – perguntou ela.

O rapaz pareceu hesitar um segundo, depois, tomou sua mão com ímpeto.

— Barbie, venha morar comigo! Sei que isso parece maluco, ainda não nos conhecemos, mas quando vejo você, tenho realmente a impressão de que somos...

— ... feitos um para o outro! – completou Barbie com um sorriso.

Jessie e os outros se despediram dela, e Barbie foi embora com Ken, Bebezão e Lotso, que fechou a porta.

Assim que ficaram sozinhos, Woody viu seus amigos comemorarem. Como convencê-los agora, de voltar para a casa de Andy?

SETEMBRO 2

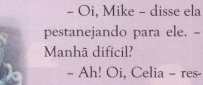

UMA CONFUSÃO MONSTRUOSA

Certa manhã, na fábrica, Mike Wazowski abriu a porta de seu vestiário e encontrou um bilhete colado lá dentro. Ele dizia:

Mike,
As rosas são vermelhas,
As violetas são azuis.
Estou de olho em você!
Com um beijo de...
Sua admiradora secreta

Mike ficou de boca aberta. Ele mostrou o bilhete para seu melhor amigo, Sulley.

– De quem você acha que é? – perguntou Sulley.

– Não faço ideia! – respondeu Mike. – Ei! Você não acha que pode ser a garota de seis braços do andar da Perseguição? Ou então a Celia, aquela recepcionista de quadril largo, com um olho só, de cabelos bonitos?

– Pode ser qualquer uma – disse Sulley. – Vamos ao trabalho.

A caminho do andar do Terror, Mike ficou penando em todas as possibilidades, mas logo ele ouviu a voz que mais detestava.

– Wazowski!

Era Roz, a responsável pela supervisão de portas, mal-humorada e severa.

– Você está me devendo relatórios! – disse ela.

– Ah... é verdade – disse Mike. Vou entregá-los o mais rápido possível, Roz.

Sulley e ele deram meia-volta apressados.

– Está certo, Wazowski – gritou Roz. – Mas estou de olho em você.

Mike e Sulley pararam na hora e se olharam.

– Ela disse...? – começou Sulley.

– "Estou de olho em você"? – disse Mike.

– Sua admiradora secreta – disse Sulley, com a garganta fechada – é a Roz?

– Nãããããão! – Mike urrou bem quando Celia passava.

– Oi, Mike – disse ela pestanejando para ele. – Manhã difícil?

– Ah! Oi, Celia – respondeu Mike com um tom melancólico, ainda traumatizado.

– Ora – disse Celia, – pensei que meu bilhete embelezaria seu dia.

Mike encarou-a fixamente.

– Seu bilhete? – disse ele, espantado. – Celia, minha admiradora secreta é você?

– Não estava claro? – suspirou ela. – "Estou de olho em você", entendeu? Eu tenho um olho só, exatamente como você.

Mike ficou aliviado.

– Eu ia perguntar se você gostaria de sair um dia desses – continuou Celia. – Mas se você não quiser...

Sem uma palavra, Mike se lançou nos braços de Celia e apertou-a muito forte contra ele.

– Obrigado, obrigado, OBRIGADO! – exclamou ele.

Celia deu uma risadinha.

– Bom... acho que isso é um "sim"!

A SEPARAÇÃO

SETEMBRO 3

— Escutem — começou Woody se aproximando de seus amigos —, esta creche é muito bonita, concordo. Mas devemos voltar...

Os brinquedos o encararam como se ele tivesse ficado completamente louco. Jessie se aproximou:

— Nós podemos começar uma nova vida aqui!

— Por que você não quer ficar, Woody? — perguntou Slinky.

— Vamos, cabeçudo, fique! — acrescentou Porquinho.

— Você vai poder brincar com as novas crianças! — disse o Sr. Cabeça de Batata.

— Não posso! Ainda pertenço ao Andy! E se ele nos quer com ele, quer seja na universidade ou no sótão, é lá que devemos estar. Então, vou voltar. Vamos, Buzz!

Para sua surpresa, o Patrulheiro do Espaço não se moveu.

— Nossa missão com Andy está terminada, Woody — declarou ele calmamente. — O importante agora é que a gente fique junto.

— Não podemos ficar sem o Andy!

— Mesmo sabendo que o Andy não liga mais para nós? — perguntou Rex.

— Juro que ele queria guardar vocês no sótão! Eu vi! E vocês o traíram!

— Woody! Acorda! — exclamou Jessie. — Andy agora é um adulto!

— Muito bem! Perfeito! Agora chega! — respondeu o caubói. — Eu vou voltar!

Chateado, Buzz esticou a mão para um cumprimento, mas Woody, profundamente ferido, não quis nem apertá-la. Triste, ele pediu a Bala no Alvo que ficasse com Jessie e, então, se dirigiu para a porta. Woody não precisou esperar muito tempo, pois a moça da recepção, procurando sua filha, Bonnie, deixou a porta aberta por alguns minutos e ele aproveitou para se esgueirar para fora.

Quando estava no corredor, ele se escondeu atrás de uma lata de lixo. Era ótimo querer voltar, mas, primeiro, era preciso dar um jeito de sair da creche! Felizmente, o vigia passou pelo corredor, e Woody pôde subir discretamente na traseira do carrinho de limpeza que ele empurrava. Pouco tempo depois, ele estava no banheiro, onde avistou uma janela aberta e conseguiu escapar para o lado de fora. Por fim, com a ajuda de uma calha, acabou subindo até o telhado do prédio. Lá, começou a refletir: "Como descer?" Uma corrente de ar foi a resposta, levando seu chapéu em direção a uma pipa enroscada não muito longe de onde ele estava. Depois de alguns saltos, Woody recuperou o chapéu, apanhou a pipa e sorriu.

De novo, ele iria voar!

Setembro 4

Primeiro dia de escola

Era o primeiro dia de escola de um ano todo novo para Nemo e seus amigos.

– Oi, Tad! Oi! Pérola! – cumprimentou Nemo. – Vocês não acham que é legal voltar para a escola?

– Hum – disse Tad –, eu não diria tanto.

– O que você quer dizer? – perguntou Nemo. – Vai ser ótimo! Este ano vamos aprender a subtrair e a dizer paralelepípedo.

– Sim! – disse Tad. – Mas sabe quem vai nos ensinar tudo isso?

– Quem? – respondeu Nemo.

Naquele momento, Sheldon, Jimmy e Jib chegaram.

– Ei, Sheldon – lançou Tad –, você deveria contar a Nemo sobre a nossa nova professora, a sra. Lagosta.

– Senhora Lagosta? – perguntou Nemo.

– Sim – confirmou Sheldon. – Parece que ela é a pior!

– Quem disse que é a pior? – perguntou Nemo.

– Sandy Plâncton. O primo dele, Krill, estudou com ela ano passado. Ele disse que ela era tão malvada que ele não queria mais ir à escola!

– E sabe o que ele disse para mim? – acrescentou Tad. – Ele me contou que ela tem umas pinças enormes e que as usa contra seus alunos se eles dão uma resposta errada!

– Oh! – disse Pérola. – Não diga isso. Vão me fazer soltar tinta!

– Parece horrível! – exclamou Nemo.

– É verdade – disse Jimmy. – Sandy disse que a sra. Lagosta nunca faz viagens de exploração, como o professor Raia. Ela dá um monte de deveres e não libera a gente depois da aula se esquecemos de entregar!

Nemo tremeu. Ele havia esperado o início das aulas o verão todo. E, agora, a escola ainda nem tinha começado e ele já queria que tivesse terminado.

– Não olhem agora – murmurou Sheldon –, mas acho que ela está vindo!

– Vou soltar tinta! – gemeu Pérola.

Nemo fechou os olhos com força e desejou de todo o coração que seu pai chegasse e o levasse para casa...

– Bom dia! – disse uma voz calorosa. – Vocês devem ser meus novos alunos!

"Hein?", pensou Nemo. Com certeza não era a sra. Lagosta de que estavam falando. Mas, quando ele abriu os olhos, ela estava bem ali.

– Jib, Jimmy, Nemo, Pérola, Sheldon, Tad... Espero que a gente se divirta muito, crianças. Sou a sra. Lagosta.

Nemo suspirou. Aquele Sandy Plâncton, não dava nunca para acreditar no que ele dizia! Porque, agora, Nemo tinha certeza: aquele ano seria uma beleza, no fim das contas!

BRINCADEIRA PERIGOSA

SETEMBRO 5

Depois de uma bela corrida de salto com obstáculos, Woody, agarrado à pipa, saiu voando do telhado da creche. Durante alguns segundos, ele achou que iria aterrissar impecavelmente sobre o gramado, mas uma ventania fez a coisa tomar outro rumo. Lançado como uma folha, ele acabou caindo sobre uma árvore, e foi se batendo de galho em galho até quase o chão. Finalmente, o cordão de suas costas que permitia que ele falasse – seus amigos costumavam chamá-lo de "corda vocal" – enroscou-se em um dos galhos, o deixando pendurado a centímetros do solo. Enquanto ele subia suavemente, à medida que o cordão o puxava, uma criança esbarrou nele ali pendurado, olhou bem para o boneco e desenroscou-o!

"Você é meu parceiro favorito!", disse a voz gravada de Woody enquanto a criança, a pequena Bonnie, o examinava com muito interesse.

– Bonnie! Venha rápido, minha querida!

– Já vou, mamãe! – obedeceu a menininha guardando o caubói em sua mochila, sem notar o chapéu que ficou perdido no chão.

E ela partiu para o carro de sua mãe.

– Fabuloso! – resmungou Woody, sacudido para todos os lados.

Aonde é que ele ia parar dessa vez?

Na creche, os brinquedos de Andy se preparavam para sua primeira tarde de brincadeiras com as crianças. Quando o sinal tocou, eles logo foram tomar os lugares que haviam escolhido e ficaram imóveis. Apenas Buzz notou alguns brinquedos desconhecidos que, avidamente, esconderam-se sob os móveis com ar aterrorizado. Por que estavam fazendo aquilo? Eles logo descobriram: violentamente, a porta da sala se abriu de uma vez e uma horda de crianças muito novas invadiu o cômodo desordenadamente. Estupefato, Buzz não teve tempo de fechar seu capacete.

Em alguns segundos, o pesadelo começou. Um garotinho e uma garotinha disputavam Slinky puxando-o o máximo possível, Rex perdeu sua cauda, Buzz se viu coberto de baba, Porquinho foi lambuzado de cola antes de receber uma

constelação de macarrão cru, e Jessie, transformada em pincel, ficou o tempo todo enfiada em um pote de tinta azul. Nem é preciso dizer que o Sr. e a Sra. Cabeça de Batata perderam braços, pernas, olhos e nariz na avalanche de mãos que tomaram conta dos dois! Aterrorizados, os brinquedos não puderam fazer nada. Seu paraíso, de repente, foi transformado em inferno!

257

SETEMBRO 6

MATE DITA A SUA LEI

Quando uma cidadezinha se torna repentinamente um ponto turístico muito popular, é normal que seus moradores às vezes sintam falta da calma que reinava antigamente em suas ruas. Sally estava pensando nisso naquela manhã, enquanto três ou quatro carros de corrida acabavam de passar muito rápido diante de seu hotel.

– Xerife – disse ela chegando ao café da Flo –, não existe uma maneira de pedir a esses jovens que desacelerem um pouco?

– Eu adoraria – respondeu Xerife –, mas tenho que tomar conta de mil coisas ao mesmo tempo...

– Você precisa de ajuda – refletiu Sally. – Por que não nomear um xerife adjunto?

Todo mundo achou a ideia excelente, mas quem iria se sacrificar? Naquele instante, Mate se juntou ao pequeno grupo.

– Mate, você estaria pronto para participar das forças da ordem? – perguntou Sally.

– Não sou muito bom em organização, senhorita Sally! – respondeu Mate.

– Não, só estou perguntando se você quer ser o xerife adjunto! – corrigiu Sally rindo.

Mate aceitou com entusiasmo, e todos se dirigiram para o tribunal. Depois de ter feito o juramento, o reboque indicou aqueles que o ajudariam em sua nova tarefa: Relâmpago, Sally, Lizzie e Sargento. Depois, Ramone pintou dois belos distintivos em sua carroceria, e Flo ofereceu uma rodada para todo mundo.

Uma hora depois, o ronco de um motor deixou os novos representantes da lei alertas.

– Aí estão os jovens desta manhã! – exclamou Sally.

– Estou pronto! – disse Mate posicionando-se no meio da estrada, abaixo do semáforo que piscava.

Assim que o viram, os quatro garotos problema desaceleraram, espantados. Calmamente, Mate avançou para explicar por que eles deveriam respeitar o limite de velocidade enquanto atravessavam a cidade.

– A gente não sabia que tinha que andar mais devagar aqui! A gente vai prestar atenção, prometeu DJ, o chefe do grupo.

– Mas diga-me, senhor xerife adjunto... para que serve, então, esse semáforo que pisca?

Mate ergueu os olhos.

– Ele serve para lembrar todo mundo de que é preciso prestar atenção na velocidade – anunciou ele. – Como dá para vê-lo de longe, a partir de hoje, assim que botarem os olhos nele, tirem o pé da tábua, está certo?

– Certo! – aceitaram DJ e seus amigos.

– Já que é assim, vou oferecer a vocês uma rodada, jovens! – propôs Flo, radiante. – Não é tão ruim, no fim das contas, ter esse semáforo bem na frente do meu café. Quanto mais desacelerarem, mais chances de pararem no meu café! Muito bem, Mate, e obrigada!

A Bela e a Fera

Torta engraçada!

Bela caminhava na direção do vilarejo pensando no maravilhoso livro que ela acabara de ler. Uma história cheia de dragões que cuspiam fogo, de feiticeiros e de corajosas princesas!

Ela suspirou alegremente e voltou a seus pensamentos mais realistas. Bela queria levar uma torta de abóbora ou de maçã para comer com seu pai no jantar aquela noite. De repente, ela foi interrompida por um forte barulho. Antes que pudesse dizer uma palavra, Bela já sabia quem andava atrás dela. Ela reconheceria aquele passo em qualquer lugar.

– Gaston – murmurou ela chateada.

– Bela, é você? – disse Gaston. – Você surgiu de um dos seus livros?

– Bom dia, Gaston – respondeu ela, tentada a mergulhar novamente em uma de suas páginas queridas.

– A caminho do mercado, não é? – anunciou Gaston. – Posso acompanhá-la?

Cercando-a de uma torrente de palavras que exaltavam suas muitas qualidades, Gaston continuou no seu rastro, loja após loja.

– Meu Deus, Gaston, você sem dúvida tem coisa melhor para fazer – disse Bela num tom elogioso.

– Sim, é verdade, obrigado! – respondeu Gaston percebendo que, na verdade, a jovem não tinha feito um elogio. Seu sorriso desapareceu quando ele entrou na padaria.

Bela se adiantou e pediu uma torta de maçã antes que Gaston abrisse a boca. Com a torta em sua cesta, Bela se despediu de Gaston e do vendedor.

– Até logo, senhores! – disse ela indo embora num ímpeto.

– Bela, espere! – gritou o pretendente segurando-a pelo braço.

– Não posso enrolar, Gaston – respondeu a jovem. – Tenho que voltar e preparar o jantar.

– Deixe-me acompanhá-la – disse Gaston, cavalheiresco –, eu insisto. Você precisa de proteção. O mundo está cheio de predadores, de ladrões e de monstros! – acrescentou ele com um tom dramático.

Bela estava quase se conformando quando eles ouviram alguém se aproximando pelo caminho. Alguém com forte presença. Gaston empurrou Bela para um lugar seguro. Foi tão "delicado" que ela caiu no chão. E a cesta foi pelos ares!

– Cuidado! – gritou Bela.

Mas era tarde demais, o "monstro" surgiu. Era apenas Philipe, o cavalo de seu pai! A torta tinha ido parar bem na cara de seu cavalheiro protetor. Era a primeira vez que Bela ria olhando para ele!

Setembro 8

Na casa de Bonnie

– Chegue um pouco para lá, Sr. Espeto! Nós temos um Xerife como convidado!

Mal tinha chegado em seu quarto, Bonnie tirou Woody da mochila e o instalou em um assento ao redor de uma mesinha onde se espremiam os outros brinquedos. Sr. Espeto, um pequeno ouriço de calças verdes, foi gentilmente reposicionado ao lado de um unicórnio branco. Congelado, Woody deixou a menina brincar com ele até que ela resolveu sair do quarto.

– Olá! – murmurou ele então aos outros – Ei! Estão me ouvindo?

– Psiu! – respondeu o Sr. Espeto.

– Podem me dizer onde estou?

– Fique quieto! – sussurrou o Sr. Espeto.

– Vamos – disse o unicórnio branco. – O jovem só está nos fazendo uma pergunta!

– Sim, mas devo continuar me concentrando no papel que Bonnie quer que eu desempenhe, então, sinto muito! – resmungou o ouriço.

– Meu nome é Botão de Ouro – apresentou-se o unicórnio. – E você acabou de falar com nosso amigo, o "Sr. Psiu!" – zombou ele.

– Eu sou a Trixie! – disse amavelmente um tricerátopo. – E você está provavelmente em um café de Paris, ou de Nova Jérsei... depende de Bonnie!

– Psiiiiiu! – insistiu o Sr. Espeto, irritado.

– Psiiiiiu! – imitaram os outros dois para deixá-lo ainda mais nervoso.

– Escutem, gostaria apenas de saber como ir embora daqui – retomou Woody. –Poderiam me ajudar?

– Mas por quê? Este é o melhor lugar do mundo – espantou-se Trixie.

Bonnie voltou ao quarto e continuou brincando até a noite. Então, era hora de ir para a cama; ela adormeceu enfim, com seus brinquedos preferidos junto dela, e Woody ficou muito surpreso de estar entre eles! Apesar disso, ele decidiu retomar o caminho para a casa de Andy. Silenciosamente, ele desceu da cama e foi ler o endereço da menininha, costurado em sua mochila.

– Rua dos Sycamore, 1225... – murmurou ele.

– Psiiiu, Woody! O que está fazendo? – perguntou Sr. Espeto.

– Vou voltar para Andy! Ele é o meu dono – explicou Woody enquanto os outros brinquedos se aproximavam. – É por isso que tenho que voltar para casa...

– E onde fica isso, a sua casa? – perguntou uma das Ervilhinhas, intrigada.

– Rua Elm, 234. Vocês têm um mapa?

– Um mapa? Está um pouco ultrapassado, caubói! – disse sorrindo uma bela boneca que se chamava Dolly. – Não é, Trixie?

– Sim! Vou ligar o computador! – propôs o tricerátopo.

Woody, então, sorriu aliviado.

A VOLTA ÀS AULAS

SETEMBRO 9

O vento rodopiava levemente, as folhas ficavam avermelhadas e amareladas, de acordo com sua vontade, e os dias ficavam mais curtos. Já era hora de Christopher Robin voltar para a escola, assim como era hora de seus amigos da floresta se darem conta de que deveriam fazer o mesmo.

Mas brincar de escolinha, não duvidem, era muito diferente do que ir à escola. Não havia professor para lhes dizer o que deveriam fazer. E depois de ficarem sentados durante o que lhes pareceu quarenta e cinco minutos, ursinho Pooh e seus amigos concluíram que estava faltando algo muito importante em sua brincadeira.

– Talvez seja a hora do lanche – sugeriu Pooh.

– Não acho que seja isso – disse Leitão.

– Nosso problema – anunciou Corujão – é que não temos professor. Uma classe não está completa, é sabido, sem um professor. É por isso que ofereço a vocês com prazer a minha experiência.

– Um minuto – interrompeu Coelho –, e por que tem que ser você o professor? Alguns podem dizer, e sou o primeiro, que sou mais apropriado para esse trabalho.

– Você? – Corujão franziu a testa.

– A gente deveria votar – disse Leitão. – Eu adoraria eleger Pooh como professor.

– Eu? – disse o ursinho. – Obrigado, Leitão. Aceito com prazer. Mas o que é mesmo... um professor?

– Mas será possível! – disse Corujão com desprezo. – Um "professor", meu caro Pooh, é aquele que lidera toda a classe.

– Para distribuir lanches? – perguntou o ursinho, cheio de esperança.

– Não – disse Corujão. – Para transmitir um conhecimento.

– Ah! – disse Pooh. – Não acho que me agradaria, na verdade, ser professor.

– Pois bem, se não lhe apetece, e se todo mundo estiver de acordo, eu serei o professor – disse Ió com um ar desanimado. – Provavelmente eu não daria um bom aluno de qualquer maneira.

– Fora de questão! – exclamou Coelho.

– Ei! – disse Christopher que voltava de um dia agradável e instrutivo na escola. – O que estão fazendo?

– Brincando de escolinha... acho – disse Pooh.

– Mas não temos professor – explicou Leitão.

– Eu poderia ser o professor – disse Christopher. – Aprendi tantas coisas hoje na escola.

– Uhuu! – exclamou Guru. – Vamos começar agora mesmo!

Setembro 10

A descoberta de Buzz

Durante aquela tarde terrível de "brincadeiras" na Sala Lagarta, Buzz pôde ver por uma janela que a outra sala, a Borboleta, era muito mais calma e acolhedora para os brinquedos. Ele, então, percebeu que alguma coisa não estava certa. Brinquedos como ele e seus amigos não eram absolutamente destinados a crianças tão pequenas! Assim que ficaram sozinhos, o patrulheiro e seus companheiros voltaram à vida. Todos pareciam combatentes exaustos.

– Estou todo distendido! – queixou-se Slinky.

– Alguém viu a minha cauda? – perguntou Rex.

– Derida, aqui está seu braço! – disse em tom anasalado o Sr. Cabeça de Batata para sua esposa. – Você dão deria encontrado beu dariz, or acaso?

– Temos que falar com Lotso – decidiu Buzz depois de estalar seus membros doloridos. – Não temos nada para fazer aqui. Sem dúvida, temos que nos mudar para a outra sala!

Eles tentaram abrir as portas, mas todas estavam trancadas. A única saída era um vidro entreaberto que dava para o corredor. Graças a seus amigos, Buzz conseguiu alcançá-lo e contemplou os arredores. Chunk e Cacoete, dois brinquedos da Sala da Borboleta, passavam não muito longe. Instintivamente, Buzz aguçou o ouvido.

– Você acha que eles "se divertiram bastante"? – zombou Chunk, o brinquedo monstro, com o olhar pregado na porta da Sala Lagarta.

– Fique quieto, eles vão ouvir! – respondeu Cacoete, o brinquedo com a cabeça de inseto.

Buzz franziu o cenho. O que significavam aquelas palavras? Eles tinham sido mandados de propósito para a linha de fogo? Intrigado, o patrulheiro se deixou escorregar para o chão e seguiu os dois fofoqueiros. Eles se encontraram com Ken, depois, se dirigiram para outra sala.

Silenciosamente, Buzz entrou no cômodo e os viu ir para o interior de uma máquina distribuidora de salgadinhos. Decidido a saber mais, Buzz, por sua vez, também entrou na máquina.

– Então, o que vocês acham dos novos recrutas? – perguntou Ken aos outros brinquedos, reunidos lá para jogar roleta.

– Eles dão para o gasto! Respondeu Estica, a polvo. Nós vamos ter sorte se eles aguentarem uma semana!

Escondido na sombra, Buzz fechou a cara. Era isso mesmo, aqueles brinquedos tinham sacrificado ele e seus amigos de propósito! Furioso, ele decidiu sair da máquina para avisar seus amigos.

O presente de Gepeto

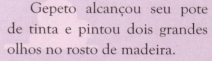

Naquele dia, Gepeto estava ocupado pintando um relógio em seu ateliê quando teve uma ideia.

– Eu sei o que vou fazer com o tronco que encontrei! – disse ele para seu gato, Fígaro. – Uma bela marionete!

Abandonando o relógio, Gepeto se pôs a trabalhar. Assim que terminou a marionete, foi buscar suas latas de tinta e alguns pedaços de tecidos.

– Vejamos, Fígaro, os olhos dela serão azuis ou verdes? Seus cabelos, loiros ou morenos? E seu vestido?

De repente, ele ouviu um barulho. Ao se aproximar da janela, ele avistou crianças que voltavam da escola gargalhando.

– Eu adoraria ter um filho! – suspirou ele.

Uma garotinha andava tranquilamente com sua mãe e, quando um grupo de menininhas passou, ela olhou-as com timidez.

"Ela deve ter acabado de se mudar", pensou Gepeto. "Aposto que adoraria ter uma amiga." Inclinando-se na janela, ele gritou para a garotinha:

– Com licença, acho que preciso de seus conselhos...

A criança apertou o passo em direção à casa do artesão puxando a mãe pela mão. Um convite para visitar o ateliê de Gepeto, que beleza!

– Minha amiga precisa que eu desenhe seus olhos – disse Gepeto, apontando a marionete. – Mas eu não sei que cor escolher!

– Verde! – respondeu a criança, depois de alguns instantes de reflexão.

Gepeto alcançou seu pote de tinta e pintou dois grandes olhos no rosto de madeira.

– E os cabelos?

– Castanhos! – disse a garotinha com um sorriso.

Gepeto pintou delicadamente cachos castanhos na cabeça da marionete.

– Ela precisa de um vestido! Vermelho ou violeta?

– Violeta – disse a criança, depois de ter dado uma olhada em seu próprio vestido.

Gepeto confeccionou um vestidinho violeta para sua marionete, depois, acrescentou uma bela boca sorridente.

– Mais uma coisa... – disse ele. – Estou muito ocupado, o dia inteiro em meu ateliê. E temo que uma mocinha vá se entediar aqui. Você poderia me fazer um último favor? Você gostaria de cuidar dela?

– É claro! Obrigada! – exclamou a criança, com o rosto radiante de alegria. E, tomando a marionete nos braços, ela saiu do ateliê.

– Eu agradeço! – disse a mãe. – Você daria um excelente pai!

Gepeto sorriu. "Se isso pudesse acontecer comigo!", pensou ele.

SETEMBRO 12

GELADO AO RESGATE

Naquela noite, tudo se desenrolava como de hábito para Gelado, o antigo super-herói, capaz, no passado, de congelar ou cobrir de neve uma cidade inteira. Ele tinha tomado uma ducha, feito a barba bem rente e se preparava para jantar no restaurante com sua mulher quando viu passar diante de sua janela o topo metálico de um enorme robô, seguido de um helicóptero do exército! Como ele morava no vigésimo andar do prédio, logo adivinhou que os infelizes soldados não poderiam fazer nada contra um inimigo tão gigantesco. Aquele era um trabalho para super-heróis, e pouco importava se era proibido pela lei!

Apanhando o controle remoto, ele apertou um botão que fazia tempo que não era usado. Em um piscar de olhos, as paredes do salão deslizaram em silêncio, revelando um material sofisticado de vigilância e o manequim sobre o qual repousava, como de costume, seu antigo uniforme. Só que ele havia desaparecido!

– Querida? – chamou ele meio nervoso. – Onde está meu superuniforme?

– O quê? – respondeu sua esposa, do banheiro.
– Onde está meu superuniforme?
– Ãhn... Eu guardei!
– Onde? – Gelado entrou em pânico ao ver o helicóptero pegando fogo voar contra o prédio da frente antes de explodir.
– E para que você quer isso? – perguntou a esposa.
– Preciso dele! – urrou Gelado.
Em vão, ele esvaziou uma a uma todas as gavetas do quarto.
– Nem venha pensando que vai sair para fazer suas superacrobacias! Faz dois meses que marcamos este jantar!
– A nação está em perigo! – protestou Gelado fuçando no armário da entrada.
– NOSSA noite está em perigo! – gritou sua esposa.
– Diga-me onde está aquele uniforme! A felicidade da humanidade está em jogo!
– A felicidade da humanidade? Eu sou sua mulher! Você tem que se preocupar com minha felicidade!
Gelado soltou um longo suspiro. Era mais fácil enfrentar monstros de metal do que discutir com uma mulher com raiva!
Uma hora mais tarde, ele estava diante do robô ajudando os Incríveis, e um pouco arrependido de ter perdido o jantar. Mas, graças a sua ajuda, Beto, Helena, Flecha e Violeta conseguiram vencer Síndrome e sua terrível máquina. E, no momento em que, livres da ameaça, os habitantes da cidade se adiantaram para parabenizá-los, ele se animou de verdade. Enfim, ele tinha retomado sua vida de aventuras!

Setembro 13

Buzz foi capturado!

Quando Buzz quis sair da máquina que distribuía salgadinhos, ele se deparou com Bebezão. O boneco o apanhou pelo colete. Alertados, os outros brinquedos avançaram em direção a ele e, alguns minutos mais tarde, Buzz estava no armário de peças extras, amarrado a uma cadeirinha!

– Bando de covardes, me desamarrem! Quero falar com Lotso! – exclamou ele, furioso.

Naquele instante, a porta se abriu e o urso cor-de-rosa apareceu, com ar espantado.

– O que está acontecendo aqui? Vejamos! Essa não é uma boa maneira de receber nossos convidados!

Lotso se aproximou de Buzz para desamarrá-lo.

– Precisamos conversar, Lotso. Deve ter ocorrido um engano! – disse Buzz, relaxando.

– Um erro? Como assim?

– Brinquedos como eu não são feitos para crianças tão pequenas. Então, com todo o devido respeito, peço autorização para viver na Sala Borboleta.

– Mas é claro! – assentiu Lotso, para grande espanto de Ken e dos outros. – Você é um brinquedo particularmente inventivo, um verdadeiro líder. Tê-lo conosco será uma honra!

– Muito obrigado. Vou avisar agora mesmo aos outros! – sorriu Buzz.

– Opa! – interrompeu-o Lotso. – Estou falando apenas de você! Aquelas crianças precisam de brinquedos também. É por isso que mandamos para eles os novatos...

Buzz refletiu por um breve instante.

– É lógico – ele acabou admitindo. – Mas, nesse caso, meu lugar é com meus amigos, você entende?

O sorriso de Lotso se apagou brevemente.

– Eu entendo. Bebezão, coloque novamente esse rapaz na cadeira! – ordenou ele, agora, com um olhar malvado. – Chame o Traça de Livro!

Apesar de seus protestos, Buzz se viu novamente aprisionado. Depois, Ken assobiou e, vinda do fundo das prateleiras do armário, uma voz cansada respondeu:

– Você quer o manual de instrução dos Buzz Lightyear? Aqui está.

Lentamente, a pequena traça empurrou um livreto que caiu aos pés de Lotso. Ele começou a ler:

– "Para voltar a configuração original de um Buzz Lightyear, mova o interruptor da posição 'jogo' para a posição 'demonstração'." Muito bem. Abram o compartimento das pilhas! – ordenou ele para sua turma.

– O que estão fazendo? Parem! – urrou Buzz desesperado. – Esperem! Nããão!

Mas Cacoete, com o dedo sobre o interruptor, moveu-o com um golpe seco!

265

SETEMBRO 14

POEIRA NO DESERTO

Ao ver El Machismo cruzar sem nenhuma dificuldade os rochedos do cânion, Chick Hicks comemorou:

– O novo membro da minha equipe vai acabar com Relâmpago McQueen na Autovia, tenho certeza!

A Autovia era uma corrida através do deserto e a próxima etapa da temporada da Aerofólio de Prata, na qual duas escolas célebres de pilotagem se enfrentavam: a "Fabulosa Academia Hudson Hornet" e a "Academia Chick Hicks". Por sua vez, alguns dias antes da largada, Doc ainda não sabia quem participaria da equipe com Relâmpago. O único que conhecia bem aquele tipo de terreno era Sargento, que hesitava em participar.

– Sargento, ensine-me a dominar o deserto e eu ensinarei a você como ganhar uma corrida – propôs, então, Relâmpago.

O antigo militar aceitou e o treino começou. Relâmpago ensinou seu amigo a desconfiar das trapaças de Chick ao fazê-lo passar ileso por um percurso cheio de surpresas desagradáveis. Já Sargento mostrou a Relâmpago todos os truques do deserto e deu-lhe um último conselho:

– Quando você atravessar o leito seco do lago, preste bastante atenção para ficar na liderança e não desacelere, não importa o que aconteça. Se não fizer isso, vai atolar com certeza!

No dia da corrida, Chick e Sargento se enfrentaram na primeira parte da corrida. Todos os dois estavam especialmente equipados com faróis antineblina e pneus off-road.

Como havia treinado, Sargento estava de olho nas manobras de Chick, o que permitiu que ele se esquivasse de uma chuva de parafusos que Chick lançou em uma curva. E Chick assustou-se ao se enroscar em um enorme cacto!

A largada da segunda parte da corrida foi dada. Rápido como uma bala de canhão, El Machismo impressionou Relâmpago com sua enorme potência, mas nosso campeão conseguiu tomar a liderança no momento de atravessar o lago seco. Com uma enorme nuvem de poeira ao seu redor, ele se lembrou do conselho de Sargento, não desacelerou e partiu para a linha de chegada, atravessando-a vitorioso. A Academia Hudson Hornet levou mais um troféu!

– Ei! – Chick perguntou decepcionado a Relâmpago – Por que você não tomou o desvio que estava sinalizado?

Os juízes ergueram uma sobrancelha.

– Que desvio? – perguntaram eles puxando Chick de lado.

Eles logo saberiam, pois El Machismo, que por fim chegava, gritou absolutamente furioso:

– Quem foi o idiota que sabotou os cones com as setas na pista? Por causa dele, acabei me perdendo!

Seria melhor que Chick Hicks estivesse longe quando seu companheiro de equipe ficasse sabendo que, tentando se livrar de Relâmpago, Chick fez com que o companheiro perdesse a corrida!

A verdade sobre Andy

Setembro 15

Na Sala Lagarta, todos ouviram o grito longínquo de Buzz.

— O que foi isso? — perguntou Jessie.

— Está vindo do *hall*, acho... — hesitou Porquinho.

— Vou tentar ver — disse a Sra. Cabeça de Batata arrancando o olho e passando-o por baixo da porta. — Não, não há nada, tudo está escuro e... Esperem! Estou vendo Andy!

— Andy? É impossível! — exclamou o Sr. Cabeça de Batata.

— Pois sim, estou vendo Andy! Em seu quarto! Ah, já sei; é meu outro olho, aquele que deixei na casa!

A Sra. Cabeça de Batata se concentrou melhor para distinguir o que seu olho abandonado na casa de Andy percebia. O adolescente passava rapidamente diante de uma pilha de caixas de papelão colocadas diante da porta aberta.

— Ele está encaixotando suas coisas — explicou a Sra. Cabeça de Batata. — E, agora, ele está no corredor, está subindo no sótão... Descendo... E lá está sua mãe! Que estranho. Ele parece furioso com ela!

Andy gesticulava apontando um saco plástico. De repente, a mãe de Andy pareceu desesperada.

— Ele está falando da gente! — entendeu a Sra. Cabeça de Batata. — Está nos procurando!

— Está nos procurando? — espantou-se Jessie.

— Quer dizer que ele sente a nossa falta? Eu sabia! Eu sabia! — exclamou Rex.

— Acho que ele queria mesmo nos guardar no sótão! — retomou a Sra. Cabeça de Batata.

— Woody tinha razão! — suspirou Slinky.

Abatidos, os brinquedos se entreolharam. Eles haviam se enganado desde o início. De repente, uma porta se abriu atrás deles, e um raio de luz

iluminou a sala. Era Lotso, acompanhado de Bebezão e sua gangue.

— Lotso? Enfim você está aqui! Você viu Buzz? — perguntou Jessie.

— Houve um engano! Nós temos que voltar para casa! — acrescentou a Sra. Cabeça de Batata.

— Voltar? Mas vocês acabaram de chegar! E precisamos de voluntários para as crianças menores! Eles amam tanto os brinquedos! — Sorriu friamente Lotso.

— Você chama isso de "amar"? — resmungou a Sra. Cabeça de Batata. Nós fomos chupados, mastigados, lançados pelo ar e feitos em mil pedaços!

— Vem pessoal, vamos embora! — decidiu Jessie.

— Vocês não vão a lugar nenhum! — soltou Lotso, furioso.

— Ah, é? E quem vai nos impedir de ir embora? Irritada, Jessie se dirigiu para a porta, mas Buzz surgiu, bloqueando sua passagem.

— Buzz! Aí está você! — comemorou Rex indo em direção a seu amigo.

No instante seguinte, o patrulheiro lançou o dinossauro no chão com um golpe de caratê!

SETEMBRO 16

Branca de Neve e os Sete Anões

A MAIS BONITA DAS FLORES

Naquela manhã, Dengoso estava procurando a mais bela flor que pudesse encontrar. De repente, ele ouviu um barulho que vinha do outro lado da colina.

Ele escalou até o topo e encontrou seu amigo Atchim.

– Todo esse pólen me faz espirrar – explicou Atchim –, mas tudo bem, porque eu colhi a mais bela das flores para Branca de Neve. Veja, é uma orquídea branca!

– É bonita, sem dúvida – observou Dengoso. – Mas eu também tenho uma flor. E acho que ela é ainda mais bonita.

Ao dizer essas palavras, ele corou de emoção e ficou tão cor-de-rosa quanto a rosa que ele havia colhido.

– Atchiiim! Sua rosa também é bonita – disse Atchim. – Vamos voltar para casa e veremos qual delas Branca de Neve prefere.

No caminho de volta, os dois amigos encontraram Mestre, Feliz e Soneca em uma grande discussão.

– Branca de Neve avora as dioletas – insistia Mestre. – Quero dizer, adora as violetas!

Feliz ria:

– Não, ela gosta de margaridas!

– O que eu sei, aaaaahhhh! É que ela prefere os ranúnculos – bocejou Soneca.

– Ah, você que pensa – resmungou uma voz atrás deles.

Era Zangado, segurando entre os dedos uma flor rodeada de pequenos botões em azul pastel.

– Ah! Boca de leão! – disse Mestre. – É a flor perfeita para você.

– Muito engraçado. – Riu sarcasticamente Zangado.

Dunga os esperava na entrada da casa.

– O que está escondendo aí atrás? – perguntou Mestre.

Dunga escondia com dificuldade uma grande e bela tulipa amarela.

– Mais uma flor! – exclamou Feliz.

Branca de Neve estava atarefada na cozinha.

– Nós queremos agradecê-la por sua gentileza – anunciou Mestre. – Cada um de nós colheu uma flor para enfeitar seu cabelo.

– É você quem decide agora qual delas você prefere – disse Zangado.

Branca de Neve, muito sem jeito, adorava os Sete Anões e não queria chatear nenhum deles.

– Tenho uma ideia – disse ela a seus amigos. – Coloquem todas as flores sobre a mesa e saiam por cinco minutos. Quando voltarem, vou estar usando no meu cabelo a que eu escolher.

Os Sete Anões saíram em um fila indiana. Então, Branca de Neve os chamou de volta. E que surpresa! Com uma coroa de flores na cabeça, Branca de Neve sorria, radiante.

– Adoro suas flores, assim como adoro cada um de vocês, de todo o coração – disse ela.

PRISIONEIRO!

SETEMBRO 17

Em um piscar de olhos, Buzz tinha derrubado seus amigos e os reunira no centro da sala.

– Os prisioneiros estão desarmados! – disse ele em seguida para Lotso com uma voz mecânica.

– Buzz! O que você fez? Nós somos seus amigos! – gritou Jessie angustiada.

– Silêncio, servos de Zurg! De agora em diante, vocês estão nas mãos da Aliança Galáctica!

Os brinquedos de Andy observaram o Patrulheiro do Espaço. Ele só podia ter queimado um fusível!

– Bom trabalho, Lightyear. Agora só falta trancafiá-los! – ordenou Lotso.

– Sim, meu comandante!

Jessie, Porquinho, Rex e os outros logo foram aprisionados em cestos de plástico arrumados em uma estante no fundo da sala. Quanto ao Sr. Cabeça de Batata, sob ordens de Lotso, ele foi levado para fora da sala por Bebezão. Barbie os viu passar pelo corredor, ouviu os protestos dos brinquedos e chegou inquieta à entrada da Sala Lagarta.

– Ei! O que estão fazendo? – perguntou ela, muito chocada com o que via.

– Barbie! Eu disse para você ficar em casa!

Ken tentou obrigá-la a voltar, mas, furiosa, a bela boneca o empurrou. Em sua alma, era inconcebível não dividir a sorte de seus companheiros.

– Não me toque. Está tudo acabado entre nós! – respondeu ela com desprezo para seu admirador.

Arrasado, Ken ficou olhando Barbie se trancafiar em um cesto. Então, Buzz leu o regulamento estabelecido por Lotso:

– Os prisioneiros dormirão em suas celas. Os que forem pegos fora de sua cela passarão a noite confinados com o Sr. Cabeça de Batata na caixa de areia! A chamada será feita duas vezes por dia, no amanhecer e no pôr do sol. Os prisioneiros que não responderem à chamada de seu nome serão confinados na caixa de areia. Os prisioneiros não deverão falar sem autorização. Os prisioneiros que falarem...

– Sim, sim, já entendemos, confinados na caixa de areia! – resmungou Jessie.

Furioso, Buzz se voltou para ela, mas Lotso tomou a palavra:

– Aqui, temos o nosso jeito de fazer as coisas, e os novatos devem se conformar com nossas regras! Se não o fizerem, é isso que vai acontecer!

E com um gesto amplo, jogou no chão um chapéu de caubói. Atrás das barras de plástico, os brinquedos ficaram petrificados ao reconhecer que pertencia a Woody. O que teria acontecido com seu amigo?

Setembro 18

Uma babá para Zezé

Na noite da partida de Helena para a ilha, Violeta e Flecha, muito decididos a acompanhá-la, tiveram que encontrar rapidamente uma babá para Zezé. Eles falaram com Karen, uma amiga de Violeta.

— Não se preocupem — disse ela. — Zezé e eu vamos nos dar muito bem!

A ideia de Karen era de tomar conta dele com o que ela chamava de "a simulação neuropsicológica". Resumindo, a técnica consistia em mostrar ao bebê desenhos de objetos para reconhecer e, depois, fazê-lo brincar com jogos de lógica ouvindo um CD de Mozart. Zezé, que tinha toda uma outra ideia para a noite, fez com que ela percebesse isso imediatamente, ao desaparecer do tapete para reaparecer imediatamente na mesa da cozinha, depois, diante da geladeira, na qual ele apanhou uma mamadeira de leite gelado e bebeu gulosamente. Depois, ele se colou no teto e molhou a jovem com o que restava na mamadeira. Karen conseguiu apanhá-lo, colocou-o em seu chiqueirinho e deixou um recado apavorado para Helena. Assim que desligou, o garotinho tinha fugido para o alto da estante. Depois, desapareceu novamente! Começou, então, uma perseguição cansativa por toda a casa: Karen descobriu que Zezé, não contente em desaparecer quando e para onde quisesse, também podia flutuar, destruir objetos com o raio *laser* que saía de seus olhos ou atravessar as paredes como um fantasma! Quando, enfim, ele pareceu se acalmar um pouco, Karen, aliviada, começou a mostrar-lhe os desenhos "neuro-negócio-coisa-sei-lá-o-quê".

— Olhe bem — ela lhe disse. — Isto é um triângulo! — Zezé soltou um gritinho de alegria. — E esta é uma casa! — Zezé gargalhou. — E isto é uma fogueira!

Naquele momento, Zezé se transformou em uma tocha humana e Karen berrou! Aterrorizada, ela o apanhou com o espeto da lareira e foi rápido afundá-lo na banheira.

E a noite passou assim, extremamente cansativa para a garota (que começou a apagar Zezé com o extintor toda vez que ele se acendia), e muito divertida para Zezé. No dia seguinte, Karen, esgotada, entregou o bebê para Síndrome pensando que se tratava de uma babá profissional. Um pouco mais tarde, felizmente para ela, os homens do governo apagaram de sua memória aquela noite tão catastrófica!

270

IRMÃO URSO

Relaxe, alce!

Setembro 19

Dois Alces, Rutt e Tuke, pastavam quando Tuke levantou a cabeça e esticou o pescoço.

– Rutt – disse ele –, você tem que experimentar esses alongamentos. Eles ajudam a reequilibrar as ideias, o corpo e o espírito, eh.

– A paz, eh – respondeu Rutt, com a boca cheia de grama. – Meu equilíbrio está bom desse jeito.

– Ora, vamos! – disse Tuke. – Nós corremos o dia inteiro. Não me diga que seu lombo não está incomodando.

Rutt não respondeu na mesma hora.

– Humm...

– Aha! Eu sabia – disse Tuke. – Prometo que eles colocarão você de volta no prumo.

Rutt hesitou, depois aceitou.

– Ah, está bem! Mas nada muito radical!

– Excelente! – exclamou Tuke.

Ele demonstrou a primeira postura.

– Tente esta aqui: o gato-malvado. Erga o lombo como um gato. E inspire. Agora, relaxe o lombo, tentando se curvar no sentido inverso. E expire.

No início, Rutt se sentia ridículo, mas, depois de ter feito muitas vezes o gato-malvado, ele realmente entrou no clima.

– Ora – disse ele –, não é tão ruim!

– Está fazendo um bom trabalho, eh – respondeu Tuke. – Vamos tentar agora o cão sobe-e-desce.

Tuke recuou os cascos dianteiros e traseiros e ergueu o de trás. Rutt imitou-o.

– Está se sentindo contente? – perguntou Tuke mantendo a postura.

– Bem! – respondeu Rutt. – Muito bem!

Tuke sorriu.

– Rutt, você tem isso no sangue, eh!

Rutt não conseguiu deixar de sorrir também.

– Acho que você tem razão, hein?

– Vamos tentar uma postura mais difícil – sugeriu Tuke. – O repouso do lagarto.

Tuke sentou-se passando a perna direita traseira sobre sua perna traseira esquerda, como fazem os iogues. Depois, juntou os dois cascos na frente e fechou os olhos para se concentrar, inspirando e expirando profundamente.

Rutt imitou-o. Ele foi bem nos primeiros segundos, mas, de repente, perdeu o equilíbrio, caiu de lado e rolou de costas, ficando com os cascos para o ar.

Tuke estava tão concentrado que não percebeu nada... até que abriu os olhos.

– Ah, tudo bem. Agora está inventando suas próprias posturas, hein? Como se chama essa aí?

Rutt franziu o cenho.

– Ela se chama alce irritado. E agora me ajude a ficar de pé!

271

Setembro 20

Está dormindo?

Alice passeava no País das Maravilhas quando avistou uma lagarta azul sentada sobre um cogumelo. Ela fumava um cachimbo estranho do qual cada baforada formava uma letra diferente.

– EstÁ dormindo? – formou a fumaça.

– Se estou dormindo? – perguntou-se Alice, coçando a cabeça. – Não tinha nem percebido! Estou tão preocupada com voltar para casa que fica difícil pensar em outra coisa. Já não sei mais...

– VocÊ SabE – escreveu a lagarta, deixando sair de seu narguilé um Ê e um S de fumaça vermelha e laranja.

– Verdade? – perguntou Alice.

– Sim! – disse a lagarta. – VocÊ abre as vezes a bOca Sem faLar!

– Ah, percebo! Quer dizer que eu bocejo? Não, eu não bocejei – assegurou Alice.

A lagarta começou a bocejar, depois perguntou:

– SeUs OLHos EsTão PESAdos?

– Se meus olhos estão pesados? – espantou-se Alice. – Depois ela piscou para verificar. – Não, eles estão normais!

– PerCebo – respondeu a lagarta com baforadas de fumaça amarelas e verdes.

Seus olhos começaram a piscar e sua cabeça pendeu.

– Mas é você que está com sono – observou Alice, olhando fixamente a lagarta.

– Eu?

– Você bocejou, seus olhos estão se fechando e sua cabeça pendeu – explicou Alice.

– Eu Não poSso dormir, porque ninGuém cantou uma canÇão de niNar.

– Eu posso fazer isso se você quiser – disse Alice.

– EsTá certo – respondeu a lagarta.

– Humm! Vejamos...

Desde que havia chegado ao País das Maravilhas, Alice não se lembrava perfeitamente dos poemas e das canções que conhecia.

– Vou tentar uma cançãozinha de ninar – disse ela dando de ombros.

Depois entoou:

"Nana neném
Que a cuca vem pegar
Papai foi pra roça
Mamãe foi trabalhar
Desce gatinho
De cima do telhado
Pra ver se a criança
Dorme um sono sossegado"

– Gostou da minha cantiga? – perguntou Alice, quando terminou.

– Volte Mais T-ar-de! – balbuciou a lagarta. – Já esTou DormiNdo...

E caiu rapidamente em um sono profundo.

A história de Lotso

Setembro 21

Na casa de Bonnie, Woody ainda planejava voltar à casa de Andy antes que partisse para a universidade.

– Aqui está! – disse Trixie enquanto o caubói descobria o mapa do bairro no computador.

– Veja só! Bonnie mora a duas quadras de Andy! É pertinho!

Alegre, Woody avançou sorrindo para junto dos brinquedos para agradecê-los e cumprimentá-los. Depois, antes de partir, ele se voltou:

– Na verdade, se algum dia forem à creche Sunnyside, poderiam dizer aos meus amigos que consegui voltar para casa?

Com o ar de repente assustado, todos se entreolharam.

– Você veio de... Sunnyside? – perguntou Dolly, pálida.

– Como fez para fugir? – lançou Trixie espantada.

– Fugir? O que querem dizer?

Sr. Espeto se adiantou:

– Sunnyside é um lugar apavorante dirigido por um urso chamado Lotso. Ele pode muito bem ter cheiro de morango, mas é tirânico e malvado que só...

– Lotso? Vocês têm certeza? – Woody, perguntou espantado.

– É um verdadeiro monstro – disse Botão de Ouro.

– Mas como vocês sabem?

– Pergunte a Chuckles, ele pode contar.

Todos se voltaram então com respeito em direção a um velho palhaço quebrado, sentado na borda da janela.

– Sim, conheci Lotso – respondeu ele com uma voz triste. – Na época, era um bom brinquedo e um amigo. Ele, Bebezão e eu tínhamos a mesma dona, uma garotinha chamada Daisy... Ela amava todos nós, e adorava Lotso de verdade. Um dia, seus pais organizaram um piquenique, Daisy levou nós três de carro. Brincamos um tempão na grama, mas, depois do almoço, Daisy dormiu, e seus pais resolveram ir embora, infelizmente, nos esquecendo no gramado... Nossa pequena Daisy! Nós a esperamos, esperamos, mas ela nunca mais voltou.

Lotso decidiu, então, que deveríamos voltar por nossos próprios meios. Demorou um tempo louco, mas conseguimos. Que pena! Quando chegamos diante da casa, vimos que Daisy tinha nos substituído por outros brinquedos idênticos a nós!

Naquela noite, algo se rompeu em Lotso, e ele mudou completamente. Uma vez em Sunnyside, ele logo se comportou como mestre cruel de todos os brinquedos. Sob seu regime, os novatos não têm nenhuma chance. Nenhuma!

273

Setembro 22

Uma corrida agitada!

A nova etapa do Troféu Aerofólio de Ouro ocorreria em Motorópolis, e a noite prometia ser muito empolgante. Uma corrida colocaria frente a frente as academias de Doc Hudson e de Chick Hicks. Chick escolheu Stinger, um de seus melhores alunos para parear com ele; Ramone era, dessa vez, o novo membro da equipe de Relâmpago.

– O que acha de experimentar minha nova pintura fluorescente para a ocasião? – propôs o artista ao jovem campeão.

Relâmpago sabia bem que as ruas da cidade onde seria a corrida, estariam todas iluminadas, mas ele aceitou com um grande sorriso e, pouco depois, os dois estavam pintados de cima a baixo!

Duas horas mais tarde, os carros estavam a postos. Chick iniciou a corrida com Ramone e, no meio do percurso, bem antes de um túnel, Stinger e Relâmpago tomariam a corrida.

Desde a largada, Chick tentava se livrar de seu adversário empurrando-o contra um prédio. Mais rápido do que ele, Ramone se ergueu sobre seu sistema hidráulico integrado, e foi Chick que riscou toda a sua carroceria contra os tijolos! Para ajudar seu mestre, Stinger jogou, então, um monte de pregos sobre o asfalto. Pouco adiantou, pois os pneus especiais de Ramone não furaram, enquanto os de Chick, estouraram com muito barulho! A corrida estava perdida para ele? Não, porque Stinger foi rápido em mudar as placas indicativas, mandando Ramone para um labirinto de ruelas. Até Ramone conseguir retomar seu caminho, Chick já estava de pé novamente e, sob os gritos alegres dos espectadores, os dois carros fizeram o revezamento com sua equipe no mesmo segundo! Imediatamente, Relâmpago disparou. De repente, todas as luzes do túnel se apagaram. Mais um golpe sujo de Chick...

– Bravo, Ramone, e obrigado! – pensou o campeão percebendo que sua pintura fluorescente permitia que ele não estivesse mergulhado em uma escuridão total.

Furioso, Stinger, que o alcançava sem conseguir ultrapassá-lo, decidiu cortar a estrada atravessando um estacionamento em construção.

Infelizmente para ele, seus quatro pneus não resistiram, e Relâmpago cruzou a linha como vencedor!

– Você tem um conselho para dar a Chick Hicks e seus alunos? – perguntaram os jornalistas depois da entrega do troféu, enquanto ele posava com Ramone para os fotógrafos.

– Ah, sim! Quando pararem de perder tempo com trapaças, vão ganhar de nós... talvez!

274

A escolha de Woody

Setembro 23

Ao saber da verdade sobre Lotso, Woody se viu diante de uma escolha difícil. Só faltava um dia para a partida de Andy. No entanto, abandonar Buzz, Jessie e os outros era intolerável. Então, ele tomou sua decisão.

O dia seguinte nasceu triste para os pequenos prisioneiros da Sala Lagarta.

– A noite foi calma! – disse Buzz quando Lotso chegou. – Nada a reportar, meu comandante!

– Onde está meu marido? – perguntou a Sra. Cabeça de Batata muito inquieta.

Bebezão depositou o Sr. Cabeça de Batata, coberto de areia, no chão da sala.

– Preparem-se para seu segundo dia aqui! – disse Lotso saindo com seu carro de controle remoto, com Buzz ao seu lado.

Assim que o despertador tocou, a pequena Bonnie, como todos os dias, foi para a Sala Borboleta. Animada, ela pendurou suas coisas e sua mochila em seu armário e se afastou. Então, a mochila se abriu silenciosamente e a cabeça de Woody apareceu. Com uma olhada rápida, ele percebeu que a prateleira sobre a qual ele se encontrava permitia que ele chegasse com facilidade ao painel de isolamento do teto. Em alguns minutos, ele se içou para o alto, ergueu um painel e se escondeu lá dentro, a salvo dos olhares.

Guiado pelo barulho, ele não teve nenhuma dificuldade para encontrar a Sala Lagarta. Saindo do teto falso, ele pôde escorregar para o alto de um armário que guardava travesseiros e cobertores, e, enfim, avistou seus amigos.

O espetáculo era assustador – um garotinho utilizava Rex como martelo, Sr. e Sra. Cabeça de Bata-

ta estavam no chão completamente desmontados e Jessie atravessara a sala num voo planado antes de se chocar contra uma parede. Escondido atrás de Woody, o telefone infantil começou, então, a tocar.

– Ahn... Alô – cochichou Woody tirando o fone do gancho.

– Você não deveria ter voltado aqui, caubói! – disse-lhe o telefone com uma voz rouca. – Eles apertaram a vigilância depois que você fugiu. Há guardas patrulhando todos os cantos! Você e seus amigos não têm nenhuma chance de escapar...

– Já fiz isso uma vez! – respondeu Woody, com ar resoluto.

– Você teve sua chance, mas, agora, é melhor desistir. Pelo menos você sobreviverá! E, depois, o único modo de sair da creche é pela saída de lixo, que pena...

E ele mostrou pela janela o guarda que, no jardim, esvaziava as lixeiras.

275

SETEMBRO 24

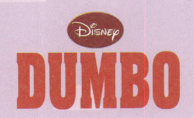

ESCONDE-ESCONDE

Durante um bom tempo, Dumbo foi o único filhote do circo. Mas, um dia, a cegonha chegou com uma bela girafinha em sua trouxa!

– Sabe – disse Timóteo –, acho que deveríamos convidá-la para brincar com a gente.

Dumbo concordou. Ele adorava fazer novos amigos!

Timóteo e Dumbo partiram, então, para o parque das girafas.

– Bom dia, senhora Girafa – disse Timóteo. – Sua filhinha poderia vir brincar com a gente?

Dumbo abriu um sorriso largo e cheio de esperança para a mamãe de pescoço longo.

– Hum, acho que sim – disse ela.

Ela deu um beijo em sua filhote e a confiou aos cuidados de Dumbo e do ratinho.

– Então – disse Timóteo –, vamos brincar de quê?

Dumbo e a girafinha olharam para ele, os dois calados.

– Hum, percebo... – disse Timóteo. – Vocês não conhecem nenhuma brincadeira! Posso sugerir uma partida de esconde-esconde?

O elefante e sua amiguinha assentiram alegres. Timóteo fechou os olhos e contou.

– Um, dois, três, quatro, cinco... dez! Prontos ou não, aqui vou eu! – gritou ele.

Mas os dois pequenos ainda estavam diante dele, imóveis.

– Esperem um minuto! – exclamou Timóteo. – Vocês tinham que se esconder! Bom. Vou fechar os olhos. Vocês se escondem. Escolham um canto de onde possam me ver, mas que eu não consiga ver vocês! Assim!

Timóteo logo se escondeu atrás de um pote de pipoca.

– Entenderam?

Os dois balançaram novamente a cabeça.

– Nova tentativa! Um, dois, três...

Ele contou até vinte e abriu os olhos.

– Não, não, não! – resmungou ele. – Vocês não podem se esconder atrás da pipoca. Vocês são muito grandes! Vamos tentar mais uma vez!

O jogo recomeçou e, quando Timóteo abriu novamente os olhos, ele estava impressionado com o progresso de seus amigos.

Não foi preciso muito tempo para ver Dumbo atrás de uma estaca de barraca e o pescoço da girafinha na mala dos palhaços, mas a intenção tinha sido alcançada!

– Desta vez – disse o ratinho –, tentem esconder o corpo inteiro! Vou contar!

Então, Dumbo e a girafa foram se esconder, um atrás de uma longa e fina estaca e o outro atrás de uma mala baixa e corpulenta.

E sabem o quê? Eles se esconderam tão bem que o ratinho ainda está procurando por eles!

Plano de fuga...

Setembro 25

— Escute, agradeço seus conselhos – cochichou Woody no fone do telefone de brinquedo. – Mas vamos tentar mesmo assim dar o fora daqui. E, se nos ajudar, posso recompensá-lo...

O telefone suspirou. Quantas vezes ele já tinha ouvido aquelas mesmas palavras?

— Muito bem – concordou o aparelhinho. – A primeira coisa a fazer é abrir as portas. Para isso, vocês precisam das chaves do guarda, que estão no escritório. Em seguida, devem evitar os carros e os caminhões de patrulha de Lotso, aqui dentro e lá fora...

— Entendi! – disse Woody. – E os muros do jardim?

— Não são tão altos; é preciso ou passar por baixo, ou pulá-los...

— Não parece tão mal!

— Não é, mas tem o Macaco. A postos na mesa do guarda, ele vigia as telas de monitoramento das câmeras toda a noite e vê tudo, das salas ao jardim... Ao menor alerta, ele faz rufar seus tambores e os outros chegam. Então, se quiserem fugir, vão precisar primeiro cuidar desse brinquedo.

Woody agradeceu seu novo amigo, depois, passou um bom tempo refletindo em sua companhia. Enfim, o sinal do recreio tocou, e todas as crianças saíram com muito barulho da sala. Assim que ela ficou vazia, os brinquedos maltratados se ergueram doloridos.

— Ei! Psiu! Estou aqui! – chamou Woody.

Todos ergueram o rosto. No alto de um teatro de marionetes, Woody acenava com gestos largos!

— Woody! – exclamou Jessie.

— Meu Deus, obrigada! – suspirou a Sra. Cabeça de Batata.

— Você está vivo! – comemorou Slinky.

— Claro que estou vivo! Ei, meu chapéu!

Todo alegre, Bala no Alvo entregou o chapéu a Woody, que, de repente, se assustou:

— Onde está Buzz?

— Lotso fez alguma coisa com ele, e ele acha de novo que é um verdadeiro Patrulheiro do Espaço – explicaram os outros.

— Ah, não...

— Sim. Voltou a ser um chato voador – brincou Porquinho.

— Woody, nós fizemos mal de abandonar Andy – desculpou-se Jessie. – Eu fiz mal.

— Não, não, fui eu que fiz mal de abandonar vocês! A partir de agora, ficaremos juntos!

— Mas é amanhã que Andy vai embora para a universidade – observou Slinky.

— Sim. E é por isso que todos nós iremos embora esta noite! – Sorriu Woody.

— Esta noite? Impossível! Não há nenhuma saída!

— Sim, há uma saída. Apenas uma...

Rapidamente, o pequeno caubói explicou o plano aos amigos.

Setembro 26

A Bela Adormecida

A cantiga de emergência

Naquela noite, Aurora convidou as fadas Primavera, Fauna e Flora para dormir no castelo.

— Está ficando tarde, minha querida! — declarou de repente Primavera. — Adoro brincar de fazer sombras no teto do quarto, mas, se perdermos horas de sono, amanhã ficaremos com olheiras!

— Ah, sim, seria uma pena! — confirmaram em coro Flora e Fauna.

Aurora gargalhou. As fadas eram tão divertidas!

— Vocês têm razão — disse ela sorrindo.

E todas se prepararam alegremente para a noite antes de ir para a aconchegante cama. Uma caminha para a princesa, uma cama imensa de três lugares para as três fadas madrinhas.

— Boa noite! — disse Aurora apagando a vela.

— Tenha bons sonhos! — responderam todas as fadas.

Estava escuro no quarto. E, graças ao silêncio, logo todas pegaram no sono. Todas menos Flora! A pobre virava e revirava em seu travesseiro, sem conseguir adormecer. Como ela suspirava! Uma hora passou, depois outra. De tanto se mexer na cama, ela acabou acordando Primavera, sem querer.

— Ai, você bateu em mim, Flora!

— Ah, desculpe! Não consigo dormir. Você não quer contar carneirinhos comigo?

— Sim, isso pode ajudar você, e me ajudar também! — disse Primavera entredentes, que queria muito voltar a dormir.

E elas começaram a contar em voz alta.

— Um carneirinho, dois, três, dez, vinte, cem!

— Fiquem quietas! — exclamou Fauna acordando em um sobressalto. — É insuportável!

— Não é culpa minha! — logo protestou Primavera.

— Sim, é você que está falando alto! — acusou Flora.

Aí, foi a vez de Aurora acordar.

— Ora, por favor! — bocejou ela. — Está tarde. Se não dormirmos, vamos ficar com olheiras. Conheço uma canção irresistível. Escutem.

As fadas obedeceram, e Aurora começou a cantarolar. Ela tinha uma voz tão doce que logo as fadas se acalmaram e voltaram a dormir.

— Ufa! — suspirou Aurora deitando novamente em sua cama. — Por fim vou poder descansar e, amanhã, vou estar com um ótimo ar descansado no rosto. Ainda bem que conheço essa cantiga de emergência!

— Boa noite, Aurora! — cochichou Flora dormindo.

E a princesa mergulhou agradavelmente em seus sonhos. Dormir mantém a beleza, e a Bela Adormecida está aí para provar!

Diversões...

Setembro 27

Quando a noite chegou, os brinquedos voltaram para suas celas como se nada tivesse acontecido. Sob a vigilância de Buzz e Bebezão, Ken fez a chamada. Todos responderam "presente", exceto o Sr. Cabeça de Batata. Buzz o viu tentando abrir uma janela, mas o corajoso brinquedo, em vez de se render, começou a correr em direção ao banheiro e se jogou lá dentro, com os três perseguidores em seu encalço.

Era o que esperavam Woody e Slinky. Assim que a sala ficou vazia, Woody retirou uma das placas do teto falso e Slinky deslizou para fora da caixa para juntar-se a ele. Enquanto Bebezão apanhava o Sr. Cabeça de Batata e o levava para fora, para amarrá-lo na caixa de areia, Woody e Slinky já tinham desaparecido sem que os inimigos percebessem. A primeira parte do plano de Woody tinha funcionado. A segunda logo começaria. Quando Ken e Buzz voltaram à sala, Barbie chamou seu antigo namorado e começou a chorar.

— O que você quer? — perguntou o jovem, desconfiado.

— Não aguento mais ficar aqui... Quero voltar para a Sala Borboleta...

— Deveria ter pensado nisso ontem!

— Mas eu não sabia! Quero ficar com você, na sua casa! Leve-me daqui!

— Tudo bem — aceitou Ken, secretamente alegre. — Mas você vai ter que fazer exatamente o que eu mandar!

— Eu prometo! — mentiu Barbie com convicção. Logo, ele a soltou como Woody havia previsto... No jardim, o Sr. Cabeça de Batata acabava de ser confinado na caixa de areia. Ele esperou Bebezão sair e passou seu olho por um buraco para vigiar os arredores. Então, um por um, todos os elementos que constituíam o esperto brinquedinho saíram pelo buraco e se empilharam do lado de fora... Na sala do guarda, o Macaco vigiava, com os olhos pregados nas telas de monitoramento. Quando ele se deu conta de que estava sendo atacado por Woody e Slinky, que tinham surgido do nada do teto, já era tarde demais – após uma breve luta, o macaco se viu em uma gaveta, completamente enrolado por fita adesiva! Só faltava Woody

apanhar as chaves, enquanto Slinky manipulava o controle da câmera da Sala Lagarta, movendo-a para a esquerda e para a direita, assinalando dessa maneira para os prisioneiros que eles tinham conseguido!

— Irrááá! — cochichou alegremente Jessie.

279

Setembro 28

História de fantasmas

O tempo estava muito bom naquela noite, em Radiator Springs, e a maioria dos habitantes passeava esperando que o céu estivesse escuro o suficiente para ir ao Drive-in, o cinema a céu aberto da cidade. O filme daquela semana contava a história de um veículo monstruoso que vivia em uma caverna sinistra, o que deu uma ideia a Mate. Ele tinha ouvido falar que havia fantasmas na rede de cavernas que ficava a alguns quilômetros de Radiator Springs, e ele queria saber se era verdade. No entanto, por prudência, ele pediu a Xerife e a Relâmpago para acompanhá-lo.

Alegremente, os três amigos pegaram a estrada e, depois de uma curva, chegaram ao pé das cavernas.

– Vejam! – exclamou Mate erguendo os olhos.

Para a surpresa de Relâmpago e de Xerife, clarões estranhos se movimentavam na primeira caverna!

– Tal... talvez se... sejam f-fantasmas! – gaguejou Mate começando a tremer os parafusos na corrente de seu guincho (o que fazia um barulho ensurdecedor).

– E se a gente fosse ver o filme em vez disso?
– Fantasmas não existem! – resmungou Xerife. – Vamos ver!

Ele acendeu seu farol.

– Venha com a gente! – propôs Relâmpago ao amigo.

Mas o pobre Mate, apavorado, só tinha uma vontade: fugir a toda velocidade! Sem ousar se mexer, ele viu seus amigos entrarem na caverna.

– Pare agora mesmo, fantasma ou não fantasma! – gritou Xerife para o veículo iluminado que ele avistou de repente atrás das estalactites.

Eles ouviram o roncar de um motor, seguido de uma gargalhada.

– Eu? Um fantasma? Ah, não echtão enganhados, chou Gudmund, o piloto sueco! – disse ele com um sotaque engraçado. – Echtou treinando para dirigir nas cavernas, echtão vendo? Na Suécia é um esporte que chamamos de espeleologia! Ah, Relâmpago, é vochê! Vamos competir?

Xerife ergueu os olhos para o céu, e Relâmpago, se divertindo, foi para perto do sueco:

– Gostaria muito, mas estou sem faróis, que pena! Os que você está vendo são adesivos...

Xerife emprestou então seus óculos infravermelhos para o campeão e, durante cerca de meia hora, os três se divertiram como loucos. Do lado de fora, Mate estava de olhos arregalados: sem dúvida, era a primeira vez que ele ouvia um fantasma fazer rir tanto aqueles que ele deveria assustar!

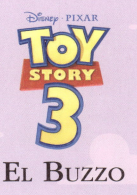

El Buzzo

Setembro 29

Agora que Woody e Slinky tinham conseguido pegar as chaves, era preciso cuidar de Buzz e consertá-lo! Em sua cela, Porquinho e Rex começaram a fingir que estavam brigando. Logo, o patrulheiro interveio e tirou o cadeado:

— Ei! É proibido brigar!

— Tome isso, cérebro de amendoim! – resmungou Porquinho rolando no chão com Rex.

Buzz os seguiu para separá-los, sem ver que, atrás dele, Bala no Alvo e Jessie fugiam. Discretamente, a amazona e o cavalo ficaram ao lado de uma caixa de plástico vazia e subiram numa prateleira. Assim que estavam sobre Buzz, viraram a caixa e o prenderam no interior!

— É um motim! – exclamou o patrulheiro com uma voz abafada.

Sem ouvi-lo, Jessie saltou então sobre uma lancheira esquecida, abriu-a e tirou uma tortilha, que passou sob a porta da sala. No corredor, o braço do Sr. Cabeça de Batata arrastou a tortilha até o jardim. Em um piscar de olhos, seus outros membros escalaram a tortilha e se instalaram nela. O Sr. Cabeça de Batata tinha um novo corpo! Rápido, ele alcançou o jardim para ficar de vigia.

As portas foram destrancadas, o resto do plano agora dependia de Barbie. Depois de ter amarrado Ken em sua bela casa e de ter ameaçado rasgar sua coleção de roupas, ela tinha conseguido fazê-lo falar. Buzz tinha sido resetado para o modo de demonstração, Ken havia dito. No mesmo momento, Barbie vestiu o traje espacial de seu ex-namorado e, fazendo-se passar por ele, foi buscar o manual de instruções de Buzz Lightyear. Depois, voltou para a Sala Lagarta.

— Rápido! – ordenou então Woody. – Segurem Buzz contra o chão, abram seu compartimento de pilhas e troquem o interruptor de posição!

Porquinho e Rex obedeceram, mas, um segundo depois, Buzz exclamou:

— Me soltem, escravos de Zurg! A Justiça Galáctica não terá piedade de vocês!

— Meu velho! Por que não funciona? – Woody entrou em pânico.

Rapidamente, Porquinho virou as páginas do manual de instruções.

— Ah! Aqui está! – exclamou ele – Rex, enfie o dedo no buraco sob o interruptor e aperte.

Rex apertou. Depois de alguns segundos, Buzz caiu de frente. Depois, levantou-se de repente e começou a falar espanhol!

Setembro 30

Tal pai, tal filho!

A vida de Vagabundo tinha mudado. Ele não vivia mais nas ruas, mas sim numa casa. No entanto, o antigo cão andarilho achava difícil mudar seus antigos hábitos.

– Vagabundo – disse Dama –, você deve ser um exemplo para as crianças, especialmente para Banzé!

O filhote era aventureiro como o pai. Não era difícil ver pai e filho de castigo do lado de fora por terem brincado juntos como loucos. Uma de suas brincadeiras favoritas consistia em rolar na lama e depois deslizar no chão limpo da cozinha!

Tia Sarah e seus dois horríveis siameses, Si e Ão, logo viriam visitá-los e Dama estava inquieta. Que catástrofe poderia acontecer?

– Não se preocupe – disse Vagabundo. – Prometo manter Banzé longe desses gatos.

– E? – perguntou Dama.

– E prometo que eu também não me aproximarei – acrescentou seu companheiro.

O dia da famosa visita chegou.

Vagabundo e Dama pediram que os filhotes não aparecessem. Mas Banzé estava muito curioso.

Ele escapou do quarto, subiu no lombo dos gatos e tentou agarrar sua cauda.

Os siameses logo se viraram e o perseguiram sobre o sofá, sob a mesa e até dentro de um armário.

"Bom", pensou Vagabundo, "preciso agir!"

Ele saltou para socorrer seu filho. Alguns segundos depois, Vagabundo e Banzé saíram do armário como se nada tivesse acontecido e deram uma piscadela cúmplice.

Mais tarde, Si e Ão foram encontrados, no armário, bem amarrados com um lenço.

Vagabundo e Banzé foram mandados para o jardim, como já era de se esperar.

Quando Dama foi encontrá-los, no fim da tarde, descobriu que eles tinham cavado por todo lado em busca de ossos! Sob o olhar indignado de Dama, os dois culpados esperaram o sermão.

Vagabundo disse para Dama, inocente:

– Você queria que ele fizesse exercícios, não?

– Experimente, mamãe – exclamou Banzé –, é muito divertido!

– O que é que eu vou fazer com vocês dois? – disse ela rindo finalmente.

Vagabundo e seu filho extraíram um grande osso do buraco.

– Jantar! – respondeu Vagabundo, com malícia.

– Está certo – disse Dama –, mas, assim que terminarmos, vocês vão colocar as coisas em ordem!

– Sim, mamãe! – responderam eles em coro, felizes com sua vitória.

Todos para a saída de lixo!

Outubro 1

Woody e seus amigos não tinham mais tempo de tentar consertar Buzz. Eles o empurraram para fora e conseguiram se juntar a Jessie, os três Marcianos e a Sra. Cabeça de Batata, que já estavam no jardim. Assim que Buzz avistou Jessie, ele se jogou a seus pés murmurando palavras românticas que queriam dizer "flor do deserto" em espanhol.

– Achei que você o tivesse consertado – comentou a vaqueira, contrariada.

– Hã... Fizemos o que pudemos! – murmurou Woody.

O Sr. Cabeça de Batata se juntou a todos. Com a ajuda de Bala no Alvo, ele havia finalmente recuperado seu antigo corpo. Escondidos em um brinquedo de cimento em forma de túnel, eles esperaram, então, o momento certo, observando a ronda dos guardas. Depois, lançaram-se em ziguezague, pelas sombras, através do parquinho.

Por fim, sem serem vistos por Bebezão, eles chegaram à rampa de saída de lixo. Graças a Buzz, o compartimento foi aberto, e eles saltaram um depois do outro, deslizando pelo interior até a porta que dava para a rua. Quando chegaram do lado de fora, comemoraram. Estavam quase livres. Mas ainda era preciso passar por cima das lixeiras que estavam abertas para que o caminhão recolhesse o lixo...

– Slinky, você vai nos ajudar? – perguntou Woody.

– Apesar de minha idade, ainda tenho elasticidade! – respondeu o brinquedo lançando-se de modo que seu dorso servisse de ponte para os amigos.

Mas, infelizmente, ele mal tinha firmado as patas dianteiras do outro lado da lixeira quando se fez ouvir a voz de Lotso!

– Então, cãozinho, se perdeu? – perguntou ele, surgindo da sombra.

Com sua bengala, ele obrigou Slinky a soltar a borda. Apesar do pavor, os brinquedos conseguiram puxar novamente o cão em sua direção. Então, ouviram um som atrás deles e, de repente, Estica, a amiga polvo de Lotso, apareceu na rampa da saída de lixo, impedindo que fugissem pela retaguarda!

No alto do muro ao lado da lixeira, os membros da gangue foram surgindo. Entre eles, apareceu o telefone de brinquedo que havia ajudado Woody. Claramente o pobre telefone tinha passado por poucas e boas, pois estava todo estourado!

– Sinto muito, caubói! Eles me apertaram tanto que tive que contar sobre o seu plano...

– Woody, você quer mesmo voltar para casa? Mesmo tendo sido abandonado? Você não passa de um brinquedo, um bom brinquedo que foi jogado fora! – Lotso rangeu os dentes.

E, como para confirmar, o motor de um caminhão de lixo se fez ouvir no final da rua!

283

Outubro 2

Uma história para Duquesa

– Vamos, gatinhos queridos – disse Duquesa. – Hora de ir para a cama!

Toulouse, Berlioz e Marie não estavam felizes com a ideia.

– Ah, mamãe! – gemeu Toulouse.

– Mas eu não estou cansada! – protestou Marie.

– Eu não quero dormir – acrescentou Berlioz. – Para nós, gatos, as coisas interessantes começam justamente durante a noite! – disse ele brincando de enfrentar um inimigo invisível.

– Quem ele acha que está convencendo? – suspirou Toulouse para Marie, que virou os olhos suplicantes para a mãe.

– Não, não e não! O dia foi longo – disse Duquesa. – Não quero mais ouvir nenhuma reclamação.

– Mamãe! – chamou Berlioz.

– Conte uma história para a gente – insistiu Marie.

– Uma história? Meus caros, vocês já deveriam ter dormido há muito tempo e eu estou realmente exausta.

– Então, por que a gente não conta uma história para você desta vez? – propôs Toulouse.

– Que bela ideia – disse Duquesa.

– Era uma vez – começou Marie –, um grande e malvado e feroz gato de rua...

– Berlioz! – repreendeu-o Marie. – Mamãe vai ter pesadelos com sua história!

– Desculpe, mamãe – disse Berlioz.

– Sem problemas – disse Duquesa –, continuem.

– Ahn... Onde estávamos? – perguntou Toulouse.

– Era uma vez – respondeu Marie.

– Sim! Era uma vez um gatinho extraordinário, que pintava como nenhum outro.

– E isso porque o modelo que posava para seus quadros era o mais bonito dos gatinhos que já se viu! – acrescentou Marie.

– Dê um tempo! – disse Berlioz entredentes. Toulouse e o irmão riram.

– Muito engraçado! – disse Marie, enrugando o focinho. – Podemos retomar o fio da história?

– O gatinho pintava de dia e se divertia a noite toda!

Toulouse deu um tapinha em Berlioz. Os três gatinhos se olharam e descobriram que Duquesa tinha adormecido!

Berlioz, Toulouse e Marie deram-lhe um último beijo.

– Boa noite, mamãe – disse Marie.

– Boa noite, mamãe – disse Toulouse.

– Boa noite, mamãe – disse Berlioz.

E os três gatinhos se aconchegaram junto de Duquesa e também caíram no sono.

Boa noite!

A medalha de Bebezão

Outubro 3

– Nós precisamos de brinquedos para a Sala Lagarta, e vocês não querem acabar no lixão! Por que não se juntam novamente a nossa grande família? – perguntou Lotso.

– Não é uma família, é uma prisão! – urrou Jessie, com os olhos brilhantes de ódio. – Você é um mentiroso e um tirano! Eu prefiro me acabar no meio desse lixo do que ter de fazer parte de seus "amigos"!

– Muito bem. – Lotso riu sarcasticamente. – Como quiser!

Ele agitou sua bengala e a polvo desceu até os brinquedos para empurrá-los na lixeira. Ken surgiu nesse instante!

– Não! Barbie!

Lotso se voltou:

– Ken! Há milhões de Barbies como ela...

– Não para mim!

Furioso, o urso jogou Ken no lixo. Os brinquedos o apanharam, e Barbie se lançou em seus braços orgulhosa.

– Vocês todos ouviram! – disse, então, Ken para seus antigos amigos. – A creche seria realmente um ótimo lugar sem Lotso! Ele se aproveitou de nós para tomar o poder!

Os brinquedos da gangue se entreolharam, mas a presença imponente de Bebezão, postado ao lado de Lotso, os desencorajou a agir. Então, Woody interveio.

– E Daisy?

Surpreso, Lotso encarou-o inquieto:

– Daisy? Ela nos jogou fora!

– Não, Lotso, ela perdeu vocês, não jogou fora! Se vocês tivessem entrado novamente na casa,

ela os teria recebido de volta, apesar dos outros brinquedos que compraram para consolá-la. Mas você não teve coragem de tentar! Não foi ela que abandonou você, mas você que a abandonou! Em seguida, mentiu para Bebezão e, desde então, você mente para todo mundo!

Depois dessas palavras, Woody estendeu uma medalha em formato de coração que o palhaço Chuckles havia deixado com ele. Em um dos lados, uma mão não muito hábil havia escrito as palavras: "Meu coração pertence a Daisy". Ele a lançou aos pés de Bebezão. A medalha era a que Daisy tinha lhe dado havia muito tempo.

– Mamãe! – exclamou o bonecão com uma voz dolorosa depois de tê-la apanhado.

Lotso arrancou-lhe a medalha e a estraçalhou sob a bengala. Depois, ele ordenou à polvo que empurrasse os brinquedos na lixeira, sem ver que Bebezão se aproximava dele, vermelho de raiva... E violentamente, o imenso boneco agarrou o urso, ergueu-o sobre a cabeça e o jogou no meio do lixo!

285

Outubro 4

Quando Mate foi bombeiro...

— Sabe, eu também já fui bombeiro! – declarou uma noite Mate a Relâmpago, enquanto os dois amigos passeavam na rua principal de Radiator Springs.

— O quê? – exclamou o amigo, incrédulo.

— Pois é! Eu me lembro de uma vez em que o alarme disparou. Havia um terrível incêndio que tomava uma fábrica de fósforos. Com todas as sirenes ligadas, corri para lá e, assim que cheguei, dirigi minha mangueira para o centro do fogo. Era um inferno, o prédio inteiro estava prestes a explodir!

— Mate! – interrompeu Relâmpago erguendo os olhos para o céu. – Não posso acreditar. Você nunca foi bombeiro, ora essa!

— Mas estou dizendo – insistiu o mecânico. – A propósito, você deveria se lembrar, você estava lá!

— Eu? Como assim?

Relâmpago tentou vasculhar sua memória, ele sabia muito bem que não tinha conhecido Mate antes de chegar a Radiator Springs. E ele também não tinha visto um incêndio em uma fábrica de fósforos! No entanto, Mate continuou sua narrativa:

— Você estava preso no primeiro andar, no meio das chamas, e você me pediu socorro! Eu gritei para você ficar calmo e, em seguida, joguei água em você. Depois, abri a grande escada, você desceu por ela e se salvou! E logo depois o prédio explodiu. Mia e Tia estavam lá, elas podem confirmar: enquanto me aplaudiam, colocaram você em uma ambulância e levaram para o hospital para que eu o operasse.

— Para que você me operasse? – engasgou Relâmpago arregalando os olhos. – Por que você era cirurgião além de ser bombeiro?

— Porque tirei todos os diplomas! Enfim, para resumir, logo antes da operação, uma enfermeira GTO apareceu, com sua bela carroceria amarela, e todo mundo se preparou para enviarmos corrente elétrica para suas baterias.

— E depois? – perguntou Relâmpago, absolutamente estupefato.

— Bom, depois eu salvei a sua vida. É isso.

— Impossível! – resmungou Relâmpago. – Isso nunca aconteceu comigo. Eu me lembraria.

— Mas estou lhe dizendo – insistiu Mate.

— Impossível!

Bem naquele instante, os dois amigos, que tinham acabado de chegar na frente de Luigi, pararam para deixar passar um belo carro amarelo. Era uma GTO, e estava com uma dianteira de enfermeira.

— Ei, bom dia, dr. Mate! Você está bem? – exclamou ela com um grande sorriso antes de se afastar.

— Aí! Você viu! Pois se estou dizendo! – concluiu Mate, todo orgulhoso.

Relâmpago ficou paralisado!

No lixão!

Outubro 5

Alguns segundos mais tarde, o caminhão de lixo encaixou o contêiner lixeira em sua carroceria e esvaziou-a. Todos misturados, Lotso, Woody e os outros desapareceram entre o lixo. Apenas Ken e Barbie conseguiram escapar a tempo e assistiram, devastados, ao desaparecimento de seus companheiros. Depois, o caminhão se afastou.

Entre seus flancos obscuros, Woody surgiu do meio dos dejetos.

– Estão me ouvindo? Todo mundo está bem?

– Não exatamente, imbecil! Estamos perdidos, sem dúvida! – resmungou o Sr. Cabeça de Batata antes de ajudar sua mulher.

Todo brilhante, Buzz surgiu de repente de uma pilha de detritos. Rapidamente, os brinquedos se reuniram ao seu redor. Então, o caminhão parou para uma nova coleta.

– Jessie! – chamou Buzz.

Ao perceber que a vaqueira estava presa contra uma das paredes, ele saltou em direção a ela, apanhou-a e a empurrou na direção dos amigos, um pouco antes de receber uma televisão na cabeça. Assim que seus amigos o recuperaram, ele ficou imóvel um instante, depois, soltou um bipe e, finalmente, abriu os olhos, com um ar um pouco desorientado.

– Hum... Não tenho sido eu mesmo nos últimos tempos... – disse ele avistando os amigos.

– Buzz! Você voltou! Enfim! – comemorou Jessie acariciando-o.

– De volta, sim! – respondeu Buzz. – Onde eu estava a propósito?

– No infinito e além, ao que parece! – brincou Woody.

Buzz sorriu para o amigo antes de exclamar:

– Woody! Você não deveria estar com Andy?

– Eu vim socorrê-los.

– E onde estamos nós?

– A caminho do lixão! – disse Rex animado.

O sorriso de Buzz desapareceu na hora. Alguns minutos mais tarde, quando chegou ao seu destino, o caminhão parou.

– Vamos ficar todos juntos! – avisou Woody assim que sentiu que a caçamba se erguia.

Juntos uns dos outros, os brinquedos começaram a deslizar sem conseguir se segurar. E, após caírem, aterrissaram violentamente sobre uma montanha de lixo!

– O Garra! – gritaram então os Marcianos ao perceberem, ao longe, uma imensa içadeira.

Sra. Cabeça de Batata e Woody tentaram chamá-los de volta, mas nada adiantou. A toda velocidade, os três bonequinhos desapareceram na escuridão. Só que os brinquedos não tiveram tempo de irem atrás deles, pois um trator já os empurrava em direção a uma gigantesca compactadora!

– Segurem firme! – gritou Woody para seus amigos.

Outubro 6

a Bela e a Fera

Como ganhar no esconde-esconde?

– Bela! – chamou Madame Samovare. – Uh, uh! Bela!

A jovem estava sentada na biblioteca, escondida por uma pilha de livros.

– Ah, aí está você! – exclamou a chaleira.

– Bom dia, Bela! – cantarolou Zip, por sua vez.

– Bom dia para vocês dois. Estavam me procurando?

– De fato – disse Madame Samovare. – Eu queria oferecer-lhe um chá.

– Obrigada – disse Bela. – Gostaria muito.

Madame Samovare serviu-lhe uma xícara de chá quente. Bela bebeu e agradeceu.

– Às suas ordens – disse a chaleira. – Venha, Zip, vamos deixar Bela ler tranquila agora.

– Mas, mamãe – choramingou Zip. – Quero ficar aqui com ela!

– Bela está ocupada – explicou a mãe. – Você vai incomodá-la.

– Deixe – disse Bela. – Já fiz o que tinha que fazer. Quero ficar um tempinho com Zip.

– Muito bem – disse Madame Samovare. – Mas volte para a cozinha assim que Bela mandar!

– Prometo – disse Zip.

– Então, Zip – começou Bela depois que a chaleira saiu –, o que me diz de uma partida de esconde-esconde?

– Como se brinca disso? – perguntou Zip.

– É muito simples – explicou Bela. – Uma pessoa se esconde e a outra tenta encontrá-la.

– Acha que vou conseguir?

– É claro! – afirmou Bela. – Você prefere se esconder ou procurar?

– Quero me esconder – respondeu a xicarazinha.

– Muito bem – disse Bela. – Vou fechar os olhos e contar até dez. Um, dois, três...

Zip pensou e foi como uma flecha se esconder atrás das cortinas de veludo.

– Nove... dez! Pronto ou não, aqui vou eu! – exclamou Bela. – Então, onde ele pode estar?

Bela olhou debaixo da mesa.

– Ele não está aqui.

Depois inspecionou um canto.

– Aqui também não.

Ela buscou de alto a baixo, mas não parecia encontrá-lo em lugar nenhum.

– Desisto – disse ela. – Vamos, Zip, saia do esconderijo!

A xicarazinha riu silenciosamente. É só não fazer barulho, que divertido!

– Parece que você não quer sair do seu esconderijo – disse Bela. – Acho, então, que vou ter que comer todo o bolo de chocolate de sua mãe sozinha!

Ao ouvir essas palavras, Zip surgiu de detrás das cortinas:

– Estou aqui, Bela, me espere! Eu também quero bolo!

288

O incinerador

Outubro 7

Depois de mil reviravoltas, os brinquedos aterrissaram sobre uma esteira. De repente, Slinky decolou violentamente e foi dar de cara contra o teto também em movimento!

– É magnético! – entendeu Jessie.

Ao redor deles, as peças metálicas saíam voando e grudavam ao lado do cachorro que gritava. Lá do alto, ele podia ver que seus amigos iam direto na direção de uma trituradora!

– Rápido, agarrem-se em um objeto metálico! – ordenou Buzz.

Os brinquedos obedeceram e voaram em desordem. Mas bem na hora em que Woody e Buzz iam agarrar os seus objetos metálicos, uma pata cor-de-rosa surgiu de um monte de entulho.

– Estou preso, me ajudem! – gritou Lotso.

Buzz e Woody avançaram. Lotso podia ser inimigo deles, mas deixá-lo desaparecer entre as mandíbulas metálicas estava fora de questão. Rápido, eles o soltaram. Então, agarrando-se todos os três em um taco de golfe, eles decolaram e se juntaram a seus companheiros.

– Obrigado, xerife! – disse Lotso com um fio de voz.

Depois de terem viajado no ar por alguns instantes, todos se deixaram cair sobre uma nova esteira que parecia subir em direção à superfície. Ao cabo de muitos minutos, Rex apontou o dedo para um clarão. Será que eles estavam enfim a salvo? Desconfiado, Woody apertou os olhos. O clarão não era do dia, mas de uma enorme incineradora!

– Corram! – urrou o caubói.

Em pânico, todos começaram a descer novamente a toda velocidade. De repente, Lotso avistou uma escada que levava a um botão de comando.

– Xerife! – exclamou ele. – Ajude-me a chegar àquele botão e eu poderei parar a esteira!

Sem pensar, Woody, com a ajuda de Buzz e de Jessie, ergueu o urso. Depois, viram Lotso subir a escada e, no momento de apertar o botão, o urso os encarou com o olhar malvado!

– Vão ficar juntos para isso também! – resmungou ele maldosamente antes de fugir.

– Lotso! – gritaram todos os brinquedos, apavorados.

Os brinquedos se aproximaram uns dos outros. Já não havia mais como escapar do forno! Congelados, eles observaram a goela vermelha na qual desapareceriam, quando, de repente, uma enorme içadeira desceu na direção deles, apanhou todos e ergueu-os tirando-os do perigo!

– O Garra! – exclamaram alegres os três Marcianos no comando da içadeira que os tinha salvado!

289

Outubro 8

Hipopótamo em fuga!

Certa manhã, Simba, Timão e Pumba tomavam o café da manhã.

– Hmm! Insetos crocantes – disse Pumba.

– Experimente os grandes vermelhos – disse Timão. – Eles são cheios de patas.

De repente, eles ouviram um barulho de choro na selva.

– Parece que alguém está com problemas – disse Simba.

– O barulho vem de lá – acrescentou Pumba.

Seguiram o barulho até chegarem em um lago no meio do qual havia um bebê hipopótamo, enroscado em cipós e atolado na lama.

– Socorro! – gritou o hipopótamo se debatendo. Quanto mais ele se debatia, mais ele se enroscava e mais atolava.

Ao ver Simba, o hipopótamo ficou com medo.

– Oh, um leão! Ele vai me comer! – gritou o filhote.

– Calma – respondeu Simba. – Esses dois me colocaram numa dieta de insetos.

Timão apanhou um cipó e se balançou até o hipopótamo. Ele começou a cavar a lama para libertar o pequeno hipopótamo.

Durante esse tempo, Simba saltou sobre o lombo do hipopótamo e começou a rasgar os cipós densos com os dentes. O que apavorou ainda mais o pobrezinho!

– Está tentando de verdade me devorar! – urrou ele.

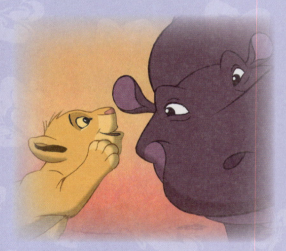

Finalmente, Simba e Timão libertaram o hipopótamo, que se pôs a chorar.

– Por favor, não me devore! – disse ele a Simba.

– Não vou devorar você – respondeu Simba –, eu prometo. Quero só saber como você foi parar lá.

– Eu estava com raiva de meu irmãozinho, então mordi sua cauda e fiz ele chorar. Fiquei com medo de que meus pais ficassem zangados e fugi de casa – contou o pequeno hipopótamo.

– Aposto que seus pais estão zangados – disse Simba. – Porque você partiu e eles estão preocupados com você.

– Tanto faz para eles – disse o hipopótamo.

– Venha – disse Simba.

Ele conduziu o pequeno hipopótamo até a margem do rio. Ao chegarem lá, ouviram outros hipopótamos chamando.

– Oyo! Oyo! Oyo!

– Ouça – disse o hipopótamo. – Oyo é o meu nome. Estão me chamando! Eles sentem a minha falta!

– É claro! – respondeu Simba. – Você não pode fugir assim e não fazer falta. Quando se é parte de uma família, pouco importa o que fez, você é sempre parte dela.

– E sua família, Simba – perguntou Timão assim que o pequeno hipopótamo se juntou à sua família –, você não acha que estão sentindo sua falta?

– Eu não achava antes – respondeu Simba, pensativo –, mas agora me pergunto...

290

Sãos e salvos

Outubro 9

— Sabem o quê? – disse o Sr. Cabeça de Batata assim que a içadeira os colocou no chão. – Retiro tudo o que disse sobre o sótão de Andy!

Devagar, os brinquedos se erguiam um por um. Buzz, que estava de mãos dadas com Jessie, olhou em seus olhos com um belo sorriso. Um chamado alegre os fez virar. Os três pequenos Marcianos corriam até eles com os braços estendidos.

— Meus queridos! – exclamou a Sra. Cabeça de Batata. – Vocês nos salvaram!

O Sr. Cabeça de Batata avançou e os envolveu em seus braços.

— Nós seremos eternamente gratos, meus garotos!

— Papaaaaai! – exclamaram os três bonequinhos em coro, felizes.

— Eu me pergunto onde estará Lotso! – resmungou Porquinho, pronto para descosturá-lo.

— Deixe para lá, não vale a pena – disse Woody.

Nenhum deles tinha visto que o urso, apanhado por um motorista de caminhão de lixo, estava agora preso ao para-choque de seu caminhão! Seguramente, não ouviriam falar dele por um bom tempo...

— Vamos, Woody! – disse Jessie. – É hora de voltar para casa. Não se esqueça de que você tem que ir para a universidade!

Woody olhou para todos com hesitação.

— Estou pensando em vocês, rapazes... Não estou certo de que o sótão seja uma ideia tão boa, no fim das contas.

— Mas nós somos os brinquedos de Andy... e então ficaremos juntos!

— E estaremos sempre lá para ele! – acrescentou Buzz.

Woody sorriu. Agora precisavam encontrar um meio de transporte. De repente, ele viu um caminhão se preparar para partir, e reconheceu o jovem lixeiro que, no início de sua aventura, quase levou seus amigos para o lixão por causa de um erro da mãe de Andy. Num piscar de olhos, todos os brinquedos correram para se agarrar ao caminhão do rapaz. Quando chegaram em casa, o dia já estava nascendo. Andy se preparava para partir.

— Está pronto? – perguntou do portão a mãe de Andy.

— Sim. Só faltam algumas caixas do meu quarto – respondeu o filho.

Escondidos atrás de uma lixeira, os brinquedos esperavam o sinal de Woody. Então, eles atravessaram a rua e chegaram ao jardim. Antes de entrar na casa, eles teriam de se limpar e tirar todos os vestígios do cheiro de lixo sobre eles! Minuciosamente, eles se lançaram no jato de água da mangueira. Depois, subiram no telhado da garagem e, enfim, alcançaram a janela de Andy.

291

Outubro 10

Resgate na última hora

Para seu primeiro aniversário de casamento, o príncipe ofereceu a Cinderela um anel cheio de safiras. A princesa já comemorava o fato de usá-lo na recepção oferecida no castelo. Enquanto essa hora não chegava, ela admirou, durante todo o dia, seu dedo enfeitado com aquela magnífica pedra preciosa do mais belo azul. Mas, de repente, ao ir para

o quarto se preparar para o baile, Cinderela notou que as safiras não estavam mais em seu dedo...

– Meu anel! Perdi meu anel! Ele deve ter caído em algum lugar!

– Ele não pode estar longe – tranquilizaram-na Jaq e Tatá, os ratinhos do castelo. – Nada de pânico, vamos encontrá-lo!

Jaq decidiu organizar a busca.

– Lembre-se de onde esteve, Cinderela – aconselhou ele logicamente. – Nós olharemos por toda parte!

A princesa pensou. Primeiro, ela estivera em seu quarto, escrevendo em seu diário. Rapidamente, eles entraram no cômodo.

Procuraram nas gavetas da escrivaninha, balançaram os lençóis, folhearam o diário, ergueram o tapete.

– Nada de anel por aqui – lamentou Tatá. – Vamos continuar!

Eles passaram para a cozinha, onde Cinderela tinha, em seguida, preparado um chá. Nada de anel também.

Eles analisaram o piano, já que a princesa tinha praticado suas escalas. Passaram para a biblioteca, onde Cinderela tinha lido durante uma hora. Correram para o estábulo, onde ela tinha cuidado de seu cavalo Major. Inspecionaram os canteiros de flores, onde ela havia colhido rosas. Em vão!

– Depois, peguei água para encher os vasos – lembrou-se Cinderela. – E, depois, voltei e pronto! O poço é a última chance!

– Vamos descer no poço para verificar se as safiras caíram? – gemeu Tatá.

Mas o relógio bateu oito horas; o baile iria começar! Sem hesitar, Jaq empurrou Tatá para dentro do balde e eles desceram na água. Quando Cinderela os içou de volta, os pobres tremiam de medo... Mas tinham encontrado o anel! Louca de alegria, Cinderela foi se vestir para o baile e alcançou o príncipe bem a tempo. Ela não esqueceu de contar ao príncipe sobre a coragem dos dois ratinhos.

– Obrigado, meus amigos! – proclamou o Príncipe Encantado, fazendo uma reverência. – Sejam nossos convidados de honra esta noite... por esse fabuloso resgate de última hora!

É SÓ UMA DESPEDIDA...

OUTUBRO 11

Assim que chegou ao quarto de Andy, a Sra. Cabeça de Batata correu para baixo da cama e recuperou seu olho direito. Depois, todos os brinquedos viram uma caixa destinada ao sótão e começaram a escalá-la um por um. Woody avistou a que era destinada à universidade. Antes de entrar nela, voltou-se para seus amigos, que ele via quem sabe pela última vez.

– Buzz! Pessoal... Não vou me despedir, vamos nos ver de novo, espero!

– Divirta-se bastante com Andy! – lançou Slinky.

– Mas não demais! – brincou Porquinho.

– Tome conta de Andy, hein? – acrescentou Rex.

Com um sorriso nos lábios, Woody se voltou para Jessie.

– Espero que fiquem bem no sótão...

– Claro que vamos! E, além de disso, agora já sei como tirar Buzz do "modo espanhol"...

– Do meu o quê? – assustou-se Buzz, que não se lembrava de nada.

Os amigos ficaram um de frente para o outro e apertaram as mãos.

– Você sabe onde me encontrar... – disse gentilmente Buzz.

Ao ouvir sons na escada, eles se separaram e fecharam as caixas. Andy e sua mãe entraram, então, no quarto. Muito emocionada, a mãe de Andy segurou o filho contra si.

– Adoraria ficar com você toda a minha vida – disse ela triste.

– Vai ficar, mamãe! – consolou Andy.

Escondido na caixa, Woody assistiu a toda a cena. De repente, seu olhar se demorou nas fotos de Andy aos dez anos, cercado de brinquedos e, de repente, ele soube o que deveria fazer. Assim que o garoto saiu do quarto para fazer um último carinho em Buster, ele saltou na escrivaninha, apanhou uma etiqueta adesiva e escreveu algo nela. Depois, foi colar na caixa em que estavam seus amigos e, rapidamente, pulou dentro dela...

Assim que Andy entrou em seu quarto para pegar a caixa e levá-la ao sótão, abriu-a e ficou espantado e emocionado ao ver seus brinquedos. Afinal, eles não estavam perdidos como ele havia imaginado! Uma última vez, ele os olhou antes de fechar novamente a caixa, e de ler a etiqueta de Woody.

– Mamãe? Tem certeza de que acha que devo doar tudo isso? – perguntou ele agora sem muita certeza.

– Faça como quiser, querido! – respondeu a mãe do corredor. – É você quem decide!

Então, decidido, Andy apanhou a caixa e, em vez de levá-la para o sótão, desceu as escadas com ela...

293

Outubro 12

As maneiras de Mogli

Um cheiro estranho, mas delicioso, alcançou as narinas de Mogli. Ele se voltou e avistou comida. Um pouco mais tarde, as pessoas chegaram e se sentaram em círculo. Mogli estava animado. Ele tinha acabado de chegar na cidade dos homens e ia comer sua primeira refeição!

Mogli avançou e apanhou um pedaço de carne, lançou-o na boca e mastigou. Ele nunca tinha comido carne cozida, e era delicioso! O caldo escorria por seu queixo, e ele sorria para os humanos que o cercavam.

Eles o olhavam com nojo. Surpreso, Mogli ficou de boca aberta. Um pedaço de carne pela metade caiu de sua boca. Por que todos o encaravam?

– Ora, ele come como um animal! – disse uma garota.

Mogli não entendeu nada. Até que, de repente, ele se deu conta de que não vivia mais na selva. Os humanos não faziam as coisas como os animais. Ele suspirou. Será que um dia se adaptaria?

Com um ar envergonhado, Mogli se ajeitou e observou os outros comerem. Eles utilizavam estranhos bastões pontiagudos para cortar, e outros bastões achatados como remos para levar a comida à boca. Pegavam pequenas porções que mastigavam com a boca fechada, mas nem mesmo pareciam estar gostando! Era bizarro!

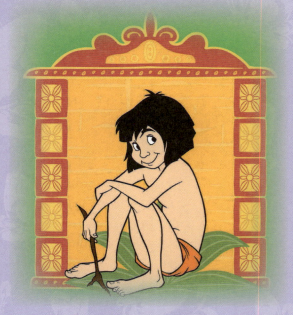

Mogli tentou imitá-los, com pouco sucesso. O bastão pontiagudo não cortava tão bem quanto seus dentes e a metade da comida caía de seu remo.

– Talvez seja de fato um animal – disse a garota.

Na refeição seguinte, Mogli observou antes de começar a comer. A comida parecia-lhe estranha: um líquido quente com legumes. Segurando uma tigela com uma mão, ele tentou levar o caldo à boca com o remo, mas o líquido não parava de escorrer, e não sobrava quase nada para ele.

Mogli descansou a tigela e seu remo suspirando, frustrado. Depois, suavemente, ele apanhou a tigela e levou-a à boca. Ele tomou um grande gole de sopa e lambeu os lábios.

Os outros pararam e o encararam novamente. Depois, o ancião da cidade balançou a cabeça, levou sua tigela à boca, tomou um grande gole e lambeu os lábios. Ele sorriu para Mogli. Muito rápido, todo mundo começou a engolir o caldo fazendo muito barulho e a lamber os lábios.

Mogli sorriu. Talvez eles estivessem se adaptando, no fim das contas!

Outubro 13

Uma nova partida...

Andy apanhou a caixa de papelão, a colocou no banco de trás de seu carro e releu o endereço escrito na etiqueta: "Doar para Bonnie, rua das Sequoias, 1225".

Calmo, o jovem sorriu de seu carro. No jardim da casa diante da qual ele tinha parado, uma bela garotinha brincava sob o olhar de seus pais.

– Andy? – disse a mãe de Bonnie.

– Olá! – respondeu Andy com um sorriso. – Trouxe alguns brinquedos para Bonnie...

– Ah, Bonnie! Ouviu isso?

A garotinha se aproximou.

– Bom dia, Bonnie! Ouvi dizer que você cuida muito bem dos seus brinquedos... Você se importaria de cuidar dos meus enquanto não estou aqui?

Diante do olhar interessado da menininha, ele colocou a caixa na grama, abriu-a e começou a apresentar seus amigos um por um.

– Esta é Jessie, a corajosa vaqueira. E este aqui é Bala no Alvo, seu melhor amigo. Este é Rex, o mais assustador de todos os dinossauros! Sr. e Sra. Cabeça de Batata devem sempre ficar juntos, porque estão muito apaixonados, e Slinky é o mais fiel de todos os cães. Quanto ao Porquinho, se você confiar a ele suas economias, ele vai sempre cuidar delas! E tem também os três Marcianos que vieram do Planeta Pizza.

Com um sorriso feliz, Bonnie pegou todos os brinquedos e os abraçou. Foi a vez de Buzz.

– Buzz é um brinquedo genial – disse Andy. – Ele sabe voar, atirar com *laser*, tudo isso para defender a galáxia contra o malvado imperador Zurg!

Radiante, Bonnie apanhou o patrulheiro e olhou dentro da caixa. Restava um brinquedo que Andy não tinha visto.

– Ah! É o meu pequeno caubói! – exclamou ela alegre.

Muito surpreso, Andy viu Bonnie pegando Woody.

– Ah! – Andy acabou dizendo depois de ter hesitado um instante. – Este é o Woody! Ele sempre foi meu melhor amigo. Ele é corajoso, esperto e gentil, não a abandonará nunca... Acha que pode cuidar dele e de todos os outros?

– Ah, sim! – prometeu Bonnie.

Andy brincou um pouco com ela, depois, ela foi tomar seu lanche e ele foi embora. Em silêncio, Woody, Buzz e os outros assistiram enquanto ele entrava em seu carro e lhe desejaram boa viagem. Depois se voltaram e contemplaram sua nova casa. Juntos, partiam mais uma vez para novas aventuras. E, com Bonnie, eles sabiam, seriam muito felizes!

Outubro 14

El matador!

Naquela tarde, Mate e Relâmpago tinham decidido dar um passeio. Tranquilamente, eles passaram diante de um campo onde dormia uma tropa de tratores.

– Sabe – disse Mate –, uma vez, na Espanha, eu combati tratores! Meu apelido era El Matador, e todo mundo me admirava. Só de olhar bem fundo nos meus olhos, se adivinhava que eu não podia perder!

De queixo caído, Relâmpago escutou a continuação da história. El Matador entrou na arena; um enorme trator apareceu e começou a carregar. Com sangue-frio, El Matador sacudiu sua capa vermelha. A cada passada, a multidão se animava, admirando o toureador que, encarando seu destino, não recuava nem um centímetro. De repente, El Matador pegou uma grande carga, e o trator o enterrou na pista!

O público ficou paralisado de horror. Seria o fim de El Matador? Não! Com um sobressalto forte, seu gancho saltou da areia! Novamente os aplausos dispararam. Nas arquibancadas, duas *señoritas*, Mia e Tia, suspiraram de alegria ao ver seu herói bramir sua capa. Corajosamente, El Matador retomou sua posição. Daí, para sua grande surpresa, não era apenas um trator que ele deveria enfrentar, mas três!

Os tratores aceleraram ao mesmo tempo. Bem na hora que iam alcançar Mate, El Matador, ele saltou, e os três monstros bateram uns contra os outros! A multidão urrou de admiração. Só que muito cedo, porque, em alguns minutos, uma dezena de outros tratores cercaram o reboque...

– E então? – perguntou Relâmpago para o amigo. – O que você fez?

– Você deveria se lembrar – respondeu Mate. – Você também estava lá! Para começar, os trato-

res adoravam vermelho. De repente, começaram a perseguir você pela arena!

– Mate! Nada disso aconteceu, vamos lá! – irritou-se Relâmpago.

– Explique isso para eles, então – bufou Mate apontando para meia dúzia de tratores que tinham acabado de sair do campo e os cercavam agora com cara de malvados!

Apavorado, Relâmpago soltou um grito e partiu a toda velocidade, com os tratores furiosos bem atrás dele. Na correria, ele não viu Mia e Tia aparecerem, e também não ouviu Mate soltar um "Olé!" para suas duas maiores fãs, antes de guiá-las para novas (e incríveis) aventuras!

WALL·E

OUTUBRO 15

Robô doméstico

Na cabine do comandante da Axiom, Wall·E tentou ser o mais discreto possível. O pobre robozinho tinha caído ali por acaso, e a última coisa que ele queria era ser apanhado. Na verdade, ele não tinha nem o direito de estar na estação espacial!

— Bip! — soltou ele ao avistar um exército de robôs domésticos.

Ele decidiu se misturar a eles; assim, o comandante talvez não o notasse.

— Ah, eu dormi muito bem! — exclamou o oficial ao acordar.

Ele se espreguiçou. Sua cama se transformou automaticamente em poltrona e os robôs domésticos entraram em ação. Cada um com sua função, cada um com seu protocolo.

Wall·E observava, estupefato, o robô escova-dentes, o robô cabelereiro, o robô perfumador, o robô serve-café... O comandante não fazia nada sozinho! Então, Wall·E pensou rápido. Ele decidiu se disfarçar de robô massagista. Isso, pelo menos, não seria difícil para ele. Com as duas pás poderosas que lhe serviam de mãos, Wall·E começou a massagear os pés nus do comandante.

— Ah! Um novo assistente! — comemorou o oficial. — Uma massagenzinha, mas que boa ideia!

— Bip! — respondeu Wall·E, muito contente que seu plano estivesse funcionando.

Ele massageou então as panturrilhas do comandante. Assim que Wall·E parou, o oficial mexeu os dedos dos pés e reclamou:

— Ah, não! Um pouco mais, robô massageador!

Os robôs domésticos obedeciam sem discutir. Wall·E foi obrigado a continuar sua massagem. Mas sua especialidade era compactar lixo... Então, logicamente, ele se cansou rápido. Suas pobres pás estavam agora muito dormentes de tanto fazer as massagens!

Exausto, Wall·E vacilou sobre suas rodas e se estrebuchou! Sob o choque, começou a cuspir

lama para todo lado! Ele espalhou lama pelo chão, pelas paredes e pelo comandante! Mas, rapidamente, Wall·E conseguiu se recuperar um pouco e se dobrou em cubo para que ninguém o notasse.

— Onde está o novo assistente? Ele não está em lugar nenhum! — gritou o comandante, louco de raiva, voltando ao centro de comando.

Wall·E decidiu, então, segui-lo discretamente. Disfarçar-se de robô doméstico agora estava fora de questão. No fim das contas, era mais prudente continuar ali como ele mesmo!

No fim das contas, Wall·E conseguiu se reunir a EVE, que estava junto do comandante, mas o robozinho havia deixado longas manchas de lama atrás dele. Wall·E acabou rindo ao pensar na raiva que provocaria quando notassem aquela bagunça!

297

Outubro 16

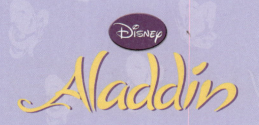

Uma princesa à altura

Desde que Jasmine tinha ouvido falar da Estrela da Pérsia, a maior ametista do mundo, ela só sonhava com uma coisa: admirá-la! Mas apenas uma soberana digna da famosa Sultana do Leste, sua antiga proprietária, tinha o direito de possuí-la... Jasmine desejava, então, provar a Aladdin que ela era uma princesa à altura!

— Não preciso de provas, Jasmine. Eu te amo. Mas já que você insiste, vamos lá! Eles subiram no tapete voador e chegaram pouco depois ao palácio do Leste.

Eles aterrissaram no sopé da mais alta torre, aquela que abrigava a Estrela da Pérsia. Um soldado armado guardava sua porta trancafiada.

— Apenas uma soberana digna de nossa Sultana contemplará a ametista! — urrou ele.

— Aqui está a princesa Jasmine! — apresentou, então, Aladdin. — A moça mais bonita de Agrabah!

Jasmine corou. O guarda não cedeu:

— Isso não é suficiente. Nossa Sultana era sábia, inteligente, esperta e justa!

Naquele instante, dois mercadores começaram a brigar ali perto. Eles se acusavam de roubo de laranjas. Para acalmá-los, Jasmine comprou todo o estoque de laranjas dos dois e dividiu o dinheiro entre eles. Os dois fizeram as pazes, muito contentes com a boa venda!

— Muito astuto, Vossa Alteza — admitiu o guarda. — Mas nossa Sultana também era de uma bondade sem igual! Sentimos tanta falta dela!

O homem, então, começou a soluçar. Com pena dele, Jasmine prometeu-lhe que não insistiria e correu para a fonte da praça principal para lhe buscar água. De repente, a água jorrou com força!

— A água dessa fonte só corria para nossa Sultana! — exclamou o guarda, espantado. — Você é, então, sua digna herdeira, Vossa Alteza!

Rápido, ele a acompanhou ao topo da torre, onde a Estrela da Pérsia cintilava muito em seu estojo.

— Nos dê a honra de usar nossa joia! — disse o guarda entregando a ametista para Jasmine. — Assim, a história de nossa Sultana irradiará por todo o país!

Maravilhada, Jasmine dispôs timidamente a joia sobre a cabeça. Ela agradeceu ao guarda prometendo voltar sempre. Então, gritou pela janela para Aladdin, que esperava no sopé da torre:

— Está vendo? Sou uma princesa à altura!

E todo mundo aclamou Jasmine, que homenagearia dali em diante a memória da Sultana ao cuidar de Estrela da Pérsia!

Robin Hood

Uma lama a calhar

Outubro 17

– Apresse-se, Robin! – exclamou João Pequeno saltando por sobre um tronco.

Os dois amigos tinham ido dar um passeio naquela manhã chuvosa, mas Robin estava sem pressa.

– Psiu! – disse ele. – Estou ouvindo um barulho!

– Vamos dar uma olhada! – sugeriu João Pequeno.

Um minuto mais tarde, eles pararam no limite da floresta e, escondidos atrás de um arbusto, observaram uma carruagem atolada em um buraco.

– Eu reconheço aquela carruagem – murmurou Robin. – Pertence ao príncipe João.

– Aquele covarde choramingão! – resmungou João Pequeno. – Bem feito para ele!

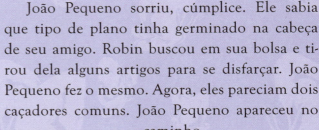

– Tirem-nos daqui imediatamente! – gemeu uma voz da carruagem.

Era sem dúvida o príncipe João. O cocheiro deu de ombros.

– Mas, senhor, a carruagem está carregada de ouro, eu nunca poderia carregá-la sozinho! Se Vossa Senhoria descesse, o peso seria menor. O suficiente para liberar as rodas.

– Sair da carruagem? – gritou o príncipe João. – E tomar chuva? Não é possível! Tirem-nos daqui!

O cocheiro limpou a testa encharcada de chuva e se dirigiu para trás da carruagem.

– Tenho uma ideia para ajudar o príncipe, o cocheiro e os pobres – disse Robin.

João Pequeno sorriu, cúmplice. Ele sabia que tipo de plano tinha germinado na cabeça de seu amigo. Robin buscou em sua bolsa e tirou dela alguns artigos para se disfarçar. João Pequeno fez o mesmo. Agora, eles pareciam dois caçadores comuns. João Pequeno apareceu no caminho.

– Precisam de uma mãozinha? – perguntou ele. – Vou ficar feliz em ajudá-los!

Enquanto isso, Robin deu a volta na carruagem e, quando abriu a porta, o príncipe João se pendurou pela janela do lado oposto.

– Apressem-se, bando de incapazes! – urrou ele.

João Pequeno se aproximou do príncipe e assegurou:

– Vocês poderão partir num piscar de olhos!

Robin aproveitou sua chance e roubou todos os sacos de ouro enquanto João Pequeno desviava a atenção de todos.

– Empurrem agora! – urrou o príncipe João.

– Com prazer – riu João Pequeno.

Os falsos caçadores se dirigiram, casualmente, para a traseira da carruagem junto do cocheiro. Com um empurrão, eles a desatolaram. O príncipe João, então, seguiu novamente para Nottingham, agora, sem saber que seu carregamento havia sido reduzido por seus ajudantes! Robin e João Pequeno eram realmente os melhores!

Outubro 18

A melhor jogada de Nemo

— Vamos, papai – exclamou Nemo –, vamos nos atrasar!

Nemo e Marlin se apressaram nas vias de navegação engarrafadas da Grande Barreira de Corais.

— Tem certeza de que quer jogar vôlei-pérola? – perguntou Marlin nervoso. – Tem um monte de outras coisas que podemos fazer. Trampolim nas esponjas, dança coralina...

— Dança coralina? – gritou Nemo, apavorado. – Sem chance! É para bebezinhos! Quero jogar vôlei-pérola!

Quando chegaram ao Estádio dos Ouriços, o professor Raia fazia os anúncios da abertura.

— Bom dia e bem-vindos! Antes de começar, vamos agradecer calorosamente à sra. Esther Ostra, que nos ofereceu a bola de hoje.

Todos aplaudiram enquanto Esther abria sua concha e expelia a pérola.

— Vamos ao vôlei-pérola! – exclamou professor Raia.

— Boa sorte, filho – disse Marlin. – E não se esqueça do que eu disse...

— Eu sei! Eu sei! – disse Nemo revirando os olhos. – Se der o melhor de si, mesmo se perder, estará ganhando.

Os jogadores se alinharam de um lado e do outro da rede. O Comando das Raias de um lado, e a equipe de Nemo, os Plânctons Combativos, do outro.

Marlin observava com angústia. Ele temia que Nemo não jogasse tão bem quanto os outros peixes por causa de sua pequena nadadeira.

Marlin não era o único a ter dúvidas. Turbot Truta nadou na direção de Nemo.

— O treinador pode ter deixado você jogar hoje – disse ele com um tom seco. – Mas é bom você não estragar a partida.

Turbot não sabia que Nemo tinha passado horas treinando jogadas com os pedregulhos do aquário do dentista.

De repente, a pérola foi parar bem em cima de Nemo que, com sua nadadeira boa, mandou-a voando por sobre a rede, tão rápido que o outro time não conseguiu rebatê-la. Nemo tinha marcado seu primeiro ponto!

Nemo jogou como um campeão. Ele marcou novamente com a nadadeira boa, depois com a cauda. E, apenas para que seu pai e Turbot Truta vissem, ele marcou o ponto da vitória com sua pequena nadadeira.

— Com um jogador como você, vamos direto para a Copa das Lagostas – exclamou Turbot Truta!

— Sim, Nemo – disse Marlin depois do jogo. – Foi inacreditável.

— Obrigado, papai – respondeu Nemo. – Fiz o melhor que pude, e ganhamos de verdade!

Outubro 19

Todos aos abrigos!

Em Paris, como na maioria das cidades, existem regras rigorosas de circulação. Então, para dirigir um veículo, é preciso ter uma habilitação. Além disso, é preciso pertencer à raça humana, porque não há nada específico na lei sobre cães, gatos... ou um rato que tenha vontade de se aventurar nas delícias do volante.

Mas Remy sonhava em dirigir uma moto. Ele fazia isso frequentemente como passageiro, bem agarrado a Colette ou a Linguini.

Um belo dia, o ratinho ficou sobre duas patas e foi procurar Linguini:

– Diga-me, Linguini – perguntou ele –, você se lembra de quando eu estava debaixo de seu chapéu, puxando seus cabelos para dirigi-lo como a um cavalo arredio?

– Nós fazíamos um bom time, nós dois, hein? – respondeu Linguini sorrindo com a lembrança.

Remy também sorriu. Novamente, ele ficou sobre duas patas e olhou para Linguini:

– Você não gostaria de me deixar dirigir um pouco a moto de Colette, por favor? – pediu ele. – Não seria mais complicado do que quando a gente cozinhava...

– Mas é, é muito mais complicado! – rebateu Linguini, muito inquieto. – Pode ser muito perigoso... para nós e para os outros!

– Vou prestar muita atenção – prometeu Remy. – E, de qualquer forma, é você que vai estar segurando o guidão...

– É verdade – admitiu Linguini. – Tudo bem! Mas você vai devagar, promete?

– Prometo! – respondeu Remy.

E lá foram eles! Linguini deu partida na moto, com Remy na cabeça. No início, tudo se passou bem. Remy dirigiu como um profissional. Mas, logo, embriagado pelo sucesso, ele agarrou com força as mechas de cabelo de Linguini. *Zum!* A moto disparou como um foguete.

– Iupiiii! – gritou Remy. – E anda!

E como andava! Linguini conseguia apenas se agarrar ao guidão, o resto de seu corpo decolava. De repente, eles ouviram sirenes atrás deles. Era a polícia!

– Pare! – gritou Linguini.

Com toda a sua força, o ratinho puxou os cabelos do motorista para trás e enfim a moto parou.

– Sua habilitação, senhor! – pediu o agente.

Linguini e Remy hesitaram por um instante... Mas não havia dúvida, o agente se dirigia a Remy!

– Enfim, senhor agente, você não está falando sério! Vocês sabem bem que ratos não sabem dirigir! – protestou Linguini, muito chateado. – Sou eu o responsável!

301

Outubro 20

As tristezas de Ruivo

Naquela manhã, apesar de um sol encantador, Ruivo estava preocupado com seu motor. Para começar, ele estava fazendo um barulho esquisito. Depois, seu escapamento começou a soltar uma fumaça escura. Será que ele estava doente? Ruivo teve um calafrio. Nada o chateava tanto quanto a mera ideia de ficar doente! Se esse fosse o caso, seria preciso ir até Doc Hudson pela primeira vez em sua vida! E procurar Doc Hudson significava ser auscultado, talvez desmontado!

Terrivelmente atordoado, Ruivo saiu de sua casa e deu de cara com Relâmpago.

– Tudo bem, Ruivo? Você não está com a cara muito boa... – preocupou-se o piloto.

– Não, não, está tudo bem – mentiu Ruivo soltando nuvens de fumaça escura e tossindo.

Relâmpago entendeu que seu amigo precisava da ajuda de Doc Hudson. E adivinhou que ele não iria jamais sozinho procurar o médico! Na mesma hora, Relâmpago correu para o café da Flo a fim de pedir conselhos para seus outros amigos.

– Ruivo está doente, mas acho que ele tem medo de procurar Doc... – ele explicou.

Todos, um de cada vez, tentaram convencer Ruivo a procurar Doc, mas nem Flo, nem Ramone, nem Luigi, nem Mate, nem Sargento conseguiram convencê-lo. No entanto, todos eles lhe prometeram alguma coisa: um tanque cheio gratuito, uma nova pintura, pneus novos, uma parte da caça aos tratores e um *kit* de sobrevivência no deserto!

Então, Sally se aproximou de Ruivo:

– Ouça, Ruivo, sei que não é fácil procurar Doc pela primeira vez. Mas, se você esperar demais, vai acabar piorando, e, aí, quem sabe, vai precisar ser completamente desmontado! É melhor ir agora, de verdade. Se quiser, eu acompanho você!

– Tudo bem – disse, enfim, Ruivo, suspirando.

Quando, no fim da tarde, ele saiu da garagem de Doc, ficou muito surpreso ao ver que todos os seus amigos o estavam esperando!

– E então? – perguntaram eles.

– Não era nada grave – explicou o bombeiro. – Agora, meu motor anda como se fosse novo!

– Ótimo! – exclamou Relâmpago. – Vamos apostar uma corrida?

Ruivo aceitou. Acompanhados de Sally, os dois amigos se lançaram no deserto. Relâmpago ia ganhar, mas quando, numa curva, Ruivo, todo contente, fez soar sua buzina com toda a força,

Relâmpago levou um susto tão grande que saiu da estrada e quebrou uma pequena peça de seu chassi!

– Ora, ora! Acho que Doc terá mais trabalho esta noite! – disse ele antes de gargalhar.

Outubro 21

Um beijo de conto de fadas

Era uma vez, em Nova Orleans, há muito tempo, duas garotinhas que brincavam juntas antes da hora do jantar. Uma delas, Tiana, visitava a outra, Charlotte. Tiana acompanhava sua mamãe, que trabalhava como costureira para a família muito rica de Charlotte. O quarto da menina era extraordinário! Tinha tudo com o que se pode sonhar. Não importava quantas vezes Tiana já tivesse ido, ela sempre ficava encantada... Naquela noite, sua mãe estava costurando um vestido para Charlotte enquanto contava uma história. Um conto de fadas... o preferido de Charlotte!

– ... e a bela princesa, emocionada pelas súplicas daquela pobre criatura, inclinou-se sobre ele...

– É a minha parte favorita! – cochichou Charlotte no ouvido de Tiana.

– ... ela aproximou seus lábios dos dele, e então...

– Sim, vá em frente, princesa! – desejou baixinho Charlotte, entretida.

"Não faça isso!", pensou Tiana, ao contrário, com ar desanimado.

Sua mãe terminou sorrindo:

– ...*Smack*! Ela beijou o sapo viscoso, que se transformou, na mesma hora, em príncipe encantado. Eles se casaram e viveram felizes para sempre!

– Bravo! – exclamou Charlotte. – Por favor, conte outra vez!

– Desculpe, mas está tarde – recusou gentilmente a mãe de Tiana. – Devemos voltar rápido para casa.

Enquanto ela guardava seu material, Tiana comentou com Charlotte:

– Em todo caso, eu não beijaria nunca um sapo horroroso! É nojento demais!

Ao ouvir essas palavras, Charlotte apanhou um fantoche de sapo e o enfiou na cabeça de seu

gato angorá. O animalzinho protestou se debatendo, mas Charlotte estendeu-o à força no nariz de Tiana:

– Aqui está, beije-o, o seu príncipe encantado!

– Eca! De jeito nenhum!

– Ah, é? – espantou-se Charlotte. – Já eu beijaria centenas de sapos para poder me casar com um príncipe e me tornar uma princesa maravilhosa!

E deu uma beijoca no focinho do gato que, apavorado, deu um pulo chegando até ao teto!

– É o sapo que está com nojo da princesa! – exclamou então Tiana. – Você tem que repensar seus beijos de contos de fadas, Charlotte!

E as duas sapecas rolaram de tanto rir!

Outubro 22

Excalibur

– Merlin... O que está gravado na minha espada? – perguntou um dia Arthur, que admirava sua arma maravilhosa.

– "Aquele que retirar esta espada da pedra é o legítimo rei da Inglaterra..." – respondeu o mago.

– Não... Quero dizer do outro lado! Na lâmina!

– "Excalibur", é o nome de sua espada.

– Excalibur... – repetiu Arthur. – É bonito! O que quer dizer?

Merlin tirou os óculos, para limpá-los.

– Significa "vinda do céu". Esta espada foi forjada com o ferro de uma rocha que caiu do céu, um meteorito.

Arthur refletiu por alguns segundos. Existiam rochas que voavam no céu? O mundo era de fato surpreendente!

– Mas... de onde vem, esse mereo... meteorito? – perguntou o jovem Arthur.

– Provavelmente de uma antiga estrela. Ou então de um planeta... Devo dizer que não sou erudito o suficiente para conhecer todos os mistérios, Arthur!

– Uma estrela eu sei o que é! É como um sol! – afirmou o jovem rei. – Mas já um planeta...

– Pois bem... a Terra é um planeta.

– Ah, é? Mas então... podem existir outras Terras como a nossa no céu?

– De fato, é possível.

– Com um outro Merlin? – disse Arthur com um sorriso.

– Hum! – resmungou Merlin.

Essa possibilidade era um pouco demais para ele.

– E... um outro Arthur? – insistiu maliciosamente Arthur.

– Ahn... Escute, já é hora de retomar seus exercícios de cálculo, não? Você tem que decorar suas tabuadas até amanhã, não se esqueça...

Merlin se afastou até a janela e fingiu se concentrar na contemplação da paisagem. "Esse jovem é realmente inteligente!", ruminou ele. "Se continuar a fazer perguntas assim, me pergunto se vou saber responder! Vou estudar essa história de planetas, mas pressinto que a resposta vai me levar um longo tempo de estudo!" Por sua vez, Arthur guardou sua espada e voltou ao trabalho.

"Ah! Se existir um outro Arthur em algum lugar, gostaria de estar em seu lugar!", pensou ele com esperança. "Quem sabe ele foi passear ou está pescando com uma vara... É o que todo mundo deveria fazer em um belo dia como este!"

OUTUBRO 23

CRUELA VÊ MANCHAS POR TODA PARTE

Cruela observou sua velha mansão e esfregou as mãos. O lugar estava repleto de dálmatas. Para onde olhasse, Cruela via manchas e mais manchas, suas manchas adoradas. Seu sonho tinha se realizado!

Cheia de alegria, Cruela lembrou-se do "bendito" dia em que tudo havia começado...

Tinha sido um dia miserável como outros. Cruela havia procurado um casaco de pele toda a manhã nas lojas e não havia encontrado nada que a agradasse.

– Muito comprido! Muito curto! Muito claro! Muito escuro! – exclamava ela lançando casacos de pele na cara do vendedor. – Quero algo original, algo que ninguém nunca tenha usado!

Cruela saiu nervosa da loja. Bateu a porta de vidro com tanta força que ela se quebrou. Ela tinha que encontrar alguma coisa para se consolar. Naquele momento, ela se lembrou de sua antiga colega de classe, Anita, que não vivia longe dali.

Cruela parou diante da porta da amiga e tocou a campainha, impaciente. Pela janela, ouvia-se uma canção saindo do piano. Alguns segundos depois, uma jovem mulher veio abrir. Ela arregalou os olhos surpresa ao se deparar com a esquelética Cruela em um casaco de pele de arminho.

– Ah, Cruela! – exclamou. – Que surpresa!

– Anita, querida! – disse Cruela com um gritinho, ao entrar.

Naquele momento, um homem alto e magro desceu a escada. Ao vê-la, ele deu meia-volta, aterrorizada.

– Ah, aí está o famoso príncipe encantado – riu sarcasticamente Cruela para o marido de sua amiga.

Roger Radcliff franziu a testa. De repente, o olhar da visitante foi atraído pelas manchas pretas sobre o pelo branco de dois cachorros dálmatas sentados no canto da sala.

– Mas o que temos aqui? – perguntou Cruela De Vil.

– Ah, são Pongo e Perdita – explicou Anita. – Dois ótimos companheiros!

Mas Cruela nem ligava para os cães. Apenas observava sua pelagem – nem muito longa, nem muito curta, nem muito clara, nem muito escura, perfeita!

– E logo – continuou Anita –, Perdita vai ser mamãe!

– Filhooootes! – gritou Cruela.

Uma ideia repentina rendeu-lhe um sorriso diabólico.

– Ah, Anita, você salvou meu dia, sabe. Ligue para mim assim que os filhotes tiverem nascido, não quero perder issoooo!

Pongo rosnou. Cruela não notou.

– Sim, sem dúvida, um dia perfeito! – riu sarcasticamente ela, dando meia-volta.

Foi assim que tudo começou...

305

Outubro 24

Uma excelente cozinheira

Apesar de jovem, Tiana tinha decidido preparar o jantar. Seu pai era um excelente cozinheiro, e ela queria mostrar-lhe do que era capaz.

– O que vai nos servir, minha querida? – perguntou sua mãe.

– *Gumbo*! – respondeu a garotinha.

O ensopado exótico era justamente a especialidade de seu pai. Ele possuía até um enorme caldeirão apenas para cozinhá-lo! E lá estava a pequena Tiana inclinada sobre um banquinho, concentrada em mexer, temperar, apurar e... provar!

– Vejamos – disse papai levando a colher à boca.

Ele não engoliu imediatamente o ensopado. Ele deixou que se derretesse em sua boca...

"Oh!", preocupou-se Tiana. "Devo ter feito tudo errado!"

Mas, de repente, seu pai soltou uma risada e disse:

– Que delícia! Nunca comi um *gumbo* melhor em toda a minha vida!

Logo, ele fez a mãe de Tiana provar... que concordou na hora com ele!

– Você tem um dom, Tiana! Isso não se explica. Isso se compartilha!

E a família logo convidou a vizinhança para se deliciar o ensopado no pátio da casa. Todo mundo conversava alegremente, se abraçava e ria. Aquela noite improvisada ficaria gravada em sua memória! Quando chegou a hora de ir para a cama, papai e mamãe acompanharam juntos Tiana até o seu quarto. A menininha apontou o dedo para uma estrela mais brilhante do que as outras no céu.

– Dizem que, se pensarmos nela com muita vontade, a estrela realiza nosso maior desejo.

– Vamos lá, faça um pedido – aconselhou seu pai. – Mas não se esqueça, a estrela só está lá para ajudá-la a realizar seus sonhos. É você que deve fazer o resto!

Então, Tiana olhou a figura que seu pai havia lhe dado. Ela mostrava um belo restaurante. Era aquele o sonho de seu pai, abrir seu restaurante na velha refinaria de açúcar. Pois era também o sonho de Tiana agora. E ela estava preparada para trabalhar duro para realizá-lo um dia... com a ajuda da estrela!

– Você é uma excelente cozinheira, minha cara – aprovou o pai. – Decidi, então, que nosso restaurante vai se chamar Restaurante da Tiana... e que vamos servir *gumbo* caseiro para nossa clientela!

"Sim, vou realizar nosso sonho!", ela se prometeu naquela noite antes de cair no sono.

E Tiana adormeceu em paz, certa de ter coragem suficiente para alcançar seu sonho.

Sono hibernal

OUTUBRO 25

Bambi revirava as folhas mortas em busca de um pouco de grama fresca. Mas não adiantou. Ele ergueu os olhos para as árvores, mas já não havia nenhuma folha verde. A comida estava ficando escassa na floresta.

– Não se preocupe, Bambi! – disse Tambor. – Vamos passar o outono e o inverno sem problemas! Papai garantiu que será assim. Devemos nos contentar com o que encontrarmos e logo a primavera estará de volta!

Bambi soltou um suspiro. Tambor tinha um pai extraordinário, que conhecia a floresta como ninguém!

– Além disso, é melhor ficar acordado do que dormir todo o inverno – acrescentou Tambor, que tinha pavor de ir para a cama, mesmo quando era hora.

– Dormir o inverno todo? – espantou-se Bambi, ignorando que certos animais dormiam durante longos meses.

– É claro! Como Flor, a gambá, por exemplo. Ou os esquilos e os ursos. Eles não deixam seu território. Você não viu os esquilos fazendo reservas de bolotas nos últimos meses? – perguntou Tambor apontando para um grande carvalho.

Bambi fez que sim com a cabeça.

– É a comida deles para o inverno – explicou Tambor. – Como vai fazer muito frio, eles vão entrar em suas tocas e hibernar.

– Como eles vão saber quando é a hora de acordar?

Boa pergunta! Tambor refletiu. Como ele nunca tinha dormido um inverno inteiro, não tinha certeza da resposta.

– Vamos perguntar para Flor! – propôs ele.

E eles tomaram o caminho da toca da gambá.

– Olá! – disse Flor.

– Flor, você dorme todo o inverno, não é? – perguntou Tambor.

– Esse sono se chama hibernação – respondeu Flor.

– Quem vai acordá-la, na primavera?

– Você vai acordar, não é? – perguntou Bambi, preocupado.

– É claro! Como toda a natureza, as flores, as folhas, as ervas... Mas eu me pergunto quem é que nos acorda. O sol, talvez...

Bambi sorriu. Ele não sabia que as folhas e a grama reapareciam também na primavera!

De repente, Tambor começou a rir. Ele rolou de costas batendo no chão com a pata.

– Tambor! Mas o que está acontecendo com você? – perguntaram Bambi e Flor, juntos.

– Seu nome combina com você, Flor! Você é uma flor! Já que reaparece na primavera!

Outubro 26

Um problema de capô

Quando era jovem, Mate era um dos reboques mais fofos de Radiator Springs. Uma bela camada de tinta azul cobria sua carroceria, nenhuma sombra de ferrugem atacava sua cromagem, e ele tinha um capô sobre seu motor. Sim, sim, um capô, você leu direitinho!

Naquela época, ele gostava muito de ir pescar no domingo com seus primos Jud, Buford e Cletus. No entanto, um dia, ele quis mostrar a eles como havia progredido em lançar o gancho. Ele contou até três e upa!, seu gancho rodou nos ares antes de bater em seu capô, arrancá-lo e mandá-lo direto para a água!

– Veja só! Nada mal! Você fez de propósito? – perguntaram seus primos, bastante impressionados.

– Ahn... Não – confessou Mate, desanimado. – Me ajudem rápido a recuperá-lo, senão mamãe vai ficar furiosa!

Alguns minutos mais tarde, o capô brilhante foi tirado da água. Infelizmente, o malvado Bubba, que passava por ali, se aproximou e jogou-o para longe! Todo amassado, o capô foi parar entre os galhos de uma árvore; satisfeito com sua maldade, Bubba foi embora rindo sarcasticamente.

– Oh! – reclamou Mate. – E mamãe que diz que capôs não crescem em árvores! Desta vez, ela vai acabar comigo!

Quando se falava em perigo, em geral, Ruivo aparecia, e foi o que aconteceu naquele dia. Com um belo jato de água, ele desprendeu o capô da árvore. Mate o pegou e Jud e Cletus ajudaram seu primo a colocá-lo no lugar. Mas, assim que voltaram à cidade para participar de uma corrida organizada naquela mesma noite, Bubba os abordou.

– Estou ouvindo seu nariz arranhar, Mate – zombou ele. – Com todo o vento que entra nos amassados de seu capô, vou acabar sem problemas com você logo, logo!

– Talvez sim, mas aposto que de marcha a ré você não ganha de mim!

E Mate tinha razão, é claro. Uma hora mais tarde, ele cruzou a linha de chegada como vencedor! Mas a entrega de seu prêmio não foi nada como ele havia planejado. Enquanto ele subia no estrado, de novo, seu capô se abriu, se soltou e foi parar diante de suas rodas!

– Vá se vestir novamente, Mate! Você está em público! – disse uma voz escandalizada no meio da multidão.

– Ahn... sim, mamãe! – respondeu Mate corando.

308

Cada um com seu sonho

Outubro 27

Tiana vivia em Nova Orleans nos anos 1920, logo depois da Grande Guerra Mundial. Era uma bela garota... muito corajosa também. Ela não tivera a chance de nascer tão rica quanto Charlotte, sua amiga de infância, mas tinha herdado o dom de seu pai para a cozinha, e tinha a intenção de abrir seu próprio restaurante! Então, Tiana trabalhava duro para ganhar o dinheiro para comprar o lugar de seus sonhos e, por fim, abrir o restaurante. Ela acumulava dois empregos de garçonete, um de dia e um de noite, em dois cafés da cidade. Por isso, não lhe restava tempo nenhum para se divertir! Mas isso não tinha importância para ela, apenas seu sonho contava. Certa manhã, ela servia o café no Duke, quando o pai de Charlotte entrou para comer alguma coisa.

– Bom dia! – cumprimentou Tiana. – E parabéns! Parece que você foi eleito o rei do desfile de carnaval!

– Como todos os anos! – O notável soltou uma risada. – Mas, mesmo assim, vou comemorar minha eleição comendo...

– Bolinhos? – adivinhou Tiana, com um prato cheio nos braços. – Eles acabaram de sair do forno!

Naquele instante, Charlotte também apareceu no restaurante e, muito agitada, contou:

– Já ouviu a novidade, Tiana? O príncipe Naveen, da Maldônia, acabou de desembarcar no porto!

Ela apontou a foto do jovem sedutor no jornal e acrescentou:

– E papai o convidou para o nosso baile de máscaras esta noite! Além disso, ele vai ficar hospedado em nossa casa!

Os olhos de Charlotte brilhavam de alegria. Ela faria qualquer coisa para se tornar uma princesa... inclusive se casar com o primeiro príncipe que cruzasse seu caminho!

– É formidável, Charlotte – assegurou Tiana. – Se quiser um conselho, minha mãe sempre diz que fica mais fácil seduzir um homem com bons pratos!

A jovem se voltou para o pai, ocupado em se empanturrar de bolinhos. Ele parecia estar no céu. Tiana tinha razão!

– Você é um gênio, Tiana! Encomendo, então, quinhentos bolinhos para esta noite!

E Charlote estendeu um pacote de notas para Tiana, que quase gritou de alegria. Com aquela quantia, ela poderia enfim pagar a primeira parte de seu restaurante!

"Charlotte e eu temos sonhos bem diferentes...", pensou ela, "mas talvez eles se realizem um por causa do outro."

Outubro 28

Um encontro memorável

Flik amava muito a rainha Atta. Ele a adorava! Ele também imaginava o acontecimento mais romântico que duas formigas podiam conceber.

– Passo para pegar você às oito horas! – disse ele para Atta, quando a encontrou bem cedo pela manhã, no formigueiro.

E ele começou os preparativos do encontro.

Primeiro, ele cuidou do jantar: gérmen de trigo com sementes de girassol e trufas selvagens; servido com milhete em folhas de dente-de-leão. Por fim, a sobremesa favorita da rainha Atta: mousse de groselha.

– O menu ideal! – disse Flik, certo de que impressionaria a rainha.

Depois, ele desceu em direção à baía para buscar a folha perfeita para um cruzeiro romântico à luz da Lua.

– Esta folha de amieiro vai servir – assegurou ele, atando a folha a uma raiz perto da margem. – E este pequeno galho servirá de remo.

Mas os preparativos ainda não tinham terminado.

– Olá, como estão indo as coisas? – perguntou Flik quando chegou ao circo de insetos que ensaiava no alto de uma colina.

– Demais! – respondeu Slim. – Realmente demais! Não se preocupe, está tudo sob controle. De agora a amanhã à noite, teremos decorado a canção preferida de Atta!

– Mas nosso encontro é esta noite!

– Oh! – espantou-se Slim.

– Eu avisei! – declarou Flik.

– Sem problemas – disse Slim. – Nós somos profissionais. Se quiser também uma dança orquestrada, você a terá.

– Você não gostaria de um pouco de mágica? – perguntou Manny, o mágico. – Notei que nada deixa uma senhorita mais apaixonada do que cortá-la ao meio.

– Hum! Vou preferir a dança – afirmou Flik.

Mas, falando de romance, ele não podia se esquecer dos vagalumes! Na verdade, ele tinha alugado uma dezena de vagalumes para aquela noite.

– Venham rápido! – chamou Flik dispondo-os nas árvores, na margem da água e ao redor da toalha do piquenique. Perfeito! – disse ele enquanto os corpos dos insetos clareavam a noite que caía rapidamente.

– O jantar está pronto. O barco e a música também. Tudo está arranjado!

De repente, Flik olhou seu relógio e seu coração disparou.

– Ah, não! Já são oito horas! Preciso ir!

Era inacreditável! Flik estivera tão ocupado para que tudo ficasse pronto que tinha quase esquecido de ir buscar Atta para o encontro!

Metamorfose principesca

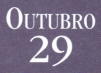

O príncipe Naveen certamente não sabia, mas Nova Orleans era uma cidade de magia. Todo tipo de magia era praticado ali, a boa e... a má. Um mau encontro poderia logo acontecer. Sobretudo para um príncipe despreocupado! Os parentes de Naveen tinham cortado sua mesada, pois queriam que ele aprendesse a cuidar de suas responsabilidades. Mas o príncipe não esquentava a cabeça, ele só pensava em fazer amigos e se distrair! Assim que desembarcou, retirou sua coroa e se pôs a cantar, dançar e tocar uquelele pela cidade. Lawrence, seu valete fiel, tentava trazê-lo para a realidade...

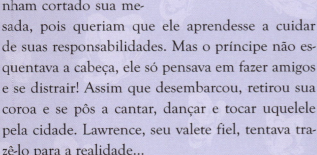

– Nós devemos ir para aquele baile de máscaras, príncipe! Seus anfitriões o esperam!

– Vou primeiro pagar uma rodada para todos, Lawrence!

– Só que você não tem com o que pagar!

Como o príncipe se recusava a procurar um trabalho, só lhe restava uma solução: se casar com uma jovem rica. Mas se casar o privaria de sua liberdade, e ele também não queria fazer isso!

– Que excelente barganha para mim! – Riu sarcasticamente, então, um sinistro personagem que cruzou com o príncipe na rua.

Tratava-se do dr. Facilier, um terrível feiticeiro de vodu que tinha a ambição de tomar o lugar do príncipe para se apossar de sua futura riqueza!

– Encantado, senhor! – exclamou ele quando Naveen passou. – Permita-me que me apresente: dr. Facilier. Sei tirar cartas, ler o futuro... e realizar seus maiores desejos!

Sem suspeitar, Naveen o seguiu até seu gabinete, no fundo de uma ruela escura... Murmúrios apavorantes assombravam o lugar. Máscaras macabras faziam caretas. Sombras dançavam nas paredes. O feiticeiro sussurrou:

– Tenha confiança! Eu sei como resolver seus problemas de dinheiro!

Naveen ouviu exatamente o que desejava! O príncipe ficou fascinado, hipnotizado... Facilier se aproveitou, balançou um talismã vodu na frente do rapaz, furou o dedo do príncipe com ele e encheu-o com o sangue que escorreu! Naveen começou a encolher, encolher... e se transformou em sapo!

– Seja bem-vindo, príncipe sapo! – corou de rir o cruel feiticeiro.

Pobre Naveen! Ele estava muito sem jeito agora, com suas longas pernas verdes. É verdade, o dinheiro não seria mais um problema para ele de agora em diante... E, no fim das contas, isso não era um alívio?

Outubro 30

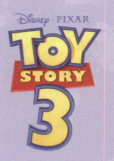

O espetáculo dos brinquedos

Assim que os brinquedos de Andy entraram no quarto de Bonnie, Dolly, a boneca preferida da garota, teve uma ideia. Para que os brinquedos do garoto conhecessem os de Bonnie, não havia nada melhor do que organizar um espetáculo! Todos concordaram; rapidamente, os grupos se formaram para criar os números que iam ser apresentados. Mas, enquanto seus amigos se ocupavam animadamente em construir cenários ou decorar os textos, Buzz foi sozinho para um canto a fim de refletir sobre o que iria fazer.

Não que ele acreditasse não ter talento: no fim das contas, ele era o valente Buzz Lightyear, o Patrulheiro do Espaço. Ele não tinha medo de nada, nem de ninguém. E qualidades, ele tinha muitas, tantas quanto um herói pode contar! Mas que particularidade de sua personalidade ele poderia destacar durante o espetáculo? No fundo, ele desejava sobretudo fazer algo original, surpreendente, de formidável para impressionar Jessie – porque, sem admitir de verdade, ele tinha uma grande queda por ela, desde quando se conheceram...

Observando o quarto, ele viu, em um canto, Porquinho, o cofre, e Botão de Ouro, o unicórnio, ensaiando um número cômico.

Buzz sabia que Jessie adorava rir. Se Porquinho e Botão de Ouro o aceitassem em sua equipe, ele conseguiria, certamente, mostrar à bela vaqueira como ele também podia ser engraçado!

Todo sorridente, ele se aproximou.

– Posso fazer parte do grupo de vocês? Sei fazer imitações! – anunciou ele orgulhoso. E, apanhando o chapéu de Woody, ele começou, então, uma paródia bem ruinzinha:

– Olá, amigos! Sou o xerife Woody! Sabiam que eu tinha uma cobra na minha bota? – exclamou ele com um sotaque ridículo.

Depois, ele olhou orgulhoso para Porquinho. Este, incomodado, fez uma careta:

– Hum. É mais... ahn... um Woo-lá-lá do que um Woody – confessou ele gentilmente, um pouco sem jeito por chatear Buzz com uma recusa.

Felizmente para ele, o patrulheiro tinha acabado de mudar de ideia; alguns metros adiante, o Sr. Espeto começava a fazer os Marcianos ensaiarem uma peça de teatro. Radiante, Buzz abandonou o porco e o unicórnio e avançou até o ouriço... Porque Jessie adorava teatro!

DISNEY·PIXAR
MONSTROS, S.A.

OUTUBRO 31

FELIZ HALLOWEEN!

– Boo? – cochichou James Sullivan, o Sulley, passando a cabeça pela porta. – Ei, Boo, você está aí? Vim lhe desejar um feliz Halloween. Boo?

Nenhuma resposta. O grande monstro peludo azul deu um passo no quarto, depois outro. Ele viu o já conhecido móbile pendurado no teto. Brinquedos, livros e jogos estavam cuidadosamente arrumados nas prateleiras e a cama estava feita. Mas nenhum sinal de sua amiga humana.

Sulley suspirou.

– Hum, bom, acho que você não está aqui – murmurou ele.

Sulley estava um pouco decepcionado. Ele havia esperado impacientemente o dia todo pelo momento de fazer uma visita para sua criança humana preferida. Halloween não existia em Monstrópolis, mas Sulley sabia que era o único dia do ano em que as crianças gostavam de verdade de sentir medo. Logo, era o melhor dia para receber a visita de um monstro... sobretudo um monstro amigo.

Sulley bocejou. O dia tinha sido longo e ele estava cansado.

– Imagino que eu possa simplesmente me sentar aqui e esperar – murmurou ele se sentando na beirada da cama de Boo.

Seus olhos se fecharam. Ele se deitou na cama e bocejou novamente. Sulley murmurou assim que caiu no sono.

A última coisa de que Sulley se lembrava era a brisa fresca que batia em sua pelagem. Então ele sentiu que alguém batia em seus pés.

– Ainda não, Bob – resmungou ele. – É muito cedo para ir trabalhar, eu... ahhhh!

Ele abriu na hora os olhos. Em vez de ver o corpo verde e redondo de Bob, ele viu...

– Um fantasma! – Estremeceu ele. Sulley saltou e começou a correr para fora do quarto com o intuito de fugir daquela criatura branca e apavorante que estava ao pé da cama.

– Ah, nãããão!

O fantasma riu.

– Gatinho? – disse ele alegre.

Sulley parou.

– Ahn, o que você disse?

– Gatinho! – gritou novamente o fantasma.

Ele ergueu os braços, puxou seu capuz branco de fantasma e descobriu o rosto.

Quando Sulley viu o que havia sob o capuz, começou a sorrir. Mas, de repente, ele se sentiu ridículo. Ele tinha se esquecido completamente de que, para o Halloween, as crianças humanas se disfarçavam tentando assustar umas às outras. Tinha funcionado muito bem com ele!

– Boo! – exclamou ele com alegria estendendo os braços para abraçá-la. – É você! Feliz Halloween, monstrinha!

Novembro 1

Acreditar no impossível

O baile de máscaras estava em seu auge na casa de Charlotte. Todas as pessoas importantes de Nova Orleans estavam lá! Todas... menos o príncipe Naveen – para grande desespero da jovem!

– Ainda estamos esperando os atrasados – Tiana tentou consolá-la.

– Não, ele não virá! – soluçou Charlotte. – É minha culpa, eu não pedi com força o bastante para a estrela dos desejos!

Tiana soltou um suspiro. Charlotte olhava para a estrela e implorava baixinho. E pensar que ela ainda acreditava em contos de fadas! De repente, o porteiro anunciou a chegada do príncipe, e Charlotte secou suas lágrimas para recebê-lo. Tiana, assustada, perguntou-se se a estrela havia realmente realizado o desejo da jovem... quando, de repente, ela avistou os agentes imobiliários que iriam, no dia seguinte, lhe vender o imóvel da refinaria em que ela havia escolhido montar seu restaurante.

– Vocês me trouxeram o contrato para assinar? – comemorou ela.

– Não, nosso acordo foi cancelado, senhorita. Acabaram de nos oferecer um melhor preço – responderam os homens.

Tiana ficou tão decepcionada que tropeçou na mesa do bufê e manchou a fantasia medieval que estava vestindo. Charlotte se juntou a ela naquele momento.

– Oh, minha pobre Tiana! Venha, vou lhe emprestar um de meus vestidos de princesa!

As garotas foram para o quarto de Charlotte. Tiana se trocou rapidamente. Ela estava magnífica... mas muito desanimada para voltar para o salão de baile com a amiga.

Então, Charlotte a deixou sozinha e Tiana foi até a varanda contemplar o céu noturno.

– Meu sonho de abrir meu restaurante nunca se realizará – murmurou ela, desanimada. – A menos que...

E ela começou a pedir para a estrela dos desejos! Ela fechou os olhos, se concentrou... Quando os abriu novamente, um grande sapo tinha aparecido na varanda!

– Genial, como nos contos de fadas – ironizou Tiana. – Imagino que devo beijá-lo!

– Ah, sim, seria ótimo! – exclamou, então, o sapo, com um sorriso nos lábios.

Tiana voltou para o quarto com um grito. Sem dúvida, aquela noite estava sendo ridícula! Primeiro, ela tinha pedido para a estrela... e, agora, estava tendo alucinações!

– Vou acabar acreditando no impossível! – Ela entrou em pânico.

Ela sentia que estava se tornando tão ingênua quanto Charlotte... e que não conhecia sensação mais apavorante!

NOVEMBRO 2

O ESPETÁCULO DOS BRINQUEDOS (CONTINUAÇÃO)

Os Marcianos estavam adorando a ideia de atuar numa peça de teatro dirigida pelo Sr. Espeto. Quando Buzz se apresentou, o diretor logo lhe convidou a fazer parte de sua trupe no espetáculo de Dolly.

– Nós vamos montar Romeu e Julieta! Ainda tem um grande número de papéis vagos – explicou ele.

– Magnífico! – exclamou Buzz. – Mas você não acha que, se eu for atuar, vai ser preciso fazer algumas mudanças? Vejamos... E se fosse um Romeu e Julieta do espaço, por exemplo? Poderíamos substituir os Capuleto por robôs, e o Imperador Zurg seria o pai de Julieta!

Normalmente mais falante, o Sr. Espeto, passado, não soube o que responder! Felizmente para ele, bem naquele instante, Buzz ouviu Jessie exclamar:

– Acho que você é um fantástico Patrulheiro do Espaço!

Orgulhoso, nosso herói se virou estufando o peito, antes de suspirar de decepção. Não era para ele que a vaqueira se dirigia, mas para Rex! Em companhia de sua nova amiga Trixie, o dinossauro se entretinha em reproduzir algumas cenas de seu jogo de *videogame* favorito: "Buzz Lightyear contra o Imperador Zurg". Jessie tentava encorajá-lo, porque ele estava um pouco inquieto diante da dificuldade do projeto.

– Mas sinto que está faltando alguma coisa... – murmurou ele assim que Jessie virou as costas.

– Talvez seja eu que esteja faltando! – disse Buzz aproveitando a ocasião que se apresentava.

Os dois dinossauros ficaram muito empolgados por poderem contar com o verdadeiro Buzz entre eles.

"Tenho certeza de que Jessie vai me adorar desta vez!", pensou Buzz, todo contente de ter encontrado seu lugar.

Com energia, ele fez uma demonstração de caratê, depois, dirigiu a luz de seu *laser* por todo o quarto e saltou sobre um móvel gritando em plenos pulmões:

– Para o infinito e além! – antes de terminar o que, para ele, não passava de um treino de rotina. Mas, em vez de aplaudi-lo calorosamente, Rex e Trixie se olharam hesitantes.

– Não é nada do que aparece no jogo de *videogame*! – cochichou Rex, decepcionado.

Felizmente para eles, alguém chamou o Patrulheiro do Espaço.

– Ei, Buzz! Venha ver, é genial! Woody e Bala no Alvo preparavam um número de rodeio!

Na hora, Buzz esqueceu os dinossauros para ir admirar seu melhor amigo!

Novembro 3

Um encontro esquisito

Eu me chamo Dug, e sou um cachorro. Quando encontrei Carl e Russell, estava em uma missão muito especial – eu tinha que encontrar um pássaro para meu primeiro dono. Eu tinha acabado de farejar uma pista quando, de repente, vi um velho e um menino que puxavam uma casa esquisita presa a balões.

– Senta! – disse o menino, e eu me sentei.

– Dê a pata! – ele me pediu, e eu dei a pata.

– Diga bom dia! – ele me ordenou, em seguida, e eu disse:

– Bom dia, como vai?

Eles estavam atordoados por ouvir um cão falar! Como eles estavam todos pálidos, eu lhes expliquei.

– Eu falo por causa desta coleira que meu dono fabricou. Ele é um gênio, sabem! Eu sei até falar todas as línguas humanas!

Naquele instante, um grande pássaro chegou para me dar uma bicada na cabeça. Doeu um pouco, mas eu estava contente, porque aquele era o pássaro que eu procurava!

– Posso fazê-lo prisioneiro? – perguntei para o velho. Ele resmungou, mas aceitou.

Eu estava bem contente, mas ainda faltava convencer o pássaro! Sem se preocupar comigo, ele se pôs a seguir os dois humanos, e fui obrigado a acompanhá-los. Eu sabia que, em algum lugar da floresta, Alpha, Beta e Gamma, meus outros companheiros, me esperavam, então, com a ajuda do microfone de minha coleira, eu os contatei.

– Você encontrou o pássaro? – perguntou Alpha.

– Sim, estou com ele! – respondi.

Eles me prometeram que se juntariam a mim. Enquanto os esperava, eu me diverti bastante! Primeiro, descobri que Carl, o velho, era bem simpático, com a bengala cheia de balões. Eu pensei que seria legal se ele fosse o meu novo dono, e disse isso a ele.

– E agora essa! – ele resmungou. – Não sou dono de ninguém!

Aquilo não me desencorajou. Ele podia ter cheiro de ameixa velha e reclamar o tempo todo, mas eu sabia que, no fundo, no fundo, ele era bom.

Quando a noite chegou, nós acampamos ao redor de uma fogueira e eu adormeci aos pés de meu prisioneiro. Eu imaginava que, no dia seguinte, eu o levaria para o meu campo. Eu estava errado! Quando amanheceu, o pássaro tinha desaparecido na floresta! O que eu diria a Alpha para que ele me perdoasse?

316

Dois sapos por um

Tiana tinha acabado de encontrar um sapo na varanda. A jovem não teria ficado apavorada... se o sapo não tivesse começado a falar! Tiana voltou para o quarto, aterrorizada... Ela não podia acreditar. Que história de deixar os cabelos em pé... se não fosse em um conto de fadas!

– Eu não queria apavorá-la – desculpou-se o sapo, juntando-se a ela no quarto. Ele saltou sobre um móvel para ver Tiana de mais perto.

– Permita que me apresente: príncipe Naveen, da Maldônia. Eu era muito bonito e muito charmoso... até que aquele terrível feiticeiro vodu me transformou!

Apavorada, Tiana apanhou um grande livro de uma prateleira e tentou acertar o sapo.

– Espere! Eu conheço essa história! – o sapo interrompeu-a examinando a capa do livro. – É a do príncipe sapo!

Naveen virou as páginas do livro, passando de uma ilustração de príncipe a outra de sapo.

– Está vendo? É como nos contos de fadas. Se você me beijar, certamente voltarei a ser um príncipe!

Tiana fez uma careta, desanimada. O sapo Naveen insistiu:

– Não beijo sapos – recusou categoricamente Tiana.

– Saiba que, além de ser fabulosamente sedutor, tenho uma família fabulosamente rica! Me ajude a recuperar minha aparência e, em troca, darei o que você quiser...

Tiana pensou. Aquela proposta talvez fosse sua única chance de poder, enfim, montar seu restaurante.

– Só um beijinho, então – murmurou ela.

– Muitos, se preferir, minha querida! – Sorriu o príncipe enfeitiçado.

Tiana fechou os olhos. Ela respirou fundo e... *smack!* Deu um beijo rápido nos lábios estendidos do sapo. Quando abriu novamente os olhos, nada tinha acontecido. Só uma coisinha: ela também tinha se tornado um sapo!

– Aaaaaah! – gritou ela ao ver seu reflexo no espelho.

– Nada de pânico! – pediu Naveen. – Eu sei: dois sapos no lugar de um não é exatamente o que tínhamos previsto... Mas, pelo menos, vamos fazer companhia um para o outro!

Tiana, louca de raiva, não respondeu. Ela se contentou com experimentar um de seus novos talentos de anfíbia, e saltou – *boing!* – no pescoço do príncipe!

Novembro 5

O espetáculo dos brinquedos (parte final)

No quarto de Bonnie, todo mundo corria para todo lado, pois a hora do espetáculo se aproximava. Muito indeciso, Buzz Lightyear ainda procurava o papel que poderia desempenhar para impressionar Jessie. Os saltos de Bala no Alvo e de Woody tinham chamado tanto a sua atenção que ele, de repente, também quis mostrar suas habilidades! Jessie adorava ver uma rodada complicada... Ele avistou as Ervilhinhas que esperavam em suas caixas.

– Ei! Querem montar um número comigo?

Alegres, as Ervilhinhas saltaram em suas mãos e ele começou a fazer malabarismo com elas. Para tornar as coisas ainda mais difíceis, ele subiu em seguida em um cubo e fez um bambolê rodar com sua perna direita!

Foi, então, que Jessie chamou todos para o palco.

– Já é hora de começar o espetáculo! – disse ela.

– Ah, não! – Buzz, que ainda não tinha decidido o que fazer, entrou em pânico!

Bala no Alvo ligou o rádio, e uma canção contagiante tomou o quarto. Naquele instante, todo o corpo de Buzz começou a se mover no ritmo! Era como se a música tivesse tomado conta dele; seus pés começaram a deslizar no chão, seus braços se ergueram em direção ao céu, ele fez algumas piruetas incríveis, e todo mundo parou para assisti-lo.

Incapaz de se controlar, Buzz atravessou o quarto dançando antes de se aproximar de Jessie. Depois, a apanhou com um gesto cheio de elegância, e a inclina suavemente em direção ao chão!

– Hã... Desculpe, Jessie! – bufou ele. – Eu não sei absolutamente por que fiz isso tudo! Você quer dançar comigo, não é?

A vaqueira sorriu. Ela tinha adivinhado que a música tinha simplesmente balançado Buzz no "modo espanhol", e que ele não podia fazer nada!

– É genial, Buzz – ela disse. – Sim, vamos dançar e não se preocupe com nada!

Sorrindo de satisfação, os dois rodopiaram sobre o palco sob o olhar de admiração e de alegria de seus amigos. E, quando a música acabou, eles agradeceram humildemente, todos os brinquedos, então, vibraram de alegria e aplaudiram calorosamente!

Buzz estava, ao mesmo tempo, aliviado e muito contente. Ele não apenas tinha impressionado Jessie, mas tinha descoberto um talento que ele desconhecia. Além do mais, ao contrário do que temia, ele tinha feito perfeitamente jus ao seu papel no espetáculo dos brinquedos!

O colar da vergonha

Novembro 6

Ah! Quando Alpha, Beta e Gamma nos cercaram eu, eu estava muito entediado!
— Onde está o pássaro? — eles me perguntaram.
Era preciso dizer que ele tinha levantado voo. Enfim, não estritamente, pois esse tipo de pássaro não voa, é claro, mas... Para resumir, eu levei um belo sermão. Quando voltamos para o campo, Alpha apresentou Carl e Russell para meu antigo dono, depois, todos entramos na caverna onde ele vivia. Eu queria muito ter subido no dirigível com eles, mas não pude – como eu tinha perdido o pássaro, tinha de ser castigado. Por unanimidade, os cachorros me condenaram ao colar da vergonha, e eu tive que usar aquele negócio ridículo ao redor do pescoço o resto da tarde. De repente, ouvi gritos e meus novos amigos saírem correndo do dirigível, com a matilha atrás deles! Percebi que estavam em perigo. O que fazer? Sem pensar, me precipitei sobre um precipício e provoquei uma avalanche de pedras. Aquilo foi suficiente para deter os cães e permitiu que Carl, Russell e seu pássaro saíssem sãos e salvos da caverna.

Como eu sabia que meu antigo dono ficaria furioso comigo (afinal, eu acabava de traí-lo), me juntei a Carl e a Russell. Gentilmente, eles me parabenizaram. Eu estava tão orgulhoso! Afinal, pela primeira vez, tinha feito algo bom por minha conta, sem que me dessem uma ordem ou me dissessem como agir. E mostrei a todos aqueles cães, inclusive a Alpha, que eu também, se quisesse, poderia ser muito forte! O que aconteceu a seguir só me convenceu mais disso. À noite, meu antigo dono nos encontrou e capturou o pássaro. Carl, meu novo dono, estava tão triste! Eu sentia muito por ele. Quando ele abordou o Espírito da Aventura, no dia seguinte, com sua casa voadora, eu decidi enfrentar a matilha.
— Prepare-se para morrer! — Alpha me ameaçou assim que me viu no carregamento.
Eu não me mexi e, bem quando eles se lançaram na minha direção, eu enfiei por sua cabeça a cúpula de um abajur que eu tinha apanhado. Depois eu gritei:
— Ele está com o colar da vergonha!
Os outros cães pararam na hora.
— Sentados! — eu ordenei. Todos obedeceram, até Alpha! Dessa vez, eu tinha mesmo sido o vencedor!

319

NOVEMBRO 7

Quando Mate era acrobata...

Naquele dia, Relâmpago e alguns amigos tomavam tranquilamente suas bebidas no café da Flo quando um ronco de motor bem particular chamou a atenção. Juntos, eles ergueram os olhos, bem a tempo de ver Mate aterrissar diante deles com um grande ruído!

— Mate! Você não se machucou? — exclamou Relâmpago inquieto, perguntando-se como seu amigo poderia ter caído do céu daquela maneira.

— É claro que não — respondeu alegremente Mate. — Isso me lembrou do tempo que eu era acrobata!

— O quê? Você foi acrobata?

— É claro! Todo mundo me conhecia! Eu tinha uma pintura belíssima, e as pessoas vinham de longe para me ver... Na época, me chamavam de Super Mate. Mas eu me bati para todo lado, você nem imagina. Toda a minha carroceria ainda se lembra!

Um pouco à parte, Sargento, com as sobrancelhas erguidas, lançou uma olhada para Fillmore, e Ramone deu uma piscadela para Flo, que tossiu discretamente. Quanto a Relâmpago, ele se preparou para o pior. Mate estava inventando mais uma vez uma daquelas histórias inverossímeis que só ele sabia...

— Eu tomava fôlego na rampa — prosseguiu Mate —, e saltava sobre longas filas de carros. Às vezes, elas eram tão longas que eu me contentava só de rodar sobre seus tetos, ha-ha-ha! Outras vezes, eu me lançava de um canhão e atravessava um círculo de fogo. E também tinha um número em que mergulhava de muito alto em uma tina de água! Mas o melhor foi quando saltei sobre o cânion de Carburador...

Relâmpago soltou um grande suspiro.

— Você saltou sobre o cânion de Carburador? Você? Não, não é possível!

— Sim, é possível! — rebateu Mate. — Você deveria se lembrar, você estava lá!

— Eu?

— Mas sim, eu estou dizendo! Nós estávamos lado a lado, com nossos foguetes presos nas costas. Eu perguntei se você estava pronto, porque você não parecia bem, então, nossa equipe acendeu seus foguetes, e você tomou a rampa de lançamento como uma bomba. Ainda ouço você gritar! Acho até que você gritou o voo todo. E, depois, de repente, seus foguetes perderam a potência antes de se apagarem...

— E então? — perguntou Relâmpago, boquiaberto.

— E então? Bem... você se estatelou lá embaixo. Mas eu consegui! Bom, até mais tarde! — terminou Mate se afastando.

Mais uma vez, Relâmpago ficou sem palavras!

320

A Princesa e o Sapo

NEGÓCIOS SÃO NEGÓCIOS

Novembro 8

A realidade era aquela. Tiana tinha sido transformada em sapo depois de ter beijado o príncipe Naveen... que também não tinha voltado a ser príncipe! Então, louca de raiva, Tiana se lançou sobre ele. Durante a briga, eles aterrissaram no meio do baile de máscaras de Charlotte, a amiga de Tiana. A aparição dos dois sapos provocou, é claro, uma onda de pânico entre os convidados. Por sorte, Naveen conseguiu se agarrar a um conjunto de balões e, com Tiana grudada em seu pescoço, eles fugiram pelos ares... Agora, eles estavam à deriva na escuridão dos *bayous*, aqueles pântanos da Louisiana infestados de mil perigos.

– Se um feiticeiro vodu lançou uma maldição em você, quem era o falso príncipe Naveen que dançava com Charlotte? – perguntou Tiana.

– Meu valete! Ele acha que pode fazer fortuna obedecendo o feiticeiro!

– Aí está quem vai me ensinar a acreditar nas estrelas em vez de contar com meu trabalho! – murmurou ela.

– Que trabalho? – espantou-se de repente Naveen. – Princesas não trabalham!

– Eu não sou uma princesa. Sou garçonete.

Ao ouvir essas palavras, Naveen soltou um grito:

– Foi por isso que o beijo não funcionou! Você mentiu para mim!

– Nunca quis ser uma princesa! – protestou Tiana.

– Mas e o seu vestido? E essa coroa?

– Ah, isso? Era só uma fantasia, para o baile de máscaras...

Diante de seu erro, o príncipe decidiu se vingar.

– Nesse caso, saiba que, na verdade, eu não tenho um tostão para manter minha promessa de ajudá-la a comprar seu restaurante, em troca do beijo!

Na mesma hora, os balões estouraram contra os galhos de uma árvore e os sapos caíram na lama.

– E sou eu que você chama de mentirosa? – Irritou-se Tiana.

– Eu não menti, na verdade – defendeu-se Naveen. – Quero me casar com Charlotte, que é rica...

De repente, jacarés esfomeados os cercaram. Rapidamente, Tiana encontrou refúgio em um tronco na superfície da água. Naveen implorou a ela que o salvasse.

– Negócios são negócios – respondeu Tiana. – Prometa que vai manter sua promessa custe o que custar... ou não vou salvar você!

– Negócio fechado – cedeu o príncipe. – Mas eu não vou desgrudar de você até que a sua promessa também seja cumprida: me fazer voltar a ser um príncipe!

Tiana suspirou. Ela tinha acabado de cair em sua própria armadilha!

NOVEMBRO 9

A PARTIDA DE BEISEBOL

Você, com certeza, sabe que, no início, Pinóquio não era um garoto de verdade, mas uma marionete. E que, antes disso, ele não passava de um pedaço de madeira. E, ainda antes, o tronco de uma grande árvore coberta de folhas. Mas isso não tem muita importância para nossa história... é apenas para lembrar que o garotinho era a realização de um sonho.

Um dia, Pinóquio voltava da escola e pensava qual brincadeira de menino ele poderia fazer: subir em árvores, pular em pedras, ou simplesmente andar na lama... quando ele avistou um dos meninos de verdade em um campo na margem da estrada.

– O que estão fazendo? – Perguntou ele.

– Estamos jogando beisebol – respondeu um ruivinho.

– Beisebol? – Perguntou Pinóquio que nunca tinha ouvido falar daquele jogo. – Posso jogar com vocês?

– Está bem! – Disseram os meninos.

– Você tem uma luva? – Perguntou um deles.

– Uma luva? – Espantou-se Pinóquio.

– Vou emprestar a minha – disse o garoto. – Você vai jogar na primeira base.

Pinóquio sorriu. Primeira base! Devia ser importante! E o jogo prometia ser muito engraçado. O problema era saber o que era a primeira base...

Por sorte, os outros garotos correram em direção às suas respectivas bases, deixando apenas uma vazia. Pinóquio correu até ela. Ele esperou, para ver o que ia acontecer.

– Próximo batedor!

Bing! Crac!

Não demorou muito. Um rápido golpe do taco e uma bola passou assobiando sobre a cabeça de Pinóquio, enquanto um grande menino corria com toda velocidade em sua direção.

– Aaahhhhhh! – gritou Pinóquio escondendo o rosto atrás da luva.

O menino tinha alcançado sua base e permaneceria no jogo. No lançamento seguinte, a bola voou alto... alto demais... Dessa vez, Pinóquio tentou apanhá-la, mas *flop*! A bola aterrissou na grama atrás dele.

Pinóquio não desistiu e, quando foi sua vez de rebater, ele entrou no retângulo do batedor, mantendo a cabeça erguida. E, para sua grande surpresa, o taco se encaixou em suas mãos de uma maneira estranhamente natural. Como se fosse uma parte de seu antigo corpo de madeira! Ele observou o lançador com atenção e, no primeiro golpe, *crac*! Ele mandou a bola muito alto no céu.

– Bravo! – gritaram os meninos aplaudindo.

Um campeão tinha nascido! E um verdadeiro menininho tinha acabado de aprender um novo jogo.

O REI LEÃO

Novembro 10

Imagens nas estrelas

Desde a morte de Mufasa e a partida de Simba da Terra dos Leões, Timão e Pumba eram os únicos amigos de Simba! Sua atividade favorita, depois do jantar, era se deitar na grama alta e encarar o céu para encontrar desenhos nas estrelas.

– Achei uma – disse Pumba levantando uma pata para mostrar uma área no céu. – Está vendo aquela silhueta longa e fina? É um verme gordo, suculento e delicioso!

Pumba lambeu os beiços imaginando o sabor de seu verme.

– Mmmh, mmh!

Simba segurou o riso.

– Pumba, ainda está com fome? Acabamos de comer!

Pumba deu de ombros.

– É um dom – disse ele.

Timão limpou a garganta.

– Detesto contradizê-lo, meu caro Pumba, mas não é um verme. É a tromba de um elefante. Se você seguir a linha curva das estrelas, pode ver a cabeça do elefante. Aqui, as orelhas – acrescentou ele desenhando com os dedos – e, lá, as presas.

Simba segurou novamente o riso.

– Alguém ainda está pensando nos elefantes que quase nos esmagaram esta tarde.

– Ei!... – disse Timão na defensiva. – O que você quer dizer?

– Ah, não fique chateado, Timão – respondeu Simba. – Acho bacana que as coisas que vocês veem nas estrelas sejam as que estejam na sua cabeça na mesma hora.

– Ooh! Ooh! Encontrei outro! – interrompeu Pumba. – Um montão de frutinhas gostosas, bem ali – disse ele, apontando para um grupo de estrelas. – Elas parecem boas!

– Percebe o que quero dizer? – disse Simba para Timão apontando Pumba.

– Tudo bem, Senhor Sabichão – respondeu Timão. – O que você vê nas estrelas?

– Bem, hum, vejamos – disse Simba olhando fixamente a imensidão de pontinhos luminosos que brilhavam.

Havia tantas que dava para ver qualquer coisa que se desejasse. Tudo dependia da maneira como se olhava para elas. Mas, só para irritar Timão, ele quis encontrar uma forma verdadeiramente nítida, clara de verdade.

Bem naquele momento, uma estrela cadente atravessou o céu de uma ponta a outra como uma corrente de ar.

– Estou vendo uma estrela cadente atravessar o céu! – exclamou Simba.

– Oh! Eu também! – disse Pumba. – Timão, você também está vendo?

Timão teve de admitir, ele também a via.

– Sim, sim – eu a vi – murmurou ele, resmungão. – Ha! ha! Muito engraçado, Simba.

323

NOVEMBRO 11

Um apetite de sapo

Tiana e Naveen, transformados em sapo, estavam perdidos no pântano. Eles tinham de voltar com urgência para Nova Orleans e descobrir um meio de acabar com a maldição do feiticeiro vodu... Tiana, trabalhadora como sempre, tinha acabado de construir uma embarcação para atravessarem o pântano. Quanto a Naveen... ele se contentava em cantar enquanto ela manobrava o barco da sorte...

– Seria bom um pouco de ajuda! – reclamou ela.

– Vou cantar mais alto, então! – respondeu Naveen sem se mexer.

De repente, um enorme jacaré apareceu da água enlameada! Mas ele não era perigoso, não. Tratava-se de Louis, um aficionado por música! E ele adorava o *jazz* que Naveen interpretava!

– Muito prazer em conhecê-lo, Louis – interveio de repente Tiana. – E obrigada por não nos ter devorado... mas estamos com pressa!

– Aonde vão?

– Encontrar alguém que possa nos devolver nossa aparência humana – explicou Naveen. – Um feiticeiro vodu nos transformou em sapos!

– Precisam pedir para Mama Odie! – exclamou o jacaré. – É a rainha vodu do pântano! Uma verdadeira feiticeira... mas que pratica a boa magia!

Louis tinha medo de ir na casa de Mama Odie, um dos cantos mais reclusos e perigosos do pântano, mas acabou aceitando levar Tiana e Naveen, seus novos amigos, até lá! Eles cantaram e se divertiram no caminho... até que Naveen começou a ficar com fome. Muita fome. Tanta fome que sua língua de sapo se estendeu sozinha – *dzoing!* – quando uma nuvem de mosquitos passou! Um grande vagalume pousou, então, em um dente-de-leão próximo... e, dessa vez, foi a língua de Tiana que apareceu sem aviso!

– Ah, não, não, não! – afobou-se ela colocando uma pata na boca. Beijar um sapo e comer um inseto era demais para um dia só!

Mas Tiana não conseguia evitar. Sua língua se estendia em direção ao inseto... na mesma hora que a de Naveen. E *splosh!* Eles erraram o vagalume... mas embaraçaram suas línguas!

– Que situação embaraçosa! – soltou o inseto voando ao redor deles. – Eu sempre digo: não há nada de pior em todo o pântano do que um apetite de sapo!

324

Todos na corrida!

Novembro 12

E mais uma nova corrida. Relâmpago McQueen e seus adversários deram a última volta de aquecimento diante de um público entusiasmado. E com razão; dessa vez a corrida reunia alguns dos campeões mais conhecidos da Copa Pistão! Lá estava Dirkson d'Agostino, o número 34. Ele já tinha trabalhado como mensageiro na equipe de corrida, você sabia? Foi de tanto ziguezaguear a toda velocidade entre os postos da equipe que ele acabou chamando a atenção de seu diretor. Ele o despediu na hora por direção perigosa, e o contratou novamente, em seguida, como piloto profissional. E deu certo: Dirkson era dotado de um talento natural que lhe permitia brilhar em muitos circuitos!

O número 121, era Kevin Shiftright, o quarto corredor de uma linhagem de corredores. Seu bisavô, Kurt, tinha competido sobre as pistas de terra dos anos 1950; seu avô, Kraig, ganhara duas Copas Pistão nos anos 1970; e seu pai, Knight, ganhou três nos anos 1990. Ele ainda não tinha ganhado nada, mas estava fazendo o possível, e tentava esquecer a pressão familiar (difícil, sobretudo, na hora do jantar).

E havia também Ryan Shields, o número 39. Seu para-brisa especial (fabricado por View Zeen, seu patrocinador) corrigia sua má visão: Ryan era, na verdade, míope como uma toupeira. Além disso, o vidro tinha um sistema que o escurecia quando havia sol, o que fazia Ryan parecer muito mais inteligente do que era na realidade! O corredor que seguia atrás dele, sim, aquele, o número 101, com pirulitos rosas e balas pintados na carroceria, era Greg "Candyman". As pessoas zombavam frequentemente dele por causa de suas decorações, um pouco infantis para o mundo impiedoso das corridas, mas ele era um excelente piloto. Não como o pobre Johnny Blamer, o número 54, que tinha acabado de sair da pista! Podia-se dizer que Johnny não tinha chance: ele tinha passado a vida toda se acidentando! Ele atraía tanto os para-choques de outros pilotos que o apelidaram de Magneto. E, dessa vez, ele terminaria a corrida antes mesmo de ter dado a partida, o pobre...

Enfim. Todos estavam alinhados. Os motores roncavam... e pronto, foi dada a largada! Que vença o melhor!

NOVEMBRO 13

Espelho, espelho meu

Há dias em que, sem razão nenhuma, não nos sentimos bonitos. Foi o que aconteceu com Remy naquele dia. Ele estava convencido de que algo não estava certo com ele... seria seu nariz (que ele achava pontudo), suas orelhas (que pareciam repolhos), seus pés (como duas lanchas) ou seu traseiro (indescritível)?

Pronto, ele agora sabia: era sua cauda! Ele a contemplou desesperado no espelho.

– Cansei da minha cauda! – choramingou Remy. – É por isso que os humanos têm medo da gente. Eles falam o tempo todo da cauda repugnante dos ratos!

Remy começou a esmiuçar seu corpo:

– Podiam falar de nossas adoráveis orelhinhas aveludadas, de nosso belo focinho pontudo, de nossa suave pelagem cinzenta!

Com um gesto rápido, Remy escondeu sua cauda atrás das costas:

– Pronto, sem cauda fica muito melhor! – exclamou ele.

Naquele momento, a voz de Colette, que tinha percebido a inquietação de seu amigo, soou atrás dele, e seu reflexo apareceu no espelho.

– Eu gosto das caudas dos ratos, Remy. Além disso, graças a ela, você pode se erguer para onde quiser. É muito útil na cozinha, por exemplo, para se deslocar.

– É útil porque eu sou pequeno como um grão de milho! – reclamou Remy, cada vez mais contrariado. – Vocês humanos não precisam subir nas panelas! Eu adoraria poder me livrar dela! E se eu fizesse uma cirurgia plástica? Você poderia agendar uma consulta para mim, por favor?

– Entendido – respondeu Colette.

Remy a viu se afastar, um pouco surpreso de que ela não tivesse protestado. Devagar, ele tirou a cauda de detrás das costas e a observou. Ah, ele não podia negar que ela já tinha lhe sido útil!

– Mas quando é preciso ir, é preciso ir!

Ele procurou Colette para saber se ela estava telefonando, mas foi na cozinha que ele a encontrou.

– Está fazendo uma lista de compras? – perguntou Remy, surpreso.

– Sim – respondeu Colette. – Tive uma bela ideia para um prato.

– O quê? – perguntou Remy já lambendo os beiços.

– Cauda de rato à moda parisiense!

Ao ouvir aquelas palavras, Remy ficou verde:

– Sem chance – urrou ele irritado –, ninguém tocará na minha cauda!

326

Caça ao sapo

Nas profundezas do pântano, mil perigos espreitavam os sapos Tiana e Naveen. Mas, de todos os predadores, o mais terrível era o caçador... Até os jacarés desconfiavam dele. Sobretudo Louis, o mais pacífico e mais louco por *jazz* de todos! Felizmente, Tiana e Naveen podiam contar com os amigos que conheceram no caminho...

– Eu me chamo Ray! – apresentou-se o grande vagalume que tinha acabado de se juntar a eles.

Tiana explicou a ele que Louis os estava guiando até a casa de Mama Odie, a feiticeira boa que devolveria a ela e a Naveen a forma humana.

– Mama Odie? Mas não é por este caminho! Os jacarés não têm nenhum sentido de direção!

E Ray disparou pela noite, chamando sua família para ajudá-los. Pouco depois, Naveen, Tiana e Louis seguiam uma corrente luminosa através do pântano. De manhãzinha, eles chegaram por fim a seu destino, e a família de Ray deixou-os seguir seu caminho desejando-lhes boa sorte. Mas, escondidos na vegetação, três caçadores de sapos avistaram Tiana e Naveen...

– Nham! – salivou o mais velho.

E, com um gesto certeiro, pescou Naveen com sua rede!

– Ah, não! – desesperou-se Ray. – Tenho que salvá-los! Coragem, meu rapaz!

Ele partiu como um foguete, indo parar dentro da narina do caçador, que soltou sua rede, surpreso! Rapidamente, Naveen escapou enquanto Ray tentava sair do nariz sem sucesso. Nesse meio-tempo, Tiana tinha sido capturada pelos dois filhos do caçador. Em um segundo, Naveen pulou para soltá-la. Enquanto ele desviava a atenção dos homens, ela saiu da jaula e imitou seu amigo. Eles começaram a saltar em todas as direções e os caçadores tentaram como podiam apanhá-los, só conseguindo, no fim das contas, se baterem uns contra os outros.

– Nunca vi sapos parecidos – apontou o mais velho. – Parece que eles são inteligentes...

– Tão inteligentes que sabemos até falar, senhor! – gritou Tiana de longe, com um ar rebelde.

Os caçadores arregalaram os olhos, de queixo caído. Depois, gritaram de pavor e foram embora sem querer saber do resto! Era uma caça aos sapos que eles não esqueceriam por muito tempo... A última de sua vida, sem dúvida!

327

Novembro 15

Quando Buzz pirou!

Naquele dia, os brinquedos estavam muito animados, pois Bonnie ia passear no parque levando Jessie, Woody e Dolly. Todos os outros brinquedos do quarto teriam uma tarde inteira para se divertir! Mesmo assim, Jessie estava um pouco inquieta:

– Vigiem bem o Buzz – disse ela para seus amigos. – Ele está com um comportamento bizarro nesses últimos tempos. Estou com medo de que ele sofra um pequeno curto-circuito...

– Não tem problema, Jessie! – tranquilizou-o Porquinho.

Um momento depois, Bonnie foi para o quarto pegar seus três brinquedos favoritos.

– Agora você está no comando, Buzz – disse ela para o patrulheiro. – Proteja bem a casa!

– Vamos brincar! Pronto, vamos pular! – exclamaram as Ervilhinhas assim que o carro se afastou da garagem.

Ao vê-las prontas para se lançar da prateleira, os três Marcianos soltaram em coro, como sempre, uma exclamação de admiração, mas Buzz se aprumou, severo:

– Esperem! – disse ele. – O que vocês vão fazer é muito perigoso!

Slinky, que não tinha ouvido, também quis descer e provocou uma avalanche de Ervilhinhas e de Marcianos na cabeça do patrulheiro! Quando ele se levantou, estava com o ar ainda mais esquisito e exclamou:

– *Donde está mi nave?*

– Muito engraçado – resmungou o Sr. Cabeça de Batata. – Ele está perguntando onde está sua nave espacial! *El Señor Buzzo* está de volta, amigos!

– Acho que, desta vez, ele passou mesmo para o "modo espanhol" – observou Porquinho suspirando.

– O que vamos fazer? – perguntou Trixie. – Podemos consertá-lo?

– Sim, felizmente – assegurou Porquinho. – Rex, veja se pode usar seus dedinhos hábeis para consertar os fios dele...

O dinossauro se aproximou calmamente de Buzz, mas o patrulheiro percebeu e, com um movimento rápido, se escondeu na casa de bonecas de Bonnie!

– Peguem ele! – ordenou Porquinho para todos os brinquedos.

Arrancando uma das cortinas vermelhas das pequenas janelas, Buzz balançou-a como uma capa de toureiro. Ele se comportava exatamente como se seus amigos fossem touros!

– Buzz, pare com isso agora mesmo! – disse calmamente Slinky. – Você está fora de si.

– Peguei ele! – resmungou Porquinho saltando. Mas Buzz desviou, e o porco só agarrou o tecido vermelho!

– Olé! – exclamou Trixie. Aquilo tudo estava sendo muito divertido!

328

Lar, doce lar!

Desde que Radiator Springs fora invadida por turistas, os moradores tinham os dias tão cheios que não conseguiam mais tempo para descansar, nem para se ver. Então, naquela noite, Sally e Relâmpago decidiram reuni-los na grande sala do tribunal.

– Sally, e se você nos contasse uma história antes da hora de dormir? – propôs Mate, com olheiras.

– Tudo bem, mas qual? – sorriu Sally, preocupada ao ver seus companheiros tão cansados.

– Bom, eu não conheço muito bem a origem de Radiator Springs – interveio Relâmpago. – Como tudo começou?

Sally tomou ar.

– Quando Stanley chegou aqui, era deserto para todo lado. Ao longo da pista, não era possível encontrar lugar nenhum para estacionar. Mas Stanley encontrou uma fonte natural e, depois de encher seu radiador, ele teve uma grande ideia: em volta da fonte, ele iria construir um albergue que ofereceria água fresca para todos os viajantes. Ele chamou o lugar de "Radiator Springs". Depois, construiu outras lojas, entre as quais um posto de gasolina. Quando Lizzie atravessou o povoado, eles logo se apaixonaram, e Stanley a convenceu a ficar com ele. Ela abriu, então, sua loja de lembrancinhas de viagem. Rapidamente, eles viram outros pioneiros chegarem e, logo, novas casas se juntaram às primeiras.

– Eu vim para cá nos anos 1950 – disse Doc. – Fazia tão bem morar aqui. Era magnífico...

– Ah, sim – concordou o Xerife. – Fui eleito xerife naquela época, e trouxe o Ruivo. Uma cidade tem que ter um bombeiro!

– E um mecânico! – exclamou Mate.

– É verdade – disse Xerife. – Quando Mate descobriu a cidade, Flo, Guido e Luigi o convenceram a ficar.

– Em seguida – retomou Doc –, Mate encantou todos com sua gentileza...

– Inclusive eu! – exclamou Relâmpago.

– Nós devemos tudo a Stanley e a Lizzie. – Sorriu Sally. – O importante é fazer as coisas de modo que Radiator Springs continue sempre uma cidade alegre e acolhedora...

– E, para isso, acabaram-se as horas extras – concluiu Doc. – A partir de amanhã, vocês deverão fechar todas as lojas quando o sol se puser e, em seguida, irão descansar! No fim das contas, os turistas que não conseguirem o que querem em um dia, com certeza, voltarão no dia seguinte. Essa é a nossa casa!

Novembro 17

Jantar para a bela estrela

Os sapos Tiana e Naveen não demorariam muito para chegar à casa de Mama Odie. A feiticeira lhes devolveria a aparência humana e tudo estaria terminado! Eles tinham enfrentado tantas desventuras nos pântanos da Louisiana que Tiana resolveu que estava na hora de dar um tempinho para relaxar.

– Vamos descansar, amigos! – lançou ela para Louis, o jacaré; Ray, o vagalume, e Naveen. – Vocês não gostariam de algo para beliscar?

– Estou morrendo de fome! – admitiu Louis.

– Um ensopado do pântano, apetece vocês? – propôs Tiana para a turma. – Um *gumbo do bayou*, que é a minha especialidade?

– Vamos de *gumbo*! – comemorou Naveen se sentando recostado contra uma árvore, as patas sobre um cogumelo.

Ele colocou uma folha sobre os joelhos, fazendo as vezes de guardanapo, e acrescentou:

– Enquanto não fica pronto, eu tomaria um coquetel, com algumas azeitonas e...

– Ah, não, não, não, Vossa Alteza Real! – logo protestou Tiana com um tom irônico. – Comigo não é assim! Você vai picar os cogumelos!

– Mas eu não sei picar – choramingou Naveen arrancando lentamente uma lasca de um cogumelo.

Tiana bufou, se divertindo.

– Nesse ritmo, só vai terminar de fazer isso amanhã!

E, colocando-se atrás de Naveen, Tiana guiou sua pata mostrando como fazer. Tiana picou muito, muito rápido! Naveen fez uma careta.

– Sim, bom, quando se vive em um castelo, todo mundo serve você, então, obrigatoriamente...

No entanto, o sapo se aplicou e, logo, o ensopado do pântano ficou pronto.

– Delicioso, Tiana! – parabenizaram seus amigos. De repente, Ray ergueu os olhos para o céu. Ele avistou a estrela dos sonhos.

– Meu vagalume do amor! – suspirou ele. – Eu sei que, um dia, nós ficaremos juntos...!

É claro, ninguém quis estragar sua felicidade contando que ele estava enganado e falava com uma estrela. Então, ele começou a cantarolar, romântico. Naveen convidou Tiana para dançar...

– Impossível! – recusou ela. – Eu não sei dançar.

– Eu não sabia picar – observou ele. E a conduziu numa suave valsa.

Ele guiou seus passos e, depois, concluiu:

– Está vendo? Dançar, picar... que diferença faz? O importante é tentar!

NOVEMBRO 18

QUANDO BUZZ PIROU! (CONTINUAÇÃO)

Lançando-se sobre Buzz para agarrá-lo e tentar consertá-lo, Porquinho, sem conseguir enxergar por causa da capa vermelha que o patrulheiro (que achava que era um toureiro) usava, bateu bem de frente com a estante de livros! O choque foi tão forte que toda a pilha foi parar no chão.

– Buzz, cuidado! – alertaram os brinquedos, afobados.

Tarde demais! Um instante depois, Buzz tinha desaparecido sob uma montanha de livros! Arrasados, seus amigos se aproximaram em silêncio. Será que o patrulheiro tinha quebrado de vez? Uma mão vestida com uma luva branca afastou um dos livros.

– Buzz! – exclamou Rex. – Você está bem?

– Buzz! – respondeu Buzz. – Você está bem?

– Ei! – espantou-se o dinossauro. – Ele repetiu o que eu falei!

– Ei! – imitou Buzz. – Ele repetiu o que eu falei!

– Não, o que EU falei! – corrigiu Rex, irritado.

– Ele deve ter passado para o "modo repetição" – cochichou Porquinho para Botão de Ouro.

– Genial! – murmurou o unicórnio aproximando-se de Buzz. – Botão de Ouro é o unicórnio mais bonito de todo o universo! – soltou ela.

– Botão de Ouro é o unicórnio mais bonito de todo o universo! – repetiu com doçura o patrulheiro, e todo mundo soltou uma gargalhada.

Durante alguns minutos, eles se divertiram muito fazendo Buzz repetir um monte de coisas absurdas, até que Rex interveio:

– E agora o que a gente faz?

Pensando em Jessie, que logo voltaria, todos sentiram remorso pela brincadeira.

– Precisamos consertá-lo! – decidiu Porquinho. – Vamos colocá-lo em cima da cama e fazer com que ele pule até que volte ao normal.

Dito e feito, e lá estavam todos pulando na cama com energia. De repente, Rex saltou com tanta força que Buzz, lançado como um foguete, bateu no teto e foi parar no chão! Preocupados, seus amigos foram até ele para erguê-lo. Em frente à casa, a mãe de Bonnie estacionava o carro!

– Eles chegaram! – alertou o Sr. Espeto, o ouriço.

Buzz ainda não se mexia. Com pressa, Rex o abriu e observou os fios embaraçados.

– Como temos que ligá-los de volta? – perguntou. – Primeiro o vermelho ou o azul?

– Primeiro o vermelho e, depois, o preto! Rápido! – gritou o Sr. Cabeça de Batata antes de retomar seu lugar com os outros brinquedos.

Rex obedeceu na hora e reposicionou Buzz. Será que ele voltaria a funcionar?

331

NOVEMBRO 19

DE VOLTA A ATLÂNTIDA

Ariel levava para casa uma maravilhosa água-marinha que tinha acabado de encontrar na praia, quando parou no meio do caminho.

– Na verdade, Sabidão, eu poderia procurar o dono desta pedra preciosa...

– Ela pertence a quem a tiver encontrado! – rebateu a gaivota, sobre sua cabeça.

– Ela pertence também a quem a perdeu – objetou Ariel. – Ela estava enterrada na areia, enrolada em algas. Ela veio, então, do oceano! Meu pai

com certeza saberá alguma coisa a esse respeito... Vamos pedir a Sebastião que o chame!

Sabidão soltou um grande suspiro e saiu voando para procurar Sebastião, o caranguejo. Sebastião mergulhou e, pouco depois, o rei Tritão emergiu da água, na baía isolada onde Ariel esperava por ele.

– Eu conheço essa joia! – exclamou ele diante da água-marinha. – Se quiser saber de onde ela veio, Ariel, deixe-me transformá-la um momento em sereia!

Ariel aceitou, muito curiosa e muito contente de visitar sua família no fundo do mar! Que prazer, nadar de novo como um peixe! Seu pai a conduziu assim para o Palácio de Atlântida. Eles entraram na sala do trono, e Ariel soltou um grito. Tudo estava devastado!

– Um *tsunami* passou aqui – explicou o rei Tritão.

A Pequena Sereia viu o que seu pai apontava com a ponta do tridente: o cofre do reino! Ele estava no chão, sem nada, vazio.

A água-marinha era parte do tesouro de Atlântida!

– A onda espalhou todas as nossas joias – lamentou o rei.

– Acalmem-se, eu vou encontrá-las! – logo prometeu Ariel.

Ela já tinha se divertido muito naquela região para saber onde procurar. E para quem pedir ajuda! Linguado, os polvos, as tartarugas, os cavalos-marinhos: todos exploraram a carcaça do galeão espanhol, esquadrinharam os buracos da barreira de corais. Num piscar de olhos, o tesouro de Atlântida foi recuperado!

– Obrigado, Ariel! – proclamou seu pai. Em nome do reino, eu ofereço você à água-marinha da praia. Isso a lembrará de vir nos ver de tempos em tempos!

– Sim, mas não é preciso perder todo um tesouro para isso! – gargalhou ela, exausta de tanto trabalhar.

E ela voltou para a superfície bocejando, onde o rei devolveu-lhe suas pernas, para que ela pudesse ir correndo descansar no castelo do príncipe Eric.

332

Uma princesa, apesar de tudo

O feiticeiro vodu que tinha transformado o príncipe Naveen em sapo estava preocupado. Todos os seus planos agora estavam ameaçados de ir por água abaixo. Graças a seu talismã mágico, ele também tinha transformado Lawrence em príncipe Naveen, para se casar com Charlotte. O feiticeiro esperava assim se apossar da fortuna da jovem! Mas o talismã estava perdendo seu poder. Ele deveria, então, capturar o Naveen verdadeiro para recarregá-lo com algumas gotas de seu sangue...

– Venham até mim, Sombras Maléficas! – invocou ele. – Tragam-me o príncipe sapo sem demora!

As silhuetas com mãos voaram, então, pela janela... e rapidamente encontraram o rastro de Naveen no pântano. Ele seguia com Tiana para a casa de Mama Odie, a feiticeira, para que ela lhes devolvesse a forma humana.

– Socorro! – gritou Naveen quando as sombras o agarraram a ele e o levaram.

Tiana; Louis, o jacaré; e Ray, o vagalume, tentaram segurá-lo, em vão. Ninguém podia lutar contra as forças das trevas... Ninguém, exceto uma poderosa feiticeira! E *vush*! Mama Odie desintegrou as Sombras Maléficas!

– Nada mal, para uma velha cega, não? – riu ela.

Naveen tinha tido sorte. Mama Odie e sua cobra Juju viviam bem ali no pântano, em um barco ancorado estranhamente entre os galhos de uma árvore. A frágil feiticeira parecia um pouco excêntrica, mas exalava tamanho saber que sua presença impunha respeito...

– Vocês foram transformados em sapo, vocês dois! – lançou ela para Naveen e Tiana sem vê-los. – Vocês querem voltar a ser humanos! Mas isso é essencial? Olhem no fundo do coração de vocês e encontrarão a verdadeira felicidade...

Naveen e Tiana insistiram. Eles queriam voltar a ser humanos mais do que tudo! Então, Mama Odie revelou a eles que se Naveen beijasse Charlotte, o feitiço vodu passaria.

– Apenas o beijo de uma princesa pode me salvar – protestou Naveen. – Charlotte não é uma princesa!

– Mas é claro! – entendeu de repente Tiana. – O pai de Charlotte havia sido coroado rei do carnaval. Então, ela era uma princesa até o fim da festa!

– Uma princesa temporária, apesar de tudo, era melhor do que princesa nenhuma, não? – observou Mama Odie com astúcia.

E Naveen corou. Sim, o beijo de Charlotte cairia muito bem!

Novembro 21

Um encontro providencial

– Adeus, mamãe! – exclamou Luigi enquanto o barco que o levaria para os Estados Unidos se afastava lentamente do cais.

Ele estava ao mesmo tempo triste de deixar sua mãe e a Itália, e muito feliz com aquela viagem. Em alguns dias, ele estaria trabalhando na loja de pneus de seu tio, La Casa Della Tires, que ficava em uma cidade magnífica (seu tio havia lhe dito) chamada Radiator Springs. Uma nova vida começava!

Todo animado, ele passeava pelo convés do grande navio. Rapidamente, conheceu outro passageiro, e os dois entraram numa discussão sobre seus carros favoritos.

– Para mim – disse Luigi –, o melhor carro do mundo é a...

– Ferrari! – gritou alguém atrás dele.

Assustado, Luigi se voltou e deu de cara com um pequeno carro empilhadeira azul e sorridente.

– Você tirou as palavras de minha boca! – exclamou Luigi, se divertindo.

O carro se chamava Guido, e ia para os Estados Unidos com a esperança de trabalhar nos estandes de um grande autódromo de corrida.

Muito rápido, os dois italianos se tornaram inseparáveis. Em primeiro lugar porque tinham a mesma paixão pelas corridas, e, depois, porque Guido sabia sempre se divertir, o que tornava a viagem muito agradável. Eles

se sentiram tão bem juntos que foram os únicos a não passar mal quando o navio alcançou o alto-mar! Por fim, depois de alguns dias de travessia, eles chegaram ao porto de Nova York.

– Veja lá está o Carro da Liberdade! – gritou Luigi, radiante.

Depois do desembarque, os dois companheiros decidiram visitar a cidade. Eles passearam primeiro pelo Central Park, depois visitaram o Chrysler Building, um dos mais belos arranha-céus de Manhattan.

Enfim, depois de uma voltinha pela Bolsa de Valores, eles foram admirar o tráfego importante das ruas da cidade.

Lá, Guido trocou o pneu furado de um táxi amarelo.

– Dois segundos e cinco, cravados? – espantou-se o táxi com admiração. – Deve ser um recorde! Obrigado!

– Você vai rápido mesmo – disse, então, Luigi, muito impressionado, para seu amigo. – Você não gostaria de vir trabalhar comigo na loja de meu tio?

Guido pensou um momento e aceitou.

– Excelente! – exclamou Luigi. – Ele vai ficar muito contente por eu ter contratado um recruta tão talentoso! Amanhã, partimos para Radiator Springs!

NOVEMBRO 22

QUANDO BUZZ PIROU (FINAL)

Ao ouvir um barulho atrás da porta, todos os brinquedos congelaram. Era a mãe de Bonnie! Ela entrou para deixar a mochila da filha e encontrou o quarto numa bagunça horrorosa. Além de Buzz, que estava deitado de cara no chão, muitos brinquedos não tinham conseguido voltar para seus lugares. Parecendo irritada, a mãe de Bonnie olhou para os livros em pilhas desorganizadas, as prateleiras cheias de brinquedos caídos, a cama desfeita e a casa de bonecas devastada.

– Bonnie! – exclamou ela voltando para o térreo. – Vá lá em cima arrumar o seu quarto, por favor!

– Mas eu arrumei antes de sair – protestou Bonnie, que lanchava na cozinha.

– Onde está Buzz? – perguntou Jessie saindo da mochila depois de Woody e Dolly.

– Ahn... Ele está ali – respondeu Trixie, um pouco sem jeito.

Rapidamente, Jessie ergueu Buzz sentando-o no chão, mas o patrulheiro, ainda sem reação, caiu de volta com um barulho seco.

– Não é minha culpa! – gemeu Rex, desesperado. – Com todos esses fios, eu não sabia mais o que fazer!

Todos temeram a reação de Jessie; no entanto, em vez de começar a gritar, ela colocou o rosto entre as mãos e começou a gargalhar! Depois, ela se aproximou de Buzz, fechou seu painel de controle e deu um belo tapa em suas costas!

Na hora, o herói acordou e piscou os olhos, admirado.

– Por que estão me olhando assim? – perguntou ele para os brinquedos estupefatos. – Estou com o rosto sujo?

Aliviados, todos os brinquedos suspiraram. Buzz, enfim, tinha voltado ao normal.

– Vamos lá, pessoal! – interveio Woody. – Está na hora de colocar esse quarto em ordem. Bonnie logo vai subir!

Todos se apressaram para voltar a seus lugares.

E quando, alguns minutos mais tarde, Bonnie entrou no quarto, ela o encontrou tão arrumado quanto antes.

– Mamãe está meio confusa – disse ela apanhando Buzz e beijando-o. – De qualquer forma, obrigado, meu caro Buzz! Eu sabia que, em minha ausência, você saberia tomar conta direitinho dos meus brinquedos!

Atrás dela, Rex, Porquinho, Trixie e o Sr. Cabeça de Batata trocaram um rápido olhar. Depois, voltaram a congelar e, por alguns minutos, lutaram com todas as suas forças contra um terrível ataque de risos!

NOVEMBRO 23

O GRANDE AMOR

Tiana e Naveen não tinham muito tempo para voltar para a cidade. Charlotte só seria Princesa do carnaval até a meia-noite. Depois disso, seu beijo não acabaria com a maldição vodu, e Tiana e Naveen ficariam para sempre sendo sapos!

– Mas como vamos atravessar o pântano? Nadando? – inquietou-se Tiana.

– Tive uma ideia! – declarou, então, seu amigo Louis, o jacaré.

E ele os levou ao vapor, o barco que descia o rio, e que levava pessoas fantasiadas para o carnaval de Nova Orleans. Tiana, Naveen, Louis e Ray, o vagalume, subiram a bordo. Por sorte, um grupo de *jazz* achou que Louis era um músico fantasiado e o convidou para tocar. Assim, o jacaré realizou seu sonho...

Naveen suspirou. Ele também queria realizar seu sonho! E tinha acabado de entender que o que mais contava no mundo a seus olhos era Tiana!

– Ela é a mulher de minha vida, Ray! – confiou ele ao amigo. – É com ela que quero me casar, não com Charlotte! Vou pedi-la em casamento esta noite!

É claro, Naveen abriria mão da fortuna de Charlotte. Mas, com Tiana, ele seria rico de amor!

– E, além do mais, eu vou ajudá-la a comprar seu restaurante – decidiu ele, preparando um jantar nos candelabros colocados no teto do barco. – Vou trabalhar duro e ganhar todo o dinheiro que ela precisa!

Cheio de boas resoluções, ele correu para procurar Tiana.

– Oh, Naveen! – admirou-se ela ao descobrir a bela mesa. – O que estamos comemorando?

– Hum... Nossas últimas horas como sapos! – respondeu ele, sem jeito.

Ele estava tentando encontrar coragem para fazer sua declaração... quando ela deu um grito:

– Estamos chegando no porto, Naveen! E aquele é o prédio que eu quero comprar, para o meu restaurante! Quando penso que, graças ao seu casamento com Charlotte, poderei pagar o agente imobiliário a tempo! É minha última chance. Se eu não entregar o dinheiro amanhã, a refinaria vai procurar outro comprador!

Ao ouvir aquelas palavras, Naveen mudou de repente de ideia. Ele preferia se sacrificar e se casar com Charlotte... Senão, Tiana ficaria muito infeliz por perder seu restaurante. Seu único sonho!

"E eu, Tiana, a amo de verdade", pensou ele. "Só sonho com a sua felicidade!"

Sim, ele tinha certeza agora. Aquele era mesmo seu grande amor!

336

A bela viagem de Luigi e Guido

Novembro 24

Quando Luigi e Guido deixaram Nova York para ir para Radiator Springs, escolheram um caminho que os permitisse passar por belos lugares dos Estados Unidos.

– Quem sabe não encontramos uma Ferrari no caminho! – disse Luigi para Guido.

Para começar, eles admiraram as Cataratas do Niágara. Eram extraordinárias, barulhentas e muito populares (mas, entre a multidão, eles não avistaram nenhuma Ferrari). Em seguida, eles visitaram a cidade de Saint Louis, e passaram sob seu arco (mas não encontraram nenhuma Ferrari). O Monte Rushmore os impressionou muito (no entanto, lamentaram que não houvesse uma Ferrari esculpida no penhasco). Eles acharam a Golden Gate *bellissima*! (infelizmente, nenhuma Ferrari passou pela ponte enquanto eles a atravessavam), depois foram admirar o Grand Canyon (mas nem lá havia Ferraris). Antes de chegarem a seu destino final, Guido quis muito visitar Hollywood e andar na calçada onde tantos carros famosos tinham deixado a marca de seus pneus (eles não encontraram a de uma Ferrari). Lá, eles tiraram fotos maravilhosas e seguiram para Radiator Springs. Tranquilamente, eles atravessaram o Ornament Valley (ainda sem encontrar uma Ferrari). Por fim, alcançaram Radiator Springs. Não era uma cidade grande, mas era muito bonita.

– Aqui estamos! – exclamou Luigi apontando para a Casa Della Tires. – Tio, cheguei! – acrescentou ele, todo feliz.

– Bem-vindo! – exclamou o tio saindo de sua loja.

– Este é meu amigo Guido! – disse Luigi.

– Bem-vindo! – repetiu o tio com amabilidade.

Mas Guido, que tinha parado diante da loja, não parecia ter entendido. Hipnotizado, ele contemplava uma montanha de pneus usados, e Luigi ficou preocupado:

– Não está se sentindo bem, Guido?

Sem responder, o carro empilhadeira começou a recolher os pneus a toda velocidade e, em alguns minutos, os empilhou formando uma verdadeira torre! Depois, com um grande sorriso, ele se voltou para o tio de Luigi.

– Que maravilha! – o tio exclamou. – Nós três vamos formar uma grande equipe!

– Sì! – concordou Luigi em italiano. – Esses pneus vão vender como água, vocês vão ver! E tenho certeza de que, um dia, Ferraris virão aqui!

Novembro 25

Disney Princesa
A Bela e a Fera

Um barulho na noite

À noite, antes de ir para a cama, Bela tinha o hábito de contar uma história para Zip, enquanto Madame Samovare preparava uma xícara de leite quente para eles.

– Quer mesmo ouvir O *terrível lobo mau*, Zip? – perguntou Bela. – Talvez você fique com um pouco de medo...

– Claro que não vou ficar com medo! – protestou a xicarazinha encantada. – Eu adoro histórias de terror!

Então, Bela começou.

– Martin atravessou a floresta sem desconfiar. No entanto, uma tempestade se aproximava e o céu ficou escuro. Mas Martin se recusou a dar meia-volta. Ele entrou no bosque, quando o vento começou a soprar e de repente: Uuuuuhhhh! Uivou por ali um terrível lobo mau!

Ao mesmo tempo em que Bela lia aquelas palavras, uma grande lufada de ar entrou em seu quarto. Zip tremeu e, em seguida – *groooonff!* – um barulho esquisito soou na noite!

– O que é isso? – perguntou Zip tremendo.

– Não faço ideia – respondeu Bela. – Mas garanto que não é um lobo mau!

É claro que Zip não acreditava em lobos maus, ele nem mesmo tinha medo! No entanto, assim que o barulho recomeçou, a xicarazinha se escondeu debaixo do lençol.

– Estamos incomodando? – cochichou Lumière abrindo a porta do quarto.

– Estão ouvindo esse barulho estranho? – acrescentou Horloge, que o acompanhava. – Não estamos conseguindo dormir!

– Sem contar essa corrente de ar que vem não sei de onde! – observou Madame Samovare.

– Exatamente – declarou Bela. – Quero saber de onde está vindo. Vocês vêm comigo? E todos saíram do quarto na ponta do pé. No corredor, o barulho estava ainda mais alto. Eles avançaram em direção a ele. Quanto mais se aproximavam da ala oeste do castelo, mais forte ficavam o barulho e a corrente de ar. Na porta do quarto de Fera, o barulho e a corrente estavam terríveis! Mas Bela segurou o riso ao girar a maçaneta...

– Não, não entre! – suplicou Zip. – Talvez seja o lobo mau!

– Não se preocupe – cochichou Bela entrando assim mesmo. – Vejam, é apenas Fera que está roncando!

– Que pena que ele não consegue se ouvir! – comentou Horloge. – Ele faz tanto barulho e sopra com tanta força que merecia se acordar!

– Sim, é pior do que um lobo mau! – acrescentou Zip tapando os ouvidos.

E Madame Samovare, com uma risada, convidou seus amigos para passar a noite na cozinha, do outro lado do castelo!

338

A Princesa e o Sapo

Um preço alto demais

O feiticeiro vodu finalmente conseguiu capturar o sapo Naveen! E pingou algumas gotas do sangue de Naveen dentro do talismã. Assim, Lawrence, seu cúmplice, conseguiu, mais uma vez, assumir a aparência do príncipe Naveen e ele poderia se casar com Charlotte, a mais bela jovem rica de Nova Orleans!

– Vou me tornar o mestre do mundo! – gargalhou o feiticeiro.

De sua varanda, ele assistia ao desfile de carnaval passar. O carro principal representava um bolo de casamento, sobre o qual estavam Charlotte e o falso príncipe Naveen, prontos para se casar de verdade.

O padre já começava a abençoar sua união.

– Não posso perder um segundo! – disse o sapo Naveen, bem preso em uma caixa do feiticeiro. E, corajosamente, ele conseguiu derrubá-la sobre o carro!

No mesmo instante, a sapa Tiana avistou o príncipe Naveen que se casava com Charlotte...

– Oh! Eu achava que Naveen me amava! – soluçou ela.

– Mas é claro! – exclamou Ray, seu amigo vagalume. – Tem algo errado. Vou tirar isso a limpo!

E, voando até o carro, Ray ouviu o sapo Naveen, no interior da caixa. Rapidamente, ele o colocou em liberdade. Num piscar de olhos, Naveen saltou sobre o falso príncipe e arrancou o talismã de seu pescoço! O bandido voltou a ser Lawrence na hora.

– Ray! – gritou, então, Naveen confiando-lhe o talismã para que o vagalume o levasse.

Mas as Sombras Maléficas do feiticeiro logo se lançaram em seu encalço. Como elas avançavam rápido, Ray encontrou Tiana e lançou o talismã para ela. Tiana tentou fugir... quando o feiticeiro vodu bloqueou seu caminho.

– Dê-me o talismã, Tiana, e farei com que você abra seu próprio restaurante! – sussurrou ele. – Você honrará assim a memória de seu pobre pai que nunca pôde realizar seu sonho!

Tiana retrucou com um tom seco:

– Papai me ensinou a reconhecer o que é importante de verdade na vida! E abrir meu restaurante às custas de seu sucesso seria um preço alto demais!

E, então, ela quebrou o talismã. O feiticeiro vodu desapareceu se desintegrando no ar...

– Continuarei, sem dúvida, sendo uma simples garçonete agora – suspirou Tiana. – Mas uma garçonete honesta que soube ouvir seu coração!

Novembro 27

Olhos de cobra

– Estou morrendo de fome – sibilou Casca, serpenteando entre as árvores da floresta. – Preciso fazer uma boqu...

De repente, Casca viu uma silhueta parando no chão. Era Mogli. Casca serpenteou até ele.

– Essstá com ssssono? – sibilou a cobra. – Pareccccce que quer dormir. Olhe nosss meus olhosss...

Mogli tentou não olhá-la nos olhos, mas em vão. Quando se virava, lá estava Casca. Quando se virava novamente, mais uma vez via Casca!

– Renda-sssse ao ssssono – sibilou Casca. – Sssono... sssono...

Sem se dar conta, o corpo de Mogli ficou todo mole. Casca o havia hipnotizado!

Felizmente, seus amigos passavam por lá.

– Veja! – gritou Baguera. – Casca está hipnotizando Mogli mais uma vez!

– Vá até lá e faça alguma coisa! – disse Balu.

– Da última vez, fui eu que acabei hipnotizado – disse Baguera. – Faça você alguma coisa.

As presas de Casca salivavam enquanto ela enrolava seu longo corpo em volta de Mogli. Depois, ela abriu sua boca gigante e... ahn! Alguém tinha lançado um graveto em sua boca, deixando-a aberta!

– Oi, Casca – disse Balu.

A mandíbula forte da cobra quebrou o graveto.

– Você não devia ssse meter com uma sssssserpente e ssssua caççça – sibilou ela.

– Oh! Desculpe – disse Balu. – Só estava admirando seu talento.

– Meu talento? – disse Casca.

– É claro! – disse Balu. – Seu jeito de hipnotizar Mogli é impressionante. Aposto que conseguiria hipnotizar quase todo mundo na floresta. Quase...

– Como assim "quase"? – quis saber Casca.

Balu poliu as unhas em sua pelagem.

– Vejamos. Aposto que você não consegue hipnotizar... um peixe. – Balu apontou para o lago.

– Apenasss asssssisssta – disse Casca para Balu serpeando em direção ao lago.

Inclinando a cabeça sobre a água, a cobra sibilou:

– Olhe nosss meus olhosss. Vocccê esssstá com ssssono... sssono... sssono...

De repente, Casca parou de sibilar. E de se mexer.

Ela apenas olhava fixamente para a água.

Baguera ficou perto de Balu.

– O que está acontecendo comigo? – cochichou ela.

Balu começou a rir.

– Casca queria tanto me provar que eu estava errado que nem percebeu que a água refletia sua própria cara. Essa cobra maluca se hipnotizou sozinha!

340

O PRESENTE DE MEIA-NOITE

Logo soaria meia-noite! Rapidinho, Tiana, a sapa, saltitou até a catedral de Saint-Louis, onde sua amiga Charlotte se casaria com aquele impostor que se passava pelo príncipe Naveen. Por sorte, assim que Tiana chegou na igreja, o impostor estava sendo levado pela polícia... e o verdadeiro príncipe, ainda um sapo, conversava com Charlotte.

– Mas, então, é como nos contos de fadas? Se eu beijar você, a maldição do feiticeiro vodu será quebrada e você voltará a ser um príncipe encantado?

Naveen concordou.

– Sim, porque, até a meia-noite, você é a Princesa do Carnaval – explicou ele. – E, assim, Tiana também voltará a ser humana...

Charlotte aplaudiu.

– Oh! É muito maravilhoso! Tenho que beijar um sapo, que vai virar príncipe, e vamos nos casar e viver felizes para sempre! E, além do mais, vou salvar minha amiga Tiana, e...

– Espere, Charlotte – interrompeu, de repente, Naveen, parecendo triste. – Você tem que me prometer que dará para Tiana, até amanhã, todo o dinheiro de que ela precisa para comprar seu restaurante! Porque a felicidade de Tiana, para mim, é o mais importante...

Eles se prepararam para se beijar... quando Tiana saltou diante deles.

– Não, não faça isso, Naveen, eu imploro!

– Como? Mas é sua última chance de realizar seu sonho, Tiana!

Ela balançou a cabeça e respondeu:

– Realizar meu sonho sem ter você a meu lado não serviria de nada... já que eu amo você como você me ama!

Eles se jogaram um nos braços do outro.

Charlotte se acabou em lágrimas!

– É tão emocionante! – fungou ela. – Tiana... toda a minha vida esperei um grande amor de contos de fadas. E você o encontrou! É claro que vou beijá-lo, Naveen. Para que você possa se casar com Tiana!

Mas era tarde demais. O relógio soava meia-noite. Afobada, Charlotte deu um, dois, dez beijos nos lábios do príncipe sapo. Em vão, porque ela não era mais uma princesa! Então, Naveen e Tiana se encararam, apaixonados. Eles podiam continuar sapos para sempre. Que diferença fazia? Eles tinham acabado de receber o presente mais precioso que seus corações podiam esperar!

Novembro 29

Longe das corridas

Um ano depois de seu terrível acidente na última Copa Pistão, o famoso Hudson Hornet, novo em folha, voltou para os circuitos. Mas, em vez de ser recebido como se o esperassem, tudo que ele ouviu foi: "Desculpe, meu caro, você é da velha guarda!".

Apesar de todas as suas qualidades, o mundo das corridas estava fechado para ele.

"O que vou fazer agora?", perguntou-se ele.

Sua primeira ideia foi voltar para Motor City, a cidade onde tinha nascido. Lá, ele poderia recomeçar sua vida, longe dos frufrus da fama. Mas estava enganado! Mal tinha chegado e um carro superequipado o reconheceu e, parando a seu lado, o desafiou:

– Ei, você é o famoso Hudson Hornet! Vamos apostar uma corrida, você e eu?

Hudson olhou o inconveniente.

– Eu não corro mais – declarou ele calmamente. – Em todo caso não com alguém como você, que está com o pneu esquerdo careca!

No dia seguinte, uma charmosa caranga o abordou enquanto ele enchia o tanque:

– Sinto muito – disse ela. – Você é um campeão e tanto!

– Obrigado, madame – suspirou ele. – Hum, desculpe dizer, mas seu para-choque traseiro está se soltando...

Nos dias seguintes, ele não teve um momento de paz, o que o forçou a agir.

Se ele quisesse ser esquecido, deveria se livrar das letras pintadas sobre suas portas e de seu número 51. Daí, ninguém mais o notaria. Ele entrou, então, numa oficina de pintura e pediu que o repintassem. Depois, saiu, aliviado, e foi ao cinema.

– Você é Hudson Hornet! Pode me dar um autógrafo? – perguntou seu vizinho.

Hudson franziu o cenho.

Mesmo sem suas marcas, ele era reconhecido!

– Acho que está me confundindo – disse ele educadamente. – Mas acho que seu filtro de ar está entupido, porque você está falando pelo nariz. Você deveria consertar isso!

Ao ouvir isso, o outro se afastou e foi procurar uma solução para seu problema. Todos com quem Hudson cruzava o lembravam do campeão que ele tinha sido. Para construir uma vida nova, seria preciso, então, se mudar para uma cidade em que ninguém o conhecesse. Então ele decidiu.

No dia seguinte, ele deixou Motor City, tocou para o sul e pegou a Rota 66. E, pela primeira vez em muito tempo, ele respirou livremente, certo de que, no fim daquela longa faixa de asfalto, ele encontraria o lugar com o qual sonhava.

Um casamento de conto de fadas

Novembro 30

Que reviravolta, naquela manhã, nos pântanos da Louisiana! Havia uma multidão de animais para assistir ao casamento dos sapos Naveen e Tiana. Mama Odie, a boa e poderosa feiticeira centenária, conduzia a cerimônia...

– E pelos poderes que me foram conferidos, sapos, eu os declaro... marido e mulher!

Naveen tomou Tiana nos braços. Ele deu um doce beijo em seus lábios, e ela correspondeu sem hesitar... enquanto uma nuvem de estrelinhas coloridas cheias de magia começou a rodar em volta deles. E, de repente, eles retornaram à forma humana! Eles estavam esplêndidos, ele em traje de gala, ela num longo vestido verde... Eles se encararam, surpresos e maravilhados. Mama Odie deu uma risadinha:

– Bem que eu havia dito que a única maneira de quebrar esse vodu era beijar uma princesa!

O príncipe Naveen murmurou:

– Mas é claro, Tiana! Ao se casar comigo, você se tornou uma princesa!

– E, depois, nós nos beijamos! – completou a jovem.

– E eu vou recomeçar agora mesmo! – brincou o príncipe sob os aplausos de seus amigos.

Pouco depois, Naveen e Tiana se casaram de novo, mas, dessa vez, na catedral de Saint Louis, em Nova Orleans. E na presença de seus pais! Uma cerimônia oficial muito alegre, muito elegante... Quando Tiana subiu em sua carruagem, na saída da igreja, ela jogou seu buquê, e foi Charlotte que o apanhou! Ela gargalhou, porque era um bom sinal: significava que o próximo casamento seria o dela!

Não é preciso dizer que Tiana e Naveen viveram felizes juntos... até o fim dos tempos, isso não dá para dizer ainda. Mas o que é certo é que eles compraram a velha refinaria de açúcar e arregaçaram as mangas para transformá-la em um restaurante! Um restaurante chique, que ficou com uma ótima reputação, onde se podia encontrar pessoas tão diferentes quanto uma simples costureira, a mãe de Tiana... ou o rei e a rainha da Maldônia em pessoa, os pais de Naveen! Todos reunidos sob o mesmo teto e sob a proteção abençoada das estrelas... Duas estrelas, dois votos para um casal radiante!

343

Dezembro 1

Era uma flor

Esta história poderia começar com "Era uma vez...", mas tudo começou com uma flor de pétalas de ouro... Era, então, uma flor encantada que cintilava na grama! Ela era única no mundo. Ela nasceu de um raio de sol, que, um dia, pousou na Terra. Eterna, ela possuía um fabuloso poder de cura. Um dia, enquanto passeava pela colina, uma velha senhora avistou a Flor de Ouro. Ela se inclinou para colhê-la, mas, assim que a tocou, a velha senhora recobrou instantaneamente sua juventude!

– Flor de Ouro encantada, você me pertence! – declarou ela, animada.

E foi assim que Mãe Gothel, graças à magia da flor, permaneceu, a partir de então, jovem e bonita. Mas Mãe Gothel tinha tanto medo de perder a preciosa flor que, mesmo sem tê-la colhido, escondia-a com egoísmo apenas para si. Ninguém, por todo o reino, ainda tinha precisado da flor mágica ou sabia onde encontrá-la, mas todo mundo já tinha ouvido falar dela.

Então, quando a rainha ficou muito doente, na véspera de dar à luz, o rei procurou desesperadamente um meio de salvá-la. Os moradores do reino se lembraram da lendária flor e o rei enviou, então, seus homens para vasculhar a região. Os soldados acabaram encontrando a Flor de Ouro e colheram-na para levá-la ao castelo. Mãe Gothel, louca de raiva, perdeu, de repente, sua juventude.

Graças a um chá feito com a flor mágica, a rainha se curou e deu à luz uma bela menininha de olhos verdes e com cabelos dourados, como a flor. Ao saber da novidade, Mãe Gothel entrou escondida no castelo uma noite. Ela tocou nos cabelos do bebê... e recobrou sua juventude! Adivinhando que o poder da flor tinha passado para os cabelos da menina, Mãe Gothel cortou-lhe uma mecha. Mas logo ela murchou, perdendo toda a magia. Mãe Gothel não teve outra escolha: para manter o poder da flor, ela sequestrou a menina e a levou para os confins da floresta, onde a prendeu em uma alta torre, no coração de um vale perdido.

Lá, ela criou em segredo a criança fazendo-se passar por sua mãe. Separados de sua pequena Rapunzel, o rei e a rainha ficaram inconsoláveis. Mas quem sabe? Talvez, um dia, a força de seu amor vencesse o destino e lhes devolvesse sua filhinha desaparecida...

A DIREÇÃO CERTA

Fugindo de seu passado de campeão, Hudson Hornet dirigiu em direção ao sul. Pouco a pouco o cenário mudou e, logo, a Rota 66 chegou ao deserto, mostrando, ao longe, as altas formações rochosas do Ornament Valley. Alguns quilômetros depois de ter atravessado um charmoso povoado chamado Radiator Springs, ele desacelerou, pois havia um carro parado no acostamento.

– Hello! – disse o carro quebrado, em inglês. – Eu me chamo Philip. Não consigo mais dar partida... Quer me ajudar?

Hudson assentiu e apurou o ouvido enquanto o viajante tentava dar a partida.

– É um problema elétrico – disse ele, enfim. – Acho que posso consertá-lo...

Philip abriu seu capô. Alguns minutos depois, seu motor funcionou sem problema.

– Obrigado pela ajuda! – exclamou ele pegando a estrada novamente em alta velocidade.

Hudson sorriu e continuou seu caminho. Socorrer aquele desconhecido tinha feito bem para ele, mas o campeão ainda não sabia para onde ir. Logo, chegou a um cruzamento. Diante dele, uma enorme placa parecia ecoar seus próprios questionamentos. Sob as palavras: "Você deseja tomar uma nova direção?", uma enorme seta vermelha o incitava a virar à direita, e foi o que ele fez.

Alguns quilômetros depois, uma segunda placa interrogou: "E você não sabe onde anda com a cabeça?"

– Não, de fato! – murmurou Hudson, continuando.

"Você tem um dom para ajudar os outros?", perguntou, então, uma terceira placa.

Hudson sabia que ele tinha um dom, mas onde aquelas estranhas perguntas o levariam? Ele teve a resposta quinze minutos depois, ao avistar o último anúncio, alto e largo, na margem da estrada: "Nós podemos ajudá-lo a começar sua carreira: torne-se médico frequentando o curso da Escola de Cuidados Mecânicos do Condado de Carburador!".

Era a resposta que Hudson esperava. Seguindo as indicações da placa, ele virou à esquerda, dirigiu uma centena de metros e parou diante da escola.

– Ei, eu sei quem você é! – exclamou, de repente, um carro vermelho vindo na direção de Hudson.

Desesperado, ele soltou um suspiro. Será que o tinham reconhecido? Ele teria que ir embora novamente?

– Você não era vizinho da minha tia-avó Maria Joana? – perguntou o carro vermelho.

Aliviado, o futuro Doutor Hudson sorriu. Um novo capítulo de sua vida começava.

345

DEZEMBRO 3

Enrolados

Cabelos para toda obra

Rapunzel tinha uma cabeleira encantada. Bastava tocá-la para sarar de uma doença. Ou para recobrar sua juventude! Era por isso que Mãe Gothel tinha sequestrado a menininha logo depois de ela nascer: Mãe precisava de Rapunzel por perto para não envelhecer mais... É claro, Rapunzel não podia partir. Então, Mãe Gothel prendeu-a em uma imensa torre, criou-a fazendo-se passar por sua mãe e dizendo que o mundo era repleto de

perigos. Os anos se passaram e Rapunzel se tornou uma bela jovem. Viver em uma torre já não era suficiente para ela!

No entanto, Rapunzel não se entediava. Ela varria o chão, tocava violão, penteava seus longos, longos cabelos... Mas, o que ela mais gostava de fazer era pintar, sobretudo a paisagem que via de sua janela!

– Amanhã vou fazer dezoito anos – disse ela, uma manhã, para Pascal, seu camaleão de estimação. – De presente, vou pedir a minha mãe que me deixe sair para ver as belas lanternas que aparecem no céu todo ano no dia do meu aniversário! Quero descobrir por quê!

A pobre estava longe de imaginar que eram seus verdadeiros pais que faziam aquilo para honrar a memória de sua filha sequestrada...

– Rapunzel, seus cabelos! – chamou, então, Mãe Gothel, no sopé da torre sem portas.

– Agora mesmo!

A jovem se inclinou em sua janela. Ela desenrolou seus longos cabelos até o chão. Mãe Gothel se agarrou a eles e Rapunzel puxou a mãe para cima auxiliada por um gancho preso à torre.

– Ei, puxe!

Era muito difícil... Mas Rapunzel não ousava se queixar.

– O que você tem? Deve ficar cansada, com a força... – observou, então, Mãe Gothel chegando à torre. – Eu tenho que subir todos os dias para ver você!

– Não se preocupe, Mãe! – respondeu educadamente a jovem. – Não é nada, com meus cabelos...

– Nesse caso, você podia me puxar mais rápido, Rapunzel!

A jovem ergueu uma sobrancelha, perplexa. Mãe Gothel estava de brincadeira?

– Vamos, minha querida! Estou brincando, vamos lá! – riu a última.

Ufa! Rapunzel ficou um pouco aliviada. Porque, do contrário, seria muito injusto! Tudo bem, ela tinha sorte de ter cabelos fantásticos para toda obra... Mas sofria bastante para puxar sua mãe pela janela!

A chegada de Buster

Era manhã de Natal, e os brinquedos, muito angustiados, esperavam no quarto para saber quais presentes Andy tinha ganhado. Mais uma vez, o Exército Verde tinha se estendido discretamente pela casa. Enfim, três dos soldados enviados para a sala fizeram seu relatório pelo rádio:

– É um filhotinho! – murmuraram eles enquanto, diante da árvore, Andy morria de alegria, com o animal entre as mãos.

– Um filhote? Que catástrofe! – disse Woody para os outros brinquedos espantados. – Vocês sabem o que é?

– Han... Não, nunca ouvi falar – respondeu Buzz Lightyear.

– Bem, digamos que é uma espécie de brinquedo vivo. As crianças amam os filhotinhos. Eles remexem, correm, latem, mas não precisam de pilhas; é preciso dar-lhes de comer e de beber, como os humanos. O que é muito irritante é que os animais morrem, além disso, mastigam tudo o que encontram!

– Como o cachorro de Sid? – gaguejou Rex, o dinossauro.

Sid, o antigo vizinho de Andy, costumava deixar seu cachorro brincar com seus brinquedos, que saíam da experiência num estado lamentável!

– Não se preocupem, amigos – tranquilizou-os Bete, a pastora. – Andy não deixará ninguém nos fazer mal. Ele sempre cuidou muito da gente.

Muito agitados, os brinquedos retomaram seus lugares em silêncio. Apesar da intervenção da pastora, o futuro parecia sombrio!

De repente, Andy voltou para o quarto, com o cachorrinho nos braços. Ele o colocou sobre a cama, mas o pequeno pulou para o chão derrubando Woody! Em seguida, ele começou a farejar os brinquedos um por um...

A mãe de Andy apareceu, então, com uma cesta com a inscrição "Buster".

– Não acho que seja uma boa ideia deixar Buster dormir em seu quarto – disse ela para Andy.

– Prometo que ele vai se comportar!

– Tudo bem. Mas se der qualquer problema, e ele vai para a lavanderia...

Andy colocou o cachorrinho em sua cesta e ordenou: "Deita!", e Buster se deitou. Mas assim que ele saiu do quarto, o cãozinho deixou sua almofada para segui-lo!

Os brinquedos se entreolharam, Woody e Buzz começaram a pensar. Pouco importa o que fariam: estava fora de questão deixar Buster mordiscá-los, ou deixá-lo reinar na casa!

DEZEMBRO 5

O PIQUENIQUE

– Capitão? – Barrica bateu suavemente na porta do Capitão Gancho. Não houve resposta. Ele entrou.

– É o café da manhã, capitão.

– Estou sem fome! – respondeu Gancho. – Vá embora!

– Mas capitão, você tem que comer.

Barrica estava agitado. Fazia dias que o capitão não comia. Na verdade, ele nem tinha saído da cama!

– Sei que você está mal por causa de Pe... do menino voador – consertou ele. – E do croco... do réptil que faz tique-taque.

O Capitão Gancho estava furioso, Peter Pan tinha ganhado dele mais uma vez e, além do mais, tinha mandado o crocodilo atrás dele.

– Mas faz uma semana que não temos novidades. Acho que a costa está livre.

O Capitão Gancho ficou em silêncio. Barrica pensou um minuto.

– Sei como levantar seu moral! Vamos fazer um bom e velho piquenique!

De novo, silêncio do Capitão Gancho.

– Ah, ah, ah! Não se pode recusar!

Barrica saiu para o convés.

– Um piquenique na Lagoa das Sereias seria perfeito! – Barrica cantarolava enquanto preparava

sanduíches de arenque (os preferidos do Capitão Gancho). Era o dia do capitão! Ele ia fazer tudo para que Gancho se divertisse, quisesse ele ou não!

Assim que tudo ficou pronto, Barrica chamou Gancho:

– É hora de ir, capitão!

Um momento depois, o Capitão Gancho apareceu na ponte.

– Está bem – resmungou ele. – Mas eu sei que não vou me divertir!

Barrica colocou o barco na água e Gancho subiu nele.

Quando se acomodou, Barrica apanhou a cesta de piquenique.

De repente, ouviu-se um barulho. Tique-taque, tique-taque, tique-taque...

– Barrica! – gritou Gancho. – Ajude-me!

Barrica deu uma olhada ao lado do barco. O crocodilo estava quase abocanhando o capitão com barco e tudo!

Em pânico, o marinheiro jogou a única coisa que tinha em mãos: a cesta do piquenique. Que foi parar bem na goela aberta do crocodilo. O animal encarou Barrica surpreso e, sem um som, se virou na água e foi embora.

– Meu piquenique! – gritou Barrica. – Meu apito!

– Da próxima vez que tiver ideias para me animar – disse o capitão –, guarde-as para você!

Enrolados

DEZEMBRO 6

UM ANIVERSÁRIO COMO SE DEVE

Rapunzel se tornou uma bela jovem. Ela cresceu, escondida em uma alta torre, sem saber que Mãe Gothel não era sua verdadeira mãe e que ela apenas a havia sequestrado quando era um bebê para ficar próxima do poder de seus longos cabelos dourados... Assim, Mãe Gothel ia todos os dias tocá-los, para não envelhecer mais! Mas Rapunzel também não sabia disso. Ela achava que Mãe Gothel a mantinha em sua torre por amor, para protegê-la dos perigos da floresta. Mas a malvada só temia perder a magia da cabeleira encantada da jovem!

Então, Rapunzel se contentava em ver a paisagem pela janela, e se perguntava o que eram as lanternas que pairavam no céu em cada um de seus aniversários. Ela queria desvendar o mistério e, como no dia seguinte ela faria dezoito anos, ela já sabia que presente pediria a Mãe Gothel.

— Mãe, no meu aniversário, só quero um presente...

Rapunzel hesitou. Pascal, seu camaleão, a encorajou com um gesto. A menina, então, continuou:

— Então, eu gostaria que você me levasse para ver essas luzes que flutuam.

— Inútil — resmungou Mãe Gothel. — São estrelas.

— Não, as estrelas não se movem! — protestou Rapunzel. — Preciso ir vê-las, Mãe. E não apenas de minha janela, mas pessoalmente. Preciso saber o que são.

— Minha pobre criança! Você, tão delicada, deixar a torre? Você não imagina! Lá fora há selvagens que querem lhe fazer mal! Você ainda não está pronta.

— Mas...

— Não insista. Só quero o seu bem. Para um aniversário como se deve, não falemos mais desse presente besta! Acha que sua mamãe a deixaria sair em

meio a bandidos, areia movediça, cobras e doenças?

Rapunzel se calou. O lado de fora parecia ser tão apavorante que ela entendia que sua mãe quisesse protegê-la. Então, ela abraçou Mãe Gothel, que sorriu de lado, sem Rapunzel ver:

— Está vendo só? Amo muito você, minha querida!

E Mãe Gothel acariciou os longos cabelos preciosos de Rapunzel...

"No fim das contas, o que mais posso querer?", perguntou-se Rapunzel. "Tenho tudo com o que posso sonhar aqui. Se eu sair, o que mais vou encontrar além de chateação? Para um aniversário como se deve, é melhor não pedir demais..."

E Rapunzel suspirou de novo. Contentar-se com o que se tem talvez seja bom... mas não vou chegar muito longe assim!

349

DEZEMBRO 7

A Turnê Motorama

Flo olhava o palco onde acontecia o espetáculo Motorama. A visão do palco, banhado pela luz brilhante dos holofotes, era magnífica – toda aquela multidão, aquela mística, aquele *glamour*! A Turnê Motorama era um famoso *show* que ia de estado em estado para expor modelos excepcionais de carros. Se a turnê passasse perto de sua casa e você comprasse um ingresso certamente teria uma noite fabulosa.

Estrela do *show*, Flo tinha seu fã clube, e todo mundo admirava seus cromados brilhantes e seus para-lamas elegantes. Ela era, sem dúvida, de cair o queixo. Todos lá fora esperavam conseguir um autógrafo seu...

Mas apesar de levar uma vida de sonhos Flo estava cada vez mais entediada. É claro, o luxo e a fama eram uma experiência maravilhosa, e muitos carros dariam tudo para participar daquele *show*. Mas ninguém se dava conta de que o preço a pagar era muito alto, tão alto que Flo tinha, às vezes, a impressão de ser uma prisioneira. Porque era preciso ficar atenta para não riscar ou bater, aceitar não rodar a não ser do caminhão de transporte para o palco e vice-versa, e não ver nada dos lugares por onde passava, a não ser a imensa tenda da exposição. O pior de tudo era a apresentadora da turnê, a sra. Victoria. Velha dama muito distinta, ela tinha estabelecido a lista com as cinco regras que proibiam Flo e as outras garotas de fazerem qualquer coisa fora do palco.

As regras eram:
• Nada de ocupações fúteis.
• Nada de pensamentos inúteis.
• Só beber gasolina sem chumbo! (Atenção para a cintura, por favor, garotas!)
• Dormir, no mínimo, oito horas por noite.
• Está proibido passear EM QUALQUER LUGAR!

Dá para imaginar por que Flo e suas amigas comemoraram (discretamente) o dia em que a sra. Victoria, cuidando do *show* em Ornament Valley, se sentiu de repente muito mal? A turnê estava chegando, então, em um vilarejo chamado Radiator Springs.

Nenhum membro do *show* já tinha ouvido falar do lugar. "Será que encontrariam um médico?", as garotas se perguntaram. E, além disso, será que, enfim, depois de tantas horas de viagem e de trabalho, elas conseguiriam se divertir um pouco?

O "treinamento" de Buster

Dezembro 8

Na manhã de Natal, os brinquedos tinham conhecido Buster, o cãozinho que Andy tinha ganhado de presente. Só de ver como ele começava a desobedecer seu pequeno dono, todos estremeceram! Cada um deles já se via impiedosamente sendo arrastado na terra antes de ser lançado pelos ares e mordiscado... O que fazer?

– Vamos começar ensinando boas maneiras a ele! – sugeriu Buzz, o Patrulheiro do Espaço. – E, se não funcionar, uso o meu *laser*!

– Boa ideia! – aprovou Woody. – Ao menos a respeito das boas maneiras. Buster deve aprender a obedecer.

Todos começaram a pensar em uma estratégia. Como fazer Andy treinar Buster?

– Só temos que imaginar todas as besteiras que um filhote faria e fazer antes dele! – exclamou de repente Woody.

– Eu posso derrubar sua comida e sua água no chão – propôs CR, o carro de controle remoto.

– Eu posso roer um pouco os móveis – disse Buzz. – Como se Buster os tivesse mordido...

– E nós vamos desorganizar tudo! – concluiu Bete, a pastora. – Vai ser muito fácil!

O plano parecia perfeito, mas, na hora de colocá-lo em prática, o filhote pulou no quarto e "Au!", antes que os brinquedos tivessem tempo de se esconder, ele abocanhou alguns para balançá-los e depois soltá-los! Em um instante, bonecos, carros e ursos de pelúcia tinham ido parar em todas as direções. Afobado, CR recuou e virou sem querer os pratinhos de água e de comida do cachorro. Quanto a Buzz, ele saiu voando para ajudar Rex, que Buster acabava de agarrar e que tentava se soltar.

Alertada pelo barulho, a mãe de Andy entrou, então, no quarto e soltou um grito.

– Andy! – chamou ela. – Eu avisei! Esta noite, Buster vai dormir na lavanderia!

O menino se juntou a ela e observou o quarto. Ele estava em uma bagunça indescritível! Triste, ele passou algumas horas arrumando tudo e reorganizando seus brinquedos nas prateleiras. Enfim, na hora de ir para a cama, tentou convencer sua mãe:

– É muito triste ter um cachorro e não poder dormir com ele, Mamãe!

– Mas você tem Woody e Buzz, meu querido – respondeu ela, gentilmente.

– Sim, mas eles não são macios e quentinhos como Buster!

E ele soltou um suspiro que partiu o coração dos brinquedos desolados...

351

DEZEMBRO 9

Enrolados

Não se pode dividir tudo

Enquanto Rapunzel, presa em sua torre, se preparava para comemorar seu aniversário, Flynn, o ladrão, se escondia na floresta com o produto de seu roubo... e seus dois cúmplices do dia: os irmãos Stabbington. De repente, eles pararam diante de um cartaz de procurados, pregado em uma árvore, Flynn franziu as sobrancelhas.

– Ei, esse sou eu? Não parece nada comigo! Não, mas você viu o nariz que desenharam em mim? É um escândalo! Eu sou muito mais bonito de verdade!

– Quem se importa, Flynn! – retrucaram os Stabbington. – Precisamos dar o fora!

Mas era tarde demais, os soldados do rei já desciam a colina. Os bandidos deram no pé, mas logo se depararam com um muro de pedra: um beco sem saída! Eles só tinham um meio de escapar: ultrapassar o obstáculo! Flynn se voltou para seus cúmplices.

– Façam uma escadinha com as mãos, rapazes! Quando eu estiver lá em cima, puxo vocês.

Os irmãos Stabbington, então, desconfiaram. Flynn tinha a reputação de ser um grande desonesto, astuto como uma raposa, esperto que só ele! Eles balançaram a cabeça.

– Está achando que somos idiotas, Flynn? Se você quiser que a gente faça escadinha, passe para cá a sacola com o roubo, para o caso de você ter a ideia de ir embora sem dividir!

– Ah, bravo! Estou vendo que a confiança reina! – Flynn fingiu se ofender. – Quando penso em tudo o que passamos juntos... Perfeito. Aqui está a sacola! Vocês me ajudam agora?

Os Stabbington aceitaram e, graças a eles, Flynn escalou o obstáculo num segundo. Depois, eles pediram a Flynn que os ajudasse a subir, mas o ladrão recusou gargalhando.

– Desculpem, rapazes, estou com as mãos ocupadas! – E balançou a sacola diante deles.

Os Stabbington ficaram furiosos. Flynn tinha conseguido tomar a sacola deles sem que percebessem!

– Vocês têm razão, não pretendo dividir! – acrescentou Flynn fugindo. – Boa sorte na prisão!

Ele se perdeu na floresta, mas os soldados já estavam atrás dele, e ele não tinha mais ninguém para ajudá-lo a ultrapassar os obstáculos...

"Estou com o fruto do roubo todo para mim, mas tenho que fugir sozinho!", pensou Flynn. "Que pena que, entre os ladrões, não se possa dividir os problemas sem dividir os ganhos!"

352

Dezembro 10

Uma pausa bem-vinda

A sra. Victoria tinha sempre sido de uma distinção impecável. Então, no dia em que as meninas a viram soltar atrás de si, e de modo muito regular, espessas nuvens de fumaça escura, elas sabiam que algo estava errado!

– Mitch! Estou me sentindo mal! Vamos parar no próximo vilarejo! – pediu a sra. Victoria, cujo tom naturalmente verde tinha ficado acinzentado.

Mitch era o imenso caminhão que transportava as meninas da Turnê Motorama: Flo, Laverne, Rhonda e Sheila.

– Sim, madame! – respondeu ele.

Eles entraram em um vilarejo charmoso e procuraram um médico.

– Radiator Springs! – leu a sra. Victoria em uma placa. – Esse lugar aparece no mapa? Uma nova nuvem de fumaça escura saiu de seu escapamento.

– Desculpe! – ela se apressou em dizer, muito sem jeito.

Meia hora mais tarde, a pobre dama estava suspensa no elevador do consultório de Doc Hudson. As meninas a esperavam do lado de fora. Depois de um momento, o médico anunciou:

– Vão ter que passar a noite na cidade, senhoritas. A sra. Victoria precisa de um tanque de gasolina novo.

As meninas foram desejar melhoras para a apresentadora.

– Vocês vão se virar sem mim? – perguntou ela, preocupada.

– Sim, senhora!

– Não falem com estranhos – continuou a sra. Victoria. – Prestem muita atenção nos cruzamentos! E nada de passeios!

– Nem acredito que estamos livres esta noite! – exclamou Laverne alguns minutos mais tarde. – O que vamos fazer?

– Vamos nos divertir? – propôs Flo.

As outras meninas gargalharam. A primeira coisa que fizeram foi tomar uma gasolina bem gordurosa (e que se explodissem as calorias!). Depois, procuraram um tal de Ramone, pintor especializado em decoração de carrocerias.

– Ah, eu sempre sonhei em ter uma coisinha pintada na lateral! – confessou timidamente Sheila.

– Então, você está no lugar certo! – disse Ramone pintando uma delicada espiral nela.

– E agora, aonde vamos? – perguntou Rhonda.

– O que acham de um passeio? – propôs Ramone.

As meninas gelaram. Elas já tinham furado a maioria das regras ditadas pela sra. Victoria.

– Vamos lá! – exclamou Flo. – No fim das contas, só se vive uma vez!

E, com Ramone ao seu lado, ela e as amigas andaram suavemente pelas ruas da cidade a noite toda!

353

DEZEMBRO 11

Enrolados

Uma grande menina

Flynn, o ladrão, fugia pela floresta. Em sua sacola, estava o fruto precioso do roubo: a coroa real! Era por isso que os soldados e os arqueiros estavam atrás dele... Até Maximus, o cavalo do capitão da guarda, queria pegar o bandido. Mas Flynn era esperto. Ele se agarrou a uma trepadeira, desequilibrou o capitão e pulou para seu lugar no lombo de Maximus! Só que o cavalo não lhe dava ouvidos. Ele se recusava a seguir e tentava recuperar a sacola do ladrão. De tanto brigarem, os dois inimigos acabaram caindo de uma árvore e rolando precipício abaixo. Ninguém tinha ficado ferido, mas Flynn aproveitou para dar no pé. Levando a sacola com ele, é claro! E, pouco depois, entre os despenhadeiros, ele descobriu encantado o esconderijo ideal: uma torre imensa, perdida no coração de um vale desconhecido.

– Não tem nem porta! – observou ele. – Aqui, pelo menos, vou estar protegido!

Com a ajuda de duas flechas, ele subiu então pela parede íngreme. Quando chegou no topo, entrou pela janela aberta... e *bum*! Recebeu uma bela frigideirada na cabeça! Era Rapunzel, a jovem de cabelos mágicos, que tinha acabado de golpeá-lo. Ela morava na imensa torre e, por causa das histórias horríveis que Mãe Gothel lhe contava, ela desconfiava de tudo que vinha do exterior...

– Esse intruso não tem nada de monstro! – espantou-se ela, no entanto, ao observar Flynn estendido inconsciente no chão. Ele até que é bem charmoso. Mas, no fim das contas, nunca se sabe! E, rapidamente, Rapunzel arrastou Flynn até seu guarda-roupa e o trancou lá dentro!

– Ah! Ah! – exclamou ela orgulhosa. – E dizer que Mãe debocha de mim quando peço para sair da torre. Ela me trata como uma pequena desmiolada, me repete que sou muito nova para me defender dos perigos do mundo exterior! Mas me tornei uma grande garota agora. A prova: consegui capturar um desconhecido sozinha!

Balançando a frigideira, *blan*! Bateu-a em sua própria cabeça!

– Oh! – gemeu ela, chateada. – Ainda bem que Mãe não viu isso. Porque uma jovem desajeitada pode passar por uma... pequena desmiolada!

Dezembro 12

Pacto com Buster

Na noite de Natal, Andy estava tão decepcionado por não poder ficar com Buster, seu cachorrinho, junto de si que só conseguiu dormir depois de chorar muito. Chateados por vê-lo tão infeliz, os brinquedos também passaram uma péssima noite. Woody, que amava profundamente Andy, não parava de tentar encontrar uma solução. Como fazer para que o filhotinho vivesse e dormisse no quarto sem que os brinquedos vivessem um pesadelo?

No dia seguinte de manhã, assim que Andy desceu para a cozinha, o caubói aproveitou para reunir seus amigos.

– Pessoal, nós não fomos muito espertos. Não quero que Andy continue tão triste, e vocês também, não é? No fim das contas, nós estamos aqui para fazê-lo feliz, não é?

– Sim, mas e se o filhote acabar com a gente? – perguntou Rex, traumatizado com a ideia de se imaginar roído em um canto.

– Se ficarem em suas estantes, ele não poderá alcançá-los – respondeu Woody. – Buzz e eu somos os únicos a correr perigo, já que dormimos na cama. Nós daremos um jeito de nos proteger, e é isso.

Os brinquedos fizeram, então, o que haviam combinado. Assim que Andy esquecia de guardar um deles, o brinquedo esperava que ele saísse do quarto para ir sozinho para seu lugar. Assim, Buster não podia pegá-los, lançá-los pelo ar e mordiscá-los.

Um dia, a mãe de Andy notou como o quarto do filho estava organizado, e como Buster, bem treinado, estava se comportando.

– Está vendo? Ele me obedece agora! E se você desse outra chance a ele? – pediu Andy.

Ela aceitou. Todo feliz, o menino levou de volta a cesta e os potinhos para o quarto.

Na primeira noite, deitado ao lado do filhote, Woody se perguntou preocupado se sua hora não havia chegado. Mas, a primeira vez que Buster quis farejá-lo antes de pegá-lo, Andy deu um tapinha em seu focinho e disse:

– Não, Buster! – E foi o suficiente: o cachorro recuou imediatamente e não recomeçou. Woody podia relaxar um pouco dali em diante!

Logo os brinquedos entenderam que Buster não era nada malvado, só novo e afobado. Depois de treinado, ele se comportou gentilmente com todos os brinquedos, e Woody logo se tornou um de seus melhores amigos!

355

Dezembro 13

Paixão em Radiator Springs!

Na noite de sua parada inesperada em Radiator Springs, as beldades da Turnê Motorama tinham aceitado passear com Ramone. Lado a lado, eles tinham andado toda a noite contando suas vidas uns para os outros. Depois, um pouco antes do nascer do sol, Ramone teve uma ideia:

– Nada é mais bonito do que o nascer do sol em Ornament Valley! Vamos assisti-lo no para-choque do Willy!

As garotas estavam maravilhadas, Flo principalmente. Que pena que logo seria preciso retomar a estrada...

– Fiquei muito feliz em conhecê-lo, Ramone – disse Flo com tristeza quando voltaram para a cidade. – Foi muito boa a nossa noite!

– Fique sempre tranquila, minha bela. É o segredo da felicidade – respondeu ele também triste ao vê-la indo embora.

Assim que ficaram sozinhas, as garotas repassaram todos os detalhes antes de ir buscar a sra. Victoria.

– Puxa! – disse Laverne para Flo. – Você está com um arranhão atrás!

Desesperada, ela buscou a ajuda de Ramone.

– É sem dúvida meu dia de sorte! – disse ele com os olhos brilhantes de alegria.

Quando viu que Flo parecia muito chateada, acrescentou:

– Como posso ajudá-la?

– Estou com um arranhão! – explicou ela.

– Não posso fazer nada – anunciou Ramone.

– Por quê? – chateou-se Flo. – Não sou bonita o bastante para que você me pinte?

– Não, pelo contrário! Você é bonita demais para ser pintada! A propósito... a propósito, ouso perguntar: você não quer ficar aqui comigo em Radiator Springs? – indagou ele timidamente.

Flo não precisou pensar muito; apenas um olhar, na noite anterior, havia feito com que ela compreendesse que Ramone era o companheiro com que ela sempre havia sonhado!

– É claro, bonitão! – exclamou ela, então, toda feliz.

Alguns minutos mais tarde, suas amigas vieram buscá-la.

– Está pronta? – perguntou Rhonda. – A sra. Victoria se curou, ela nos espera para irmos.

Flo sorriu.

– Sinto muito, mas eu não vou. Decidi encerrar minha carreira aqui, em Radiator Springs.

– Mas por quê? – espantou-se Laverne.

– Digamos que eu recebi uma proposta melhor – explicou Flo com uma piscadela apontando Ramone.

As garotas entenderam e desejaram a maior felicidade do mundo para a amiga! E tudo o que Flo tinha a dizer era que aquele desejo estava muito bem realizado!

Enrolados

Quem enganou quem?

Rapunzel estava muito contente. Um forasteiro tinha entrado pela janela da torre e ela tinha conseguido golpeá-lo e prendê-lo no armário. O melhor era que ele tinha uma sacola, e, nela, Rapunzel encontrou um objeto que nunca tinha visto: uma magnífica coroa de ouro cheia de pedras preciosas!

– Para que pode servir este negócio? – disse ela intrigada.

Era grande demais para ser uma pulseira, não era prático para ser um colar, mas na cabeça, até que ia bem... pensou a menina diante do espelho, quando Mãe Gothel chamou do sopé da torre sem portas:

– Rapunzel! Seus cabelos!

Rapidamente, Rapunzel escondeu a coroa. Depois, lançou sua imensa cabeleira encantada pela janela para que Mãe Gothel pudesse subir na torre.

– Surpresa! – exclamou a malvada. – Esta noite, vou fazer sua sopa favorita!

– Eu também tenho uma surpresa – murmurou Rapunzel olhando para o armário. – Você diz que eu não posso sair da torre porque não vou saber me virar com os perigos do mundo sozinha, e que isso a preocupa, Mãe... Pois pode ficar tranquila, acabei de me defender de um des...

– Chega! – urrou de raiva Mãe Gothel. – Você não vai sair desta torre, nunca!

Rapunzel estava em choque. Ela entendeu, de repente, que Mãe Gothel queria mantê-la prisioneira para sempre! Mas a jovem não se deixou intimidar. Ela ia forçar Mãe Gothel a ir embora para poder fugir. E choramingou:

– Oh, é claro. Só queria dizer que, em vez de sair da torre, adoraria mil vezes mais se ela fosse pintada daquela tinta branca das conchas para o meu aniversário.

Mãe Gothel franziu o cenho. Para fabricar aquela tinta, era preciso ir buscar a tinta em uma costa distante, a três dias de caminhada. Mas, por outro lado, se Rapunzel não queria mais sair...

– Sim. Prefiro ficar aqui em segurança e ter a tinta que falta para terminar minhas pinturas – insistiu a jovem.

– Negócio fechado – aceitou Mãe Gothel.

E ela se foi, sorrindo, pois tinha enganado Rapunzel de jeito! Do alto da torre, Rapunzel a via se afastar, sorrindo, ela também tinha enganado Mãe Gothel de jeito...

DEZEMBRO 15

Mate salva o Natal

A luz da manhã fazia brilhar a neve que cobria as ruas de Radiator Springs, quando Mate entrou alegre no café da Flo.

– Olá, todo mundo! Já terminaram as cartas para o Papai Noel?

Flo, Doc, Sargento, Ramone e Relâmpago hesitaram um pouco antes de responder "Sim!" em coro para o amigo.

– Demais! Eu vou colocar a minha no correio e já volto!

– Vamos lá, Mate – riu Chick Hicks, que tinha acabado de chegar. – Não me diga que ainda acredita no Papai Noel!

Relâmpago se aproximou do inimigo cheio de suspeita:

– O que você veio fazer aqui exatamente?

– Eu? Estou de férias por essas bandas, só isso... – respondeu Hicks com um sorriso maldoso.

Naquele instante, Xerife entrou, agitado:

– Más notícias, pessoal! Todas as estações de provisões da região foram sabotadas, e a gasolina desapareceu!

Os habitantes de Radiator Springs se olharam com espanto.

– Sem gasolina, os caminhões do correio não poderão entregar as cartas ao Papai Noel! – exclamou Mate. – E se ele não receber as cartas, nada de presente! Encha meu tanque, Flo; já que é assim, eu mesmo vou entregar!

Flo se dirigiu para a bomba, mas logo ela percebeu que estava vazia!

– Ora! Eu também fui roubada!

Todos se aproximaram, e Xerife só pôde constatar a evidência.

– Dê uma passada na minha casa! – cochichou, então, discretamente Fillmore para Mate.

Alguns minutos depois, o reboque chegou e Fillmore pôde encher seu tanque com a reserva especial de gasolina orgânica. Depois, estendeu uma carta para ele, sua carta para o Papai Noel!

– Ora! Eu não achei que você também acreditasse! – espantou-se Mate.

– Eu? Nunca deixei de acreditar! – Sorriu Fillmore.

Radiante, Mate voltou ao café para contar a seus amigos. Todos o olharam agitados. Será que deveriam dizer que a expedição que ele começaria tinha muitas chances de não dar certo?

– Eu vou com você – declarou de repente Relâmpago.

– Você? Mas você nem tem pneus para neve!

– A Casa cuida disso! – interveio Guido. – Luigi vai cuidar disso.

– Ótimo! – exclamou Mate assim que Relâmpago, bem equipado por seus amigos, saiu da Casa Della Tires.

Na estrada para o Polo Norte agora!

358

Uma noite muito animada

– É isso que eu chamo de ritmo! – gritou Matinhos marcando o tempo na canção de Marie.

Os gatos estavam aprendendo a improvisar.

– Você tem balanço! – ronronou Rei Gato quando Marie terminou sua canção. – Continue assim e vai fazer a casa inteira suingar no seu recital, na semana que vem.

Marie sorriu, feliz. Matinhos e seus amigos eram tão engraçados! Era muito legal que ele tinha ido morar com eles, na grande casa de madame de Bonfamille, em Paris.

E o *show* que se aproximava também a enchia de alegria. Todos os amigos de madame de Bonfamille estariam lá, e alguns de sua mãe e de Matinhos também. Haveria chá, crepes, salmão e leite fresco.

E não era tudo! Nenhum dos convidados conhecia o programa. Seria tudo uma surpresa, algo verdadeiramente inesperado.

Normalmente, Marie interpretava uma peça clássica de Brahms ou de Mozart, algo delicado e distinto. Mas não dessa vez! O dia do recital chegou por fim. Marie deu uma olhada atrás da cortina de veludo e sentiu seu coração bater mais forte. O salão estava cheio de homens, mulheres e gatos amantes de música, vindos de toda a Paris.

"Espero que eles gostem", pensou ela entrando em cena.

Rei Gato deu uma piscadela antes de tocar as primeiras notas no piano. Alguns convidados suspiraram, outros agitaram seus lenços.

"Tarde demais para desistir", pensou Marie.

Ela marcou o ritmo com a pata, inspirou profundamente e começou a canção.

Sua voz era forte e clara. As notas escorriam como mel. Madame de Bonfamille e os gatos sorriram e balançaram a cabeça no ritmo. No entanto, a maioria dos seres humanos pareceram não apreciar.

Rei Gato tocava animado as teclas de marfim do piano. A música endiabrada ressoava nas paredes do salão.

Marie soltou sua voz no refrão. Ela fechou os olhos e deixou a música levá-la. Quando os abriu, foi sua vez de ficar surpresa. Toda a plateia estava marcando o ritmo, batendo com o pé ou balançando a mão.

Que ambiente!

Marie fez um pequeno sinal para o Rei Gato a fim de indicar a batida final. Assim que ela terminou de cantar, os convidados ficaram de pé e aplaudiram muito Marie, a maior cantora de *jazz* entre os gatos!

Enrolados

DEZEMBRO 17

Uma questão de charme

Quando Rapunzel conseguiu se afastar de Mãe Gothel, ela decidiu fazer um grande favor para o forasteiro que tinha golpeado e trancado no guarda-roupa. Ela balançou sua frigideira, pronta para acertá-lo caso ele ficasse perigoso, depois, abriu a porta do móvel. *Bum!* O desconhecido caiu no chão. Rapunzel aproveitou para amarrá-lo em uma cadeira com seus imensos cabelos encantados.

— Veja só! — espantou-se o forasteiro. — Seu cabelo é de verdade?

— Fique tranquilo! — exclamou Rapunzel. — Você não me assusta! Por que você subiu na torre? Quem é você?

O jovem sorriu de repente. Um largo e incrível sorriso sedutor. Seu sorriso mais destrutivo. Mas Rapunzel continuou insensível. Ela não era tão boba quanto outras garotas! O intruso, então, disse:

— Eu me chamo Flynn, Loirinha!

— E eu me chamo Rapunzel, não Loirinha.

É claro, ela ignorava que Flynn era um ladrão que estava escondido em sua torre para fugir dos soldados, e que tinha acabado de roubar a coroa real!

— Onde está minha sacola? — perguntou, então, Flynn, decidido a recuperar seu tesouro.

— Eu a escondi. E você pode procurá-la e não irá encontrá-la nunca! — disse a jovem. — Tenho um negócio para propor, senhor Flynn.

Rapunzel mostrou-lhe um quadro que tinha pintado. Era possível ver as lanternas que pairavam no céu em cada um de seus aniversários.

— Amanhã à noite, poderemos ver essas lanternas no céu. Quero saber de onde elas vêm. Você me acompanha lá embaixo e, depois, me traz de volta para a torre, e eu lhe dou a sacola. Prometo, juro!

Flynn balançou a cabeça.

— Não posso aceitar. Não posso dar bandeira para os lados do castelo neste momento.

— Nesse caso, que seja; você nunca mais encontrará sua sacola!

Flynn refletiu. Sem saber o que fazer, ele tentou de novo conquistar Rapunzel. Dessa vez, ergueu as sobrancelhas, pestanejou, mas Rapunzel continuou congelada olhando-o fixamente. E logo foi ele que cedeu!

— Está certo, Loirinha. Vou levá-la para ver as lanternas.

Rapunzel estava radiante, mas, em segredo, ela daria tudo para saber se o charmoso Flynn tinha finalmente se deixado levar pelo charme dela... ou pelo da preciosa sacola!

A Princesa e o Sapo

Uma clandestina gulosa

Dezembro 18

Quando o sol brilha em Nova Orleans, a cidade inteira canta e dança! Era o que bastava para o pai de Charlotte querer dividir uma refeição com os amigos...

– Charlotte, querida – anunciou ele para a filha –, o que acha de irmos comer no restaurante de Tiana?

– Fantástico! – exclamou alegremente Charlotte. – Vou colocar meu vestido de seda cor-de-rosa, correndo!

A jovem não perdia nunca a oportunidade de ir visitar Tiana. As duas se adoravam! E, agora que Tiana tinha se casado com o príncipe Naveen e que eles tinham aberto um restaurante juntos, era ainda mais divertido!

– Espero que os pais de Naveen estejam lá! – soltou Charlotte pouco depois ao entrar no carro com seu pai. – Adoro conversar com um rei e uma rainha!

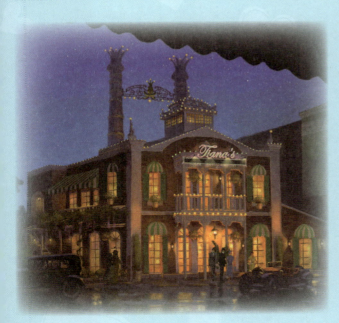

Enquanto iam pela avenida, ninguém notou a presença de Stella, que dormia no banco de trás. A pequena cadelinha de Charlotte acordou saltitando quando o carro estacionou diante do restaurante. Normalmente, ela se recusava a sair de casa, mas, dessa vez, ela latiu muito, pois reconheceu o delicioso cheiro dos bolinhos de Tiana. De repente, ela já não tinha vontade nenhuma de voltar para casa! Ao contrário, Stella correu discretamente para a cozinha do restaurante, nos fundos do prédio...

Enquanto isso, Charlotte e seu pai foram para a mesa de Eudora, a mãe de Tiana, que jantava em companhia dos pais de Naveen.

– Vou servir gumbo caseiro! – propôs Tiana.

No fundo da sala, Louis, o jacaré, e sua orquestra tocavam *jazz* em um ambiente animado. Charlotte aplaudiu.

– Vamos passar uma noite extraordinária! Só faltava Stella. Que pena que ela não gosta de sair de casa...

Pobre Charlotte! Ela nem imaginava o que estava acontecendo na cozinha. Stella estava tão feliz de estar lá que fazia caras e bocas a cada bolinho que o cozinheiro lhe dava!

– Temos uma clandestina gulosa na cozinha – riu ele. – Seu apetite me honra! Coma o quanto quiser, você será minha convidada!

E Stella latiu de alegria. Passageira clandestina no carro, gulosa clandestina na cozinha – no fim das contas, sair de casa até que era bom... pelo menos como convidada clandestina!

Dezembro 19

Enrolados

O mais esperto dos dois

Flynn queria recuperar sua sacola. A coroa que ele tinha roubado estava lá dentro! Mas Rapunzel só aceitou devolvê-la se ele a levasse aonde as pessoas soltavam as lanternas no céu. A jovem queria saber por que eles faziam isso e, muito teimosa, estava pronta para descobrir! A ponto de até mesmo fugir da torre sem portas de Mãe Gothel... e enfrentar os terríveis perigos do mundo exterior.

– Você vem, Loirinha?

Flynn deslizou pela janela usando suas flechas como degraus. Pendurada na janela, Rapunzel hesitou...

– Estou indo!

E suspensa em sua imensa cabeleira mágica, ela desceu. Pascal, seu camaleão, a acompanhou. Rapunzel era tão rápida que logo ela passou Flynn. Mas, quando chegou a alguns centímetros do chão, a jovem ficou petrificada. Ela tinha medo até de colocar os pés no chão. Quando, enfim, ela se decidiu...

– Oh! A grama é exatamente como eu imaginava! É fantástica! Posso correr, dançar, pular sem parar! Irrá! Tive coragem de sair da torre! Estou livre!

Rapunzel explorou os arredores, louca de alegria.

Ela cantou, maravilhada. Ao mesmo tempo, ela tinha a impressão de estar traindo Mãe Gothel...

E, sob o olhar espantado de Flynn, a jovem passou de repente do riso às lágrimas.

– É o dia mais bonito de minha vida! – soluçou ela.

Flynn era astuto. Ele enxergou ali uma chance de recuperar sua sacola sem cumprir sua parte do contrato. Ele sussurrou:

– Não se preocupe assim com sua mãe. Quando crescemos, entramos em conflito com os pais, é normal. Sua mãe vai ficar com o coração partido em mil pedaços que não poderão colar mais, mas é a vida.

– Oh, você acha? O coração partido?

– Em frangalhos!

Rapunzel fez uma careta. Flynn a acompanhava em direção à torre acrescentando:

– Escute, não podemos deixá-la nesse estado: aceito cancelar nosso negócio. Não, não me agradeça. Volte para casa, você me devolve a minha sacola e retoma uma relação de mãe e filha digna de confiança!

Rapunzel ficou imóvel de repente.

– Quero ir ver as lanternas – declarou ela em um tom firme. – E sabe o que mais? Estou prestes a morrer de remorso por isso. Então, não adianta tentar me fazer sentir culpada, espertalhão... pois eu sou culpada e sei muito bem disso!

362

DEZEMBRO 20

Mate salva o Natal (continuação)

– Pequeno Papai Noel, quando você roncar o motor no céu... – cantava Mate indo em direção ao norte. Relâmpago o seguia de perto, protestando contra a neve, que tornava o caminho extremamente difícil.

– Vamos, cante comigo! – encorajava Mate, muito animado.

Relâmpago tentava cantar, mas estava muito preocupado. Como reagiria Mate ao perceber que o Papai Noel não existia? E será que ele conseguiria consolá-lo?

Depois de dias e noites de viagem, eles chegaram a uma região deserta; estavam se aproximando de onde o Papai Noel morava. Uma noite, Mate, que seguia na frente, se deparou com uma placa indicando o Polo Norte.

– Chegamos – exclamou ele. – Veja, Relâmpago!

Esgotado, o campeão ergueu os olhos e congelou, arrebatado. No meio da paisagem desolada e glacial do polo, garagens incríveis, e minúsculos carros duendes se agitavam em toda velocidade iluminando a noite!

– Bem-vindos ao Polo Norte, senhores! – disse um veículo vermelho com o cromado brilhante, parado no meio da agitação.

– O Papai Noel! Você tinha razão, Mate – sussurrou Relâmpago.

Emocionado ao ver que os viajantes tinham feito o trajeto todo para levar as cartas de seus amigos, o Papai Noel teve, no entanto, que anunciar uma má notícia.

– Temo que o Natal não vá acontecer este ano, infelizmente... Minhas renas, aqueles automóveis especiais que me puxam no céu todos os anos, foram raptadas!

Arrasados, Relâmpago e Mate se olharam, até que o reboque revelou:

– Acho que foi Chick Hicks que pegou suas renas. Mas não entendo por quê.

– Elas tomam um combustível mágico que faz com que voem – explicou Papai Noel.

– É isso! – exclamou Relâmpago. – Chick Hicks queria a sua gasolina! Ele faria qualquer coisa para ganhar uma corrida...

– Vou rebocá-lo, Papai Noel! – propôs Mate. – O problema é que eu não voo, então chegaremos logo depois do Natal...

– Não se eu encher seu tanque com minha gasolina especial! – disse o Papai Noel.

– Mate, acho que vai conseguir mais uma vez realizar seu sonho! – exclamou Relâmpago.

– E vamos salvar o Natal! – concluiu Mate, todo alegre.

363

Dezembro 21

Cinderela
A magia do Natal

Cinderela estava encantada – a neve tinha começado a cair! Para seu primeiro Natal com o príncipe, ela não podia imaginar nada melhor.

– É fantástico! – disse ela para Jaq e Tatá, seus amigos ratinhos. – Nós só temos que decorar o castelo. Tudo deve estar perfeito para a festa desta noite. Vocês querem me ajudar?

– Com prazer, Cinderela! Por onde começamos?

A princesa pensou um instante.

– É claro, é preciso pensar numa guirlanda de Natal na porta de entrada. Também precisamos pendurar as meias na chaminé. E deixar nossos sapatinhos ao pé da árvore. Oh! A árvore!

Cinderela gargalhou antes de acrescentar:

– Quase esqueci a árvore, o mais importante! Vamos montá-la imediatamente diante da janela.

– Mas nunca vamos conseguir transportá-la – observou Tatá. – É pesada demais para nós três!

– Nada de pânico! – respondeu a princesa.

Então ela chamou sua fada madrinha, que apareceu bem no meio da sala cantarolando:

– Bibbidi-bobbidi-boo! Com um toque da varinha, transformo uma abóbora em carruagem... ou um galho em árvore de Natal! Deixe comigo, Cinderela. O resultado está garantido!

– Obrigada, madrinha! Enquanto isso, vou correr para buscar os enfeites!

Rapidamente, Cinderela subiu no sótão com Jaq e Tatá. Ela juntou todos os flocos de neve feitos de papel, as guirlandas de pérolas, as pinhas enfeitadas com laços. E, principalmente, a grande estrela de cartolina dourada! Eles levaram tudo orgulhosamente para a sala, onde encontraram uma árvore de Natal imensa, coberta de ouro e de diamantes. Não era mais possível ver os pinheiros... ou a neve pela janela!

– Oh, madrinha! – balbuciou Cinderela. – Esta árvore é muito maravilhosa, não nos resta mais nada a fazer!

A fada madrinha sorriu.

– Onde eu estava com a cabeça, minha criança? A magia do Natal é preparar tudo com o coração... Bibbidi-bobbidi-boo!

E upa! Uma árvore simples apareceu diante da janela. Cinderela ficou radiante. Agora, ela não escondia mais a paisagem, e eles puderam enfeitá-la como quiseram. Eles se divertiram à beça!

– Adoro quando preparamos o Natal juntos! – exclamou Tatá.

– Sim, não tem nada mais mágico! – aprovou, então, a fada madrinha.

E todos se abraçaram rindo.

Enrolados

Dezembro 22

Uma taverna de três estrelas

Rapunzel, enfim, teve coragem de deixar sua torre imensa! Ela seguiu o gatuno Flynn para que ele a levasse para ver as lanternas que se erguiam no céu. Ela bem que tentou esconder esse sentimento, mas estar do lado de fora a amedrontava. Mãe Gothel tinha contado tantas histórias terríveis sobre o mundo exterior! Por sorte, ela ainda levava consigo sua frigideira, para acertar monstros ou bandidos em caso de perigo... Só que qualquer barulho nos arbustos fazia Rapunzel levar um susto.

– O que é? Um bandido?

– Uma lebre sedenta por sangue! – debochou Flynn quando o animal saiu do arbusto.

Rapunzel corou de vergonha. Se ela continuasse assim, Flynn adivinharia que ela nunca tinha saído da torre! Em todo caso, o que Flynn já tinha entendido era que a jovem tinha medo de encontros ruins... E isso fez com que ele tivesse uma ideia para fazê-la voltar para casa! Ele propôs:

– Eu conheço uma taverna, na floresta. Um lugar muito bom para almoçar. Quer ir até lá?

– Ah, sim, obrigada! – logo aceitou Rapunzel, aliviada.

Então, eles tomaram imediatamente o caminho da taverna. Enquanto isso, Mãe Gothel voltava para a torre, pois ela tinha encontrado Maximus, o cavalo do capitão da guarda, no caminho e ficou com medo de que os soldados encontrassem Rapunzel. Ela entrou na torre por uma entrada escondida, que só ela conhecia, e ficou com uma raiva mortal quando viu que a menina não estava mais lá. Ao vasculhar o local, ela descobriu a sacola de Flynn sob uma das pranchas da escada e entendeu que Rapunzel estava com ele. Talvez ele a tivesse sequestrado! Sem hesitar, ela pegou uma faca afiada e foi em seu encalço...

Flynn e Rapunzel, por sua vez, finalmente, chegaram à taverna. O plano do gatuno funcionava maravilhosamente. Rapunzel estava apavorada! Só havia ladrões lá. E ladrões horríveis e grosseiros de verdade. Um deles até encostou em sua cabeleira dourada!

– Você está pálida, Loirinha! – disse, então, Flynn, encantado com a ideia de ter levado a delicada Rapunzel para aquela espelunca infame.

– Você não gostou daqui, é? Que pena, porque é uma taverna e de três estrelas, não há nada melhor.

– Sim, protestou a jovem. Tem a minha torre... É assim, sabemos sempre o que deixamos, mas não sabemos nunca o que vamos encontrar!

365

Dezembro 23

Feliz Natal, Buzz!

Era véspera de Natal, e no quarto de Andy, todos os brinquedos estavam felizes.

– Quando é que vamos poder descer para admirar a árvore? – perguntaram Slinky e Rex, impacientes como crianças.

– Vamos conferir se a barra está limpa – disse Woody. – Sargento?

O chefe do Exército Verde apareceu na hora.

– Vá lá para baixo e nos avise quando a barra estiver limpa! – ordenou Woody.

Alguns minutos mais tarde, a voz de Sargento ressoou no *walkie-talkie*.

– Tudo está calmo, podem descer!

Com excitação, os brinquedos foram para a escada e entraram na sala. Decorada com guirlandas e bolas coloridas e brilhantes, uma magnífica árvore de Natal erguia-se sobre vários presentes.

– Oh! Que beleza – exclamou Jessie.

– Que pena que a estrela do alto não esteja reta – observou Buzz. – Vou arrumar isso!

Na hora, o Patrulheiro do Espaço abriu suas asas e saltou, mas ele só conseguiu chegar a um galho no meio da árvore e caiu se enroscando no fio do pisca-pisca!

– Atenção! – reagiu Woody. – Uma lâmpada caiu sobre um embrulho! É preciso levantá-la, senão pode haver um incêndio...

Enquanto Buzz, um pouco sem jeito, estendia a mão em direção à lâmpada, uma mão cinzenta apanhou uma das caixas destinadas a Andy, e uma voz exclamou:

– Peguei você, Buzz Lightyear! Vou destruí-lo!

Era o imperador Zurg, o inimigo número 1 de todos os Buzz Lightyears! Rapidamente, ele saiu do pacote e começou a bombardear Buzz com sua arma carregada de balas de plástico.

– Largue essa espada de *laser* e renda-se! – resmungou o vilão.

– Ahn... não é uma espada de *laser*, mas um enfeite de Natal – tentou explicar Buzz. – E você é um brinquedo, não o verdadeiro imperador Zurg!

Mas Zurg, convencido de que era uma armadilha, não quis ouvir nada! Vendo que ele ia acabar derrubando tudo, Woody interveio:

– Slinky? Enrole-se ao redor dele, rápido!

O cachorro de mola obedeceu rapidamente. Woody tirou então as pilhas do imperador, que parou na hora. Enfim, os brinquedos o colocaram de volta em sua caixa de presente.

– E amanhã? – perguntou em seguida Woody para Buzz. – Você vai aguentar tê-lo constantemente atrás de você?

– Com vocês do meu lado, vamos encontrar mil maneiras de impedi-lo de causar transtornos! Feliz Natal, Woody! – sorriu Buzz.

– Feliz Natal, Buzz!

Disney Princesa

Cinderela

DEZEMBRO 24

A MAIOR DAS FELICIDADES

Cinderela tinha de se apressar, pois o príncipe logo voltaria para festejar a noite de Natal!

– Espero que tudo esteja perfeito – desejou ela.

Felizmente, ela pôde contar com a ajuda da fada madrinha e de seus amigos fiéis, os ratinhos Jaq e Tatá. Eles já tinham enfeitado a árvore. E também pendurado as guirlandas nas paredes. Agora, Cinderela tinha de pensar no presente do príncipe.

– Já sei! – disse a Fada.

E bibbidi-bobbidi-boo! Ela fez aparecer um belo par de botas de equitação incrustadas de diamantes.

– É realmente muito bonito – admitiu Cinderela. – Mas isso não foi ideia minha...

A fada madrinha balançou a cabeça, sua afilhada tinha razão. Um presente que ela tivesse escolhido sozinha para o príncipe tinha mais valor do que qualquer joia do mundo!

– Eu gostei das botas com os diamantes – observou Tatá, com os olhos brilhando.

– Vou me ocupar do presente agora mesmo – decidiu, de repente, Cinderela. – Vou fazer os biscoitos preferidos do príncipe!

E todos a acompanharam até a cozinha, entoando alegres cantos natalinos. Enquanto a princesa preparava a massa, a fada madrinha pronunciou sua fórmula mágica e um biscoito gigante apareceu! Cinderela gargalhou.

– O príncipe vai ficar doente se comer tudo isso!

– Mas não o Tatá! – exclamou o ratinho guloso.

A fada madrinha sorriu. Definitivamente, Tatá gostava de seus talentos mágicos! Mas ela tinha de confessar: a cozinha simples de Cinderela era muito saborosa... Mais tarde, o príncipe estava de acordo. O jantar de Natal estava uma delícia! Aquela noite, cada um sonhou com a surpresa que encontraria sob a árvore no dia seguinte de manhã. E, quando despertaram, ninguém ficou decepcionado. Jaq ganhou um novo gorro. Tatá, um saco cheio de guloseimas. A fada madrinha, um lenço bordado. Para Cinderela, o príncipe pintou um retrato de seus amigos. Para o príncipe, Cinderela pintou um retrato de seu cavalo adorado.

– Oh, obrigado! – exclamaram eles em uníssono. – Você me deu a maior das alegrias!

– Um presente que vem do coração é sempre melhor – admitiu a fada madrinha. – Assim, a magia do Natal será sempre mais potente do que a minha!

E todos se abraçaram naquela manhã de Natal abençoada: a pequena família reunida alegre e de bom humor.

DEZEMBRO 25

MATE SALVA O NATAL (FINAL)

Durante a ausência de Mate e de Relâmpago, Xerife tinha colocado em prática um plano para capturar os ladrões de gasolina. Como acreditava que eles se escondiam na região, ele mobilizou os habitantes de Radiator Springs para patrulhar por todo lado. Ramone camuflou as carrocerias de seus amigos, Fillmore revitalizou todos eles, e Sally, com mapas diante dos olhos, dirigiu as operações.

Uma noite, Guido e Luigi, que dirigiam ao longo de um cânion, descobriram, enfim, o esconderijo da gangue, e perceberam que seu chefe era Chick Hicks. Mas eles não puderam avisar seus amigos. Capturados por duas sentinelas, foram levados para um abrigo onde estavam fechados uma dezena de carros, carros bem estranhos. Eram as renas do Papai Noel!

– Vocês chegaram um pouco tarde demais! – comemorou Chick. – Meu tanque está cheio de uma gasolina maravilhosa que permite que as renas voem. A partir de hoje, vou voar tão alto nas pistas que Relâmpago não poderá mais acabar comigo! E sabem o que é melhor? O Natal também acabou porque, sem as renas, o Papai Noel não poderá nunca entregar os presentes no mundo inteiro!

Naquele instante, um barulho de sinos ressoou. Os bandidos olharam para cima: eram Relâmpago e Mate, que, puxando Papai Noel, chegavam voando para libertar seus amigos!

Chick entendeu que ele tinha perdido a partida. Ele decolou a toda velocidade, mas Relâmpago, tão bom piloto no ar quanto na pista, não o deixou ir longe. E o inevitável aconteceu; ao tentar se desviar de uma montanha, Chick fez uma manobra ruim, não conseguiu se estabilizar e foi parar... em cima de um cacto gigante!

Algumas horas mais tarde, depois de ter entregado Hicks e sua gangue para a polícia do condado, todo mundo se concentrou em Radiator Springs. Os habitantes aclamaram Mate e Relâmpago, e o Papai Noel, enfim, atrelado às suas renas, se preparava para decolar para sua missão.

– Mate! – chamou ele de repente. – Eu me atrasei! Você se importaria de me ajudar a distribuir uma parte dos presentes que tenho que entregar esta noite?

Doc, Sally e Relâmpago se alegraram com o olhar maravilhado de Mate. E, quando eles o viram decolar ao lado das renas, perguntaram-se por um minuto se não era a alegria, além da gasolina mágica que o tinha feito voar!

368

Enrolados

Dezembro 26

A força dos sonhos

Que decepção para Rapunzel! Ela tinha enfim conseguido deixar sua torre, e eis que se encontrava em uma taverna cheia de bandidos horríveis... Mãe Gothel tinha razão, o mundo era muito perigoso para ela. Então, com o coração pesado, Rapunzel decidiu abandonar sua busca. Ela desistiu de descobrir de onde vinham as lanternas que voavam no céu, e pediu a Flynn, que a guiava pela floresta, a fim de levá-la para casa.

– Sem problemas, Loirinha!

Mas, assim que Flynn foi abrir a porta, um bandido bloqueou seu caminho balançando um cartaz de procurado: o exército prometia uma bela recompensa para quem entregasse Flynn, o ladrão da coroa de ouro!

– Vá avisar os soldados! – ordenou o bandido para seu cúmplice. – Essa recompensa vai me cair bem. Preciso justamente de dinheiro!

– Eu também! – exclamou o dono do albergue agarrando Flynn.

– E eu, então? – acrescentou outro bandido puxando Flynn para si.

– Calma, amigos – disse o último. – Tenho certeza de que podemos chegar a um acordo!

Rapunzel, morta de medo, balbuciou:

– Desculpem-me, senhores bandidos, mas eu preciso dele para me guiar...

Ninguém a escutou. Ela insistiu, mas, no albergue, ainda a ignoravam. De repente, Rapunzel, humilhada, esqueceu seu medo.

– Larguem-no! – gritou ela com raiva. – Repito que preciso de Flynn para me guiar! Sejam um pouco compreensivos! Quero ir ver as lanternas, vocês entendem? É meu sonho, eu tenho que realizá-lo! Vocês nunca tiveram um sonho?!

Todos ficaram boquiabertos. Quem podia acreditar que uma jovem frágil podia alcançar tamanha raiva? E, além disso, ela não estava errada!

– Eu queria tanto aprender a tocar piano – admitiu o primeiro malfeitor, emocionado até as lágrimas. – Eu sei, não pareço, mas sou sensível!

– Eu também! – emendou um bandido. – Eu sonho com um grande amor...

E, pouco a pouco, na taverna, cada um começou a descrever seus sonhos secretos! Flynn não conseguia acreditar em seus ouvidos. Ele murmurou:

– O pior não era aqueles bandidos ferozes confessarem que desejavam vender flores ou se tornar costureiros... Não, o pior era que Rapunzel era mais forte do que todos eles reunidos utilizando apenas seus sonhos como arma!

369

DEZEMBRO 27

O "Suingue da Cozinha"

Certa noite, Stella, a cadelinha de Charlotte, dormiu no carro sem que ninguém a notasse, no banco de trás. Pouco depois, quando o carro estacionou na frente do restaurante de Tiana, Stella acordou de repente. Nham! Havia um cheiro de bolinhos no ar! E a cadelinha entrou escondida na cozinha enquanto Charlotte e seu pai iam para a mesa jantar. Se eles soubessem que Stella estava farejando na cozinha, a levariam rapidamente para casa! Mas Stella teve sorte: ninguém pensou em avisar Tiana de sua presença lá... O problema foi que, no fim da refeição, Charlotte e seu pai foram embora sem Stella, que continuava se fartando na cozinha.

Mais tarde, o restaurante fechou e Louis, o jacaré, e sua orquestra de *jazz* pararam, então, de tocar. Depois dos clientes, era a vez de os músicos comerem. E Louis estava esfomeado! Ele queria tanto provar o novo gumbo de Tiana que correu para a cozinha lambendo os beiços. Stella, ao vê-lo entrar, morreu de medo e começou a latir. Ela não conhecia Louis, e imaginou que deveria proteger todo mundo daquele jacaré gigante! Atraídos pela barulheira, Tiana e o príncipe Naveen correram para a cozinha. Eles logo reconheceram Stella e entenderam o que estava acontecendo. Tiana se ajoelhou ao lado dela para acariciar suas orelhas.

– Corajosa, Stella! Você tem muita coragem para atacar assim um jacaré gigante. Mas não precisa ter medo. Este é Louis, meu amigo trompetista de *jazz*. Ele não nos faria nenhum mal!

Stella rosnou um pouco mais, de orgulho. Depois, estendeu as patas para sua tigela oferecendo a Louis para dividir seu gumbo com ela...

– Tudo bem! – aceitou Louis. – Vou improvisar uma canção em homenagem a sua coragem e sua lealdade a Tiana! Senhoras e senhores, este é meu próximo *hit*: o "Suingue da Cozinha"!

Naveen o acompanhou no uquelele e Stella dançou com as cozinheiras. A noite terminou em uma grande alegria! Mais tarde, Tiana e Naveen levaram Stella de volta para a casa de Charlotte. Tiana beijou-a para desejar boa noite.

– Obrigada por querer nos proteger, Stella! A partir de agora, Louis vai adorar tocar todos os dias o "Suingue da Cozinha" para nossos clientes!

Pocahontas

Missão cumprida!

Flit, o beija-flor, deixou escapar um grande suspiro. Pocahontas passava tanto tempo com John Smith que não tinha tempo para mais ninguém! Ele os seguiu voando, mas Pocahontas não prestava a mínima atenção. Ele queria tanto brincar com ela!

Buzz, Buzz. Flit estava feliz que suas asas fizessem barulho quando ele voava. Assim, Pocahontas acabaria as ouvindo! Esperava ele.

– Veja, John! – disse ela, agachando no caminho. Pegadas de cervo frescas!

John se inclinou para examinar os traços na lama. Flit, por sua vez, voou mais baixo e bateu as asas cada vez mais. Havia outros tipos de pegadas, grandes e pequenas.

– Uma mãe e seu filhote – disse John. E inclinando-se para ver melhor os traços, ele afastou o beija-flor do caminho.

– Eles têm que procurar alimento e comer muito antes que comece a nevar. Assim, eles acumulam gordura suficiente para o inverno – explicou Pocahontas.

John se ergueu:

– Espero que eles encontrem!

Pocahontas sorriu para ele e também se levantou. Flit bateu as asas para fazer barulho, mas John ergueu a mão para tirar uma mecha de cabelo que caía no rosto de Pocahontas. Mais uma vez, Flit foi afastado.

Buzzzzzzz! Buzzzzzzzz!

Ele bateu as asas cada vez mais rápido. Cada vez mais rápido. Depois, fez um círculo ao redor de John e de Pocahontas.

Zzzzzzzzzz!

– Acha que ele quer nos dizer alguma coisa? – perguntou John.

– Não sei – respondeu ela aproximando-se de seu amado.

Agora, eles se olhavam nos olhos.

Flit desistiu de se fazer notar. Completamente exausto, ele caiu no chão sobre uma das pegadas do cervo. Ele estava no fim das suas forças.

– O que você queria, Flit? – perguntou Pocahontas, aproximando-se do beija-flor.

Flit ainda estava sem ar. Ele não tinha certeza se ainda conseguiria voar. Ele olhou fixamente para Pocahontas, os olhos arregalados e o corpo completamente mole.

– Esse beija-flor está exausto – disse John.

Pocahontas acariciou as penas azuis do pássaro e beijou a ponta de seu bico. Depois, ela o pousou delicadamente sobre seu ombro.

– Venha passear conosco – disse ela para o pássaro.

Assim que John e Pocahontas entraram na floresta, o coração de Flit se encheu de alegria. Missão cumprida!

Enrolados

Dezembro 29

Uma luz no fim do túnel

Flynn, o ladrão, era um espertalhão. Ele tinha levado Rapunzel para uma horrível taverna cheia de bandidos para assustá-la. O pior abrigo dos malfeitores do reino! Assim, ele imaginava que ela logo iria querer voltar para a torre e desistiria de querer ver as lanternas voadoras.

"Tenho coisa melhor para fazer do que acompanhar uma jovem meio doida!", pensou Flynn.

Com certeza, se Rapunzel não tivesse confiscado a sacola com a coroa de ouro, que ele tinha acabado de roubar no castelo, ele nunca teria aceitado guiá-la pela floresta!

"Rapunzel vai voltar para casa bem comportada e me devolver minha sacola", pensou ele entrando na taverna.

Mas, em seu plano, Flynn não tinha previsto que a menina conseguiria amaciar rapidamente os bandidos! Agora, eles faziam até confidências explicando, um de cada vez, o sonho de suas vidas... Era, de fato, um espetáculo surpreendente! Mãe Gothel, que espionava pela janela murmurou:

– Por fim consegui encontrar Rapunzel, e ela se vira muito bem sem mim... Vai ser preciso uma boa desculpa para forçá-la a voltar para a torre!

Ela refletia, quando um bandido chegou ao albergue com os soldados do rei. O exército procurava Flynn, por causa do roubo da coroa. E o bandido tinha acabado de denunciá-lo em troca de uma bela recompensa. Por sorte, Flynn e Rapunzel tiveram tempo de se esconder atrás do balcão antes que os vissem! Mas de repente o dono do albergue se inclinou em direção a Flynn e o agarrou pelo braço! O jovem ladrão se apavorou. O dono do albergue certamente iria entregá-los para os soldados para conseguir a recompensa! Só que o dono do albergue levantou uma pesada tampa de madeira, escondida sob o bar, e cochichou:

– Fujam por esta passagem. Tente realizar seu sonho, senhorita!

– Ah, obrigada! – disse Rapunzel.

Flynn escorregou primeiro pelo túnel escuro. A jovem hesitou em segui-lo... Preso em seu ombro, Pascal, seu camaleão, fez um pequeno sinal de encorajamento. Então, Rapunzel respirou fundo e entrou no túnel. O dono do albergue fechou a porta. Ela estremeceu.

– Nada de pânico – declarou Flynn sorrindo. – Mesmo quando tudo vai mal, sempre existe uma luz no fim do túnel!

372

A Bela Adormecida

DEZEMBRO 30

Três enigmas para uma coroa

Aurora comemorava, naquele dia, seus dezessete anos. Ela deveria receber a coroa de diamantes que passava de mãe para filha em sua família... mas, antes, ela deveria ganhar o direito de usá-la! A tradição exigia que ela passasse, para isso, por uma série de provas. As fadas Flora, Fauna e Primavera a supervisionavam.

– Você tem que responder a três enigmas, Aurora! – explicou Flora. – E você não pode errar!

– Não é justo – protestou a princesa.

– Pelo contrário, só as grandes rainhas conhecem os três segredos de um reinado feliz!

Flora retomou:

– Perfeito, vou começar! Escute bem: sou um regalo para os olhos, uma delícia para o olfato, mas sou tão doce quanto picante. Eu sou o símbolo de força e de graça. Quem sou eu?

A princesa pensou em voz alta:

– Um regalo para os olhos e o olfato, é algo bonito que cheira bem... Aposto que é uma rosa, toda delicada, mas com espinhos, por isso picante!

– Bravo! – aprovou Fauna. – Minha vez: posso ser roubado, ou dado com carinho, e faço corar nas bochechas ou na boca aquele que me recebe. Sou símbolo de confiança e de sinceridade. Quem sou eu?

– Fácil! – exclamou dessa vez Aurora sem hesitar. – É um beijo!

E beijou cada uma de suas madrinhas... que coraram!

– Minha vez! – lançou, então, Primavera, rindo. – Atenção, Aurora: eu cresço, eu desabrocho dia após dia, e posso ser puro e apaixonado. Sou o símbolo da alegria e da generosidade. Quem sou eu?

A princesa franziu as sobrancelhas. Este último enigma era mais complicado! Ela buscava a resposta quando o príncipe Filipe chegou gritando:

– Feliz aniversário, meu amor!

– Sim! – lançou de repente Aurora. – É o amor!

As fadas a conduziram para junto da rainha, que a parabenizou colocando orgulhosamente a coroa de diamantes em sua cabeça. O pintor real fez um retrato oficial da jovem com a coroa para pendurá-lo na grande galeria. Depois, o rei declarou aberto o baile de aniversário da princesa Aurora, que já conhecia os três segredos para um reinado próspero e feliz!

373

Dezembro 31

Mate e a Luz Fantasma

Se havia uma coisa que Mate adorava, era assustar seus amigos. Escondido, ele se aproximava deles e "BUUU!", pulava gritando antes de morrer de rir diante de seus rostos assustados. Uma noite, quando ele tinha acabado de fazer Relâmpago saltar sob o nariz de seus amigos reunidos no café da Flo, ele exclamou:

— Relâmpago, você está pálido como se tivesse visto a Luz Fantasma!

— Não zombem da Luz Fantasma – interveio o Xerife com uma voz grave.

— Essa esfera translúcida semeia o terror por onde anda...

— Oh, falam dela, mas ela não existe! – disse Mate com um sorriso.

— Ela existe! – resmungou Xerife. – Numa noite como esta, um jovem casal de lua de mel circulava pela estrada e avistou uma luz azulada sobrenatural. No dia seguinte, foram encontradas apenas as placas pouco identificáveis dos dois... Então, não riam, e não se esqueçam: nada provoca tanto a raiva da Luz Fantasma que um clique metálico, por mais leve que seja!

Em vez de "leves cliques", os habitantes ouviram um rangido horrível: aterrorizado pela história, Mate tremia de medo da cabeça aos pés!

— Ao voltar para casa hoje, prestem atenção! – alertou Xerife, satisfeito com o efeito que tinha causado.

Mate ainda tentava não tremer mais do que todos. Depois de terem se despedido, eles deixaram o café a toda velocidade para voltar para casa. Sozinho no escuro e muito impressionado, o reboque pegou a estrada do depósito esquadrinhando os arredores. Todas as sombras familiares pareciam, de repente, ameaçadoras. Cheio de temor, o único farol que lhe restava se apagou, e só faltou ele desmaiar ao ver um vaga-lume! Rapidamente, ele entrou aos solavancos em sua garagem. De repente, quando começava a ficar mais calmo, uma luz azulada intensa se acendeu atrás dele!

— É a Luz Fantasma! – urrou ele dando a partida como um louco, sem ver Relâmpago e Guido segurarem o riso na sombra.

E quando, ao fim de alguns quilômetros em alta velocidade, ele parou diante de seus amigos que gargalhavam e percebeu que a Luz Fantasma que o perseguia era apenas uma lâmpada presa a seu gancho, ele teve que admitir: quando é você que está com medo, a brincadeira fica muito menos divertida!

374

Índice

101 Dálmatas

7 Janeiro	Uma patada bem-vinda!
10 Abril	O lado bom da chuva
3 Maio	O plano de Alegria
31 Julho	Pingo de sorte
23 Outubro	Cruela vê manchas por toda parte

A Bela Adormecida

28 Janeiro	A colheita
21 Março	Um pouco de doçura!
25 Junho	Uma ideia de gênio!
23 Julho	Um dragão é um dragão
30 Julho	Um farol na floresta
26 Agosto	Pequenas fadas, mas grandes ideias!
26 Setembro	A cantiga de emergência
30 Dezembro	Três enigmas para uma coroa

A Bela e a Fera

8 Fevereiro	Dia de neve
5 Março	Um senhor inventor!
6 Abril	Faxina de primavera!
9 Maio	Um penteado ferino!
6 Junho	Um chá encantado
5 Julho	É melhor a dois!
3 Agosto	O desaparecimento dos legumes
7 Setembro	Torta engraçada!
6 Outubro	Como ganhar no esconde-esconde?
25 Novembro	Um barulho na noite

A casa do Mickey Mouse

13 Janeiro	A cesta ambulante
22 Agosto	Voe, balão, voe!
25 Agosto	Um sapo esquisito

A Dama e o Vagabundo

21 Janeiro	Espaguete com almôndegas
17 Março	Nino e Vagabundo
29 Maio	Uivemos à Lua!
3 Julho	Vagabundo contador de histórias
30 Setembro	Tal pai, tal filho!

A Espada Era a Lei

27 Janeiro	O desafio de Madame Min
11 Março	Arquimedes arruma a casa
22 Outubro	Excalibur

A Pequena Sereia

9 Janeiro	O grande dia de Sebastião
13 Março	Vamos dançar?
18 Maio	Stackblackbadminton
24 Agosto	Um novo penteado
19 Novembro	De volta a Atlântida

A Princesa e o Sapo

21 Outubro	Um beijo de conto de fadas
24 Outubro	Uma excelente cozinheira
27 Outubro	Cada um com seu sonho
29 Outubro	Metamorfose principesca
1º Novembro	Acreditar no impossível
4 Novembro	Dois sapos por um
8 Novembro	Negócios são negócios
11 Novembro	Um apetite de sapo
14 Novembro	Caça ao sapo
17 Novembro	Jantar para a bela estrela
20 Novembro	Uma princesa, apesar de tudo
23 Novembro	O grande amor
26 Novembro	Um preço alto demais
28 Novembro	O presente de meia-noite
30 Novembro	Um casamento de conto de fadas
18 Dezembro	Uma clandestina gulosa
27 Dezembro	O "Suingue da Cozinha"

Aladdin

29 Janeiro	A fuga dos príncipes!
19 Março	Uma nova visão do mundo
24 Abril	Segredo mal guardado
28 Abril	O circo real
17 Junho	Mistério no jardim
19 Agosto	A tristeza de Abu
16 Outubro	Uma princesa à altura

Alice no País das Maravilhas

7 Março	É a lei!
28 Julho	Os modos de Alice
28 Agosto	O sonho de Alice
20 Setembro	Está dormindo?

Aristogatas

6 Fevereiro	Gatos de rua
29 Março	O melhor dos gatos-babás!
21 Julho	Café da manhã à moda de Matinhos
2 Outubro	Uma história para Duquesa
16 Dezembro	Uma noite muito animada!

Bambi

27 Março	A primavera chegou!
31 Março	Primeiras impressões
4 Junho	Jeito de falar
7 Agosto	A noite foi feita para... explorar!
25 Outubro	Sono hibernal

Bolt – Supercão

1º Fevereiro	Um supercão!
3 Fevereiro	O rapto de Penny
5 Fevereiro	Viagem rumo ao desconhecido
7 Fevereiro	Confie na Vinnie!
9 Fevereiro	Um mau dia para Mittens
11 Fevereiro	O início de uma longa viagem
13 Fevereiro	Um almoço de rei
15 Fevereiro	E se pegarmos o trem?
17 Fevereiro	A fuga de Bolt
19 Fevereiro	A libertação de Mittens
21 Fevereiro	Rumo a Hollywood!
23 Fevereiro	Desprezado...
25 Fevereiro	Penny em perigo!
27 Fevereiro	Uma vida de cachorro

Branca de Neve e os Sete Anões

10 Janeiro	Acorda, Soneca!
14 Fevereiro	Um feliz de São Valentim
8 Junho	À mesa dos sete anões
17 Agosto	Uma visita ao castelo
16 Setembro	A mais bonita das flores

Carros

3 Abril	Uma corrida arriscada
5 Abril	Na estrada rumo à Califórnia
7 Abril	Perseguições endiabradas
9 Abril	A cidade mais legal do pedaço!
11 Abril	O julgamento de Relâmpago
13 Abril	Uma valsa com Bessie?
15 Abril	Bem-vindos a Radiator Springs!
17 Abril	Feito com pressa, mal feito!
19 Abril	A lebre e a tartaruga...
21 Abril	Boas resoluções
23 Abril	Operação Limpeza!
25 Abril	Uma tarde com Mate
27 Abril	O nascimento de uma amizade
29 Abril	Uma descoberta impressionante
2 Maio	Passeio na Pousada da Roda
5 Maio	Um esportivo discreto...
8 Maio	O segredo de Doc Hudson
11 Maio	Uma corridinha nas lojas... e uma grande corrida!
14 Maio	Uma largada precipitada
17 Maio	Uma bela surpresa
20 Maio	Batalha por uma taça
23 Maio	Promessa cumprida!
7 Julho	Competição entre os reboques
13 Julho	Encontrar a pérola rara!
19 Julho	O início de uma grande amizade
27 Julho	A rota da aventura
1º Agosto	A equipe dos sonhos
8 Agosto	Uma corrida de estilo
14 Agosto	Uma corrida brilhante!
20 Agosto	A nova brigada de Ruivo
29 Agosto	O plano "T"
6 Setembro	Mate dita a sua lei
14 Setembro	Poeira no deserto
22 Setembro	Uma corrida agitada!
28 Setembro	História de fantasmas
4 Outubro	Quando Mate foi bombeiro...
14 Outubro	El matador!
20 Outubro	As tristezas de Ruivo
26 Outubro	Um problema de capô
7 Novembro	Quando Mate era acrobata...
12 Novembro	Todos na corrida!
16 Novembro	Lar, doce lar!
21 Novembro	Um encontro providencial
24 Novembro	A bela viagem de Luigi e Guido
29 Novembro	Longe das corridas
2 Dezembro	A direção certa
7 Dezembro	A Turnê Motorama
10 Dezembro	Uma pausa bem-vinda
13 Dezembro	Paixão em Radiator Springs!
15 Dezembro	Mate salva o Natal
20 Dezembro	Mate salva o Natal (continuação)
25 Dezembro	Mate salva o Natal (final)
31 Dezembro	Mate e a luz fantasma

CINDERELA

16 Fevereiro	UM MINIAMIGUINHO!
23 Março	BOA NOITE E BONS SONHOS
16 Abril	O SONHO DO PRÍNCIPE
11 Julho	O MISTÉRIO DA PANTUFA
12 Agosto	UM ANIVERSÁRIO SURPRESA
10 Outubro	RESGATE NA ÚLTIMA HORA
21 Dezembro	A MAGIA DO NATAL
24 Dezembro	A MAIOR DAS FELICIDADES

DUMBO

15 Março	UMA CANÇÃO DE NINAR PARA DUMBO
17 Julho	UM SALVAMENTO AUDACIOSO
5 Agosto	O GRANDE DESFILE
24 Setembro	ESCONDE-ESCONDE

ENROLADOS

2 Janeiro	UMA CONFISSÃO E TANTO
5 Janeiro	HISTÓRIA DE DEIXAR O CABELO EM PÉ
8 Janeiro	UM LADRÃO PROFISSIONAL
11 Janeiro	UM CHARME DE CAVALO
14 Janeiro	DO SONHO À REALIDADE
17 Janeiro	O TESOURO MAIS PRECIOSO
20 Janeiro	OPERAÇÃO DE RESGATE
23 Janeiro	A VERDADEIRA PRISIONEIRA
26 Janeiro	FAMÍLIA ENFIM REUNIDA
1º Dezembro	ERA UMA FLOR
3 Dezembro	CABELOS PARA TODA OBRA
6 Dezembro	UM ANIVERSÁRIO COMO SE DEVE
9 Dezembro	NÃO SE PODE DIVIDIR TUDO
11 Dezembro	UMA GRANDE MENINA
14 Dezembro	QUEM ENGANOU QUEM?
17 Dezembro	UMA QUESTÃO DE CHARME
19 Dezembro	O MAIS ESPERTO DOS DOIS
22 Dezembro	UMA TAVERNA DE TRÊS ESTRELAS
26 Dezembro	A FORÇA DOS SONHOS
29 Dezembro	UMA LUZ NO FIM DO TÚNEL

IRMÃO URSO

18 Janeiro	E LÁ VAMOS NÓS!
29 Fevereiro	UM BOM CANTINHO
19 Setembro	RELAXE, ALCE!

LILO & STITCH

12 Janeiro	ERA UMA VEZ
1º Abril	PRIMEIRO DE ABRIL!
30 Abril	A CAÇA AOS OVOS DE PÁSCOA

29 Junho	UMA FESTA ORIGINAL

MOGLI, O MENINO LOBO

4 Janeiro	VAMOS PESCAR!
20 Fevereiro	DELÍRIO DE MACACOS
12 Abril	A CAÇA À MANGA
12 Junho	A PATRULHA DOS ELEFANTES
10 Agosto	A AUDIÇÃO DOS ABUTRES
12 Outubro	AS MANEIRAS DE MOGLI
27 Novembro	OLHOS DE COBRA

MONSTROS S.A.

24 Janeiro	O PIOR PESADELO DE MIKE
18 Fevereiro	O NOVO CARRO DE MIKE
25 Março	OS CABELOS DE CELIA
2 Setembro	UMA CONFUSÃO MONSTRUOSA
31 Outubro	FELIZ HALLOWEEN!

MULAN

25 Janeiro	SÓ PRECISA ACREDITAR
1º Junho	UM NOVO AMIGO

OLIVER E SUA TURMA

9 Março	OLIVER TOCA PIANO
13 Agosto	UMA NOITE FORA DE CASA

O REI LEÃO

15 Janeiro	OS MEDROSOS
26 Fevereiro	O MELHOR PESCADOR DE TODOS
18 Abril	METADE HAKUNA, METADE MATATA
24 Maio	O SO-SOLU-SOLUÇO
16 Agosto	O ENCONTRO DE TIMÃO E PUMBA
8 Outubro	HIPOPÓTAMO EM FUGA!
10 Novembro	IMAGENS NAS ESTRELAS

OS INCRÍVEIS

1º Janeiro	UMA COISA INCRÍVEL
4 Fevereiro	A ILHA MISTERIOSA
3 Março	TESTE DE VELOCIDADE
22 Abril	UM DESFILE COM EDNA
27 Maio	SUPERCAMPEÃO DE FORÇA
12 Setembro	GELADO AO RESGATE
18 Setembro	UMA BABÁ PARA ZEZÉ

PETER PAN

19 Janeiro	A VISITA DE PETER PAN
10 Fevereiro	UMA HISTÓRIA DA TERRA DO NUNCA
15 Maio	A HISTÓRIA DE TINKER BELL

15 Julho	Os Garotos Perdidos se perderam
5 Dezembro	O piquenique

Pinóquio

31 Janeiro	Um presente maravilhoso
9 Julho	Siga sua estrela!
11 Setembro	O presente de Gepeto
9 Novembro	A partida de beisebol

Pocahontas

16 Janeiro	Escute com o coração
12 Fevereiro	Um guaxinim divertido
4 Abril	O passeio radical de Miko
28 Dezembro	Missão cumprida!

Procurando Nemo

3 Janeiro	Procurando Ne… quem?
22 Fevereiro	Saudade
26 Maio	Que caranguejo!
4 Setembro	Primeiro dia de escola
18 Outubro	A melhor jogada de Nemo

Ratatouille

22 Janeiro	Concurso de mergulhos
24 Fevereiro	Dicionário
31 Agosto	Especialidades
19 Outubro	Todos aos abrigos!
13 Novembro	Espelho, espelho meu

Robin Hood

28 Fevereiro	Direto no alvo!
4 Agosto	A pequena ponte de madeira
17 Outubro	Uma lama a calhar

Toy Story

2 Março	O caubói de Andy
4 Março	Um dia de angústia
6 Março	Um brinquedo misterioso
8 Março	"Ao infinito… e além!"
10 Março	Woody contra Buzz
12 Março	Buzz contra-ataca!
14 Março	Sozinhos pelas ruas
16 Março	As garras de Sid, o cruel
18 Março	O quarto de Sid
20 Março	Buzz descobre que é um brinquedo
22 Março	Buzz em depressão!
24 Março	Disputa entre brinquedos

26 Março	Buzz em maus lençóis!
28 Março	Um plano de ataque
30 Março	A revolta dos brinquedos de Sid
2 Abril	No rastro de Andy!
21 Maio	Em mil pedaços!
4 Dezembro	A chegada de Buster
8 Dezembro	O "treinamento" de Buster
12 Dezembro	Pacto com Buster

Toy Story 2

8 Abril	Buzz Lightyear contra Buzz Lightyear!
14 Abril	Pai e filho
20 Abril	As hesitações de Woody
26 Abril	Na estrada para o aeroporto!
6 Maio	O destino de Mineiro
12 Maio	É preciso salvar Jessie!
3 Junho	Um passeio improvisado…
1º Julho	Encontros de terceiro grau
23 Dezembro	Feliz Natal, Buzz!

Toy Story 3

14 Junho	A missão de Sargento
16 Junho	A missão de Sargento (parte dois)
19 Junho	A missão de Sargento (parte três)
23 Junho	A missão de Sargento (última parte)
25 Julho	Bart Caolho ataca um trem!
29 Julho	Ao encalço de Bart Caolho!
2 Agosto	Um telefonema curioso…
6 Agosto	A brincadeira acabou!
9 Agosto	Um momento de pânico
11 Agosto	Dia de triagem e de estresse!
15 Agosto	No lixo?
18 Agosto	Sem saída!
21 Agosto	Um plano perfeito
23 Agosto	Chegada a Sunnyside
27 Agosto	Uma recepção calorosa
30 Agosto	Paixão em Sunnyside…
1º Setembro	A sala Lagarta
3 Setembro	A separação
5 Setembro	Brincadeira perigosa
8 Setembro	Na casa de Bonnie
10 Setembro	A descoberta de Buzz
13 Setembro	Buzz foi capturado!
15 Setembro	A verdade sobre Andy

17 Setembro	PRISIONEIRO!
21 Setembro	A HISTÓRIA DE LOTSO
23 Setembro	A ESCOLHA DE WOODY
25 Setembro	PLANO DE FUGA...
27 Setembro	DIVERSÕES...
29 Setembro	EL BUZZO
1º Outubro	TODOS PARA A SAÍDA DE LIXO!
3 Outubro	A MEDALHA DE BEBEZÃO
5 Outubro	NO LIXÃO!
7 Outubro	O INCINERADOR
9 Outubro	SÃOS E SALVOS
11 Outubro	É SÓ UMA DESPEDIDA...
13 Outubro	UMA NOVA PARTIDA...
30 Outubro	O ESPETÁCULO DOS BRINQUEDOS
2 Novembro	O ESPETÁCULO DOS BRINQUEDOS (CONTINUAÇÃO)
5 Novembro	O ESPETÁCULO DOS BRINQUEDOS (PARTE FINAL)
15 Novembro	QUANDO BUZZ PIROU!
18 Novembro	QUANDO BUZZ PIROU! (CONTINUAÇÃO)
22 Novembro	QUANDO BUZZ PIROU (FINAL)

TINKER BELL – UMA AVENTURA NO MUNDO DAS FADAS

1º Maio	NADA DE TRABALHO PARA TINKER BELL
4 Maio	BORBOLETAMOR DO VERÃO
7 Maio	TINKER BELL NÃO DESISTE NUNCA
10 Maio	UMA CHUVA DE CATÁSTROFES
13 Maio	A EXISTÊNCIA DAS FADAS
16 Maio	PARA ALÉM DE SEU UMBIGO
19 Maio	DE UMA PRISÃO A OUTRA
22 Maio	LINGUAGEM IMPROVISADA
25 Maio	UMA TEMPESTADE QUE CAIU BEM
28 Maio	QUESTÃO DE TALENTO
31 Maio	A ARCA DAS FADAS
2 Junho	VAMOS PESCAR A VIDIA
5 Junho	FUGA DA BORBOLETA
7 Junho	MENTIRAS JAMAIS
9 Junho	CAÇA ÀS FADAS
11 Junho	O MUNDO DE PONTA-CABEÇA
13 Junho	UM CASACO PARA VIAJAR
15 Junho	BASTA ACREDITAR
18 Junho	NADA MELHOR
20 Junho	UM TRABALHO PARA TINKER BELL

UP: ALTAS AVENTURAS

22 Junho	O ESPÍRITO DA AVENTURA
24 Junho	UMA VISITA NOTURNA
26 Junho	A CASA DE CARL E ELLIE
28 Junho	UM VELHO RESMUNGÃO
30 Junho	UM VISITANTE INESPERADO
2 Julho	A FUGA DE CARL
4 Julho	UM PASSAGEIRO A MAIS
6 Julho	UMA ATERRISSAGEM MOVIMENTADA
8 Julho	UMA NARCEJA CHAMADA KEVIN
10 Julho	UM CACHORRO MUITO FALANTE!
12 Julho	ENCONTRO COM UMA LENDA...
14 Julho	UMA VISITA PARA LEMBRAR
16 Julho	A CAPTURA DE KEVIN
18 Julho	A SEGUNDA DECOLAGEM
20 Julho	A BORDO!
22 Julho	DUELO ENTRE VELHOS TITÃS
24 Julho	RETORNO AO BERÇÁRIO
26 Julho	NOVA DECORAÇÃO
3 Novembro	UM ENCONTRO ESQUISITO
6 Novembro	O COLAR DA VERGONHA

VIDA DE INSETO

1º Março	CARTÕES DO MÊS
21 Junho	OS MENORES COSTUMAM SER OS MAIS FORTES
28 Outubro	UM ENCONTRO MEMORÁVEL

WALL•E

30 Janeiro	O ROBÔ CABELEIREIRO
10 Junho	A ARRUMAÇÃO SEGUNDO WALL•E
15 Outubro	ROBÔ DOMÉSTICO

WINNIE THE POOH

6 Janeiro	UM SONHO GULOSO
2 Fevereiro	DIA DA MARMOTA
30 Maio	FELIZ DIA DAS MÃES!
27 Junho	OS ALTOS E BAIXOS DE SER BABÁ
9 Setembro	A VOLTA ÀS AULAS

Conheça também os outros volumes da série!